AᵗV

SOMA MORGENSTERN wurde 1890 in einem ostgalizischen Dorf bei Tarnopol geboren und wuchs in orthodox-jüdischer Tradition auf. Nach dem Besuch des Gymnasiums studierte er mit Unterbrechungen durch den Kriegsdienst an der Ostfront von 1912 bis 1921 Jura in Wien. 1927 wurde er Kulturkorrespondent bei der »Frankfurter Zeitung«. Seiner jüdischen Herkunft wegen verlor er 1934 diese Stellung. Am Tage des »Anschlusses« Österreichs an Deutschland flüchtete er nach Frankreich. Nach mehreren Internierungen gelang es ihm 1941, über Marseille, Casablanca und Lissabon nach New York zu entkommen. 1946 erhielt er die amerikanische Staatsbürgerschaft. Von der Öffentlichkeit kaum beachtet, starb er 1976 in New York.

Soma Morgenstern schrieb zeitlebens in deutscher Sprache: Erinnerungen, Dramen, Feuilletons und vor allem Romane. Von der Romantrilogie »Funken im Abgrund« erschien der erste Band »Der Sohn des verlorenen Sohnes« noch Ende 1935 im Berliner Verlag Erich Reiss, mit Band 2 (»Idyll im Exil«) und Band 3 (»Das Vermächtnis des verlorenen Sohnes«) kam die Trilogie erstmals, in amerikanischer Übersetzung, von 1946 bis 1950 in den USA heraus. Ebenfalls in amerikanischer Übersetzung erschien 1955 »Die Blutsäule. Zeichen und Wunder am Sereth« (deutsch 1964 in Berlin, hebräische Übersetzung 1976). Als Erstveröffentlichungen erschienen innerhalb der Edition »Soma Morgenstern: Werke in Einzelbänden« im zu Klampen Verlag, Lüneburg: »In einer anderen Zeit. Erinnerungen« (1994), »Alban Berg und seine Idole. Erinnerungen und Briefe« (1995), »In einer anderen Zeit. Jugendjahre in Ostgalizien« (1995), »Flucht in Frankreich. Ein Romanbericht« (1998).

Im Aufbau Taschenbuch Verlag liegen vor: »Joseph Roths Flucht und Ende«, »Alban Berg und seine Idole« sowie »In einer anderen Zeit. Jugendjahre in Ostgalizien«.

»Mit ungeheurer Detailbesessenheit beschreibt Morgenstern Vorgänge wie das Haferschneiden oder das Ritual des Gebets am Sabbat, kein Handgriff und kein Laut, scheint die Erzählweise zu sagen, darf übergangen werden, da alles seine Bedeutung hat.«

Süddeutsche Zeitung

Soma Morgenstern

Idyll im Exil

Zweiter Roman der Trilogie
Funken im Abgrund

Herausgegeben
von Ingolf Schulte

Aufbau Taschenbuch Verlag

ISBN 3-7466-1640-9 (I-III)

1. Auflage 1999
Aufbau Taschenbuch Verlag GmbH, Berlin
© Dietrich zu Klampen Verlag GbR, Lüneburg 1996
Umschlaggestaltung Torsten Lemme
unter Verwendung eines Fotos von Josephsberg, Galizien
Druck Clausen & Bosse, Leck
Printed in Germany

Inhalt

Idyll im Exil

ERSTES BUCH

ERSTES BUCH

1

Hier ist ein anderer Himmel, ging es Alfred durch den Sinn. Diesen Eindruck hatte er abends in den Schlaf mitgenommen, mit diesem Gedanken war er heute morgen erwacht. Er hatte mit dem alten Jankel seinen ersten Abendspaziergang in Dobropolje gemacht. Sie waren auf einem weichen, reinlich ausgetretenen Pfad gegangen, der sich an Pesjes Gemüsegarten, an der Schmiede, an der Werkstatt des Stellmachers, an den Stallungen, an der Wagenremise, dann – etwas höher ansteigend – an den Getreidescheunen, an frisch duftenden Heutristen, an Wiesen und an aufgeackerten Getreidefeldern entlangwand. Je höher sie kamen, um so gewaltiger weitete sich der Horizont. Die Tiefebene tat sich ungeheuer auf. Über Wiesen und Äcker kroch der Fluß, eine grünsilberne Schlange, dahin. Das sanfte Auf und Ab der Flächen erstreckte sich zu einer Landschaft, die so weit erschien wie das Meer. Auf der Erde lag die flache Linie des Horizonts als eine zarte und durchsichtige Grenze, hinter deren himmlischem Schein die Unendlichkeit sich aufmachte und, in alle vernichtenden Fernen entkommend, der Kreatur einen einzigen Laut ihrer ungeheuren Sprache hinterließ, einen unerhörten Laut: die Stille.

Hier ist ein anderer Himmel. Alfred stand in seinem Zimmer vor einem Fenster und blickte auf das Dorf. Er sah die Dorfstraße, die nah genug an dem Gutshof vorbeizog, den Teich in zwei sehr ungleiche Teile schnitt und das – durch den Teich in zwei Teile getrennte – Dorf in einer behaglichen Kehre wieder verknüpfte. Er sah ein Stück vom Teich, der auf dieser Seite augenscheinlich seicht und bis zur Mitte von schütterem, braunem, übermannshohem Schilf bestanden war. Er sah eine Reihe strohgedeckter Bauernhütten hinterm Teich, und überm Wasser ein Stück Himmel, der noch grau war, grau, tief und still. Die große Stille, die ihm in den ersten Tagen in den Ohren klang, hörte Alfred nicht mehr, er sah sie nur noch staunend mit den Augen. Hier ist ein anderer Himmel; nicht sehr hoch, nicht sehr fern: unter diesem Himmel könnte noch die Eintracht aller Dinge gedeihen.

In ruhigen Gedanken, wie man sie nur in den ersten Tagen auf dem Lande hat, wenn man sehr früh am Morgen den Tag beginnt, in friedlichen Morgengedanken ging Alfred vom Seitenfenster seines Zimmers zum Stirnfenster hinüber. Hier sah er die Auffahrt, Pesjes spätsommerliche kunterbunte Blumenbeete, wieder die Dorfstraße, die sich hier als Damm zwischen den Teichen bescheiden schmälerte, um dann auf der Anhöhe, die zum Dorf führte, sich gut fünfmal so breit zu machen. Von der Anhöhe links sah er den Obstgarten, der bis zum Großen Teich sich senkte, von der Anhöhe rechts den alten verwilderten, ja verwahrlosten Park, dessen schwere Baumschatten Alfred schon vom Seitenfenster aus überm Kleinen Teich dunkeln sehen konnte. Am Fuße der breiten Anhöhe, wo der Damm aufhörte, zweigte der Weg zur Ökonomie ab, der sanft ansteigend in die gerade breite Pappelallee mündete.

Onkels Wohnhaus steht gewissermaßen abseits von dieser ausgemachten Herrlichkeit, stellte Alfred fest. Eigentlich müßte es wo in dem schönen verwahrlosten Park stehen. Und was ist mit diesem Park? Schon am ersten Morgen wollte er danach fragen, vergaß es aber immer wieder, benommen von all dem Neuen. Wieso steht Onkels Wohnhaus just auf dem tiefsten Punkt? Und abseits von den schönen Teichen?

In der Pappelallee trat jetzt ein Pferd in Sicht, zwischen zwei Deichseln eingespannt, ein kräftiger Eisenschimmel, der vor einem zweirädrigen Wägelchen, einer sogenannten Britschka, tänzelte. Im Wägelchen auf breitem Sitz saß der alte Jankel. Das Pferd ging kurzen Trab, und neben der Britschka, obschon darin Platz war für zwei, ging Onkel Welwel und redete zu Jankel hinauf, eifrig und in merkbarer Erregung. Jankel blickte zur Seite auf den Onkel hinunter und ließ nur hin und wieder ein Wort fallen. Wieso ist der Onkel schon so früh in der Ökonomie, fragte sich Alfred. Wenn er mit Jankel zu sprechen hatte, warum hat er ihn nicht hier erwartet? Er wußte ja doch, daß der Alte mich abholen kommt, zum Haferschnitt?

Je näher sie herankamen, je ruhiger wurde die Auseinandersetzung zwischen Welwel und Jankel. Es schien als hätten sie sich auf einmal in einem Punkt geeinigt und als besprächen sie nur noch Nebensächliches. Welwel blickte nicht mehr so ängstlich-flehentlich zu Jankel hinauf, Jankel saß nicht mehr so geflissentlich tief über den Zügeln gebeugt, als leihe er einem Bittsteller sein Ohr, und da die

Britschka vor dem Hause auf der Dorfstraße hielt ohne die Auffahrt zu benützen, verstummte das Gespräch vollends.

»Guten Morgen!« rief Alfred und beugte sich überm Fensterbrett hinaus.

»Komm nur! Komm. Guten Morgen«, erwiderte Jankel.

Alfred nahm Hut und Handschuhe und lief eilends zur Britschka.

»Siehst du«, sagte Jankel zu Welwel, »er ist nicht so ein Langschläfer wie wir glaubten.«

Alfred errötete und sah mit einem verschämten Blick zu Welwel hin, der Jankels Bemerkung nicht gehört haben wollte und trotzdem, noch mehr als Alfred, errötete.

»Nun einsteigen, mein Lieber!« ermunterte ihn Jankel und als wollte er ihm die Bemerkung abbitten, streckte er Alfred die linke Hand entgegen. Alfred erfaßte leicht die dargebotene Hand, stellte den rechten Fuß aufs eiserne Trittplättchen und schwang sich auf den Sitz.

»Pesje soll uns was zum Frühstück hinausschicken. Wir kommen erst spät am Abend heim!« rief Jankel, schon in der Fahrt, zurück. Alfred sah noch, wie sein Onkel im Abgehen eine rasche Wendung machte und mit einer hilflosen Geste gegen das lange Ausbleiben Widerspruch erhob, aber Jankel hatte indes seine Peitsche zwei-, dreimal überm Pferd knallen lassen und schon waren sie im Dorf. Sie fuhren auf einem weichen ungeschotterten Weg zwischen zwei Reihen Bauernhütten. Es war halb sechs Uhr. Schweigend kutschierten sie durch das Dorf. Jankel schien trüber Laune zu sein. Alfred machte sich Gedanken über Onkel Welwel.

2

»Dieser Teil des Dorfes ist neu, wie du siehst«, unterbrach Jankel das Schweigen, aber Alfred merkte wohl, daß der Alte sich Zwang antun mußte und nur aus Höflichkeit ein Gespräch einleitete.

»Ich sehe«, meinte Alfred, obgleich ihm die kleinen Häuser gar nicht so neu vorkamen.

»Das ist der polnische Teil«, setzte Jankel fort. »Unser Dorf war früher beinahe rein ukrainisch. Nach dem Krieg hat man polnische Bauern aus dem Westen hier angesiedelt.«

»Und wer gab den Boden her?« fragte Alfred. »Hat man den ukrainischen Bauern einen Teil abgenommen?«

»Das hätte noch gefehlt!« warf Jankel lebhaft ein. »Nein. Hier in der Nachbarschaft, so eine halbe Meile von Dobropolje, gab es einen kleinen Gutshof, zweihundertfünfzig Morgen; er gehörte zwei Brüdern vom polnischen Landadel. Ein Bruder war österreichischer Kavallerieoffizier und kam vom Kriege nicht heim. Er ist in Rußland geblieben, sagt man. Sicheres weiß man nicht. Der jüngere Bruder ist ein berühmter Sportsmann. Das überbelastete Gut mußte versteigert werden, es fand sich kein Käufer und so übernahm die Staatsverwaltung, parzellierte es und siedelte auf vierhundert Morgen polnische Bauern an.«

»Wie aber siedelt man auf vierhundert Morgen, wenn man nur zweihundertfünfzig hat?« fragte Alfred.

»Ganz richtig«, bestätigte Jankel, »ich wollte nur ausprobieren, ob du schon ganz wach bist. Also hundertfünfzig stellte dein Onkel dem Staat für Siedlungszwecke zur Verfügung.«

»Recht so«, meinte Alfred.

Jankel streifte ihn mit einem nicht sehr freundlichen Blick und erzählte weiter: »Einen schönen Acker von hundertfünfzig Morgen stellte dein Onkel zur Verfügung, gegen meinen Willen, selbstverständlich. Er hat, wie ich ein paar Jahre später einsehen mußte, zwar voreilig, aber sehr vernünftig gehandelt. Ein paar Jahre später hätte man ihm, wenn er nicht freiwillig hundertfünfzig Morgen gegeben hätte, vielleicht zwei-, vielleicht gar dreihundert Morgen abgenommen. Dein Onkel ist nämlich gar nicht so naiv, wie er ausschaut. Überhaupt – merk dir diese Lehre –: Klerikale sind in den seltensten Fällen naiv. Sind sie es aber doch, so sind sie in ihrer Naivität noch immer schlauer als die schlauesten unter ihren Gegnern.«

»Und wie vertragen sie sich, die alten Bauern und die neuen Siedler?« erkundigte sich Alfred, um dem Gespräch eine andere Wendung zu geben. Gerade heute, da ihm sein Onkel so undurchsichtig vorkam, wollte er Jankels Winke überhören.

»Wie Hund und Katze. In der ersten Zeit gab es gefährliche Spannungen. Man siedelte ja hier an, um das sogenannte Grenzland, das fast durchwegs ukrainische Bevölkerung hat, zu polonisieren. Mit der Zeit ist es besser geworden. Gut wird es wohl nie. Aber schließlich, die Polen sind jetzt die Herren im Staate … Übrigens sprechen die polnischen Siedler schon sehr gut ukrainisch.«

»Wieso aber?«

»So. Ein Geheimnis.«

»Vielleicht weil die anderen hier in der Mehrheit sind. Die Mehrheit hat eben immer die stärkere Anziehungskraft.«

»Vielleicht. Vielleicht ist es so«, sagte Jankel nachdenklich. »Aber immer ist es doch nicht so. Die Zahl allein macht es nicht. Bei uns sind die Siedler durchaus nicht die Minorität. Diese Dinge sind merkwürdig. Sehr merkwürdig. Das wirst du ja noch sehen.«

»Wer weiß, ob ich das noch sehen werde …«, seufzte Alfred.

»Was hast du, Alfred?« fragte Jankel beunruhigt, und er tauchte gleichsam erst jetzt aus der Versunkenheit, aus der er erzählt und geredet hatte, neben Alfred auf. »Was ist los?«

»Das wissen Sie doch besser als ich, Jankel –«

»Was? Was soll ich wissen?«

»– daß der Onkel es schon bedauert, mich mitgenommen zu haben –«

»Das ist Unsinn.«

»Wenn es Unsinn wäre, hätten Sie gewiß gesagt, es wäre Wahnsinn.«

»Unsinn, sage ich dir.«

»Und warum hat man mich am Sabbat zum Beten nicht zugelassen?«

»Aber! Du hast ja doch verschlafen!«

»Man hätte mich schon wecken können.«

»Du hast bis spät in den Mittag geschlafen und Pesje ließ es nicht zu, daß man dich wecke. Das Kind ist so erschöpft von der Reise, weh ist mir. Du kennst sie ja schon. Sie ist so sanft. Und so leise. Ein Mäuschen. Aber im Hause geschieht alles so, wie sie es will, das Fräulein Milgrom, weh ist ihr.«

»Es fällt mir schwer, Ihnen zu widersprechen, Herr Jankel. Aber die Sache ist zu wichtig. Es kann ja sein, daß Pesje mich nicht hat wecken lassen wollen. Aber gewiß ist es, daß es dem Onkel sehr recht war. Freitag abend war er so heiter und freundlich –«

»Er war glücklich. Glücklich, daß er dich mitgenommen hat.«

»Dann verschlief ich den Sabbat und am Sonntag war Onkel wie ausgewechselt. Gar nicht mehr der Onkel Welwel. Ein fremder, sorgenvoller, trauernder Mann.«

Jankel schwieg. Sie waren in flottem Trab durch das Neue Dorf gefahren. Jetzt zügelte Jankel den Eisenschimmel. Nun ging es im Schritt am Kirchhof, dann an der Gemeindewiese vorbei zum Alten Dorf. Auf der kleinen Holzbrücke, unter der kein Tropfen rann und im Schatten nur bleiches Gras wuchs, machte Jankel halt, wandte sich Alfred zu, und die Stirnhaut in unzählige Fältchen zusammenziehend, sagte er ohne Alfred anzusehen: »Ganz unrecht hast du mit deiner Vermutung nicht. Dein Onkel hat was auf dem Herzen. Aber es ist nicht so, daß er es bedauerte, dich mitgenommen zu haben. Er bedauert es nur, voreilig gehandelt zu haben. Dabei übersieht der Gute, daß ja nicht er, sondern ich gehandelt habe. Leider ändert das nichts an der Sache.«

»Was hat er aber gegen mich auf dem Herzen?«

»Gegen dich hat er nichts. Gegen sich selber. Er meint, er hätte es verabsäumt, das Wichtigste mit dir abzumachen. Und das kränkt ihn so.«

»Das Wichtigste?«

»Was deinem Onkel als das Wichtigste erscheint, muß es noch lange nicht sein. Mir zum Beispiel scheint es nicht so. Und nun liegt er mir den ganzen Tag in den Ohren. Heute war er, weil er wußte, daß ich dich zum Haferschnitt mitnehme, schon um fünf Uhr bei mir. Und, um es kurz zu sagen: Ich hab's eben auf mich genommen, mit dir diesen wichtigsten Punkt zu besprechen. Das will ich auch tun. Aber nicht gleich jetzt. Ein wenig Geduld wirst du noch aufbringen. Wir fahren jetzt aufs Feld, ich verteile die Ernte, dann können wir in aller Ruhe miteinander reden. Oder hältst du es am Ende so lang nicht mehr aus?«

»Doch. Doch, Jankel. Mir ist ein Stein vom Herzen gefallen.«

»Deinem Onkel, nachdem ich ihm zugesagt hatte, mit dir zu reden, auch. Nun habe ich mit dir ja noch die Sache nicht bereinigt, und es müßten mir eigentlich jetzt schon zwei Steine das Herz beschweren. Das ist aber, offen gesagt, nicht der Fall. Für mich ist heute ein Erntetag und ich lass' und lasse ihn mir nicht von euren jüdischen Sorgen vermiesen.«

»Wenn's an mir liegt, ich werde keine Schwierigkeiten machen.«

»Nur keine leichtfertigen Versprechungen. Was man von dir verlangen wird, kann dir noch sehr weh tun«, sagte Jankel grimmig und lachte. Es war ein falsches und grobes Lachen. »Wjo, Deresch!«

»Wie heißt das Pferd?« wollte Alfred wissen. Er war munter geworden.

»Bei uns heißen die Pferde auch so, wie sie aussehen. Wie nennst du so ein Pferd?«

»Ich denke, es ist ein Eisenschimmel.«

»Richtig. Ein Eisenschimmel. Das heißt hier Deresch.«

Der Deresch, ein kräftiges Pferd mit krauser grauer Mähne und zottigen Beinen, lief in gestrecktem Trab. Jankel regte kaum die Zügel und sah sich im Alten Dorf um, als wäre das ganze Dorf ein einziges Haus. Das Dorf war schier menschenleer, alles Volk war schon auf den Feldern. Nur sehr alte Leute und sehr kleine Menschenkinder, nur bresthafte alte Hunde und junges Vieh und Geflügel belebten die Gehöfte. Ein junges, kaum entwöhntes Kalb, vereinsamt in einem Bretterverschlag, blökte jämmerlich. Auf der Schwelle einer byzantinischblau angestrichenen Hütte saß ein altes Weiblein mit einem Sieb auf dem Schoß. Ein alter Bauer beugte sich über einen Brunnen und zog an einer lange Stange aus der Tiefe einen Wasserkrug hoch. Die Hütten, die Ställe, die Scheunen waren durchwegs mit Stroh gedeckt, nicht so wie im Neuen Dorf – wo es Schindel- und sogar Blechdächer gab –, die Wände der Wohnhütten waren grün und kräftig blau, hier und da mit weißen Sternen an der Stirnwand.

»Regnet's da nicht hinein durch die Strohdächer?« wollte Alfred wissen. »Es regnet doch oft und ausgiebig hier?«

»Du hast wo gehört oder gelesen: mit Stroh gedeckt. Nun, sieh mal genau hin: sind diese Hütten mit Stroh gedeckt?«

»Ja«, meinte Alfred, »mit Stroh.«

»Mit Stroh – ja. Aber gedeckt? Nein. Diese Hütten sind mit Stroh benäht, mein Lieber. Der Bauer sagt: Ich benähe meine Hütte. Und so tut er auch. Natürlich regnet's nicht hinein. Regnet es aber wo doch hinein, so ist das Dach schadhaft geworden. Das soll bei Schindel-, Blech- und sogar bei Ziegeldächern mitunter auch vorkommen, hab' ich mir sagen lassen.«

»Wieso gibt es hier so viele Störche?«

»Vermutlich, weil es hier viele Frösche gibt.«

»Ja, die gibt es. Die ganze Nacht hab' ich sie quaken gehört.«

A ty Jurku,
Skubaj kurku
Taj poschywaj chatu –

brummte, summte, sang beinah der alte Jankel ein Liedchen und brach plötzlich in ein kindliches Gelächter aus, das seinen ganzen Körper und die Britschka so erschütterte, daß Deresch vor Schrecken im Galopp durchging.

»Weil du von den Dächern gesprochen hast, fiel mir plötzlich ein Bauernliedchen ein: *Es regnet, es regnet – Auf Jurkus Hütte – Und du, Jurku – Rupf ein Huhn – Und benäh die Hütte!* Siebzig, gut siebzig Jahre kenne ich dieses Liedchen. Erst jetzt seh' ich, wie komisch es ist. *Rupf ein Hühnchen und benäh die Hütte* ... Da würde es aber wahrscheinlich hineinregnen«, erklärte Jankel und lachte wieder bis zu Tränen. Dann, als er sah, wie Alfred zwischen Mitlachen und Erstaunen schwankte, wies er mit der Peitsche auf ein hell weiß angestrichenes, mit Schindeln gedecktes Haus und sagte ernsthaft: »Das ist unsere Schule, die auch dein Vater und dein Onkel besuchten.«

Unwillkürlich setzte Alfred eine feierliche Miene auf und blickte hin. Sie fuhren jetzt heran und nah vorbei, aus der Britschka konnte man über den Zaun in das Gärtchen und in die leeren Klassenzimmer sehen.

»Der Garten ist zwar für Blumenbeete bestimmt, aber dem Herrn Direktor sind, recht hat er, wie du siehst –«

»Gurken und Kohl –«

»Gurken und Kohl«, bestätigte Jankel mit einer zeremoniellen Verbeugung vor soviel Wissen. »Ja, Gurken und Kohl sind dem Herrn Direktor Kaminjski lieber.«

Für Pietät soll Welwel sorgen, sagte sich Jankel. An mir liegt es, den Jungen bei guter Laune zu erhalten. Wenn Welwel weiter so macht, wird der Gast bald die längste Zeit im Hause seiner Väter gewesen sein.

»Wir müßten jetzt um diese ganze Wiese herumfahren«, erklärte er und zeichnete mit der Peitsche den nahezu vollkommenen Kreis, den das Alte Dorf um die Wiese herum bildete. »Das werden wir aber nicht, siehst du. Wir fahren einfach mitten durch die Wiese hindurch. Zwar, Wagen dürfen hier nicht fahren, aber: Eine Ziege ist kein Vieh, ein Landwehrmann ist kein Soldat, Jankel ist kein Verwalter und eine Britschka ist kein Wagen. Wir haben keine Zeit. Infolge der jüdischen

Sorgen deines Onkels sind wir ein wenig spät dran. Auf dem Heimweg zeig' ich dir das Alte Dorf, das Neue hast du ja bereits gesehen.«

Auf der Gemeindewiese wuchs kurzes, krauses, aber offenbar saftiges Gras, denn die Rinder zupften und rupften daran mit raschen Zungen und harten Mäulern, als müßten sie die Spärlichkeit des Wachstums durch Fleiß wettmachen. Sie tupften und rupften und zupften aber mit wohltemperierter Gier an dem hartgeknüpften Rasenteppich, in regulären Bissen.

»Diese Wiese würde einen idealen Fußballplatz abgeben, aber als Weide – armes Vieh.«

»Sag das nicht, mein Lieber. Diese Wiese ist sehr alt, von Millionen Hufen hartgestampft. Das Gras schießt hier nicht in die Höhe, aber wie dicht und saftig, wie unverwüstlich wächst es und sprießt. Sieh dich mal um: wo ist die Radspur unserer Britschka?«

»Tatsächlich: keine Spur.«

»Freilich, bei euch, auf den Almen, da gibt es viel bessere Weideplätze. Aber dieses Vieh ist auch von einem anderen Schlag. Es muß fleißig hineinbeißen, bis es satt wird. Aber auf dem Heimweg wirst du sehen, wie es sich den Bauch vollgeschlagen hat.«

An der Peripherie machten sich einzelne Rinder selbständig, aber in der Mitte der Wiese regte sich die dichtgedrängte Herde und bewegte sich wie der Körper eines Riesentieres, geleitet von einem Kopf: dem Leittier. Jankel wich der Herde im Bogen aus, aber mitunter kam man doch an eine versprengte kleine Gruppe ganz nah heran, und es erfüllte Alfred mit seltsamer Rührung zu sehen, wie das vertrauensselige, gutmütige Rind weder vor dem Deresch noch vor dem Gefährt scheute, wie es sich vom grünen Bissen nicht trennen ließ, wie es – schon notgedrungen und gescheucht – noch im Ausweichen mit verkürztem Hals und verdoppeltem Eifer die Andacht des Weidens fortsetzte. Ein schönes Bild der Inbrunst, das Alfred an ein ganz anderes, noch frisch in der Erinnerung haftendes Bild in erheiternder Weise gemahnte: an die betenden Juden im Journalistenraum des Kongresses, wie sich die Beter von ihm und Onkel Stefan in ihrer Inbrunst ebensowenig stören ließen. –

»Die Rinder hier …«, begann Alfred den Vergleich zu ziehen, er besann sich aber, daß ein solcher Vergleich den Onkel Welwel in gleichem Maße kränken wie er Jankel erfreuen würde, und er vollendete den Satz zu seiner eigenen Überraschung mit einer ganz anderen Beobachtung, die er offenbar ohne es zu wissen gleichzeitig angestellt hatte: »... diese Rinder hier folgen dem Leittier wirklich blind. Die Herde ist so groß, daß nur wenige die Leitkuh sehen können, auch wenn sie den Drang dazu verspürten.«

»Wie die Menschen ihren Leithammeln«, bestätigte Jankel. »Nur ist da ein Unterschied zugunsten der Rinder. Die Leitkuh richtet sich, wie du es wohl gelernt haben wirst, nach der Beschaffenheit der Weide. Wenn es ihr beifiele, die Herde wo hinzuführen, wo das Gras schlecht ist, die Herde würde ihr kaum folgen. Die Menschen aber, die Menschen folgen ihren Leithammeln, zu denen sie obendrein noch aufblicken, manchmal auch dorthin, wo sie verrecken.«

Am Rande der Wiese blieb der Deresch stehen, als wollte er sagen: Da geht es einfach nicht weiter, es sei denn die Böschung hinunter, das kann ich wohl, aber für die Britschka übernehme ich keine Verantwortung. Die nahm ihm Jankel auch sogleich ab: »Jetzt halte dich fest an, Alfred. Aus einer Britschka kann man mir nichts dir nichts vornüberpurzeln.«

Er faßte die Zügel erst ganz kurz. Der Deresch verstand sofort, was gemeint war. Er stelzte, vorsichtig mit der Vorderhand tastend, die Böschung hinab – einen kurzen Moment lag das enorme Hinterteil des Pferdes beinahe in der Britschka –, da ließ Jankel die Zügel ganz aus, ein kurzer Ruck – und sie waren auf einem staubweichen Karrenweg. Der Deresch schnaubte sich selbst ein ermunterndes Lob und streckte sich in freiem Trab zwischen zwei frisch schwarz aufgepflügten Äckern.

3

»Für dich ist es wahrscheinlich sehr langweilig, wenn ich dich immerzu so belehre. Ich bin ein alter Mann –«

»Aber, Jankel! Wir haben ja doch schon in Wien abgemacht, daß Sie mich in die Lehre nehmen. Abgesehen davon ist hier alles für mich so neu, ich würde das wenigste ohne Ihre Belehrung verstehen.«

»Gewiß, gewiß, wir haben es so abgemacht«, sagte Jankel mit einem listigen Lächeln. »Ich wollte ja auch nur eine Einleitung machen zu einer weiteren Belehrung.«

»Sie wollen mir wahrscheinlich jetzt sagen, was den Onkel so bedrückt?«

»Ich denke nicht daran. Das werde ich dir im Lauf des Tages sagen. Aber jetzt fahren wir zu den Schnittern hinaus, ich werde den Acker verteilen und ich will dir einiges erklären, damit du nicht dastehst wie ein Kälbchen vor einem neugestrichenen Tor. Siehst du den breiten hellen Streifen zwischen einem grünen und einem schwarzen, dort im Osten? Das ist unser Haferfeld.«

Alfred erhob die Augen und sah das ausgebreitete Land. Flach und weit. In Wellen gelagert und weit. Sanft ansteigend und weit. Sanft abströmend und weit. Auf dem Gutshof, da stand im Norden der Dobropoljer Wald, im Osten waren auf einer Anhöhe die Ökonomiegebäude, da war der verwahrloste alte Park mit Riesenbäumen, da war der Kleine Teich, da war der Große Teich – das waren Grenzen, Ruheziele für den ausschweifenden Blick. Hier, im freien Feld, enthüllte sich der Charakter der Landschaft noch deutlicher als an jenem ersten Abendspaziergang mit Jankel. Weite und Stille, Stille und Weite. Inhaltlos, grenzenlos. Dabei war heute der Morgen noch wolkig. Wie erst, wenn sich noch oben die Weite eröffnete! Eine schmerzliche Ahnung der Aufgabe, die ihm da bevorstand, der durchaus nicht geringen Aufgabe, sich in eine völlig fremde Landschaft einzuleben, beschleunigte zu zwei, drei schnellen Atemzügen zwei, drei Schläge seines Herzens. Und wie es immer geschieht, wenn eine Landschaft und ein Mensch zusammentreffen, übertrug auch Alfred seine Stimmung auf die Landschaft, und er äußerte sich: »Die Landschaft hier ist traurig und sanft.«

Jankel quittierte die Bemerkung mit einem schiefen Blick und führte weiter aus: »Wie ich dir schon, du erinnerst dich, im Pferdestall erklärte, arbeiten wir teils mit verheirateten Leuten, die einen Jahresvertrag haben und meistens ihr Leben lang bei uns bleiben, teils mit Taglöhnern. Bei der Ernte aber arbeitet beinahe das ganze Dorf mit, die begüterten Bauern ausgenommen, die selbst fremde Arbeitskraft brauchen. Die Schnitter arbeiten aber nicht gegen Tageslohn. Sie arbeiten überhaupt nicht für Geld. Sie arbeiten, wie es in der Bauernsprache heißt, ›ums Brot‹. Das heißt, sie bekommen ihren Lohn in Naturalien, vom Acker weg. Bei der Kornernte arbeiten sie für die Garben. Das heißt: hat ein Schnitter acht Garben geschnitten und gebündelt, so gehört die neunte Garbe ihm. Hörst du?«

»Ja ... Die alte Bäuerin, Herr Jankel, die auf der Tenne eines Gehöfts in einer Strohstreu lag, die war doch eine Sterbende?«

»Du hast sie bemerkt? Wahrscheinlich. Sie ist gestern versehen worden. Die Schnitter also arbeiten bei uns für die neunte Garbe.«

»Und da hat man eine Sterbende allein gelassen mit einem Kind?«

»Sie ist schon Jahre krank. Was soll man mit ihr machen? Es haben ja alle zu tun. Es ist Erntezeit. – Natürlich will jeder Schnitter ein möglichst großes Stück Acker zugewiesen bekommen, verstehst du?«

»Sind es sehr arme Leute?«

»Welche Leute? Wer spricht von armen Leuten? Wir sprechen von Schnittern.«

»Die Familie der Sterbenden – –«

»Arme Leute? Hast nicht gesehen, was die schon jetzt auf der Tenne stehen haben an Korn, an Weizen, in Tristen aufgeschichtet und in den Scheunen? Und der Viehstall? Es ist ein sehr wohlhabender Bauer. – Also, wir haben heuer ziemlich viel Hafer angebaut, und man sollte meinen, es wäre ein Kinderspiel, so ein Haferfeld unter die Schnitter zu verteilen –«

»Ist es wahr, daß die Bauern sich nicht viel aus dem Tod machen?«

»Das hast du in einer Zeitung gelesen? Nicht? Es ist nicht wahr.«

»Ich habe gelesen, nicht in einer Zeitung, daß die Bauern hier *so* ruhig und natürlich sterben wie ein Tier, wie eine Pflanze –«

»Aber ja! Natürlich! Wie ein Baum. Wie ein Bäumchen. Wie ein Blümelein. Das wächst und blüht und verwelkt und lobt den Herrn: Es ist eine Freude zu sterben! Tfu! Wer sagt euch das alles?«

»Sie werden aber zugeben, daß doch was dran ist. Schon wie sie diese alte kranke Bäuerin –«

»Gewiß ist da ein Unterschied. Gewiß. Und wenn dich dieser Unterschied gar so interessiert, kann ich ihn dir zeigen. Mehr oder weniger ist das so: dem armen Bauern fällt das Sterben leichter. Aber warum? Weil er ein schweres Leben hat. Je schwerer das Leben, um so leichter das Sterben. Im Dorf. Und in der Stadt? Vermutlich stirbt in der Großstadt der Schwerarbeiter auch leichter als der Fabrikant oder der reiche Bankmann.«

»Es ist so. Und doch –«

»Der reiche Bauer trennt sich vom Leben ebenso ungern wie der reiche Großstädter. Und doch, ja, und doch ist da ein Unterschied. Aber, glaube mir, es ist da nur ein Unterschied in den Sitten und

Gebräuchen. Im allgemeinen stirbt man in den seltensten Fällen sehr gern. Aber lassen wir nun unsere Katerina Philipowiczewa in Ruhe sterben.«

»Es ist mir nur so durch den Kopf gegangen. Entschuldigen Sie.«

»Wenn man mit dir spricht, und es geht dir unterdessen was durch den Kopf, so laß das besser weitergehen und hör zu, was man dir sagt«, meinte Jankel, und sein Schnurrbart wurde struppig.

Nächstens schmiert er mir eine, dachte Alfred. Und die Vorstellung, der alte Jankel werde ihm auf wienerisch eine Ohrfeige »schmieren« stimmte ihn so heiter, daß er in Gelächter ausbrach.

»Prrr – Deresch!« machte Jankel und hielt an. »Unser Herr hat schon lange keinen Lachanfall gehabt.«

»Wissen Sie, Jankel, was mir jetzt durch den Kopf ging? Es fiel mir plötzlich ein: es dauert keine Woche und der gestrenge Jankel haut mir eine herunter.«

»Ich!« entrüstete sich Jankel. Sein Schnurrbart glättete sich. »Dir?« staunte er, als habe sich Alfred eine Auszeichnung angemaßt, der er kaum je würdig werden sollte, und er ließ den Deresch laufen. »Übers Knie werde ich dich legen«, entschied er und lachte mit.

»Es ist also viel Hafer angebaut worden heuer. Die Schnitter arbeiten für die neunte Garbe. Man sollte meinen, es wäre ein leichtes, den Acker unter die Schnitter zu verteilen –«

»Du hast dir alles gemerkt?«

»Ja.«

»Und redest dabei von anderen Dingen?«

»Als ich die Kranke sah, dachte ich gerade an den Onkel Welwel und seine Sorgen, die Kranke auf der Strohstreu beachtete ich kaum. Aber später, als sie aus dem Blickfeld verschwand, sah ich sie erst ganz deutlich. Das ist doch oft so, bei allen Menschen, nicht?«

»Ja. Aber es kommt nicht bei allen so genau zum Vorschein. Bei mir zum Beispiel nicht. Bei mir geht alles hübsch der Reihe nach.«

»Worin liegt nun die Schwierigkeit beim Verteilen des Haferfelds?«

»Es handelt sich darum, daß jeder Schnitter das zugewiesen erhält, was ihm zukommt. Das ist sehr einfach. Du zählst die Schnitter, den Acker kennst du. Soundso viel Schnitter, soundso viel Morgen – ein Kind kann die Rechnung machen, nicht wahr?«

»Es scheint so.«

»Es scheint so. Es ist aber nicht so. Schnitter ist nicht gleich Schnitter. Ein Morgen Hafer auf demselben Acker gleicht kaum dem anderen. Da ist Iwan nicht Stepan. Iwan ist ein armer Bauer, seit dreißig Jahren ist er immer da, wenn du ihn brauchst. Stepan hingegen ist ein wohlhabender Bauer, beim Roggen und beim Weizen hat er in diesem Jahr nicht mitgetan. Was er mit Weib und Kind und Hausgesinde an Frucht braucht, das tragen ihm seine eigenen Äcker. An sein Vieh hat er zwar in erster Reihe gedacht, aber für sein Vieh, siehst du, für sein Vieh hat der Bauer nie genug. Und so kommt er dir heute zum Haferschnitt heraus und sagt: ›Gott gib Deinen Segen, Herr Verwalter.‹«

»Dem geb' ich einen ganz schmalen Streifen und basta!«

»Und basta! Sehr einfach! Das geht aber nicht. Stepan ist ein angesehener Mann im Dorf. Er ist Gemeinderat, in der Kirche hat er seinen Stuhl. Iwan, sieh mal an, der arme Iwan, der neidet zwar Stepan den Wohlstand, aber er würde sich sehr wundern, wenn man den würdigen Bauern Stepan kränken oder herabsetzen möchte, obgleich er selber seinen Anspruch auf eine größere Portion als ein in Jahrzehnten bewährter und treuer Mitarbeiter keinesfalls aufgibt.«

»Das ist wirklich nicht so einfach«, meinte Alfred, der in Gedanken bei Onkel Welwel verweilte, den aber die Sache jetzt zu interessieren begann. »Da müßte man doch beim Prinzip bleiben: Schnitter gleich Schnitter, Morgen gleich Morgen. Das wäre Gleichheit und Gerechtigkeit.«

»Der Bauer pfeift dir aber auf deine Gerechtigkeit sowohl als auch, und das besonders laut, auf die Gleichheit. Was, glaubst du, käme bei dem Prinzip heraus? Unzufriedenheit, Zank und Schlägereien, gleich auf dem Feld. Unser Bauer hat keinen Sinn für Gleichheit.«

»Da bin ich aber schon sehr neugierig, wie Sie das machen, Jankel.«

»Es ist nicht einfach, es ist aber auch keine Hexerei dabei. Der Acker ist nicht in Morgen eingeteilt wie ein Gemüsegarten in Beete. Der Acker ist ein Ganzes – ein Laib Brot. Man muß den Laib schön aufschneiden und mit angemessener Ruhe verteilen. Der Acker wird nicht mit einem Metermaß verteilt, sondern man schreitet den Rain der Breite nach ab und zählt die Schritte. Da ist schon Spielraum und Freiheit, eine gewisse Freiheit im Zwang der Zahlen. Dabei mußt du dich so verhalten wie ein guter Lehrer in der Schule. Wer weiß besser, was einem Schüler zukommt: der Lehrer oder die Klasse?«

»Immer die Klasse.«

»Siehst du. Auch die Bauern wissen es besser, was jedem von ihnen zukommt. Du tust also, als ob *du* Richter wärest, urteilst aber nach *ihrem* Ermessen. Doch darfst du es dir ja nicht anmerken lassen, daß du nicht nach eigenem freien Ermessen vorgehst.«

»Wie macht man das aber?«

»Das sollst du bald sehen. Damit du es aber auch wahrnimmst und verstehst, habe ich dich eben darauf vorbereitet. Sonst hätte dich der Vorgang wahrscheinlich sehr gelangweilt.«

»Das ist sehr freundlich, Jankel. Ich wäre aber gewiß noch mehr bei der Sache, wenn Sie mir vorher verrieten, was Onkel Welwel mit mir vorhat. Das geht mir immerzu im Kopf herum wie ein Mühlrad.«

»Einen merkwürdigen Kopf hast du. Denkst an die kranke Bäuerin, an leichtes und schweres Sterben, hörst was ich sage und merkst dir es sogar, und über all diesen Gedanken vergißt du nicht den Onkel. Kein Wunder, daß du ein Mühlrad im Kopf hast. Da kann mein Kopf nicht mit. Ich teile es mir genau ein. Erst der Hafer, dann der Onkel. Ein Erntetag ist groß und hat viele Taschen.«

»Sagen Sie mir, deuten Sie mir wenigstens mit einem Wort an, was der Onkel von mir haben will …«

»Später.«

»Ist es was Jüdisches?«

»Erraten!« rief Jankel. »Was könnte es sonst sein? Dein Onkel hat immer nur jüdische Sorgen.«

»Wenn's nur das ist«, sagte Alfred erleichtert.

»Und ich warne dich noch einmal: nicht leichtfertig sein. Es gibt Jüdisches, das sehr weh tun kann …«, sagte Jankel, und wieder lachte er falsch und theatralisch.

Der Deresch mußte jetzt mit der Britschka über ein paar mit Moos ausgepolsterte Gräben, einmal sogar über einen Bach, dann ging es über eine Wiese, die vom Bach in zwei Teile geschnitten, rechts ein Kartoffelfeld, links einen Rübenacker säumte. Die Wiese war weich und feucht, man sah es ihr noch an, daß sie ein paar Tage unter Wasser war. Streifenweise lag das Gras von Schlamm beschwert, bleich und ausgewaschen darnieder.

»Dieses Kartoffelfeld gehört uns. Was du bis jetzt unterwegs gesehen hast, war alles Bauernfeld. Wo die Kartoffeln enden – man kann das Ende hier noch nicht übersehen –, dort hinter der ersten Kehre, da ist schon der Hafer. Wir sind nicht den ordentlichen Weg gefahren. Über die Gemeindewiese und da herum ist es viel näher.«

»Ich hätte vielleicht lieber zu Hause bleiben sollen. Wenn der Onkel sich solche Sorgen macht …«

»Wir können ja gleich umkehren«, sagte Jankel grimmig und verkürzte den linken Zügel. Der Deresch spreizte zwar seitwärts ein Vorderbein, spitzte aber die Ohren scharf in die Richtung des Haferfelds, wo er die Schnitter bereits witterte, und fügte sich nur spielerisch der falschen Führung.

»Entschuldigen Sie, Jankel«, bat Alfred und legte eine Hand auf die Zügel. »Es war nicht so gemeint.«

Obschon die Hand nur zaghaft die Zügel berührte, klärte der Deresch das Mißverständnis, indem er, Kopf und Ohren hoch, zu einem munteren Lauf um die sanfte Kehre ansetzte, an deren äußerster Biegung das Haferfeld und die bunte Schar der Schnitter in klare Sicht trat. Der Deresch wieherte in absteigender Tonleiter einen Gruß den Schnittern zu, aus deren Mitte sich gleich ein Reiter absonderte, der – obschon vom beherzten Gegengruß seines Pferdes ermahnt – ohne sonderliche Eile der Britschka entgegenritt. Es machte den Eindruck, als hätten die Pferde an der Begegnung reinere Freude als ihre Lenker.

»Erkennst du den Reiter?« erkundigte sich Jankel.

»Das ist doch nicht gut möglich: Onkel Welwel?« staunte Alfred mit hörbarer Freude.

»Du bist ja schon ganz verdreht mit deinem Onkel!« sagte Jankel ärgerlich. »Wie sollte dein Onkel hergekommen sein? Übrigens kannst du hier alt werden, bis du deinen Onkel reiten siehst. Es kann es zwar, er tut es aber seit Jahren nicht mehr.«

»Weil er einen Bart hat, der Reiter«, entschuldigte sich Alfred.

»Aber doch einen Kinnbart nur, einen blonden dazu, siehst du nicht?«

»Nein. Doch. Jetzt seh' ich. Das ist, ja das ist der Herr Domanski.«

»Jawohl. Unser Ökonom ist es. Der Herr von Domanski.«

»Wirklich? Er ist ein Herr von?«

»Natürlich. Die sind alle vons. Lauter Herren, zum Schweinehüten ist keiner da.«

»Sie, Jankel, Sie lieben die Ukrainer mehr?«

»Wer hat dir das gesagt?!« fragte Jankel scharf.

»Ich hab's bemerkt. Wie wir an dem Alten Dorf vorbeifuhren, waren Sie auf einmal ganz anders als früher, da es durch das Neue Dorf ging.«

»Was du alles bemerkst! Schrecklich!«

»Es war aber doch so.«

»Das ist nicht so mit einem Wort abzutun. Du bist noch ein rechtes Kind. Ja, wie ein Kind. Was liebst du mehr? Vati? Mutti? Tantchen? Oder die Schokolade?!«

»Und ich hab's doch bemerkt!« beharrte Alfred mit kindlichem Trotz.

»Ich liebe Vati, Mutti, Tantchen und die Schokolade, alles mit gleicher Liebe.«

»Nein! Und nein! Ich hab's ja doch gemerkt.«

»Vielleicht. Vielleicht, du Kindskopf. Wir reden noch einmal ernstlich darüber. Aber unter einer Bedingung: es bleibt auf alle Fälle unter uns, ja?«

»Abgemacht.«

»Dein Onkel, siehst du, dein Onkel ist ein polnischer Patriot. Recht hat er. Ich aber, nun, ich habe auch recht. Und wenn zwei verschiedener Ansicht sind und dennoch beide recht haben, ist das immer eine sehr heikle Sache. Übrigens ist unser Ökonom ein tüchtiger, feiner Mann. Ich schätze ihn sehr.«

Der Ökonom entbot Alfred einen »guten Morgen« – mit Jankel hatte er bereits bei der ersten Pferdefütterung eine Begegnung – und schloß sich an. Die Pferde, die im Stall Nachbarn waren, gingen Kopf an Kopf, hin und wieder sich berührend, die zuckenden Nüstern aneinander reibend, friedlich im Schritt auf die Schnitter zu.

4

Die Schar, Männer und Weiber, Halbwüchsige und Kinder, in bunten Gruppen auf der Wiese gelagert, regte sich, geriet in Bewegung. Wer lag, saß auf. Wer saß, erhob sich und stand auf. Wer stand, hatte etwas an sich zu richten. Männer schoben ihre breiten Ledergürtel, Frauen glätteten ihre Kleider, ihre Jacken, ihre Kopftücher zurecht. Alles geschah aber ohne Hast in bäuerlich würdevoller Langeweile.

»Gott gib Deinen Segen!« rief Jankel den Schnittern mit voller Stimme zu, hielt den Deresch an, sprang aus der Britschka auf den weichen Wiesengrund und half Alfred beim Aussteigen.

»Gott gebe ihn!« antwortete ein gemischter Chor, tiefe und hohe, Männer- und Frauenstimmen, auch helle Kinderlaute. Ein Bauernbursche, der der Britschka am nächsten war, erhaschte die Zügel, die Jankel ihm zugeworfen hatte, nahm dem Deresch den Zaum und das Kopfstück ab, begann ihn auszuspannen.

Jankel nahm Alfred bei der Hand und führte ihn wie einen Schuljungen nah an die Bauern heran.

»Sei freundlich. Mach aber keine Verbeugungen, keine Knickse, sonst lachen sie dich auf der Stelle aus«, ermahnte er Alfred mit einem Ernst, als stände weiß Gott welche Gefahr bevor. Angesichts der Schnitter nahm Alfred noch im Gehen seinen Hut ab und hielt ihn flach an die linke Schulter gedrückt. Hm, räusperte sich Jankel unzufrieden. Alfred stolperte über eine Graskrause und setzte den Hut wieder auf. Hm, hm, machte Jankel, zog Alfred noch fester an sich heran und stellte sich dicht vor der Schar hin.

»Bauern von Dobropolje«, sprach Jankel mit weithin über das Feld schallender Stimme. »Dieser junge Mann ist der Neffe des Gutsbesitzers.«

Die Bauern entblößten ihre Häupter, die Bäuerinnen drängten sich näher vor, zupften an ihren Kopftüchern und beschauten Alfred von Kopf zu Fuß, wie man einen leblosen Gegenstand betrachtet. Alfred nahm nun wieder den Hut ab, diesmal nickte ihm Jankel verstohlen und beifällig zu.

»Er ist der Brudersohn des Gutsbesitzers, der Sohn Joskos, der im Krieg gefallen ist. Die Älteren von euch werden sich gewiß noch Joskos, Gott hab' ihn selig, erinnern. Unser Gutsbesitzer hat, wie ihr wißt, keine Kinder, und so hat er sich entschlossen, den Brudersohn an Sohnes Statt anzunehmen. Ihr seht also in diesem jungen Mann unseren Erben, mit Gottes Zulassung, unseren künftigen Gutsbesitzer. Wer von euch sich noch an den Vater, an unseren Josko erinnert, der trete vor.«

Es erinnerten sich an Josko noch viele. Aber kein einziger trat gleich vor. Sie mußten sich vorerst untereinander verständigen, wer sich zu erinnern habe, wer nicht, und sie berieten eine Weile. Dann erst stießen einige entschlossen vor, räusperten sich, glätteten mit den Handrücken ihre Schnurrbärte zurecht, als habe man ihnen einen Trunk vorgestellt, und stellten sich in einer gedrängten Reihe vor Jankel hin.

»Du gibst jetzt jedem die Hand, damit hat die Vorstellung ein Ende«, flüsterte Jankel dem zukünftigen Gutsbesitzer ins Ohr und gab ihm einen sanften Stoß. Alfred trat ein paar Schritte vor und tat wie ihm Jankel geheißen. Er drückte schwere, hölzerne Bauernhände. Er sah in sonnenverbrannte, zerfurchte Gesichter, in denen die Backenknochen wie eingeölt erglänzten; in offene, in ruhige und in gutmütige; in verkniffene, in listige und in mißtrauische Augen. Er sah rundgeschorene Köpfe, kräftige wie mit Braunleder überzogene Nacken. Unterdessen begutachteten ihn die übrigen, die sich an Josko entweder tatsächlich nicht zu erinnern vermochten, wie die jüngere Generation, oder sich »vor soviel Volk« nicht zu erinnern getrauten, Männer und Weiber. Sie begutachteten ihn stumm, mit offen prüfenden Blicken, aber auch laut und vernehmlich mit urteilendem Wort, obgleich sie nicht wußten, daß er ihre Sprache nicht verstand: »Ein feines Herrchen! Aber schwach. So schwach.«

»Wird ein kränkliches Herrchen sein, das Arme.«

»Der ißt keine zehn Piroggen zu Mittag.«

»Schau dir nur seine Stiefeletten an. Wie ein Stadtfräulein.«

»Und das Hütchen! Wie eine Feder so leicht.«

»Der ist ein Studierter, mein Lieber. Wenn der Kopf voll ist, kann das Hütchen leicht sein. Wenn aber du, Petrussju, auf deinen leeren Kopf so ein Hütchen setzest, fliegst du mit dem Hütchen in die Lüfte. Bis Nabojki fliegst du, sag' ich dir.«

»Sieht aus wie ein Christenmensch.«

»Der ist auch ein Christenmensch.«

»Wird aber doch mehr ein Jude sein.«

»Aber, was redest du so dumm? Schon sein Vater hat sich zum wahren Glauben bekehrt. Hast du nicht gewußt? Der alte Juda wollte ihn deswegen im Großen Teich ertränken, aber Jankel sprang ins Wasser und zog ihn wieder heraus.«

»Aber nein. Sein Vater, der Josko, der ist ein Doktor gewesen, ist nach Wien gegangen und dort ist er ein Türke geworden.«

»Ein Rechtgläubiger war er, sag' ich. Frag den alten Furtak, der hat es gleich gesagt.«

»Er war aber doch nach Wien gezogen, und in Wien sind alle Türken.«

»Baptisten sind sie in Wien, keine Türken.«

»Wenn er ein Christenmensch wäre, wie könnte er von einem Juden erben?«

»Wenn du so ein Hemdchen hättest, Kassunja, so ein feines Hemdchen, du könntest dir Bänder für deinen Hochzeitskranz daraus schneiden, was?«

»Er versteht, scheint es, unsere Sprache nicht.«

»Aber! Ein Studierter, und soll unsere Sprache nicht verstehen!?«

»Ich sage dir aber, er versteht nicht.«

»Hast nicht gehört, wie der Herr Verwalter mit ihm spricht?«

»Französisch spricht der Verwalter mit ihm. Hörst nicht?«

»Wird ein guter Herr sein. Sein Vater hat einmal zehn Fäßchen Bier zum Erntefest spendiert. Zehn Fäßchen, sag' ich dir.«

»Und für die Mädchen Kirsch. Und getanzt hat er, bis das Mädel, bums, ins Gras fiel. Früher hat der nicht aufgehört. So ein Tänzer war der. Frag nur die alte Kobylanska.«

»Hej! Kobylanska, Kassja! Du willst wohl mit dem Sohn so tanzen wie mit dem Vater?!«

»Sie will ihm auch die Hand drücken. Schaut, wie sie sich vordrängt.«

»Die würde ihm gern noch was anderes drücken, das Teufelsweib!«

Die rechte Hand an der Hüfte, ihr schönes lebhaftes Gesicht seitwärts geneigt und mit der linken Hand gestützt, stand die nicht mehr junge Dorfschönheit Kassja Kobylanska neben Jankel und ihre vor Neugier funkelnden Augen blickten mit mütterlichem Wohlgefallen auf Alfred. Als das umständliche Zeremoniell des Händeschüttelns der Männer zu Ende ging, trat die Bäuerin zu Alfred hin und sagte, nach einem herausfordernden Rundblick, zu Jankel: »Warum nur die Männer? Wir Weiber erinnern uns auch noch an Josko.«

Sie sprach so laut, daß alle sie hören konnten. »Wir erinnern uns vielleicht noch besser als die Männer, die sich ja immer nur an ihre Heldentaten im Krieg erinnern«, fügte sie hinzu und streckte Alfred ihre Hand entgegen. Alfred ergriff die dargebotene Hand und verneigte sich vor der prächtigen Bäuerin. Verneigte sich offenbar eine Spur zu tief, denn im Gedränge der Weiber begannen die jungen Mädchen zu kichern, die Bauern lächelten verschämt, ein Halbwüchsiger lachte ein weithin schallendes Ha! Ha! heraus, und Jankel machte wieder Hm, Hm. Allein, die Bäuerin, entschlossen über alles Gelächter zu triumphieren, ließ Alfred nicht so bald aus. Sie zog einmal seine Hand so fest an sich heran, daß Alfreds Arm waagerecht der Hand folgen mußte, dann rückte sie mit ihrer Hand wieder so weit vor, daß sie Alfreds Brust berührte, und – Zug und Ruck und hin und her – sah es aus, als arbeiteten beide an einer Handsäge. Bis Jankel den Moment gegeben sah, der herzhaften Szene ein Ende zu machen. Er klatschte in die Hände, zog seinen Kittel aus, warf ihn auf den Wiesenrand hin, trat mit schnellen kurzen Schritten an den Grasrain, der das Haferfeld vom Kartoffelfeld schied, machte eine halbe Wendung zu den Schnittern und stellte sich kerzengerade hin. In seinem kurzen Spenzer mit langen Ärmeln, den eng aneinandergestellten glänzenden Stiefelschäften wie zu einem Sprung bereit, sah er wie ein Grotesktänzer aus. Eine erste Stille war unterdessen entstanden. Das seidene Rascheln der Haferglöckchen, das zart metallene Summen der Insekten traten auf einmal, aus der Stille zusammenklingend, ins Gehör.

»Mit Gott, wir beginnen«, sagte Jankel und senkte Stirn und Blick zu Boden.

5

Unterdessen saß Welwel Dobropoljer in Großvaters Zimmer. Er saß vor einem Betpult, auf dem die Gebetsriemen in dem schwarzsamtenen Säckchen, offenbar noch unberührt, von Welwels Armen wie eingehegt dalagen, von Welwels beiden ausgebreiteten Armen, die mit schlaffen Handgelenken überm Pultdeckel herabhingen. Wenn ihn Pesje von der Grünen Wand her durch eines der großen Fenster zu belauschen sich getraute, sie würde meinen, er wäre nicht allein im Betraum, und darauf schwören, er säße jemandem gegenüber, mit dem er kummervolle Gedanken austausche.

Wie konnte ich das tun, fragt Welwel sich selbst – denn er ist allein, und nur sein bekümmertes Mienen- und Gebärdenspiel könnte glauben machen, er befände sich in einem Gespräch – wie konnte ich das tun? Seit Tagen schon stellt er sich diese Frage, ohne eine Antwort zu finden. Wer ist schuld daran, wenn alles mit solcher Überstürzung geschah, ohne daß er sich auf das Wichtigste hätte besinnen können? Gewiß, Welwel hat wohl im entscheidenden Augenblick zur Bedingung gemacht, daß der Junge »in aller Form« Jude werden müßte, wenn er an Sohnes Statt in Dobropolje aufgenommen werden sollte. Gewiß hat Alfred sowohl als sein Vormund die Bedingung respektiert. Aber was heißt »in aller Form«? Was heißt für Alfred und seinen Vormund »in aller Form«, wenn schon Welwel selber diese Redensart gebrauchte, ohne an das Wichtigste zu denken? Und er muß gestehen, daß es so war. Er muß es zu seiner tiefsten Beschämung auch Jankel zugestehen, daß es so war: Welwel hat vom Wichtigsten zu sprechen, ja zu denken verabsäumt – wie könnte er nun verlangen, daß Alfred oder sein Vormund daran gedacht haben sollten? Ist der alte Jankel schuld? Mit einem matten Lächeln und einer schlaffen Handbewegung tut Welwel diese törichte Ausrede ab. Zwar hat er im ersten Schreck der plötzlichen Besinnung alle Schuld auf Jankel geladen, aber es geschah nach dem ersten Schreck eben, in einer Stunde völligen Verzagens, und Jankels Entrüstung über diese Zumutung war nur zu begreiflich. Ausgerechnet Jankel der Goj hätte rechtzeitig bedenken sollen, daß Josseles Sohn ein Unbeschnittener war!? Wo Reb Welwel Dobropoljer – und das ist die Wahrheit! – an alles, nur an das nicht gedacht hat – –!

Mit Recht, mit gutem Recht durfte Jankel ihn verhöhnen. Alles hat Welwel bedacht. Er hat ein Gebetbuch gekauft, der fürsorgliche Onkel. Ein Gebetbuch mit einer Übersetzung, damit es ja nur schnell, schnell gehe … Ein, zwei Sprüchlein eingepaukt, und die Dobropoljer Juden sollen glauben, Josseles Sohn sei, wenn auch recht unwissend, doch von Kindesbeinen an im jüdischen Glauben aufgewachsen! Die kleinen Formalitäten sind ohnehin in der Stadt zu erledigen, die Dorfjuden müssen nicht alles so genau wissen … Einen feinen Dreh hat sich Welwel da ausgedacht! Ein Glück – welch unverdientes Glück, daß dem reisemüden Jungen am Freitag nach dem ersten Mahl schon über dem ersten Sprüchlein die Augen zugefallen waren! Sonst hätte ihm der fürsorgliche Onkel leicht die zwei Sprüchlein am Freitag abend eingepaukt und –: ein Unbeschnittener wäre am Sabbat zur Tora aufgerufen worden! Verrückt, rein verrückt muß Welwel gewesen sein.

Heute ist Dienstag. Die erste Besinnung war Welwel, zum Glück, am frühen Sabbat morgen gekommen. Ein Sabbat, ein Sonntag, ein Montag und drei Nächte – was für Nächte für Welwel! – waren darüber vergangen. Und erst heute, am Dienstag, hat der alte Jankel, nach langem Zureden, Bitten, Flehen es endlich auf sich genommen, mit Alfred zu sprechen. Welwel darf nun aufatmen und hoffen. Aber noch jetzt, wie er so allein in Großvaters Zimmer sitzt und das Geschehene überdenkt, bricht ihm der Schweiß aus, wenn er gewahr wird, wie nahe er daran war, seinen unbeschnittenen Brudersohn zur Tora aufrufen zu lassen. Nur ein Zufall – welch ein glücklicher Zufall! – hat das verhindert. Die brave Pesje! Sie wußte zwar kaum, was sie tat, als sie auf keinen Fall zulassen wollte, daß man Alfred am Sabbat morgen weckte. Das Kind muß ja völlig erschöpft sein, weh ist mir, hat sie gemeint. Solche Aufregungen und eine so weite Reise. Er soll sich nur gesund schlafen. Neunzehn Jahre war das Kind bei keinem Sabbatbeten gewesen, sagte sie noch, die brave närrische Pesje – und es heißt doch: »Acht Tage des Knäbleins«, weh ist mir. Mit Gottes Hilfe wird er zum nächsten Sabbat ein Jude unter Juden sein. Das arme Kind, jetzt soll es ruhig schlafen.

»Ja, ja, acht Tage ist ja im Grunde auch jedes jüdische Knäblein ein Goj«, hatte noch Jankel gescherzt und, um Pesje – der er das Dreigespann noch lange nicht verzeihen konnte – zu kränken, mit Grimm hinzugefügt: »acht Tage wartet man mit der Beschneidung. Ja, ja, in jüdischen Genitalien ist unser Jungfräulein ein Fachmann!« Großer Gott! – erst wie ihm das Lachen über die in Schamröte und Zorn entflammte Pesje im Halse steckengeblieben war, traf Welwel wie ein Blitz die Besinnung. Acht Tage sind die Tage des Knäbleins! Gott segne die brave Pesje! Sie wußte nicht, was sie sprach, aber wie oft hat sich die Vorsehung der unschuldigen Einfalt bedient, um ein Verhängnis zu bannen.

Eine glückliche Fügung noch, daß der große Wolkenbruch am Sabbat morgen niederging, daß Lejb Kahane den Gang nach Dobro-polje nicht unternehmen konnte. So haben die Dobropoljer Juden am Sabbat nichts Deutliches über Alfreds Ankunft erfahren, der Junge durfte den Vormittag und das zweite Sabbatmahl ohne Aufsehen verschlafen. Der Arme, er hat sich so geschämt und konnte es nicht begreifen, wie man ihn denn so lange schlafen habe lassen. Nun, heute wird er ja von Jankel hören, was noch bevorsteht. Vielleicht geht alles noch gut ab. Eine Überraschung, daß selbst Jankel in diesem Punkt keinen Spaß versteht. Ein Jude muß beschnitten sein, hat er zugestanden. Dobropolje ist eine Beschneidung wert. Er hat zwar einen gojischen Kopf, der Alte, aber sein Herz fühlt jüdisch.

Welwel erhebt sich. Ihm ist ein wenig leichter zumute: Jankel wird dem Jungen schon gut zureden. Welwel öffnet das Säckchen und, schon im Begriff, den Gebetsmantel zu entfalten, schwankt er unter der Last eines schweren Gedankens, seine Beine werden wieder schwach, er muß sich wieder setzen, um einer frisch heranstürmenden Sorgenwelle standzuhalten. Wenn er sich in Wien nur nicht so beeilt hätte! In einer Großstadt gibt es jüdische Ärzte, Spezialisten, denen eine solche Operation, selbst an Erwachsenen, ein Kinderspiel ist. Gewiß ist eine Beschneidung, vorgenommen von einem Chirurgen, schon nicht ganz das Richtige. Aber bei einem Erwachsenen, hört man, ist eine Beschneidung schon eine Operation, die nicht so leichtzunehmen ist. Man kann doch Alfred nicht von einem Kozlower Mohel beschneiden lassen. Das wird Alfred nicht wollen. Man wird mit ihm mindestens nach Lemberg fahren müssen. Und wer weiß? Einmal in der Eisenbahn, wird er – namentlich nach der schönen Behandlung, die ihm gleich nach den ersten Tagen bei seinem Onkel widerfuhr –, wird er vielleicht in Lemberg nicht haltmachen … Wo waren meine Gedanken? Wo war mein Kopf? – fragte sich Welwel. Rein verrückt muß er in Wien gewesen sein! Ein Nervenzusammenbruch ist offenbar der Beginn einer Geistesstörung. Schuld an allem ist doch nur er, der alte Narr, Jankel der Goj! Wir werden das Kind wieder verlieren. –

Als hätten ihn die Anwürfe gegen Jankel gestärkt, erhebt sich Welwel und geht zwischen den Betpulten mit kurzen, hastigen Schritten auf und ab. Er hat sich zum Gefangenen unüberlegter, törichter Entschlüsse gemacht – ist da noch ein Ausweg zu finden? Mit finsteren Brauen, die Stirn in Falten und Furchen zerlegt, rennt Welwel gegen unsichtbare Gegner an. Seine Hände krampfen sich zu Fäusten zusammen. Sie pochen an unsichtbare Türen, hinter denen vielleicht ein guter Rat, ein Wink, ein Ausweg verborgen ist. Aber die Türen sind verrammt. Verzagend sinken die Arme nieder und haben nur noch die letzte Kraft, um sich in eine hilflose Gebärde des Flehens zu retten – – –

Vielleicht sollte man schnell nach Kozlowa hineinfahren, um sich mit klugen Männern zu beraten? Im Mißgeschick ist bald ein Fremder klug. Ein schmerzliches Lächeln verabschiedet gleich solchen Ausweg. Nach Kozlowa fahren? Damit wäre just das schnell erreicht, was er – um Gottes willen – hatte vermeiden wollen: das Auffrischen des Makels, das Gerede der Leute. Um Gottes willen? Welwel, Welwel! Wie sagt Schabse, der Roßtäuscher, wenn er im Begriffe ist, eine Gaunerei zu begehen? Hand aufs Herz, sagt er, der Gauner, Lügner und Angeber, Hand aufs Herz, sagt er, wenn er lügt, wenn er betrügt, wenn er angibt. Und wie sagt Welwel, wenn er seinem Hochmut heimliche Opfer bringt? Das Ganze, alles, was in der letzten Zeit geschah, es war ein Werk des Hochmuts! Um Gottes willen sucht man mit allen Mitteln, das Gerede der Leute zu vermeiden? Einmal vom Hochmut zu Fall gebracht, soll er auf diesem heimlichen Wege forttreiben – zu welchem Ende? Er muß umkehren. Er wird umkehren. Es muß hier die Möglichkeit einer Umkehr geben.

Ohne sich dessen bewußt zu sein, setzt sich Welwel in der dunkelsten Ecke des Betraumes, dort wo kein Betpult mehr steht. Er sitzt auf dem niederen, grob zusammengefügten Stuhl, auf dem am Sabbat der Geringste der Betgemeinschaft, ein Einfältiger, mit einer abscheulichen Kopfkrankheit, mit einem Grind oder – wie man diese Krankheit hier in allen drei Sprachen nennt – mit einem Parach behafteter junger Dorfmann zu hocken pflegt, der in der ganzen Gegend als Mechzio Parach bekannt ist. Er wollte den Kopf erheben und ihn hoch tragen, Welwel Dobropoljer? Er mache sich beizeiten bußfertig! In der finsteren Ecke, auf Mechzio Parachs Schemel ist ein guter Platz. Je weniger Licht auf ihn fällt, um so besser für ihn und seinen Sippenstolz!

Er wird Buße tun. Damit kann man nicht früh genug beginnen. Er hat zwar schon angefangen, er hat sich selbst Mechzios Platz zugewiesen, aber er weiß es nicht. Beginnen wird er erst damit, daß er gerade das, was er verheimlichen wollte, allen erzählen wird. Allen, die es wissen sollen. Er hat den Sohn seines abtrünnigen Bruders ins Haus genommen. Der Sohn ist ein Unbeschnittener. Und er ist bereits im Hause. Heimlich und selbstgerecht hat er ihn in die Gemeinschaft der Juden einzuschmuggeln und obendrein vorzutäuschen gedacht, als wäre dieser Sohn im Judentum aufgewachsen. Heimlich wollte er ihn in die Lehre einführen, um auf diese Weise – zwar nicht auf lügnerische Weise, aber durch frevelhaftes Tun – vorzugeben, ja glauben zu machen, der Sohn des Abtrünnigen wäre im Hause des Vaters schon als Jude aufgezogen.

Soviel Hochmut, solche Heuchelei hätte Welwel sich nicht zugetraut. Er wird den Stolz beugen. Er wird den Hochmut erniedrigen. Er wird seine Schwäche selbst entblößen. Er wird sich bald, gleich, sofort vor einem seiner Angestellten erniedrigen, vor seinem Kassier. Awram Aptowitzer ist ein frommer Mann, er wird schon verstehen, wie das gemeint sei. Vielleicht auch einen Ausweg wissen …

6

Pesje hat die erste Aufgabe ihres mit Arbeit bis an den Rand erfüllten Werktags verrichtet. Sie hat die Milch abgefertigt. Dieses Geschäft verrichtet sie mit besonderer Sorgfalt, man könnte sagen: mit Andacht, wäre es nicht abwegig, der frommen Pesje Andacht zuzumuten bei einem immerhin profanen Tun. Dieses Geschäft ist nicht schwer, aber voller Verantwortung. Sie hat den Milchwagen, der jeden Morgen die mit frischer Molke gefüllten Kannen nach Kozlowa fährt, abzufertigen. Sie öffnet die Kannen, sieht nach, ob sie auch bis an den Strich, der das Maß markiert, gefüllt worden sind, sie schreibt die Zahl der Kannen auf, errechnet die Zahl der Töpfe (Topf – vier Liter), trägt die Ziffern säuberlich in der Kolonne auf dem Lieferschein ein, zieht die Summe und verwahrt einen Durchschlag als Gegenschein in ihrer großen ledernen Tasche. Das ist noch nicht alles. Pesje muß in jede Kanne ihre Nase stecken, dies nicht nur bildlich gesprochen. Zwar überwacht der Melker die Waschung und Füllung der Kannen, aber eine Kontrolle kann nicht schaden. Hat ihr die Milchhändlerin Bejle in Kozlowa nicht einmal erzählt, wie sie aus einer Milchkanne eine ersoffene Maus herausgefischt hätte? Jene Milchkanne war vom Nabojker Milchwagen. In Dobropolje ist so was noch nicht vorgekommen, Gott sei Dank. Pesjes Milch wird rein und koscher abgefertigt und kommt rein und koscher in Kozlowa an. Auf Wasylko, den Milchkutscher, kann man sich verlassen, daß auch unterwegs nichts passiert. Aber das ist noch nicht alles. Zwar wird die Milch schon sehr früh am Morgen abgefertigt, aber nach Kozlowa ist kein Katzensprung, die Milch kann warm werden und als Butter und Buttermilch nach Kozlowa ankommen. Pesje hat dafür zu sorgen, daß die Eisstücke, die zur Kühlung zwischen die Kannen eingelegt werden, richtig um die Bäuche der Kannen verteilt, daß die Heuschicht zwischen Eis und Kannen richtig gestreut, daß die Schutzplache darüber ordentlich überspannt und mit allen sieben Schnallen befestigt wird. Dann erst darf der schwere, gewölbte, mit Eisenreifen beschlagene Deckel, der den Milchwagen wie einen riesigen Koffer hermetisch abschließt, zufallen und mit einem Schlüssel versperrt werden. Es ist keine schwere Arbeit. Es ist im Grunde überhaupt keine Arbeit. Es ist ja ein Amt! Die Milch abzufertigen ist nicht einer Haushälterin Pflicht. Welwel hat ihr dieses Amt anvertraut. Mit diesem Amt ist Pesje mit der Ökonomie, mit der Landwirtschaft verbunden, und selbst der Feind ihres Lebens, der alte Jankel, mußte gelegentlich zugeben, es sei mit der Milchwirtschaft alles in bester Ordnung, seit Pesje die Milch abfertigt (was übrigens erst in den letzten Jahren geschieht; früher hat alles der Melker gemacht und man frage nicht, was es da alles an Verfehlungen gegeben hat). Natürlich versteht es Pesje, sich auch ihr Ehrenamt mit allerlei Sorgen auszuschmücken. Es ist ja nicht die Milch allein, die da täglich in die Stadt geht. Wasylko, der Milchkutscher, fährt täglich nebst der Milch alle Wünsche des Dorfes Dobropolje nach Kozlowa. Wasylko stellt die einzige reguläre Verbindung zwischen Land und Stadt. Was hat Wasylko nicht alles zu besorgen? Bielaks Jüngste braucht ein rotes Kämmchen, Czarne, der Schankpächterin, ist ihr Bier vor der Zeit ausgegangen, sie braucht dringend zwanzig Flaschen. Der junge Mokrzycki hat bei der Schlägerei am Sonntag seinen Hutschmuck verloren, er braucht eine neue Pfauenfeder. Der alte Kobza, der Wunderdoktor von Dobropolje, braucht ein Glas Blutegel. Der Stellmacher braucht Kleister, die schwarze Maryna braucht ein rotes Band, drei Ellen. Das alles – und noch manches andere – hat der Milchkutscher in der Stadt zu besorgen. Wasylko ist ein pfiffiger Bursche, aber er kann nicht schreiben, nicht lesen – wie soll er sich das alles merken? So kommen alle mit ihren Wünschen zu ihr, das ganze Dorf plagt Pesje mit Hilfe des Milchwagens. Sie pflegen meistens schon am Abend zu Pesje in die Küche zu kommen. Pesje schreibt, oft fallen ihr die müden Augen darüber zu, den Wunschzettel, sie übernimmt das Geld, um am Morgen, sobald der Milchwagen verschlossen ist, dem schlauen Wasylko alle Wünsche, Punkt um Punkt, einzuschärfen. Wenn er heimkommt, muß Pesje mit ihm auch noch abrechnen und sie hat es damit nicht leicht, denn Wasylkos kindlicher Charakter hat unter all dem Handel Schaden genommen: er will sich was verdienen. Und weil er weder schreiben noch rechnen kann, nehmen seine kleinen Gaunereien mitunter äußerst verzwickte Formen an. Auch da muß Pesje zum Rechten sehen. Obendrein sind diese kleinen Besorgungen verboten. Sie haben noch jeden Milchkutscher in kurzer Zeit zum Gauner gemacht, sagte Jankel und hat diesen ganzen Kleinkram strengstens untersagt. Auch Welwel, der ein Auge zudrückt, sieht ihn nicht gerne. Er schädigt ja nebenbei auch die Dobropoljer Krämer, blutarme Leute, die sich schon oft beschwert haben. Es gibt aber doch anderseits dringende Fälle, das sehen selbst die Krämer ein. Wie oft kommen sie selbst mit einem Wunschzettel. Da heißt es das richtige Maß finden. Und wer soll das finden? Pesje. Schlimm ist, daß Jankel mit seiner Behauptung recht hat. Nach einer gewissen Zeit hat sich noch jeder Milchkutscher in einen Händler verwandelt, Verlogenheit, Betrug und eine Neigung, auf dem Heimweg vor jeder Schenke Station zu halten, waren in einigen Fällen die Folgen. Und wer hatte die Sorgen und Plagen davon? Pesje.

Einmal freilich gelang es ihr, einen Milchkutscher zu finden – dem brauchte sie nichts zuzuschreiben, nichts vorzurechnen; der vergaß nichts, der log nicht, betrog nicht, der betrank sich nicht. Es war Mechzio, wegen seines Hautleidens am Kopfe zubenannt: der Parach. Aber die sorgenlose Zeit dauerte nicht lange. Schon Welwel hatte widerstrebend Pesjes Wahl bestätigt, und er sollte mit seinem Bedenken nur zu bald recht bekommen. Diesmal aber hatte Pesje seltsamerweise die Unterstützung Jankels für sich, der um seine Meinung befragt, sich drastisch geäußert hatte: »So rein wie die Kozlower Juden in ihrem Herzen ist Mechzio Parach sogar noch am Kopf, wo er den Grind hat.« Dennoch, nach ein paar Wochen empörte sich ein hygienisch orientiertes Herz eines Kozlowers gegen den mit einem Grind behafteten Milchkutscher und drohte mit einer Anzeige beim Bezirksphysikat, wenn Mechzio sich noch einmal als Milchkutscher im Städtchen zeigen sollte. Pesje weinte vor Mitleid mit dem armen Mechzio, der zum ersten Mal in seinem armseligen Leben sein Brot leichter verdiente, und es verging ihr seit Mechzios Sturz kein Milchmorgen ohne trauerndes Gedenken an den guten Mechzio, der nun

wieder auf das kärgliche Gnadenbrot seines Schwagers, des Pferdehändlers Schabse, angewiesen war.

7

Allein, in Pesjes sorgsüchtigem Herzen war heute kein Platz für
Mechzio. Seit Tagen schon war es vom Kind – so nannte sie Alfred,
während Welwel ihn einmal Sussja, einmal Alfred, der alte Jankel
hingegen stets herausfordernd Alfred nannte – in schmerzlichster
Weise erfüllt. Pesje ruhte ein wenig aus, ehe sie vom Milchamt zum
Haushalt überging. Sie saß auf einem Schemel vor der Küche und
weinte in sich hinein. Sie weinte ohne Tränen, ohne Laut. Es weinte in
Pesje. Man sah das nur an der Nase, in die subkutan alle Tränen
drängten, daß sie schwoll und sich rötete. Es geschieht ihr schon
recht. Pesje war es, die den Damm der Sorgen gebrochen hat, es ist
nur gerecht, wenn der Strom des Kummers, der das ganze Haus
erfüllt, in ihr wehes Herz sich ergießt. Das Kind weiß zwar nicht, was
sie getan hat, aber es muß wohl ahnen, denn der Umstand allein, daß
man vor ihm Pesje als diejenige hinstellt, die es am Sabbat die
Gebetzeit hatte verschlafen lassen, würde das Kind nicht in dem Maße
gegen sie eingenommen haben. Pesje tut alles, um das Kind umzu-
stimmen. Sie sucht zum Beispiel in alten verstaubten Kisten auf dem
Dachboden, findet – ihr Herz pocht dabei zum Bersten – ein altes
Schulheft mit blauem Umschlag, sie bringt es, freudigen Glanz in den
verweinten Augen, in Alfreds Zimmer und sagt: »Das ist ein Schulheft, weh ist mir –«. Es ist ein Schreibheft Josseles, noch aus der
Dorfschule, aber sie erklärt es nicht und Alfred versteht. Er nimmt das
vom Staub gereinigte, vergilbte und auseinanderfallende Heft, blättert
eine Weile darin und legt es zu den übrigen – er kann es ja nicht
einmal entziffern, geschweige denn verstehen, das Heft ist in kyril-
lischen Buchstaben geschrieben. Das ist so Pesjes Art, Alfred eine
Freude zu machen. Aber sie hat wenig Erfolg damit. Zürnt er ihr noch
wegen des Sabbats? Oder weiß er bereits, daß sie es war, die mit ihrer
verschmitzten Anspielung auf die »acht Tage des Knäbleins bei der
Beschneidung« das Unheil heraufbeschworen hat? Recht geschieht
ihr! Was hatte sie sich da einzumischen? Eine Beschneidung ist
immer eine Sache für Männer, schon wenn es sich normalerweise um

ein Knäblein von acht Tagen handelt. Mit Recht hat Jankel sie verhöhnt, dieser böse Mann, der Feind ihres Lebens. Heute, das fällt Pesje eben ein, hat er sich sogar zum Mittagessen eingeladen. Das ist so seine Art. Pesje soll uns was zum Frühstück hinausschicken! Das heißt, heute speise ich nicht bei Aptowitzer, heute esse ich mit Alfred auf dem Felde zu Mittag. Und wenn Jankel auf dem Felde zu Mittag ißt, muß es ein besonderes Menu geben, Jankels Menu. Wenn man auf dem Felde vor den Schnittern frißt, hat man das zu fressen, was der Bauer sich auch leisten kann (wenn auch in delikaterer Zubereitung) – das ist Jankels Prinzip. Den Speisezettel macht also heute Jankel, nicht Pesje. Kalter Borschtsch und Piroggen mit Rahm. Zum Borschtsch braucht man rote Rüben, für Piroggen Kartoffeln und Topfen oder Kascha und geröstete Zwiebel. Pesje hat ihre Anordnungen bereits getroffen. Drei Schritt von ihr entfernt sitzt Malanka, eine Bäuerin mit Zehnpfundbrüsten und flachem, gutmütigem Gesicht, und schält und schneidet rote Rüben. Sie hat ein Küchenmesser in der Hand, ein großes Messer mit einer langen Klinge, scharf wie ein Dolch, mit einem schöngeschnittenen kurzen Griff aus rotem Holz. Des Messers scharfe Schneide blitzt und roter Rübensaft tropft und rinnt auf Malankas grobe Hände. Schaudernd wendet Pesje ihre Augen von diesem Anblick. Seit Tagen kann Pesje kein Messer sehen, ohne daran zu denken … Schon das kleinste Messerchen schneidet ihr ins Herz. Pesjes Herz ist seit Tagen gespickt mit allen Messern der Küche. Und erst dieses große, mit rotem Saft besudelte Messer! Sieht es nicht genauso aus wie das Schächtmesser, mit dem Mordche der Schochet die Kälber und die Hühner schlachtet? Und Mordche ist ja doch, wie jeder Schochet, auch der Mohel – der Beschneider! Pesje bedeckt ihr Gesicht mit den Händen. Sie schließt die Augen. Aber je dichter sie die Augen zuhält, je deutlicher sieht sie das Messer. Nicht das Küchenmesser Malankas. Sie sieht Mordche den Schochet, in seiner Hand blitzt das große Messer, womit man beschneidet! Und obschon sie eine fromme jüdische Jungfrau ist, ein verdorrtes Blatt auf dem Baume Israels, sieht sie, je dichter sie die Augen bedeckt, je deutlicher, nicht bloß das, womit beschnitten, sondern auch das, was beschnitten wird. Und schmerzlicher als alle scharfen Messer trifft sie das stumpfe, sanfte Messer der Scham.

»Weg mit diesem Messer, du Kindsmörderin!« zischt sie wie eine Natter das Küchenmädchen Malanka an, und das Gesicht in den

Händen, stürzt sie in die Küche wie eine Furie, unsere sanfte fromme Pesje. Malanka mit dem safttriefenden – man könnte meinen, blutigen – Messer, um es gegen ein anderes auszutauschen, folgt Pesje in die Küche.

»Ich hab' doch nie kein Kind nicht gehabt, Fräulein, Sie wissen es ja doch, Pesjutschka!« beteuert Malanka und schluckt Tränen.

Tage, drei Tage geht das schon so. Immer wieder wird Malanka wegen eines Messers gescholten und ist sich doch keiner Verfehlung bewußt. Das Fräulein selbst pflegt ja doch rote Rüben mit ebendiesem Messer zu schneiden. Ein Teufel ist in das Fräulein gefahren. So gut und lieb war sie immer. Drei Jahre ist jetzt Malanka Pesjes Gehilfin und Vertraute, hat sie je eine scharfe Zurechtweisung aus Pesjes Mund vernommen? Ratlos steht Malanka vor Pesje, die sich auf der Küchenbank niedergelassen hat und die Hände flach an die Stirn gepreßt, leise vor sich hinweint. Malanka wirft das große Messer in den Kartoffeleimer, hockt sich vor Pesje auf den Boden nieder, drückt, da ihre Hände noch von Rübensaft triefen, mit ihren nackten Ellbogen Pesjes Knie, und an ihrem Atem würgend, fragt sie: »Welches Messer denn, Pesjutschka?«

Pesje tut ihre Hände von den Schläfen ab, zeigt ihr leidvolles und von Tränen überglänztes Gesicht, gibt aber Malanka keine Antwort. Da bricht auch die Magd in Tränen aus. Und so weinen sich beide langsam in ihre gute gewohnte Kücheneintracht hinein. Malanka weint laut, breit, das Gesicht überströmt, Pesje weint leise, dünn rieselnd, die Hände an ihren Brüsten, die kaum der Rede wert sind.

8

Die Verteilung des Haferfeldes dauerte eine knappe Stunde. Für Alfred war es eine gehaltvolle Lehrstunde, deren Stoff ihm aber nicht leicht einging. Es war ein Schauspiel, bildhaft und würdig dargestellt, aber die farbige Schau spielte sich in einer fremden Sprache ab. Die Handlung verstand er mit Hilfe der Erklärungen Jankels wohl, aber eben nur die Hauptaktion. Das sah er aber erst zum Schlusse, als die letzte Szene abgespielt war. Von den einzelnen Phasen erfaßte er meistens nur den äußeren Verlauf, kaum den Sinn, gewiß nicht die Würze. Jankel brachte es augenscheinlich zuwege, manche improvisierte Abwechslung in den Gang der Handlung zu tragen. Immer wieder triumphierte über ein unvorhergesehenes Hindernis, über eine eingetretene Stockung, ein Wort aus Jankels Munde, ein Scherzwort, ein Sprüchlein, ein Kernwort –: weithin übers Feld schallendes Gelächter begleitete ihn. Wie an unsichtbaren Schnüren vom schreitenden – und die Schritte zählenden – Verwalter mitgezogen, folgten ihm die Schnitter. Es war eine Prozession, die sich den Rasenrain entlang zwischen Haferfeld und Wiese entwickelte. Die sehr langsame Prozession, zum Beginn der Verteilung ein Haufen bunter Menschen in durcheinanderdrängender Bewegung, formte sich im Fortschreiten zu einem ordentlichen Zug. Aus dem, in der Mitte des Haferfeldes schon schütteren, übersichtlichen Zug wurde dann ein Spalier, aus dem Spalier weiter eine Kolonne, aus der Kolonne eine Reihe, aus der Reihe eine Linie, bis schließlich am Rand der Wiesen nur zwei Punkte beisammengeblieben waren: Jankel und Alfred.

»So«, sagte der Alte und sah auf Alfred mit einem langen abwesenden Blick, als staune er, ihn hier vorzufinden.

»Ja«, sagte Alfred, »ich bin noch da …«

Jankel antwortete nicht gleich. Er wischte erst ein paarmal mit dem linken Handrücken über die Stirne, obschon sie ganz trocken war, faßte Alfred unterm Arm, führte ihn langsamen Schrittes über die Wiese bis an den Bach, erspähte eine stämmige Weide, die sich mit einem schwarzen dicken Ast wie mit einem Arm auf das moosgrüne Bachbett stützte, setzte sich bequem in die Armbeuge der Weide nieder, und mit leichtem Zwang Alfred an seine Seite drückend, sagte er: »Es ist gewiß nicht die wichtigste Arbeit, einen Acker unter Schnitter zu verteilen, aber sie macht mir Freude, wie du siehst. Je älter ich werde, um so mehr Freude finde ich daran. Früher, in jungen Jahren, habe ich mich gar nicht darum gerissen. Ich überließ die Verteilung gerne deinem Großvater. Es ist aber, wie wenn man Brot bricht und verteilt. Die Welt und sich selbst vergißt man dabei. Ich habe tatsächlich auch dich vergessen, obgleich du mir, ohne es zu wissen, auch geholfen hast.«

»Ich?«

»Doch. Der reiche Iwan von unserem Beispiel – er heißt in dem Falle Osyp Krasnopilskyj – gab sich mit dem kleineren Stück zufrieden, weil ich ihn dir als ersten vorgestellt habe –«

»Ich hatte den Eindruck, daß jeder aus der Reihe vortrat, wie er wollte.«

»Nein. Ich rief sie mit Namen vor. Dem reichen Iwan sagte ich noch: Ich weiß, du hast in diesem Jahr schöneren Hafer als ich, aber du bist gekommen, um mir die Ehre zu erweisen, begrüße du als erster unseren Erben.«

»Macht er sich was draus?«

»Macht es dir was aus, wenn dich ein Freund zum Essen bittet? Du würdest bei deiner Mutter viel besser zu Abend speisen und dir noch die Mühe des Weges ersparen – und doch –«

»Ich versteh' schon. Sie haben recht, Herr Jankel. Aber wie ist es heute dem armen Stepan ergangen?«

»Ja, das ist eine komplizierte Geschichte«, sagte Jankel, sah in Gedanken zum Haferfeld hinaus und nahm Alfreds Blick mit. Die Schnitter waren schon alle an der Arbeit. Wie eine langgezogene Kette säumten sie, Männer und Weiber, das Feld. Sie hatten sich alle, Männer und Weiber, ihrer Jacken entledigt, ihre Hemden schimmerten weiß über dem zitterigen Gelb des Hafers. Die am Ackerrand aufgehäuften Kleider und Geräte, bei denen die Kinder spielten und wachten, reihten sich als farbige Knoten in die Kette der Schnitter ein. Die Kette lebte. Sie regte sich, sie bewegte sich, sie buckelte und krümmte sich, hin und wieder erklang sie gar und ließ einen schönen Ton vernehmen, wenn ein Schnitter mit dem Wetzstein seiner Sense die letzte Ermunterung gab.

»Der arme Stepan war diesmal kein Mann, sondern eine Frau. Eigentlich zwei Frauen: Mutter und Tochter. Sie sind aber nicht in dem materiellen Sinn die ärmsten hier. Die Frau und die Tochter unseres Stellmachers.«

»Den kenne ich ja. Wir waren ja zusammen bei ihm in der Werkstatt.«

»Ja. Ein vortrefflicher Stellmacher.«

»Ich habe mir vorgenommen, ihn öfter zu besuchen. Es riecht so herrlich nach Holz in seiner Werkstätte und es ist ein Vergnügen, ihm bei der Arbeit zuzusehen.«

»Ein vortrefflicher Handwerker, mit einem Wort. Aber er hat einen großen Fehler. Er hält es nicht lange auf einem Posten aus. Er arbeitet wo ein Jahr, zwei Jahre, er ist zufrieden, man ist mit ihm zufrieden – eines Tages zieht er sich sein Sonntagsgewand an und geht hin und kündigt. Er zieht weiter in ein anderes Dorf. Bei uns war er schon zweimal. Einmal ein Jahr, das andere Mal sogar drei Jahre. Eines Tages legte er den Hobel nieder und zog weiter.«

»Er bekommt gleich einen neuen Posten?«

»Und ob! Man reißt sich um ihn. Bei uns ist er nun seit diesem Frühjahr zum dritten Mal.«

»Es zieht ihn also immer wieder her. Vielleicht wird er diesmal bleiben.«

»Wenn man so jung ist wie du, tut man wohl daran zu glauben, ein Mensch könnte sich ändern. In meinen Jahren weiß man, wenn man nicht dumm ist, daß dies kaum vorkommt. Der Stellmacher wird sich nicht ändern. Er wird nicht bleiben.«

»Ist das so ein Unglück? Wenn er immer so leicht einen neuen Posten bekommt?«

»Für ihn ist das kein Unglück. Aber er hat eine Frau und eine Tochter.«

»Ein wunderschönes Mädchen.«

»Du hast sie schon gesehen? Wo?« fragte Jankel lebhaft.

»Heute, hier unter den Schnitterinnen. Ich glaub' es wenigstens.«

»Warum glaubst du das? Es sind sehr viele junge Mädchen hier und viele sind hübsch.«

»Das ist wahr. Ich habe mich schon gewundert, daß es soviel hübsche Mädchen hier gibt. Aber eine ist mir, es war nur ein kurzer Moment, doch besonders aufgefallen. Sie sieht hier fremdartig aus. Sie ist auch, glaube ich, ein wenig anders gekleidet. Alle Frauen und Mädchen haben lange taillierte Jacken an, die einreihig geknöpft sind. *Ein* Mädchen aber trägt eine Jacke mit zwei Reihen Knöpfchen. Eine schwarze Jacke mit zwei Reihen Knöpfchen, links und rechts über die Brust. Reizend sah sie aus.«

»Das ist sie. Die Tochter unseres Stellmachers. Kannst du sagen, warum sie dir unter den Schnitterinnen fremd zu sein schien?«

»Vielleicht wegen der Jacke.«

»Ihre Mutter hat aber genauso eine Jacke an.«

»Die Mutter hab' ich vielleicht nicht bemerkt.«

»Du hast gut gesehen, das muß man schon sagen. Ebendarum wüßte ich gerne von dir, warum du sie für eine Fremde angesehen hast.«

»Wahrscheinlich doch bloß wegen ihrer Jacke.«

»Nein. Es ist nicht die Jacke allein. Man nennt das Mädchen hier: die Zigeunerin. Man sieht sie hier nicht gern. Darum fühlt sie sich fremd. Darum ist sie auch dir fremd vorgekommen.«

»Wer sieht sie nicht gern?«

»Das Dorf.«

»Warum nennt man sie Zigeunerin?«

»Sie hat eine dunkle Haut. Aber das allein würde nichts machen. Es gibt hier welche, die ebenso dunkelhäutig sind. Man würde es gar nicht bemerken, wenn sie nicht die Tochter des Stellmachers wäre. Aber der Stellmacher ist für das Dorf ein Zigeuner. Zawoloka, so nennt der Bauer jeden, der nicht seßhaft ist, einen Herumtreiber. Und weil der Vater ein Zawoloka ist, ist die Tochter eine Zawoloka, eine Herumtreiberin, eine Zigeunerin.«

»Aber der Stellmacher ist doch ein Handwerker! Er steht also doch höher als ein Bauer?«

»Meinst du? Für einen Bauern steht im Grunde kein Mensch in der Welt höher als ein Bauer. Für einen Dobropoljer Bauern ist seinesgleichen eigentlich nur ein Dobropoljer Bauer. An allen anderen Menschen wird er irgend etwas auszusetzen haben. Die Naboikijer Bauern zum Beispiel sind ihm leichtsinniges Volk, die Nastasower Raufbolde, die Domamoryczer sind Diebe, die Janowker Säufer.«

»Hat denn der Stellmacher, wenn er schon ein Herumtreiber ist, den Ehrgeiz, von den Dobropoljern als ihresgleichen angesehen zu werden?«

»Der Stellmacher pfeift ihnen was. Er verachtet sie alle zusammen: die Naboikijer, die Nastasower, die Domameryezer und ganz besonders die Dobropoljer als blödes und übelriechendes Bauernpack. Er ist ja doch ein Handwerker! Ein Künstler in seinem Fach. Er spricht drei Sprachen: Ukrainisch, Polnisch und Deutsch. Er war als k. u. k. Dragoner im Krieg und hat die Welt gesehen. Aber er hat eine Bäuerin geheiratet. Sein Weib ist Bäuerin und will von den Bauern für voll genommen werden. Er hat eine Tochter, die ist, wie ihre Mutter, eine Bäuerin. Und in diese Tochter, die als eine Zawoloka gilt, als eine Zigeunerin, hat sich ein Bauernbursch verliebt, der Sohn eines reichen und sehr angesehenen Bauern.«

»Eines Dobropoljer Bauern?«

»Ja. Kyrylowicz heißt er, Wasyl Kyrylowicz. Der Sohn heißt Petro.«

»Das Mädchen ist sehr hübsch.«

»Der junge Kyrylowicz ist ein stiller, arbeitsamer Bauer, er hat Pockennarben im Gesicht. Brav wie er ist, wollte er die Stellmacherstochter gleich heiraten. Das hat das ganze Dorf gegen das Mädel aufgebracht. Der alte Kyrylowicz verbot seinem Sohn jeden Umgang mit der Herumtreiberin und griff, als das Verbot nichts nützte, zu wirksameren Mitteln.«

»Soll das heißen –«

»– daß er den Sohn so lang prügelte, bis er das Mädchen aufgab.«

»Das tat er?«

»Ja. Das tun die Söhne wohlhabender Bauern. Da sind die Väter noch die Herrscher in der Familie.«

»Sind die heute hier, Vater und Sohn?«

»Der Vater ist hier. Den Sohn hat er wohlweislich nicht mitgenommen.«

»Ich möchte ihn sehen, den Alten.«

»Du wirst ihn sehen. Ich hab' ihm ein schönes Stück zugeteilt, mitten unter den angesehenen Bauern, wie es ihm zukommt. Aber nicht zu weit von ihm habe ich heute die Stellmachersweiber hingestellt.«

»Da wird er sehen, wie hübsch das Mädchen ist, nicht wahr?«

»Das Mädchen hat der alte Kyrylowicz oft genug gesehen. Er weiß, wie schön sie ist. Das macht ihm keinen Eindruck. Ich hab' sie ihm in die Nähe gestellt, damit er sich überzeuge, daß wir vom Gutshof die Stellmachers achten. Das wird ihm auch keinen besonderen Eindruck machen. Im Gegenteil, es wird ihn vielleicht ein wenig ärgern. Aber er wird nicht umhinkönnen zu bemerken, was für tüchtige Schnitterinnen Mutter und Tochter sind. Die meisten Bäuerinnen hier helfen ihren Männern bloß. Sie bündeln die Garben und schichten sie in Mandeln auf. Aber Hafermachen ist Männerarbeit. Auf dem ganzen Acker wird es heute nur drei Bäuerinnen geben, die wie Männer mit der Sense zu arbeiten verstehen: Kassjka Kobylanska, das ist die Bäuerin, der du zur Erheiterung des Volkes einen Handkuß gegeben hast –«

»Aber, Jankel! Wie können Sie so was sagen!«

»Du hast ihr keinen Handkuß gegeben?«

»Aber Herr Jankel!«

»Ich hatte den Eindruck –«

»Aber —«

»Also die hübsche Bäuerin, der du beinahe einen Handkuß gegeben hast, dann die Stellmachersfrau und die Tochter, die tun hier Männerarbeit.«

»Die Tochter? Die kann mähen?«

»Und wie, mein Lieber! Wie ein Mann.«

»Das wird ihr beim alten Kyrylowicz nützen? Nicht wahr?«

»Nicht viel. Ein armes Mädel bleibt, was immer es auch kann, ein armes Mädel. Aber eine Herumtreiberin? Eine Zigeunerin?« Herumtreiberinnen können nicht Hafer machen. Das wird der alte Wasyl sich überlegen müssen. Darum hab' ich ihm die Stellmacherinnen vor die Nase gestellt.«

»Das haben Sie sehr gut gemacht, Jankel. Das Mädchen wird Ihnen gewiß sehr dankbar sein.«

»Um das Mädchen war mir da weniger zu tun. Es ist die Mutter, die am meisten darunter leidet. Sie ist eine echte Bäuerin. Es ist nicht leicht zu verstehen, wie sie sich an einen Herumtreiber hängen konnte. Sie ist seßhaft wie jede Bäuerin und sie hat sich große Hoffnungen auf die Verbindung ihrer Tochter mit einem angesehenen Bauernsohn gemacht.«

»Aber das Mädchen liebt ihn doch?«

»Man sollte meinen. Alle glauben es. Sogar Pesje glaubt das.«

»Wieso Pesje?«

»Pesje ist die Patronin aller Verliebten im Dorf. Hat man dir das noch nicht gesagt? Ja, Pesje ist die Vertraute aller Bräute, aller glücklich und besonders aller unglücklichen Liebenden in Dobropolje. Zu ihr kommen sie alle mit ihren Geheimnissen und Sorgen, aus ihrem Blumengarten bekommen alle Bräute ihre Hochzeitskränze. Pesje tanzt auf allen Hochzeiten in Dobropolje, selbstverständlich nur mit ihrem Herzen, mit. Die Stellmacherstochter ist ihr ganz besonders geliebtes Sorgenkind.«

»Aber Sie, Jankel, Sie glauben nicht, daß die Stellmacherstochter diesen Schlappschwanz liebt?«

»Warum Schlappschwanz? Aber vielleicht hast du recht. Ein Schlappschwanz. Ja, ein Schlappschwanz!«

»Liebt sie ihn oder liebt sie ihn nicht?«

»Junges Blut, mein Lieber. Achtzehn Jahre ist sie und alle Burschen sind hinter ihr her, natürlich nicht, um sie zu heiraten. Ich glaube nicht, daß sie ihn liebt. Die ganze Sache ist an ihr abgeglitten wie Öl am Wasser. Sie hat die Natur ihres Vaters. Vielleicht haben die Bauern recht: eine Zigeunerin! Willst du sie sehen, ja?«

»Gern. Den alten Kyrylowicz auch. Gehen wir?«

9

Die Mäher, jeder ein Vorarbeiter auf seinem Abschnitt, hatten bereits frische Stoppelrechtecke in das Haferfeld hineingeschnitten. Fest auf den Beinen und im Schritt so breit, daß die gespreizten Beine den mächtig ausschwingenden Sensen in kleinen Tritten folgen konnten, bedrängten die Sensenmänner den Hafer. Unten an den Sensengriffen waren leichte Holzgestelle angebracht, die jeden Schnitt auffingen und mit einer kleinen kippenden Bewegung schnurgerade in die Mahd legten. Wenn ihn die Schärfe der Sense unten an der Wurzel traf, erschauerte der Hafer oben in den zitterigen Köpfchen und wollte sich vor Schmerz ausschütten, aber dazu blieb ihm keine Zeit; schon lag er, totes Getreide, aufgebettet in der Mahdspur. Alfred, der wohl bei einer Heuernte, aber kaum je bei einer Haferernte zugesehen haben mochte, erfüllte der Anblick des unter der Schärfe der vielen Sensen fallenden Hafers mit einem seltsamen Schauer. Wie wenn Lebendiges umgelegt würde. Wirkte es so, weil der Hafer so zartes Leben in den zitterigen Köpfchen hatte, während Heu bloß Gras war?

»Weil du vorher von Gleichheit gesprochen hast«, sagte Jankel, in Gedanken vorausgehend, »du wirst nicht einen Haferstengel finden, der dem anderen gleich wäre. Und die Bauern? Alle haben mähen gelernt. Alle können es. Aber da ist nicht eine Mahd der anderen gleich. Dieser Bauer da versteht es, den vollen Schwung der Arme mit gleichmäßiger Kraft auszunutzen. Seine Mahdspur ist breit und gerade wie nach der Schnur gezogen. Nikodem Ranek ist eben der gute Mäher geblieben, trotz seines hohen Alters. Er wird früher fertig werden und noch bei der Gerste seinen Mann stellen, während dieser Walko Zoryj da schon zurückbleibt und nicht eine Mahd hinlegen wird, die der andren gliche.«

»Wie heißt das Mädchen eigentlich?«

»Welches Mädchen?«

»Die Stellmacherstochter.«

»Für was anderes ist auf einmal kein Platz mehr in deinem Kopfe?«

»Weil wir doch hingehen wollten –«

»Wir kommen schon noch hin. Du wirst dich doch nicht gleich in die Stellmacherin verlieben, hoffe ich?«

»Verlieben? Ich? In die Stellmacherin? Ich denke nicht daran.«

»Wenn man nicht daran denkt, verliebt man sich am besten.«

»Und wenn man daran denkt?«

»Wenn man daran denkt, am schnellsten.«

»Also was tun?«

»Siebenundsiebzig Jahre alt sein und daran denken.«

»Woran denken?«

»Daß man siebenundsiebzig ist. Aber auch das nützt nicht immer. Jewdocha heißt sie.«

»Wenn man neunzehn ist. Wenn man siebenundsiebzig ist, heißt sie vielleicht Kassjka Kobylanska«, sagte Alfred, holte Jankels Vorsprung ein und sah den Alten von der Seite herausfordernd an.

»Kassjka Kobylanska ist doch die Dame, der ein gewisser Neunzehnjähriger einen Kuß auf die Hand gegeben hat.«

»Aber Herr Jankel! Sie werden es noch zweimal im Scherz sagen und dann selbst glauben, es sei wahr!«

»Eine prächtige Frau, die Kassjka, nicht wahr? Hast du bemerkt, was die schöne Zähne hat? Sie hat sich ihre Lebtage die Zähne nicht geputzt und die Jüngste ist sie auch nicht mehr. Sie ist bald fünfzig. In ihrem Alter sehen Bauersfrauen wie Greisinnen aus. Ein prächtiges Weib, sag' ich dir. Wir kommen noch bei ihr vorbei.«

»Ja, aber vorerst –«

»Vorerst gehen wir zu Jewdocha. Selbstverständlich.«

»Weil ich mir nämlich nicht vorstellen kann, wie dieses junge Geschöpf mit der Sense umgeht«, beteuerte Alfred, und Jankel ließ es gelten. Sie schritten nun schweigend das Gebreite des Haferfeldes zum zweiten Mal ab. Das heißt: Alfred schwieg, indes Jankel an keinem der Schnitter vorbeiging, ohne das Wort an ihn zu richten. Es war die eingespielte Anrede des Kundigen –: ein Scherz, ein Wink, eine Ermunterung, ein zwinkernder Tadel im Vorbeigehen –, die mit einem Wort, einem Lächeln, einem Räuspern, einem bestätigenden Brummen oder verneinenden Seufzer erwidert werden konnte und den Ernst wie die Würde der Arbeit eher beförderte als störte. Alfred wollte in jedem älteren Schnitter den alten Wasyl Kyrylowicz entdecken, den Feind der Stellmacherin. Es gab unter den Schnittern so manche Gestalt mit buschigem Schnurrbart, rundgeschorenem Kopfhaar und breitem, sonnverbranntem Ledernacken, der zu einem hofsässigen Bauern gepaßt haben würde. Aber Alfred, als Fremder, sah in allen diesen neuen Gestalten und Gesichtern zunächst das, worin alle einander ähnlich und stammverwandt waren: das Typische. Das Persönliche, das Individuelle entzog sich seiner Aufmerksamkeit, kraft der natürlichen Unzulänglichkeit, deren der Mensch in der Fremde nach einer Zeit selbst innewird, wenn ihn erst das plötzliche Erkennen der kleinen Zeichen des Neuen über die Irrtümer und Täuschungen der ersten Zeit getröstet hat.

Das Mädchen Jewdocha aber, die Zigeunerin, erkannte Alfred, als sie an ihrem Abschnitt angekommen waren, schon von dem Abstand der aufgeschnittenen Hafermahd, die vom Wiesenrand bis zu den beiden Schnitterinnen, der Mutter und der Tochter, wie ein gerade geschorener Teppich sich hinzog und zusehends verlängerte. Es mähte aber nicht die Tochter, sondern die Mutter. Die Mahdspur, wenn auch genauso breit und ordentlich wie jene der männlichen Mäher rechts und links von den Stellmacherinnen, war ein zwei Schritt kürzer. Alfred erkannte das Mädchen nicht an der zweireihig mit Knöpfchen verzierten Jacke, die sie – wie alle Schnitterinnen auf dem Felde – abgelegt hatte. Er erkannte sie an dem Ebenmaß ihrer schön gewachsenen Gestalt, die er bereits unterwegs in der Phantasie zur Königin des Haferfelds ausgeschmückt hatte. Das Mädchen unterbrach eben für eine kleine Rast ihre Arbeit mit dem Rechen, und mit beiden Armen auf den Griff des übermannshohen Geräts hängend, das Gesicht zwischen den hochgestreckten Armen, sprach sie mit halblauter dunkler Bruststimme auf die Mutter ein, die ohne sich umzublicken, die Sense im Schwung in der Luft haltend, der Tochter kurzen Bescheid gab.

»Und wo ist der Kyrylowicz?« fragte Alfred, um sich selbst von der Schönheit des Mädchens abzulenken.

»Der Nachbar rechts«, sagte Jankel ohne Geste, gesenkten Blicks, als wollte er Alfreds Erröten nicht bemerkt haben. »Der Alte ist es. Der Junge ist sein Jüngster.«

»Der Alte hat aber schon ein gutes Stück vorausgemäht«, stellte Alfred nicht ohne Bedauern fest.

50

»Ich hab's dir ja gesagt: Mähen ist Männerarbeit. Aber warte nur, wenn die Tochter die Sense in die Hand bekommt, wird sie bald den Vorsprung eingeholt haben.«

»Bleiben wir hier?« schlug Alfred vor.

»Wir gehen noch das kleine Stück zu Ende, dann kehren wir um und setzen uns hier.«

»Im Gras da am Wiesenrand?«

»Nein. Der Hafer hat nach dem vielen Regen drei heiße Sonnentage gehabt, er ist so trocken geworden, daß man ihn gleich bündeln kann. Du siehst ja, sie arbeiten schon mit dem Rechen. Wir lassen uns gleich ein paar Garben binden und richten uns hier bequem ein.«

»Bei den Stellmacherinnen oder bei Kyrylowicz?«

»Wie du willst«, meinte Jankel. »Wenn der alte Kyrylowicz dich gar so interessiert –«, fügte er, den Gang fortsetzend mit emporgezogenen Brauen hinzu.

»Ich will nur sehen, ob sie ihn überholt.«

»Hej, Donja!« wandte sich Jankel an das Mädchen, »mach uns rasch ein Gebund. Wir kommen gleich wieder und wollen uns da niedersetzen.«

»Was haben Sie der Frau gesagt?«

»Dem Mädchen hab' ich's gesagt: sie soll uns eine Sitzgelegenheit schaffen.«

»Sie haben aber doch nicht Jewdocha gesagt.«

»Nein.«

»Sie heißt aber doch Jewdocha?«

»Gewiß. Noch immer.«

»Sie haben aber –«

»Ich habe Donja gesagt. Jewdocha ist ein zu breiter Name. Wer sie gern hat, sagt Donja. Man kann aber auch Donjka sagen. Oder Dossja. Oder Dossjka.«

»Das klingt alles sehr reizend: Donja, Dossjka –«

»Sag du lieber Donjka. Dossjka sprichst du nicht richtig aus.«

»Ich wollte schon immer Russisch lernen. Jetzt werde ich mit Ukrainisch beginnen.«

»Weißt du was? Lerne Ukrainisch bei Donja. Bei den Mädchen lernt man sehr rasch. Bei wem, glaubst du, hab' ich Deutsch gelernt?«

»Sie waren doch k. u. k. Soldat?«

»Woher weißt du das?«

»Es steht ja auf Ihrem Köfferchen drauf, Herr Korporal!«

»Beim Militär hatte ich nicht viel mehr als Habtacht, Kehrteuch, Vergatterung und dergleichen gelernt. Alles andere lernte ich von einem Mädchen. Mein Feldwebel war ein Tscheche. Belenoc hat er geheißen. Seine Frau war eine Deutsche aus Pilsen. Die Frau hatte eine jüngere Schwester. Bei der hab' ich erst Deutsch gelernt. Mariandl hat sie geheißen. Ein liebes Mädchen. Schöner noch als die kleine Donja da, sag' ich dir.«

»Wie lange haben Sie gedient?«

»Dem Kaiser sechs, der Mariandl drei Jahre. Hätte ich noch drei Jahre gedient, wie mein Feldwebel wollte, ich würde mir Anspruch auf eine staatliche Stellung erdient haben.«

»Ist wahr?« staunte Alfred.

»Wie du mich hier siehst«, sagte Jankel mit großem Ernst und aufrichtigem Stolz, »Briefträger hätte ich werden können oder Eisenbahnkondukteur –«

Alfred brach in solches Gelächter aus, daß die Schnitter ihre Arbeit aussetzten und erstaunte, gutmütig lachbereite Masken gegen Jankel richteten.

»Warum mußt du denn so schrecklich lachen?« entrüstete sich Jankel. Als er aber innewurde, welchen Eindruck Alfreds Gelächter auf die Bauern machte, ließ er sich's auch gefallen.

»Wenn du lachst, merkt man, daß dein Vater in Dobropolje aufgewachsen ist. Du lachst wie dein Vater.«

Sie waren am Ausgangspunkt angekommen, an der Stelle, wo Jankel mit dem Verteilen begonnen hatte. Mit einem Blick konnte man hier das von Süden nach Norden sanft abströmende, wogende Gebreite des Haferfelds übersehen, eine goldene Tafel voller Frucht. Sechzig, achtzig Sensen fletschten ihre glitzernden Schärfen. Sechzig, achtzig stählerne Blicke zückten ihre Zungen und fraßen an der Frucht. Der Horizont war nur noch mit dünnen, einheitlich grauen Schleiern verhängt. Am östlichen Rand, überm Kartoffelfeld, trat ein farbiger Fleck in Sicht, gelb und braun zunächst, als hätte eine Riesenhand in die himmlische Haut hineingekniffen.

»Hej, Christenmenschen!« rief der erste Schnitter, den Kopf im Nacken, die Augen auf den Fleck am Himmel gerichtet, mit weithin über den Acker tragender Stimme: »Die Sonne steht schon an die fünf Bauern hoch am Himmel!« Er spuckte in die Hände und schwang seine Sense hoch. Als hätte er die Parole ausgegeben, so sprang sein Anruf von Abschnitt zu Abschnitt, von Schnitter zu Schnitter, von Mund zu Mund. Man sah den Ruf über den Hafer springen: in ein, zwei Minuten sah man unten auf dem letzten Abschnitt den letzten Mäher in die Hände spucken. Sechzig, achtzig Blitze zückten ihre feuerscharfen Zungen überm Haferfeld und fraßen mit doppelter Gier an der Frucht. In den dünnen Wolkenschleiern verfärbte sich der braungelbe Fleck blutrosarot, wie eine Hand gegen die Sonne gehalten. Einen blitzenden Strahlenstern entlassend, schlug das Firmament langsam seine rosigen Wimpern auf, blinzelte eine Weile mit entzündeten Riesenlidern durch die hauchdünnen Schleier und sah mit seinem runden roten Blendaug' ruhig und warm auf das Land. Die Luft über dem Haferfeld regte sich leise. Die zarten Haferköpfchen erzitterten. Irgendwo, nicht fern unterm Himmel, nicht nah überm Hafer –, irgendwo ganz unten und nah von der Erde her ertönte ein Vogellaut: weich und sanft, als habe eine Quelle gewölbten Mundes die Stille der Welt geküßt. Einmal. Noch einmal. Dreimal. – Pitj – pitj – pilitj!

»Was hat der Vogel gesagt?« flüsterte Alfred eine rasche Frage, kindisch vor Entzücken. Jankels Gesicht im morgenmilden Schein der Sonne erhellte sich in einem so innigen Lächeln, daß sein Bart und die Backenknochen erglänzten: »Pitj – pilitj! hat er gesagt, der Vogel. Er heißt auch so ähnlich: Prypetj. Auf deutsch heißt er – – wie heißt der Vogel auf deutsch? Wie heißt nur dieser Vogel auf deutsch –?«

10

Das Mädchen Jewdocha hatte aus ein paar Garben einen Sitz aufgeschichtet, der mehr eine Lagerstatt war. Es knisterte und es stach das Haferstroh den leicht und aufrecht sitzenden Alfred, es bettete weich und nachgiebig den bequem halbausgestreckten Jankel ein.

»Dich sticht der Hafer?!!« fragte Jankel, ohne Alfred anzusehen, die Augenlider schließend.

Alfred, nach der schönen Schnitterin aussehend, glaubte sich ertappt, errötete, schluckte und erklärte: »Ich schau' nur, ob die Tochter schon zu mähen anfängt. Dieser Kyrylowicz gewinnt immer größeren Vorsprung.«

»Du mußt fest mit deinem ganzen Gewicht aufsitzen, da sitzest du weich wie auf Heu. Wenn du aber so hockst wie auf einem gepolsterten Seidenstuhl, sticht dich das trockene Stroh«, belehrte Jankel ihn mit unschuldiger Miene.

»Wird sie bald die Mutter ablösen?« fragte Alfred.

»Das geht mich nichts an. Ich bat sie um Wasser. Sie hat gutes Trinkwasser mit, aus dem Waldbrunnen, aus dem auch das Fräulein Milgrom das Trinkwasser holen läßt.«

»Wer?«

»Du weißt nicht, wer das Fräulein Milgrom ist?« fragte Jankel. »Pesje. Unsere Versorgte Pesje hat einen so schönen Namen«, fügte er hinzu mit einer Grimasse übertriebenen Ekels vor dem Namen, und: »Gott, hab' ich einen Hunger!«, als hätte ihm der Name Pesjes Appetit gemacht. Alfred aber brachte die Erwähnung Pesjes den Onkel Welwel in Erinnerung. Er sah ihn nun wieder, den sorgenvollen Onkel, wie er neben der Britschka schreitend auf Jankel einredete, so früh am Morgen schon, und Alfreds Gesicht verdüsterte sich.

«Wollen Sie nicht, Jankel, mir endlich sagen, was der Onkel von mir will und wie er gedenkt, mit mir weiter zu verfahren?« fragte er plötzlich beinahe grob. Jankel öffnete seine Augen, wechselte stöhnend seine Lage, und auf einen Arm gestützt, sah er zu dem aufrecht sitzenden Alfred mit ernsten und traurigen Augen auf.

»Das hat zwar Zeit. Aber ich sag's dir noch heute.«

»Sagen Sie es mir gleich, jetzt«, bat Alfred.

»Einen Hunger hab' ich!« klagte Jankel überlaut, um Alfred abzulenken. »Schau, jetzt bekommen wir einen kühlen Trank!« – rief er gleich darauf mit gemachter Fröhlichkeit aus, ohne die Augen von Alfred abzuwenden, und mit einer leichten Neigung des Kopfes und horchender Miene deutete er auf die im Stoppelfeld knirschenden Schritte hin.

Alfred erhob seinen Blick und sah das schreitende Mädchen Jewdocha. Sie trug schwarze Stiefel mit halbweichen Schäften und hohen Absätzen; einen rotbraun-weiß karierten Rock, der unter der breit sich aufbauschenden Glockenform eine Zahl rauschender Unterröcke ahnen ließ; ein gut handbreiter roter Gürtel, aus Wollfasern grob gewirkt, strich die rauschende Glocke in der Figur scharf ab und fiel als ein kürzeres und längeres Band am Glockenrock bis ungefähr zur Kniekehle herab. Aus der unten bis zum Gürtel so aufgebauschten Weiblichkeit wuchs oben kerzengerade ein schlanker Oberkörper, kräftig und breitschultrig in der ausgespannten Hülle eines grobleinenen Hemdes von männlichem Zuschnitt mit langen Ärmeln und Stehkragen. Die Manschetten an den Ärmeln und der Kragen waren auf ukrainische Art mit roten und blauen Stickereien verziert, mit gelb glitzernden Glasknöpfchen zugeknöpft wie die Hemdbrust, an deren bequeme Lockerung beim Schreiten zwei straffe Wölbungen perlenrund anstießen, mit den Spitzen ein wenig seitwärts strebend, als wollte keines von den beiden jungen Brüstchen von dem anderen was wissen; das gab der schlanken Gestalt einen rührend-gewährenden Zug. In der rechten Hand hielt das Mädchen einen schwarzen Tonkrug, der mit einem über den Kannenmund gestülpten rötlichen Tontöpfchen zugedeckt war, die linke Hand spielte mit den herabfallenden Bändern des Gürtels, als suchte die in sichtlicher Verlegenheit Herankommende an den Gürtelbändern einen Halt. Das gelbe Kopftuch, sonst unterm Kinn gebunden, war für die Feldarbeit locker um den Kopf gewickelt. Das Gesicht war von der Sonne tiefdunkel gebräunt, man sah aber an der Stirne, die vom Kopftuch zart gelb überschattet war, unterm Ansatz des blauschwarzen Haares, daß die Haut von Natur dunkel war. In langen Wiegeschritten kam Jewdocha über das Stoppelfeld heran; stelzend und geziert, in der Nähe mit den Röcken aufrauschend, stolz in ihrer Schönheit wie ein Pfau trat die Gestiefelte heran. Das Gesicht in Herzform war noch so kindlich jung, daß es schier nichts zum Ausdruck hatte als die Augen. Das Kinn rund, unten zart aufgespalten wie ein geröstetes Reiskorn, der Mund breit geschnitten, mit vollen durchbluteten Lippen und einem massiven Gedränge weißschimmernder Zähne, die Nase mit winzigen Flügeln, an der Spitze stupsig, die Augenbrauen wie mit schwarzer Tusche kräftig und nicht gar regelmäßig hingestrichen, über den zarten Backenknochen wie überm ganzen Gesicht ein mildes, süßes Dunkel ausgebreitet – in diesem Gesicht hätte man sanfte, schwarze Augen erwartet. Aber als das Mädchen zu Jankel aufblickte, sah man, daß Donjas Augen nicht schwarz waren, sondern grau. Hellgrau, beinah wasserhell durchsichtig im Dunkel des Gesichts, schwarz bewimpert. Starke, ohne Härte ruhig und offen blickende slawische Grauaugen hatte die Tochter des Stellmachers. Sie hatte eingeschenkt und mit einem Lächeln reichte sie Jankel ein Töpfchen voll Wasser. Ihr Lächeln wirkte bestrickend und abstoßend zugleich. Demut, Trauer und ein frecher Schmerz überzogen mit diesem Lächeln das schöne Gesicht. Ein ähnliches Lächeln hatte Alfred irgendwo, irgendwann schon erfahren. Mit der Dienstfertigkeit eines jugendfrischen Gedächtnisses löste eine schnelle Erinnerung das Rätsel dieses so seltsam anziehenden und abstoßenden Lächelns auf den ersten Blick: Auf der ganzen Welt lächelten so nur Zigeunerinnen.

»Trink erst du«, bot Jankel Alfred an. »Das Wasser ist vortrefflich.«

»Danke«, sagte Alfred und würgte an seiner Stimme, die sich selbständig machte und eben daran war, auf soviel Schönheit mit einem Urlaut zu antworten. Darüber errötend, nahm er das Töpfchen und, ohne die Augen von der schönen Erscheinung abzuwenden, trank er gierig bis auf den Grund. »Danke«, wiederholte er mit abgekühlter und erfrischter Stimme und reichte das leere Töpfchen nicht Jankel wieder, sondern dem Mädchen. Sie nahm es mit ihren dunkelgebrannten, großen Händen, die von harter Arbeit rauh waren. Rauh und alt, als sei das schöne Mädchen die Tochter ihrer Hände.

Während Jankel sich am Trunk gelassen erfrischte, erhob das Mädchen für einen Herzschlag kurz die Augen und sah Alfred frech und frei an. Dann schlug sie schnell die Augen nieder, senkte in kindlicher Verschämtheit auch den Kopf und behielt das herzförmige Gesicht im gelblichen Schatten ihres Kopftuches geborgen, indes ihre Hände an den herabfallenden Bändern der Krajka fingerten. Donja schämte sich so. Es war aber nicht die Schämigkeit eines Kindes, das mit eingezogenem Körperchen sich in der eigenen Seele verstecken möchte, es schien vielmehr, als entlasse die Seele ihren ganzen Vorrat an Scham, damit sie sich auch über dem Körper ausbreite. Ja es schien als prunke sie gar mit ihrem Reichtum, als spräche sie, als riefe sie: Seht, wieviel Schämigkeit!

Solche Haltung gebot hier einem jungen Mädchen die Gesittung des Dorfes. Ein junges Mädchen hat sich vor einem fremden Manne nicht nur zu schämen, sondern es gebietet ihm die gute Erziehung auch zu zeigen, wie es sich schäme. So stand eben die Stellmacherstochter vor Alfred da und tat, wie geboten war: sie schämte sich.

Als aber Jankel das leere Trinktöpfchen mit Dank zurückgab, verwandelte sie sich, ohne erst einen Übergang zu markieren, im Nu in das unbefangene Dorfmädchen, das einem alten Manne, einer

Respektsperson, einen kleinen Dienst erwiesen hatte. Mit dem Krug in der einen, dem Töpfchen in der anderen Hand ging sie in ihrem langen Wiegetritt über das Stoppelfeld, aufrauschend mit ihren Röcken, stolzen Ganges, schritt sie zu ihrer Arbeit zurück.

»Na, wie gefällt dir unsere Dorfschönheit?« erkundigte sich Jankel, mit den Fingern Wassertropfen aus dem Barte schnipsend.

»Eine Schönheit«, sagte Alfred, ohne Ton.

»Für Dobropolje langt es«, meinte Jankel.

»Die Bauern haben aber recht: einen Schuß Zigeunerblut wird sie schon haben.«

»Kannst du das sehen?«

»Sie lächelt in einer Art –«

»Am Lächeln willst du so etwas erkennen?«

»Erkennen nicht gerade, aber immerhin vermuten –«

»Nun, ihr Vater ist mindestens ein halber Zigeuner. Vielleicht ist sie grad darum so reizend?«

»Schön ist sie. Reizend ist sie.«

»Nicht wahr? Ich hab' doch gesagt: eine Dorfschönheit.«

»Eine Schönheit. Nur die Hände –«

»Gewiß, die Hände! Sie hat auch noch andere Mängel. Sie spielt nicht Klavier. Sie spricht nicht französisch. Und –«, Jankel lagerte sich umständlich und möglichst bequem hin, schob seinen schwarzen Strohhut tief über die Stirn und Augen, »Romane liest sie auch nicht.«

Alfred war ihm dankbar, daß er Donja verteidigte. Er selber klammerte sich ja doch nur an die Mängel der Dorfschönheit, weil es seinem Herzen bereits wohltat, ihr etwas verzeihen zu dürfen.

»Sie scheint aber gar nicht so unglücklich darüber zu sein, daß der junge Kyrylowicz sie aufgegeben hat?«

»Eine andere wäre vielleicht unglücklich darüber«, sagte Jankel mit verdämmernder Stimme. »Aber unsere Stellmacherin ist anders geartet.«

»Wie ist sie geartet?« wollte Alfred wissen.

»Sie ist jung und sie lebt mit der Jugend«, brummte Jankel, und damit schaltete er für seinen Teil das Gespräch aus.

»Wie meinen Sie das?« fragte Alfred, nachdem eine Weile des Grübelns über Jankels Äußerung still verstrichen war. Zur Antwort hörte Alfred nur noch einen Brummer. Dann kam ein Schnalzer, der anzuhören war, wie wenn die tiefste Saite des Kontrabasses, angezupft, auf das Griffbrett prallt; dann kam durch ein Nasenloch ein dünner Pfiff – dann lag der alte Jankel friedlich auf dem Rücken und schnarchte zum blauen Himmel hinauf.

11

Ein schlafendes Lebewesen wirkt, als wäre der Schlaf allein schon ein Rührstück, allenfalls rührend. Ein schlafender Mensch, ist er dem Herzen des Wachenden lieb, wirkt ergreifend. Der Anblick eines frei in der Landschaft vom Schlaf überwältigten Menschen ist schon bei hellichtem Tag eine Ballade. Alfred war vom plötzlichen Entschlafen Jankels so ergriffen, daß er auf dem knisternden Strohgebund sich kaum zu rühren getraute. Sekundenlang hielt er den Atem an, um nicht durch ein störendes Geräusch den Schlaf des alten Mannes zu beeinträchtigen. Er vermochte nicht den Blick vom Schlafenden abzuwenden. Vor acht Tagen noch hat er diesen bärtigen, überlebensgroß ausgestreckten Schläfer nicht gekannt, ja von dessen Existenz nichts gewußt – nun war er ihm der teuerste Mensch in dieser Welt. Wird ihm die Sonne nicht zu heiß auf den entblößten Schädel brennen? Wird ihn die Mücke nicht stechen? Und da kommt ein großer Heuschreck herangepaddelt und hupft in langen, staunenden Sprüngen über Jankels ausgeglänzte Stiefelschäfte, die des Himmels Blau widerspiegeln. Mit seinem Taschentuch versuchte Alfred, alles Summende, Stechende, Kriechende, Hüpfende von Jankel zu scheuchen, hatte es aber bald heraus, daß der ehrwürdige Schnarcher mit seinem zischenden, brummenden, schnalzenden, pfeifenden Getön für die ungestörte Ruhe seines Schlafes in natürlichster Weise vorgesorgt hatte. So wurden Alfreds Augen frei für die Stellmacherinnen, die ihm in seinem Blickfeld die nächsten waren. Mag er gut ruhen, der liebe Jankel. Seit vier Uhr ist er auf den Beinen. Ein gutes Stück Arbeit hat er bereits geleistet, dieser Raunzer. Jetzt geht es schon auf neun. Ein herrlicher Mann. In seiner Nähe fühlt man sich so sicher geborgen wie in Gottes weiter Hand. Noch sein Schlaf wacht über mir, dem Ruhelosen. – Bald vergaß er dennoch des gesegneten Schläfers. Donja war eben daran, ihre Mutter im Mähen abzulösen. Erst legte die Mutter den Ledergurt ab, mit dem ausnahmslos alle Mäher gegürtet waren. Es war ein breiter Gurt aus hartem Leder, mit einem wassergefüllten Behälter für den Wetzstein ausgestattet. Alle Mäher sahen in diesem Miedergurt wie angeschirrte Pferde aus. Donja wie ein junges Füllen, dem man zum ersten Mal das Kummet angelegt hat. Der Gegürteten übergab die Mutter dann die Sense und tauschte dafür den Rechen der Tochter ein.

Donja ging ohne Hast ans Werk. Mit dem ausgemacht männlichen Phlegma der Mäher prüfte sie erst sachkundig mit einem bespeichelten Finger die Schärfe der Sense, langte sich mit einem reizenden Handgriff hinterrücks den Wetzstein, strich spielerisch und klingend den Stein über die Schneide, verwahrte ihn – wobei sie, sich umblickend, nicht umhinkonnte, Alfreds entzückten Blicken mit ihrem schmerzlich frechen Lächeln zu begegnen und zu erröten –, dann stand sie breit im Schritt und fest auf den Absätzen. Sie mähte.

Der alte Kyrylowicz blickte wohl ein paarmal wie ein satter Wolf mit schläfriger Neugier zurück, wie sich die Verschmähte beim Mähen anstelle – obwohl er gehört haben mochte, daß sie tüchtig bei der Arbeit wäre, mit eigenen Augen hatte er es nicht geprüft –, doch Alfred versäumte es, vergnügter Zeuge dieser Prüfung zu sein. Er hatte Augen nur für Donja. Das Mädchen im groben weißen Leinenhemd war oben in den Schultern breit und stellte beim Mähen mit weit ausgreifendem Schwung der Sense ihren Mann. Doch die Anmut ihres Wuchses triumphierte noch über die getragene Würde ihrer männlichen Arbeit. Jedem ihrer festen kleinen Schritte folgte unten ihr Glockenrock mit reizendem Wurf. Trat das linke Stiefelchen vor, folgte ihm der Rock mit einem leichten Flügelschlag, dann faltete sich der gespreizte Rockflügel zusammen, zögerte einen stillen Augenblick in der Mitte und schwang sogleich im Gleitflug rechts. Der schöne Kopf des Mädchens auf dem kindlich schlanken Halse neigte sich horchend bald links bald rechts hin, als folge er nicht etwa dem kraftvollen Sensenschwung der Arme, sondern als trügen ihn die Flügelschläge des Glockenrockes wie das Köpfchen eines Vogels klar in der Luft.

Gesegnetes Geschöpf, segnete sie Alfred mit den Augen, möge dir alles so leichtfallen wie diese gewiß nicht leichte Arbeit. Ohne einen Blick von dem schönen Glockenspiel ihres Rockes abzuwenden, rechnete er – mit seinem Sportinstinkt rechnete er sich aus, daß der Vorsprung des alten Kyrylowicz höchstens eine Stunde vorhalten würde. Wie ein Zuschauer bei einem Wettrennen erregt, sah Alfred die Mahd Donjas in schnurgeradem Wurf wachsen, beglückt wie der Zuschauer, der seinen Favoriten im Vorstoß liegen sieht, sah er den Vorsprung des Gegners sachte aber unaufhaltsam schwinden.

Der alte Kyrylowicz merkte nichts. Nachdem er sich mit einem Scheelblick überzeugt hatte, daß die junge Stellmacherin tatsächlich mit der Sense nicht schlechter umzugehen verstand als ihre Mutter, nahm er es eben zur Kenntnis – und nichts weiter. Der Stellmacher ist ja auch ein tüchtiger Handwerker, aber Herumtreiber bleibt Herumtreiber und Zigeuner bleibt Zigeuner. So war Alfred der einzige auf dem Felde, der mit anhaltender und wachsender Spannung den Triumph des schönen Mädchens über ihren Verschmäher heimlich kommen sah. Er vergaß die Sorgen des Onkels und seinen eigenen Kummer. Er hörte Jankel nicht schnarchen und die Lerchen nicht singen. Er sah die Schnitter nicht und nicht das Haferfeld. Nur Donjas gerade Mahdspur sah er und die Mahd des alten Kyrylowicz. Nur das schöne Mädchen sah er und die blendende Sonne. Und Donja und die Sonne, beide waren heiß. Eine Dreiviertelstunde verging Alfred so schnell wie die Halbzeit eines ereignisreichen Fußballkampfes. Schon war Donja so nah hinter dem alten Kyrylowicz, daß er das Knirschen ihrer Sense plötzlich erhorchte, nach einem überraschten Rückblick in seine Fäuste spuckte und sich mächtig in die Mahd warf. Da legte die Mutter den Rechen hin, ging zur Tochter hinüber und nahm ihr die Sense ab. Die Tochter gehorchte. Mit ein paar ihrer stolzen Pfauenschritte ging sie über die Stoppeln zum Rechen, nahm das Gerät auf, wischte sich mit dem Rücken der Linken über die schweißperlende Mädchenstirn, versicherte sich mit einem Aufschlag ihrer erhitzten Augen, daß Alfred ihr zugesehen hatte, lächelte ihr schmerzlich freches Lächeln und begann wieder die leichtere Arbeit mit dem Rechen.

»Schade! Sie hätte ihn bald gehabt«, vernahm Alfred Jankels tiefsten Schlafbaß hinter sich.

»Das ist nicht schön von der alten Stellmacherin«, entrüstete sich Alfred.

»Recht hat sie«, meinte Jankel gähnend. »Soll man den alten Kyrylowicz noch mehr aufreizen? Wer weiß, was noch werden kann.«

»Sie glauben, die werden doch noch zusammenkommen. Donja und der Schlappschwanz?«

Jankel erhob sich umständlich, langsam, ächzend von seinem Lager. Er machte ein paar knirschende Schritte auf dem Stoppelfeld, streckte die Glieder, rieb sich den Rücken, sah zu den Schnittern hinüber und sagte: »Ich war sehr müde. Jetzt geht's schon wieder. Komm, Alfred.«

»Wohin denn schon wieder?«

»Wenn man ein paar Stunden so auf freiem Felde verbracht hat, verspürt man ein Bedürfnis, sich hinter einen Baum zu stellen. Komm mit. Donja wird dir noch davonlaufen. Du wirst sehen, sie wird den alten Kyrylowicz noch einholen. Die Mutter kann nicht den ganzen Tag auf dem Felde bleiben.«

Sie gingen über die nasse Wiese, auf der runde Wassertümpel in der Sonne brodelten wie auf einem Herd. Über der ganzen Wiese lag ein warmer feuchter Dampf. Jankel schritt voran und zeigte Alfred die trockenen Grasinseln, über die sie wie über gelegte Pflastersteine zu den alten Weidenbäumen gelangten, die am Rand des Baches wie alte Weiber sich bückten. Alfred stand hinter der alten Weide, auf deren Arm er morgens gesessen und sich mit Jankel unterhalten hatte. Aus dem verkrüppelten Arm der Weide wuchsen dennoch junggrüne Zweige, die überm Bach hinabhängend, mit ihrem zarten Laubhaar das Wasserrinnsal berührten. Der Bach machte hier ein Knie und rauschte auf und gurgelte in der Biegung. Es sah aus, als streichle die alte Weide das junge Bächlein mit ihren grünbehaarten Händen, worüber das Bächlein, sich in der Biegung umschauend, kicherte und gurgelte.

»Apropos«, rief plötzlich Jankel hinter seiner Weide Alfred an. »Weil wir gerade dabei sind. Weißt du, was dein Onkel von dir haben möchte?«

»Wieso apropos?« fragte Alfred.

»Dein Onkel möchte haben, daß du dich beschneiden läßt«, setzte Jankel fort. »Wenn ich dir raten soll, so denke ich: Dobropolje ist eine Beschneidung wert.«

»Freilich, Jankel. Wenn Paris eine Messe, ist Dobropolje eine Beschneidung wert. Dem Onkel und Ihnen zuliebe tue ich alles. Aber –«

»Aber?« wiederholte Jankel wie ein dumpfes Echo schon vor Alfred stehend. »Aber?«

»Aber zweimal beschneiden lasse ich mich weder Ihnen noch dem Onkel zuliebe.«

»Was –«, machte Jankel und ließ den Mund offen und den Bart hängen.

»Ja.«

»Du? Du bist beschnitten?«

»Ja.«

»Im Ernst?«

»Ja.«

Jankel starrte Alfred an. Er hatte noch eine Frage auf den Lippen. Plötzlich wandte er sich ab und begann über die Wiese zu laufen. Mit beiden Händen hielt er die Schöße seines Kittels und rannte und schrie im Lauf aus voller Kehle: »Hej! Herr Domanski! Hej, Domanski, Ihren Wallach! Schnell, schnell! Ich muß zum Herrn Gutsbesitzer reiten! Hej!« – Während Domanski dem Wallach den Sattelgurt enger schnallte und die Trense anlegte, eilte Alfred dem alten Jankel nach, um ihn auf einen kleinen Toilettefehler aufmerksam zu machen.

»Herr Jankel«, rief er, »Sie haben vergessen, vor dem Verlassen des Baumes Ihre Kleider in Ordnung zu bringen! Herr Jankel!«

Jankel hörte nicht. Er zog Domanski das Rohrstaberl aus dem Stiefelschaft, schwang sich mit bemerkenswerter Leichtigkeit in den Sattel und ritt im Galopp davon. Die Schnitter hatten ihre Arbeit unterbrochen, und die Hände über den Augen, blickten sie dem galoppierenden Reiter nach, der schon in der Kehre verschwand, dann hinter der Kehre wieder auftauchte, um bald auf dem staubigen Karrenweg als ein sich bewegender Punkt vor einer Staubwolke zu verschwinden.

ZWEITES BUCH

ZWEITES BUCH

1

Welwel saß unterdessen seinem Kassier Awram Aptowitzer gegenüber und bekannte seine Schuld, die in drei Tagen und Nächten so
schwer geworden war, daß er sie nicht weiter allein zu tragen vermochte. Wie vor dem Rebtschik in Wien in der Rembrandtstraße,
demütigte sich nun Welwel vor seinem Angestellten, den herbei-
zurufen er Pesje ausgesandt hatte, um sich Erleichterung zu schaffen,
aber auch, um die Meinung eines unbeteiligten, verständigen Mannes
zu hören. Wohl habe ihn, Welwel, im Lauf der Jahre und in der
Verlassenheit des Alterns ohne Weib und ohne Kinder oft der Gedanke beschlichen, mit dem Brudersohn eine Verbindung anzubahnen,
eine Aussprache aufzunehmen, aber nicht ohne den Rat weiser
Männer – er habe da vor allem an den Czortkower Zaddik gedacht –,
nicht ohne Vergewisserung, daß ein so unerhörtes Unternehmen mit
Gottes Zulassung nach dem Gesetze Mosis und Israels zu einem guten
Ende geführt werden könnte. Allein, es habe sich offenbar der Böse
selber da eingemischt und alles sei in unerklärlicher Eile, Hast und
Überstürzung geschehen. Welwel schonte sich nicht. Er beschuldigte
vor allem sich selbst, wie es ihm schien. Doch je tiefer die Worte
seiner Beteuerung in die Sache eindrangen, in dieses unglückselige
Unternehmen, je genauer die Vorfälle in Wien bedacht und erörtert,
zerlegt und kommentiert wurden, um so deutlicher und finsterer erhob
sich im Hintergrund die Gestalt des wahren Schuldigen, die leib-
haftige Gestalt des Verwirrers und Verführers, die Verkörperung des
Bösen selbst: Jankel der Goj.

Zum ersten Mal in seinem Leben bedachte Welwel den alten
Freund und Vertrauensmann seines Vaters mit diesem Spottnamen.
Der Alte, dem es in seinem ganzen Leben nicht beifallen mochte,
auch nur mit einem geringen Teil der 613 Gebote und Verbote sich als
Jude einigermaßen zu verhalten, habe ihn in einer entscheidenden
Sache einfach überrumpelt, übertölpelt. Eine Sünde war es schon, in
solche Erwägungen einzugehen. Eine schwere Sünde. Aber groß war

auch die Macht der Verlockung! Was er sich selbst seit Jahrzehnten auch nur in Gedanken zu berühren verbot, was verschüttet und vergessen, verheilt und vernarbt war – alle alten Wunden brach die auf nichts als die irdische Ordnung eingeschworene List des Verführers wieder auf. Bis die Zermürbung so weit gediehen war, daß es nur noch einer praktischen Gelegenheit bedurfte – da kam der Kongreß und die Reise nach Wien.

Hier habe er offenbar unter dem Einfluß Jankels wie im Traum gehandelt. Ohne Willen, ohne Absicht, ohne Gewissen, ohne Verantwortung. Und jetzt sei es soweit. Im Haus der Väter sitzt ein Unbeschnittener. Und lernt Tora! Der Junge könne nichts dafür. Ein gutes Kind, ein kostbares Gefäß, wie es scheint. Aber ein unreines Gefäß, ein verstopftes. Ein Unbeschnittener!

– Es besteht ja aber doch vielleicht die Möglichkeit, die Sache ins reine zu bringen?

– Die Möglichkeit. Doch kaum die Wahrscheinlichkeit.

– Der Junge ist, wie Sie selbst sagen, ein wohlgeratenes Kind. Vielleicht willigt er ein. Eine Beschneidung ist keine schwere Operation.

– Das meint auch Jankel. Er hat es unternommen, ihn dazu zu bewegen. Aber ich habe keine Hoffnung.

– Was wollen Sie tun?

– Ja, was soll ich tun? In diesen paar Tagen ist mir der Junge so ans Herz gewachsen, als wäre er nicht meines Bruders Sohn, sondern mein eigener. Im Hause behalten kann ich ihn nicht. Aus dem Hause jagen kann ich ihn nicht. Was kann er dafür, daß ich den Kopf verloren habe? Und wie soll ich ihm das sagen? Ich hab' ihn ja ins Haus genommen. Ich hab' ihn ja eingeladen. Großer Gott!

Welwel ringt in Verzweiflung die Hände. Er springt vom Sitz auf, um vor seinem Gegenüber nicht ganz die Haltung zu verlieren, und wird nun erst inne, daß es kein Gegenüber gibt. Der Kassier Aptowitzer ist noch nicht da. Welwel ist allein im Betraum. Er ist allein in Großvaters Zimmer. Er ist allein mit dem frischen Makel, den er selbst diesem Raum angetan hat. Er hebt seine Hände bis zur Höhe der Schläfen. In klagender Gebärde strecken sich die Arme vor. Die verkrampften Finger sind nahe, sind schon ganz nah daran, sich mit verzagendem Rupfen an den Pejes zu vergreifen – da tritt Jankel ins Zimmer.

Die waagerechten Linien und Falten auf Welwels Stirne, das Diagramm des Kummers, verwirren sich, sie laufen kreuz und quer durcheinander, dann stellen sich die Falten und Furchen senkrecht in eine Reihe und, von einem Blick des Zornes geführt, stürmen sie gegen den Eindringling vor und nageln ihn an den Boden fest.

»Ich habe eine gute Nachricht«, sagt Jankel und seine Stimme erfüllt den Raum.

Wie ein Gewittergoj stürzt der in den Betraum, schreit es in Welwel. Und er kehrt dem Eindringling den Rücken. Der Zorn schreit so laut in ihm, daß er Jankels Worte überhört. Er kehrt ihm den Rücken, dem Gewittergoj, und flüchtet in die letzte Zimmerecke, dort wo am Sabbat Mechzio Parach sitzt auf seinem niedrigen Stühlchen. Dort sitzt jetzt Welwel. Auf diesem Platz hat ihn weder Jankel noch sonst jemand je sitzen sehen. Daran erkennt Jankel die Gemütsverfassung Welwels. Er macht seine Stimme möglichst klein, möglichst sanft und fragt:»Hast du schon gebetet, Welwel?«

»Wie soll man hier beten? Wenn man immerfort gestört wird? Ein Goj geht, der andere kommt. Ein Verkehr ist in dem Haus!«

Jankel sagt vorerst gar nichts. Er sieht sich erst im Zimmer um, als wolle er ein wenig auf den Verkehr im Betraum achthaben, dann nimmt er in dem letzten der Betpulte vor Welwel Platz. Mit vorgestreckten Stiefelbeinen sitzt er frech und herausfordernd da wie ein Bauer, der sonst auf Kredit trinkt, in der Schenke sitzt, wenn er ausnahmsweise einmal Bargeld hat. Jankel hat sich die Szene anders vorgestellt. Er hat sich in seinen alten Tagen auf ein Pferd geschwungen und einen scharfen Ritt gemacht, weil er sich das Verdienst, einem frommen Manne eine gute Botschaft zu bringen, nicht entgehen lassen wollte. Seine Lebtage hat er es mit den 613 Geboten und Verboten nicht genau genommen, aber er weiß, was die Botschaft für Welwel bedeutet. Zart und schonend wollte er die freudige Nachricht sagen und – gehen. Wenn ihm aber Welwel so kommt, nun, es gibt verschiedene Arten, eine gute Botschaft auszupacken.

»Du, Welwel, du kommst immer zu spät. Fünfzig Jahre hast du gebraucht, um mich endlich auch einmal einen Goj zu heißen. Da kommst du aber reichlich spät an. Wenn du so gute Informationen hättest, wie ich sie habe, immer frisch aus der Quelle, so würdest du wissen, daß ich seit Sabbat mittag schon einen anderen Namen führe. Ich heiße nicht mehr Jankel der Goj. Ich habe bereits einen viel schöneren Namen. Nicht ohne dein Hinzutun hab' ich ihn bekommen. Man nennt mich seit Sabbat mittag Jankel mit dem Riesenrad ...«

»Wie? Wie nennt man dich?« fragt Welwel mit einer schmerzlichen Grimasse wie ein Mensch, den ein heftiger Zahnschmerz hindert, die Pointe eines Witzes zu erfassen.

»Jankel mit dem Riesenrad«, wiederholt Jankel ruhig, »so heiß' ich jetzt. Du hast ja nichts Gescheiteres zu tun gehabt als zu berichten, wie ich bei der Ankunft in Wien das Riesenrad nicht bemerkt habe. Jankel war in Wien und hat das Riesenrad nicht gesehen, erzählt jetzt Lejb Kahane jedem, der es hören will. Und seit drei Tagen heiß' ich nicht mehr Jankel der Goj, sondern Jankel mit dem Riesenrad. Du kommst also mit deinem Goj zu spät, wie du siehst.«

»Ich hab' doch nicht das gemeint«, sagt Welwel reumütig.

»Wenn du mich gemeint hast, macht's nichts aus. Wenn du aber mit dem zweiten Goj Alfred gemeint haben solltest –«, setzt Jankel mit scharfer Betonung jedes einzelnen Wortes auseinander, schaltet hier eine Kunstpause ein, klopft sich ein paarmal mit Domanskis Rohrstaberl auf die Stiefelschäfte, »so kommst du – auch damit – zu spät.«

»Was soll das heißen? Willigt er ein?! Jankel? Willigt er ein?!«

»Er willigt nicht ein. – Er wird nie einwilligen. – Er denkt nicht daran, einzuwilligen. – Er braucht gar nicht einzuwilligen«, skandiert Jankel, erhebt sich, und mit einem Blick auf die Grüne Wand, der andeuten soll, daß damit das Wichtigste schon gesagt sei und Jankel eigentlich schon draußen sein müßte, setzt er ohne Betonung hinzu, wie ein Schauspieler, der eine Pointe fallen läßt: »Alfred ist nämlich schon beschnitten.«

»Wa-« macht Welwel. Er will aufspringen, es gelingt ihm aber nicht.

»Ja«, sagt Jankel. Alfred ist beschnitten. Wünschest du vielleicht, daß er sich dir zuliebe noch einmal beschneiden lasse? He?«

»Sussja ist beschnitten ...«, singt Welwel leise.

»Sussja?!« schreit Jankel. »Was für ein Sussja?«

Mit einem Satz springt er Welwel, der sich indes erhoben hat, entgegen. Welwel sieht zu Jankel hinauf, mit versonnenen, friedfertigen Augen. Jankel sieht auf Welwel herab mit glühenden, aus den Lidern quellenden Augenbällen. Das erhobene schüttere Bärtchen Welwels und der gesenkte dichte Bart Jankels berühren sich und wischen mit den Spitzen aneinander. So stehen sie eine Weile, Aug in Aug, Bart in Bart.

»Wer heißt hier Sussja, frage ich?« fragt Jankel.

»Alfred heißt hier Sussja«, sagt Welwel.

»Alfred heißt Alfred, sage ich«, sagt Jankel.

»Alfred heißt Sussja, sage ich«, sagt Welwel.

»Mein Alfred heißt Alfred«, sagt Jankel.

»Mein Sussja heißt Sussja«, sagt Welwel.

»Für mich heißt er Alfred«, sagt Jankel.

»Für mich heißt er Sussja. Auch ein schöner Name«, sagt Welwel.

»Ein schöner Name. Aber nur für einen, der so heißt. Ich dulde keine Maskeraden. Ich werde das nicht zulassen!« schreit Jankel, daß die Fensterscheiben erbeben, und schlägt mit dem Rohrstaberl auf ein Betpult!

»Was wirst du nicht zulassen?« fragt Welwel.

»Ich werde nicht zulassen, daß er seinen Namen ändert«, brüllt Jankel.

»Er hat ihn schon geändert«, sagt Welwel.

»Wo? Wer? Wie? Vor wem?« fragt Jankel.

»Er. Einfach so. Vor Gott. Vor der Tora. Und vor mir. Hier in Großvaters Zimmer«, sagt Welwel.

»Hier, vor Gott, vor der Tora und für dich kann er heißen, wie du willst. Aber vor der Welt, vor den Behörden, vor den Bauern —«

»Ach so?« meint Welwel, »du denkst an die Welt, an die Ämter? Ach so! Beruhige dich, Jankel. Vor der Welt, vor den Ämtern und Behörden mag er heißen, wie du willst. Wichtigkeit!«

»Hier im Betraum, vor der Tora, für dich kann er heißen, wie du willst. Wichtigkeit!«

»Für mich heißt er Sussja. Ist das so aufregend?«

»Ich hab' schon gedacht«, seufzt Jankel nach einer Pause des Schweigens, »ich hab' schon gedacht … Einem Klerikalen trau' ich jede Komödie zu. Ich hab' schon geglaubt —«

»Du glaubst eben alles so leicht, Jankel. Du bist leichtgläubig geworden in der letzten Zeit. Du glaubst ja auch, daß Sussja beschnitten ist?«

»Ich glaube es.«

»So, so«, sagt Welwel in Gedanken.

Nun trennten sich ihre Gesichter, ihre Bärte glätteten sich wie das Gefieder von Streithähnen, die unentschieden gekämpft haben.

»So, so«, wiederholte Welwel nachdenklich, und auf einmal setzte er sich mit schnellen kleinen Schritten in Bewegung. Auf und ab im Durchgang zwischen den Pultreihen durchmaß er den Betraum. Dann blieb er vor Jankel stehen und dachte laut: »Das ändert alles. Das ändert ja alles. Da bekommt ja alles ein anderes Gesicht. Hat er nicht gesagt, wieso das ihm geschehen ist? Hat er dir nichts gesagt?«

»Was hätte er denn noch sagen sollen?«

»Jankel? Verstehst du nicht? Verstehst du das wirklich nicht? Wenn der Junge beschnitten wurde, so wird doch sein Vater wichtige Gründe gehabt haben? Begreifst du nicht?« Jankel runzelte die Stirn. Dieser Welwel! Erst will er nichts Gutes wahrhaben, dann soll alles Jubel und Freude sein. Echt jüdisch!

»Hör mal, Welwel. Du hast mir einen Auftrag gegeben. Wie peinlich er mir war, weißt du. Nun hat die Sache unverhofftermaßen die beste Wendung genommen. Nicht wahr?«

»Stimmt, stimmt. Ich danke dir, Jankel. Gott wird es dir lohnen.«

»Gewiß. Gewiß. Nun habe ich aber genug von diesen Jüdisch-keiten. Ich gehe.«

»Ich gehe mit.«

»Wohin?«

»Aufs Feld. Ich muß mit ihm sprechen. Sofort. Ich hab' ihn so schlecht behandelt. Nicht wahr? Ich muß ihm alles erklären. Ich muß mich entschuldigen.«

»Du mußt doch erst beten.«

»Es ist ja erst zehn Uhr. In einer Stunde bin ich wieder da. Du bist mit der Britschka gekommen?«

»Nein. Ich bin geritten. Ich hatte es eilig.«

»Du hast Domanskis Pferd? Gib es mir, ich reite schnell hinaus.«

»Du willst reiten, Welwel?«

»Ja.«

»Weißt du, wie lange du nicht mehr geritten bist?«

»Sehr lange, denk' ich. Aber ich werde es noch schaffen.«

»Gewiß. Wer einmal reiten gelernt hat, vergißt es nicht. Aber zum Reiten braucht man ein Pferd.«

»Du gibst es mir nicht?«

»Und ich soll zu Fuß gehen?«

»Gibt es im Stall kein anderes Pferd?«

»An einem Erntetag, Welwel? Nur die alte Sywa ist im Stall. Sie hat seit Jahren keinen Sattel mehr getragen. Sie paßt eigentlich ganz gut zu dir. Sie wird dich tragen. Tragen wird sie dich wie die Großmutter ihr Enkelkind trägt.«

»Schön. Ich reite mit dir hinaus. Aber wer sattelt mir die Graue.«

»Wahrscheinlich ich. Es ist ja kein Mensch im Stall heute.«

»Das ist sehr lieb, Jankel. Aber schnell!«

»Mach dich fertig. Ich geh' hinüber und bin gleich wieder da.«

2

Draußen stand Pesje. Die Zügel in der Hand, betreute sie Domanskis Pferd. Jankel traute seinen Augen nicht. Als er im Galopp über die Steinfliesen der Auffahrt herangedonnert kam, war ihm Pesje entgegengeeilt. Sie kam von der Ökonomie, um Welwel mitzuteilen, daß der Kassier Aptowitzer im Spiritusmagazin und vor Mittag nicht abkömmlich sei, und blieb angesichts Jankels wie angewurzelt stehen. Was konnte geschehen sein, wenn Jankel im Galopp dahergeritten kam? Jankel hatte Pesjes Zustand sich zunutze gemacht, ihr mit einem geübten Wurf rasch die Zügel über den Kopf und um den Hals gehängt und die Überrumpelte mit dem Pferd stehengelassen. Er hatte wohl erwartet, daß Pesje die Zügel nicht nur von sich werfen, sondern obendrein das Pferd mit zischenden Lauten scheuchen würde, damit er es sich zu Fuß vom Stall wieder einhole. Diese Mühe war ihm der Spaß wert. Nun stand sie aber brav und fromm mit dem Pferd, als hätte sie ihre Lebtage nichts anderes zu tun gehabt, als Jankel einen Zügelbuben zu machen.

»Schönen Dank, Fräulein Milgrom«, sagte Jankel mit süßlichster Freundlichkeit. Sie hatte ihn entwaffnet.

»Was ist vorgefallen, Jankel?« erkundigte sich Pesje.

»Ach so!« polterte Jankel und bestieg stöhnend das Pferd. »Ach so! Das Fräulein ist neugierig! Nein, Fräulein Milgrom. Es ist nichts passiert. Nichts, was jungfräuliche Ohren interessieren könnte.« Mit höflichem Gruß ritt er davon.

»Machen Sie Ihr Hosentürl zu! Sie böser, böser Mann!« zischte ihm Pesje nach. Tränen erstickten ihre Stimme. Sie fuchtelte ein paarmal mit den Armen, als werfe sie erst jetzt die Zügel von sich oder als schleudere sie ihm, da ihre Stimme versagte, mit den Händen Flüche und Verwünschungen nach. Dann kreuzte sie die Arme über ihrem kümmerlichen Bäuchlein und blieb wie versteinert auf der Stelle.

»Pesje«, rief Welwel vom Flur her, »Pesje!«

Ein zwölfjähriges Mädchen wäre nicht flinker und leichtfüßiger über die Steinfliesen, über die paar Stufen hinweg in den Hausflur gehüpft als die Versorgte Pesje.

»Schon abgebetet?«

»Nein, Pesje. Ich brauche meine Stiefel. Ich muß aufs Haferfeld hinaus. Schnell, Pesje.«

»Stiefel?« verwunderte sich Pesje und starrte ihren Brotgeber an.

»Ja, Pesje. Ich reite mit Jankel hinaus.«

»Du reitest? Um Gottes willen! Was ist geschehen?«

»Was Gutes, Pesje. Was sehr gutes. Kannst dich mit mir freuen. Hat dir Jankel nichts gesagt?«

»Jankel? Mir? Was Gutes?« klagte Pesje, aber ihre Stimme war von einem Unterton des Jubels getragen.

»Wir haben uns unnütze Sorgen gemacht, Pesje. Unser Sussja ist ein jüdisch Kind. Verstehst du? Nach dem Gesetz Mosis und Israel: ein Jude!!«

Pesje klimperte mit den Augenlidern. Sie strich sich mit den Händen über Wangen und Stirn. Dann glättete sie mit der zarten Geste, die noch jedem Weib Anmut verleiht, ihr flammendes Haar an den Schläfen zurecht, und mit einer Stimme, mit der einst Mirjam die Prophetin ihren Triumphgesang intoniert haben mochte, jubilierte Pesje: »Was soll ich heute kochen, weh ist mir?«

»Piroggen. Du mußt Piroggen kochen, Pesje.«

»Piroggen? Nur Piroggen?«

»Ja. Jedenfalls was Milchiges. Sussja und Jankel bleiben ja den ganzen Tag draußen, und Jankel, du weißt, ißt vor den Schnittern nur Milchspeisen.«

»Meinetwegen Piroggen«, flötete Pesje, »ich werde Piroggen kochen. Piroggen werde ich ihm kochen, daß er mit dem Frühstücken nicht aufhört bis er platzt. Dieser Haman! Dieser Satan!« Und sie rannte zur Küche. Dort sank sie in Malankas Arme. Sie barg ihr Gesicht an Malankas schmerzstillender Ammenbrust und ließ die Tränen der Freude fließen. Malanka sammelte mit einem ihrer Arme das ganze Fräulein in ihrer enormen Herzgegend ein, streichelte mit dem Rücken der freien Hand, die von Kartoffelteig klebte, Pesjes Scheitel und nahm an dem allmählich auch sie überwältigenden Glück, dessen Ursache sie nicht kannte, zunächst mit Worten teil: »Weint nur, Fräuleinchen! Weine, mein Täubchen!« Dann brach auch sie in Schluchzen aus.

»Du kannst jetzt Kartoffeln und Rüben schneiden, mit welchem Messer du willst ...«, schluchzte Pesje.

»Für Sie, Pesjutschka, für dich, mein Täubchen, kann ich mit dem stumpfsten Kneipchen einen Truthahn zerlegen.«

»Ich war verrückt«, lachte Pesje.

»In einer Küche muß der Mensch ab und zu ein wenig verrückt sein, sonst wird er noch ganz toll«, flüsterte Malanka zärtlich an Pesjes Ohr. Nach einer stummen Weile lösten sie sich sanft aus der Umarmung, und jede ging an ihre Arbeit. Auf dem Herde brannte wohl längst das Feuer, aber ein Feuer genügte Pesje heute nicht. Mit einer breiten, kurzstieligen Schaufel hob sie Glut aus und entfachte am großen Winterherd und im Backofen noch zwei Feuer. Überall, wo in der Küche ein Feuerplatz war, setzte sie Glut aus. Sie streute Holzkohle, sie blies dem Feuer ihren Odem ein. Sie schürte die Brände, daß die Flammen hoch auflderten und im Geprassel und Geflacker die Luftsäule der Küche erbebte. In Verzückung taumelte sie von Brand zu Brand. Pesje liebte das Feuer.

Welwel war von seinen Gedanken zu benommen, um innezuwerden, daß er sich die Röhrenstiefel selber heraussuchen mußte.

3

Sie ritten erst schweigend und friedlich nebeneinander, Welwel auf der alten Sywa, um deren ausladende Flanken und tiefgesenkten Bauch der Sattelgurt noch gerade mit dem ersten Loch den Verschluß der Gurtspange erreichte; Jankel auf Domanskis schlankem Wallach, der ein verschnittener Sohn der alten Sywa war, die aber, weil sie eben wieder ein neues Füllen hatte, dem längst auf eigene Beine gestellten Sprößling mit nahezu stiefmütterlicher Feindseligkeit begegnete.

»Eigentlich muß ich dich um Entschuldigung bitten, Jankel.«

»Sieh mal an! Warum denn gar?« versetzte Jankel in spitzem Ton. In ihm kochte noch der Zorn über den Toilettefehler. Nie ist ihm so was passiert. Aber wenn man ihn mit Jüdischkeiten immerzu in Aufregung hält!

»Ich habe dir nämlich Unrecht getan.«

»Soll schon öfter vorgekommen sein.«

»Ich hab' dich gewissermaßen verleumdet.«

»Vor wem denn gewissermaßen?«

»Gewissermaßen vor Aptowitzer.«

»Und Aptowitzer hat dir geglaubt?«

»Nein«, sagte Welwel. »Er war nämlich gar nicht dabei.«

Und Welwel berichtete getreu, wie er im Bewußtsein eigenen Verschuldens sich keinen Rat mehr gewußt; wie er nach Aptowitzer ausgeschickt; wie er sich in Gedanken mit Aptowitzer unterredet habe und dabei alle Schuld auf Jankel abzuwälzen bestrebt gewesen; wie er bei dieser gedanklichen Auseinandersetzung in Großvaters Zimmer, von Jankel betreten, erst innegeworden sei, daß er zum Glück nur in der Phantasie sich so habe gehenlassen. »Der Mensch ist leider so geartet, daß er nichts leichter mit seinem Nächsten teilt als seine eigene Schuld«, schloß Welwel seinen Bericht mit einem Seufzer der Erleichterung, als hätte ihm Jankel schon vergeben.

Unterdessen war Jankel eine halbe Pferdelänge zurückgeblieben. Der Kopf des Wallachs nickte nun im Takt des gemächlichen Trabs nicht neben dem würdigen Haupt seiner Mutter, sondern genau auf einer Linie mit Welwel, der, in seine Gedanken versponnen, keine sehr vorteilhafte Reiterfigur machte und nicht im geringsten darauf achthatte, daß Jankel dem reumütigen Bekenntnis nicht eigentlich das eigene, sondern das Ohr des Wallachs lieh. Jankel tat so nicht in bewußter Bosheit. Er war ein wenig zurückgeblieben, weil er im Hinterhalt zu tun hatte: mit ganz kleinen, zusammengekniffenen Augen musterte er die gebrochene Reiterfigur seines Chefs. Er musterte sie ausdauernd und bis zur Wollust genau. Die Prüfung dauerte länger als Welwels Bekenntnis. Eben war Welwel im Begriffe, sich nach Jankel umzusehen und sich zu vergewissern, ob ihm verziehen worden sei – als Jankel in den Bügeln die Beine straffte, Kopf, Hals und Oberkörper vorstreckte und mit dem Munde fast an Welwels Ohr zischte: »Du sitzt auf der Sywa wie die Krähe auf einer Sau.«

»Ich kann doch nicht dafür, daß die Großmutter einen so breiten Bauch hat«, verteidigte sich Welwel.

»Ich weiß jetzt, wie diese Redensart entstanden ist. Ein Bauer sah einmal einen Juden in einem schwarzen Kaftan auf einer Schimmelstute reiten und sagte: ›Wie eine Krähe auf einer Sau‹.«

»Ich bin gut zehn Jahre auf keinem Pferd gesessen«, entschuldigte sich Welwel und machte einen Versuch, seine Haltung zu verbessern.

»Wer einmal reiten gelernt hat, vergißt es nie –«

»Ich hatte nie den Ehrgeiz, ein schneidiger Reiter zu sein.«

»Du hast mit Jossele zusammen bei mir reiten gelernt. Soweit ich mich kenne, hast du es gründlich gelernt.«

»So gut wie Jossele hab' ich nie reiten können …« Wenn ich Jossele lobe, wird er mich in Ruhe lassen, dachte Welwel.

»So gut wie Jossele hast du nicht im Leben gelernt«, versicherte Jankel mit Milde. »Aber reiten konntest du, wenn du wolltest, ganz gut.«

Welwel gab sich einen Ruck, um in gute Haltung zu kommen. Der Versuch fiel nicht gut aus. Darauf hatte Jankel, der unterdes wieder eine halbe Pferdelänge zurückgeblieben war, um zwischen sich und dem Objekt der Prüfung den erforderlichen Abstand zu bekommen – darauf hatte er offenbar im Hinterhalt gelauert. Jetzt drückte er seinem Wallach die Stiefelfersen in die Flanken, ritt im Sprung den Gegner an und parierte den Wallach so scharf vor der Sywa, daß die Stute mit entrüsteter Nase an den Hals des Wallachs stieß und in mütterlichem Zorn ein Ohr des Ungezogenen mit ihren alten gelben Zahnstumpfen zu fassen versuchte.

»Wenn du mit diesem jüdischen Reiten nicht sofort aufhörst, sofort sag' ich, werf' ich dich mitsamt der Großmutter in den Graben!« brüllte Jankel so laut, daß die Kettenhunde, die auf den Bauernhöfen in ihrer Streu schlummerten, alle auf einmal erwachten und mit wütendem Gebell die zwei streitenden Männer zur Ordnung riefen.

»Wenn ihm die ganze Gemeinschaft beisteht, hat der Vorbeter ein leichtes Spiel«, murmelte Welwel mit einem Hinweis auf die bellenden Hunde, zog vorschriftsmäßig seine Ellbogen ein, straffte in den Bügeln die Beine, raffte mit lockeren Handgelenken die Zügel ein und ritt, soweit es das Alter und die Beleibtheit der Sywa gestatteten, nahezu elegant vor, geleitet vom vielstimmigen Gebell der Hofhunde sowie von Jankel, der in gemessenem Abstand folgte, geschüttelt vom

Zorn und von der zusätzlichen Wut darüber, daß er sich selbst als Anführer der kläffenden Gemeinschaft vorkam. So ritten sie, ein Stück klaren besonnten Sommertags zwischen den Pferden, wie ein schwermütiger Herr und ein rüstiger Knecht durch das menschenleere Dorf. Als sie nach einer geraumen Weile aus dem Bereich des Dorfs und dem Geheul der Hunde herausgeritten waren – da nur noch vereinzeltes Bellen in der perspektivischen Verklärung der Ferne ihnen als eine Erinnerung schier poetisch nachdämmerte –, gab Jankel den Widerstand gegen den Wallach auf, den es an die Seite der Mutter drängte. Vor der Dorfschule gingen Mutter und Sohn bereits als unzertrennliches Gespann, jedes in seiner Radspur auf dem Dorfweg. Aber erst der grüne Friede der Gemeindewiese und der besänftigende Atem der weitenden Rinder über den Gräsern glättete vollends die Gemüter der zwei Reiter.

»Alles was recht ist. Aber warum jüdisches Reiten?« fragte der eine, der Jüngere.

»Hm«, erwiderte der Ältere.

»Es soll ja doch hier und dort einen Juden geben, der ein guter Reiter ist«, sagte der Jüngere weiter.

»Hm, hm«, erwiderte der Ältere.

»Zum Beispiel: Jankel Christjampoler«, sagte der Jüngere.

»Oder Josef Mohylewski«, erwiderte der Ältere.

»Anderseits soll es schon Nichtjuden, ja Bauern gegeben haben, die kein Talent zum Reiten haben. Zum Beispiel unsern Osyp Krasnopilskyj, dessen Reitunfälle in der ganzen Gegend sprich-wörtlich geworden sind«, sagte der Jüngere.

»Gewiß, gewiß«, bestätigte der Ältere. »Es gibt Juden, die gute, es gibt Bauern, die schlechte Reiter sind. Aber ebenso gewiß gibt es auf der ganzen Welt kaum einen Bauern, der – obgleich er ein guter Reiter ist – mit gekrümmtem Rücken, gespreizten Ellbogen und verdrehten Beinen nachlässig und schlampig zu Pferde säße, nur zu dem Zweck, um zu verstehen zu geben, wie erhaben er sich über eine so profane Beschäftigung fühle wie das Reiten. Das, siehst du, Welwel, das ist jüdisch. Echt jüdisch. Ekelhaft jüdisch.«

»So, so«, sagte der Jüngere. »Man sollte meinen, daß du das nicht schlecht ausgedrückt hast.«

»Ich will damit keineswegs behaupten, das Reiten sei eine beson-ders wichtige Beschäftigung. Wem sie nicht paßt, mag sie mißachten.

Doch gibt es, glaub' ich, nur eine rechtschaffene Art, der Reitkunst Mißachtung zu bezeigen: indem man –«, der ältere Reiter machte eine Pause und maß den jüngeren lange mit den Augen.

»Indem man –?« fragte der Jüngere und blickte den Älteren mit offenen und friedlichen Augen an.

»– indem man zu Fuß geht!« entschied der Ältere, und ein lachendes Gesicht dem Jüngeren zuwendend, forderte er ihn mit ausdrucksvollem Mienenspiel auf, diesen Rat zu beherzigen.

Die Böschung am Rande der Gemeindewiese, die schon dem Deresch als ein schwieriges Verkehrsproblem erschienen war, stellte die Sywa vor eine Aufgabe, die ihrem Alter zunächst als eine rücksichtslose Zumutung vorkam. Sie stand still und beobachtete mit einem seitwärts gespitzten Ohr, wie es der Wallach machte, der leichtfüßige Sohn. Als sie ihn einfach in gerader Linie zum Feldweg hinabtänzeln sah, schüttelte sie ihr weises Haupt über den Leichtsinn der Jugend, dann schritt sie die Scheitellinie der Böschung ab, suchte sich eine Stelle aus, die ein sanfteres Gefälle aufwies und teilte sich sodann auch noch die mindere Gefahr in kleine Portionen auf, indem sie den Abstieg in verlängerter schiefer Linie sehr vorsichtig ausführte. Dem Reiter bedeutete diese Prozedur keine Erleichterung, aber Welwel redete der Ehrwürdigen nicht drein, und beide erreichten so ohne Schaden den Feldweg. Das rauhe Gelächter, mit dem Jankel den Abstieg der Großmutter begleitete, quittierte sie mit ein paar verächtlich zischenden Bewegungen ihres ansehnlichen Schweifes und, ohne von Welwel dazu veranlaßt worden zu sein, streckte sie sich freiwillig zu einem munteren Trab: so tanzte sie sich für die schöne Leistung ein nur durch den weichen Staub des Feldwegs gedämpftes Lob mit ihren platten Hufen. Der Wallach folgte ihrem Beispiel, holte die Übermütige leicht ein, und Flanke an Flanke, Seite an Seite bewegte sich das Doppelpaar auf dem schmalen Feldweg: in schnaubendem Zwie-Atem die Pferde, schweigend in ihren Sätteln, hochhüpfend und niederhockend zum Trab der Pferde, die Reiter.

»Seltsam geht es zu, Jankel«, begann bald, nach Tagen der Bedrückung eine Erleichterung sich schaffend, Welwel. »Sehr seltsam geht es zu. Vorher, als ich vor Aptowitzer mein Herz auszuschütten meinte, bildete ich mir ein, in Jahrzehnten jegliche Erinnerung an Jossele ausgelöscht zu haben. Jankel, nur Jankel war schuld daran, wenn ich mit der Reise nach Wien zum Kongreß private Hoffnungen verband. Jankel war es, der diese Hoffnungen erweckte und nährte. Schwören hätte ich darauf mögen, daß ich in Jahrzehnten alle Erinnerungen an meinen Bruder von mir abgetan hätte. Selbst nach der Aufwühlung alles Vergangenen, ja selbst angesichts des Kindes, das in unser Haus eingezogen ist, vermochte diese Selbsttäuschung heute morgen Macht über mich zu gewinnen. Jetzt, wo du mir mit Gottes Zulassung die gute Botschaft gebracht hast, ist es, als sei ein Damm gebrochen und von einer Strömung weggetragen. Nun erst sind die Erinnerungen frei geworden, Bild an Bild reiht sich an. Jetzt weiß ich, Gott verzeihe es mir: Kein Tag im Leben ist mir ohne Erinnerung an Jossele vergangen. Weil ich mir aber dieses Gedenken des Bruders als Sünde anrechnen mußte, lebte es gleichsam in der Nacht meiner Seele. Nun ist es Tag. Und alles tritt in klares Licht. Um dir ein Beispiel zu geben: Während die Sywa am Wiesenrand überlegte, wie sie am besten zum Feldweg absteigen könnte, tauchte plötzlich, als sprieße es aus Petro Kobzas gepflügtem Acker hervor, ein Bild auf, eine Erinnerung ... Ich gehe in Wien in der Taborstraße an einer Trafik vorbei. Es ist Oktober 1914. An der Türe der Trafik sind Zeitungen ausgespannt. Große, fette Zeilen verkünden frische Siege. Ich bin auf unsere Siege nicht so neugierig. Sechs Wochen war ich auf der Flucht vor unseren Siegen in Galizien unterwegs gewesen. Von Dobropolje bis tief ins Ungarische hinein, von Dobropolje bis Szatmar bin ich mit meinem Wagen und mit meinen Pferden gereist, zwischen Trainstaffeln und Munitionskolonnen, wenn es gut ging. Und es kam vor, daß ich mit Wagen und Pferden eine Nacht in einem Straßengraben lag, wo mich ein siegreicher Rückzug der Armee Brudermann hineingedrängt hatte. Ich dachte nicht, nach Wien zu flüchten. Ich wollte erst in Tarnopol den Sieg über die Russen erwarten. Dann wartete ich bei Podhajce. Dann bei Stryj. Dann in Skole. Dann in Munkács. Bis ich endlich zu einer Bahnstation kam, wo noch barmherzigerweise ein Zug gewöhnliche Zivilisten nach Budapest mitnehmen durfte. Um dreihundert Kronen nahm mir ein Roßtäuscher vier Pferde und zwei Wagen ab. Ich war noch froh, daß er sie haben wollte. So fuhr ich nach Budapest, und kam nach Wien. Nein, die Siege der Zeitungen interessierten mich lange Zeit nicht mehr. Aber *eine* Zeitung hatte eine Beilage: die amtliche Verlustliste. Ich kaufte das Blatt, trat in das nächste Haustor und las und suchte. So begann das heimliche Suchen in den Verlustlisten. Das entsetzliche Suchen in der Hoffnung, nicht zu finden … Sooft eine neue Liste erschien, kaufte ich eine und las sie in Fluren fremder Häuser. Damit mein Weib nicht dahinterkäme, was ich lese, wen ich suche. Die Serien des Todes waren numeriert, und ich merkte bald, daß ich die ersten Serien versäumt hatte – ich war ja erst im Oktober in Wien angekommen. Ich versuchte mir die ersten Listen zu verschaffen und man sagte mir, es gäbe eine Auskunftstelle im Kriegsministerium, wo man mündlich nachfragen könnte. Es dauerte Wochen, bis ich mir in schlaflosen Nächten den Entschluß abgerungen hatte, in diesem Büro nachzufragen. Es war ein naßkalter Wintertag, als ich mich auf den Weg machte. In das große steinerne Haus ging ich, treppauf treppab, fragte mich durch, bis ich zu dieser Auskunftstelle gelangte. Es war ein großer Betrieb in diesem Büro. Ich wartete, bis ich an die Reihe kam. Ich schrieb Josseles Namen und Regiment auf einem Zettel auf – woher mir das Regiment bekannt war, wüßte ich dir heute nicht mehr zu sagen –, und ich erhielt bald den Zettel mit der Auskunft. Gefallen bei Złoczów … Dekoriert … Datum – – – Wie ich an jenem Tage nach Hause kam, weiß ich auch nicht mehr. Ich saß lange auf einer der vielen Steintreppen, ein Soldat nahm sich meiner an. Man war sehr freundlich in jenen Tagen in Wien, auch sogar mit Kaftanjuden. Man sollte nun meinen: einen solchen Gang vergißt man nie … Und doch, Jankel, und doch – –«

»Wie du siehst, Welwel, hast du ihn auch nicht vergessen.«

»Und doch, Jankel: vor einer Stunde noch hätte ich diesen Tag nicht erinnern können.«

»Weil du keinen Anlaß dazu hattest, Welwel.«

»Wer weiß, warum? Wir wissen nicht, was in uns vorgeht. Wir wissen nichts von uns, Jankel. Am besten –«

»Am besten, man denkt nicht zuviel nach«, sagte Jankel.

»Am besten, man betet«, meinte Welwel.

»Das ist dasselbe, Welwel«, sagte Jankel und erhielt einen klagenden Blick von Welwel.

»Und weißt du, warum ich die Kraft hatte, die Dinge zu erzählen, die ich vor mir selbst verbarg?«

»Die Kraft?« staunte Jankel. »Die Schwäche –«

»Nein, die Kraft, Jankel, die Kraft. Weil ich mich jetzt auch vor Gott zu meinem Bruder bekennen darf –«

»Warum erst jetzt? Ein Bruder –«

»Warum erst jetzt? Weil ich jetzt weiß: mein Bruder hat Buße getan. Mein Bruder hat Teschuwa getan, Jankel. Weißt du, was Teschuwa eigentlich heißt?«

»So viel werde ich noch wissen«, brummte Jankel errötend, »so viel versteht auch Jankel der Goj: Teschuwa heißt Buße.«

»Gewiß. Aber im ursprünglichen Sinne heißt Teschuwa wörtlich Rückkehr.«

»Das hab' ich nicht gewußt«, gab Jankel zu.

»Mein Bruder hat Teschuwa getan«, wiederholte Welwel und erhob seine Stimme, als habe er diese Botschaft dem Dobropoljer Himmel zu vermelden. »Jossele hat Teschuwa getan«, sang Welwel. »Mein Jossele hat Teschuwa getan …«

»Woher weißt du das?« versetzte Jankel plötzlich.

»Begreifst du nicht, Jankel? Jossele hat seinen Erstgeborenen beschneiden lassen! Vor neunzehn Jahren! Vor neunzehn Jahren hat er Teschuwa getan. Teschuwa heißt Umkehr. Umkehr bedeutet Aufhebung der Zeit, Aufhebung der Vergangenheit, Vernichtung des Verhängnisses. Gott ist ein guter Vater!«

Unter diesem Gespräch der Reiter waren die trabenden Pferde längst in Schritt gefallen. Sattel an Sattel, Knie an Knie unterredeten sich Jankel und Welwel im Frieden. Allein, Welwels letzte Äußerung entfachte wieder ein Feuer des Zornes auf Jankels Gesicht. Wieder blieb er, von Welwel unbeachtet, eine halbe Pferdelänge zurück. Wieder musterte er Welwel mit den Glutaugen des Jähzornes, jeder Blick eine tödliche Anfechtung. Ohne sich dessen bewußt zu sein, saß Welwel jetzt gut im Sattel. Ja, er ritt, soweit es die Korpulenz der Großmutterstute gestattete, mit einem zwar gen Himmel lächelndem Gesicht, aber sonst in tadelloser Haltung seinem zorngeschüttelten Prüfer voran.

»Tfu!« spuckte Jankel hinter dem verklärten Reiter aus.

»Was hast du schon wieder?« erkundigte sich Welwel, ohne sich umzublicken.

»Der Schlag soll das alles treffen!« schrie Jankel und stieß mit seinem erschreckten Wallach gewaltig vor.

»Laß ihn nur«, begütigte Welwel. »Er will nah bei der Mutter sein.«

»Der Schlag soll euch treffen!« brüllte Jankel noch lauter.

»Fluch nicht so gräßlich, Jankel! Wen übrigens?«

»Euch! Juden! Alle!«

»Schäm dich, Jankel«, beschwichtigte Welwel.

»– damit der Mensch endlich Ruh' habe vor eurem Wahn!« vollendete Jankel seinen Fluch.

»Wenn ich dich so fluchen höre, erinnerst du mich immer an deinen Freund, den alten Andrej. Erinnerst dich noch? Wenn er den Stier zur Tränke führte, unterhielt er sich mit dem störrischen Leon in den gräßlichsten Fluchformeln, und der Kehrreim war immer: ›Damit der arme Christenmensch seine Ruh' hat‹. Du sagst nicht Christenmensch, aber sonst sprichst du genau die Sprache Andrejs.«

»Drei Tage lagst du –«

»Du fluchst mit mir so?!«

»Drei Tage lagst du wie der betrunkene Hiob –«

»Hiob war nicht betrunken. Du meinst wohl Lot.«

»Wie der alte Hiob, als er die Krätze bekam, lagst du im Staube, und es fehlte nur, daß du wie der alte Hiob mit Tonscherben deine Glatze kratzest und glühende Asche auf dein Haupt streust –«

»Ich hab' keine Glatze. Und Hiob –«

»Drei Tage hörte ich nichts als Jammer und jüdisches Wehgeschrei: Das Gebot der Beschneidung! Und ach und weh! Und aj und waj geschrien!!!«

Mit übertreibenden Grimassen äffte Jankel Welwels Klagen. Je schlechter ein Tonfall ihm gelang, je höhnischer wiederholte er das Wort, bis den Formeln des Klagens aller Saft der Lächerlichkeit erpreßt war, daß sie wie trockene Spreu von den spottenden Lippen splitterten. Dann senkte er die Stimme wie ein Prediger, der an die verschlossenen Tore der Seele pocht: »Nun hat sich der Schöpfer des getretenen Würmleins erbarmt. Eine Wendung zum Guten trat ein. Ein Wunder ist geschehen. Ein Wunder so groß und überwältigend, daß Jankel der Goj darüber zum ersten Mal im Leben – sein Hosentürl zu schließen vergißt und mit offenem Hosentürl ein Pferd besteigt, um mit der frohen Botschaft von dem großen Wunder das fromme Würmlein aus dem Staube zu heben. Und was tut das fromme Würmlein? Erst sitzt es da und es verleumdet, wenn auch in Gedanken bloß, seinen treuen Knecht Jankel, der keuchend mit der guten Botschaft über Stock und Stein galoppiert. Dann erhebt sich das Würmlein vom Staube, tut erst so, als ob es zu demütig wäre, eine so große Gnade auf einmal zu schlucken, dann macht es sich auf den

Weg, besteigt ein weißes Roß und reitet wie eine Krähe auf einer Sau ins Feld hinaus, um die Gnade persönlich einzukassieren. Aber schon unterwegs – und ehe es die frohe Botschaft, die ja noch falsch sein kann, bestätigt erhalten hat! –, schon unterwegs erhebt das demütige Würmlein einen neuen Anspruch. Der abtrünnige Bruder hat seinen Sohn beschnitten? Umkehr, Umkehr, Hallelujah! Umkehr vernichtet das Verhängnis, Umkehr hebt alles Geschehene auf. Und das Würmchen erhebt die Stimme, reitet auf einem weißen Roß wie ein verzückter Messias durch die Gegend und – was? Sag mir doch bitte: was heißt das?!«

»Das heißt Gottvertrauen«, sagte Welwel.

»Das Schlechte kann sich zum Guten wenden. Ja, man darf, man soll hoffen. Hat es sich aber zum Guten gewendet, soll es sich gleich zum Besseren wenden? Und das Bessere gleich zum Besten? Und das Geschick ist aufgehoben? Echt jüdisch!«

»Schon möglich«, meinte Welwel.

»Und wo bleibt da die Demut?«

»Das Gottvertrauen ist unser Mut. Im Mut kann ein gewisser Hochmut mit Demut dicht beieinander wohnen. Du hast recht, Jankel.«

»Du reitest am Ende in Demut deinem nunmehr zweifellos jüdischen Brudersohn entgegen?«

»Ich hab' das mit keinem Wort angedeutet, Jankel. Ich weiß, daß ich ein sündiger Mensch bin. Du hast recht, Jankel. Noch habe ich dem Schöpfer nicht Dank abgestattet –«

»Ich hab' nicht recht«, unterbrach ihn Jankel brüsk, denn Welwels Sanftmut blies in der Asche des ausgebrannten Zornes ein letztes Flämmchen hoch. »Ich hab' nicht ganz recht gehabt. Mag solches Gottvertrauen echt jüdisch sein. Wenn Gottvertrauen unser Mut ist, soll's nur so bleiben. Deine Aussprüche aber sind – ich hab's mir überlegt – gar nicht jüdisch. Es sind einfach die Aussprüche eines reichen Mannes. Die reichen Leute glauben –«

»Um so besser«, entschied Welwel. »Um so besser. So muß der Schlag wenigsten nicht uns, uns Juden, alle treffen, damit der Mensch seine Ruh' hat. Es genügt –«

Solche Friedfertigkeit ertrug Jankel schwer. Weil sie aber nunmehr schon auf der Wiese zwischen den Gutsäckern angekommen waren, die den Reitenden einen Blick auf das Haferfeld und die Schnitter freigab, spornte Jankel den Wallach und sprengte ohne Antwort im Galopp davon. Die Sywa machte diesmal Anstalten, dem Beispiel ihres Sohnes zu folgen, sie kurbelte sich hinten mit ein paar Schweifschlägen an, machte vorne ein, zwei plumpe Hüpfer, die einen Galopp vortäuschen sollten, wobei sie den Anblick eines schwankenden Schiffes bot – allein, Welwel zügelte die Ungestüme, um ihr und sich den Spott der Schnitter zu ersparen. Er ritt gemächlich nach, erreichte bald das Haferfeld und kam bei einer Gruppe gemütlich plaudernder, Zigaretten rauchender Männer an. Es waren Jankel, der Ökonom Domanski und Alfred.

4

Der Ökonom half Welwel aus dem Sattel, lockerte der Sywa den Sattelgurt, entzäumte sie und entließ die Ehrwürdige mit einem anerkennenden Klaps auf die Hinterbacke zu den übrigen Pferden, die am Rand der Wiese mit verwöhnten Mäulern im säuerlichen Grase wühlten und nur hier und dort mit wählerischen Zähnen ein wild wachsendes Kleebüschchen köpften.

»Gott gib den Segen!« begrüßte Welwel die Schnitter, die in Hörweite waren, und mit einem Blick auf Jankel, der bereits eine stumme Aufforderung mimte, fügte er hinzu: »Ich muß Alfred nur ein paar Worte sagen, dann mach' ich gleich die Runde und begrüße alle Schnitter.« Darauf entfernte sich der Ökonom Domanski und auch Jankel hielt diskret einen angemessenen Abstand ein.

»Ich muß dich erst um Vergebung bitten, Sussja«, begann Welwel. »Ich habe dir gleich die ersten Tage in unserem Hause verdorben. Aber du wirst meine Verwirrung begreifen. Es ist alles mit solcher Überstürzung gekommen –«

»Es ist nicht mehr der Rede wert, Onkel. Jetzt weiß ich ja, warum du so besorgt warst.«

»Doch, Lieber, doch. Es ist der Rede wert. Die Erfüllung des wichtigsten Gebotes ist keine Kleinigkeit. Durch die Erfüllung dieses Gebotes ist uns der Bund gegeben: der Bund mit Gott, der Bund mit dem Lande, der Bund mit Erez Israel. Dein Vater wußte das. Und wenn er gerade dieses Gebot erfüllt haben wollte, so hat das viel, sehr viel zu bedeuten. Welwel legte einen Arm um Alfred, zog ihn zart an sich heran und sie machten ein paar langsame Schritte, die sie noch ein Stück weiter von Jankel entfernten. »Kannst du mir sagen, wie das geschehen ist? Bei der Lebensführung deines Vaters – ich meine, im Hause der Familie Peschek kann doch so etwas kaum ohne Meinungsverschiedenheiten, ohne Auseinandersetzungen vorgegangen sein?«

»Ich weiß nur wenig darüber, Onkel. Was ich weiß, wird dich vielleicht sehr enttäuschen. Ich weiß nur, was mir meine Mutter, immer mit großem Bedauern, darüber zu sagen wußte.«

»So? Mit Bedauern?«

»Das kannst du dir doch denken, Onkel.«

»Gewiß, gewiß. Mit Bedauern also?«

»Meine Mutter erzählt: Der Hausarzt war für eine Beschneidung –«

»Ein braver Mann. Dein Vater wird ihn schon bearbeitet haben.«

»Meine Mutter ließ den braven Mann hinauswerfen.«

»Hinauswerfen …«, flüsterte Welwel mit blassen Lippen.

»Wie man so sagt. Und es wäre nichts geschehen, wenn sich nicht Großmama Peschek eingemischt hätte.«

»Die alte Peschek war für Beschneidung? Es geschehen noch Wunder! Wahre Wunder erzählst du mir da, Sussja.«

»Es geschehen natürlich keine Wunder, Onkel. Großmama war keineswegs für Beschneidung. Im Gegenteil. Nachdem es doch geschehen, kam sie monatelang nicht zu uns, ein Jahr lang wechselte sie mit ihrem Schwiegersohn nicht ein Wort.«

»Du sagst aber doch, Großmutter –«

»Sie hat sich eingemischt. Auf ihre Art. Großmama Peschek war, als ich geboren wurde, gerade bei einem Brahmsfest. Weißt du, was das ist?«

»Wenn Frau Peschek dabei war, bin ich gar nicht neugierig.«

»Ihr Enkelkind war bereits zwölf oder vierzehn Tage alt, als sie vom Brahmsfest heimkehrte. Damals wohnte sie noch in Wien. Sie kam gleich von der Bahn zu uns, vergoß Tränen der Freude, dann setzte sie ihr Lorgnon an, stellte sich vor die Wiege, besichtigte das Kind ganz genau und meinte in Anwesenheit des Vaters, ihn also beglückwünschend und anerkennend zugleich: ›Gott sei Dank! Das Kindchen hat nicht einen jüdischen Zug in seinem Gesichtchen.‹«

»Das hat sie gesagt?«

»Hat sie. Wörtlich.«

»Und dein Vater?! Und dein Vater?! Hat ihr hoffentlich gründlich seine Meinung gesagt?!«

»Nichts sagte er. Kein Wort. Ein paar Tage darauf ging Mama zum ersten Mal aus. Sie traf sich mit Großmutter in der Stadt. Man kaufte groß ein. Das Kind blieb unter der Obhut der Amme und des Vaters, der diesen Vormittag zu Hause geblieben war. Und als Großmutter und Mutter zu Mittag mit ihren vielen Paketen nach Hause kamen, war die Bescherung fertig.«

»Die Bescherung, sagst du?«

»Die Beschneidung, wollte ich sagen.«

»Wer hat sie vorgenommen? – Ein Arzt?«

»Mein Vater wollte einen Chirurgen haben, aber jener Hausarzt –«

»Der Hinausgeworfene?«

»Ja – den mein Vater sehr gern hatte – der meinte, die einfachen jüdischen Beschneider, die ihr Leben lang nur diese Operation üben, wären darin viel geschickter als die besten Operateure. Wichtig sei nur, so einen Beschneider zu kontrollieren, weil er es mit der Asepsis nicht genau nähme. Die ärztliche Assistenz wollte er selbst übernehmen. Und so geschah es auch.«

»Ein Juwel von einem Mann, dieser Hausarzt!« sagte Welwel und küßte seine Fingerspitzen.

»Das ist alles, was ich weiß. Wie gesagt, von meiner Mutter. Sie hat es mir oft und oft erzählt, wenn die Rede davon war, wie empfindlich, wie impulsiv, wie unberechenbar mein Vater gewesen sei.«

»Wäre er doch nur immer so unberechenbar gewesen!« seufzte Welwel und verlor sich in Gedanken. Noch konnte er nicht übersehen, wie der Bericht Alfreds zu deuten wäre. Der Hausarzt war der Sendbote des Guten, das stand fest. Aber nicht er, sondern die Großmutter gab eigentlich den Anstoß zur Erfüllung des Gebotes. Die Sendbotin des Bösen, die darauf ausging, alle alten Bindungen zu zerreißen, die alte Peschek, bewirkt das Gute ... Sollte an der Behauptung des falschen Messias Frank, ausgelöscht sein Name, sollte an seiner These von der Heiligkeit der Sünde was Wahres sein? Hier, auf einen Einzelfall bezogen, sieht es fast so aus, als könnte das Verworfene gar ins Verdienstliche umschlagen ... Welwels Gedanken irren ab. Auf einmal steht er vor einem Abgrund, in den er nie hinabzublicken sich getraut hatte: Einer von seinen Vorfahren, es ist in den alten Familienpapieren verzeichnet, war eine Zeitlang Anhänger jenes falschen

Messias Frank. Wie Jossele, der Bruder, hat auch jener Ahne Josef geheißen. Josef von Mohilew. Zwischen diesen beiden gleichnamigen Gliedern der Kette gab es keinen, der diesen Namen trug. Mosche, Wolf, Sussja, Juda, und wieder: Sussja, Juda, Mosche, Wolf – diese Namen wechselten in der aufsteigenden Linie bis zu jenem Josef, der es eine Zeit mit Frank gehalten hat. Was hat das zu bedeuten, daß sein Vater gegen die Tradition, die den Namen Josef aus der Kette ausgeschaltet hatte, seinem Erstgeborenen diesen Namen gab? – – –

Darüber vergißt Welwel seinen Brudersohn, er vergißt, daß er sich unter freiem Himmel am Rande eines Erntefeldes befindet. Wie in Großvaters Zimmer im Gebet, so schreitet er am Wiesenrain auf und ab, vorsichtig, bedächtig messenden Fußes, als stünden seine Gedanken in einem geheimnisvollen Verhältnis zur wolligen Grasnarbe des Wiesenrains, das eben wortlos auszurechnen wäre. Seine Gedanken kantilieren bereits im talmudischen Singsang. Da können auch die Hände nicht schweigen. Sie erheben sich sachte und sie tanzen und sie kreisen in beredten Gebärden zum Rhythmus der singenden Gedanken:

Wenn mein Vater seinen Erstgeborenen Josef nannte, um den Namen jenes Urahnen wieder in die Reihe der Geschlechter aufzunehmen, intonierte Welwel stumm seinen Gedanken – dabei erhob sich seine Rechte etwa bis zur Wangenhöhe, Daumen und Zeigefinger erfaßten den Gedanken erst zart wie eine Prise Schnupftabak in der Luft, dann stießen die zwei Finger in einer kurzen Waagrechten vor, die bereits der Schlußfolgerung des begonnenen Kalküls energisch den Einsatz gaben –: so hat mein Vater gewiß eine wichtige Veranlassung hierzu gehabt, sank der kantilierte Gedanke mit einer Quart tiefer ab und bohrte sich in die Melodie der Logik hinein, ohne damit schon den sicheren Hafen des Grundtons erreicht zu haben – was die sprechende begleitende Hand mit einer breiten Geste zwar beklagte, aber klagend, ja beschwörend schon mit den Fingern die Prisen der folgenden »Wenns« der klaren Luft abschmeichelte –: *Wenn* mein Vater zu solcher Neuerung Veranlassung hatte, *wenn* die Veranlassung so wichtig war, und *wenn* er sein Vorhaben, wie es seine Gewohnheit stets war, mit einem Rabbi beraten hatte, so wird Vater allein entschieden haben: der Erstgeborene darf nach jenem fragwürdigen Urahnen Josef benannt werden. *Wenn* aber der Rabbi von Czortków entschieden hat – – –

Jankel, der sich in diskretem Abstand gehalten hatte, um die Aussprache zwischen dem Onkel und dem Neffen nicht zu beschweren, sah dem bizarren Gedankenspieler eine Weile mit philosophischer Seelenruhe zu. Dann aber blinzelte er dem von seinem Onkel einsam auf der Flur stehengelassenen Neffen belustigt zu, näherte sich schleichenden Schrittes dem Abschnitt des Wiesenrains, wo Welwel auf einer ausgemessenen Geraden sich in Gedanken hin und her erging, streifte die Schöße seines Kittels zurück, steckte beide Hände in die Hosentaschen und stellte sich in seinen Reithosen und Reitstiefeln langbeinig, Kopf im Nacken, Bart steil, dem spintisierenden, gestikulierenden Welwel in die Laufbahn. Obschon dieser auf seiner Gedankenreise eben Jankel entgegenkam, hatte er nicht im geringsten acht auf den listig Lauernden. Jankel wartete noch ab, bis Welwel langsam die Wendung vollzog, blinzelte hinter dem Rücken des Onkels noch einmal dem Neffen zu und äußerte erst jetzt mit sanftester Stimme die väterliche Ermahnung: »Machen Sie sich nicht lächerlich, schöner Jud'!«

Wie ein Kind, dem man unvermutet ein Spielzeug sanft aus der Hand geschlagen hat, so vorwurfsvoll blickte Welwel, aus seinem Wachtraum abberufen, die Welt an.

»Wie spät ist es, Jankel?«

»Bald elf Uhr«, sagte Jankel nach einem Blick auf den Stand der Sonne. »Du wirst, fürchte ich, heute dein Vormittagsgebet versäumen.«

»Gott behüte«, wehrte Welwel ab. »Borg mir den Wallach.«

»Den Wallach reitet heute Domanski.«

»Ich will hier nur schnell die Runde bei den Schnittern machen, mit der Sywa dauert es zu lange.«

»Hier kannst du den Wallach haben.«

Jankel holte den Wallach ein, zog den Sattelgurt fest, und wie ein Jüngling schwang sich Welwel in den Sattel hoch. Der Wallach versuchte, dem ungewohnten Reiter zuerst ein paar gefährliche Tänzchen vorzutäuschen. Er bäumte sich, er warf das Hinterteil seitwärts, schlug mit den Hinterbeinen aus, aber Welwel beherrschte ihn zur Zufriedenheit Jankels in aller Ruhe und trabte, Alfred einen vorläufigen Abschiedsgruß zuwinkend, zu den Schnittern davon.

5

»Daß Onkel ein guter Reiter ist, hätte ich nicht gedacht.«

»Ein guter Reiter? Dein Onkel? Deinen Vater hättest du reiten sehen sollen!«

»Aber der Onkel reitet doch auch sehr gut?«

»Der? Hast du nicht gesehen, wie er auf der Sywa herangeritten kam. Der reinste Messias auf weißem Roß!«

»Warum glauben Sie, daß der Messias kein guter Reiter sein wird?« erkundigte sich Alfred mit lachenden Augen.

»Ich denke, der Messias wird ein Jude sein? Oder nicht?«

»Doch. Alles deutet darauf hin, daß er ein Jude sein wird.«

»Nun, so wird er gewiß auf seinem Roß so sitzen wie dein Onkel auf der Sywa. Weißt du wie? – Wie eine Krähe auf einer Sau.«

»Aber Jankel! Wie können Sie so was sagen? Sie selbst sind doch kein schlechter Reiter!«

»Nein, kein schlechter«, lachte Jankel.

»Und mein Vater? Sie sagten doch eben selbst –«

»Wie ein Kosak konnte er reiten, dein Vater.«

»Nun, so ist es doch immerhin möglich, daß der Messias, obgleich Jude, dennoch gut reiten wird.«

»Das ist möglich, aber es ist nicht wahrscheinlich. Aber selbst als ein guter Reiter wird der Messias als ein frommer Jude zeigen wollen, daß er, wenn auch hoch zu Roß, sich aus dem Reiten nichts mache. Das ist schon so die Art der Frommen. Abgesehen davon wird der Messias auf seinem Rosse so sitzen müssen wie dein Onkel auf der Sywa. Er wird müssen! Weil die Juden ihn sonst nicht als Messias anerkennen werden. ›Das ist ja ein Kosak und kein Messias!‹ werden sie schreien. Nur einen, der zu Pferde sitzt wie ein Rabe auf einer Sau, werden die frommen Juden als ihren Messias anerkennen.«

»Haben Sie denn gar keine Furcht, so zu reden?« fragte Alfred, der schon die ganze Zeit mühsam einen Lachanfall unterdrückte.

»Nein«, gestand Jankel, »lach nur, mein Lieber, lach dich aus. Drei Tage hast du nichts zu lachen gehabt. Furcht soll ich haben? Vor der Hölle vielleicht?«

»Warum nicht? Kann man wissen, was uns bevorsteht?«

»Nein, das kann man nicht. Dennoch halte ich es mit jenem großen Zaddik, der sagte: ›Vor der Hölle hab' ich keine Furcht. Ich fürchte mich nur, im Himmel neben einem Dummkopf einen Sitz zu bekommen.‹«

»So was soll ein Wunderrabbi gesagt haben? Das soll ich Ihnen glauben?«

»Ja, glaube mir. Der große Rabbi von ... Jetzt fällt mir sein Name nicht ein. Frag nur deinen Onkel, er wird es dir bestätigen. Dein Onkel sammelt so Sprüche und Wörtel berühmter Zaddikim. Wenn fromme Schnorrer, die ja viel herumkommen und so manches zu erzählen wissen, über Sabbat bleiben, fragt er sie aus und schreibt sich dann jedes ihm neue Wörtel auf. Auch unser Kassier weiß eine Menge solcher Wörtel.«

»Sie haben also keine Furcht vor der Hölle?«

»Nein. Im Sinne jenes Ausspruchs habe ich wohl Himmelsfurcht, aber keine Furcht vor der Hölle. Im Augenblick hab' ich übrigens Hunger. Einen Hunger hab' ich, sag' ich dir. Du nicht?«

»Eigentlich nicht.«

»Du hast ordentlich gefrühstückt? Mir hat dein Onkel mit seinen jüdischen Sorgen das Frühstück verdorben. Gott sei Dank, daß deine Beschneidung glücklich vorüber ist. Sieh nur, wie schnell dein Onkel die Runde macht! Kein einziges Mal war er heuer bei der Ernte auf dem Felde. Jetzt ist er bei der Kassja angekommen. Da wird es einen längeren Aufenthalt geben, darauf kannst du dich verlassen. Siehst du? Alles was in Hörweite ist, hört neugierig zu, was die zungenfertige Kassja dem Gutsbesitzer zu sagen hat. Sie haben ihre Arbeit unterbrochen. – Siehst du? Sie lachen schon. Dein Onkel macht, daß er wegkommt. Aber sie folgt ihm. Er winkt ihr ab und trabt weiter. So. Und jetzt geht schon eine Geschichte von Kassja und dem Gutsbesitzer von Mund zu Mund übers ganze Feld. Ehe er wieder hier ankommt, werden wir schon wissen, was unsere Kassunja deinem Onkel zu sagen hatte. Einen Hunger hab' ich.«

Jankel schnallte seinen schmalen Hosenriemen enger. »Ich hab' ein Loch im Bauch«, klagte er, dann ging er langsam der Feldlinie entgegen, auf der die Staffettenpost von Kassja und dem Gutsbesitzer wie ein Lauffeuer über den wogenden, von einem sanften Windhauch geschaukelten Haferköpfchen immer näher und näher sprang. Schon hatte sie Jankel erreicht.

»Alfred!« rief er mit heiserer und gebrochener Stimme.

Alfred war doch lieber in der Nähe der Stellmacherin zurückgeblieben.

»Alfred!«

Ein paar Stoppelgevierte entfernt, hockte Jankel neben einem alten Schnitter, beide in einem weithin schallenden Gelächter brüderlich vereint. Als Alfred bei ihnen ankam, war der alte Jankel von hemmungslosem Gelächter völlig erschöpft. Er beugte sich, er hielt sich die Seiten: »Weißt du – was – die Kobylanska – deinem Onkel – o, o ich hab' – solches – Seitenstechen –«

»Beeilen Sie sich, Jankel, der Onkel ist schon mit der Runde fertig.«

Mit einem raschen Vogelblick sah Jankel hin und er beherrschte sich zu Alfreds Überraschung im Nu. Vor dem Onkel nimmt er sich doch in acht, dachte Alfred, nicht ohne eine Spur von Enttäuschung.

»Also hör zu«, berichtete Jankel, »erst war sie sehr würdig, Segenswunsch für Segenswunsch, wie es so der Brauch ist. Schon wollte dein Onkel weiter, aber mit Kassja geht das nicht so einfach. Sie verwickelte den Onkel in ein Gespräch. Sie sprach von dir. Sie lobte dich und fing ihn so ein. ›Ein hübscher junger Mann‹, sagte sie, ›und so gesittet. Man sieht gleich, er ist ein Besonderer. Wie sein Vater. Ein Glück für Sie, einen solchen Sohn fertig ins Haus geliefert zu bekommen. Ja, der Josko, das was ein Kerlchen! Immer unermüdlich hinter den Mädeln her. Ja, das Kindermachen will auch rechtzeitig gelernt sein.‹ Dein Onkel hatte genug, aber Kassja ging ihm nach –«

»Beeilen Sie sich, Jankel, der Onkel ist gleich da.« Jankel visierte mit einem zugekniffenen Auge den Abstand zwischen ihrem Standort und dem Wallach, der auf der weichen Wiese hurtig die Vorderbeine auswarf, als läge ihm daran, das Wettrennen mit der Stafettenpost zu gewinnen – und in der Gewißheit, daß Zeit und Raum auf seiner Seite waren, setzte Jankel den Bericht fort: »Sie folgte ihm also und belehrte ihn: ›Das Kindermachen ist keine Hexerei. Man muß es nur fleißig üben. Ja, der Josko, sehen Sie, Herr Gutsbesitzer, der hat das Fegeln‹ – und auf ukrainisch hat das Wort noch schärferen Pfeffer – ›der hat das Fegeln bei uns in Dobropolje gelernt! Sie aber, was haben Sie immer gemacht? Immer nur beten und studieren und beten! Ja, vom Beten allein kriegt man keine Söhne.‹ Der Onkel hielt sich die

Ohren zu und ritt schnell davon, und hinter ihm erhob sich das Hallo!«

Wenn das Gelächter, das Jankel nun getreu reproduzierte, noch zum Bericht gehörte, war der Wettlauf zwischen dem Wallach und der Feldpost ein totes Rennen.

»Der Herr Oberverwalter scheint ja wieder einmal recht guter Laune zu sein. Das freut mich«, sagte Welwel. Alfred und selbst Jankel mußten dem Wallach ausweichen. Er war in Hitze geraten, er stampfte mit den Hufen, warf den Kopf, mahlte grimmig an der Gebißstange, schnaubte und prustete und streute Flocken weißen Schaumes übers Gras.

»Weißt du, worüber wir so lachen, Welwel?« fragte Jankel mit unschuldiger Miene.

»Ich hab' nicht gelacht«, sagte Alfred.

»Du hast nicht gelacht? Warum?« fragte Jankel.

»Ja. Es gibt so humorige Dinge, die nicht zu übertragen sind. Sie verlieren den Saft. Jede Sphäre hat ihren eigenen Humor.«

»Ich kann mir denken, worüber du so gelacht hast«, sagte Welwel, blickte zärtlich zu Alfred herunter und streckte ihm eine Hand entgegen.

»Wetten, daß er es nicht weiß«, drängte sich Jankel dazwischen.

»Wetten, daß ich es weiß. Nur kann ich nicht finden, daß deine Freundin Kassja diesmal gar so witzig war. Frech ist sie.«

»Schade. Er weiß es«, wandte sich Jankel mit gespielter Überraschung zu Alfred.

»Eine freche Person«, sagte Welwel. »Aber man muß es ihr zugute halten, daß sie als Liebling des Herrn Oberverwalters sich schon auch mit mir einen Spaß erlauben darf. Was ist mit der Britschka? Die liegt ja noch auf der Nase!«

Das zweirädrige Gefährt lag mit beiden Deichseln am Feldrain, es sah tatsächlich aus, als sei die Britschka auf die Nase gefallen.

»Ich werde gleich veranlassen«, beeilte sich Jankel, der es verabsäumt hatte, den Deresch vorspannen zu lassen.

»Nun hör dir das an, bitte! Wo ich es so eilig habe! Jetzt wird er veranlassen!« klagte Welwel. Und im plötzlichen Entschluß senkte er den Kopf, ballte die Brauen, setzte dem Wallach die Stiefelfersen in die Flanken und sprengte in gestrecktem Galopp davon. »Er wird veranlassen!« kam noch aus der Luft ein Hohnruf dem verdutzten Jankel zugeflogen.

»P-P-Pesje soll uns nur keinen Fleischfraß herausschicken!« brüllte Jankel, vor Zorn stotternd, Welwel nach.

»Pi-rog-gen!« kam die Antwort sanft wie eine Flöte geblasen aus der Luft – und in der Kehre verschwand erst der Wallach und gleich auch die obere Hälfte des Reiters. Mit geblähten Nasenflügeln und niedergeschlagenen Lidern stand Jankel eine Weile auf dem Felde. Dann schritt er, ein wenig gebeugt, dem Lager zu und setzte sich zur Rast. Alfred folgte ihm und tat in verlegener Heiterkeit desgleichen.

»So ist er, dein Onkel«, sagte Jankel.

»Wie ist er?« wollte Alfred wissen.

»Erst ist er fein. So fein. Eine fromme Seele von einem Gutsbesitzer. Borg mir deinen Wallach, flötet er und zerfließt schier in Höflichkeit. Im entscheidenden Moment fällt es ihm aber doch ein, daß der Wallach weder mein Wallach noch Domanskis Wallach, sondern sein Wallach ist, und er reitet einfach auf seinem Wallach davon. Ja, der Herr Gutsbesitzer behauptet immer das Feld. Ja, ich sag' immer: Die letzte Hose versetzen und ein reicher Gutsbesitzer sein.«

»Sie haben den Onkel nicht gern?«

»Ich hab' ihn so gern wie – wie ein Verwalter einen Gutsbesitzer.«

»Der Onkel hat es so eilig gehabt wegen des Betens.«

»Gewiß. Gewiß. Die Klerikalen haben eine bequeme Ökonomie. *Ihre* Schweinereien gehen auf Gottes Konto. Übrigens hast du große Ähnlichkeit mit deinem Onkel.«

»Sooo?«

»Ja. Wie dein Onkel benimmst auch du dich immer ganz richtig. Wie es die Situation erfordert. Ich hab' darüber nachgedacht. Es ist die Erziehung. Das ist das Geheimnis.«

»Aber Jankel! Zwischen Onkels und meiner Erziehung – da liegt eine Welt von Unterschieden.«

»Welten, ganze Welten von Unterschieden, Alfred. Aber diese Unterschiede bedeuten in der Wirklichkeit so gut wie nichts. Gute Erziehung ist gute Erziehung. Punktum, basta.«

»Da ist doch aber nichts so Schlimmes dabei?«

»Schlimmes? Wer sagt Schlimmes? Hab' ich Schlimmes gesagt? Gutes, Gutes ist dabei. Nur Gutes. Schlimm ist die gute Erziehung der

Wohlerzogenen nur für die, die keine gute Erziehung haben. Zum Beispiel für mich.« Jankel wandte Alfred ein offenes, wieder erheitertes Gesicht zu. »Benimm du dich nur ruhig weiter so. So wie dein Onkel. Denn du sollst hier ein Gutsbesitzer werden. Kein Verwalter.«

»Da werden aber Sie auch mich so gern haben wie ein Verwalter einen Gutsbesitzer –«

»Unter uns: ich hab' deinen Onkel sehr lieb«, sagte Jankel.

»Das ist schön«, freute sich Alfred.

»Trotzdem kann ich ihn nicht leiden, diesen Zizesbeißer. Verstehst du das?«

»Und ob«, sagte Alfred. »Mir geht es so – es ist nicht schön, so etwas im Freien zu sagen – mir geht es oft so mit meiner Mutter. Aber was heißt Zizesbeißer? Es klingt so unanständig?«

»Es ist nichts Unanständiges. Im Gegenteil. Zizes, das sind die Schaufäden, die an den vier Ecken des Gebetsmantels und auch an den Ecken einer Unterkleidung der frommen Juden angebracht sind. Zu manchen Worten des Gebets werden diese Schaufäden von den Frommen geküßt. Verstehst du jetzt, was ein Zizesbeißer ist?«

»Ungefähr, ja.«

»Heute hab' ich ihn übrigens den ganzen Vormittag sekkiert, unseren lieben Zizesbeißer. Dann hat ihm noch Kassunja zugesetzt. Wie gefällt sie dir übrigens?«

»Die Kassja? Gut. Sie gefällt mir gut.«

»Ein Prachtweib, sag' ich dir. Dabei schon beinah eine Fünfzigerin.«

Jankel streckte sich aus, schüttelte sich ein Bündel Hafer als Kopfkissen zurecht, schob seinen Strohhut als Sonnenschutz übers Gesicht und klagte: »Recht müde bin ich heute. Wenn nur kein Gewitter kommt. Müde und hungrig. Ich hab' ein Loch im Magen. Die Aptowitzer-Kinder werden uns mit der Britschka das Essen herausbringen. Ein Loch im Magen. Kein Wunder. Seit vier Uhr bin ich auf den Beinen. Man läßt mich nicht in Ruhe frühstücken. Einen alten Mann. An einem so heißen Erntetag ...« Mit einem klagenden, schnaubenden Seufzer, der Alfred an den Wallach erinnerte, verstummte Jankel. Die Sonne flammte groß und weiß. Die Luft war still. Nur hin und wieder regte sich ein Windhauch und rührte die Haferglöckchen zart wie ein Vogel im Schlafe die Flügel rührt.

6

»Das Volk hält bereits Mahlzeit, siehst du?« Mit dieser Frage richtete sich Jankel bald wieder auf, vergewisserte sich mit einem Seitenblick, daß der Ökonom Domanski mit der Britschka bereits fort war, und sprach sich selbst eine Tröstung zu: »Bald kommen die Aptowitzer-Kinder. Hast du denn gar keinen Hunger?«

»Doch, Jankel. Man bekommt ordentlich Appetit, wenn man zusieht, wie die Bauern speisen.«

Mit entblößten Köpfen, die Stirnen weiß über den sonnverbrannten, heißen Gesichtern, saßen die Schnitter – wie es sich traf – am Wiesenrain, auf einer Hafermahd, auf einem Bündel, in würdiger Rast und verspeisten ihr Mittagsbrot. Die Bäuerinnen hatten ihre Kopftücher wie Hauben umgebunden, ihre abgearbeiteten Hände ministrierten die häuslichen Hantierungen mit Tontöpfen und hölzernen braunen Eßlöffeln wie geweihte Priesterinnen. Sie bedienten ihre Männer mit der Aufmerksamkeit von Sklavinnen. Das heilige Ritual des Essens schien rein Sache der Männer zu sein. Die gleichzeitige Atzung der Weiber vollzog sich flüchtig, außer der Ordnung als eine unvermeidliche, aber durchaus profane Nebenhandlung. Die angemalten Stadtweiber, die in Luxusautomobilen ihre Schoßhündchen spazierenfahren, sollte man für eine Zeit in die Schule dieser Bäuerinnen schicken, dachte Alfred mit dem Ingrimm eines männlich gerührten Herzens.

»Haben Sie gesehen? Haben Sie das gesehen?« wandte er sich mit weitaufgerissenen Augen an Jankel.

»Was denn?«

»Dieser alte Bauer da am Wiesenrand hat eine Scheibe Brot abgeschnitten und dabei eine Krume fallen lassen – was glauben Sie tat er?«

»Was wird er schon gemacht haben? Er hat die Krume aufgehoben und gegessen.«

»Er hat die Krume aufgehoben und erst geküßt – geküßt hat er das Brot wie ein Heiligtum.«

»Ganz richtig, wie ein Heiligtum. Solche Wunder kannst du hier oft sehen.«

»So heilig ist hier das Brot?«

»So heilig ist hier dem Bauern sein Brot. So heilig wie dem frommen Juden sein Buch. Wenn so einer sein Buch fallen läßt, hebt er es auf und küßt es auch. Wie der Bauer das Brot. Wenn er aber Gott behüte eine Torarolle fallen läßt, ist es eine Katastrophe! Da muß er, glaub' ich, dreißig Tage fasten. Das sind so Sitten und Gebräuche.«

»So heilig ist ihm das Brot«, wiederholte Alfred. »Es ist schön. Aber auch traurig. Ich weiß nicht warum, aber es wirkt sehr traurig.«

»Und der Fromme mit seiner Tora?«

»Ist auch sehr schön –«

»Und noch viel trauriger …«, entschied Jankel mit einem Ernst, der auf Alfred wie eine Verlockung wirkte, das Gespräch fortzusetzen. Aber Jankel schnitt es ab, indem er sich schnell vom Lager erhob und mit einer Hand die Augen schattend, sich selbst die frohe Botschaft verkündete: »Die Aptowitzer-Kinder kommen mit dem Frühstück.« Sie kamen, weil ihnen der kürzere Weg über die Gemeindewiese als verboten galt, vom anderen Ende des Haferfeldes. Sie hatten mit der Britschka bereits den Rain der Wiese erreicht, und die Schnitter mit dem Segensspruch grüßend, kutschierten sie langsam heran.

»Kennst du schon unseren Kassier?«

»Ich glaube ja. Das ist doch der schüchterne Mann mit wasserblauen Augen, dem Sie mich in der Ökonomiekanzlei vorgestellt haben?«

»Ja.«

»Er sieht merkwürdig aus. Wie ein Marder.«

»Er ist erst zwei Jahre bei uns. Ein sehr gebildeter und sehr sympathischer Mann. Einen Sohn hat er – er hat zwei Söhne –, aber einen kleinen Sohn hat er, so was hast du noch nicht gesehen, sag' ich dir.«

»So hübsch?« fragte Alfred ohne Interesse.

»Vielleicht auch hübsch. Aber das ist es nicht. Ein Schatz, sag' ich dir, dieser Lipale. Ein Kind noch.«

»Wieso ein Schatz?«

»Ein so begabtes Kind.«

»Es gibt viele begabte Judenkinder.«

»So ein Kind hast du noch nicht gesehen. Ich bin kein Kindernarr. Ich hab' mir nie welche gewünscht. Ich bin recht froh, keine jüdischen Kinder in diese Welt gesetzt zu haben. Aber das Kind ist ein Schatz.

Er interessiert sich zum Beispiel für – so für Länder, Städte, Flüsse – wie heißt dieser Gegenstand auf deutsch?«

»Geographie.«

»Ja, für Geographie. Und denk dir nur, das Kind kann bereits jedes Land auswendig aufzeichnen: Frankreich, Amerika, Galizien, Böhmen, Australien, Ungarn –«

»So, so«, meinte Alfred, von diesem hymnischen Durcheinander, das ihm mehr Schatten auf Jankel denn Licht auf den Schatz zu werfen schien, enttäuscht.

»Spielst du Schach?«

»Ja.«

»Gut?«

»Nicht besonders.«

»Er wird dich schlagen.«

»Dazu gehört nicht viel.«

»Er hat auch schon deinen Onkel geschlagen.«

»Wie alt ist der Bub?«

»Nicht ganz sieben. Im Herbst kommt er in die Schule. Wollen wir den Kindern nicht ein Stück entgegengehen?«

»Offen gestanden, Jankel, ich kann so frühreife, altkluge Judenbengel nicht ausstehen.«

»Wer spricht hier von altklugen Judenbengeln?!« entrüstete sich Jankel. »Lehr du mich Kinder kennen! Der Kleine ist weder altklug noch frühreif. Er ist ein besonderes Kind.« Und ohne darauf zu achten, ob ihm Alfred auch folge, ging er der Britschka entgegen.

Vor dem Abzugsgraben, der die Wiese durchschnitt, hielt der Deresch und erwartete Jankel. An dem Gefuchtel mit den Zügeln, die der ältere Knabe lenkte, hatte der kluge Deresch schon unterwegs erkannt, daß auf die zwei Kleinen in der Britschka kein Verlaß war.

So blieb er vor dem Graben stehen. Die Kinder schämten sich vor den Schnittern der Renitenz des Pferdes und ermunterten es mit Schnalzern, kindlich überlauten Zurufen und mangelhaftem Abknallen der Peitsche, die in brüderlicher Teilung der Lust des Kutschierens der jüngere Knabe handhabte. Allein, der Deresch ließ sich zu einer Überfahrt, die ihm bedenklich erschien, durch nichts verleiten. Nicht einmal die spöttischen Zurufe der Schnitter fochten ihn an. Wollen sehen, wem der zweibeinige Gott, der über die höchsten Dinge des Stalles zu entscheiden hat, recht geben wird, dachte der Deresch und äugte die spöttischen Zurufer mit der königlichen Ruhe seiner schönen, violett schimmernden Augenbälle an. Das Lob, das ihm Jankel sogleich auf der Schulter ausklopfte, nahm der charakterfeste Deresch, mit einem zärtlichstolzen Erbeben seines Bauches auf, dem ja auch alle Erkenntnis und Verehrung für den zweibeinigen Gott aller Fütterungen innewohnte. Als Jankel die Kinder auf der Stelle aussteigen ließ und damit die vom Deresch improvisierte Station zum endgültigen Ziel erklärte, senkte das fromme Tier den Kopf, den es im Triumph hochzuhalten wohlverdienten Anlaß hatte, zu Boden und langte sich einen Bissen frisch gemähten Hafers. So was ist zwar verboten, wußte der Deresch wohl, aber für fromme Pferde gilt so manches Verbot nicht immer. Den ersten Bissen zermalmte er, noch vom Eisen des Zaums behindert, in der Hast und unbändigen Gier, die auch dem frömmsten Tier eigen ist. Nachdem ihm aber der Gott selbst das Zaumzeug lockerte, stieß der Deresch mit seiner kräftigen Zunge das lästige Eisen aus dem Maul, trat ein paar Schritte vor und tat in aller Demut, als sei eine Mahd Hafers eigens für ihn umgelegt worden. Der zuständige Schnitter, der eben auch speiste, wagte es nicht, vor Jankel Einspruch dagegen zu erheben. So wächst, wo eine fromme Wesenheit hintritt, überall in der Welt das Gras der Protektion.

7

Flankiert von den zwei Knaben, schritt Jankel wohlgelaunt zum Lager. Ein wenig mißtrauisch sah Alfred der Aptowitzer-Brut entgegen. Der ältere, der etwa zwölfjährige David, ging zur Linken Jankels, in beiden Händen sehr behutsam ein kleines Körbchen tragend, der jüngere Lipa zu Jankels Rechten, in einem kleinen Händchen Jankels grobe Peitsche, unterm Arm ein dünnes Buch von großem Format. In der Mitte Jankel trug den Proviant in einem länglich geflochtenen Strohkorb, wie ihn Alfred schon bei den Schnittern gesehen hatte.

Die Kinder grüßten im Vorbeigehen das arbeitende Volk mit »Gott gib den Segen!«, die Schnitter erwiderten den Gruß mit der eigentümlichen Feierlichkeit der Erntezeit, die aber nur dem Gruß galt. Mit Kindern mochte man sich auch an einem Erntetag einen Scherz erlauben: »Dem kleinen Lipusch werden wir hier gleich die Eierchen ausschneiden«, scherzte zum Beispiel ein freundlicher Bauer, der gerade mit seinem Wetzstein die Sense in lustig klingendem Rhythmus schärfte und zum Entsetzen des Kindes mit einem nackten Finger die Schneide prüfte – wie der finstere Schächter, ehe er einem Kälbchen das breite Schächtmesser rituell an die Kehle setzt! Wohl wußte der kleine Lipale, daß man selbst jüdischen Kindern die Eiercken nicht ausschneidet, und in Jankels Gesellschaft hatte der Kleine vor nichts in der Welt eine Angst, auch vor einem Bauern mit einer scharfen Sense nicht. Aber die gefährliche Art, wie dieser Bauer mit seinem Finger über die Schneide strich, fuhr Lipusch in die Glieder. Das Kind drückte die Hinterbäckchen fest ein, um seinen bedrohten Schatz zu beschützen, und seitwärts die Beinchen auswerfend, hielt es sich mühsam genau im Schritt mit Jankel, als wäre es allein schon im Schritt des mächtigen Herrn Oberverwalters vor jeglicher Anfechtung geborgen. Wie komisch das übers Stoppelfeld hüpft, urteilte indessen Alfred. Ein affektierter Bengel.

»Das sind die Kinder unseres Kassiers«, stellte Jankel vor. »Und jetzt werden wir auch futtern.«

Alfred gab dem Älteren die Hand. Der Knabe, dicklich und kräftig, mit roten Backen und kirschschwarzen Augen, legte in die dargebotene Hand ein paar schüchterne Finger und murmelte unverständlich den hebräischen Friedensgruß. Tiefe Schamröte übergoß das Knabengesicht. Er wußte nicht, wie er Alfred grüßen sollte. Einem Herrn sagt man »guten Tag«, nicht »Scholem Alejchem«. Aber der Herr ist ja Welwel Dobropoljers Neffe? So hat er im Dilemma was Unverständliches gemurmelt. Alfred hielt es für was Hebräisches.

»Wie alt bist du?« fragte er den kleinen Mann, der in seinem kaftanartigen Kittelchen, eine ripsseidene Mütze mit Schild auf dem Kopfe, wie ein Chassid in Taschenformat aussah.

»In fünf Monaten bin ich Bar-mizwa«, antwortete der kleine Chassid in dem Idiom, in dem Alfred an einem denkwürdigen Theaterabend in Berlin für seine Großmutter einen Dolmetscher abgegeben hatte.

»Das heißt in fünf Monaten wird er dreizehn Jahre«, erklärte Jankel, der indessen mit dem Auspacken des Proviants alle Hände voll zu tun hatte. Eine Serviette über den Knien, untersuchte er den Inhalt des großen Korbes.

»Das hätte ich mir schon selbst ausrechnen können«, meinte Alfred, obschon er nicht ganz sicher war, die Antwort des Jungen verstanden zu haben. Es war ihm peinlich, vor dem kleinen Chassid, dem das dicke Schläfenhaar rührend fromm das Gesichtchen einrahmte, als ein Unwissender bloßgestellt zu werden.

»Ich habe –«, murmelte Jankel und hob ein Tontöpfchen mit Borschtsch aus dem Korb, »gar nicht –«, brummte er weiter und stellte das zweite Tontöpfchen dazu, »gewußt –«, setzte er fort und wickelte aus einem Seidenpapier das hölzerne Eßgeschirr, »daß du ein so guter Rechner bist«, schloß er und lud Alfred mit einer breiten Gebärde zum Essen ein.

»Und du?« wandte sich Alfred an den jüngeren Knaben. Der Kleine, der unterdessen, zwei Daumen am Kinn, mit seinen hübschen braunen Augen unbefangen und offen um Alfreds Aufmerksamkeit geworben hatte, schoß in einem jähen Sprung an Alfreds Hand und patzte schnell einen feuchten Kuß darauf. Von solcher Begrüßung überrascht, führte Alfreds Hand eine so heftige Abwehr aus, daß der Knabe, zwei, drei Schritte weggestoßen, mit erschrockenen Augen so weit retirierte, daß er instinktiv Schutz suchend mit dem Rücken an Jankels Knie stieß.

»Einem jungen Herrn küßt man nicht die Hand«, belehrte Jankel das erschrockene Kind, das, ohne den Blick der ersten Bestürzung von Alfred abzuwenden, mit dem Rücken an Jankels Stiefelschäften langsam niederglitt und auf den sich gastlich zusammentuenden Füßen Platz nahm, als wäre da sein gewohnter Lieblingssitz.

»Komm, Alfred. Wir wollen essen«, mahnte Jankel kurz und rasch. Das Kind ist lieblich, überlegte Alfred, neben Jankel sitzend, eine Serviette über den Knien, von Jankel stumm bedient. Lieblich selbst meiner Eifersucht, mußte Alfred zugeben. Die Zartheit, mit der Jankel das Kind behandelte, der rauhe Ton, mit dem er Alfred für seine Ungeschicklichkeit strafte, zeigte ihm, daß der kleine Lipusch sich der besonderen Gunst des alten Mannes erfreuen durfte, und erst in dieser Erkenntnis wurde Alfred auch inne, wie er bereits nach dem ersten Lob des Kindes gegen den Liebling eiferte.

»Hast du schon einmal einen kalten Borschtsch gegessen?« erkundigte sich Jankel in versöhnlichem Ton.

»Doch. Aber noch nie einen so guten«, gestand Alfred. »Vielleicht schmeckt Borschtsch erst richtig, wenn man ihn mit einem Holzlöffel aus einem Tontöpfchen schöpft.«

»Einen so guten Borschtsch kann nur die Versorgte Pesje kochen. Diesmal hat sie alles richtiggemacht. Ich esse auf dem Felde gerne so wie die Bauern essen. Findest du es so schlimm, mit einem Holzlöffel zu essen?«

»Im Gegenteil. Dieses Töpfchen, dieser Borschtsch, dieser Holzlöffel, alles paßt herrlich zusammen. Gibt es noch ein wenig Borschtsch?«

»Du hast schon alles ausgelöffelt?« wunderte sich Jankel.

»Sie doch auch?«

»Ich! Du wirst doch nicht so viel essen wie ich?«

»Warum nicht?«

»Das werden wir ja sehen. Jetzt kommen die Piroggen. Wir haben drei verschiedene Sorten: Piroggen mit Kartoffeln und Topfen gemischt, Piroggen mit reinem Topfen und Piroggen mit Kascha. Womit beginnst du?«

»Ich werde mich nach Ihnen richten.«

»Ich beginne mit Kartoffelpiroggen, übergehe dann zu den Kascha- und schließe mit den Topfenpiroggen.«

»Ich folge ihrem Beispiel.«

»Langsam, langsam. Man darf Kinder nicht zusehen lassen, sagt ein jüdisches Sprichwort.«

»Was heißt das?«

»Das heißt: Man darf nicht fressen und ein Kind zusehen lassen, damit sich in seinem kleinen Herzchen nicht der Neid regt.«

»Das ist eine gute Regel«, sagte Alfred. Die Psychoanalytiker hätten ihre Freude daran, dachte er.

»Das jüdische Volk ist gar nicht so dumm, wie man glauben kann, wenn man nur die reichen Juden kennt«, brummte Jankel, indes er einen von brauner Butter glänzenden Pirogg mit seiner Holzgabel aufspießte und dem Knaben Lipa überreichte.

»Einen schönen Dank«, sagte der Kleine und speiste mit.

»Dem großen auch«, schlug Alfred vor und sah sich nach dem älteren Knaben um. Er war aber weit weg, bei der Britschka, beim Deresch.

»Er hat sich absichtlich entfernt, um zu zeigen, daß er schon erwachsen sei und auf die Vorteile jener Regel keinen Wert lege. Aber diesen Bauernkindern dort werden wir ein paar abgeben. Lipusch, da nimm dieses Töpfchen und verteile den Rest an die Kinder dort.«

Der Knabe nahm das Töpfchen und ging zu der Kinderschar hin, die in einer Entfernung von etwa zwanzig Schritten sich versammelt hatte und mit gierigen Augen an dem Frühstück teilnahm.

»Hier ist ein Töpfchen mit Rahm, Alfred. Du kannst die Piroggen einfach hineintunken, wie ich das tue, oder vom Rahm trinken, wie es die vornehmen Leute halten, zum Beispiel dein Onkel. Nach Belieben.«

»Ich werde versuchen, es Ihnen gleichzumachen.«

»Aber zählen, bitte. Du mußt deine Piroggen zählen. Wollen sehen, was du leisten kannst.«

Der kleine Lipusch kam mit dem Töpfchen zurück. Mit der epischen Ruhe, die auch das Auge eines Stadtmenschen beim Kauen verklärt, betrachtete nun Alfred mit Wohlgefallen den Kleinen. Er hatte ahornbraunes Haar, das in einem wirren Kranz unter dem Rand der tuchenen Schildmütze in der Sonne rötlich schimmerte, eine zartknochige Stirn, die in knabenhaftem Ernst die Haut zwischen den Brauen zusammenzog, braune, blumengroße Augen, ein feines Näschen, das mit der rundgewölbten Oberlippe mädchenhaft zärtlich zusammenhielt. Ein kleines Kinn, von dem reinen Oval eines Taubeneis, rundete nicht ganz harmonisch das sehr schmale Knabengesicht, das noch im Lichte und in dem Schatten einer völlig kindlichen Verzücktheit gebannt war.

»Einen habe ich übriggelassen«, meldete der Kleine, das Töpfchen in den Händen, und glitt wie vorher an den Stiefelschäften Jankels auf sein Lieblingsplätzchen nieder, auf Jankels Stiefelfüße.

»Wozu denn?« fragte Jankel.

»Zum Tauschen«, sagte der Kleine unten, ohne aufzublicken.

»Gegen was? Willst wohl meine Uhr dafür haben?«

»Sie wissen schon«, sagte der Knabe und sank immer tiefer.

»Eine Briefmarke?« heuchelte Jankel.

»Im Töpfchen waren lauter Kartoffelpiroggen ...«

»Aha!« machte Jankel, »du möchtest wohl einen mit Kascha dafür haben?«

»Und einen mit Topfen«, warf der Knabe rasch ein, reichte Jankel das Töpfchen hinauf und machte sich zwischen den Stiefelschäften ganz klein.

Jankel blickte ins Töpfchen hinein und zeigte es, schmunzelnd, auch Alfred. Es waren zwei Piroggen übriggeblieben.

»Da hast du einen mit Kascha für den einen übriggelassenen«, sagte Jankel, aber Alfred, der sich indes mit dem Kind ausgesöhnt hatte, legte noch einen mit Topfen dazu.

»Einen schönen Dank, junger Herr«, sagte der Knabe.

»Wie war das?« fragte Alfred belustigt: »junger Herr?«

»Alle nennen dich so. Es wird wohl dabei bleiben. Dein Onkel ist der alte Herr. Du bist der junge Herr. Da ist nichts zu machen«, sagte Jankel.

»Meinetwegen«, seufzte Alfred. »So, das war mein zehnter Pirogg, weiter geht's nicht.«

»Es war erst der neunte«, brummte Jankel. »Du bist ein schwacher Esser.«

»Und Sie? Wieviel haben Sie schon?«

»Fünfzehn. Ich bringe es leicht auf fünfundzwanzig, aber heute werde ich mich mit zwanzig begnügen. Wir haben hier nämlich noch ein Grießrahmgebäck, eine Delikatesse, sag' ich dir.«

»Was immer es ist, ich halte nicht mit. Es hat alles wunderbar geschmeckt, aber ich kann nicht mehr.«

»Wir heben uns das Grießrahmgebäck für Nachmittag auf. Zur Jause, wie man in Wien sagt.«

»Was Sie alles in vier Tagen in Wien gelernt haben!«

»Was mit dem Essen zusammenhängt, merke ich mir sehr schnell«, gestand Jankel. »So. Ich habe auch schon genug. Zweiundzwanzig Stück. Bis du fertig, Lipusch?« Jankel ordnete nun die Töpfchen ein, verteilte alles im Korb, deckte eine erstaunlich lange Reihe von Tontöpfchen mit den Servietten wieder zu und beugte sich über seinen Liebling.

»Jetzt wirst du dem jungen Herrn zeigen, was du alles aufzeichnen kannst.«

»Ich kann doch nicht«, wehrte sich der Knabe, aber ohne Ziererei, was Alfred mit Wohlwollen bemerkte.

»Zeichne für den jungen Herrn ein Land auf, irgendein Land. Zum Beispiel Amerika.«

»Amerika ist doch kein Land, Herr Oberverwalter!« sagte das Kind mit einem Blick zu Alfred.

»Wenn der Herr Oberverwalter es wünscht und wenn du es kannst, zeichne irgendein Land auf. Zum Beispiel Italien.« Der Knabe schlug sein dünnes Buch auf. Es waren Landkarten darin, einzelne lose Blätter aus einem Schulatlas, schmierig und verbraucht. Zwischen den Blättern zerknülltes Pauspapier und braunes billiges Kanzleipapier, offenbar aus den Beständen der Gutsverwaltung. Der Kleine wählte ein glattes Papier, breitete es über den Buchdeckeln auf den Knien aus und entwarf mit energischem Bleistift, ohne die lebendige Linienführung auch nur einmal zu unterbrechen, den Stiefelumriß der Halbinsel.

»So. Jetzt noch die Flüsse und die Städte«, lispelte der Knabe vor Aufregung, und unter seinem flinken Bleistift belebte sich das umrissene weiße Feld. Es ringelten sich die Städte, es schlängelten sich die Flüsse. Die Namen, die der kleine Zeichner den Städten und den Flüssen gab, klangen fremdartig und komisch verdreht – Rom war Rzym –, aber Alfred vermochte sie dennoch aus der geographisch richtigen Lage zu erkennen und er freute sich, dem Knaben just das Land aufgegeben zu haben, das er offenbar eingeübt hatte.

»Das hast du sehr gut gemacht«, belobigte er das Kind, ohne das zeichnerische Kunststück zu überschätzen, und der alte Jankel erstrahlte, als wäre er der leibliche Großvater.

»Das kann doch jeder«, sagte Lipusch und schürzte verächtlich die Lippen.

»Sag das nicht«, tröstete ihn Alfred. »Ich zum Beispiel könnte das nicht.«

»Das sagst du nur so, junger Herr.«

»Ich habe es nie so gut gekonnt wie du«, beteuerte Alfred.

»Er kann alle Länder so gut«, triumphierte der alte Jankel.

»Das ist nicht wahr, Großväterchen, Herr Oberverwalter, das verstehst du nicht«, sagte der Knabe streng zu Jankel. Und mit Trauer zu Alfred: »Ich kann alle Länder von drei Weltteilen: Europa, Amerika, Afrika. Von Asien und Australien kann ich noch nichts. Ich habe nur von drei Weltteilen die Karten. Aber mein Vater hat mir versprochen, mein Vater hat gesagt –«

»Wenn du wirklich alle Länder von drei Weltteilen aufzeichnen kannst, wird man dir bald einen schönen großen Atlas schenken«, unterbrach Alfred die überhastete Aussage des Knaben, die er für eine kindliche Prahlerei hielt.

»Ah, wer wird schon mir einen schönen großen Atlas schenken?« sang der Kleine in listiger Trauer, wie Fedja Cyhan vor Welwel gesungen hatte, in Erwartung einer Heufuhre.

»Ich zum Beispiel«, sagte Alfred und sah den Knaben streng an.

»Du? Junger Herr! Du kannst mich prüfen! Prüf mich gleich! Was willst du –«

»Hast du noch Papier?« fragte Alfred.

»Papier hab' ich immer mit. Und drei Bleistifte. Was soll ich dir zeichnen?« jubelte der Knabe. Alfred, ein strenger Prüfer, examinierte nun den Kleinen nach allen Regeln der Schulschikane. Erst mündlich. Länder, Hauptstädte, Flüsse, Berge, Grenzen. Der Kleine antwortete Schlag auf Schlag, bald war der Prüfer mit den noch erinnerten Brosamen seiner Schulweisheit fertig. Dann ließ er den Knaben zeichnen, und mit der Schamlosigkeit der Erwachsenen, die offen zugeben, das nicht zu können, was sie von einem Schulkind verlangen, kontrollierte er jede Zeichnung nach der Landkarte. Nach einer halben Stunde gab sich der Prüfer geschlagen. Mitleid und Bewunderung, Trauer und Begeisterung im Blick, starrte er das ahornbraune Köpfchen an, in dem ein kindliches Gehirn mit solcher Präzision arbeitete. Diese Juden, dachte er, diese Judenbengel.

»Ich hab's ja gesagt!« schrie Jankel plötzlich wie im Zorn. Er war während der Prüfung in mühsam verhehlter Aufregung auf und ab gewandert, ohne den Prüfer oder den Geprüften auch nur eines Blickes zu würdigen. »Ich hab's ja gesagt!« wiederholte er grimmig mit einem langen Blick voll klagender Geringschätzung, als wäre ein Unheil, das er angekündigt hatte, prompt eingetroffen. Dann ließ er sich zwischen Alfred und dem Knaben nieder, um sein Täubchen vor dem Habicht zu schützen.

»Was kannst du noch?« fragte Alfred den Kleinen, der sich indessen wieder zwischen Jankels Stiefelschäften einrichtete und ein besorgtes Gesichtchen machte, als habe er was angestellt.

»Was er noch kann?« wiederholte Jankel mit weinerlicher Stimme und sah mit suchenden Augen in die Welt, als wäre er unter lauter Feinden, die ihn immerzu und ohne Grund verhöhnen und verletzen.

»Er kann kopfstehen. Auf Händen laufen. Auf dem Seil tanzen. – Genügt das?!?«

»Ich wollte bloß wissen, ob er einen Hauslehrer hat. Er geht ja noch nicht in die Schule. Woher hat er seine Kenntnisse in Geographie mit noch nicht ganz sieben Jahren?« erklärte Alfred in einem Ton, als habe er sich für irgendein Vergehen zu entschuldigen.

»Er hat einen Melamed, einen jüdischen Lehrer. Von dem wird er zusammen mit seinem Bruder und noch ein paar Dorfkindern in der Bibel unterwiesen und – und –«

»Und in den Propheten«, sagte der Kleine ein.

»Aber von Geographie versteht sein Melamed so viel wie …« – Jankel suchte mit finsterer Stirn nach einem drastischen Vergleich –: »wie ich!« fand er zu seiner eigenen Überraschung, und sein Gesicht wurde auf einmal wieder mild und hell. »Er hat mit seinem Bruder mitgelernt, ein bißchen half ihm sein Vater, aber das meiste hat er von sich selbst gelernt. Nicht wahr?«

»Von den Karten«, sagte der Knabe und setzte einen Fuß auf die verbrauchten Deckel seines so zärtlich behüteten Landkartenschatzes. »Wenn ich jetzt einen richtigen großen Atlas bekomme –«, fügte er hinzu und ein tiefer Seufzer machte ihn verstummen.

»Gewiß bekommst du einen. Der Herr wird schon morgen dem Milchwagen Geld und einen Zettel mitgeben«, sagte Jankel.

»In Kozlowa wird man wahrscheinlich nur so einen bekommen wie dieser da«, besorgte der Kleine mit einem noch schwereren Seufzer.

»Wir werden in einer Buchhandlung in Lemberg einen großen Atlas bestellen«, schlug Alfred vor.

»Ja! In Lemberg! Da bekommen wir auch den größten Atlas bestimmt!« entschied Lipusch mit Begeisterung.

»Damit du aber nicht immerzu über deiner Landkarte hockst, werde ich dir täglich eine Stunde Unterricht geben.«

»Du willst mich unterrichten?« fragte der Knabe, sprang mit einem Satz auf und seine Blumenaugen wanderten groß staunend von Alfred zu Jankel und wieder zu Alfred.

»Ja. Was möchtest du am liebsten lernen?«

»Am liebsten möchte ich lernen: Deutsch«, bat der Knabe, ohne sich die Sache erst lang zu überleben.

»Warum gerade Deutsch?« wandte sich Alfred an Jankel.

»Früher, als wir noch österreichisch waren«, plapperte der Knabe atemlos, »als wir hier noch österreichisch waren, hat man auch in den

Dorfschulen Deutsch gelernt. Jetzt aber lernt man hier nicht mehr Deutsch, und ich möchte doch Deutsch lernen.«

»Schön. Aber warum gerade Deutsch? Wir könnten ja doch eine andere Sprache lernen: Englisch zum Beispiel oder –«

»Mein Vater sagt immer, man muß Deutsch können. Wenn man nicht Deutsch kann, sagt mein Vater, kann man was immer lernen, man ist aber trotzdem kein gebildeter Mensch, wenn man nicht Deutsch gelernt hat. Sagt mein Vater –«

Diesmal vermochte Alfred kaum dem schnellen jiddischen Duktus zu folgen, er erriet aber den Sinn, noch ehe ihn Jankel verdolmetscht hatte.

»Das scheint mir ein unter den Juden allgemein verbreiteter Aberglaube zu sein«, stellte Alfred für sich fest. Allein, Jankel, dem alles recht war, was gegen irgendeinen Aberglauben der Juden sprach, griff die Äußerung mit lebhaftem Interesse auf.

»So? Ein Aberglaube? Der Juden? Meinst du?«

»Ja. Das meine ich. Aber mir soll's recht sein. Wir lernen also täglich eine Stunde Deutsch. Aber nicht in einem Zimmer. Wir machen täglich einen schönen Spaziergang –«

»In den Wald!« jubelte der Knabe. »Wir gehen in den Wald. Da ist tief drinnen im Walde ein so schöner Bach! Und wir dürfen nie bis zum Bach gehen –«

»Schön. Wir gehen zum Bach. Jetzt laß deine Landkarten hier und lauf schnell zu den Kindern. Schau, wie schön dein Bruder dort mit den Kindern spielt.«

Auf der Wiese tummelten sich Bauernkinder, mit ihnen der kleine Chassid, in dörflich wilden Spielen. Sie boten einen Anblick, der Alfred an die Sportplätze der Wiener Vorstädte erinnerte. Mitunter sah man da auch katholische Schuljugend unter der Aufsicht eines Klerikers Fußball spielen: wie der kleine Chassid in seinem schwarzen Kaftan, nur von dem Gewand behindert, in das Spiel eingriff, sah er von der Ferne wie ein Kleriker aus, der seine lange Sutane raffend, mit flachem Schuh den Fußball trifft. Alfred begriff nun angesichts dieses kleinen Chassids unter den Bauernkindern, wieso sein frommer Onkel mit den Bauern vom Gut umzugehen verstand. Er ist unter Bauernkindern aufgewachsen. Er sah ein, daß er sich eine falsche Vorstellung vom Leben dieser Landjuden gemacht habe. Die Bücher, denen er diese Vorstellungen verdankte, waren offenbar von Städtern geschrieben, meistens gar von Kleinstädtern, über das Leben der Ostjuden in der Kleinstadt.

»Mach schnell, daß du fortkommst, du kleiner Bücherwurm!« ermahnte er halb spielerisch, halb im Ärger die Stirn runzelnd. Der Knabe hielt sich an Jankel fest. Er stellte sich auf die Fußspitzen, reckte das schlanke Stengelhälschen hoch, machte dem Alten schnelle Zeichen, daß er ihm etwas ins Ohr sagen wolle. Jankel beugte sich herab und horchte mit gespieltem Ernst hinunter wie ein Arzt an der Brust eines Patienten, der eine Krankheit simuliert.

»Ja, ja. Schon gut. Aber lauf erst zu den Kindern.«

»Was war das Geheimnis?« fragte Alfred, nachdem der Knabe in schnellem Lauf der spielenden Kinderschar sich zugesellt hatte.

»Er möchte mit der Britschka gleich heimfahren, um seinen Eltern die Nachricht zu bringen, daß du ihn unterrichten wirst. So. Jetzt aber genug mit diesen Sachen. Wir werden uns jetzt auf dem Felde umsehen. Dann borgen wir uns eine Sense aus und du lernst ein wenig mähen.«

Alfred war geradezu stolz, daß Jankel nach allem, was zwischen ihm und dem Liebling des Alten vorgefallen war, wieder ein freundliches Wort an ihn richtete.

»Schauen wir nicht vorher zu den Stellmachern? Vielleicht wird bald wieder die Tochter mähen –«

»Das hat Zeit. Die Mutter möchte Kyrylowicz nicht noch mehr verärgern und sie wird die Sense nicht so bald aus der Hand geben. Aber gegen vier Uhr muß die Alte heimgehen, und da bleibt die Tochter allein auf dem Felde, da kommen wir wieder her.«

»Gut. Jetzt will ich mähen lernen.«

»Nur nicht so hitzig. Mähen ist kein Kinderspiel. Du wirst schon sehen. Aber lernen sollst du es.«

»Kann der Onkel mähen?«

»Der? Mähen?« sagte Jankel verächtlich. »Der Onkel ist zu heilig für eine so derbe Arbeit. Aber dein Vater, der konnte mähen. Wie ein Bauer, sag' ich dir.«

»Hat mein Vater als kleiner Junge auch so einen Kinderkaftan getragen wie der kleine David Aptowitzer?«

»Dein Vater? Nicht einmal dein Onkel. Der ist ja doch erst als Jüngling so klerikal geworden. In Davids Alter war dein Vater schon ein Gymnasiast und trug die Uniform des Gymnasiums. Das weißt du doch aus der Geschichte von Rabbi Abba.«

»Ich möchte einmal den Friedhof sehen, wo der Rabbi begraben liegt. Ist das weit von hier?«

»Nein, nicht sehr weit. Du kannst einmal mit deinem Onkel hinfahren.«

»Sie wollen nicht mit uns mitfahren?«

»Nein. Ich zeig' mich nicht gern auf Friedhöfen. In meinem Alter ist das nicht ratsam. Der Tod, siehst du, der macht mitunter ganz gern auch ein Stück Maßarbeit. Ich möchte ihm keine Gelegenheit geben, mir an Ort und Stelle auf dem Friedhof das Maß zu nehmen. – Komm!«

Jankel hatte bald einen Schnitter gefunden, der zwei Sensen mitgenommen hatte. Er suchte eine ebene und nicht zu feuchte Stelle auf der Wiese aus, und der Unterricht begann.

»Beim Mähen ist vorerst die Hauptsache: fest auf den eigenen Fersen stehen und der Sense *ihre* Ferse fest aufzudrücken. Sonst fährt sie mit der Nase in den Grund und kann dabei abbrechen.«

Die Wiese brodelte in der Sonne, die ihre ganze Glut in die sumpfige Feuchtigkeit des Wiesengrundes ergoß. Nach einer halben Stunde waren Lehrer und Schüler in Schweiß gebadet.

»Hast du noch nicht genug?« staunte Jankel.

»Nein, Jankel. Ich will es wirklich lernen.«

»Das geht nicht auf einmal. Du wirst bald Blasen auf den Händen bekommen.«

»Ich bekomme keine Blasen, Jankel. Ich habe harte Hände. Vom Stabhochspringen her.«

»Wovon?«

Alfred machte eine Pause. Er warf seinen Rock ab und erklärte Jankel die Technik des Stabhochsprunges. Jankel tastete sachkundig die Hände und die Armmuskulatur Alfreds ab, und vom Befund befriedigt, entledigte auch er sich seines Kittels. Und nun erst begann die Unterweisung im Ernst.

»Mit einem trainierten Hochstabspringer braucht man kein Mitleid zu haben«, entschied Jankel. Und mit der Aufsässigkeit eines Landmannes, der einem Städter es zeigen will, was rechtschaffene Feldarbeit bedeutet, stellte er die Muskelkraft Alfreds auf eine harte Probe. Es war eine ausgemachte Schinderei und sie erstreckte sich über die

Stunde, da die alte Stellmacherin ihre Tochter auf dem Felde allein lassen sollte. Alfred vergaß Donja. Er beachtete nicht einmal die Mutter, die auf ihrem Heimweg dicht vor dem ehrgeizigen Mäherlehrling vorbeigegangen war. Er erinnerte sich kaum noch, wie lange es schon her war, da die Aptowitzer-Kinder mit der Britschka vorbeikutschiert waren und Abschiedsgrüße zugerufen und gewinkt hatten. Er sah bereits die ganze Welt grün und heiß und hatte einen grünen und heißen Gedanken im Hirn: den Willen des Lehrers zu brechen, ehe die eigenen Kräfte verbraucht waren. Gegen halb fünf Uhr entfiel aber die zentnerschwere Sense seinen erlahmten Armen; auch der Mäher ging nieder und lag als ein lebloses Ackergerät mitten im hohen Wiesengrün. Sein Haar triefte von Schweiß, sein Hemd klatschte sich wie ein Badegewand naß an den Körper an. Aufrecht stand vor ihm der alte Jankel, der sich im Eifer auch seines Spenzers entledigt hatte, und sprach rückhaltlos seine Anerkennung aus.

»Noch zwei drei solche Lektionen, und aus einem Hochstabspringer ist beinah ein Mäher geworden. Meinen Respekt, Herr Gutsbesitzer.«

»Jankel«, lallte Alfred mit lahmen Lippen, »Sie tragen ja auch so ein Untergewand mit Schaufäden?«

»Gewiß«, sagte Jankel, »die Schaufäden sind das wichtigste Uniformstück der Juden. Und für Uniformen hat Jankel immer was übrig gehabt. – Die Wiese ist feucht. Komm, wir gehen zu unserer Lagerstatt, dort kannst du dich erholen. Sie gingen über das Haferfeld, das am Rande des Ackers bereits wie ein altes Stoppelfeld von der Sonne ausgedörrt war. Die Mäher hatten jetzt die Sonne im Rücken. Ihre Schatten waren lang und schon abendlich überirdisch im flimmernden Goldlicht der waagrechten Sonnenstrahlen. Donja mähte einsam auf ihrem Abschnitt, sie sah sich nicht um. Kyrylowicz, der alte Fuchs, arbeitete mit dem Rechen, die Sense hatte er seinem Jüngsten abgegeben, der indes noch mit einem Vorsprung vor Donja mähte.

»Den jungen Kyrylowicz wird sie wohl nicht mehr einholen?« fragte noch Alfred, und eine abendliche Trauer zog matt in sein Herz ein.

»Das wirst du noch sehen«, meinte Jankel. »Jetzt verstehst du ja schon was vom Mähen.«

Obschon er jetzt was davon verstand, interessierte ihn der Ausgang des Wettmähens zwischen Donja und dem jungen Kyrylowicz nicht sehr lebhaft. Wohl richtete er sich auf dem Lager so ein, daß er das schöne Mädchen sehen konnte, doch fielen ihm darüber sehr bald die Augen zu. Und im Schatten einer Hafergarbe, die Jankel als Sonnenschutz hinter dem Kopfe des erschöpften Mäherlehrlings aufgestellt hatte, schlief er ein.

8

Als er die Augen öffnete, sah er die Sterne. Der große himmlische Wagen mit seinen vier plastisch glänzenden und den drei matten Sternen war mit der Deichsel anders ausgerichtet als auf dem Himmel seiner Kindheit. Das veränderte Sternbild verwirrte Alfred so sehr, daß er vorerst nicht wußte, wo er sich befand. Ringsum auf der Erde war undurchdringliche Finsternis. Aber es waren Stimmen in der Finsternis zu hören, menschliche Stimmen, Lachen und auch ferner, schöner Gesang. Alle Geräusche waren deutlich und übernah anzuhören wie weiche Stimmen und Laute in der schallträchtigen Luft über einem See. Um sein Gesicht kreiste Kühle.

»Nun, hast du ausgeschlafen?« hörte er ganz nahe Jankels Stimme, kaum daß er sich auf seinem Lager halb aufgerichtet hatte.

»Wo sind Sie, Jankel?«

»Hier, bei der Britschka. Komm, wir wollen heimfahren. Nimm meinen Kittel gleich mit.«

Alfred merkte erst jetzt, daß er mit Jankels Kittel zugedeckt war.

»Ist denn schon Nacht, daß es so finster ist?«

»Es ist nicht so finster, wie es dir scheint. Ich sehe dich sehr gut.«

»Ich kann nichts sehen, Jankel.«

Alfred ging in der Richtung, wo die Stimme herkam, zu Jankel. In der Finsternis schallten noch viele Stimmen ringsum, Rufe und Schritte und Rascheln auf dem Stoppelfeld. Und es kam Alfred vor, als regten und bewegten sich alle jenseits der Nacht, in der er allein gefangen war, noch in dem Tag, aus dem er im Schlaf herausgefallen war.

»So. Gib mir den Kittel. So. Gib mir die Hand. Und steig ein.«

Mit Hilfe Jankels tastete sich Alfred in der Britschka zurecht. Auch Jankel stieg ein, und der schattenhafte Deresch setzte sich gleich in Bewegung.

»Ich hätte dir gerne gezeigt, wie gut die Rinder auf der Gemeindewiese sich tagsüber angefüllt haben. Aber es ist spät geworden. Jetzt müssen wir übrigens auf dem längeren Weg heimkutschieren.«

»Es sind aber doch noch Leute auf dem Feld geblieben«, wunderte sich Alfred, dessen Augen sich allmählich an die Dunkelheit gewöhnten.

»Es bleiben welche hier, und wenn der Mond aufgeht, werden sie bündeln. Der Hafer ist zu trocken geworden und man bindet ihn besser, wenn der Tau gefallen ist. Da wird nicht so viel ausgestreut wie bei Tag. Ich werde nach dem Abendessen noch herausfahren.«

»Ich käme gern mit.«

»Wenn der Onkel es erlaubt. Es wird sehr schön sein hier.«

Es blieben aber nicht alle auf dem Felde. Viele, namentlich die Frauen und die Kinder, waren bereits auf dem Heimweg. Sie gingen, einzeln und in Gruppen, auf dem Karrenweg. Sie wichen dem Gefährte aus und sie grüßten die Fahrenden mit einem Abendgruß. Auf den Wiesen quakten die Frösche und das Gezirp unzähliger Grillen erfüllte die Luft mit metallener Musik.

»Wir könnten das Mädchen mitnehmen«, sagte Jankel, als sie an einer schattenhaften Gruppe vorbeikamen.

»Welches Mädchen?«

»Donja, die Stellmacherin.«

»Wo? Wo ist sie?«

»Da. Die uns eben gute Nacht gesagt hat, war Donja.«

»Gut, Jankel. Nehmen wir sie mit.«

»Donja! rief Jankel laut zurück und hielt den Deresch an. »Dem Onkel erzählst du lieber nichts davon.«

»Natürlich nicht«, sagte Alfred und er rückte zur Seite, um dem Mädchen Platz in der Mitte zu machen.

»Bleib du nur in der Mitte«, sagte Jankel, zog Alfred näher an sich. – In Verlegenheit und Eile Dank sagend, aber trotz der Dunkelheit sehr geschickt, stieg das Mädchen ein und saß neben Alfred.

»Sie hat ihren Nachbarn überholt, und der Alte war sehr grimmig«, berichtete ihm jetzt Jankel, und Alfred bedauerte es, den Triumph der Stellmacherin verschlafen zu haben.

Donja machte sich ganz schmal, und Alfred roch vorerst bloß ihre Nähe. Sie roch, wie ein Bauernmädchen nach einem heißen Erntetag riecht. Aber Alfred hatte ein taghelles Bild ihrer Schönheit in die

111

Dunkelheit des Abends mitgenommen, und so roch ihm Donja angenehm und lieb. Als infolge einer Unebenheit der Radspur die Britschka sich ein wenig neigte und er mit seinem Ellbogen ihren Arm berührte, ließ er die überraschende Berührung ein, zwei Herzschläge lang andauern und empfand es als eine Gnade, daß sie ihren Arm der Berührung nicht entzog.

Nachdem der Deresch eine Strecke auf dem weichen Feldweg getrabt und einige Kehren zurückgelassen hatte, tauchte in der Ferne aus den Dunkelheiten der Felder, wie eine Insel mit Lichtern bekränzt, das Dorf auf. Vom Dorf her kam fernes Hundegebell, Pferdegetrappel und einsamer Gesang.

Als hätten Alfreds und Donjas Arm ihre eigenen Augen, mit dem Licht des Dorfes das Ende der Fahrt zu sichten, taten sie sich in einer zarten Berührung zusammen. Alfred spürte erst mit dem Stoff seines Ärmels nur das Leinen ihres Ärmels. Dann war es, als wären Stoff und Leinen weggebrannt, und ihre Arme verschwisterten sich in zarter Berührung Haut an Haut, Form an Form. Das Mädchen tat einen tiefen Atemzug. Alfreds Atem beeilte sich, ihr gleichzutun. Dann tat er einen tiefen Atemzug. Und sein Herz stand still in der Erwartung, ob nun auch sie ihren Atem seinem Atem angleichen würde. Da sie es nicht versäumte, war es schon das große reine Glück eines Einverständnisses. – So fuhren sie Arm an Arm, Atem in Atem durch den Abend. Und der Deresch bekam Flügel. Und schon waren sie atemreich, atemlos vor der ersten Lichtzeile des Dorfes angekommen.

Ein schrilles Kirchenglöckchen zerschlug erst zaghaft, wie zur Probe, dann schnell und endgültig das zartmetallene Abendlied der Grillen. Donja sagte ein paar Worte zu Jankel, und er antwortete ihr in ihrer Sprache.

»Das war die Totenglocke«, sagte er darauf zu Alfred. »Die alte Katerina ist gestorben.«

»Wer?« fragte Alfred.

»Die alte Bäuerin, die du heute morgen auf ihrem Hofe in der Strohstreu hast liegen sehen.«

Alfred spürte, wie Donjas Arm sich von ihm entfernte, und wie sie sich bekreuzigte. Einmal. Noch einmal. Dreimal, auf griechische Art. Dann kehrte ihr Arm zu seinem Arm zurück. Und in einem gleichzeitigen, gleich tiefen Seufzer vereinte sich nach einem kurzen Schauer des Todes der lebendige Atemgang ihrer Jugend.

DRITTES BUCH

DRITTES BUCH

1

Am folgenden Tage, schon am frühen Morgen – Alfred hatte sich kaum den Schlaf aus den Augen gerieben –, setzte der Streit zwischen Jankel und Welwel wieder ein, der Streit um die Frage: ob es wichtiger sei, aus Alfred einen guten Juden oder vorerst einen guten Landwirt zu machen – die Auseinandersetzung, die, wie erinnerlich, bereits in Wien zur Belustigung der Straßenarbeiter in der Zirkusgasse begonnen hatte. Mit Hilfe Alfreds, der in der taumeligen Schlaftrunkenheit des zu früh Aufgestandenen auch körperlich zwischen den streitenden Parteien schwankte, gelangte man zu einem Kompromiß, dem Jankel – um sich dafür zu entschädigen, daß er diesmal ohne Alfred einsam in seiner Britschka abfahren mußte – die boshafte Formel gab: Vormittags der Onkel und das Judentum, nachmittags Jankel und das Vergnügen.

Bei dieser Einteilung des Tages blieb es eine gute Weile. Wohl ging jeder von den beiden eifernden Mentoren darauf aus, den anderen auszustechen und seinem eigenen Fach ein Übergewicht zu schaffen; wohl bot das Fach, für das der alte Jankel auf nicht immer offenen und einwandfreien Pfaden eintrat, den stärkeren Anreiz – gleichwohl hielten sich die Waagschalen ungefähr auf gleicher Höhe, und wenn sich eines Tages die eine Schale senkte und hierdurch die andere ein wenig leichter und in die Höhe schnellen machte, geschah es seltsamerweise meistens zugunsten der mit den scheinbar weniger verlockenden Reizen ausgestatteten Schale Welwels. Wer war da glücklicher als der Onkel! Jankel seinerseits redete sich in solchen Fällen auf das schlechte Wetter aus. Da es tatsächlich oft an regnerischen Tagen vorkommen mochte, daß Alfred mit seinem Onkel den ganzen Tag in Großvaters Zimmer beim Studium verbrachte, höhnte Jankel siegesgewiß: »Nur wenn der Himmel weint, triumphiert das Judentum«, und ließ es sich nicht verdrießen, Umschwung im Wetter sowie in dem Lerneifer Alfreds geduldig abzuwarten.

Alfred lernte. In der ersten Zeit war es ein verhülltes Spiel in den Vorräumen der Schrift und der Gebete. Es war lange Zeit ein Sprachstudium bloß, eine zu lange Zeit, wie es der Ungeduld des übereifrigen Schülers schien. Er hatte für die erste Etappe eine Art katechetischer Unterweisung gewärtigt, und sooft der Unterricht eine solche Wendung zu nehmen schien, spitzte der Schüler die Ohren. Allein, es kam in solchen Fällen meistens bloß zu einer Erklärung eines Gebots oder Verbots und – es sprang kein Tor auf. Es sprang kein Tor auf, das ihn zu den großen Geheimnissen des Glaubens auf einmal einlassen wollte, und zuweilen war der Eifer des Schülers müde vor enttäuschter Erwartung. Einmal wagte sich seine Ungeduld vor und er stellte indirekte Fragen: »In diesen zerstreuten jüdischen Dorfgemeinschaften – gibt es da eine Seelsorge?«

»Seelsorge?« bedachte sich Welwel und zupfte an seinem schütteren Wangenhaar. »Nein. Eine Seelsorge gibt es da nicht. Auch in den Städten gibt es keine sogenannte Seelsorge bei den Orthodoxen. Wo es Ansätze dazu gäbe, bei den modernisierten Juden, da ist es auch bloß ein Nachäffen fremder Einrichtungen.«

»Was ist dann der Rabbiner?«

»Der Rabbiner, der Raw, ist der Hüter des Gesetzes. Er ist das geistige Haupt der Gemeinschaft. Er ist der Ratgeber, wenn sein Urteil angerufen wird. Er ist Rechtsprecher und Lehrer. Vieles ist er in seiner Gemeinde, aber just ein Seelsorger ist er nicht.«

»Und der Wunderrabbi der Chassidim?« wollte Alfred wissen.

»Der Zaddik – in dem chassidischen Sinne gibt es Zaddikim erst seit dem achtzehnten Jahrhundert –, der chassidische Zaddik ist der Mittler zwischen dem Schöpfer und der Kreatur. Ein Seelsorger ist auch der Zaddik nicht.«

Diese Auskunft ist beiläufig und unzulänglich, dachte Welwel, und also auch irreführend. Am besten wäre es, mit jeder Unterweisung zu warten, bis er sich eingelebt hat, aber die Neugier des Schülers ist die beste Lehrmeisterin, und ich werde ihr wohl entgegenkommen müssen. Mein Onkel versteht mich nicht, seufzte Alfred mitunter. Er war darauf aus, mit beiden Beinen ins Metaphysische zu springen, um vom Beginn sich der Probe auszusetzen, ob es hier eine Bewährung für ihn gab. Noch sah er deutlich das skeptische traurige Lächeln des anderen Onkels, das ihm warnend zu bedenken gab, ob mit dem Entschluß, ein gläubiger Jude zu werden, schon irgendwas geleistet sei. Und der Zweifel peinigte ihn mit innerem Terror, als wäre Alfred nicht als ein Umkehrender, sondern als ein Abgefallener in das Haus seines Vaters gekommen.

Welwel verstand seinen Schüler nicht. Doch ist ihm zugute zu halten, daß er als Lehrer vor einer recht schwierigen Aufgabe stand: das Judentum, seit jeher dem Proselytenmachen abhold, verfügt auch über keine traditionelle Methode, einen Erwachsenen in den jüdischen Glauben einzuführen. Er befand sich in der Situation eines Mannes, der, wenngleich in Kenntnis des Zieles, Führer sein soll auf einem ihm unbekannten Wege. Eine verlockende Aufgabe für einen kühnen Geist. Das war nun aber Welwel Dobropoljer gerade nicht. Er war ein Orthodoxer, dem schon der Gedanke an Kühnheit in diesem Bereich als eine Vermessenheit gilt. Die strenge Ordnung, die in jeder Orthodoxie einbegründet liegt, hätte ihm wohl die sicherste Methode gewiesen, allein, Welwel, in Resignation und Einsamkeit vor der Zeit gealtert, schreckte davor zurück, dem so unverhofft durch eine glückliche Fügung heimgebrachten Brudersohn – der Freude seines Alters – gleich mit der ganzen Strenge der Lehre zu begegnen. Als einer von den Gründern der Bewegung der Orthodoxen hatte Welwel auch seine Erfahrungen gesammelt, und es war vielleicht auch eine Nebenfolge dieser Erfahrungen, wenn er darauf bedacht war, in der ersten Lehrzeit das Ziel nicht zu weit vorzutragen. War es nicht besser, den Schüler zunächst in die Wärme der undogmatischen jüdischen Frömmigkeit einzulassen? Mit der Strenge war man ja in seiner Familie schon einmal schlimm ins Irrsal geraten. Sussja soll lernen, was jüdische Kinder lernen: die Schrift. Das Fünfbuch, die kleinen Propheten, die großen Propheten, das Hohe Lied, das Buch Hiob, die Sprüche. Unterdessen kommt ein Sabbat und noch ein Sabbat. Tage, Wochen und Monate runden sich zu einem jüdischen Jahr. Es kommt ein Festtag und noch ein Festtag. Durch sie werden wir alle gewandelt, wie sollte sich Sussja nicht wandeln? Er wird die sabbatliche Melodie im Gang des jüdischen Jahres erfassen. Mit Gottes Zulassung wird die Unzulänglichkeit des Lehrers dem Schüler nicht schaden: Alles Licht geht von der Lehre aus.

Welwels Lehrplan war der traditionelle Schulplan für Kinder im Alter von fünf bis zehn Jahren. Eine Zeit ging der Unterricht nach diesem altbewährten Plan wie am Schnürchen, und zwar in einem Tempo, das den Lehrer täglich überraschte und beglückte. Der verliebte Onkel vergaß darüber, daß sein Schüler nicht fünf, nicht zehn, sondern neunzehn Jahre alt war. Und nur mit Mühe unterdrückte er das Gelüste, ein gemästet Kalb zu schlachten und ein Fest zu geben, als der Brudersohn nach erschrecklich kurzer Zeit das erste der fünf Bücher Mosis mit den dazugehörigen Kommentaren so gut zu übersetzen verstand – wie der kleine Lipusch, der ja seinesteils ein Wunderkind war!

Es fügte sich aber, daß der glückliche Onkel just an dem Tage, da sein Herz jubilierte, durch eine Frage des lerngierigen Neffen aus allen Himmeln gestürzt wurde. Es geschah an einem schönen Tag im Herbst, der Himmel war Azur, die Luft Kristall, der Wald Kupfer – es war ein Sabbat, und Welwel, Jankel und Alfred machten nach dem zweiten Sabbatmahl einen Spaziergang auf dem Gazon. Sie hatten an diesem Sabbat einen Gast zu Tische, einen wandernden Schnorrer, der eine Menge chassidischer Geschichten zu erzählen wußte und sehr schöne chassidische Melodien bei Tische sang. Welwel, von den Erzählungen des Wandermannes angeregt, besprach die eine und die andere Geschichte und deutete sie im Sinne der chassidischen Lehre, für die sogar der alte Jankel was übrig hatte. Alfred, der sich in aller Bescheidenheit gerade im Chassidismus für einen Kenner hielt – hatte ihn doch sein Freund Gabriel Friedmann schon in Berlin mit einer Sammlung chassidischer Legenden geködert –, mischte sich gegen seine Gewohnheit plötzlich mit einer Bemerkung ein, die wie ein Schuß in den Frieden des Sabbats wirkte: »Nicht wahr, Onkel«, sagte er wie einer, der ein Thema formal und leichthin mit einer Frage berührt, die bloß zur Vorbereitung einer weiteren Aussage gestellt wird, »nicht wahr, Onkel, die Chassidim unterscheiden sich von den anderen Frommen in der Hauptsache hierin, daß sie auch an eine Göttin glauben, an die Göttin Scherina –«

»Wa-« machte Welwel Dobropoljer. Sein Mund erstarrte, der Unterkiefer blieb kraftlos hängen. Auch Jankel stand mit offenem Munde da. Sprachlos, mit runden Augen standen die beiden Erzieher da und starrten ihren Zögling an. In stillschweigendem Entsetzen hob Welwel die Hände wie einer, der sich an den Kopf greifen und davonstürzen möchte. Er tat es aber nicht. Weil Sabbat war. Am Sabbat sind nur heitere Gemütszustände am Platz. Welwel, schon im Begriffe, sich an den Kopf zu fassen, beherrschte sich. Er legte die zitternden Fingerspitzen an sein schütteres Schläfenhaar und versuchte zu lächeln. Alfred, dessen Augen, von dem einen Erzieher zu dem andern wandernd, namentlich bei Jankel Hilfe erflehten, versuchte das kränkliche Lächeln seines Onkels zu erwidern.

Als erster erholte Jankel sich. Er machte ein paar lange Schritte auf dem Rasen und kreiste langsam den Onkel und den Neffen ein. Er streckte die Glieder, er rieb sich den Rücken, dann stellte er sich in gemessenem Abstand vor Alfred hin, und mit einem vielsagenden Blick auf Welwel stellte er fest: »Das war ein Volltreffer!«

»War es so schlimm?« erkundigte sich Alfred, der an Jankels ironischer Haltung besser noch als an der Bestürzung Welwels ermessen konnte, was er angerichtet hatte.

»Höher geht's kaum«, beruhigte ihn Jankel. »Wenn du nächstens einmal zur Tora aufgerufen, den Gebetsmantel umlegst und hingehst und, anstatt den Segensspruch zu sagen, wie Jurko im Stall ein Bein hebst und einen knallen läßt, wirst du annähernd die heutige Leistung erreicht haben.«

»Ich hab's aber wo gelesen ... noch in Berlin ...«, stammelte Alfred.

»Hör du mir mit deinen vom Stall hergeholten Vergleichen auf«, mischte sich endlich Welwel ein. Jankel ließ sich aber nicht einschüchtern: »Wenn er mir in meinem Fach einen solchen Schnitzer macht, gehe ich in Pension.«

»Du hörst ja, er hat diese Weisheit mitgebracht«, wehrte Welwel ab. »Wo hast du so was gelesen, mein Kind?«

»Ich muß es wo in einer Erzählung oder in einem Roman gelesen haben –«

»Das sind so die Gefahren eines belletristischen Chassidismus«, meinte Welwel. Er fühlte sich ein wenig erleichtert. Es war nicht sein Unterricht, der solche Blüten trug. Dennoch – man wird die Methode ändern müssen! Wie kommt es aber, fragte sich Welwel, daß kaum je ein jüdisches Kind eine solche Frage gestellt hat? Was mag er nur mit der »Scherina« gemeint haben? Plötzlich hatte er des Rätsels Lösung, und gleich brach er in ein Gelächter aus.

»Jetzt kannst du sehen, von wem du deine Lachanfälligkeit hast, Alfred«, sagte Jankel.

»Von seinem Vater«, stöhnte Welwel unter Lachstößen. »Eigentlich von seinem Großvater. Von ihm haben wir es alle.«

»Dabei ist es wahrscheinlich noch eine Frage, ob es erlaubt ist, am Sabbat so zu lachen«, wandte sich Jankel an Alfred.

»Doch, doch«, sagte Welwel. »Es ist erlaubt. Wenn es auch eher zum Weinen ist.«

Er wischte sich die Tränen aus den Augen und nahm Alfred beim Arm. »Gewiß sind am Sabbat auch der Heiterkeit Grenzen gesetzt. Es ist nicht statthaft, sich am Sabbat in vulgärer Weise zu unterhalten. Zum Beispiel auf einer Bauernhochzeit tanzen, wie es schon leider vorgekommen sein soll ...«

»Dreißig Jahre sind darüber vergangen ...«, beklagte sich Jankel bei Alfred, »und er kann es nicht vergessen, dein erfolgreicher Rebbe –«

»Weißt du, was Alfred mit der Scherina gemeint hat?« fragte Welwel.

»Ich soll das wissen? Wenn du es nicht weißt?« entrüstete sich Jankel.

»Ich weiß es. Darum mußte ich ja lachen. Obschon es gar nicht zum Lachen ist«, sagte Welwel in nachdenklichem Ernst. »Gehen wir also ein Stückchen weiter«, schlug er vor. Er wollte sich von der Stelle des Parks entfernen, auf der sie sich alle drei am Sabbat so ungebührlich betragen hatten: Alfred mit seiner Göttin, Jankel mit seinem Vergleich und er selber mit seinem Gelächter. Er wollte in reinere Luft kommen, ehe er das Wort, das große, das geheimnisreiche, das heilige Wort aussprach, das in Alfreds unwissendem Munde eine entstellte Form, in seiner Phantasie eine so groteske Bedeutung angenommen hatte.

Sie gingen auf dem mit schadhaften alten Steinplatten ausgelegten Parkweg, der von dichtem Rasen überwuchert war. Noch so spät im Jahre war das Wachstum dieses Rasens so stark, daß die alten Steinplatten vom Gras gleichsam in der Luft gehalten waren. Man ging auf diesen Steinplatten weich und schwank wie auf Bürsten, die mit dem Haar nach unten auf dem Boden liegen. Diese Gangart erhöhte noch die Feierlichkeit der Erklärung, die Welwel nach längerem Schweigen also begann: »Du, mein lieber Sussja, hast irgendwo – vom Unreinen sei das Heilige wohlunterschieden! – von der *Schechina* gelesen?«

»Ja«, rief Alfred freudig, »ja, von der –«

»Die Schechina hat er für eine G...« – für eine Göttin gehalten, wollte Jankel sagen, er sprach aber das Wort nicht aus, sondern trat nur von einer schwanken Steinplatte gleich mit beiden Füßen auf den Rasen hinunter, als müßte er festen Boden gewinnen, um die schwere Verfehlung Alfreds zu ertragen.

»Schrecklich –«, flüsterte Alfred und erbleichte ob der Sünde, deren Schwere er nun ermaß, obgleich ihr Sinn ihm noch immer verborgen blieb. Was konnte denn eine so heilige Wesenheit, vor der selbst Jankel sich beugte, noch mehr sein als eine Göttin?

»Schechina heißt wörtlich: Einwohnung. Die welteinwohnende Gottheit. Schechina ist die Glorie Gottes. Schechina ist die abgeschiedene Glorie, die wegen der Sünden des Volkes mit ihm in die Verbannung ging, und erst, wenn das Volk, nach Abbüßung der Sünden, gereinigt wieder heimkehren soll, wird sich die Schechina mit dem Namen wieder vereinigen. Und das wird die Erlösung sein für das Volk und für alle Stämme der Welt.«

»Ich werde wohl das Wort Gottheit mißverstanden haben«, entschuldigte sich Alfred.

»In den Schriften der Kabbala«, setzte Welwel fort, »gibt es sehr zahlreiche, tiefe Deutungen, ja abgründige Auslegungen dieses geheimnisreichen Namens. Ich muß es mir aber versagen, dieses Gebiet zu betreten, dich in diese Sphäre einzuführen.«

»Mich würden aber gerade solche Schriften interessieren«, bat Alfred.

»Ich werde mit unserem Awram Aptowitzer darüber sprechen. Er kennt sich besser in diesen Schriften aus als ich.«

»So? Unser Kassier kennt die kabbalistischen Schriften?« wunderte sich Alfred.

»Du mußt nicht gleich denken, er sei ein Kabbalist. Er kennt viele Schriften der jüdischen Mystik. Ich kenne auch manche. Aber in unserer Familie ist die Veranlagung zu abstraktem Denken nicht hervorragend. Auch dein Vater hatte diese Gabe nicht. Es sollte mich wundern, wo du sie herhast?«

»Ich hab' sie auch nicht Onkel. Aber die chassidische Mystik schien mir nicht gar so abstrakt zu sein.«

»Die einfachen, volkstümlichen chassidischen Schriften sind es nicht. Aber die Kabbala ist viele Jahrhunderte älter als der Chassidismus.«

»Mir genügen die volkstümlichen, chassidischen Schriften.«

»Mir auch«, stimmte Welwel zu. »Den volkstümlichen Chassidismus wirst du aber von solchen Menschen wie unserem heutigen Gast besser verstehen lernen als aus Büchern. Nur Geduld, mein Lieber.«

»Ich bin nicht ungeduldig, Onkel. Oder scheint es dir –«

»Nein, das bist du nicht, Lieber. Und jetzt ist alles wieder gut.«

Sie standen vor einer alten Birke, deren Krone schon entlaubt und nackt vom Azur des Himmels sich abhob, während die Äste unten noch den ganzen Schmuck ihrer Blätter ausbreiteten, die goldgelb schimmerten wie frische Butter im Mai. In Gedanken zupfte Alfred ein Blatt ab und hielt es gegen die Sonne.

»Was treibst du da?« ermahnte ihn Jankel. Alfred warf das Blatt weg, als hätte er sich an ihm die Finger verbrannt.

»So was darf man am Sabbat nicht«, belehrte ihn Jankel mit übertreibendem Ernst, dem eine Prise Ironie beigemischt war. »Das ist nämlich schon eine schwere Arbeit und steht unter Werkverbot. Nicht wahr, Welwel?«

Welwel lächelte sanft und friedfertig. »Belehr ihn nur, Jankel. Belehr ihn nur, warum man am Sabbat kein Blatt abzupfen darf«, ermunterte er Jankel.

»Bei uns Juden ist das nämlich so«, wandte sich Jankel an Alfred – den es schon belustigte zu hören, wie Jankel, der an Wochentagen sich zu den Juden nicht zählen mochte, an Sabbat sich dennoch aus der Gemeinschaft auszunehmen sich nicht getraute –: »Wir haben ein Werkverbot. Schön. Sehr schön. Wir sind gehalten, unseren Sabbat mit allen Geboten und Verboten hoch und heilig zu ehren – das ist alles in schönster Ordnung. Wir haben also das Verbot. Aber ist das Abzupfen eines Blattes eine Arbeit? Nein. Warum also dehnt man das Verbot darauf aus? Weil wir Juden alles übertreiben. Wenn man ihm erlaubt, am Sabbat ein Blatt abzuzupfen, wird der Mensch auch eine Frucht vom Baum abpflücken, eine Ähre abreißen, mähen und schneiden: ernten! – So sagten sich unsere Gesetzgeber, und sie verschärften das Verbot bis zum Unsinn. Also ist es eine Sünde, ein Blatt vom Ast abzulösen. So ist es. – Hab' ich's ihm gut erklärt, Welwel?«

»Nicht so gut, wie es den Anschein hat«, meinte Welwel. »Gewiß, unseren Weisen lag es daran, jedes Gesetz mit ausschöpfender Genauigkeit zu deuten. Und es ist gut so. Denn – wie unser Urgroßonkel Rabbi Abba zu sagen pflegte –: ›Der Mensch hat seinen Fürwitz und der Fürwitz ist ein Bösewicht und stellt pfiffige Fragen.‹ Aber mit dem Abzupfen eines Blattes steht es doch auch noch anders. Nach unserer Lehre ist der Sabbat der Geburtstag der Welt. Die Heiligkeit des Sabbats gilt für alle Kreatur. Es feiert den Sabbat der Himmel und die Erde, und alle Wesen im Himmel sowie auf der Erde feiern den Sabbat in Freude über die Erschaffung der Welt. Wenn du am Sabbat das Rind ins Joch spannst, vergehst du dich nicht allein gegen dein Werkverbot, sondern du entweihst den Sabbat des Rindes. Und wenn du ein Blatt vom Baum abzupfst, störst du den Sabbatfrieden des Baums. Denn an diesem Tage soll alles frei sein von jeder Belästigung. Also auch diese Birke da.«

Jankel, der Welwels Belehrung zunächst mit einem spöttischen Lächeln, dann mit hochgezogenen Brauen und schließlich mit inniger Miene gefolgt war, stand hernach eine ganze Weile vor dem alten Baum und starrte das zittrige Birkenlaub an, als sähe er es zum ersten Mal in seinem Leben.

»Der Gedanke, daß diese Birke da den Geburtstag der Welt mit den Juden feiert, ist sehr schön …«, sagte er und streifte Alfred mit einem fragenden Blick. »Ein schöner Gedanke, aber mir fremd. Ich höre ihn zum ersten Mal.«

»Du interessierst dich ja auch für solche Gedanken erst, seitdem Sussja hier ist«, sagte Welwel. »Aber es ist nie zu spät, sich mit solchen Dingen zu befassen«, setzte er rasch hinzu.

»Ich hätte noch eher angenommen, daß die Birke mit den Bauern den Sonntag feiert«, sagte Jankel, und wieder streifte er Alfred mit einem fragenden Blick.

»Wäre heute nicht Sabbat, ich wüßte schon eine Antwort für dich«, meinte Welwel und seine Stirn verdüsterte sich.

»Wenn es aber doch so wäre, daß ohne unseren Sabbat die Bauern ihren Sonntag nicht hätten?« mischte sich Alfred ein.

»Ist das aber auch so? Ist das eine Tatsache, die man beweisen kann? Ist es sicher so?« fragte Jankel.

»Es ist ganz sicher so. Es ist sogar eine der wenigen geschichtlichen Tatsachen, die nicht umstritten sind. Es gibt sogar Völker, in deren Sprache das Wort Sabbat soviel wie Freiheit bedeutet. Der Sabbat ist auch die Wurzel der menschlichen Freiheit und Erneuerung. Und abgesehen davon«, wandte sich Welwel nun mit einem versöhnlichen Lächeln an Jankel, »stehen wir ja noch immer vor der

Birke, der man am Sabbat ein Blatt abgerissen hat. Wie halten es damit deine Bauern: Ist ihnen verboten, am Sonntag ein Blatt abzupflücken?«

»Ich glaube nicht«, gab Jankel zu.

»Nun, so wollen wir die Entscheidung – der Birke überlassen«, sagte Welwel und wandte sich dem Ausgangspfad zu. Jankel und Alfred folgten ihm.

»Die Birke wird sagen: Es ist Herbst, ich hätte das kranke Blatt sowieso nicht behalten«, schlug Jankel vor.

»Das ist so wahrscheinlich wie es wahrscheinlich ist, daß ein alter Mann, dem du am Sabbat am Bart fassest, es mit Gleichmut hinnehmen wird, weil er ja doch nicht mehr lang sich seines Haarschmucks zu erfreuen haben wird«, sagte Welwel vorausgehend.

»Wenn er so spricht, glaub' ich ihm seine ganze Frömmigkeit«, flüsterte Jankel an Alfreds Ohr. Laut und für Welwel fügte er hinzu: »Es wäre besser, du erzählst ihm jeden Tag im Spazierengehen solche Sachen. Das wäre besser, als in der Stube über Büchern hocken.«

»Gewiß«, sagte Welwel. »Gewiß. Aber woher nehmen und nicht lernen? Wo hat man solche Sachen her, wenn nicht aus Büchern? Wir haben unsere Zeit gut genützt, nicht wahr, Sussja?«

»Wenn du zufrieden bist, Onkel, bin ich es um so mehr.«

»Ich bin sehr zufrieden«, sagte Welwel und nahm Jankels Arm. »Das erste der Fünf Bücher kann er dir wie ein Kanarienvogel singen mit allen Kommentaren.« Und mit dem zweiten Arm Alfred umfassend, wiederholte er: »Wie ein ›Kanari‹!« Der Versuch, das Wort Kanari ganz wienerisch auszusprechen, gelang Welwel Dobropoljer, der nur zwei Jahre in Wien verlebt hatte, nicht ganz, aber Alfred verstand, daß der Onkel ihn den Unfall mit der »Scherina« vergessen machen wollte, und in der harmonischen Gemütsverfassung, wie sie am Sabbat geboten ist, fanden sich alle drei bei dem dritten Mahle ein – das über die Abenddämmerung die leiblichen sowohl als die geistigen Genüsse der Sabbatfeier bis in die tiefe Dunkelheit des Herbstabends hinauszog. Denn Welwel beeilte sich nicht mit dem Unterscheidungssegen. Nachdem er ihn aber gesprochen, nahm er Alfred beiseite und machte ihm, ohne das Gespräch im Park mit einem Wort zu erwähnen, den Vorschlag: eine Zeit, etwa ein paar Monate, im Hause des Kozlower Rabbis zwecks elementarer Unterweisung zu verbringen. Allein, mit einer Entschiedenheit, ja Heftigkeit, die sowohl Welwel als auch Jankel überraschte, lehnte Alfred diesen Vorschlag ab. Lieber wollte er gleich seine Sachen packen und heim nach Wien fahren. Die Szene, die es darauf, an demselben Abend noch, zwischen Jankel und Welwel setzte, bleibe lieber verschwiegen. Der Bericht ist ohnehin ein Stück vorausgeeilt. Es ist nämlich noch von Alfreds erstem Sabbat in Dobropolje zu erzählen.

2

Alfred hatte mit Hilfe Jankels den ersten Einblick in das Leben der Dobropoljer Bauern getan. Die Vorstellungen, die er sich zuerst von diesem Dorfleben gemacht hatte, waren falsch. Es war kein idyllisches Dasein, wie die Großstädter das glauben. Das sah er bald ein. Er hatte aber die Bauernschaft gewissermaßen bei einem Feste kennengelernt, an einem Erntetag. Sie hatten einen friedlichen, einen würdigen, obendrein einen überaus malerischen Anblick geboten, und es verging eine längere Zeit, bis an die Stelle des bunten Bildes die zwar nicht minder malerische, aber völlig anders geartete Wirklichkeit trat. Vor allem die Spannung zwischen dem Alten und dem Neuen Dorf gab ihm bald zu denken.

Jankel lag es nicht daran, seinem Schützling ein Idyll vorzutäuschen. Er hätte kaum verstehen können, wie ein studierter Kopf sich einbildete, die idyllische Eintracht aller Dinge just in Dobropolje zu suchen. Doch verstand er es wohl, ihm vorerst die schönere Seite des Bauernlebens zu enthüllen. Das konnte um so besser gelingen, als ja Alfreds Neugier und erster Eifer auf die »Jüdischkeit« gerichtet waren, wie der Alte oft genug halb im Groll, halb im Scherz zu bemerken pflegte. Immerhin, die Bauernschaft – reiche und arme, untersetzte und hagere, schlau blickende und einfältige Bauern; schöne und häßliche, rundliche und schlanke Bäuerinnen; Halbwüchsige in zu engen, Kinder in zu weiten Gewändern, barfüßige und stupsnäsige Jugend –: die Bauernschaft hatte er in den ersten Tagen kennengelernt. Er sah sie täglich auf dem Hofe, in den Stallungen, auf der Tenne und auf den Äckern und in den Gärten hinter ihren Hütten. Aber wo waren die Dorfjuden? –

Auf dem Gute gab es, abgesehen von Aptowitzer, nur noch einen jüdischen Angestellten, den Brenner Grünspan, den er aber noch nicht zu Gesichte bekam. Der Brenner – so nannte man den Leiter der Spiritusfabrik, der Brennerei – hatte nur im Winter auf dem Gut zu tun. Er wohnte im Alten Dorf und betrieb mit seinen drei Söhnen und zwei Töchtern eine Bauernwirtschaft. Die Grünspans, wie überhaupt die meisten Juden in Dobropolje, sah man beisammen nur am Sabbat, beim Beten. An Wochentagen ging jeder seinem kärglichen Erwerb nach, der die meisten von ihnen in den Dörfern, auf den Märkten der Städtchen umhertrieb und erst zum Ende der Woche, zum Rüsttag für den Sabbat, dem Heim und der Familie auch über einen Tag freigab.

Mit hochgespannten Erwartungen sah nun Alfred dem ersten Sabbat entgegen, der zwar schon der zweite nach seiner Ankunft in Dobropolje, aber doch sein erster war. Jenen verschlafenen Sabbat zählte niemand mit, als sei er aus seinem Leben hinausgewiesen. In den drei Tagen, die er nach dem denkwürdigen Erntetag auf den Sabbat zu warten hatte, paukte ihm Welwel die Sprüche ein, die man auswendig zu sagen hat, wenn man zur Tora aufgerufen wird. Es waren zwei kurze Segenssprüche, und Alfred lernte den hebräischen Wortlaut in deutschen Buchstaben aus dem Gebetbuch, das Welwel noch in Wien besorgt hatte. Mit Hilfe des Onkels erfaßte er auch den Sinn der Worte wie der Sprüche, und beide, Lehrer und Schüler, sahen zuversichtlich dem heiligen Akt entgegen, der Alfred in das Judentum einführen sollte.

»Wie sieht eine Tora von der Nähe aus?« wollte Alfred wissen. Wohl hatte er Torarollen, wenn auch nicht von der Nähe, gesehen, in einer Synagoge in Wien, wo ihn sein Freund Friedmann einmal hingeführt hatte, aber Alfred verspürte schon am Freitag vormittag eine Art Lampenfieber vor der Tora, und wie ein Debütant, der in einer fremden Stadt auftreten soll, vom Lampenfieber gepeinigt, wenigstens den Raum sehen will, wo sein Sieg oder seine Niederlage stattfinden wird, so drängte es Alfred, das Heilige von der Nähe zu sehen, dem er vor einer fremden Betgemeinschaft mit Sprüchen und gar mit Küssen huldigen sollte – schon morgen. Welwel, der sein Lampenfieber verstand, öffnete für Alfred den Toraschrein. Er war tief in die offenbar zu diesem Zweck besonders dick gemauerte Ostwand eingelassen, und im schattengrünen Licht, das im Betraum zu Sommerszeit dämmerte, sah Alfred die Umrisse von zwei Torarollen. In ihren samtenen Kleidchen, die mit Goldstickereien verziert waren, standen sie aneinander angelehnt in einer Reihe: eine große, dicke in einem schwarzsamtenen Kleid mit einer silbernen Krone geschmückt, daneben eine kleinere in einem braunsamtenen und fünf ganz kleine schmächtige in verschiedenfarbigen Kleidchen, eine heilige Familie: königliche Tora mit fünf Jungen.

»Die große«, sagte Welwel, »ist weit über zweihundert Jahre alt. Einer von unseren Urahnen hat diese Tora gespendet für wunderbare Errettung vom Tode in der Zeit des Kosakenaufstandes unter Bohdan Chmelnytskyj. Vor fünfundsiebzig Jahren, als mein Urgroßvater Mosche Mohylewski diesen Betraum eingerichtet hatte, erhielt er diese Tora von der alten Synagoge in Tarnopol, der sie jener Ahne gespendet hatte, als Geschenk. Diese Tora ist eine Kostbarkeit. Die zweite hat mein Urgroßvater schreiben lassen.«

Alfred hätte gern eine Seite der Schrift gesehen, er getraute sich aber nicht, darum zu bitten. Er wartete eine Weile, ob es der Onkel für statthaft finden würde, eine Tora aus dem Schrein zu heben, zu enthüllen und zu entrollen. Als er an der feierlichen Haltung des Onkels innewurde, daß dies wohl nicht anginge, fragte er, indem er auf eine der schmächtigen Rollen hindeutete: »Das Kleine da, ist das auch eine Tora?« Er zog aber den Finger rasch zurück und fragte mit einem scheuen Blick, ob er das Kleine am Ende nicht beleidigt habe.

»Nein, das Kleine ist keine Tora. Das da im gelben Kleidchen ist das Buch Ester. Hast du das Buch einmal gelesen?«

»Doch. Wie man halt in der Schule die Bibelgeschichten liest. Das Buch Ester ist wohl kein so großes Heiligtum?«

Anstatt einer Antwort beugte sich Welwel in den Schrein hinein, und mit behutsamen Händen hob er wie ein Wickelkind aus der Wiege die kleine Rolle im knallgelben Kleidchen aus. Das Kleine in den Armen, streifte er mit den Lippen über das Kleidchen einen Kuß, ging an den Tisch heran und setzte es ab. Mit der törichten Ergriffenheit eines Junggesellen, der einer Mutter beim Entkleiden eines Wickelkindes zusieht, beobachtete Alfred die Hantierungen des Onkels. Hilflos lag das Torakind auf dem Wickeltisch, nur daß es mit den Beinchen – den holzgeschnitzten Griffen – nicht zappelte. Welwel streifte ihm das Kleidchen ab, knüpfte das gestickte Wickelband, mit dem es umgürtet war, auf, und – schon lag es in seiner ganzen pergamentenen Nacktheit da.

»Faß zu!« sagteWelwel, indem er sich an die eine Schmalseite des Tisches stellte und den oberen und unteren Griff der einen Rolle mit beiden Händen faßte und Alfred bedeutete, desgleichen auf der anderen Seite des Tisches zu tun.

»Du brauchst nur an den Griffen festzuhalten. So. Wenn ich jetzt meine Rolle einziehe, entrollt sich deine mir zu. So. Ich wollte dir nur zeigen, wie man das macht. Jetzt kannst du die Schrift sehen.«

Zwischen den beiden Rollen lagen jetzt drei Schriftkolonnen aufgeblättert, jede Kolonne Zeile um Zeile in genauer Ordnung und strenger Abgemessenheit. Obschon die Buchstaben beinah plastisch und, wie in eine steinerne Platte geritzt, in reiner Schrift schwarz auf dem gelblichen Pergamente standen, vermochte Alfred nicht einmal einen von den Buchstaben zu unterscheiden, die er inzwischen in seinem Gebetbuch sich eingeprägt hatte.

»Da ist auch gar keine Interpunktion«, stellte er fest.

»Nein, auch keine Vokalisation.«

»Diese Schrift kann jedermann lesen?«

»Korrekt, ganz fehlerlos kann sie nur lesen, wer den Text genau, dem Wortlaut wie dem Sinne nach, kennt.«

»Also Gelehrte?«

»Nein. Jeder gebildete Jude.«

»Kannst du es, Onkel?« fragte Alfred vorsichtig.

»Gewiß, mein Lieber. Es ist keine so große Kunst wie es dir scheint.«

»Das Buch Ester ist wohl kein so großes Heiligtum?«

»Warum vermutest du das?«

»Weil es nicht in die große Torarolle aufgenommen wurde.«

»Die große Tora, das ist das Fünfbuch. Die fünf Bücher Mosis.«

»Und die Propheten? Man liest doch aus den Propheten vor, am Sabbat?«

»Richtig«, sagte Welwel. »Aber die Propheten liest man aus Büchern. Tora heißt im engeren Sinne nur das Fünfbuch. Die fünf Bücher Mosis.«

»Und im weiteren Sinne?« fragte Alfred rasch, obschon er eigentlich eine andere Frage auf der Zunge hatte. Er hätte gern gewußt, ob der alte Jankel aus der Tora lesen könne, aber in der Gier, möglichst bald möglichst viel Jüdischkeit aufzunehmen, ließ er keinen Anlaß zu einer Frage ungenützt.

»Im weiteren Sinne heißt Tora soviel wie ›Weisung‹. So, jetzt werden wir das Buch Ester wieder einrollen.«

Alfred half nun mit zarten Griffen beim Einrollen und Einkleiden des Torakindes. Er wußte zwar nunmehr, daß die Megilla Ester keine Tora sei, aber wieder im Schreine, sah die kleine Form neben der großen zu rührend aus, und so blieb es für alle Zeiten beim ersten Eindruck: Torakind. Welwel verschloß den Schrein, zog den Vorhang zu, und beide verließen den schattengrünen Betraum in dem Zustand stiller Nachdenklichkeit, wie sie von alten ehrwürdigen Gegenständen ausgeht. Alfred imponierte es mächtig, im Hause seines Vaters, nur durch zwei Räume von seinem Zimmer getrennt, eine Tora zu wissen, die von Chmelnytskyjs Zeiten herrührte, und wenngleich er dieses erhebende Gefühl als ein bürgerliches auf der Stelle zu verwerfen sich bemühte – als ein tröstliches Zeichen der Dauer, als Symbol verbürgten geistigen Bestandes durfte ihn die alte Torarolle wohl im tiefsten berühren. Sie gingen in Pesjes Blumengarten eine Weile schweigend auf und ab, Welwel in der glücklichen Verfassung, die ihn seit dem Tage nicht verließ, an dem es wahr geworden war, daß sein Brudersohn schon auch rechtens, nach der Satzung also, im Hause bleiben dürfe, Alfred so versonnen und versponnen, daß darüber sich sein Lampenfieber vor dem ersten Toraaufruf ein wenig beruhigt hatte.

»Weil du mich gefragt hast – im Betraum vor der offenen Rolle getraute ich mich nicht, dir Antwort zu geben – ich kann es nicht leugnen, daß mir das Buch Ester als kein so großes Heiligtum gilt. Das ist nicht nur meine persönliche Auffassung.«

Es war ein wolkiger, aber heißer Vormittag. Wie von einem Hitzschlag getroffen lag Pesjes Blumengarten mit allem seinem farbenprächtigen Gewächs matt in der reglosen Luft da. Auf den üppig erblühten tiefdunkelroten Rosen, auf den schmetterlingszarten Blüten der Stiefmütterchen rann der noch nicht verdampfte Morgentau wie Schweißperlen.

Pesje, die in der glühenden Küche für den Sabbat mit Inbrunst kochte und buk, tat hin und wieder einen verliebten Blick auf die Spazierenden, und ihre Lippen, die jedes Erlebnis mit einer Bemerkung rahmten, flüsterten nach jedem Blick in den Garten: »Daß ich diesen Sabbat noch erlebe, weh ist mir!!« Und ihre Worte fielen wie ein Segen auf Gekochtes und Gebackenes, daß es in einer frommen Art schmackhaft würde wie das himmlische Manna.

»Weißt du, was ich jetzt gern täte, Sussja? Ich würde gerne Panjko mit dem Wagen bestellen und ins Dampfbad fahren, zu Ehren des

Sabbats. In einem kleinen Städtchen, nicht so weit von hier, gibt es ein Dampfbad. Es ist kein Wiener Dianabad, aber für ein Bad zu Ehren des Sabbats genügt es.«

»Fahren wir, Onkel. Wenn es nicht weit ist?«

»Eine Stunde hin, eine Stunde zurück.«

»Fahren wir!«

»Jankel wird mir keine Pferde geben. Heute wird der Hafer eingefahren. Jankel beeilt sich, weil ein Gewitter in der Luft hängt, da ist jede Arbeitskraft unentbehrlich, da muß auch Panjko mit seinem Gespann mithelfen.«

»Jankel getraut sich, dir Pferde zu verweigern?«

»Er getraut sich«, sagte Welwel mit einem matten Lächeln. »Und ob er sich getraut!« setzte er lachend hinzu.

»Was ich dich vorher noch fragen wollte: Kann unser Jankel in der Torarolle lesen?«

»Jankel?! In der Torarolle?!« rief Welwel aus. »Man muß froh sein, daß er im Gebetbuch lesen kann.«

»Das kann der aber doch?«

»Schlecht und recht«, entschied Welwel. »Jankel ist kein Schriftgelehrter.«

»Er ist aber doch ein so kluger Mann. Und er weiß soviel. Ich staune oft, was er alles weiß.«

»Er ist ein kluger und erfahrener Mann. An Begabung hätte es ihm auch nicht gefehlt. Aber lernen wollte er nicht. Und was er weiß, weiß er nicht aus Büchern.«

»Wer will schon lernen, Onkel? Das ist doch so eine Redensart. Man zwingt sich, es zwingt einen, man zwingt sich zum Lernen.«

»Es gibt aber auch Kinder, die gern lernen. Zum Beispiel der kleine Lipale.«

»Dieser kleine Lipusch ist aber durchaus ein ungewöhnliches Kind.«

»Gewiß, die meisten wollen nicht lernen. Aber so nicht lernen wollen, wie es bei Jankel der Fall gewesen ist, ist vielleicht eine ebensolche Ausnahme wie beim kleinen Lipale. Ich kann dir eine Geschichte davon erzählen – willst du sie anhören?«

»Bitte, Onkel. Ich wüßte nicht, was mich noch so interessiert wie unser Jankel«, verplapperte sich Alfred.

»Setzen wir uns aber. Es ist so schwül heute.«

3

Welwel führte Alfred zu einer steinernen Bank, die tief im Ginster-
gestrüpp am Saum des Gartenpfades stand, der Pesjes Blumenbeete
vom Obstgarten schied. Welwel mußte seinen Kaftan schürzen, um
sich und Alfred einen Zugang zu schaffen. Die Platte der Steinbank
war im Schatten noch nachtkühl, und es war angenehm auf ihr zu
sitzen.

»Es ist dir vielleicht bekannt, daß Jankel gewissermaßen zu unserer
Familie gehört. Den Grad der Verwandtschaft wüßte ich nicht näher
zu bestimmen, auch Jankel weiß es nicht. Pesje behauptet, es zu
wissen, und nach ihrer Rechnung ist er mit uns mütterlicherseits so
fern verwandt, daß es nicht mehr der Rede wert sei, aber sehr verläß-
lich ist diese Rechnung Pesjes ausnahmsweise nicht.«

»Darum getraut er sich, dir ein Gespann zum Dampfbad zu verweigern!« warf Alfred ein.

»Er würde sich das getrauen, auch wenn er kein Verwandter wäre.
Das liegt an der Stellung, die er in der Wirtschaft einnimmt. Übrigens
tut er recht daran. Die Erntezeit ist keine geringe Sache, für Jankel ist
sie die heilige Zeit schlechthin, wie für jeden Landmann, obwohl er
nicht von Landwirten stammt. Jankels Vater war ein Schankpächter.
So acht Meilen von Dobropolje entfernt hielt er eine Dorfschenke in
Pacht. Das Geschäft führte sein Weib. Er selbst war ein gelehrter
Mann, alles eher als ein Geschäftsmann. Jankel war das einzige Kind
im Hause, aber schon als Kind machte er seinem frommen Vater nicht
wenig Sorge. Den wilden Dorfjungen vermochte auch der Vater nicht
in die rechte Bahn zu leiten, das heißt auf jüdisch: zum Toralernen zu
verhalten. Und was der Vater mit äußersten Mitteln vielleicht noch
erreicht haben mochte, war bald nach dem plötzlichen Hinscheiden
des noch jungen Mannes spurlos verschwunden. Der halbverwaiste
Unband wuchs hernach der hilflosen Witwe vollends über den Kopf.
Ohne Aufsicht trieb er sich im Dorf, auf den Feldern, auf den Wiesen
umher, kein Vogelnest, kein Obstgarten war vor ihm sicher. Als etwa
drei Jahre nach dem Tod des Vaters die unglückliche Mutter ihrem
Gatten ins Grab folgte, nahm sich mein Großvater des verlassenen
Kindes an. Er schickte einen seiner Angestellten mit einem Fuhrwerk

aus, um die hinterlassenen Habseligkeiten samt der Vollwaise zu uns nach Dobropolje zu überführen.

Was ich dir da erzähle, habe ich noch meinen Großvater, aber auch meinen Vater – der ein paar Jahre älter als Jankel, sich der denkwürdigen Ankunft des armen Waisenkindes erinnern konnte – oft und oft erzählen gehört. Der Angestellte meines Großvaters, ein braver christlicher Ökonom, brachte erst nach einigen Tagen – denn es war nicht leicht, Jankel einzufangen – einen zwölfjährigen Dorfstrolch mit. An Händen und Füßen gefesselt – denn er war auch noch unterwegs ein paarmal aus dem Wagen gesprungen, und der Kutscher mußte ein Pferd ausspannen und dem Ausreißer nachsetzen –, gefesselt lag der Kleine in dem Streustroh des Leiterwagens, ein Wilder mit struppigem Haar, bösen Augen und scharfen Zähnen, die er dem Kutscher in die Hand schlug, als er daranging, ihm die Fesseln zu lösen. Aus dem Wagen gehoben und kaum auf den Beinen, machte das verwilderte Wesen sofort wieder einen Fluchtversuch, und es war viel List und viel Mühe nötig, bis man es unter Dach bringen und von der dicken Schmutzschicht provisorisch reinigen konnte.

Mein Großvater, ein gütiger und kinderliebender Mann, hatte vom ersten Augenblick an, wie man so sagt, einen Narren an dem Wildling gefressen. Der Knabe war zwölf Jahre alt, verstand nur ein paar Brocken Jiddisch, sprach nur ukrainisch, redete meinen Großvater mit ›Euer Hochwohlgeboren‹ an. Das bißchen Lesen und Schreiben, das er von seinem Vater erlernt haben mochte, hatte er längst verschwitzt – ein kleiner Heide war bei uns im Haus. Gleich am ersten Sabbat kamen ihm unsere Dorfkinder dahinter, daß er kein einziges Gebet konnte, und sie nannten ihn gleich: Jankele der Goj. So heißt er bis auf den heutigen Tag. Geniert hat ihn der Spitzname schon damals ebensowenig wie heute. – Dabei fällt mir ein: vorgestern hat sich Jankel bei mir darüber beklagt, daß man daran sei, ihm einen neuen Spitznamen beizulegen.«

»Jetzt noch, auf die alten Tage?«

»Ja, die Dorfleute sind unerschöpflich im Finden von Spottnamen. Weißt du, wie sie ihn jetzt nennen wollen? Jankel mit dem Riesenrad.«

»Wie? – Warum? – Wieso?« wunderte sich erst Alfred und wollte sich gleich ausschütten vor Lachen.

»Lejb Kahane, der Trafikant, steckt dahinter. Er erzählt überall, Jankel sei in Wien gewesen und habe das Wahrzeichen von Wien, das Riesenrad, nicht gesehen, daher Jankel mit dem Riesenrad.«

»Er hat es aber doch gesehen, Onkel. Ich selber hab' es ihm auf seinen Wunsch gezeigt.«

»Das sagt mir auch Jankel. Aber es wird ihm nicht nützen. Vielleicht, wenn du gelegentlich darauf zu sprechen kämest …«, überlegte Welwel, und sein Gesicht verdüsterte sich, als hätte er weiß Gott was Ernstes zu bedenken. »Das mußt du sehr vorsichtig und geschickt machen, sonst glauben sie es dir nicht.«

»Das ist doch nicht so wichtig, Onkel?«

»Doch, Lieber, doch. Jankel hat sich sehr darüber geärgert. Man muß ihn in Schutz nehmen. Ein alter Mann. Man soll ihn nicht kränken.«

»Ich werde schon eine Gelegenheit finden«, versprach Alfred, dem ernsten Ton Welwels beistimmend. »Aber wolltest du nicht noch weitererzählen?«

»Ja. – Großvater also nahm den Kleinen unter seinen Schutz. Er muß sich auf den Umgang mit Kindern wohl verstanden haben, denn schon nach kurzer Zeit gelang es ihm, das Vertrauen, ja, die Liebe des störrischen Waisenknaben zu gewinnen. Großvater war ein Mann, der nichts überhastete, er tat nun auch der verwilderten Natur seines Schützlings nicht gleich harten Zwang an. Er ließ dem Knaben vorerst Zeit, sich in der neuen Umgebung einzuleben. Sofern man unter neuer Umgebung unser Haus und unsere Familie verstehen will, so ist das, um es gleich zu sagen, nie recht gelungen. Allein, Umgebung heißt hier, wie du schon eingesehen haben wirst: Hof, Knechte, Mägde, Kühe, Pferde, Kälber, Füllen –: Wirtschaft. Hier lebte sich der Knabe nur zu bald, und das gründlich, ein! Nach kurzer Zeit war er der Liebling des Gesindes. Er war überall dabei. Er half beim Füttern, beim Ausmisten, beim Aufstreuen, bei der Kuhtränke, bei der Pferdeschwemme. Er striegelte die Reitpferde und flocht ihre Mähnen in schöne Zöpfchen mit bunten Bändern, er kehrte in der Scheune aus, er zog an dem Blasebalg in der Schmiede, er rollte die fertiggestellten Wagenräder von der Stellmacherei zur Remise – überall, wo fleißige Hände am Werk waren, arbeiteten Jankels kleine Hände mit.

Mein Großvater sah diesem Treiben ein paar Monate mit Gelassenheit zu. Für das Kind eines Schankwirts, wird er sich gesagt haben, das einen Gutshof nur von der Ferne gesehen hat, ist ein so großer Betrieb eine Art Märchenland; soll der arme Waisenknabe eine Zeit in seiner neuen Heimat seinen unschuldigen Gelüsten nachgehen. Verglichen mit dem wilden Vorleben in seinem Heimatdorf mochte ja schon der fanatische Arbeitseifer des Knaben als ein Zeichen sich anbahnender Gesittung gelten.

Als aber der Großvater eines Tages den kleinen Pionier dabei traf, wie er den Stier Lewko – eine bösartige, stößige Bestie obendrein, der sich nur der Stallmeister ohne Gefahr nähern durfte – an der Kette seelenruhig zum Decken einer stierigen Kuh zuführte und, zum anerkennenden Jubel des ganzen Stallgesindes, mit sachkundigen Schnalzern und im Stall üblichen Ausdrücken zum Bespringen der Kuh anfeuerte – da hatte auch mein Großvater vom Erfolg der nachsichtigen Erziehungsmethoden genug gesehen, und es begann damit im Leben des Waisenknaben ein neuer Abschnitt. Man nahm sogleich eigens für den Kleinen einen Lehrer auf. Dieser erste Lehrer muß wohl ein Kerl gewesen sein, denn man benannte ihn im Dorf mit dem Spitznamen Cedrowicz, weil er so groß und stark war wie ein Zederbaum. Er war der einzige Lehrer, der es mit Jankele länger als vier Wochen ausgehalten hat, ihm ist es zu danken, wenn Jankel in jungen Tagen Hebräisch lesen, ein wenig schreiben, schlecht und recht beten gelernt hat. Aber selbst dieser Lehrer hielt es im ganzen nur drei Semester aus. Nach dieser Zeit hatte auch er genug und verließ Dobropolje, wie mein Vater zu sagen pflegte, als ein gebrochener Cedrowicz. In der Folge verbrauchte der Waisenknabe unzählige Lehrer ohne beträchtlichen Nutzen. Zwei Jahre dauerten noch die Plagen, Lehrer kamen, Lehrer gingen. Was man ihm auch gewaltsam einpaukte, es rann ohne Spur an ihm herab wie Wasser an Öl. Nicht gute Worte, nicht Strafen, nicht Schläge, nicht Güte, nicht Rohheit mochte da nützen. Wenn man ihn einsperrte, riß er aus, um verwahrlost und verlaust nach ein paar Wochen heimzukehren. Er kehrte aber nicht etwa in unser Haus zurück. Seine Rückkehr galt offenkundig der Stätte seiner ersten Liebe: dem Pferdestall. Nach wochenlanger, vergeblicher Suche fand man ihn in solchen Fällen eines Morgens in einer Strohstreu im Pferdestall, abgerissen und verkommen, schlafend. So fand man ihn auch eines Tages nach dem letzten Versuch, den mein Vater mit Jankel angestellt hatte, nachdem selbst mein Großvater von dem Unband nichts mehr wissen wollte. Mein Vater war damals schon ein Jüngling, und Jankel ging bereits ins fünfzehnte Jahr. Man hatte ihn nach Kozlowa zu einem Lehrer, dessen Strenge in der ganzen Umgebung berüchtigt war, in den Cheder, das heißt in die Schule, gegeben. Dieser Versuch endete damit, daß der Schüler, der sich auf dem Dachboden vor dem Unterricht verstecken wollte, den ihm auf der Leiter nachsetzenden Rabbi am Bart erfaßte und so kräftig hochzog, daß der halbe Bart in der Hand des Schülers blieb, indes der Rebbe von der Leiter stürzte, zum Glück ohne noch größeren Schaden genommen zu haben.

›Was soll nun aus dir werden?‹ fragte mein Vater den wieder einmal zum Pferdestall heimgekehrten Flüchtling.

›Ich will Ökonom werden‹, sagte der Junge.

›Gut, schön, du willst Ökonom werden‹, redete ihm mein Vater zu. ›Aber ein Ökonom muß ja auch doch was gelernt haben. Ein Ökonom muß die Lohnliste machen, Deputate ausrechnen, Buch halten, er muß die Korrespondenz mit den Behörden führen. Ein gewisser Grad von Bildung ist auch für einen noch so geringen Ökonomen unerläßlich.‹

›Bei uns macht die Lohnliste und alle Schreibarbeiten der Kassier.‹

›Weil wir einen Kassier haben. Auf den meisten Gütern gibt es keinen Kassier. Da muß ein richtiger Ökonom auch die Arbeit eines Kassiers leisten.‹

›So will ich ein Ökonom werden, der kein richtiger Ökonom ist.‹

›Das heißt also, du willst ein Aufseher sein, ein Tennenmeister oder ein Feldhüter.‹

›Gut. So laßt mich auf Feldhüter lernen.‹

›Schön, du sollst ein Feldhüter werden. Ein Feldhüter ist ein Landmann, der sich in Jahren durch besonderen Fleiß, durch seine besondere Verläßlichkeit das Vertrauen des Verwalters erworben hat und vielleicht eines Tages, wenn ein Feldhüter aufkündigt oder stirbt, an dessen Stelle aufrückt. Auf Feldhüter braucht man nicht zu lernen. Da muß man nur jahrelang ein braver Landarbeiter gewesen sein.‹

Wenn mein Vater erwartete, daß der Junge jetzt umfallen würde, hatte er sich verrechnet.

›Gut‹, sagte er freudestrahlend. ›So laßt mich Arbeiter sein. Nur nicht in den Cheder!‹

›Abgemacht‹, sagte mein Vater. Ich werde mit dem Verwalter sprechen. Man wird dir ein Paar Pferde zuteilen, einen Pflug, eine Egge, einen Wagen, einen Schlitten, einen Spaten und eine Sense, alles genauso wie jedem anderen Arbeiter. Du wirst dieselbe Arbeit zu verrichten haben wie jeder andere im Stall, und denselben Lohn erhalten. Wir werden ja sehen, wie lange du das aushalten kannst.‹

›Wir werden sehen‹, sagte Jankel.

Nun war es ja schon an sich eine Gewaltprobe, auf die man da den Jungen gestellt hat, um ihm eine Lehre zu erteilen. Auch unter normalen Bedingungen hat sich kaum je ein Bauernjunge von fünfzehn Jahren in einer Reihe von Bauern zu bewähren gehabt, von denen die Jüngsten mindestens zwanzig waren. Wie erst unter den Bedingungen, denen man diesen Jungen ausgesetzt hat! Man schämte sich ja doch, einen Verwandten im Stall angestellt zu haben. Vor sechzig Jahren hatte man noch ganz andere Anschauungen darüber als heute, und unsere Familie stand damals noch sehr hoch in ihrem Glanze. Mein Vater besprach sich also mit dem Verwalter und man beschloß, dem Hofgesinde und dem Aufsichtspersonal die Weisung zu geben, dem Lehrling seine Arbeit recht sauer zu machen. Du kannst dir wohl denken, daß diese Weisung nicht zweimal wiederholt werden mußte. Die Zeit, da der elfjährige Judenjunge durch Fleiß, Eifer und Mut das Gesinde enzückte, war längst vergessen. Seit der Geschichte mit dem Stier Lew hatte der Junge Stall- und Hofverbot. Er war dem Gesinde längst entfremdet, er war kein Kind mehr, und seine wiederholten Fluchten und Heimkehren hatten ihn bei den Bauern längst verächtlich gemacht. Denn nichts verachtet unser Bauer so wie einen Herumtreiber. Kurzum, der Junge hatte nichts zu lachen. Er schlief im Stall, aß bei uns in der Küche und leistete die Arbeit eines Erwachsenen. Seine Pferde, das ihm zugeteilte Gerät waren jederzeit in bestem Zustand. In der Freizeit lernte er die Arbeiten, die er wegen seiner Jugend noch nicht zu verrichten verstand, zum Beispiel: Mähen, Pflügen, Säen, und er zahlte von seinem Lohn für diesen abseitigen Unterricht selbst. Aber je fleißiger er sich mühte, je größer wurden die Ansprüche seiner Vorgesetzten. Das fiel ihm aber nicht auf. Er war der geschundene Knecht und er wußte es nicht. So ging es nahezu ein Jahr, und kein Wort des Unwillens oder auch nur einer Klage kam über seine Lippen. Allen Ansprüchen genügte er, allen Schikanen hielt er stand. Daß er auch Mißhandlungen erduldete, lag wohl nicht in der Absicht der Erzieher, doch wurde er auch tätlich mißhandelt, und zwar oft und schwer. Davon konnte sich mein Vater eines Tages selbst überzeugen.

Es war an einem kalten Tag im Winter. Diese Jahreszeit gibt in der Landwirtschaft nicht soviel zu schaffen, namentlich nicht in unserer Gegend. Man hat Kartoffeln einzufahren oder Kohle und Holz für die Brennerei. Wenn es nicht zu stark schneit und stürmt, fährt man Dünger auf die Äcker, wo man ihn in kleinen Hauf von den Schlitten ablagert, um ihn im Frühjahr auszustreuen. Es war an einem zwar sonnigen, aber sehr kalten Tag im Februar, von der Mistgrube des Kuhstalls lud man Dünger auf Schlitten. Auch Jankel mit seinem Gespann war dabei. Mein Vater, der gerade durch den Kuhstall ging, blieb einen Augenblick vor einer der offenen Stalltüren stehen und sah zu, wie Jankel in seinen hohen Stiefeln, in seiner Bunda, eine Lammfellmütze tief über die Ohren gezogen, ein Bauer unter Bauern, mit der Mistgabel hantierte. Sei es nun, daß der Aufseher meinem Vater zeigen wollte, wie genau er es mit der Weisung hielt, Jankel die ganze Strenge des Dienstes fühlen zu lassen, sei es, daß ein paar Faustschläge über Jankels Gesicht schon zum alltäglichen Brauch gehörten – nach der Teilnahmslosigkeit, mit der die übrigen Knechte diese Szenen aufgenommen hatten, glaubte mein Vater eher auf den letzten Fall schließen zu dürfen –: kurzum, der Aufseher rügte Jankels Arbeit, bemängelte, indem er sie mit Stiefeltritten zerstörte, Jankels Schlittenladung und bekräftigte die Rüge gleich mit ein paar gepfefferten Ohrfeigen, von denen eine so danebengeriet, daß der Junge auf der Stelle aus Mund und Nase zu bluten begann.

Mein Vater war, wie ich dir aus eigener Erfahrung sagen darf, auch später als Vater, nicht gerade ein weichherziger Mann. Diese Szene ging ihm aber doch an die Nieren. Er war es ja doch, der das Erziehungsexperiment gegen den Jungen, wiewohl in bester Absicht, ausgeheckt hatte. Nun sah er mit eigenen Augen das Ergebnis. Der Mißhandelte hatte indes die Mistgabel fallen lassen und, vornübergebeugt, um sein Gewand nicht zu besudeln, versuchte er mit einer Handvoll Schnee den Bluterguß aus der Nase einzudämmen. Die eiskalte Schneeauflage und die unvernünftige Haltung waren aber weit eher danach, den Bluterguß zu befördern als ihn zu stillen, und so stand der Junge bald vor einem roten Kreis, den das Blut in die Weiße des Schnees eingetropft hatte – Blut auf Schnee ist ein erschreckender Anblick, mag es auch bloß von einer Nasenblutung kommen. Mein Vater hatte ein zu schlechtes Gewissen, um auf der Stelle einzugreifen. Er zog sich im Gegenteil hinter einen Türflügel zurück und sah zu, wie ein älterer und gutmütiger Bauer sich um Jankel bemühte, der sich, wie ihm geheißen wurde, auf dem hartgefrorenen Schnee rücklings hinlagerte und eine Zeit ruhig liegen blieb, bis die Blutung aufgehört hatte. Es war, wie gesagt, ein grimmig kalter Tag. Wenn man mit der Mistgabel arbeitete, fror man wohl weniger, aber die unfreiwillige Rast auf dem gefrorenen Boden und die Reinigung des Gesichts mit Schnee hatte den Armen wohl ordentlich frieren gemacht, und so war das erste, was der Junge, kaum daß er wieder auf den Beinen war, tat: sich erwärmen. Er machte es auf Bauernart. Er trat von einem Fuß auf den anderen, er hüpfte und er warf die Arme, daß die blaugefrorenen Hände hinten auf die Schulterblätter schlugen. Dabei sprach er sich selbst eine Tröstung zu. Und diese Trostworte waren es, die meinen Vater mehr als die Mißhandlung, tiefer als die Blutung erschütterten. Und das, Sussja, ist es, was ich dir von Jankel erzählen wollte: Hinter dem Türflügel verborgen, hörte mein Vater, wie der Junge hüpfend und die Arme werfend sich selbst in jiddischer Sprache also tröstete: ›Bitter, bitter, bitter! Aber alles ist besser als der Cheder! – Lieber von Gojim gepätscht als von Juden gelehrt. Alles ist besser als Cheder … Alles ist besser als Cheder …‹

Wie gefällt dir das von unserem Jankel?« schloß Welwel mit einer Frage an Alfred und glättete mit beiden Handflächen seinen Bart.

4

»Bedenkt man, was für ein lerngieriges Volk die Juden sind, so grenzt das wohl an –« Vor Begeisterung fand Alfred nicht das Wort.

»An Charakter«, schlug Welwel vor. »Nicht?«

»An Genie, Onkel. An Genie grenzt das!«

»Ich hab's dir nur erzählt, weil du gefragt hast, ob Jankel in der Tora lesen kann«, sagte Welwel, und ein vergnügliches Schmunzeln spielte in seinem Bart.

Nach einer Weile des Nachsinnens sagte Alfred: »Er ist aber doch andererseits kein ungebildeter Mann, der liebe Jankel.«

»Nein, das ist unser Jankel nicht«, stimmte Welwel ihm zu. »Insofern er das aber nicht ist, hat er es nicht bloß jener Mißhandlung, sondern, du wirst staunen, jenen hüpfend gesprochenen Trostworten zu danken. Willst du nicht weiter zuhören?«

»Gern, Onkel, sehr gern«, sagte Alfred.

»Die brutale Szene, deren Augenzeuge er durch einen Zufall geworden, hätte mein Vater aus begreiflichen Gründen vielleicht verschweigen mögen«, erzählte Welwel weiter. »Aber jene Trostworte Jankels zum besten zu geben, vermochte sich mein Vater nicht zu enthalten. So brachte er am selben Tage gleich bei Tische Jankels Stoßseufzer an, wobei er denn auch nicht umhinkonnte, von der vorangegangenen Mißhandlung zu berichten. Der Großvater nun nahm den Bericht, den sein Sohn ein wenig harmlos und auch spaßig auszustatten bestrebt war, völlig anders auf als der Berichterstatter erwartet haben mochte. Zu Tränen gerührt, hielt er seinem Sohn die Herzlosigkeit vor, verwarf auf der Stelle diese Erziehungsexperimente als unmenschlich, aufsässig, ja, als bös und tückisch, und das Essen unterbrechend ging er in die Küche, wo Jankel in einem Winkel sein Mittagbrot – an jenem Tage vielleicht wirklich mit Tränen – aß, und holte den Waisenjungen, dem er offenbar trotz allem allezeit in eingeschüchterter Zuneigung gewogen war – und holte den Prügelknaben wieder in die Familie ein.«

»Und Jankel ließ sich das ohne weiteres gefallen?«

»Er wußte vorerst nicht, was der Anlaß war. Saß er ja doch mit uns bei Tische selbstverständlich am Sabbat und an den jüdischen Feiertagen. Nach Tische aber entschied man über Jankels Zukunft. Ein Familienrat, dem auch der damalige Verwalter beiwohnte, kam zu der richtigen Erkenntnis, daß der Waisenknabe durch kein Mittel mehr von seiner Liebe zur Landwirtschaft kuriert werden würde. Es war aber auch diesmal doch mein Vater, der einen guten Rat wußte. In jener Zeit hatten einige jüdische Philantropen versuchsweise eine landwirtschaftliche Schule auf einem Gut in Westgalizien gegründet. Mein Vater hatte von dieser Gründung in einer Zeitung gelesen und es wurde beschlossen, Jankel in diese Schule zu schicken. Daß es eine Schule sei, gar eine jüdische – das zu argwöhnen fiel damals Jankel zu seinem Glück nicht bei. Er hatte bloß befürchtet, daß man auf diesem Gut am Ende gar aus Büchern lernen müßte, was man natürlich gegen besseres Wissen bestreiten durfte. An Ort und Stelle sah er wohl gleich ein, daß man ihn auch diesmal überlistet hatte, doch war er vernünftig genug, sich der Schulordnung zu fügen.

Schon nach einem halben Jahr kam ein Brief des Schulleiters, der in allen Tönen das Lob eines Zöglings Jankel Christjampoler sang.

Nach einem Jahr räumte ihm die Schulleitung gar einen Freiplatz ein, wodurch der Waisenknabe der Fürsorge unserer Familie für immer entwachsen war. Nach fünf Jahren, so lange dauerte die normale Ausbildung in dieser Schule, fand sich eines Tages in Dobropolje ein fremder junger Mann ein, dem man schon auf hundert Schritt den selbstbewußten Befehlshaber der Ställe und der Tennen ansah, ein Ökonom, wie er vielleicht nur in diesem unserem Landstrich in reinster Ausprägung heute noch gedeiht. Äußerer Habitus: halb Pferdewärter, halb Landjunker, halb Diener, halb Herr, kurzum ein Ökonom, der in jungen Jahren dem Betrachter die Frage aufgibt, welche Schicht in seiner Person die andere überdecken wird: wird es beim Feldwebel der Landwirtschaft bleiben oder langt es zu einem Offizier, bleibt es beim subalternen Ökonomen oder langt es zum selbständigen Verwalter? So der Habitus. Dem Besuch vorangegangen war ein Brief an meinen Großvater, der Zeugnis gab von gerader Willensrichtung und Selbstbewußtsein, das sich in weltgewandten Formen und in korrekter Sprache auszudrücken wußte. Aus dem verwahrlosten Waisenknaben war ein gesitteter junger Mann geworden. Mein Großvater strahlte dem angekündigten Besuch entgegen und machte es in stiller Freude mit sich selbst aus: Jankel bleibt als Ökonom in Dobropolje.«

»Und Jankel ließ sich wohl dazu nicht lange bitten.«

»Ich sehe schon«, sagte Welwel, »ich werde dir noch so manche Geschichte von Jankel erzählen müssen, bis du ihn kennenlernst. Im Gegenteil! Er ließ sich nicht einmal bitten. Er hatte bereits einen Vertrag in der Tasche mitgebracht. Er hatte einen Posten auf den Gütern des Grafen Rey bekommen und war dort bis zu seiner Assentierung geblieben. Zu uns kam er erst zehn oder zwölf Jahre später, nachdem er seinen Militärdienst absolviert, nachdem er ein zartes, schwindsüchtiges Waisenmädchen geheiratet hatte, nachdem seine Frau gestorben war. Davon ein anderes Mal. Was dich aber vielleicht noch interessieren wird: Mein Großvater, so sehr er von den Kenntnissen und der Wandlung Jankels beeindruckt war, in einer Hinsicht war er damals von ihm schwer enttäuscht und gekränkt worden. Daß er neben seiner Berufskleidung – Jankel kam wohl schon damals aus seinen Reithosen, aus seinen auf Hochglanz gebürsteten Reitstiefeln nicht heraus –, daß er neben Reithosen, Reitstiefeln, Reitpeitschen und so weiter kein einziges jüdisches Gewand, nicht einmal für den

Sabbat, mithatte, das empfand mein Großvater als eine Kränkung. Konnte er ihn ja doch unter solchen Umständen nicht einmal als einen lieben Gast über einen Sabbat im Hause behalten. So ließ er ihn bekümmerten Herzens ziehen ...«

»Aber Jankel trägt ja doch jetzt einen Kaftan und –«

»Das hängt mit dem Tod seiner Frau zusammen. Auch seine Übersiedlung nach Dobropolje und seine Aussöhnung mit meinem Großvater hängt damit zusammen. Davon reden wir noch gelegentlich einmal. Jetzt wäre es lieb, wenn du mich zum Pferdestall begleitest: ich möchte doch selbst nachsehen, ob es nicht irgendein freies Gespann gibt. Es ist so furchtbar schwül. Ein Dampfbad wirkt an so einem Tag, namentlich wenn's ein Freitag ist, besonders erfrischend.«

5

Sie gingen auf dem Gartenpfad hinunter, an der Schmiede vorbei, zwischen den Scheunen hindurch, da kam ihnen auf der Tenne, wo sich mit Hafergarben hochbeladen Leiterwagen an Leiterwagen drängte, ein halbwüchsiger Bauernjunge entgegen und überreichte Welwel einen zerknüllten, von der Hand Jankels mit Bleistift bekritzelten Zettel. Jankel ersuchte darin Welwel, sich bereitzumachen, in einer halben Stunde spätestens aufs Feld zu kommen und beim Einfahren des Hafers mitzutun. Es sei für den Spätnachmittag ein Gewitter zu befürchten, bis vier Uhr müsse der Hafer auf die letzte Garbe eingebracht sein. Die Britschka schicke er gleich mit. Auch Alfred könnte mitkommen, morgen sei ohnehin Sabbat, da könnten ja beide den ganzen heiligen Tag ihrem Judentum frönen. –

»Dem Judentum frönen!« zitierte Welwel, nachdem auch Alfred einen Blick in das Gekritzelte getan hatte.

»Er hat kaum Zeit, diesen Wisch da mit ruhiger Hand auszufüllen, aber sticheln muß Jankel. Dem Judentum ›frönen‹!«

Zur Überraschung Alfreds fügte sich Welwel dennoch ohne weiteres Murren Jankels Order. Sie setzten sich gleich in die Britschka und fuhren hinaus. Auf dem völlig abgemähten Haferfeld breitete sich, schon auf den ersten Blick auffällig, eine andachtsvolle Emsigkeit aus. Obschon Eile der Natur der Bauern zuwider ist, beeilte sich hier alles, angetrieben von den weithin schallenden Zurufen des

Ökonomen Domanski, des Feldhüters und auch Jankels, der zu seinem eigenen Leidwesen eine leichte Arbeit auf sich genommen hatte. Zu Pferde trabte er die Reihen der Hafermandeln entlang und zählte und rechnete. Er teilte den Schnittern, jeden nach der Anzahl der Garben auf seinem Abschnitte, den Teil der Ernte zu. »Über dreißig Leiterwagen habe ich aufgetrieben. Da hast du mein Pferd. Du übernimmst diesen Abschnitt und ich werde in der Britschka von der anderen Seite des Ackers anfangen, damit die Fuhrwerke sich nicht auf einer Seite drängen und Zeit verlieren. Jede Minute ist kostbar!« rief Jankel den Ankommenden entgegen. Welwel sah die Richtigkeit der Ordnung ein, und sie tauschten die Plätze. Welwel nahm das Reitpferd und Jankel stieg in die Britschka zu Alfred ein. Als sie wieder mit Welwel zusammentrafen, war es fünf Uhr geworden, der letzte Leiterwagen stand vor den letzten Hafermandeln, es war Panjko mit seinen rassigen Braunen, die es sich an diesem Tage gefallen lassen mußten, vor einem schweren Leiterwagen zu gehen, und sich in ihren schönen verzierten Kummets von den anderen Gespannen so fremdartig abhoben, etwa wie Welwel, Jankel, Domanski und Alfred von dem übrigen Erntevolk auf dem abgeräumten Haferfeld.

»In jeder Reihe gibt es ein paar Hafermandeln, die heute grünen Kopfschmuck tragen«, hatte Alfred während der Fahrt zum anderen Ende des Ackers festgestellt. »Was hat das zu bedeuten?«

»Die Schnitter haben ein Privileg, den ihnen zukommenden Teil der Ernte an einer Stelle ihres Abschnittes auszuwählen, wo die Ernte am besten gediehen ist. Das Grün, mit dem sie die Mandeln am Kopf schmücken, bedeutet: das soll unser Teil sein.«

»Das ist ein hübscher Brauch«, sagte Alfred. »Er wird hoffentlich überall respektiert.«

»Nicht unter allen Umständen. Ich respektiere ihn. Vorausgesetzt, daß kein Mißbrauch damit getrieben wird.«

»Wieso Mißbrauch? Die beste Stelle ist eben die beste.«

»Gewiß. Aber sieh mal genau an: fällt dir an diesen grüngeschmückten Mandeln sonst nichts auf als ihr grüner Kopfschmuck?«

»Eigentlich nicht«, sagte Alfred zögernd.

»Das hab' ich mir gedacht. Aber wenn ich dir nun sage, was mir an diesen Mandeln noch mehr auffällt als ihr Grün, wirst du staunen, es nicht gleich bemerkt zu haben. Diese Mandeln sind viel größer.«

»Ja! Tatsächlich«, sah Alfred ein. »Da haben sie einfach mehr Garben hineingetan?«

»Nein. Das wäre ja Diebstahl. Mandel ist Mandel – fünfzehn Garben. Aber Garbe ist nicht Garbe. Die Garben in den grün markierten Mandeln unterscheiden sich von jenen in den anderen Mandeln manchmal wie die sieben fetten von den sieben mageren Kühen. Siehst du jetzt?«

»Ja, doch.«

»Dabei kannst du noch in Rechnung stellen, daß die fetten Garben beim Binden eine Façon erhielten, die über ihren wahren Leibesumfang hinwegtäuschen soll. Sie wurden gedrückt, geknetet, gepreßt, massiert und hart eingeschnürt wie die fetten Weiber, die schlank erscheinen wollen.«

»Das ist schon bedenklich nahe am Mißbrauch.«

»Nein. Das ist alles noch Brauch. Nur wenn einer das übliche Maß überschreitet, gilt es als Mißbrauch.«

»Da muß man aber scharf hinsehen?«

»Nicht einmal. Es ist ein altes, eingespieltes Spiel. Die meisten halten sich in den üblichen Grenzen. Die paar Gauner kennt man und sieht ihnen auf die Finger. Und wenn so einer es wirklich einmal zu bunt getrieben hat, statuiert man ein Exempel und teilt ihm einfach von den mageren Kühen zu. Da ist aber ein großes Gejammer und darum ist es besser, man paßt schon beim Binden und Schichten der Garben auf.«

»Sie haben dem Onkel vorher nachgerufen, er möchte wohl ein, aber nicht beide Augen zudrücken – haben Sie das gemeint?«

»Ja. Doch. Mit deinem Onkel ist es so: seit Jahren hat er sich damit abgefunden, keinen Erben zu hinterlassen. Dabei ist ihm der Besitzsinn, der bei wohlhabenden Leuten meistens sehr gut entwickelt ist, abhanden gekommen. Im Grunde interessierte ihn dieser ganze Betrieb nicht mehr, ihn beschäftigten nur noch die toratreuen Juden. Jetzt, wo du da bist, wird es vielleicht anders werden. Aber man muß hinter ihm hersein. Du hast doch gesehen, wie er den gottlosen Fedja Cyhan mit Heu bekehrt hat.«

Alfred wollte einwenden, es sei ihm sehr zuwider, mit seinem Dasein einen solchen Einfluß auf den Besitzsinn seines Onkels auszuüben, aber Jankel hatte sich indes in eine Unterredung mit den Schnittern eingelassen, darauf begann er die Reihen der Mandeln anzuzählen und zu rechnen, gab Anordnungen an die Kutscher der Leiterwagen, mit lauter Stimme, die übers ganze Haferfeld schallte, rief er immer wieder den Ökonomen Domanski, den Feldhüter und Welwel an, die kaum hören konnten, was er ihnen zurief, doch kümmerte sich Jankel nicht darum. Seine Anordnungen gingen ohnehin von Mund zu Mund der Schnitter, bis sie den Angerufenen, erstaunlich schnell übrigens, erreichten. Obgleich auf dem Haferfeld, das indessen zusehends von den Mandelreihen entblößt wurde, diesmal noch mehr Bauern sich tummelten als beim Mähen, wurde Alfred bald doch die Weile zu lang. Er hatte im stillen gehofft, auf ihrem Abschnitt der Stellmacherstochter zu begegnen, die er seit der Heimfahrt in den kühlen, süßduftenden Dunkelheiten des Sommerabends nicht mehr gesehen hatte. Nur einen Blick aus ihren Augen wollte er haben, um innezuwerden, ob Donja im Lichte des Tags sich noch erinnern würde, wie in der Geborgenheit des Abenddunkels ihre Atemzüge sich mit den seinen vereinigt hatten. Aber unzählige, von Jankel noch zu zählende Reihen von Hafermandeln trennten Donjas Abschnitt von dem Teil des Erntefeldes, den Jankel übernommen hatte, und drüben waltete der Onkel. Alfred vertrieb sich eine lange Zeit mit dem Abzählen der Reihen, die ihn noch von Donja trennten. Sie verringerten sich zusehends und dennoch viel zu langsam für Alfreds heimliche Sehnsucht. Gegen Mittag brach die Sonne durch, grauweiß wie geschmolzenes Blei, brannte sie durch die Schleier und goß bleierne Gluten in die Schwüle der Luft, die so schwer war, daß der Atem stockte.

»Es wird ein Gewitter niedergehen«, stöhnte Jankel. »Noch früher als ich angenommen habe.« Und mit rauher Stimme trieb er alles zu verdoppelter Eile an.

»In dieser Britschka«, klagte Alfred, »ist es, scheint mir, noch heißer als auf dem Feld.«

»Spring hinunter!« riet ihm Jankel. »Spring hinunter, nimm eine Heugabel und tu mit.« Er hielt den Deresch an und ließ Alfred aussteigen.

»Hej! Gib dem jungen Herrn eine Heugabel!« rief Jankel zu einem Schnitter hinüber, der eben mit dem Aufladen seines Ertrags fertig geworden war und sich zur Heimfahrt anschickte.

Alfred war froh, mittun zu dürfen. Mit der Heugabel eine Garbe aufpicken und auf die Fuhre heben war kein Kunststück. Es war schön

zu sehen, wie kunstreich die Garben im Leiterwagen verteilt, hochge-
schichtet und so im Gleichgewicht gehalten wurden, daß die haushohe
Ladung, nur mit dem Balken und mit zwei Stricken zusammen-
gehalten, im Trab über die weichen Wiesen und Karrenwege davon-
rollte. Schöner wäre es gewiß – Donja und ihrer Mutter beim Hinauf-
reichen ihrer Garben zu helfen. Jankel hatte ja doch nicht ausdrücklich
gewünscht, daß er just an dieser Stelle Hand anlege. Man könnte sich
von Fuhre zu Fuhre, von Reihe zu Reihe unbemerkt zu Donja durch-
schwindeln … Aber dort war ja der Onkel! Einmal wird man ohnehin
mit der Schicht des Onkels zusammentreffen, nur Geduld. In dieser
Erwartung arbeitete er ausdauernd mit, zum Staunen der Schnitter und
der Fuhrknechte, die glaubten, er tue nur zum Zeitvertreib mit und
würde bald erlahmen. Sie lauerten auf den Moment, da er die Heugabel hinwerfen und einsehen würde, daß eine solche Arbeit nur eben
dem Bauern gemäß und kein Spaß sei. Nach einer Viertelstunde stand
Alfred in Schweiß, daß sein Hemd in nassen Streifen an den Schulter-
blättern klebte. Aber wie die in Sport erfahrene Jugend unserer Zeit
verfügte er über ein Wissen um die Ökonomie der Muskelkräfte, das
auch an ein paar Stunden Hantierungen mit der Heugabel nicht
zuschanden werden sollte. Nach einer Stunde, als es den Bauern klargeworden, daß der Städter keinen Spaß treibe, fingen sie an, ihn mit
Blicken und Zeichen zu ermuntern und zu loben. Sie förderten ihn
auch durch Zureden, die er nicht verstand, und ihre Anerkennung tat
ihm so wohl, daß er bald vergaß, die Reihen zu zählen, die ihn von der
Stellmacherin noch trennten. Auch an Donja selbst dachte er bei der
Arbeit nicht mehr.

Als er aber, es war gegen drei Uhr am Nachmittag, aufblickte und
das schöne Mädchen mit ihrer Mutter auf der Wiese heimgehen sah,
verwünschte er den alten Jankel, der ihn just hier, so weit von Donjas
Abschnitt, ausgesetzt hatte. Donja, in ihrem schönen roten Jäckchen,
das sie aufgeknöpft hatte, schritt in ihrem stolzen Pfauengang auf dem
Wiesenpfad hinter ihrer Mutter. Sie hielt ihre Heugabel geschultert
und zwei festgeflochtene schwarze Zöpfe hingen ihr über den roten
Rücken des Jäckchens und reichten fast bis zu den Schäften ihrer
Stiefel. Alfred schien es, als blickte sie hin und wieder zum Felde her,
und er hätte ihr gern einen Gruß mit der Hand zugewinkt. Der Onkel
war aber nun schon so nahe, daß Jankel, der eben die letzten Reihen
seines Teils abzählte, mit ihm reden konnte, ohne die Stimme zum

Schrei zu erheben, was er offenbar, wie alle auf dem Felde, nur zu gerne tat. Als er aber das Mädchen Donja hinter der Kehre verschwinden sah, bedauerte er es, sie nicht gegrüßt zu haben. Auf einmal war sein ganzer Arbeitseifer dahin. Seine Arme erlahmten, mit Bleigewichten drückte es die Heugabel in seinen Händen zu Boden. Er mußte sich Zwang antun, um seine Arbeitskameraden, die Fuhrleute, die ihn bereits vor Jankel und sogar vor Welwel lobten, nicht noch am Ende zu enttäuschen.

»Wie du ausschaust, Sussja!« klagte Welwel lächelnd.

»Wahrscheinlich genauso wie du«, lachte Alfred matt. Wie Jankel, wie Domanski, wie Alfred, wie alle auf dem Feld war auch Welwel verschwitzt, mit Haferspreu und Staub bedeckt. Aber alle hatten strahlende Augen in den staubigen Gesichtern.

»Du warst ja fleißig«, sagte zu Alfred der Onkel, dem Panjko von der letzten Fuhre herab, die er eben mit Balken und Stricken sicherte, Bericht über Alfreds Ausdauer erstattete.

»Du ja auch, Onkel.«

»Tja«, meinte Welwel. »Wir haben uns das Dampfbad erspart.«

»Was? Du wolltest heute ins Dampfbad?!« schrie schon Jankel auf. »Und du glaubst vielleicht, ich hätte dir Pferde gegeben?! Hören Sie, Domanski?! Unser Herr wollte heute ins Dampfbad!«

Domanski, schon im Begriffe, den Wallach zu besteigen, lächelte verlegen und blickte Alfred an, als wollte er sagen: jetzt fängt er wieder an.

»Ein Verbrechen, das man nur in Gedanken beging, verfolgt nicht einmal der Staatsanwalt«, sagte Alfred.

»Der Kleine hat gearbeitet, sag' ich dir! Alle Bauern waren von ihm entzückt. Von den Mädchen zu schweigen.«

»Jetzt fahren wir aber heim! Es ist fünf Uhr«, lenkte Welwel schnell ab. Domanski zu Pferd, verabschiedete sich, er nahm den kürzeren Weg über die Gemeindewiese. »Und wir drei werden in der Britschka zusammenrücken«, sagte Welwel und stieg ein.

»Oh, da können drei Personen bequem –«, wollte Alfred mitteilen, verstummte aber, von einem raschen Blick Jankels gewarnt.

»Man könnte meinen, du hättest es schon ausprobiert«, brummte Jankel, verwies Alfred mit dem Peitschenstiel auf den Platz in der Mitte und stieg hinter Alfred ein.

Der Deresch war heute gar nicht fromm. Zornig ging er in einem Schwarm von Mücken und Bremsen. Er wechselte immer wieder die Gangart, um dazwischen mit einem Hinterbein das lästige Geschmeiß in Grund und Boden zu stampfen. Er riß mit heftigen Kopfdrehungen an den Zügeln und schlug mit seinem langen zischenden Schweif so weit und kräftig um sich, daß die Insassen der Britschka achtzugeben hatten, um nicht an ihren Gesichtern getroffen zu werden. Für den Deresch war es kein schöner Tag gewesen. Von der Schwüle und dem stechenden Geschmeiß abgesehen, hatte er heute mittendrin im duftenden Hafersegen an Gelüsten zu leiden, die zu stillen man ihm nicht so ohne weiteres gestattete. Noch jetzt, auf dem Heimweg, hatte er hinter einem beweglichen Berg von Hafergarben einherzugehen, aber ließ man ihn denn dem beweglichen Berg auch nur einen Bissen entreißen?

Jankel ließ dem Deresch alle seine Launen, nur einen Bissen von Panjkos Fuhre, die sie bald eingeholt, aber auf dem schmalen Feldweg nicht überholen konnten, gestattete er ihm nicht. Jankel war mit dem Tage sehr zufrieden. Als er sich obendrein hinter der letzten Fuhre noch davon überzeugen konnte, daß auf dem Wege nicht zuviel vom übermäßig trockenen Hafer verstreut worden war – er hatte alle Leiterwagen mit Säcken gegen übermäßiges Streuen bespannen lassen –, nickte er sich selbst vorerst stumm ein Zeichen der Anerkennung zu, dann erleichterte er sein Herz in Worten: »Ob der Kongreß die Interessen der Tora wesentlich befördert hat, das zu entscheiden steht mir nicht zu. Meinem Hafer hat der Kongreß genützt. Wären wir nämlich nicht nach Wien gereist, würde ich wahrscheinlich – so wie mein Freund Krasnianjski – den Hafer schon zu Beginn der vergangenen Woche haben mähen lassen. Mit welchem Ergebnis, haben wir ja gesehen. Der Kongreß der Toratreuen hat meinen Hafer gerettet.«

»Ja, ja«, sagte Welwel. »Man weiß nicht, wozu so ein Kongreß gut ist. Was meinst du, Sussja?«

Alfred, der sonst an den launigen Auseinandersetzungen zwischen den beiden Mentoren nicht wenig Spaß hatte, mischte sich diesmal nicht ein. Er saß zwischen den beiden Männern und wunderte sich, daß sie in der bedrückenden Schwüle noch die gute Laune behielten. Die Luft war schwer, von der dampfenden Glut gestockt, kein Gräschen regte sich auf den Äckern. Am grauen Himmel bewegten sich die schweren Wolkenzüge mit der tappigen Langsamkeit von Monstern. Es litt aber Alfred nicht nur an dem atmosphärischen Druck. Wenn er tiefer Atem holte, streifte er mit dem Arm seinen Onkel, und diese Berührung erweckte in ihm Erinnerungen an eine ganz anders beschaffene Sitznachbarschaft in der Britschka. Es war, als habe sich alles Erinnern an das so reizende Mädchen in seinem rechten Arm verborgen gehalten, und so oft er – aufatmend oder von einer Unebenheit der Radspur bewegt – mit diesem rechten Arm seinen Onkel berührte, verspürte er, wie ihm mitten in all der Schwüle ein Schauer durchrieselte. Das machte ihm die zu nahe Nähe des Onkels zuwider, und indem er sich dieses absurden Gefühls innewurde, haßte er auch sich selbst, namentlich seinen rechten Arm. Denn der Mensch ist so geartet, daß zuweilen nicht bloß sein Herz, sondern schon sein Arm, sein Ellbogen, ja die Spitze seines Ellbogens – ein Abgrund sein kann.

VIERTES BUCH

VIERTES BUCH

1

Im ersten Schein des Morgens erwachte Alfred. Er war, von der Feldarbeit erschöpft, früh schlafen gegangen. Pesjes Sabbatkerzen waren noch nicht völlig niedergebrannt, als ihm zum fröhlichfeierlichen Nach-Tisch-Gesang Welwels die Augendeckel zugefallen waren. Er hatte tief geschlafen, und das starke Gewitter, das in der Brunnentiefe seines Schlafs gerauscht, geblitzt und gedonnert hatte, war kein Traum gewesen, wie er nun, die Augen öffnend, sah. Die Bäume ließen ihre Zweige hängen. Von den zerzausten Blättern rann das Naß. Große Tropfen trommelten auf den aufgeweichten Gartengrund, wenn das Gezweige sich regte. In klarer und kühler Luft regnete es noch, sehr dünn und sehr leise.

Warum bin ich so früh aufgewacht, fragte sich Alfred. Seine Augen wanderten im Zimmer umher, als sei von irgendeiner Ecke Antwort auf die Frage zu erwarten. Ich wohne in Vaters Zimmer, erinnerten die Augen. Da steht noch Vaters Cellokasten, hatte Pesje gesagt. Pesje hat den Kasten wahrscheinlich eigens für mich hereingestellt. Auch die Kommode ist alt. Das ist Vaters Kommode, weh ist mir, hatte Pesje gesagt; das einzige echte Stück in dem Zimmer. Biedermeier. Wie kommt eine echte Biedermeierkommode nach Dobropolje? Sonst ist alles sehr primitive Tischlerarbeit. Wahrscheinlich vom Tischler Katz. Bett, Tisch, Stühle, alles bequem und brav und so plump. Den Fußboden, gehobelte und geglättete Bretter, versprach Pesje neu lackieren zu lassen. Lackieren, hatte sie gesagt. Unser Stellmacher lackiert sehr schön. Der Stellmacher ist Donjas Vater. Der Waschtisch und das Nachtkästchen sind neu. Vielleicht schon Arbeit des Stellmachers, der schön zu lackieren versteht. Stellmacher, das ist soviel wie Wagner. Ein Wagner muß sich natürlich aufs Lackieren verstehen. Das Nachtkästchen ist wirklich sehr sauber lackiert, gar keine Knötchen.

Alfred streckte einen Arm unter der Decke vor und prüfte mit der flachen Hand den Lackspiegel des Nachtkästchens – da fand die Hand gleich auch die Antwort auf seine Frage: auf dem Nachtkästchen lag, aufgeschlagen noch, das Gebetbuch, wie er es vor dem Einschlafen mit der letzten Anstrengung des Bewußtseins hingelegt hatte. Vor dem Einschlafen hatte er noch die zwei Sprüche memorieren wollen, was ihm aber nicht gelungen war. Nun setzte das Bewußtsein, das sich zur Nachtruhe in schlafsüße Wirrnis aufgelöst hatte, wieder ein und ermahnte den Schüler mit dem ersten Lichtfinger des Tages, das Versäumnis nachzuholen. Jetzt war der Schüler erst völlig wach.

Kaum war der Schlummer aus dem Körper verscheucht, als sich das Lampenfieber vor dem Zeremoniell des Aufrufs zur Tora, gestern mit erzählten Geschichten in Pesjes Garten überlistet und mit der Heugabel auf dem Feld niedergehalten, prompt am Sabbatmorgen wieder einstellte. Der Toraschüler langte sofort nach dem Gebetbuch und begann, im Bette liegend, zu memorieren. *Preiset den Herrn, den Gepriesenen!* summte er die Eingangsformel leise, denn es war noch flüsterstill im ganzen Haus. Dann machte er eine Pause. Es war eine Kunstpause, die Alfred in seinem Gebetbuch mit einem musikalischen Zeichen vermerkt hatte. Denn diesem »Preiset!« hat die ganze Betgemeinschaft zu respondieren: *Gepriesen sei der Herr, der Gepriesene, in Ewigkeit und allezeit!* – und so fort, im Spruch und Responsorium. Eine knappe Stunde memorierte Alfred seine Lektion und prägte sich jedes Wort, jede Betonung gewissenhaft ein. Nach einer Stunde mußte ihm selbst sein vom Lampenfieber eingeängstigter Schülerinstinkt sagen, daß er sogar in einem Anfall von Sinnesverwirrung dem Anspruch gewachsen sein sollte. Und im sanften Rauschen des Regens schlummerte der Schüler wieder ein.

Welwel schlief noch. Sonst hätte er vielleicht Alfreds summendes Memorieren vernommen und eine sabbatliche Freude daran gehabt. Er hätte ja kaum ahnen mögen, daß Alfred – ohne seine Finger von den Unschicklichkeiten der Nacht gereinigt zu haben! – barhäuptig, im Bette liegend, die heiligen Sprüche summte. Alfred war sich indes dieser Verstöße nicht bewußt und – wie dem Reinen alles rein ist – schlief er reinen Gewissens noch nachträglich leicht in den Morgen hinein, bis er von Pesjes Stimme geweckt wurde.

Sie stand in der Tür des Hauses, sabbatlich gekleidet, in ihrem langen schwarzen Tuchkleid, mit drei Reihen Stoffknöpfchen an der eingefallenen, mit Fischbein eingehegten Brust, ein weißes, seidig schimmerndes Tuch auf dem Kopfe, einen schweren Schlüsselbund am breiten, schwarzlackierten Gürtel. Sie hatte offenbar nicht absichtlich laut gesprochen, um Alfred zu wecken. Sie unterhielt sich mit einem Ankömmling, einem frühen Beter, der an den Säcken, die Pesje über die Steinfliesen der Auffahrt hatte ausspreiten lassen, sein Schuhwerk vom nassen Schlamm der Dorfwege abstreifte. Wie nett von Pesje, dachte Alfred, daß sie vor der Tür des Hauses die Sabbatgäste erwartet und begrüßt. Alles was sie macht, diese Brave, hat Anstand und Würde. Überm Waschtisch gebeugt, die Hände schon im klaren kalten Wasser, malte er sich seinen Eintritt in Großvaters Zimmer aus, wo indessen sich mehrere Sabbatgäste eingefunden haben werden. Auf einmal überkam ihn ein Gedanke voll Schrecken. Der Onkel hatte vergessen, ihn zu belehren, wie man die Gebetsriemen und den Gebetsschal anlegt! Man wird am Ende noch gar vergessen haben, für ihn Riemen und Schal zu besorgen.

»Du hast noch Zeit genug, Kind«, kam Pesjes Stimme zum Fenster herein. »Man wird mit dem Beten kaum vor halb neun beginnen.«

»Guten Morgen, Pesje«, rief er zurück. »Diesmal werde ich nicht verschlafen.«

»Einen guten, einen recht guten Sabbat dir, Kind«, wünschte Pesje, und der innige und doch feierliche Gruß kam wie eine gute Botschaft zum Fenster herein und erfüllte den Raum mit Zuversicht. Daß er heute das Sabbatbeten nicht verschlafen würde, diese Gewißheit allein beruhigte Alfred, und er machte sich beim Waschen und Ankleiden keine weiteren Sorgen mehr um Betriemen und Betschal.

Er war mit seiner Morgentoilette noch nicht ganz fertig geworden, als er frühen Besuch bekam. Alfred war gerade damit beschäftigt, sein Haar mit Kamm und Bürste so flach wie möglich aus der Stirn zu glätten, um bequemen Platz für das Kopfstück des Gebetsriemens zu schaffen, als nach kurzem und – wie es Alfred schien – zu lautem Pochen ein fremder Rabbi im Türrahmen erschien. Ein Mann von hohem Wuchs in einer knöchellangen, glänzend schwarzseidenen Pekesche, die mit einem breiten, in Seidenfäden grobgewirkten Gürtel geschlossen war, auf dem Kopfe die sabbatliche Sammetmütze mit dreizehn üppigen Marderschwänzchen verziert.

»Einen guten Sabbat dem jungen Herrn!« grüßte der hünenhafte und doch, insofern dies von einem Hochwürdigen behauptet werden kann, elegante Rabbi und trat mit zwei langen Schritten ins Zimmer: »Der junge Herr wird hoffentlich beim Aufruf der Tora ausnahmsweise nicht die hübschen Schnitterinnen im Kopf haben, sondern die eingelernten Sprüche schön aufsagen und seinen guten Onkel Reb Welwel Dobropoljer nicht mit Schmach und Schande bedecken.«

»Haben Sie sich aber schöngemacht!« rief Alfred aus, entzückt von der würdigen Erscheinung.

»Dir zuliebe. Alles dir zuliebe. Sonst lege ich diese Pekesche nur viermal im Jahre an, zu den hohen Feiertagen. Diese Pekesche, diese Sabbatmütze hat mir noch dein Großvater geschenkt und ich halte sie in Ehren. Heute sollen die Leute sehen, daß ich den Enkel eines würdigen Großvaters auch zu ehren weiß.«

»Mir zuliebe?« sagte Alfred und sah unsicher an seiner Kleidung hinunter. Er hatte seinen dunkelblauen Anzug an, seinen schönsten, den er gern hatte. Aber was war ein dunkelblauer Anzug vor diesem Sabbatstaat? Wie sollte er das würdigen? »Werden alle Juden heute so aussehen wie Sie?«

»Du glaubst wohl, dein Großvater hätte allen Dobropoljer Juden solche Pekeschen und solche Sabbatmützen spendiert?«

»Obendrein hat der Onkel vergessen, mir zu zeigen, wie man Gebetsriemen anlegt«, klagte Alfred, den die prächtige Sabbattracht des Besuchers so einschüchterte, daß er wieder in Lampenfieber geriet.

»Am Sabbat legt man keine Gebetsriemen an, du Analphabet!«

»Man hat vielleicht auch keinen Gebetsmantel für mich besorgt?« klagte Alfred weiter.

»Gebetsmäntel tragen hier bei uns nur verheiratete Männer, du Goj! Solche Grünschnäbel wie du brauchen keine Gebetsmäntel.«

»Wenn ich aber doch zur Tora aufgerufen werde?«

»Vor der Tora muß auch ein Grünschnabel einen Gebetsmantel anhaben. Da gilt er ja gewissermaßen als Bräutigam der Tora. In diesem Falle bekommt jeder Grünschnabel einen Mantel geliehen. Dir wird der Onkel seinen leihen. Oder ich meinen.«

»Das ist sehr lieb von Ihnen.«

»Hörst du, wie sie keift?« fragte der Besucher, mit einem Ohr zum Fenster hinaushorchend.

»Wer?«

»Pesje. Wer denn sonst?«

»Sie keift doch nicht. Sie steht vor der Tür und begrüßt die Ankommenden. Ich finde das sehr würdig. Wie alles, was unsere Pesje tut.«

»Meinst du? Sie steht vor der Tür und paßt auf, daß die Gäste ihr Schuhwerk an den Säcken ordentlich abstreifen und ihr keinen Schmutz ins Haus tragen. Sie wird da stehenbleiben und nicht weichen, bis der letzte Schuh über die Schwelle getreten ist.«

»Da ist ja auch nichts Schlimmes dabei.«

»Nein. Aber keifen soll sie nicht am Sabbat.«

»Das tut sie doch kaum. Hören Sie, wie sanft sie spricht?«

»Das ist eben, was mich so verdrießt! Sie keift sanft. Auf der ganzen Welt gibt es nicht noch einmal ein Weib, das so honigsüß zu keifen versteht. Das verdrießt mich.«

»Sie lieben Pesje nicht?«

»Soweit man so was am Sabbat sagen darf, nein. Ich liebe sie nicht.«

»Warum aber? Sie ist ja doch eine gute Seele.«

»Vielleicht ist sie das. Möglich, daß sie das ist. Aber wir wollen das nicht weiter erörtern. Ich bin nicht so früh gekommen, um mit dir über die Versorgte Pesje zu sprechen, junger Herr. Ich muß dich um eine Gefälligkeit bitten.«

»Für Sie, Reb Jankel, tu' ich alles. Weil Sie so eine schöne Pekesche haben!«

»Ja, sie ist schön, diese Pekesche. Wenn ich sie trage, sagen mir alle Reb Jankel«, sagte Jankel und strich mit einer Hand so zart über den seidenen Brustbausch der Pekesche, als streichle er das zarte, in allen Farben des Morgenhimmels schimmernde Halsgefieder einer Taube. »Wenn ich aber diese Pekesche nicht anhabe, nennen sie mich: Jankel der Goj. Das ist dir wohl schon bekannt?«

»Offen gesagt, ja, Reb Jankel.«

»Wer hat es dir erzählt, wenn ich offen fragen darf?«

»Der Onkel. Gleich wie wir angekommen sind, in Ihrer Anwesenheit. Erinnern Sie sich nicht?«

»Doch. Jetzt erinnere ich mich. Diesen Namen trage ich seit gut sechzig Jahren und ich habe ihm, soweit man so was am Sabbat sagen darf, alle Ehre gemacht. Jetzt will man mir ihn aber nehmen.«

»Wer denn?«

»Der Volksmund!«

»Ja, kann er das? Nach sechzig Jahren?«

»Der Volksmund kann alles. Er kann Namen geben, er kann Namen nehmen. Nehmen ist gewiß schwerer als geben. Aber der Volksmund weiß sich zu helfen: er nimmt, indem er gibt. In diesem Falle gibt er mir was so Besonderes, daß es das Altehrwürdige sicher leicht ausstechen wird. Weißt du am Ende auch schon, wie mich der Volksmund seit einer Woche zu nennen beliebt?«

»Offen gestanden, ja, Reb Jankel.«

»Er weiß es also auch schon ...«, sagte Jankel mit bebenden Lippen. Er schritt im Zimmer auf und ab, rauschend mit der schweren Seide der Pekesche, kämmte mit dem Finger seiner knochigen Hand in seinem Barte, dann machte er eine Handbewegung, als verscheuche er eine Fliege, und sagte: »So. Jetzt bist du endlich fertig. Gehen wir frühstücken.«

»Sie wollten mich ja um etwas bitten, Reb Jankel?«

»Das scheint mir nicht mehr nötig zu sein?«

»Ist es auch nicht, Reb Jankel. Mir hat nämlich der Onkel aufgetragen, bei der ersten Gelegenheit den Irrtum aufzuklären. Ich weiß ja am besten, daß Sie es gesehen haben.«

»Was?« fragte Jankel mürrisch.

»Das – Riesenrad«, sagte Alfred leise und zögernd, als spreche er notgedrungen ein unschickliches Wort aus.

»Der Onkel hat es dir aufgetragen?« sagte Jankel rasch, als wollte er dem unschicklichen Wort nicht die Zeit lassen, sich in der Luft des Zimmers einzunisten.

»Und ich habe mir vorgenommen, es schon heute zu tun, nach dem Beten, damit es möglichst viele hören.«

»Vor allem soll es der Herr LembergdasheißtschoneineStadt hören! Vorausgesetzt, daß er sich von dem Wetter nicht abhalten läßt, heute hier zu erscheinen. Es wird ja nichts mehr nützen. Aber er soll wissen, daß er lügt. Das wäre also erledigt. Komm frühstücken.«

»Sie frühstücken heute bei uns?«

»Am Sabbat nehme ich alle Mahlzeiten im Hause deines Onkels ein, auch das Frühstück. Soweit man das ein Frühstück nennen kann: wir bekommen vor dem Beten nichts als ein Töpfchen heiße Milch.«

Obschon nun Jankel den Zweck seines frühen Besuchs bei Alfred erreicht hatte, saß er verdüstert bei Tische und nahm am Gespräch zwischen Welwel und Alfred keinen Anteil. Alfred erkannte nun, daß die launige Beiläufigkeit, mit der Jankel sein Anliegen vorgebracht hatte, eine erzwungene und krampfhafte gewesen sei, und ein inniges Mitgefühl mit dem alten Manne, der in jeder Lage seine Überlegenheit bewahrte und jetzt vor einer so dummen Sache versagte, überströmte sein Herz. Er versuchte mit zärtlichen Blicken den Alten aufzumuntern, es gelang aber nicht. Stumm und verdrossen trank Jankel in kleinen hastigen Schlückchen von der heißen Milch und stocherte mit dem Löffelchen nach der dicken Haut, die in dem Milchtöpfchen schwamm. Offenbar nur in der Absicht, nicht völlig stumm bei Tische zu sitzen, äußerte er sich plötzlich in lobendem Sinne über Pesje: »Gesegnete Hände hat sie, die Rote. Das muß man ihr lassen. Was kann schon an einem Töpfchen Milch viel dran sein, denkt man, Milch ist Milch. Und doch schmeckt Pesjes Sabbatfrühstück ganz besonders gut.«

Auch Alfred hatte den Eindruck. Er haßte sonst Milch, Haut in der Milch flößte ihm schon als Knaben Ekel ein, weil sie ihn mit ihrem fetten Weiß an das Fell weißer Mäuse erinnerte – diese Milch aber schmeckte ihm vortrefflich. Sie wurde in geblümten Töpfchen serviert, die über Nacht im heißen Backofen aufbewahrt wurden. Die Milch schmeckte wie gedünstet, und die braune Haut, die als ein Deckel das Töpfchen überpelzte, roch wie frisch Gebackenes.

»Die Milch riecht nach Sabbat«, meinte Alfred, der bereits vor einer Woche, wenn auch spät am Nachmittag in seinem Zimmer, von solcher Milch gekostet hatte und sich nun mit dem Geruchssinn an den ersten Sabbat in Dobropolje erinnerte.

Welwel aber, mit einem strahlenden Blick auf Alfred, ersah hier den willkommenen Anlaß, eine sabbatlich didaktische Äußerung zu tun: »Der römische Kaiser Antonius speiste einmal an einem Sabbat bei unserem Patriarchen Rabbi Jehuda, und das Essen schmeckte ihm vortrefflich. ›Wie kommt es‹, fragte der Kaiser, ›daß die Sabbatspeisen einen so angenehmen Duft verbreiten?‹ Der große Rabbi antwortete: ›Wir haben so ein gewisses Gewürz, das wir in die Sabbatspeisen hineintun, das macht sie so lieblich duften.‹ – ›Wie heißt dieses Gewürz?‹ fragte der Kaiser. ›Das Gewürz heißt Sabbat‹, antwortete der Rabbi. ›So gib mir doch etwas davon‹, sagte der Kaiser. Der Rabbi entgegnete: ›Dieses Gewürz nützt nur demjenigen, der den Sabbat beobachtet, es versagt aber, wenn Leute es verwenden, die den Sabbat nicht beobachten.‹ Du, Jankel, trinkst jeden Sabbat von der

Milch aus Pesjes Sabbatofen. Wenn sie dir heute besonders wohlschmeckt, so geschieht es dir, weil du heute zu Ehren des Sabbats dein schönstes Kleid angelegt hast, was du leider nicht jeden Sabbat zu tun beliebst. Wodurch du, wie du aus diesem Beispiel siehst, auch deine leiblichen Sabbatgenüsse schmälerst. – Und nun wollen wir uns zum Beten begeben. Pesje steht nicht mehr vor der Tür. Es sind also schon alle Sabbatgäste da.«

2

Im Flur stand Pesje, im Dämmer ein schmaler Schatten, nur das seidig schimmernde Kopftuch leuchtete taghell. Sie hatte eine unangenehme Nachricht für Welwel. Obschon Pesjes Drang, eine schlechte Nachricht möglichst früh am Morgen zu bestellen, am Sabbat auch zu ruhen pflegte, tat sie sich diesmal einen Zwang an. Die Nachricht war übrigens keine gar so schlimme. Sie betraf Welwel persönlich nicht. Sie betraf den Sabbat an sich. Es war eine Ausrichtung, die tatsächlich auf der Stelle gemacht werden mußte. An der essigsauren Miene Pesjes sah ihr Welwel gleich an, daß sie ihm auflauerte, er senkte die Augenlider und versuchte, hinter Jankel gedeckt, an dem Frauenzimmer vorbei in den Betraum zu gelangen. Pesje aber schloß sich dem Zug der Männer an und, schon an der Seite Welwels, sprach sie mit einem schweren Seufzer: »Alle sind schon versammelt. Nur Mechzio ist nicht da.«

»Ist er krank?« fragte Welwel. »Ist Schabse da?«

»Mechzio ist nicht krank. Schabse hat ihm bloß verboten, zum Beten zu kommen.«

»Verboten? Er hat ihm verboten? Am Sabbat?!«

»Schabse sagt, er schäme sich, mit dem Parach herzukommen, weil wir einen Gast haben«, berichtete Pesje, scheinbar ganz sachlich, aber in ihrem Tonfall drückte sich der Abscheu vor Schabse unverhohlen aus.

»Schabse schämt sich? Das wäre einmal ganz was Neues! Hörst du, Jankel? Schabse schämt sich vor unserem Sussja seines Schwagers, wegen seiner Hautkrankheit. Was sagst du dazu?«

»Schabse schämt sich!« rief Jankel aus und lachte ein theatralisches Lachen, wie man im unterdrückten Zorn falsch lacht. »Er will dem frommen Mechzio einen Streich spielen und redet sich auf unseren Gast aus. Schabse schämt sich!«

»Mir sagte er: ›Mechzio ist krank‹. Aber ich sah ihm die Lüge an, weh ist mir«, setzte Pesje ihrem Bericht hinzu und ging in den Hintergrund des Flurs, wo sie im Dämmer hinter irgendeiner Tür verschwand, so langsam, daß sie vielleicht noch Welwel sagen hören konnte: »Noch gut, daß sie das herausbekommen hat! Die brave Pesje. Wir hätten sonst die Abwesenheit Mechzios gar nicht bemerkt.«

»Ich schon«, meinte Jankel trocken. »Und wenn ich da was zu sagen hätte –«, begann er, und seine Stimme schwoll mächtiger, er wurde aber von Welwel mit einer raschen Geste unterbrochen, die den Zorn Jankels beschwichtigte und gleichzeitig versprach, die Sache nicht auf sich beruhen zu lassen. Nachdem er Jankel besänftigt hatte, blieb Welwel noch eine Weile stehen, strich sich mit gekrümmten Fingern durch den Bart, und von Alfred und Jankel gefolgt, trat er gelassenen Schrittes in Großvaters Zimmer.

Der Raum war von Gestalten, Gesichtern, Gemurmel erfüllt. Alfred nahm drei bekannte Gesichter aus: den Kassier Aptowitzer und die Knaben David und Lipusch, der übrigens nach einem nicht ganz gelungenen Kratzfuß vor Alfred sich sofort Jankel zugesellte, von dessen Seite er nicht mehr wich. Das Gemurmel war, als sie eintraten, einen kurzen Moment stärker, sogleich aber kleiner geworden, da wohl die Gespräche angesichts der Eintretenden verstummten, nicht aber die Stimmen der Frommen, die noch vor dem gemeinschaftlichen Beten – jeder für sich und halblaut – Psalmen summten. Einige Schwarzgekleidete erhoben sich, um den Eintretenden den Sabbatgruß zu erwidern und Alfred, als den unbekannten Gast, mit dem Friedensgruß zu empfangen. Im Hintergrund standen mehrere, in der Mitte der Gruppe Lejb Kahane, der eben noch das Wort geführt zu haben schien. Nachdem jeder von den Anwesenden – Alfred schien, daß es an die dreißig waren – ihm zum Friedensgruß die Hand gereicht und nachdem sich das Gemurmel noch gemindert hatte, trat Welwel, Alfred an der Hand führend, zu seinem Betpult an der Ostwand vor und sagte: »Dieser Jüngling ist meines Bruders Sohn, meines im Krieg gefallenen Bruders Josef einziger Sohn. Ich habe ihn an Kindes Statt in mein Haus genommen. Wie er meinem Bruder sein einziges Kind war, soll er es nun mir sein, Sohn in meinem Hause, einziger Erbe meines Hauses. Mit Gottes Zulassung wird er mit uns, ein Jude unter Juden, leben und gedeihen. Sein Vater, mein unglücklicher Bruder, hat an seinem Erstgeborenen das Gebot der Beschneidung erfüllt. Der junge Mann ist zu uns in der Absicht gekommen, von uns zu lernen, wie man die anderen Gebote und Verbote als Jude zu erfüllen habe. Mein Brudersohn ist nicht in Jüdischkeit aufgewachsen, doch ist er ein Gefäß, das nicht verdorben wurde. Es kann noch mit dem rechten Inhalt erfüllt werden. Das zu tun, wird an uns liegen. Wir wollen ihm alle ein Beispiel und eine Lehre sein. Es hat dem Schöpfer der Welt gefallen, mein erniedrigtes Haus mit unverdienter Gnade zu beschenken – helft mir alle, dem Schöpfer in Demut Dank zu sagen und seine Güte zu preisen!«

Hierauf schwieg Welwel. Und da indessen eine vollkommene Stille eingetreten war, sah er sich im Raume um, als suche er in der Stille einen Laut. Als sich nun nirgends ein Laut erhob und Welwel dennoch eine ganze Weile mit wandernden Augen in der Stille des Raums umhersuchte, verstanden alle auf einmal, wer und was gemeint sei, als er mit gesenkter Stimme langsam und widerwillig hinzusetzte: »Sofern wir hier alle beisammen sind, laßt uns nun mit dem Gebet beginnen.«

»Wir sind in der Vollzahl hier versammelt. Man kann beginnen«, ließ sich eine Stimme vernehmen. Es war eine tenorale, weinerlich hohe, aber gedeckte, nasale Stimme. Der sie erhoben hatte, war ein breiter, bäuchiger, fetter Jude mit einem fächerartig ausgekämmten schwarzgrauen Bart und zwei kirschschwarzen Augen im Indianergesicht. Er trug einen schwarzen Kaftan und eine Sabbatmütze mit Pelz verbrämt. Alfred erkannte in dem Sprecher den stattlichen Mann, der ihm beim Friedensgruß sehr lange, länger als die anderen, die Hand gedrückt, ihm dabei mit der linken den Handrücken beinahe zärtlich gestreichelt und in die Augen geblickt hatte.

»Das ist Schabse Punes, der Pferdehändler, der seinen Schwager, den armen Mechzio, heute zu Hause gelassen hat«, flüsterte Jankel an Alfreds Ohr, der es aber nicht recht glauben wollte, so gut hatte ihm gerade dieser stattliche Jude auf den ersten Blick gefallen. »Bin sehr neugierig, wie dein Onkel die Sache ordnen wird, ohne am Sabbat harte Worte zu sagen, ohne aber andererseits den Halunken zu schonen.«

»Soweit ich sehe, sind wir alle beisammen. Bis auf einen, der uns allen abgeht. Es ist der arme Mechzio, der noch nie ein Sabbatbeten versäumt hat«, sagte Welwel und sah, indes er sprach, den Pferdehändler an, der aber mit unschuldigen Augen standhielt, als ginge die Sache ihn nichts an. Welwel ließ ihn aber noch eine ganze Weile nicht aus dem Blick, dann schloß er die Augen, wandte langsam sein Gesicht von Schabse ab und sagte schnell zu Aptowitzers älterem Jungen: »Dawidl, sei lieb, mach einen Sprung zu Schabses Punes und sag Mechzio, daß wir alle auf ihn warten.«

»Aj, ist *das* gut!« rief im Hintergrund ein Mann aus, ein Mann von so kleiner Statur, daß Alfred ihn erst für einen Buckligen angesehen hatte. Der kleine Mann trug einen langen Kaftan, auf dem Kopfe eine moosgrüne Sabbatmütze mit Marderschwänzchen, die sehr mager und ausgerupft waren. Er war eben im Begriffe, seine kleine Statur in den Gebetsmantel zu hüllen, unter dem er bald wie unter einem Wassersturz verschwand, wobei er sich auch wie ein Badender gebärdete und gleichsam der körperlichen Erquickung Ausdruck gab, indem er noch ein-, zweimal seinen Schrei wiederholte: »Aj, ist *das* gut!« Nur an dem vergnügten Schmunzeln, das Alfred auf allen Gesichtern sich ausbreiten sah, erkannte er, daß die verzückten Schreie des kleinen Mannes – der übrigens gleich darauf mit erhitztem Gesichte aus der Umhüllung auftauchte, in den Händen die Sabbatmütze, die er aus den Fluten gerettet hatte – nicht den Wonnen der Umhüllung mit dem Gebetsmantel, sondern klar und offen der Entscheidung Welwels gegolten hatten.

Nun folgten viele seinem Beispiel. Sie entfalteten ihre Gebetsmäntel und hüllten sich ein. Ein schwarzer Kaftan nach dem anderen verschwand. Im Betraum wurde es zusehends heller. Das Weiß der Umhüllungen besiegte im Nu das Schwarz der Gewänder. Die silbergewirkten Kopfstücke der Gebetsmäntel schimmerten matt im schattigen Schein, den der grüne Hang des Dobropoljer Waldes durch die unverhängten Fenster ins Zimmer warf. Die umhüllten Gestalten der Beter, die alle die Gebetsmäntel über ihre Köpfe und Stirnen gezogen hatten, schienen im Lichte gewachsen zu sein. Obschon sie in ihren Umhüllungen noch einheitlicher uniformiert waren als vorher in den Sabbatgewändern, schien jeder einzelne nunmehr erst in Würden ein Einzelner zu sein. Obgleich sie noch nicht beteten, erschienen sie allein vom Kleid der Gebete schon hoch erhoben, wie Rekruten, kaum in die Uniform gesteckt, gleich ein kriegerisches Aussehen bekommen, obwohl sie noch nicht Krieg führen.

Von den Umhüllten, die sich indessen in den acht Viererreihen der Betpulte geordnet hatten, hoben sich in ihren schwarzen Gewändern nur noch Jankel und Welwel ab, die in der ersten Reihe der Ostwand ihre Plätze eingenommen hatten, sowie Lejb Kahane, der neben Welwels Ecksitz im Durchgang stand und mit nahezu städtisch unbefangener Artigkeit Welwel und Alfred in ein Gespräch zu verwickeln trachtete. Welwel beeilte sich nicht, den Gebetsmantel umzunehmen, denn es lag ihm daran, zu manifestieren, daß er seinerseits auf Mechzio noch länger warten wolle als alle anderen. Jankel gefiel es, mit über der Brust verschlungenen Armen reglos und grimmig über die Untat Schabses zu Gericht zu sitzen. Lejb Kahane war froh, den Gebetsmantel noch nicht antun zu müssen, er fühlte sich in so einem langen Gebetsmantel, der die ganze Gestalt einhüllt, nicht wohl. Gab es ja doch in den Großstädten bereits seit langer Zeit moderne schmale Gebetsschals für Fortgeschrittene, schmucke Gebets-Cachenez, geradezu eine Zierde für den zivilisierten Juden, keine solche vorweltlichen Leintücher wie diese da ... Alfred, zwischen Welwel und Jankel sitzend, überlegte, ob er nicht die Gelegenheit wahrnehmen sollte, das Mißverständnis mit dem Riesenrad gleich aufzuklären – Lejb Kahane hatte gerade mit einem gewandten Übergang die leise geführte Unterhaltung von Schabses Vergehen, Mechzios abscheulicher Kopfkrankheit über die berühmte Wiener Medizin auf die Großstadt Wien selbst hinübergeleitet –, allein, die physische Nähe Jankels behinderte Alfred, weil er sich bereits ausgemalt hatte, wie er hinter Jankels Rücken die Sache mit ein paar Worten glatt bereinigen würde, ohne viel Aufhebens davon zu machen. Ehe Alfred schlüssig zu werden vermochte, ob er nicht vielleicht den Urheber des törichten Gemunkels von Jankel und dem Riesenrad, diesen lächerlichen Lejb Trafikant, einfach zur Rede stellen sollte, kam – mit erhitzten, von der feuchten Luft frisch schimmernden Backen – der kleine Dawidl hereingestürmt und meldete Welwel: »Ich hab' ihn gleich gefunden. Er saß in der Scheune und sang Psalmen. Er kommt sogleich.«

Nun aber kam Alfred Pesjes Geflüster in den Sinn, von dem er im Flur bloß ein paar Brocken erhascht und noch weniger verstanden hatte. Er hatte begriffen, daß einem Mann namens Mechzio von seinem Schwager ein Unrecht geschehen sei, daß der Onkel, der alte Jankel wie die ganze Versammlung das Vergehen dieses sonst scheinbar sehr sympathischen Pferdehändlers abscheulich fanden und, soweit es am Sabbat anging, streng verurteilten. Daß Pesje aber in ihrem geflüsterten Bericht auch seinen Namen erwähnt hatte, dessen entsann sich Alfred erst jetzt.

»Warum hat Pesje meinen Namen erwähnt?« fragte er leise bei Jankel an.

»Wann?«

»Vorher, im Flur!«

Jankel setzte nun Alfred leise auseinander, was der Pferdehändler eigentlich angestellt hatte. Er tat es ausführlich, mit Vergnügen und dem Erfolg, daß Alfred zum Schluß hinsichtlich des ihm so sympathisch vorgekommenen Pferdehändlers nur noch eine Frage zu stellen hatte: »Warum aber schiebt der Gauner mich vor, wenn er seinen Schwager kränken will?«

»Darüber bin ich mir selbst nicht im klaren. Wahrscheinlich bloß aus dem Grunde, weil er ein Gauner ist.«

»Ich muß mich jetzt vor diesem Mechzio, oder wie er schon heißt, geradezu genieren.«

»Wenn er hereinkommt, wenn du ihn siehst, wirst du es kaum zustande bringen. Hat man dir von Mechzio noch nichts erzählt? Auch Pesje nicht?«

»Nur der Kleine«, sagte Alfred und zeigte auf Lipusch, der neben Jankel steif und ernst vor seinem aufgeschlagenen Gebetbuch saß. »Aber ich wußte nicht, von wem er sprach. Es fällt mir erst jetzt eben ein.«

»Was erzählte der Kleine?«

»Er plapperte was von einem Mann, der einen Grind auf dem Kopfe habe und Augen wie ein Ochs, der sehr dumm und sehr fromm sei. Der Frömmste von allen Juden, sagte er.«

»Das ist er. Fromm ist er. Dumm ist er. Alles andere wirst du gleich sehen.«

Indessen hatte sich im Raum Gemurmel wieder ausgebreitet, es rührte aber, wie Alfred nun hörte, nicht bloß von den übereifrigen Betern her, die vor dem Beten noch ihre Separatanliegen mit dem Himmel auszumachen hatten, sondern auch von den Schwätzern her, die sich die Wartezeit auf ihre Art vertrieben. Sie tauschten ihre ersten Eindrücke und Meinungen über Alfred aus; da war so manches einer dringenden Erörterung wert.

Bei den Juden in den Dörfern um Dobropolje herum war die Geschichte von Juda Mohylewskis abtrünnigem Sohne im Lauf der Jahre nicht in Vergessenheit geraten. Wie ein Bann lastete das Mißgeschick noch auf dem Hause Welwel Dobropoljers. Nun war plötzlich ein Epilog der alten Geschichte hinzugekommen. Eine neue Geschichte lief um. Der Sohn des abtrünnigen Sohnes war in das Haus seiner Väter heimgekehrt –: immerhin eine überraschende Wendung zum Guten. So freuten sich – nach der ersten Bestürzung und nachdem sie sich vergewissert hatten, daß der unbekannte Neffe als ein jüdisches Kind heimgekehrt war – die nächsten und die nahen Nachbarn Welwels. Man gönnte ihm das unerwartete Glück, man gönnte ihm die Freude, denn er war ein frommer und wohltätiger Mann, in der ganzen Umgebung geachtet und beliebt, der Welwel Dobropoljer. Es freuten sich also von Herzen die von Dobropolje, die von Nabojki, die von Lapijówka, die von Poljanka, die von Horody, die von Hajworony – so mancher von ihnen war heute trotz des unsicheren Wetters eigens gekommen, um den sagenhaften Neffen mit eigenen Augen zu sehen.

Wie war er nun? Wie erschien er ihrer Neugier? Ihren nicht ohne Mißtrauen prüfenden Blicken? Die Zeit war zu kurz für eine ausreichende Verständigung über den jungen Gast. Die Dorfjuden waren, wie die Bauern, im Urteil nicht zu schnell. Aber sie hatten ihn nun gesehen. Wie sah er aus? Darüber mußte man sich schnell aussprechen.

Alfred wäre sehr erstaunt gewesen zu hören, daß diese Dorfjuden ihren ersten Eindruck beinah mit den Worten Ausdruck gaben, die seine Großmutter, Frau Kommerzialrat Peschek, seinerzeit ausgerufen hatte, da sie ihr Enkelkind zum ersten Mal in der Wiege sah. »Das Bübchen hat Gott sei Dank keinen jüdischen Zug in seinem Gesichtchen«, hatte die Großmutter befunden.

»Der Jüngling hat nebbich keinen jüdischen Zug in seinem Gesicht«, stellte hier eben Judko Segall fest, jener kleine Mann, der sich als erster in seinen Gebetsmantel gehüllt hatte. Dieser Befund stimmte, wie man sieht, mit jenem fast wörtlich überein. Nur daß hier für Großmutters »Gott sei Dank« das kleine Wörtchen »nebbich« eintrat.

Der Unterschied in der Bemerkung eines vermeintlichen, immerhin äußerlichen Mangels, obschon er klar zutage tritt, ist weltenweit und abgrundtief, und er wäre hier kaum zu ermessen, es sei denn durch einen gewagten Vergleich –: dieser Unterschied macht genau den zwischen einer Kommerzialrat Peschek und einem Judko Segall! Obwohl erst eine Woche in Dobropolje, wäre Alfred schon imstande, diesen Unterschied zu begreifen. Es liegt aber kein Anlaß vor, ihn noch ausreichender darzutun, um so weniger als Alfred von dem Befund Judko Segalls kaum je etwas erfahren sollte. Denn Judko Segall war nicht Lejb Kahane. Kein Schwätzer und kein Geschichtenträger. Seine Äußerung über Alfred war nichts weiter als ein halblauter Seufzer. Ein Stoßseufzer. Wäre Judko Segall, dessen Verstand sich gar schnelle regte, nicht ein einsilbiger Mann, er hätte seinem Seufzer vielleicht die Ergänzung hinzugefügt, die er wohl im Gefühl, aber nicht auf der Zunge hatte: Der Jüngling hat nebbich keinen jüdischen Zug in seinem Gefriß. Möge dies unserem Reb Wolf nicht zu Schaden und Schande gereichen.

Soviel wollte Judko Segall sagen. Er sagte weniger, weil er eher ein Schweiger war als ein Schwätzer. Es war so seine Art, mit der Umwelt durch kurze Ausrufe fertig zu werden. Daß er »Gefriß« dachte und dennoch »Gesicht« sagte, war ein Zugeständnis, das er seiner Zuneigung, ja Verehrung für Welwel machte.

Übrigens war die Zeit, die ein noch so kurzer Ausspruch zum Umlauf brauchte, zu knapp, um in Lejb Kahanes Hörweite zu gelangen. Denn gleich darauf öffnete sich die Tür und Mechzio trat ein. Da die Eingangstür sich in der Ostwand befand, bemerkte Alfred den Eintritt zunächst bloß an der Stille, die mit Mechzio eingetreten war.

»Einen guten Sabbat«, hörte Alfred eine mächtige, aber weiche Stimme sagen, ehe er aber sich überm Pult seitwärts neigen konnte, um den Eingetretenen zu sehen, stand er schon vor ihm: »Scholem Alejchem!« sagte dieselbe mächtige Stimme zu Alfred, und eine breite Schaufelhand streckte sich ihm zum Friedensgruß entgegen. Nicht nur die Augen, dachte Alfred, auch die Stimme erinnert an ein Rind, und er gab Mechzio die Hand. Mechzio, als befürchtete er, die Hand Alfreds zu beschädigen, drückte sie nicht, er berührte sie nur, Fläche an Fläche, sehr behutsam, und sogleich wandte er sich mit dem Gesicht des Gehorsams Welwel zu, der ihn indes am Ärmel angefaßt hatte, um den schon Fluchtbereiten aufzuhalten. Mit seinen unbeweglichen Ochsenaugen glotzte Mechzio ohne Ausdruck auf

Welwel, der ihn mit halblauter Stimme anredete: »Seit Jahren nimmst du den bescheidensten Platz im Betraum ein, den du dir selbst ausgewählt hast. An den hohen Feiertagen, wenn alle Plätze besetzt sind, mußt du wohl als einer von den Jüngeren mit den Jungen dort sitzen. Daß du auch am Sabbat dort sitzest, hast du dir selbst zur Gewohnheit gemacht. Ich will dich nicht hindern, deinen Platz zu behalten, aber schon längst wollte ich dir sagen, daß du mir ein werter und lieber Gast in meinem Hause bist, nicht im geringsten weniger wert und lieb als jeder andere Gast. Bei uns ist Demut kein Gebot. Aber von unserem Lehrer Mosche heißt es, daß er, weil er der demütigste, auch der größte Mensch war. Wir werden Reb Awram Aptowitzer bitten, uns nach dem Gebet zu erklären, warum Demut bei uns kein Gebot ist.«

Während Welwel, langsam die Worte setzend, als spräche er zu einem Schwerhörigen, Mechzio zuredete, konnte ihn Alfred genau betrachten. Obschon er nicht viel mehr als mittelgroß war, sahen alle um ihn herum schattenhaft aus, wie Menschen in einem geschlossenen Raum in der Nähe eines Pferdes oder eines Rindes als schwanke Schatten dastehen. Die Gestalt schien bloß aus Knochen und Sehnen zu bestehen, aus Knochen und Sehnen allerdings, die von einem Eisendreher verfertigt und zusammengefügt sein mochten. Die wuchtigen Schultern sprengten schier einen halblangen, an Ellbogen und Kragen schadhaften Überzieher aus gelblichgrünem Zeug, der zu eng war, um zugeknöpft werden zu können, und nur mit einem dünnen Spagat gegürtelt war. Eine Hose aus blaugefärbtem Leinen steckte in ausgedorrten Schaftstiefeln, die offenbar für den Sabbat mit Wasser und Bürste abgerieben worden waren. Unterm Überkleid sah ein sauberes grobleinenes Hemd hervor, das vorne mit einem großen Zwirnknopf geschlossen war, wie man ihn sonst nur für Bettzeug gebraucht. Der umgeschlagene, tiefsitzende Hemdkragen rahmte einen breiten sonnverbrannten Hals, der einen geflochtenen Eindruck machte. Alfred zweifelte, ob diese Erscheinung in der Lage war, auch nur ein Wort von dem zu begreifen, was der Onkel ihm vorredete. Es war, als spräche Welwel zu einem Rind, das sich unbegreiflicherweise in Großvaters Zimmer verirrte.

»Dir, Mechzio, will ich noch sagen: Du issest deines Schwagers Brot und bist ihm Gehorsam schuldig. Aber einer unverständigen

Anordnung, die einen hindert, den Sabbat zu heiligen, braucht niemand zu gehorchen.«

Mit einer Bewegung seiner Schaufelhand, auf der der Blick Mechzios lange ruhte, als schöpfe er die Antwort aus der Hand, sagte er: »Es war zu bedenken, ob mir für eine Sünde nicht auferlegt war, einen zerstörten Sabbat zu haben. Gott hat geholfen, Reb Wolf. Gott ist ein guter Vater. Sussja, der Sohn ihres Bruders Josef, ist heimgekommen. Er ist heimgekommen als Trost für einen Verlust, der geschehen ist«, setzte Mechzio zum Erstaunen aller Anwesenden fort, die immer mehr in Verwunderung darüber gerieten, daß Mechzio soviel und so zusammenhängend sprach: »Und für einen Verlust, der geschehen wird. Vieles wird hier noch verlorengehen, aber der Heimgekehrte wird das Kostbarste ersetzen – und – und –«

Plötzlich schwieg er erschrocken. Und jetzt lächelten alle, wie Menschen lächeln, wenn die Torheit in der Sprache der Weisheit spricht und doch nur Törichtes redet. Nur der kleine Lipusch starrte in kindlicher Verzücktheit auf den töricht redenden Mechzio, und ein tiefer Seufzer entrang sich seinem Brüstchen, ein kindlich altkluger Seufzer, der Mechzios Gerede vollends ins Kindische verwies. Es war namentlich für Alfred nicht leicht, aus Mechzios Worten zu entnehmen, ob er Welwels Ansprache verstanden hatte, allein, er vergaß darüber nachzudenken, so sehr ergriff ihn die sprechende Stimme. Es war ein tiefer Baß, der Gestalt wohl angemessen, aber es war eine seltsam junge und sanfte Stimme, die gleich einer Kinderstimme sich selbst trug. Es war ein tiefdunkler Baß mit hellen Schatten.

»Er muß ungewöhnlich stark sein«, wandte sich Alfred an Jankel, als Mechzio auf den sich biegenden Bohlen des Fußbodens langsam zu seinem Platze schritt.

»Stark? Mechzio? Ein Parach ist er. Laß ihn! Wir haben uns nun lange genug mit ihm befaßt!«

Jankel entfaltete seinen Gebetsmantel und breitete ihn in einer zornigen Gebärde so weit aus, daß die Luft im Zimmer sich wie nach einem Windstoß erregte. Auch Welwel hüllte sich in seinen Mantel. Das Beten begann.

Großvaters Zimmer, dessen drei nicht verhängte Fenster auf den Hang des Dobropoljer Waldes, auf die sogenannte Grüne Wand, blickten, war allen Geräuschen des Dorfes und der Ökonomie entrückt. Nur der Wald rauschte draußen. Nur die Beter rauschten drinnen. Da die Fenster heute offenstanden, vermischten sich die Geräusche, vorerst noch harmonisch.

Der Odem alles Lebenden lobe Deinen Namen, Herr, unser Gott! – las Alfred auf der linken Seite seines Gebetbuchs in der Übersetzung den ersten Satz des Morgengebetes, den ihm Jankel mit seinem alten ledernen Finger angezeigt hatte, denn Welwel war nicht mehr bei Alfred. Er stand als Vorbeter vor dem Toraschrein in der Ostwandmitte, und seine Stimme führte. *Der Odem alles Lebenden lobe Deinen Namen!* – las Alfred noch einmal und wieder einmal und wieder einmal, erfreut darüber, daß auch die Wipfel der Bäume auf der Grünen Wand der Aufforderung Welwels folgten und, gleich den Juden in Großvaters Zimmer, in der reinen schattengrünen Luft schaukelten und mit ihren verregneten Blättern aufrauschten. *Und der Geist alles Fleisches verherrliche und erhebe Dein Andenken immerfort, unser König!* – buchstabierte Alfred den folgenden Satz, entzückt darüber, daß hier mit zwei Worten eines Sabbatgebetes ein alter, von scharf europäischen Denkern ausgebaggerter Grund überbrückt ward. *Der Geist alles Fleisches*, las er mit den Augen und mit den Lippen, aber indes die Lippen noch von den Buchstaben kosteten, sahen die Augen schon ein Bild: Ein schönes Mädchen in einem pflaumenfarbigen Jäckchen, eine Sense auf der linken Achsel, ging mit pfauenstolzen Schritten am Randes eines Haferfeldes, und der Geist ihres blühenden Fleisches erhob und verherrlichte unseren König.

Indes kniffen zwei alte lederne Finger das Blatt in Alfreds Gebetbuch und wendeten es und kniffen hastig noch einmal und wieder einmal.

Drei Blätter waren die Stimmen der Beter bereits voraus! Und rauschend schwärmten sie weiter wie ein Zug erregter Vögel, angeführt von der ruhig und bedächtig in der Luft singenden Stimme Welwel Dobropoljers.

Nur der kleine Lipale hatte bemerkt, daß Alfred bereits ins Hintertreffen geraten war und trotz Jankels Hilfe den Anschluß nicht finden konnte. *Alles lobet Dich. Alles preiset Dich! Und sagt: Keiner ist –* zwitscherte der kleine Lipale mit seiner süßen Knabenstimme schmerzlich hoch und er schrie es aus mit aller Kraft, um das schreckliche Geheimnis zu übertönen: daß der arme junge Herr nicht zu beten verstand! *Keiner ist so heilig wie der Herr!* – jubilierte die Stimme des Knaben, indes sein Herz in Mitleid und Schmerz flatterte und das furchtbare Geheimnis tief einschloß, ganz tief, um es nie und nimmer zu verraten, nicht seinem Bruder, nicht einmal seinem Vater. Reb Welwel Dobropoljers Neffe kann nicht beten, weinte Lipales Herz, indes seine Stimme in sabbatlich tanzenden Melodien der führenden Stimme Reb Welwels nachsetzte, sie einholte, sie überholte und von ihrer reinen Höhe zierlich verschnörkelte Triller in die tiefen Gesänge der Männerstimmen streute.

Alfred sah, daß es ihm nicht möglich sein würde, auf dem Hilfspfad der Übersetzung in seinem Buch den Betern zu folgen, die auf der alten Straße ihrer Gesänge ohne Unterbrechung so hurtig dahinstürmten, daß es ihm scheinen wollte, als würde selbst die Stimme des Vorbeters vom Gesang der Gemeinde rücksichtslos überrannt. Er gab den Versuch auf und ließ sich stumm von den Gebeten tragen, die den Raum mit einem dissonierend durcheinanderschwirrenden Wirrsal erfüllten.

Ist das eine Gemeinschaft von Betern? fragte sich Alfred. Sie sind zusammengekommen, um als eine Gemeinde zu beten. Beten sie aber gemeinsam. Ja und nein. Jeder betete scheinbar für sich. Jeder hatte seinen eigenen Rhythmus. Jeder gab dem Singsang seinen Teil. Nahm er aber auch teil? Es schien so. Sie hatten ja einen Führer, einen Vorbeter, den Onkel. Führte aber die Stimme des Vorbeters? Dominierte sie? Nein. Und doch setzte sie sich durch und sie schien zu führen. Es war ein Kampf. Ein Kampf in Wort und Gesang. Ein Kampf, den jeder für sich bestritt. Gegen wen aber? so fragte sich Alfred. Gegen den Vorbeter? Zuweilen war es, als stünde der Onkel als Vorbeter auf einem verlorenen Posten: ein Bote Gottes, den man nicht ausreden ließ. Und doch gewann er das Wort. Und doch gewann er es immer wieder zurück, und es schien sogar, als ob es dem Boten behagte, als ob es ihn ermunterte, ja, als ob es ihn begeisterte, wenn ihm ein Wort buchstäblich vom Munde weggebetet wurde. War das Mangel an Disziplin? Es war ein kriegerisches Beten. Ein Beten *omnium contra omnes*. Warum aber war der Führer von Herzen damit einverstanden?

Alfred, hinter seinem Gebetbuch, konnte alle Gesichter sehen, nur den Onkel nicht, der vor dem Gebetsschrein stand und ihm sein Profil zukehrte, das vom silbergewirkten Kopfstück des Gebetsmantels verhüllt war. Die anderen konnte er unauffällig betrachten, denn die erste Reihe, in der er mit Jankel, Awram Aptowitzer und Lipale saß, kehrte der Ostwand die Rückenlehnen zu, während alle übrigen Pultreihen gegen Osten ausgerichtet waren. Unfähig, der Andacht im Wort zu folgen, ließ sich Alfred von den Melodien der Gebete tragen, und seine Augen wanderten von Pult zu Pult, von Gesicht zu Gesicht. Jedes hatte seine eigene Art, der Inbrunst Ausdruck zu geben. Besonders lebhaft benahm sich Schabse, der Pferdehändler. Der Silberschmuck seines Gebetsmantels war geradezu ein Prunkstück, viel breiter und glänzender als selbst das am alten Gebetsmantel des Onkels. Schabse schaukelte und drehte seinen Oberkörper nach allen Richtungen, er klappte mit den Augendeckeln, er verdrehte die Augen, er ballte die Fäuste und streckte sie vor, als wehre er einen Angriff ab, öffnete sie plötzlich und ließ die gespreizten Finger in der Luft tanzen. Die ganze opulente Erscheinung des Pferdehändlers, der obendrein hin und wieder einen Schrei der Verzückung ausstieß, machte Alfred den Eindruck eines Schauspielers, der eine Charge übertreibt. Ruhig, so ruhig, daß Alfred sie lange Zeit erst gar nicht bemerkte, verhielt sich der Brenner Grünspan mit seinen drei Söhnen. Der alte, aber noch kräftige Mann, dem ein grauer Bauernbart gleichsam in einzelnen groben Haarfäden vom Gesicht bis zum Gürtel herabfloß, saß, wie ein Bauer auf seinem Karren, breit und klotzig vor seinem kolossalen Gebetbuch, neben ihm füllten die Viererreihe seine drei Söhne in steifen Bauernanzügen, Jünglinge mit rasierten Wangen, runden Köpfen und kurzen Hälsen. Hinter dem Brenner saß der kleine Segall, der in seinem weiten und langen Gebetsmantel so aussah wie ein kleines Pony, dem Kinder zum Spaß ein Leintuch übergeworfen hatten, und das sich, wild geworden, aus Leibeskräften müht, die flatternde Einhüllung abzuwerfen. In seiner tenoral hohen Stimme klangen kleine Schellen ganz hell.

Indes erhoben sich alle von ihren Sitzen – auch Mechzio hinter der letzten Reihe tauchte mit dem Oberkörper auf –, ihre Stimmen schwollen an, sie hüpften, indem sie erst auf den Zehenspitzen hochstanden, um sich plötzlich auf die Fersen fallen zu lassen, dreimal hintereinander im schnellen Tempo und riefen alle dabei ein Wort aus, eine fröhlich hüpfende bizarre Tonfigur. Auf einmal brachen sie in einen langgedehnten Schrei aus, daß die Vögel im Walde erschrocken von ihren Nestern aufflatterten. Auch Alfred sprang hoch und las die Stelle, die ihm Jankel mit schnellen Fingerkniffen aufgeblättert hatte: *Höre, Israel, der Ewige, unser Gott, der Ewige ist der Einzige!* Mit diesem Satz – dem Lebens- und Todesruf der Juden – schien sich jeder einzelne der Beter noch aus dem simultanen Singschrei auszuheben und auszulösen. Mit hastigen Händen zogen sie ihre Gebetsmäntel über Kopf und Gesicht, Fäuste ballten sich, Hände klatschten. Über den Wellen der Gebetsmäntel, die wie ein reifes Kornfeld im Sturme wogten, spreizten sich Finger und winkten wie Finger von Ertrinkenden. Jeder Beter versank in die Tiefen seiner Umhüllung, bis das letzte Wort des ausgeschrienen Bekenntnisses (das Wort Echod – der Einzige), in langer verzückter Dehnung von jedem einzelnen als atemlose Fermate ausgesungen (Echoooo-od!), mit der letzten Silbe, die wie aus der Pistole geschossen kam, als ein Echo in ab- und aufsteigender Tonleiter ein akustisches Rettungsseil über den in Inbrunst Ertrinkenden ausspannte, an dem sie sich mit den Händen hochzogen und aus dem Gewoge der Gebetsmäntel wieder auftauchten; zu Alfreds größter Überraschung mit unversehrten Gesichtern, als wäre nichts geschehen. Nur der Schlächter und Viehhändler Chune Bass, der mit seinen Händen wie mit Waschhölzern über seinem verhüllten Haupt geknallt hatte, zeigte ein rübenrotes Gesicht, und seine Augen waren blutunterlaufen, als hätte er in den weiten Einsamkeiten seiner Umhüllung nicht bloß sein Bekenntnis zu dem Einigen Gott exklamiert, sondern bei dieser Gelegenheit ein paar fremden Göttern gleich die unreinen Kehlen zugedrückt.

Alfred, im Ohr das schallende, von zwanzig, dreißig Stimmen erzeugte Echo des ausgeschrienen Bekenntnisses, war dramatisch aufgewühlt. Eine Zeit vergaß er sogar, sein Gebetbuch als Schutz vor dem Gesicht zu halten, das nunmehr seine ganze Unwissenheit, seine hilflose Verlorenheit inmitten dieser Beter ausdrückte. Es schien aber keiner von den Betern acht auf ihn zu haben. Wieder stürzten die Stimmen eilends über ihn hinweg. Einsam stand er wie auf einem freien Felde, über dem der heiße Wind der Gebete hoch in den Lüften rauschte.

Da berührte, scheu wie ein erstes Wort der Liebe, Lipales kleines Händchen sein Gebetbuch und weckte ihn aus der Verlorenheit. Wieder standen alle mit den Gesichtern zur Ostwand aufrecht da, auch Jankel und Aptowitzer waren eben im Begriffe umzuwenden, aber jetzt war Stille eingetreten, und ein atemloses Flüstern und Seufzen erfüllte den Raum. Es war gut, daß der Knabe acht auf ihn hatte. Sonst hätten alle Beter Alfred jetzt angesehen, wie er keine Ahnung von dem solennen Teil des Frühgebetes hatte: von den Achtzehn Segenssprüchen, die erst einmal von der betenden Gemeinde leise mitgeflüstert, dann aber von dem Vorbeter allein noch einmal laut gesungen werden. Mit Hilfe Lipales ordnete sich Alfred wenigstens körperlich ein und überstand, mit seinem unwissenden Gesichte gegen Osten gewendet, auch diesen Teil der Gefahr.

Dann betete Welwel die Achtzehn Segenssprüche laut vor. Jetzt saßen alle still in den Reihen, nur hin und wieder erhoben sie ihre Stimmen, um mit einem getragenen *Gepriesen sei Er und gepriesen Sein Name!* oder einem raschen *Amen!* dem Vorbeter beizustimmen. Nur der kleine Lipale saß auch jetzt nicht. Er hatte sich an Welwels Seite geschlagen und seine süße Stimme überstrahlte die alten choralen Responsorien, die unter den frischen Vogellauten der Knabenstimme aufsprangen und aufblühten wie ein alter knarrender Stamm, der sich mit grünenden Maienkätzchen verziert. Lipale betete heute für zwei. Für sich und für den armen jungen Herrn, der – nur Gott sei es geklagt! – nicht zu beten verstand. Als der Knabe diese Entdeckung gemacht hatte, erfüllte sich sein Herz mit schreckhaftem Staunen. Ein so gebildeter Herr und weiß keinen Buchstaben der heiligen Sprache … Diesen Mangel empfand sein kleines Herz als ein Gebrechen, und es weitete sich und wurde groß in mitfühlendem Leide. Wie ein Knabe seinem kleineren Bruder die Hand reicht, um ihn über einen Steg zu führen, so lieh Lipale seine betende Stimme dem armen jungen Herrn, daß er mitkäme auf dem uralten Wege, der mit lauter Sabbatgebeten gepflastert war. Lipale stand neben Welwel. Das Gebetbuch mit beiden Händen an die Brust drückend, schaukelte er wie ein erwachsener Chassid, indem er seine kleine Person zwischen Standbein und vorgestrecktem Spielbein rhythmisch balancierte, und seine großen braunen Blumenaugen strahlten zwischen je zwei Segenssprüchen zu Alfred hinüber und ermahnten ihn, doch innezuwerden, wie man für ihn bete. Daß Alfred dessen innewerde, war dem Kinde sehr wichtig: vielleicht würde sich auch der junge Herr dabei seines Versprechens erinnern, das er ihm auf dem Haferfelde gegeben hatte. Denn schon waren drei Tage vergangen und noch hatte er Lipale nicht zu einem Spaziergang aufgefordert.

»Wenn der Onkel jetzt drei Schritte rückwärts geht, sich rechts und links verbeugt, dann ebenso drei Schritte zum Toraschrein vorgeht«, flüsterte Jankel zu Alfreds Ohr, »dann ist das Frühgebet zu Ende und es folgt das Ausheben der Tora. Wiederhol du nur rasch noch ein paarmal die Sprüche und mach uns keine Schande, wenn du aufgerufen wirst.«

Alfred sah zu Jankel auf und prüfte, ob es dem Alten wirklich so Ernst war mit seiner Angst vor der Schande. Seltsamerweise schien es dem alten Jankel, der sich an Wochentagen so ketzerisch gehabte, völlig Ernst damit zu sein. Ein jäher Schreck fuhr Alfred durch die Glieder. Rasch griff er zum Gebetbuch, und seine blätternden Finger flatterten wie die Blätter in dem Buche.

4

Als erster wurde Lejb Kahane aufgerufen. Die nahezu unschickliche Gelassenheit, mit der ein gewöhnlicher Trafikant diese Ehrung über sich ergehen ließ, verdroß Alfred, der nicht wissen konnte, daß Lejb Kahane, wie schon sein Familienname besagt, ein Kohen war, ein Ahronide, und daß er in dieser seiner Eigenschaft fast jeden Sabbat zur Tora aufgerufen werden mußte. Denn von den sieben zur Tora Aufgerufenen soll der erste immer ein Kohen sein, und der Trafikant war eben der einzige Ahronide in Dobropolje. Daß Alfred an der gelassenen Haltung des Fortschrittlers Anstoß nehmen durfte, tat ihm aber andererseits sehr wohl. Sein heftiges Lampenfieber sank um ein paar Grade, und er wurde erst hierdurch in den Stand gesetzt, dem würdigen Zeremoniell zu folgen, das offenbar Mittelstück der Sabbatgebete war.

Aus der Tora las Awram Aptowitzer vor, dem Welwel gleichsam als Assistent zur Seite stand. Und Welwel war es, der ihm mit leiser Stimme den Namen der jeweils Aufzurufenden zuflüsterte. Aptowitzer las. Es war aber kein Lesen, sondern eher ein Singen, und es war kein Singen, sondern ein Mittelding zwischen Lesen und Singen.

Es war, wie der musikalische Alfred gleich innewurde, ein vokaler Musiksatz, der in verblüffender Weise an die Art gemahnte, wie die radikal modernen Musiker die menschliche Singstimme in ihren Kompositionen behandeln. Schon nach dem ersten Abschnitt verstand auch Alfred, warum alle den Kassier Aptowitzer mit einem kosend verlängerten Vornamen einfach Awramzio nannten. Er war als Vorleser der Tora ein Künstler. Alle folgten seinem Vortrag in lauschender Ergriffenheit wie die Zuhörer einer zwar schon bekannten und gewohnten, aber vielleicht ebendarum noch mehr Genuß spendenden Darbietung. Indes änderte auch Lejb Kahane, der dem Aufruf mit fortgeschrittener Blasiertheit gefolgt war, vor der Tora seine Haltung. Zwischen Welwel und dem Vortragsmeister stehend, schaukelte er seine zivilisierte Persönlichkeit im Rhythmus des Vortrages, dem er mit der genießerischen Miene des gewiegten Kenners sich ergab, ein säkularisierter Ahronide gewiß, aber immerhin noch mit einer matten Erinnerung an die gottesstolze Abkunft seines Stammes. So erschien es wenigstens Alfred, dem Jankel, nicht ohne Humor, den Trafikanten als einen späten Sproß vom Stamme des ersten Hohepriesters in unauffälligem Geflüster vorstellte.

Als zweiter folgte Judko Segall. Als ein Levite auch er eine ständige Besetzung in der Reihe der Sieben. Auch er unumgänglich: der zweite. Aber wie anders als der Trafikant trug Judko Segall seine traditionelle Auszeichnung! Das kleine Ponyjüdchen, auch sonst keine Person von Gewicht, schien auf dem kurzen Wege zum Lesetisch seine unbeträchtliche Irdischkeit völlig abgestreift zu haben. Leicht wie auf Vogelflügeln hatte er sich von seinem Sitz erhoben, und schon stand er vor der Tora. Hier aber erschien er auf einmal wichtig. Als habe ihn der laute Aufruf seines ganzen Namens: Reb Jehuda ben Schelomo ha-Lewi, als der er vor der Tora zu gelten hatte, im Nu verzaubert. Wie ein Priester sieht dieser Levite auch nicht aus, dachte Alfred, aber dem Ponyjüdchen sind unterm Gebetsmantel Flügel gewachsen, und nun singt er sein Sprüchlein rein wie ein Engel. Entzückt lauschte nun auch Alfred der zweiten Lesung, und alle Angst vor der Tora fiel von ihm ab. Wieso Laienkirche? fragte er sich. In Berlin hatte man ihn immer wieder belehrt, die Juden hätten eine Laienkirche. Wieso Laienkirche? Ist das eine Laienkirche? Jedermann ist hier zuständig. Ein Kassier tritt vor die Tora und trägt vor, als sei er von Beruf ein Toraleser. Und einem kleinen Eierhändler wachsen Engelsflügel unterm Gebetsmantel, weil er –

Indem fiel der Name des an dritter Stelle Aufgerufenen, und es kam Alfred so vor, als habe er diesen Namen schon wo gehört. Er blickte in die Runde, um nunmehr vom dritten mit ganz wacher Aufmerksamkeit zu lernen, wie er es machen sollte, wenn er an die Reihe kommen würde. Sussja ben Jossef war der Name des dritten, deutlich und feierlich hatte Awramzio Aptowitzer den Namen aufgerufen. Aber es rührte sich keiner, und in der eingetretenen Stille blickten alle in der Runde auf Alfred, der in die Runde blickte.

»Du bist dritter«, hörte er Jankels Stimme, und er sah, wie der Onkel seinen Gebetsmantel abstreifte und ihn mit ausgebreiteten Armen entgegenhielt, als forderte er ihn auf, vor den neugierigen Blicken in der Umhüllung schnell Zuflucht zu suchen. Während er auf schwanken Beinen, als ginge er auf Daunenbetten, zum Lesetisch schritt, fühlte Alfred, wie jeder Herzschlag ihn zu seiner Angst vor der Tora zurückbrachte. Wenn ich doch nur das erste Wort wüßte! – schlug die plötzlich wiedergeborene Schuljungenangst Alarm, während ihm der Onkel bleichen Angesichts mit unfügsamen Händen den Gebetsmantel umlegte. Ich hab' meinen eigenen Namen nicht gekannt, fiel es Alfred ein, weil dem Namen ein Wort vorangegangen war. Aber der Onkel hat es mir doch wiederholt erklärt … Wie hieß es doch nur, das Wort? Chossen, ja Chossen! Chossen Sussja ben Jossef. Der Tora bin ich ja ein Bräutigam, und der Onkel kleidet mich ja auch wie einen Bräutigam ein …

Im Betraum spannte sich indes eine Stille aus, daß ein leises Gelispel der Birken hinter den Fenstern wie ein großes Waldesrauschen anzuhören war. Es hatten nämlich beim Frühgebet beinah alle wohl bemerkt, wie Alfred sich in seinem Gebetbuch nicht zurechtfand, nun warteten sie mit angehaltenem Atem, ob sich Reb Welwels Brudersohn vor der Tora zurechtfinden würde. Es hatten aber, Mechzio Parach ausgenommen«, nicht alle hier Lipales reines Herz.

Der alte Brenner zum Beispiel, von dessen drei Söhnen kein einziger, aufgerufen, die Sprüche aufzusagen imstande war, ohne in unverständliches Gemurmel zu verfallen oder gar steckenzubleiben, der alte Grünspan hatte sich über seinem Pult vorgebeugt und, sein großes Gebetbuch als Schallfänger an seinem besseren rechten Ohr, horchte er – er allein eine giftige Prüfungskommission – der Stimme

Alfreds entgegen, noch ehe dieser vor dem Lesetisch stand. Nun ist es gewiß keine Schande, nicht einmal ein großes Malheur, wenn ein junger Mann, vor die Tora gerufen, in Verwirrung gerät und mit lahmer Zunge mangelhaft einen kurzen Spruch stottert, den er sonst aus dem Schlafe glatt herzusagen weiß. Junge Leute werden selten aufgerufen, es muß schon ein ausgekochter Toralerner sein, der da nicht in Schülernot geriete. Im ganzen Dorf gab es kaum einen Jungen, der nach einem solchen Ereignis nicht Anlaß zu Hänseleien gegeben hätte. Alfred war aber der Sohn eines Abtrünnigen. Er war ein Fremder. Er war Welwel Dobropoljers Neffe. Er war obendrein gar ein Städter. Viel, sehr viel sprach bei diesen Dorfleuten dafür, daß dieser junge Mann sich lächerlich betragen würde. Es war eine Sensation. Selbst Mechzio hatte sich im Hintergrund erhoben, und er glotzte her.

»Süßer Gott, hilf dem jungen Herrn!« – stieß Lipales schmales Brüstchen mit einem stummen Gebet gegen den Himmel, indes seine Händchen unter Welwel dabei behilflich waren, aus den Wogen des Gebetsmantels die Ecken mit den Schaufäden herauszufischen, einzusammeln und sie dem Bräutigam Sussja in die rechte Hand zu drücken, damit er mit den Schaufäden über die Stelle in der Tora wische, wo die Vorlesung wieder einsetzen sollte. Daß er die Schaufäden darauf – also eigentlich die Tora – zu küssen und gleich das erste Sprüchlein aufzusagen hatte, wußte ja Alfred.

In der Umhüllung des Gebetsmantels fühlte er sich auf einmal von der Welt so abgesondert, als hätte man ein Zelt um ihn aufgeschlagen. Als er aus seinem Zelt herausblickte, sah er das gelbe Pergament und die schwarze plastische Schrift wie schwarze Sterne auf einem gelben Himmel. Er sah einen Finger, der auf eine Stelle in der oberen Ecke der Schrift wies. Es war der Finger Aptowitzers. Dann gesellte sich zu diesem ruhigen noch ein zittriger Zeigefinger. Es war der Finger des Onkels. Der schnelle, stoßende Atem, der die Schaufäden in meiner Hand bewegt, ist wohl Onkel Welwels Atem. Die heißen Stäbchen, die in meiner linken Hand sind, Lipales zarte Fingerchen. Der Mann, der sich jetzt in der schrecklichen Stille so geräuschvoll räuspert, ist gewiß der gute Jankel. Jetzt muß ich wohl schon beginnen …

Alfred ahnte und erfühlte jede Regung. Alles war so klar. Auch in ihm war alles klar. Die Klarheit in ihm war groß und weit wie ein Himmel. Und in diesem Himmel der Klarheit war das Sprüchlein

176

erloschen. Noch sah er es. Es hing an dem Himmel. Aber es sah ertrunken und ersterbend aus wie ein Stern am frühen Morgen. Dann erlosch es.

Mit bebenden Fingern ergriff Welwel Sussjas Hand, die krampfhaft die Schaufäden drückten, und legte sie auf die Stelle der Schrift, von der nun auch Aptowitzers Zeigefinger sich zurückgezogen hatte. Alfred führte die Schaufäden zum Mund und erhob wie ein Ertrinkender die Augen zum letzten Abschied vom Himmel dieser Welt. Da sah er die zwei großen Augen Mechzios, öffnete den Mund, und hervor kam, wie dem Hirten ein Lied, gerade aus dem Herzen das melodisch getragene erste Sprüchlein, die Aufforderung: *Preiset den Herrn, den Gepriesenen!*

Gepriesen sei der Herr, der Gepriesene, in Zeit und Ewigkeit! antworteten alle, alle Stimmen. Und zwei jauchzten und jubilierten über allen: der helle Baß Mechzios und Lipales schmerzlich hoher Sopran. *Gepriesen Du, Gott, der uns aus allen Völkern erwählt und uns Seine Tora gegeben hat. Gepriesen Du, o Herr, Spender der Tora!*

Bileam, da seine Lieblingseselin, durch ein Wunder Gottes mit Rede begabt, ihre Stimme zum Reiter erhob und in menschlichem Laut ihn anredete, zeigte vielleicht kein so erstauntes Gesicht wie – zum Beispiel nur – der alte Brenner, da er Alfred vor der Tora so schön singen und sagen hörte. Der Brenner sah seine Söhne an – und alle Sabbatgäste tauschten Blicke aus, die viel sagen sollten, aber nichts zu sagen vermochten, als daß sie groß staunten. Alle nahmen regen Anteil an dem großen und offenen Blicketauschen, das die Beter in Verschwörer zu verwandeln schien. Alle, nur einer nicht: Mechzio. Zwar wollte man selbst ihn in das sprachlose Erstaunen verwickeln, und so mancher, der sonst Mechzio keines Blickes zu würdigen pflegte, versuchte diesmal mit ihm Blicke innigen Erstaunens zu tauschen. Mechzio aber wurde dessen nicht gewahr. Er stand, wie er sich beim Aufruf Alfreds erhoben hatte, in seiner Ecke und äugte zum Lesetisch, als sei er willens, jedes angesungene Wort der heiligen Tora mit seinen Augen zu trinken.

Als der Vortrag des dritten Abschnittes mit einer schönen Tonfigur ausgeklungen war und Alfred, den letzten bizarren Schnörkel noch im Ohr, eine Weile stockte und die große Klarheit sich wieder entsetzlich in ihm auftat, wiederholte sich der Vorgang noch einmal so genau, daß er hätte einen Eid schwören mögen, eine übernatürliche Macht habe ihn mit Mechzios Ochsenaugen angesehen und ihm, wie den ersten, auch den abschließenden Spruch so zauberisch vorgespiegelt, daß er ihn Wort um Wort, Ton um Ton, aus den klaren Augen Mechzios nur abzulesen hatte: *Gepriesen Du, o Herr, Spender der Tora* – sang Alfred in seiner musikalischen Unbefangenheit, wie ihn der Onkel gelehrt hatte, und er schaukelte und wiegte seinen Oberkörper wie Judko Segall, das Ponyjüdchen, dem er, ohne es zu wissen, die Haltung vor der Tora abgeschaut und abgelauscht hatte.

Das Erstaunen der Beter schlug nun in Freude um. In ihrer Mitte war ein neuer Jude geboren! Großvaters Zimmer wird auch nach dem Tode Welwels nicht verwaist sein! Der Betraum von Dobropolje wird Bestand haben! Die getrennte Kette eines frommen Geschlechtes ist nicht abgerissen! Freut euch, Juden alle, mit der Freude Welwel Dobropoljers! – – –

Alle fühlten es. Alle dachten es. Keiner sagte es. Doch tauschte man keine Blicke mehr. Alle sahen Welwel an, der seinem Bruder-sohn den Gebetsmantel abnahm und dabei wie ein Träumender sich gebärdete. Im Zimmer war es still wie in dem Augenblick vor Alfreds Aufruf, doch herrschte jetzt keine spannend-zeitliche, sondern eine gelockert-räumliche Stille, in der das Gelispel der Birken hinter den Fenstern wie leise Musik anzuhören war. Mitten in dieser Stille – Alfred ging nun schon zu seinem Platz zurück und ein Spalier warmer Blicke leuchtete seinem Weg –, mitten in die Stille fiel ein lauter Ausruf: »Aj, ist *das* gut!«

Es war wieder ein Stoßseufzer Judko Segalls, und ein klatschendes Zusammenschlagen seiner behaarten Hände begleitete den beherzten Schrei. Nun war es Welwel, der seine Augen erhob und in die Runde blickte. So frei hatte Welwel seit dem Abfall seines Bruders im Leben seine Augen nicht erhoben. Er tat, als überlege er, wer nun als vierter aufzurufen wäre, er suchte mit den Augen, fand auch schon einen Namen und flüsterte Awramzio Aptowitzer den vierten zu. Es war: »Reb Schabse ben Beinisch« – der Pferdehändler, Mechzios statt-licher Schwager.

5

»Mein Onkel sieht aus, als hätte man ihm das Herz aus der Brust herausgenommen, es in die Sonne getaucht und wieder eingesetzt«, flüsterte Alfred zu Jankel.

»Er läßt Schabse aufrufen, obschon er diese Woche noch gar nicht an der Reihe war, scheint mir«, brummte Jankel. »Geh hin und sag ihm, er soll auch Mechzio aufrufen lassen.«

»Ich trau' mich nicht«, sagte Alfred und suchte Mechzio mit den Augen. Mechzio aber war nicht mehr zu sehen. Er hatte wieder seinen Platz eingenommen und saß in seiner Verborgenheit.

»Vielleicht wird ihn der Onkel selbst als fünften aufrufen lassen«, tröstete Alfred Jankel und sich. »Ich hab' ihn eigentlich noch nicht recht gesehen, diesen Mechzio.«

»Wir wollen es hoffen«, brummte Jankel so laut, daß Welwel von der Tora aufsah und ihn mit einem sanften Blick verwarnte.

»Reb Schmiel ben Pinchas«, rief bald Aptowitzer den fünften auf. Das war der alte Brenner.

»Mechzio kommt heute nicht mehr dran«, teilte Jankel mit gedämpft entrüsteter Stimme Alfred mit.

»Warum? Es kommen ja noch zwei dran?« flüsterte Alfred zurück.

Jankel machte eine abwehrende Bewegung und rückte von Alfred ab, als wäre er schuld daran, daß der Onkel den Pferdehändler mit einem Aufruf sabbatlich versöhnte und hierdurch den armen Mechzio gewissermaßen benachteiligte. Obschon er eine Scheu hatte, sich in Angelegenheiten der Tora einzumischen, schwankte Alfred, ob er nicht doch zugunsten Mechzios beim Onkel ein Wort einlegen sollte. Angehen mochte das wohl immerhin, wenn ihn ja doch Jankel selbst hierzu überreden wollte.

»Reb Jaakow ben Jizchak als sechster!« rief aber nun Aptowitzer eine patriarchalische Namenfolge aus, und als hätte man ihn aus dem Hinterhalt mit einem Schrei aufgeschreckt, so sprang Jankel vom Sitz auf. Seinen Gebetsmantel raffend, stürzte er zum Lesetisch vor. Mit bleichen Lippen und zitterndem Bart murmelte er, recht schülerhaft, recht mangelhaft, bald stoßenden, bald ersterbenden Atems die Sprüche. An den verschmitzten Mienen, mit dem die Erwachsenen sowohl

als auch die Kinder Jankels mangelhaften Beitrag zur Feier begleiteten, konnte Alfred erst ermessen, aus welchen Nöten ihn selber
Mechzios überirdische Ochsenaugen errettet hatten. Der abschließen-
de Spruch Jankels fiel etwas glücklicher aus, und eine Art zornigen
Stolzes im Gesicht – wie ihn Alfred auf der Hochschule bei Prüfungs-
kandidaten erlebte, die den Tücken eines schweren Rigorosums noch
gerade halbwegs heil entkommen sind –, kehrte Jankel von seinem
Scharmützel mit der Tora heim.

»Mich als sechsten! So was! Was dem Onkel heute einfällt!« Ganz
heiß war Jankels Stimme vor Glück. Indessen hatte sich Welwel mit
Aptowitzer leise beraten und eine Nuance lauter, einen Hauch feier-
licher als alle sechs Aufrufe erklang der Name des siebenten, des an
letzter Stelle Aufgerufenen: »Chossen Michoel Mechl ben Efraim als
Maftir!«

»Das ist Mechzio!« rief Jankel, und sein Atem flog in freudiger
Erregung. »Dein Onkel hat heute einen guten Tag. Ein außerordent-
licher Mann, dein Onkel!«

Schweren Trittes und doch so, als zöge es ihn mit einem unsichtbaren Strick zur Tora, kam Mechzio aus seiner Ecke zum Lesetisch.
Auf seinem Gesicht war nicht mehr Ausdruck als auf dem Gesicht
eines Rindes, dem man ein Bündel Heu vorgestreut hat: den ganzen
Körper drängt es zum Futter, voran wohl das Gesicht, das aber mit
dem gleichen Fell überzogen ist wie der ganze Körper, und die Augen
sichten unten auf der Erde das Futter. Einen Schritt vor dem Lesetisch
blieb Mechzio stehen und sah sich um. Er suchte mit den Augen
seinen Schwager, den Pferdehändler, der ihm in solchem Falle seinen
Gebetsmantel zu leihen pflegte. Alle Augen suchten mit Mechzio.
Allein, Schabse war im Raum nicht zu finden. Er hatte sich, als der
Name des siebenten aufgerufen wurde, unbemerkt entfernt. Wenn
man rund drei Stunden lang zu beten hat, fällt es nicht auf, wenn in
einer Pause hin und wieder die Tür aufgeklinkt wird, doch muß man
in solchem Falle den Gebetsmantel ablegen. Mit Schabse war aber
diesmal auch seine Umhüllung verschwunden und alle verstanden
auch gleich, wie das gemeint war. Es hatte Welwel bei Schabse nicht
genützt, daß er ihn außer der Reihe durch einen Aufruf geehrt und
versöhnt haben wollte. Wenn ihr euch Mechzios so freut, ihn gar an
einem Ehrentag, obendrein als Maftir, aufruft, so gebt ihm doch zum

Bedecken seines Grinds auch einen Gebetsmantel! Sprachlose Entrüstung blickte von Aug zu Aug, von Gesicht zu Gesicht.

»Ein Sone Jisroel!« stieß Judko Segall halblaut einen Seufzer aus – der mit zwei hebräischen Worten den Pferdehändler als einen Judenfeind brandmarkte –, streifte mit einer nahezu akrobatischen Geschicklichkeit seinen weiten Gebetsmantel ab und überreichte ihn Mechzio, dessen Gesicht nicht mit einem Zug verriet, ob ihn die Untat seines Schwagers auch nur im geringsten anging. Obschon Judkos Gebetsmantel weder mit einem golden- noch einem silberngewirkten Kopfstück verziert, sondern bloß mit einem ausgewetzten, vom Stirnschweiß vieler Gebetjahre ausgelaugten blauen Band abgesteppt war, rollte Mechzio mit seinen ruhigen Schaufelhänden das Obere seines Gebetsmantels fast bis zu seinem Rückenteil ein, schulterte den Rest mit einem Ruck, als lade er sich einen Sack voll auf, sammelte die Ecken mit den Schaufäden ein, und dergestalt umhüllt, daß der Gebetsmantel nicht die geringste Berührung mit seinem geschändeten Kopf hatte, trat er an die Tora.

Nachdem die Schaufäden die ihm von Welwel angezeigte Stelle so zart berührt hatten, wie man vielleicht das Hälschen eines Zaunkönigs streicheln würde, schloß Mechzio die Augen, drückte den Schaufäden einen lauten Schmatz seiner dicken Lippen auf und sprach den Spruch. Er sang ihn nicht. Er sagte ihn nicht auf. Er sprach ihn. Wort um Wort kam reinlich gesondert aus seinem Mund gesprochen, unsichtbar in der schattengrünen Luft des Betraums reihte sich Wort an Wort und baute sich wie eine Zeile kleiner Häuser in einem Dorf auf, reinlich getrennt durch einen Garten, einen Baum, einen Zaun, reinlich verbunden durch Garten, Baum, Zaun und den großen Odem der Landschaft. Die Augen Mechzios waren geschlossen. Die bleichen Augendeckel im sonnverbrannten, knochigen Gesicht wölbten sich wie Tonscherben auf den Augen eines Toten. Das ganze Gesicht war verschlossen. Es setzte sich, wie Alfred jetzt sehen konnte, aus vier starken Knochenflächen zusammen: der breiten, niederen Stirn, den breiten, flachen Backenknochen und dem breiten, kantigen, brutal vorgeladenen Kinn. Ein junger Bart von wolligem Schwarz rahmte das rotbraune Gesicht. In der Mitte der Stirn war ein dreizackiger Streifen bleicher Haut, der in der Bräune des Gesichtes leuchtete wie eine Blesse an der Stirne eines braunen Ochsen. Alfred glaubte, der weiße Fleck rühre schon von der Krankheit der Kopfhaut her, die

Blesse war jedoch rein und gesund wie die ganze Gesichtshaut und bloß im Schatten gediehen, den der zerbrochene glanzlederne Schirm der Mütze warf, Mechzios wochentägliche Kopfbedeckung. Heute, am Sabbat, hatte er eine flache Lammfellmütze auf, die vor Alter bleichgrün wie Moos schimmerte und vorne das Schandmal seiner Kopfhaut wie ein Helm verbarg.

»Eigentlich hättest du, als ein Gast, an siebenter Stelle aufgerufen werden sollen«, belehrte Jankel Alfred, indes Aptowitzer den Schlußteil des Wochenabschnittes kantilierte. »Aber das ging nicht gut. Der siebente nämlich, der Maftir, hat nicht bloß die Sprüche aufzusagen, sondern zum Schluß – während die Tora eingerollt, eingebunden und wieder eingekleidet wird – auch noch die Haftara vorzutragen, ein Kapitel aus den Propheten. Das hättest du nicht können, und so ist Mechzio an deiner Statt geehrt worden.« Alfred hörte diese Belehrung nur mit halbem Ohr, aber die Mitteilung, daß Mechzio noch ein ganzes Kapitel aus den Propheten vorzutragen habe, war ihm angenehm. Gut, daß es dieser Mechzio ist, der statt seiner ein Stück aus den Propheten sprechen wird. Kein anderer würde es ihm so zugute tun können wie dieser Holzklotz, der vor der Tora als der wahre Knecht Gottes dastand. Woran mag es aber liegen, fragte sich Alfred, daß dieses einfache Sprechen Mechzios mehr Kraft, ja mehr Schönheit ausstrahlte als selbst Aptowitzers kunstreicher Gesang?

Mechzio sprach nun den abschließenden Spruch und las sodann aus einem Buch das Stück aus den Propheten, die Haftara. Es schien Alfred, als gehe im Raum eine Verwandlung vor sich, die alle, sogar den unruhigen, zerstreuten Lejb Kahane mitnahm. Dabei war nicht zu bemerken, daß die Versammlung diesem siebenten auch nur annähernd so viel Beachtung zeigte wie seinen Vorgängern. Zumindest taten sie es äußerlich nicht. Nur Welwel und Aptowitzer, zwischen denen Mechzio vor dem Lesetisch stand, horchten dem Vortrag mit einer leichten Neigung des Kopfes, so wie man einem Kinde zuhört, das ein bekanntes Märchen aufsagt, wobei die Kinderseele aus eigenem zu dichten beginnt.

Auch beim Lesen hielt Mechzio die Augen so gesenkt, daß man meinen konnte, er halte das Buch nur zum Schein, spräche aber frei aus dem Gedächtnis. Obschon er nun die Worte des Propheten nicht sprach, sondern mit seiner tiefen und leicht getragenen Baßstimme sang, taten sie dieselbe einfache Wirkung wie vorher das Gesprochene. Auch jetzt schien das knochige Gesicht keine Spur von Ausdruck zu geben. Aber Alfred hatte indessen seine Augen für Mechzio mit Liebe geschärft und sah nur vor allem die Lippen des Sprechenden. Es waren, biblisch gesagt: schwere und blöde Lippen. Dick und rot im wolligen Schwarz des jungen Bartes. Aber mit diesen seinen Lippenwülsten diente er, schmeichelte er dem gesungenen wie dem gesprochenen Wort, eifrig und bedachtsam, plump und innig, vorweltlich ungetüm und hauchzärtlich. Taten sich die Lippen, um einen Satz mit der Melodie abzuschließen, zusammen, so senkte sich die obere langsam in lauschender Verzückung, wie sich ein Augenlid über dem Auge eines beglückten Musikgenießers schließt, um einer ausklingenden Melodie in die abgeschiedene Welt der Töne blindlings noch eine Weile nachzuschwärmen.

Als die Haftara ausgesungen war, verabreichte Mechzio dem Propheten, aus dem er vorgetragen hatte, einen schallenden Kuß auf das letzte Wort, schloß das Buch und öffnete die Augen. Ein Blick voll Offenheit traf Alfred, und – einen, ebendiesen Augenblick lang traf es ihn, als hätten vor ihm die Augen des ersten Menschen zum ersten Mal aus dem Schnitt der Lider in das erste Licht des ersten Tages groß glotzend geschaut.

Dank dir, du, beredtes Ochsenmaul, starker Bruder, du mein Spender der Tora! – so sang in Alfred groß und sakrilegisch ein Lobgesang für Mechzio zum Dank für den Beistand vor der Tora. Indem wandte sich Mechzio um. Im Abgehen erhob er einen Arm und mit der verträumten Hand eines eben aus dem Schlafe Erwachenden verschob er seine Mütze. Da erblickte Alfred die gräßliche Blume des Grinds auf dem Hinterkopf Mechzios.

6

In vielen Farben blühte das Mal auf Mechzios massigem Kopf, blutrot in der Farbe rohen Fleisches, wo die Haut geborsten war, dunkelviolett in den feuerroten Rissen die Kruste, rosarot und trocken an der Oberfläche, mit zarten Haarinseln verfilzt, die bleich wuchsen wie Schattengras in einem Sumpf. Ein Beet von Stiefmütterchen in Pesjes Garten blühte nicht bunter als Mechzios armer Kopf. An den Rändern bröselte der verdorrte Hautschorf wie schimmeliger Bröckelstuck und stäubte Hemd- und Rockkragen weichkernig und braun wie der Belag eines panierten Schnitzels.

»Jankel, mir ist gar nicht wohl« – klagte Alfred, der zu seinem eigenen Schaden den Vergleich mit dem panierten Schnitzel angestellt hatte, denn schon hob sich ihm sachte der Magen.

»Schnell ans Fenster!« zischte Jankel und zog ihn unauffällig an das offene Fenster.

»Tief atmen, aber durch die Nase! Manchmal hilft das.« Grün im Gesicht, beugte sich Alfred aus dem Fenster in die kühle Schattenluft, machte ein paar tiefe Atemzüge und erholte sich einigermaßen.

»Warum läßt man den Armen nicht heilen? Man kann doch so eine Krankheit kurieren?«

»Er will nicht. Gott habe ihm dieses Schandmal gegeben, er müsse es tragen, sagt er. Da ist nichts zu machen. – Komm, wir gehen zu Pesje und du trinkst einen Schnaps. Reiß dich zusammen, sonst behält dieses Schwein noch recht. So was!«

Sie entkamen ohne Aufsehen. Im Flur aber begegneten sie dem Pferdehändler, der eben im Begriffe war, mit andächtiger Miene in den Betraum zurückzukehren.

»Welches Schwein?« wollte Alfred wissen.

»Ist dem jungen Herrn nicht wohl?« erkundigtes sich Schabse, dessen scharfen Augen auch im Dunkel des Hausflurs Alfreds Zustand nicht entging.

»Ich hab's ja gewußt. Meine Kinder ekeln sich auch –«

»*Dieses* Schwein«, antwortete jetzt Jankel auf Alfreds Frage und mit ebenso unschuldiger Miene setzte er hinzu: »Der junge Herr hat Zahnweh.«

Im Speisezimmer saß Pesje vorm offenen Fenster, ein Gebetbuch in den Händen, eine in Draht gefaßte Brille auf der Nasenspitze. Durch das offene Fenster drangen alle Laute und Stimmen vom Betraum ein, Pesje konnte hier an den Gebeten so gut teilnehmen, als säße sie in Großvaters Zimmer. Gekrümmten Rückens, dürr und eckig im feierlichen Schwarz ihres Sabbatkleides, saß Pesje so tief in ihr Gebetbuch versunken, daß sie vorerst die Eintretenden nicht hörte.

»Pesje, einen Schnaps! Ich hab' ein Loch im Magen.« Ohne aufzublicken machte Pesje eine scheuchende Handbewegung und setzte ihr Gebet fort. Mit lispelnder Stimme und langsamen Lippen buchstabierte sie mangelhaft wie ein lernendes Mädelchen. Jankel führte

Alfred zu einem mit Leinen gedeckten Tisch, der auf Holzrädern in einer Ecke stand. Es war ein Küchentisch mit einer Reserveplatte zwischen den Beinen – auf dem Pesje den Imbiß für die Sabbatgäste hergerichtet hatte. Auf dem Tische standen zwei große Karaffen voll Schnaps, Gläser, drei Schüsseln voll Eierküchlein, die knallgelb und mit eingerollten Ecken an junge, eben aus dem Ei gekrochene Küken erinnerten. Auf der unteren Tischplatte waren zwei große Teller mit gefülltem, in Stücke geschnittenem Fisch, in Haufen aufgeschichtete Scheiben weißen Sabbatbrotes, kleine Teller und Eßzeug.

»So«, sagte Jankel, nachdem Alfred sich mit einem Gläschen Schnaps gestärkt hatte. »Bei dieser Gelegenheit werde ich auch sündigen«, und er kippte eins und war eben daran, sich ein zweites einzuschenken, als Pesje, ihre Brille fallen lassend, aufschreckte: »Um Gottes willen!«

»Beruhigen Sie sich, Fräulein Milgrom. Wir nehmen bloß eine Medizin ein. Medizin ist, wann immer, auch mitten im Beten, erlaubt. Bei Lebensgefahr –«

»Ihnen ist alles erlaubt, Herr Christjampoler. Mitten im Beten verführt er das Kind –«

»Das Kind hat mich verführt«, sagte Jankel und kippte das zweite Gläschen, ehe es ihm Pesje entwinden konnte. »Glauben Sie mir, Fräulein.«

»Es war wirklich so, Pesje«, bestätigte Alfred. »Mir war ein bißchen übel.«

»Du hast ja doch nur ein Töpfchen Milch getrunken, weh ist mir?«

»Ebendarum, fromme Jungfrau. Ebendarum. Das Kind ist zwar ein trainierter Hochstabspringer, aber mit leerem Magen den ganzen Vormittag unter fanatischen Juden beten – das geht auch über die Kräfte eines Athleten«, sagte Jankel und äugte zu dem kükengelben Gebäck. Pesje stellte sich dazwischen.

»Der Schnaps wird dir guttun, Liebes«, sagte Pesje. »Trink noch ein Gläschen.«

Alfred tat es und beruhigte Pesje.

»Es ist nicht vom Beten, Pesje. Es ist wunderschön heute in Großvaters Zimmer. Ich könnte den ganzen Tag drinbleiben und beten, beten, beten …«, sang Alfred in versonnener Begeisterung. In seinem Blut heizte schon der achtziggrädige Branntwein.

»Nein, es war nicht vom Beten«, gab Jankel zu, der indessen sträflicherweise hinter Pesjes Rücken doch eines Eiküchleins habhaft geworden, sich zum Fortgehen anschickte. »Er hat sich in Mechzios Parach vergafft, das ist die Wahrheit.«

»Genau wie sein Vater, weh ist mir«, staunte Pesje. »Dein Vater war auch so empfindsam. Erinnern Sie sich, Herr Christjampoler? Wenn man bei Tische den Sattler Jariechem nur erwähnte, legte Jossele die Gabel weg und aß keinen Bissen weiter. Der Sattler war ein alter Trinker mit einer gedunsenen, roten, blatternarbigen, feuchtglänzenden Nase. Wenn auf den Tisch ein besonders gutes Gericht kam und wir Kinder dem armen Jossele seine Portion wegessen wollten, brauchte nur eins von uns leise ›Jariechems Nase‹ zu sagen. Der Sattler hatte aber auch eine Nase, die –«

»Fahren Sie nur fort, Fräulein Milgrom!« ermunterte sie Jankel. »Fahren Sie nur so fort! Schildern sie ihm nur weiter die Schönheiten Israels. Was Mechzios Parach nicht vollbracht hat, kann Jariechems Nase leicht gelingen. Auf den Erfolg kommt es an.«

»Ich sag' kein Wort mehr von Jariechems Nase, weh ist mir«, beteuerte Pesje und flüchtete sich schnell zu ihrem Gebetbuch.

»Red' ich vielleicht von Jariechems Nase?« spielte Jankel den Entrüsteten und zwinkerte Alfred zu.

»Komm, mein Sohn, trinken wir noch ein Gläschen auf das Wohl des alten Jariechem, Gott hab' ihn selig. Er war trotz seiner Nase ein vortrefflicher Sattlermeister.«

Alfred trank nun sein drittes, Jankel sein viertes. Jankel kam es auf ein Gläschen nicht an. Alfred aber war auf den starkgrädigen Brannt nicht trainiert. Doch fühlte er sich sehr wohl, und in bester Stimmung schritt er dem dritten Akt des Sabbatbetens entgegen, dem sogenannten Mussafgebet, von dem sie indessen noch nichts versäumt hatten. Wer an dem unschicklichen Pokulieren zu Schaden kommen sollte, war aber doch der alte Jankel. Er hatte wohl leichtsinnigerweise außer acht gelassen, daß er Alfred gegen die boshaften Ausstreuungen Lejb Kahanes noch brauchen würde – oder meinte er etwa, mit dem kräftigen Trunk Alfreds Kampfgeister gar geweckt und befördert zu haben?

Im dunklen Flur bedeutete er Alfred, daß kein Grund zur Eile vorliege, und sie verspeisten noch gemeinsam das von Jankel erraffte Gebäck.

»Warum hassen Sie eigentlich die brave Pesje?« erkundigte sich Alfred unter der ersten Wirkung des Alkohols.

»Ich? Pesje? Hassen? Im Gegenteil. Ich schätze sie. Eine sehr ehrenwerte jüdische Jungfrau. Einmal war ich sogar nahe daran, sie zu heiraten«, gestand Jankel mit bester Laune.

»Und? Warum haben Sie sie nicht geheiratet?«

»Ich wollte nicht wieder heiraten. Aber dein Großvater redete mir jahrelang zu, und eines Tages, es war vor einigen dreißig Jahren, sagte ich endlich: Schön, gut, ich heirate die rote Pesje.«

»Und? Sie haben es sich doch noch überlegt?«

»Nein, Pesje gab mir einen Korb«, gestand Jankel und äugte listig, ob ihm Alfred das ohne weiteres glaube.

»Pesje? Ihnen? Einen Korb?« staunte Alfred über alle Maßen.

»Ja. Einen Korb. Da staunst du wohl? Und was für einen Korb! Weißt du, was sie gesagt hat? Es gab damals bei uns in Dobropolje einen Dorftrottel, der dumme Hrytsjko hat er geheißen. Er kroch, nur mit Hemd und Unterhose bekleidet, auf allen vieren auf der Gemeindewiese umher, sammelte die trockenen Kügelchen des Schafkots und verfertigte Rosenkränze daraus, ein armes, vertiertes Geschöpf. – Also mir hat sie das nicht gesagt. Vor mir ist sie bloß, als ich sie fragte, ob sie mich nehmen wolle, erschrocken und davongelaufen. Aber deinem Großvater hat sie es gesagt: ›Wenn ihr mich just verheiraten wollt, dann lieber schon mit dem dummen Hrytsjko als mit Jankel Christjampoler‹. Hat sie gesagt, diese rote Bestie!« erzählte Jankel wahrheitsgetreu und schloß mit einem herzinnigen Gelächter.

»Unglaublich!« rief Alfred aus. »Und Sie waren natürlich sehr froh darüber?«

»Damals war ich nicht so froh, wie du denkst. Pesje war nämlich, glaub du es mir oder nicht, ein sehr zartes und anmutiges Mädchen. Nur ihr Haar war schon damals so rot wie jetzt, vielleicht sogar noch röter.«

»Aber Jankel! Pesjes Haar ist doch schön. Ich versichere Ihnen, es gibt in Wien schöne Damen, die würden sich ihr Haar einzelweis ausreißen lassen, wenn es nur möglich sein sollte, ihnen dafür Pesjes Haar einzusetzen.«

»So. So«, wunderte sich Jankel. »Und bei den Juden heißt ›rote Maid‹ soviel wie ›miese Maid‹.«

»Ach, was verstehen die schon davon? Diese fanatischen Juden!«

Hierauf traten sie, Jankel schüchtern voran, Alfred kühn hinter ihm, in Großvaters Zimmer.

7

Im Betraum war es wieder flüsterstill. Wieder standen sie, alle gegen den Osten gewendet, und sie flüsterten und sie seufzten und sie atmeten. Um nicht zu stören, stellte sich Jankel, wie er eingetreten war, gleich bei der Tür gegen Osten und Alfred, dem der kleine Lipale, flink aber leise auf den Zehenspitzen hüpfend, das Gebetbuch entgegentrug, tat desgleichen. Alfred spähte mit Seitenblicken nach dem Onkel, fand ihn aber nicht gleich, denn an Welwels Stelle schaukelte und flüsterte am Vorbeterpult eine winzige Gestalt, die unter den Wellen eines viel zu weiten Gebetsmantels wie unter Wasser sich regte und bewegte, ohne mit dem Kopf über den Wellen aufzutauchen. An dem armseligen, ausgewetzten blauen Band der Verzierung erkannte Alfred den kleinen Mann. Da sie ein Stück vom Achtzehngebet – das am Sabbat kürzer ist als das werktägliche und mit dem für den Sabbat eingesetzten Herzstück, der Heiligung des Tages, eigentlich ein Siebengebet ist – im Flur versäumt hatten, durften Jankel und Alfred bald ihre Plätze wieder einnehmen. Alfred hatte jetzt seinen Sitz zwischen Jankel und Welwel, der auch diesmal mit den leisen Segenssprüchen als letzter fertig wurde, doch mußte man jetzt nicht so lange auf ihn warten wie beim Frühgebet. Der stets auf schnellen Fortschritt bedachte Lejb Kahane weckte mit Räuspern und künstlichem Hüsteln den in flüsternde Inbrunst versunkenen Hausherrn – der Trafikant hatte sich im Lauf der Jahre dieses taktlose Privileg auf Grund des nicht zu bestreitenden Umstands ersessen, daß er ja doch von Poljanka einen weiten Weg gemacht und noch den weitesten Heimweg vor sich hatte.

Judko Segall war – diesem Eindruck konnte sich auch Alfred nicht verschließen – ein besserer Vorbeter als Welwel. Der Levite von Dobropolje war kein Schriftgelehrter, doch war er ein beherzter Vorsänger. Ein Vorbeter einfacher Art, traf er mit jedem Ton das Herz des Wortes, dessen Bedeutung ihm vielleicht nicht so tief erschlossen war wie einem schriftgelehrten Vorbeter. Dennoch kehrte sein Gesang mit anspruchsloser Leichtigkeit den tiefsten Sinn alles Sabbatlichen hervor: die lichtfreudige Heiterkeit. Sein Gebet stürmte nicht die Himmel. Es schwebte in den Lüften wie Vogelgezwitscher, und ein volkstümlich gutmütiger Himmel lächelte milde auf es herab. Die solenne Heiligung – die der Vorbeter mit den Worten anstimmt: *Wir wollen Dich mit Ehrfurcht heiligen wie im andächtigen Kreise die heiligen Seraphim Deinen Namen heiligen* – trug er mit steilem Vorstoß einer hohen Tonleiter in eine höhere Region empor, und bei den Worten »Heilig, heilig, heilig!«, mit denen die Gemeinde der Beter der Aufforderung des Vorsängers respondiert, wobei alle bei jedem »Heilig« auf Zehenspitzen hochhüpfen, erhob auch Judko seine winzige Gestalt, und er wuchs an dem Toraschrein empor, als steige er auf der erhöhten Tonleiter seines Gesangs wie auf einem mystischen Treppenaufgang, aus lauter heiligen Worten gezimmert. – Und noch gab es im Mussafgebet einen Gesang, der den kleinen Vorsänger geradezu mit Hoheit bekleidete und ihn für eine Weile im Triumph hoch über seine armselige irdische Existenz hinaustrug. Es geschah ihm dies in dem Gesang, der zum Lob aller sieben Tage der Woche gesungen wird. Jedem einzelnen Schöpfungstag ist da eine Strophe gedichtet, jedem eine Melodie geweiht, und dem siebenten, der Wurzel aller Tage, der Krone der Schöpfung: ein Psalmenlied für den Sabbattag, ein Psalmenlied für das künftige Leben, für eine Zeit, die ganz sein wird ein Sabbat und eine Erholung für das ewige Leben.

Dieses uralte Lied wird eingeleitet mit einem Satz, der stets mit einer stolzen und wehen Erinnerung das Herz des kleinen Vorbeters ergriff: *Dies ist das Lied*, heißt es da, *welches die Leviten im Haus des Heiligtums sangen …* In solcher Erinnerung löste sich die unbeträchtliche Irdischkeit des kleinen Dobropoljer Leviten wie ein Tautropfen in der Sonne auf. Wie ein heißer Wind strich sein Gesang durch die schattenkühle Luft des Betraums –: ein Hauch der verschollenen Herrlichkeit seines Stammes, der einst einem ganz anders gestalteten Sabbatkult priesterlich gedient hat. Vergessen war die Armut seiner Hände, die Schwäche seiner Lungen, die Kargheit seines Tisches, die Bosheit seines Weibes, das Elend seiner Hütte, die kleine List seines kleinen Geflügelhandels. Einen weiten Atemzug des Gesanges war Judko Segall, als stünde er im alten Haus des Heiligtums mittendrin in dem gewaltigen Chor der Levitenschar in Jeruschalajim. Seine kleine Stimme ertrank in dem niederbrausenden Wolkenbruch des Priesterchorgesangs, und sein feines Levitenohr erlauschte den süßen Ton der Lauten, das zarte Surren der Zimbeln, den dumpfen Schlag der Pauken, den Donnergroll der Posaunen. So war, o Gott, so war einstens der Priesterdienst der Leviten ... Doch wäre es gefehlt zu meinen, daß Judko Segall sich dieses stolzen Levitentraumes auch nur für einen Augenblick bewußt wurde. In Podolien geschieht es zuweilen im Herbst: Unter hohem kobaltblauen Himmel zieht eine lebendige Schattenlinie, kaum dem menschlichen Auge erreichbar, der Keil der Wildgänse in ihrem herbstlichen Flug. Die schon herbstlich dickbäuchig gefiederten Hausgänse unten auf den Bauernhöfen – mit den Wildgänsen droben annähernd so stammverwandt wie unser Judko Segall mit den musizierenden Leviten im Heiligtum des Königs Salomo –, auch unsere guten Dorfgänse haben in ihren Feueraugen kaum noch die Blickschärfe, ihre wilden freien Schwestern unterm Himmel zu erkennen. Wohl äugt ein rassenstolzer Gänserich schief erhobenen Köpfchens mit seinem roten Vogelauge, das einst ein Sonnenauge war, unruhig zum Himmel, doch scheint es fraglich, ob der Gänserich dem wilden Keilflug am Himmel auch nur mit dem Auge zu folgen vermag. Die übrigen Gänse, häusliches Geflügel, nur vom Freßtrieb geleitet, wühlen mit ihren Schnäbeln in der Jauche der Mistgrube und achten des schwirrenden Zugs am Himmel nicht im geringsten. Geschieht es aber, daß die freien Gänse oben ihren wilden Ruf ausstoßen, geht dieser Schrei der Freiheit auch den dümmsten Gänsen durch Mark und Bein. Sie recken ihre Hälse, sie straffen ihre Gänsebrüste, sie schnattern und sie schreien, eine wilde Erregung erfaßt ihre Gänseherzen, sie schlagen ihre Schrumpfflügel zusammen, ihre krummen Watschelbeine nehmen Anlauf zum Flug, fast allen gelingt eine kurze Erhebung über den Misthaufen. Und es ist schon vorgekommen, daß ein mageres Heuriges, dessen Bauch noch nicht zu schwer geworden, auf den ausgespreiteten Stümpfen seiner Flügel in triumphalem Flugkrampf gar das Strohdach eines Kuhstalles überflog, freilich um gleich darauf mit Bauch und Brust auf einem Beet des Gemüsegartens kläglich zu landen. Wer solche Erhebung des Gänsevolkes je gesehen und mit fühlendem Herzen stumm beweint hat, der wird auch unserem kleinen Leviten von Dobropolje eine ungeweinte Träne nicht versagen ... Auch sein Aufschwung war nicht Werk des Willens, nicht einmal des Bewußtseins. Auch seine Erhebung war von kurzer Dauer.

Doch war sein Niedergang keinesfalls kläglich. Als der Levitenpsalm ausgesungen war, kehrte Judko Segall flugs zu seiner spatzenhaft volkstümlichen Sangesweise zurück. Der sabbatliche Mussaf, das Beten, ging zur Neige. Das Tempo wurde schneller, die Melodien lockerer. Wie ein Spatz sich auf ein Fensterbrett stellt und, hin und her hüpfend, ein dringendes Anliegen eilends ins Zimmer zwitschert, so stand jetzt der kleine Judko vor dem Toraschrein und er sang und er plapperte und er zwitscherte zu Gott.

Und der Herr, der in der Betversammlung steht, fand Gefallen an Judkos schlichtem Spatzengesang und Er lohnte es ihm gleich. Der Herr der Welt, der wohl wußte, wie einmal ein Reis vom Stamme der Leviten nach Dobropolje, Bezirk Rembowlja in Podolien, verweht werden sollte, Er hatte für den Fall längst vorgesorgt. Der Herr der Welt, der schon am fünften Tage der Schöpfung das Wasser erschuf und mit lebendem und webendem Getier erregte, vergaß auch nicht des Teiches von Dobropolje. Und Er ließ in diesem schlammigen Wasser Karauschen und Schleien sich regen, ein jegliches nach seiner Art. Und Er ließ die Karauschen breit und die Schleien dick werden, ein jegliches nach seiner Art. Und Er gab dem alten Iwan Kobza einen listigen Sinn, die Fische des Wassers in geflochtenen Netzen einzufangen, und Er begabte die fromme Jungfrau Pesje, obgleich sie bloß ein verdorrendes Blatt auf dem Baume Israel war, mit flinken Händen und trefflichem Geschmack, die Karauschen und die Schleien, ein jegliches nach jüdischer Art mit viel Zwiebel und Pfeffer köstlich zu würzen und zuzubereiten. Und während der verwehte Levite im magischen Kreis der »Drei-Schritte« nach allen Seiten sich neigend, den letzten Spruch des Sabbat-Mussaf sprach, vom Gemurmel der Beter und vom Geknurre ihrer ausgehungerten Mägen begleitet, während alle wie auf ein Kommando sich ihrer Gebetsmäntel mit erzwungener Bedächtigkeit entledigten – öffnete sich die Tür, und zwei Engel, blendend weiß beschürzt, rückten einen weißgedeckten Tisch zur Türe herein und stellten ihn auf dem freien Platz des Vorlesetisches in der Mitte des Betraumes auf. Von den weißgeschürzten Engeln hatte einer sehr zarte Schultern und einen gekrümmten Rücken, aber feuerflammendes Haar – wie Pesje; der andere Engel strotzte erschreckend weiblich mit zwei Zehnpfundbrüsten schwer bewehrt – wie die Küchenmagd Malanka. Auf dem Tische aber war: Branntwein in Karaffen, Fisch in Schüsseln, Eierkuchen auf Tellern,

Weißbrot in Haufen. So war alles für den Sabbat vorausbestimmt durch die große Gnade des Herrn, dem das muntere Spatzenge-zwitscher eines kleinen Levitenspätlings wohlgefallen hatte.

<h1 style="text-align:center">8</h1>

Als erster sprach Welwel den Weihesegen über den Branntwein. Eigentlich gehörte ein Becher Wein, für den ein besonderer Segens-spruch gilt, auf den Sabbattisch. Aber Podolien ist kein Weinland, und es mußte für den Wein das billige Getränk des Landes eintreten, das denn auch bloß mit einem allgemeinen Spruch geweiht wird. Als zweiter folgte Aptowitzer, als dritter Judko Segall. Dann löste sich die Ordnung von selbst auf, und es tranken so viele gleichzeitig vom Schnaps als es Gläschen gab. Als letzter trat Mechzio vor den Tisch und von niemandem – nur von Alfred – beachtet, flüsterte er mit ge-schlossenen Augen, ein Glas Branntwein in der Hand, recht lange und inbrünstig über dem Getränk. Unter verschiedenen Gesprächen blieb man noch eine halbe Stunde beisammen, man knabberte an den gelben Eierplätzchen, man aß vom Fisch und vom Sabbatbrot und tat hin und wieder nach Belieben noch und noch einen Schluck Brannt-wein.

Das große Wort führte nun Lejb Kahane. Wenn man in Großvaters Zimmer nicht gerade betete, war der Trafikant der Vorbeter. Im Zimmer war es jetzt, nachdem die Gebetsmäntel abgelegt und in den Säckchen verwahrt worden waren, wieder ganz schwarz von den Sabbatgewändern. Nur Lejb Kahane, der unter dem jetzt aufge-knöpften, schwarzen Schlußrock eine weiße Weste trug, leuchtete mit der weißen Brust in der Versammlung wie eine Elster unter Raben. Man sprach von den Angelegenheiten des Dorfes und der nahen Umgebung. Man sprach Politik und namentlich von den Weltereig-nissen, die das Volk Israel angingen. In seiner Eigenschaft als Abon-nent einer Wiener Tageszeitung hatte Lejb Kahane das meiste zu reden und er brauchte sich nicht erst vorzudrängen, um im Mittel-punkt zu stehen. Er tat es mit der angeborenen Würde des Vielwissers, mit dem Phlegma des Dorfkrämers, der hinter seiner Kundschaft ohne Eile dahergeht wie ein Bauer hinter seinem Ochsengespann. Vom tiefen Born seines Wissens schöpfte er karge Portionen und vergab sie als Delikatessen *en détail*. Der Spottlust, die namentlich die jüngere Generation vor Herrn LembergdasheißtschoneineStadt nicht verhehlte, begegnete er mit Taubheit, der groben Unzivilisiertheit der älteren Dörfler mit Stummheit. Da nun seine Reden zwischen diesen zwei Klippen zu fließen hatten, legte er sich im Laufe der Jahre eine Art taubstummen Stils bei, wodurch seine Sprache eine absurde Verwandtschaft mit den lapidaren Berichten des großen Römers Tacitus bekam (der vielleicht auch ein lakonischer Schwätzer war). Heute lag dem großen Chronisten von Poljanka mehr daran, möglichst bald mit dem Verschleiß seines schon seit zwei Wochen sich stauenden Wissens zu Rande zu kommen. Er hatte Alfreds ersten Sabbat in Dobropolje infolge des Regengusses versäumt und seit einer Woche brannte er schon darauf, den gebildeten Großstädter, ein leibhaftiges Wiener Kind, in ein intelligentes Gespräch zu verwickeln und bei der ersten Gelegenheit der Sache mit Jankel und dem Riesenrad auf den Grund zu kommen.

Indessen hatte Alfred, vom ahnungslosen Welwel dazu ermuntert, zu Ehren des Sabbats noch ein viertes Gläschen Schnaps getrunken, und gerade dieses eine war es, das ihm wie heißer Dampf einen Spiegel – sogleich das Gehirn beschlug. Auf daunenweichen Füßen stand er inmitten einer kleinen Gruppe und führte mit vorläufig noch leichter Zunge das Wort. Welwel, Jankel, der Kassier Aptowitzer mit seinen Kindern, der alte Brenner mit seinen kurzhälsigen Söhnen, der Tischler Großkopf, der kleine Levite und alle Kinder standen um Alfred, und er erzählte vom Kongreß, von seinem Onkel Stefan, wie ihn sein Wiener Onkel zum Kongreß mitgenommen, wie schön dieser Kongreß der Toratreuen gewesen sei, wie er so schrecklich über einen Redner habe lachen müssen, wie er ins Gedränge geraten und dabei im Journalistenzimmer von seinem Onkel Welwel erkannt worden sei. – Indem löste sich Lejb Kahane von seiner mehr für Politik interessierten Gruppe los. Er drängte sich durch die Versammlung, versonnen und leutselig lächelnd, wie ein gütiger Lehrer durch eine spielende Kinderschar auf einem Schulhof. Da kommt ja der Chefredakteur Neuwert, dachte Alfred, und seine Zunge stockte. Einen kurzen Moment war ihm, als befände er sich im Journalistenzimmer des Kongresses und der fuchsrote Chefredakteur Neuwert komme eben gelassen daher, um ihm mit östlicher List vor der Polizei beizustehen. Als er aber über dem runden Bäuchlein anstelle der feucht wie schwarze Spiegelchen glänzenden Westenknöpfchen des Chefredakteurs die perlmutternen der weißen Piquéweste erblickte, sah er sich mit dem tiefsinnigen Auge des Beschwipsten den Kömmling genau an und erkannte den Herrn LembergdasheißtschoneineStadt. Auf einmal wich der Nebel und er sah alles glasklar. Er erinnerte sich des Auftrags von Jankel. Jetzt wußte er, was zu tun sei.

»Seit fünfundzwanzig Jahren bin ich Abonnent eines Wiener Tagesjournals«, sagte der Trafikant. »Ich liebe Wien«, fügte er mit einem verbindlichen Lächeln hinzu. Er hatte diese Worte als Entrée zu einem intelligenten Gespräch wohl vorbedacht, und er brachte sie mit geradezu großstädtischer Gewandtheit an.

»So. So«, zischte Alfred scharf. Da ist er ja, dieser narrische Fortschrittler da, der sich untersteht, den lieben Jankel lächerlich zu machen. Der soll gleich was erleben! »Welches Wiener Blatt abonnieren Sie denn seit fünfundzwanzig Jahren? Wenn ich fragen darf?«

Die Schärfe des Tons fiel, außer Jankel, keinem andern in der Gruppe auf, zunächst auch dem Trafikanten nicht. Jankel aber, der nun ahnen mochte, was er mit der Alkoholisierung seines Beistandes angestellt hatte, schlich sich eilends davon.

Der Trafikant indes nannte, nicht ohne Stolz, seine Zeitung.

»Ein feines Blatt!« höhnte Alfred.

»Ein sehr ein feines Blatt«, wiederholte der Trafikant, der wie die meisten Narren nur für *den* Spott ein waches Organ hatte, der sich nicht gegen ihn kehrte.

»Das übelste Blatt von ganz Wien. Ein Tratschblatt!« sagte Alfred und sah herausfordernd in die Runde.

»Wie meinen?« fragte der Trafikant, aus allen Himmeln stürzend.

»Das übelste, verlogenste Quatsch- und Tratschblatt auf dem Kontinent!« bekräftigte Alfred seinen ersten Stoß. Die Zeitung – das ›Wiener Journal‹ übrigens – war ihm im Augenblick völlig gleichgültig. Hätte der Trafikant irgendein anderes genannt, Alfred würde es genauso niedergemacht haben. Jankel soll sehen, wie er ihm Genugtuung schaffte: »Da hat man es! Da sieht man es! Ausgerechnet dieses Tratschblatt müssen Sie hier lesen! Was Wunder, daß Sie falsche Vorstellungen von Wien und seinen Wahrzeichen haben! Daß Sie das Riesenrad, dieses lächerliche Rudiment einer kindischen Technik, für ein wichtiges Wahrzeichen von Wien halten, weil es auf kolorierten

Ansichtskarten über den Dächern von Wien zu sehen ist und Sie in Ihrem Leibblatt dummes Zeug darüber lesen!«

Mit schönem Schwung war Alfred gleich auf das Riesenrad gestiegen, um es zum Vorteil Jankels gehörig niederzumachen. Eine Weile saß er sicher darauf und behandelte es mit übermütiger und spöttischer Rede. Wie schon in Wien dem alten Jankel, erzählte er nun auch dem Trafikanten, daß man dieses lächerliche Rudiment einer schon vergessenen Weltausstellung, das Riesenrad, längst abgetragen haben würde, wenn die Kosten der Abmontierung nicht beträchtlich höher stünden als der Alteisenwert dieses kindischen Riesenspielzeugs. Dieses Argument war wohl danach, einen niederschmetternden Eindruck auf den Fortschrittler zu machen, der ohnehin nur noch auf eine Ehrenrettung seines Leibblattes bedacht war.

»In meinem Blatte«, stammelte er, »in meinem Blatte hab' ich nicht ein Wort darüber gelesen …«

Plötzlich aber machte das Riesenrad einen Ruck und Alfred geriet mit seiner Rede ins Kreisen. Er versuchte schnell abzuspringen, es gelang ihm aber nicht, einen festen Punkt zu sichten. Alles um ihn drehte sich mit dem Riesenrad mit.

»In meinem Blatt«, hörte er noch den Fortschrittler stammeln. »Das Riesenrad … vom Riesenrad …« Im Kopfe rauschte, in den Ohren sauste das Riesenrad. Die perlmutternen Knöpfchen an Lejb Kahanes Piquéweste, die Augen der Kinder kreisten. An seiner Seite der kleine Lipusch schwankte. Gleich wird das Kind abstürzen … Mit einem Satz gelang es Alfred, festen Boden zu gewinnen. Den kleinen Lipusch hatte er gerettet, und er hielt ihn an den Schultern fest. Jetzt stand alles still. Nur im Kopfe war noch ein sanftes Rauschen. Wie komisch, diese Israeliten da … Was geht sie das Wiener Riesenrad an? Einen alten Juden wollen sie aufs Riesenrad setzen! Er wird ja herunterfallen! Der alte Jankel! Jankel auf dem Riesenrad! Jankel mit dem Riesenrad!

»Ha, ha, ha! Jankel mit dem Riesenrad!«

Die Kinder, die der Auseinandersetzung zwischen Alfred und Lejb Kahane gierig gelauscht, aber nicht recht verstanden hatten, faßten nun Alfreds Gelächter auf ihre Art auf. Eine helle Heiterkeit brach aus und erfüllte Großvaters Zimmer. Es lachten erst die Kinder, von Alfreds Lachsalven immer wieder ermuntert, dann mischten sich auch die Erwachsenen ein. Die überraschende Wendung ermunterte nun auch die Lebensgeister des mit seinem Blatte niedergeschlagenen Fortschrittlers. Die Knöpfchen an seiner weißen Piquéweste fingen zu tanzen an, sein rundes Bäuchlein hüpfte, schon war er der Chorführer der plötzlich ausgebrochenen Belustigung. Ein Sieg, ein unerwarteter Sieg über seinen alten Quälgeist Jankel hatte ihm gewinkt, und der Trafikant wahrte seine Chance.

Nur der kleine Lipusch lachte mit den Kindern nicht mit. Er begriff wohl, daß man sich auf Kosten des Großväterchens unterhielt, und seine mit Zornestränen erfüllten Augen durchbohrten Lejb Kahanes hüpfendes Bäuchlein. Da machte Vater Aptowitzer, der für Jankel eine große Achtung hatte, der schon gar nicht mehr sabbatlichen Ausgelassenheit ein Ende. Er hüstelte und räusperte sich, und als dies nicht nützte, schlug er mit der flachen Hand dreimal auf sein Pult, um sich Gehör zu verschaffen. Dann führte er mit leiser Stimme aus: »Reb Wolf hat mich aufgefordert, nach dem Beten etwas über Demut zu sagen: Warum die Demut bei uns nicht zum Gebot erhoben wurde. Nun, ich habe – soweit es in der Belustigung hier möglich war – darüber nachgedacht, finde aber zunächst keine bedeutsamere Auslegung als den überlieferten Ausspruch des großen Zaddiks, Rabbi Jechiel Michal, des Maggids von Złoczów, gesegnet sein Name.«

Erst jetzt schwiegen alle still, denn ein Wort von einem chassidischen Rabbi, ein Wörtel, hörten auch die Ungebildeten gern, weil ein solches Wort, meistens in der Sprache des einfachen Volkes gesagt, leicht in das Herz des einfachen Mannes eingeht.

»Zum Maggid von Złoczów kam einmal ein Mann und fragte: ›Rabbi, wie ist das zu verstehen? Alle Gebote stehen in der Tora geschrieben, aber die Demut, die ja alle Tugenden aufwiegt, ist nicht in der Tora geboten. Nur nachgerühmt wird Mosche, unserem Lehrer, er sei demütiger gewesen als alle Menschen. Was bedeutet dieses Verschweigen?‹ So fragte der Mann den Zaddik.«

In dichtem Gedränge waren jetzt alle, auch die Kinder, um Aptowitzer versammelt, schiefköpfig streckten sie die Köpfe wie Hühner, die das Futter in der Schürze der Köchin sichten und die Ausstreuung still erwarten.

»Der Maggid antwortete: ›Wer Demut üben wollte, um ein Gebot zu erfüllen, der würde nie zur wahren Demut gelangen. Zu meinen, Demut wäre ein Gebot, das heißt schon einer Eingebung Satans folgen. Der bläst das Herz des Menschen auf und flüstert ihm zu: er sei gelehrt, er sei gerecht, er sei gottesfürchtig, würdig sich über dem Volke zu erheben; das aber hieße, hochmütig sein, es wäre ja doch geboten, Demut zu üben und sich mit den Leuten gemein zu machen. Und der Mensch erfüllt das vermeintliche Gebot und füttert auch noch damit seinen Hochmut. Darum ist Demut in der Tora nicht zum Gebot erhoben.‹ So der Maggid von Złoczów, sein Licht leuchte uns.« –

Es erinnerten sich nun welche, daß diesmal Mechzio es war, der Anlaß zur Zitierung eines Zaddiks gegeben hatte, sie blickten sich nach ihm um und suchten ihn, das Staunen des Lauschens und Begreifens noch in den Augen, in seiner Ecke. Allein, Mechzio war nicht mehr unter den Anwesenden.

»Aj, ist *das* gut!« warf Judko Segall wieder einen Schrei des Entzückens in die Stille, und als wollte er sich selber nicht klar darüber werden, ob sein Ausruf der Zitation des Złoczower Maggids oder der Abwesenheit Mechzios zu gelten habe, setzte er seinem Schrei gleich den Abschiedsgruß hinzu: »Einen guten Sabbat, Reb Wolf! Einen guten Sabbat, Reb Awramzio! Einen guten Sabbat!« und hüpfte schnell zur Tür hinaus. Die anderen folgten seinem Beispiel, sie verabschiedeten sich und rauschten schwätzend zum Flur hinaus. Bald war vom ganzen Sabbatbeten nur noch das Gelispel und das Geflüster des Dobropoljer Waldes in Großvaters Zimmer übriggeblieben.

Als letzter verließ den Betraum, hoch erhobenen Gesichtes hinter Alfred schreitend, Welwel Dobropoljer. Unter seinen gemessenen Schritten der Hausflur war nicht mit Steinfliesen, sondern mit goldenen Tafeln gepflastert. Heute ward ihm Licht und Freude, Lust und Ehre! Wie es geschrieben steht – wo, das wußte er im Augenblick selber nicht zu sagen. Denn auch Welwel hatte zu Ehren des Sabbats – zu Ehren eines solchen Sabbats! – einen tiefen Schluck Branntwein getan. Nun glühte nicht bloß in seinem übervollen Herzen, sondern auch in seinem leeren Magen eine flüssige Sonne. Die zwei Engel, die am Freitagabend jeden Hausvater – sofern er nach bestem Vermögen seinen Tisch für den Sabbat gerüstet hat – zum ersten Sabbatmahl begleiten, sie gaben Welwel zum zweiten Mal ihr Geleite. Welch ein Sabbat voll Wonne! Sein Brudersohn hat sich vor der Tora als ein jüdisch Kind bewährt. Die Stimme seiner Väter brach aus ihm angesichts der Schrift hervor! Wie ein Kanarienvogel hat er die Segenssprüche vor der Tora gezwitschert! Das hat Welwel – mit Gottes Hilfe

– gut gemacht. Gut gemacht! Auch mit seinem Kassier hat er es gut gemacht. Alle hatten ihm von der Anstellung Aptowitzers abgeraten. Ein Städter, hatte man gesagt, sei er, verstünde nichts von der Landwirtschaft; ein Schlehmil, dem alles schief ausgehe; in kurzer Zeit habe er drei Posten gewechselt, und Schabse wollte sogar erfahren haben, Aptowitzer wäre – ein Trinker! Zur guten Stunde hat er diesen Kassier aufgenommen. Er hat gute jüdische Gelehrsamkeit in diese Gemeinschaft von immerhin recht unwissenden Dörflern gebracht. Wenn dieser Awramzio die Tora liest, verwandelt sich Großvaters Zimmer nahezu in eine städtische Klaus. Und wie versteht er es, diesen Dorfjuden die weisen Sprüche der Zaddikim mundgerecht zu machen! Ein guter Zuwachs für Dobropolje.

»Essen Sie heute nach Tisch bei mir ein Stückchen Kugel, Reb Awramzio«, lud er noch im letzten Moment zu Ehren Alfreds den Kassier zum Nachtisch ein, und der kleine Lipusch erglühte vor Freude, denn er hoffte, mitkommen zu dürfen. Wenn man nämlich am Sabbat zum Nachtisch eingeladen ist, darf man das Jüngste mitnehmen.

9

Im Eßzimmer saß Jankel auf Pesjes Stühlchen vorm offenen Fenster. Wie Pesje die Gebete, hatte er das Nachspiel hier gehört: Alfreds sinnwidriges Gerede, das Gelächter, die erbauliche Ausführung Aptowitzers, alles. Er zweifelte nicht daran, daß es Alfred gelungen war, die Verbreitung des Rufes von »Jankel mit dem Riesenrad« wesentlich zu befördern. Aber war nicht er, Jankel, selbst schuld daran? Wer hätte das gedacht, daß der Junge so wenig verträgt? Ein trainierter Hochstabspringer, und ein Fingerhut voll Schnaps wirft ihn schon um. Freilich, wenn diese Klerikalen den Jungen einen aufregenden Vormittag lang mit leerem Magen zum Beten anhalten. Jankel beschuldigte Alfred und entschuldigte ihn, er klagte sich selbst an und verzieh Alfred. Doch wird man in einer traurigen Stunde noch sehen, daß der Alte Alfred sein Versagen zwar verzeihen, doch nicht vergessen konnte.

Bei Tische ließ sich Jankel nicht anmerken, daß er alles gehört habe. Um ihn von Alfreds Zustand abzulenken, verwickelte er Welwel in ein langes Tischgespräch, und er hatte damit ein leichtes Spiel. Welwel ging es heute wie einem König, der in einer festlichen Stimmung zwischen einem Spalier des Jubels schreitet und nach allen Seiten huldvoll dankt, weil er von seiner Höhe gar nicht erst nachprüfen kann, wo Jubel, wo Spott ihn grüßt. Er hatte nicht einmal wahrgenommen, wie Alfred mit Lejb Kahane erst fertig wurde, um dann unversehens so mißverständlich vom Riesenrad abzustürzen. Man hat gelacht? Nun, alle freuten sich heute mit Welwels Freude, alle waren glücklich mit Welwels Glück – an einem solchen Sabbat!

Alfred erholte sich indessen bei Tische von Gericht zu Gericht. Vor der ersten Schüssel war ihm noch, als säße er an einem rauschenden Wasser, und bei der heißen Suppe, die ihm sehr wohltat, kitzelte ihn ein spaßiges Gelüst, der frommen Pesje über das seidig schimmernde weiße Kopftuch zu streichen und sie zu fragen, ob es denn auch wahr sei, daß sie in aller Frömmigkeit den Bauernmädchen die Liebesbriefe verfasse. Aber je voller der Magen, je ruhiger wurde es in seinem Kopfe, und zum Nachtisch, als man zusammenrückte, um für Aptowitzer und den kleinen Lipusch Platz zu machen, kam es Alfred selbst so vor, als habe er auch seinen Rausch mit heißem Hunger völlig verspeist.

»Was sagen Sie zu Mechzio, Reb Wolf?« fragte Aptowitzer, der am Sabbat seinen Brotgeber so anredete wie er ihn.

»Ja, Reb Awram! Er hat uns eine feine Lehre erteilt.«

»Was für eine Lehre?« fragte Alfred, der von den Ausführungen Aptowitzers über die Demut nicht viel begriffen und auch nicht bemerkt hatte, daß Mechzio nicht unter den Zuhörern war.

»Mechzio hat uns gezeigt, daß den Demütigen ein Gerede über die Demut nicht interessiert«, sagte Aptowitzer.

»Er hat sich vor uns so benommen wie die Juden im Kongreß vor jenem Redner, der ihnen erzählen wollte, warum der Jude ohne Gottesglaube nicht leben könne: sie kehrten ihm den Rücken und gingen hin und beteten, weil Zeit zum Beten war.«

»Sollte er am Ende wirklich ein Lamedwownik sein?« sagte Aptowitzer in dem Ton, in dem ein kluger Mann ein törichtes Gerede obenhin berührt.

»Was ist das?« wollte Alfred wissen.

»Lamed-waw ist die Zahl sechsunddreißig«, sagte Aptowitzer. »Es gibt eine Legende von den sechsunddreißig verborgenen Gerechten, in deren Namen die Welt besteht. In jeder Generation soll es solche sechsunddreißig Zaddikim geben. Sie leben im verborgenen als einfache, gewöhnliche Menschen, als grobe Handwerker oft, oft sogar als Analphabeten –«

»Und Mechzio ist einer von diesen sechsunddreißig?« fragte Alfred, ganz aufgeregt.

»Da sie im verborgenen zu wirken haben«, sagte Welwel, »ist es wenig wahrscheinlich, daß man je einem auf die Spur kommen soll.«

»Warum aber glaubt man von Mechzio, er sei einer?« fragte Alfred.

»Wer glaubt das aber?« warf Jankel ein.

»Weibergerede«, sagte Aptowitzer.

»Ja, wer glaubt das …«, wiederholte Welwel Jankels Frage und sah milde lächelnd den kleinen Lipusch an.

»Ich glaube es! Ich hab' ihn einmal in der Scheune Psalmen singen gehört und –«, sagte Lipusch, und die Glut der Scham übergoß sein verzücktes Gesichtchen. Sein Vater hatte ihm verboten, bei Tisch den Mund zu öffnen. Nur unter dieser Bedingung durfte er mitkommen. Ein strafender Blick des Vaters wies ihn zurecht. Welwel aber, als hätte er sich mit seiner Frage an Lipusch gewendet und Antwort erwartet, sagte zu dem Knaben: »Heute will ich mit dir an alle großen Wunder glauben, mein Lieber. Nimm noch ein Stückchen von dem süßen Kugel, Lipale.«

10

Nach Tische gingen sie in den Gazon. So nannten die Bauern den verwilderten und verwahrlosten alten Park, der vom ersten Tage in Dobropolje Alfreds Neugier erregte, ohne daß sie bis nun befriedigt worden wäre. Er hatte wiederholt gefragt, was es für eine Bewandtnis mit diesem alten Garten habe, und Jankel versprach, einmal mit ihm allein einen Spaziergang zu machen und ihm eine Geschichte vom Gazon zu erzählen. Es war aber noch nicht dazu gekommen. So viel wußte Alfred, daß der Park zum Gutshof gehörte, daß er der Sommersitz der vormaligen Gutsherren gewesen und seit mehr als einem halben Jahrhundert nicht bewohnt sei. Der Gazon war ein großzügig angelegter Park auf der Südseite des Kleinen Teiches, mit schönen breiten Alleen zwischen Kastanien, Akazien und Ahornbäumen. In der Mitte des Parks stand ein einstöckiges Haus, dessen Türen und Fenster mit Brettern verschlagen waren und das einen völlig verlassenen Eindruck machte.

»Warum nennt man diesen Park Gazon?« fragte Alfred.

»Du kannst ja so viele Sprachen«, sagte Jankel. »Sag du uns, was das heißt: Gazon?«

»Gazon ist ein französisches Wort und bedeutet soviel wie Rasen.«

»Sehr richtig. Dem Manne, der diesen Garten angelegt hat, lag es wohl daran, schöne Rasenplätze zu haben. Du siehst, er hat viel dazu getan, wenn auch dieses wilde Wachstum seinem Geschmack kaum entsprochen hätte. Ich werde dir einmal von dem letzten Herrn von Zabilski mehr erzählen. Ich habe ihn einmal gesehen, vor mehr als sechzig Jahren. Er war der erste aus der Familie der früheren Besitzer, der hier gewohnt hat, der erste und der letzte. Von ihm hat dein Urgroßvater das Gut gekauft.«

»Und wo hat der Urgroßvater früher gelebt?«

»Hier, in Dobropolje, als Pächter.«

»Wie lange haben die Zabilskis hier gelebt?«

»Diese Familie war eigentlich im Russischen begütert, Dobropolje erbten sie einmal von irgendeiner Seitenlinie. Den Herren lag nicht viel an diesem versprengten Besitz im Österreichischen, sie kannten das Dorf gar nicht. Nur der letzte aus dem Geschlecht war einmal als junger Mensch hier gewesen, und er hatte Gefallen an den Teichen gefunden, er war ein leidenschaftlicher Fischer. Er trieb auch Gärtnerei und er hatte einen französischen Gärtner, daher mag der Name Gazon kommen.«

»Und das Haus? Das Haus gehört jetzt euch?«

»Mir? Deinem Onkel gehört es!«

»Und man läßt es so verkommen?«

»Es ist schon baufällig. Was soll man damit machen?«

»Es sieht nicht aus, als ob es baufällig wäre. Man müßte es nur restaurieren. Es ist sehr hübsch, das Haus.«

»Ja, wenn du eine Frau fändest mit, sagen wir: mit tausend Morgen Acker – könntest du dich ja hier einrichten. Ich wüßte so eine Frau für dich. Da ist in der Nachbarschaft ein Gutsbesitzer, Winterstein heißt er, der hat eine Tochter –«

»Was ist mit Wintersteins Tochter?« mischte sich Welwel, ohne näher zu treten, ein.

»Nichts, nichts«, rief Jankel schnell zurück. »Sag deinem Onkel nichts davon. Dein Onkel kann die Wintersteins nicht leiden.«

Alfred ging allein um das Haus herum und sah es sich genau an. Es war ein Landhaus im Geschmack des achtzehnten Jahrhunderts, mit zwei Flügeln und einer offenen Gartenterrasse zu ebener Erde. Der Anstrich mochte einmal gelb gewesen sein, es war aber wenig von ihm übriggeblieben. Es stand gleichsam nur noch der kahle Knochenbau des Hauses auf dem Gazon, dessen Gras wie ein Ausschlag an den Überresten des Mörtels und des Anstriches wucherte. Wie uralten Leuten der Haarwuchs ausbricht und überall wuchert: auf dem Nasenrücken, auf den Rücken der Hände, auf den Backenknochen und in den Ohren, so kroch an dem Hause überall das Gras des Gazons hoch. Gras wuchs an den Simsen, es wucherte an den mit Brettern verschlagenen Tür- und Fensterrahmen, es saß an den Balken der Dachtraufen, überall, wo es einen vorspringenden Rand oder eine Kante gab, sproß das Gras hoch, und es bildeten sich an manchen Stellen schon kleine Humusschichten – es schien, als wäre der Gazon darauf aus, das Haus zu verschlingen, als ob er es mit seinem Grase gut würzte, um es sich glatt einzuverleiben. Sogar in den Zimmern drinnen – Alfred blickte durch ein Astloch eines Brettes hinein – wuchs Gras in den Sparren und Hohlräumen des Parketts, das an manchen Stellen geschwollen war und verquollen, als fräße an ihm innen das wuchernde Wachstum. Auf dem Dache moderte blaßgrün die Moosflechte.

Der Verfall des schönen Hauses betrübte Alfred um so mehr, als der Park mit seinen herrlichen Baumgruppen, anmutig geplanten Wiesen und Blumenstücken, umschatteten Plätzen und zierlich aus Sandstein gemeißelten Ruhebänken trotz der Verwahrlosung noch immer deutlich und in einer nahezu rührenden Art gemahnte, wie der gute Geschmack jener Zeit von der menschlichen Bestrebung geleitet war, den Naturgenuß durch Spielerei zu vergeistigen.

Auf einem mit großen und glatten Pflastersteinen ausgelegten Pfade kehrte Alfred von seinem Rundgang um das Haus zu Jankel zurück. Er ging, langsam vortastend, auf den Steinplatten, die vom kräftigen Wachstum des Rasens verschoben und gehoben waren, daß man wie auf Bürsten darauftrat, immer in der Gefahr, mit dem Fuß abzurutschen. Jankel sah Alfreds finstere Miene, und er hatte noch Zeit, ihn zu beschwichtigen: »Mach dem Onkel keine Vorwürfe. Er ist wohl daran schuld, daß wir das Haus verfallen lassen, aber heute am Sabbat komm du ihm nicht damit. Erzähl ihm lieber, wie dir der Sabbatvormittag in Großvaters Zimmer gefallen hat!«

Alfred unterdrückte seinen Ärger und folgte Jankel. Welwel sah es aber Alfred an, daß er auf dem Rundgang um das Haus seine heitere Laune verloren hatte, und er erriet den Grund der Verstimmung.

»Es war dein Urgroßvater, der entschieden hat, daß wir auch als Besitzer des Gutes in dem Wohnhaus der Pächter bleiben. Zwei Häuser zu erhalten, könnten wir uns nicht leisten. Wir haben getan, was möglich war. Aber in der Zeit des Krieges hausten hier die Soldaten. Einmal waren es unsere, dann russische, dann wieder unsere Kommandos. Nicht wahr, Jankel, bis zum Jahre 1914 war der Gazon in leidlichem Zustand?«

»Gewiß, gewiß«, stimmte Jankel zu, und Alfred, von Jankel angeregt, lenkte das Gespräch auf seine Eindrücke von der Dobropoljer Betgemeinde. Er sprach mit dem Onkel von Mechzio, von Schabse, dem Pferdehändler, von den stiernackigen Söhnen des Brenners und schließlich von dem kleinen Leviten, der so schön gesungen hatte.

»Am schönsten aber war es, wie Sie aus der Tora vorgelesen haben, Herr Aptowitzer.«

Der Kassier errötete, und Welwel meinte: »Was den Gesang und das Musikalische betrifft, wirst du wohl schon Schöneres gehört haben, in den großen Synagogen, wo weltberühmte Kantoren singen und Chöre und Solisten.«

»Offen gesagt, Onkel, mir gefallen die Gesänge und die Musik, die ich heute hier gehört habe, bei weitem besser. Da ist alles echt und unverziert und unverdorben. Was sie da im Westen in ihren Reformtempeln treiben, das ist alles nachgemacht und nachgeäfft. Ein Amen von unserem Lipale ist schöner und gewiß auch gottgefälliger als eine ganze Arie in einem Reformtempel. Schon die Bezeichnung Tempel für ein jüdisches Bethaus ist ja sehr sonderbar.«

Und Alfred, der von Musik tatsächlich was verstand und sehr wohl in der Lage war, den Unterschied zwischen den verfälschten Tempelgesängen und der reinen echten Volksmusik der jüdischen Gebete herauszufinden, hielt auf dem Gazon einen längeren Vortrag, ohne dessen innezuwerden, daß seine Zuhörer ihm wohl mit großem Interesse, aber augenscheinlich mit nur beiläufigem Verständnis folgten. Schließlich bemerkte er es doch, und er machte Schluß, ohne erst ans Ende seiner Ausführungen gelangt zu sein. Nach einer Weile des Schweigens sagte Awram Aptowitzer: »Nach der Lehre unserer Weisen grenzt die Welt der Musik an die Welt der Umkehr. Wer in der Welt der Musik zu Hause ist, der hat es nicht schwer, den Weg zur Welt der Umkehr zu finden.«

Welwel dankte dem Kassier mit einem liebevollen Blick, nahm Alfred beim Arm und sagte: »Den Zaddik von Kobryn fragte einmal ein Chassid: ›Rabbi, warum gelten die Kantoren überall als Narren?‹«

»Wahrscheinlich weil sie meistens Tenöre sind, und Tenöre sind meistens dumm«, sagte Alfred.

»Der Rabbi von Kobryn hat das anders erklärt: ›Wenn der Kantor singt‹, sagte der Zaddik, ›ist er in der Welt der Musik. Also ganz nah der Welt der Umkehr. Daß er es fertigbringt, so oft an der Grenze der Welt der Umkehr zu sein und doch nicht hinüberzuspringen, um die wahre Buße zu tun, das macht, daß man ihn einen Narren nennt.‹«

Solche Gespräche am Sabbat nach Tische waren Welwel Dobropoljers alte Gewohnheit. Der Kassier wußte es und er verstand es, mit Sprüchen, Zitaten und Wörteln das Gespräch immer wieder zu erfrischen. Alfred sah wohl, wie der Kassier zuweilen seinem Brotgeber nach dem Munde redete, aber er gönnte dem Onkel das Vergnügen, und er sorgte nachher dafür, daß Awram Aptowitzer und Lipusch öfter zum Sabbatnachtisch eingeladen wurden und den Spaziergang auf dem Gazon mitmachten.

Am ersten Sabbat indessen, auf dem Heimweg, war Alfreds Unmut über die Vernachlässigung des hübschen Gazonhauses doch noch zum Ausdruck gekommen, wenn auch mit Maß und in einer Form, die selbst Jankel nicht auffiel.

»Was heißt eigentlich Groblja?« fragte Alfred auf dem Heimweg.

»Groblja heißt soviel wie Damm oder Wehr. Es ist der künstliche Damm zwischen dem Großen und dem Kleinen Teich, wie du siehst, sie werden einmal beide wohl ein Teich gewesen sein.«

»Der Zustand der Groblja paßt genau zum Gazon. Man versinkt ja geradezu in Schmutz und Staub auf dieser Groblja.«

»Was diese Groblja ist, wirst du erst im Herbst sehen, wenn es ein paar Tage geregnet haben wird«, sagte Jankel.

»Warum verbessert man sie nicht? Da liegen ja Schotterhaufen im Staub und versinken im Dreck.«

»Die Groblja gehört nicht uns«, sagte Welwel.

»Früher, wie es hier nur das Alte Dorf gab«, sagte Jankel, »war die Groblja immer im besten Zustand. Sie muß nämlich jedes zweite Jahr neu aufgeschüttet und geschottert werden. Das geschah auch immer zur rechten Zeit. Wir stellten den Schotter bei, das Dorf die Arbeit, es ging alles glatt. Seitdem es hier zwei Dörfer gibt, vergehen Jahre, ehe eine Einigung zustande kommt. Das dritte Jahr schon liegen diese Schotterhaufen hier, und noch immer streiten sie sich herum, wieviel Arbeiter das Neue, wieviel das Alte Dorf beistellen muß. Was können wir tun?«

»Indessen werden die Schotterhaufen immer kleiner«, sagte Welwel.

»Sie versinken langsam«, stellte Alfred fest.

»Zum Teil wandern die Steine langsam in den Kleinen Teich. Jeder Junge, der vorbeikommt, wirft ein paar Steine ins Wasser, nicht wahr, Lipusch?«

»Ich … ich …«, stotterte Lipusch errötend, »ich nehme nur ganz kleine, die nichts taugen.« Er bückte sich, hob einen auf und zeigte ihn.

»So dünne Steine«, sagte er, »die schön überm Wasser tanzen«, und er machte Miene zu demonstrieren, wie so ein Stein überm Wasser tanzen kann.

»Am Sabbat?« sagte der Vater streng.

Lipusch errötete noch tiefer und steckte den Stein in die Tasche.

»Am Sabbat?« wiederholte Vater Aptowitzer, schon mit gespielter Strenge.

Lipusch zog den Stein wieder hervor und – warf ihn in den Abzugsgraben zwischen dem Gazon und dem Kleinen Teich.

So endete der erste Spaziergang auf dem Gazon, dank Lipusch, doch noch in aller Heiterkeit. Einen Mißton in die Harmonie dieser Sabbatspaziergänge sollte erst Alfred später selbst mit seiner Bemerkung über die »Schechina« hereintragen.

FÜNFTES BUCH

FÜNFTES BUCH

1

Jetzt ist die Krise da, sagte sich Alfred in der zornig-freudigen Selbstgefälligkeit, mit der man einen Schlag des Schicksals empfängt, der zwar plötzlich, aber genau dort hintrifft, wo man ihn erwartet hatte. Seit der Auseinandersetzung mit seinem Vormund in Wien lebte er in heimlicher Erwartung eines Ereignisses, das die Befürchtungen Dr. Frankls wahrmachen wollte. In gehobener Stimmung war er im Haus seiner Väter umhergegangen, aber doch auch in der heimlichen Beängstigung, es müßte einmal ein Tag kommen, an dem der Schuß in den Frieden des Hauses fallen würde.

Er lebte in dem stillen Hause friedlich dahin. Aber lebte er frei? Er lebte hier freiwillig. Aber heißt freiwillig auch frei? Da das Seil, an dem er in der Auseinandersetzung mit dem Vormund so ungestüm gerüttelt hatte, am anderen Ende von der Hand des Vormunds plötzlich gelockert worden war –: hatte er das Glück, den Rausch der Befreiung empfunden? Er hatte sich – wir erinnern uns wohl – wie ausgesetzt gefühlt. Ist denn aber ein Ausgesetzter ein Freier? Ein Ausgesetzter muß schwimmen, wenn er das andere Ufer erreichen will. Alfred hatte sich von der Strömung tragen lassen. Die Strömung war sanft, und sie trug ihn gut. Einmal wird die Strömung hart werden, wie Wasser hart wird, wenn es im Fluß erkaltet. Das war zu erwarten. Und nun war es so geschehen. Schwamm er bereits gegen die Strömung? Er hob den Kopf, und er sah: am anderen Ufer stand der Onkel Stefan. Klein, schmächtig und mager stand er da, nickte mit dem Kopf und sah mit seinen großen vorgewölbten Augenbällen schwermütig über die Strömung in die Leere hinaus.

»Morgen und übermorgen und an allen Wochentagen werden wir nur am Abend spazierengehen können«, sagte der kleine Lipusch und blickte traurig zu Alfred hinauf.

»Warum denn?« fragte Alfred, ohne des Kindes zu achten, das an seiner Seite auf der Steinbank saß.

Es war am Sonntag nach jenem Samstag, an dem Alfred der Unfall mit der »Scherina« geschehen war. Am frühen Morgen schon war er in den Gazon geeilt. Es zog ihn dorthin wie einen Missetäter zum Tatort, und der Knabe Lipusch fand ihn, das Gesicht in den Händen, tiefgebeugt auf der Steinbank sitzen. Alfred hatte mit dem Knaben längst Freundschaft geschlossen, und der Kleine folgte Alfred allerwege, wo er den Schall seiner Schritte, den Laut seiner Stimme aufspüren konnte.

»Vormittags geh' ich ja schon in die Schule, und von morgen an muß ich am Nachmittag in den Cheder.«

»Wo gibt es denn hier einen Cheder?«

»Einen richtigen Cheder gibt es nicht. Da sind zuwenig Kinder im Dorfe. Aber morgen kommt der neue Rebbe und wir lernen, alle Kinder zusammen, in Vaters Kanzlei.«

»In Vaters Kanzlei ist der Cheder?«

»Ja. Der Herr Verwalter und mein Vater brauchen die Kanzlei nur am Vormittag, und einmal in der Woche am Sonntagnachmittag, wenn die Tagelöhner den Wochenlohn bekommen.«

»Unsere Spaziergänge werden ohnehin bald ein Ende haben, mein Lieber …«

»Du willst wegfahren, junger Herr?«

»Wer hat das gesagt?«

»Gestern abend kam der Herr Verwalter zu uns und sagte es meinem Vater. Und er hat gelacht.«

»Dein Vater hat gelacht?«

»Mein Vater wird doch nicht lachen, weil du wegfährst, junger Herr!«

»Der Herr Verwalter hat gelacht? So, so. Und du? Du hast auch gelacht?«

»Ich hab' nicht zuhören dürfen.«

»Du hast aber doch gehört.«

»Nur ein bißchen. Willst du wegfahren?«

»Ich muß auch in die Schule.«

»Du wirst aber nicht wegfahren.«

»Wer hat dir das gesagt?«

»Niemand hat mir das gesagt. Aber der Herr Verwalter hat gelacht, und so wirst du nicht wegfahren.«

»Wir werden sehen«, sagte Alfred mit einem Seufzer, und auch der Knabe seufzte in der spielerischen Bekümmertheit des Kindes, tief und bezaubernd falsch. »Komm, wir gehen zum Teich hinunter.«

Über dem Alten Dorf dröhnten die alten Glocken der griechisch-katholischen, vom Neuen Dorfe her tönten hell und dünn die jungen Glocken der noch neuen römisch-katholischen Kirche. Es war wie ein Wettlauf der Töne. Neben dem wuchtig würdigen Geschreite der alten trippelten die kleineren neuen Glocken wie leichtfüßige Kinderbeine neben schwerbestiefelten Bauernschritten. Der Kirchgang begann.

Nichts auf der Welt ist so weiß wie das Sonntagshemd eines Bauern, stellte Alfred fest. Dabei braucht das Hemd nicht einmal besonders weiß zu sein. Es muß nur Sonntag sein und das Hemd frisch und sauber. Nichts auf der Welt hat so viel Würde wie der Gang eines alten Bauern zur Kirche. Es muß nicht einmal ein alter Bauer sein. Es muß nur ein echter Bauer sein, kein kostümierter Hotelier in einer germanischen Sommerfrische. Es muß nur ein Gang im Glocken-geläute sein, und die große Bauernfaust muß ein kleines Gebetbuch zart umfassen.

Im Gegensatz zu Pesje, die am Sabbat ihr Haar bedeckte, trugen die nichtverheirateten Bäuerinnen am Sonntag ihr Haar unbedeckt, in harten Zöpfen zum Diadem um den Kopf geflochten, mit vielen kraßfarbigen Kämmchen dicht besteckt, oder sie ließen es in langen Flechten, mit bunten Bändern verziert, frei über den Rücken hängen. Die bunten Kopftücher waren am Sonntag Hals- und Brustschmuck der jungen Bäuerinnen, und man sah es am Wettstreit der grellen Farben, wie wichtig sie diese Zierde nahmen. Durch das grüne Gatter der Zweige blickte Alfred vom Gazon zur Dorfstraße hinaus. Er sah: blonde, schwarze, braune und strohgelbe Zöpfe, vom Schmuck der kraßbunten Kämmchen überstochen. Aber kein Mädchen hatte so schön rabenschwarze, so herrlich nachtfinstere Flechten wie Donja. Keine verstand es, so pfauenstolz in ihrem Sonntagsstaat zu schreiten wie Donja in ihrem Werktagskleid. Keine Brust war perlenzart gerundet wie die Brust Donjas. Keine hatte die erschreckende Un-schuld der weiblichen Laune im quellklaren Abgrund der grauen Augen Donjas. Keine hatte die süß geschwungenen Lippen Donjas. Stumpf und stumm war jeder Mund, den nicht das demütige, das schmerzlich-freche Lächeln der Zigeunerin umspielte. Wie schön mußte Donja erst in ihrem Sonntagsstaat sein! Noch hatte er das schöne Mädchen am Sonntag nicht gesehen. Vor lauter Lernen versäumte er hier das Schönste. Und nun würde er abreisen müssen, ohne Donja recht kennengelernt zu haben.

Er hatte die Stellmacherstochter oft genug gesehen, aber nie waren sie allein. Nie begegnete er ihr an einem Ort, wo man ohne Aufsehen mit einem Mädchen sprechen konnte, dessen Sprache man nicht verstand. Er sah sie im Kuhstall im ärmellosen roten Jäckchen. Er traf sie auf der Tenne beim Drusch. Sie kniete in einer Staubwolke oben auf der Maschine und streute Korngarben in das brausende, polternde, kreischende Trommelwerk. Da war sie eine von den vier auserwählten Vorarbeiterinnen, die sich in die schwere, verantwortungsvolle, aber ehrenhafte Arbeit teilten – Jankel hatte es so angeordnet, daß die Zigeunerin mit den drei angesehenen Töchtern würdiger Bauern in der ersten Reihe arbeitete. Einmal sah Alfred Donja in der Werkstätte ihres Vaters. Es war ein trüber, schon frühherbstlicher Tag, und sie trug eine lange schwarze Jacke, mit grünen Knöpfchen über der Brust und an den Manschetten verziert. In Anwesenheit ihres Vaters – der übrigens als ausgedienter k. u. k. Zugsführer von den Schwarzen Dragonern Deutsch verstand und auch gerne und fließend sprach – lächelte sie Alfred schmerzlich-frech und ganz offen an, und sie blieb so lange in der Werkstätte, bis Alfred gegangen war. Dann stand sie noch in der Tür der Werkstätte und gab ihm ihr Lächeln zum Geleit. Vor ihrem Vater hatte sie nicht die geringste Scheu, und es schien Alfred, als ob sie ihm sogar in leichtverständlicher Augensprache bedeuten wollte, daß ihr Vater nicht so streng sei wie die Mutter. Und er, in der Jüdischkeit verloren, hatte keinen Besuch mehr in der Wagnerei abgestattet! Öfter sah er dann Donja mit einem Tonkrug in der Hand auf dem Pfade zwischen der Brennerei und der Pferdetränke zum Waldbrunnen gehen. Da hatte sie es aber immer sehr eilig, denn ihr Vater war – wie Jankel einmal erklärte – in diesem Jahr ein Geschworener. Das heißt aber nicht, daß er zu Gericht sitzen mußte, er hatte es bloß vor dem Popen auf seinen Eid genommen, ein Jahr lang keinen Alkohol zu trinken, und so trank er Wasser in großen Mengen. Aber er vertrug nur ganz frisches, das Donja aus dem Waldbrunnen für ihn schöpfte. Mit dem Wasserkrug in der Hand erinnerte das Mädchen Alfred an den schönen Erntetag auf dem Haferfelde, und wie er sie so auf dem Pfade zum Waldbrunnen gehen sah, folgte er im Herzen ihren stolzen Pfauenschritten, jeder Schritt ihres Fußes ein

Schlag seines Herzens. Nur am Sonntag hatte er Donja noch kein einziges Mal gesehen. Das wollte er heute nachholen. Wer weiß, wie viele Sonntage er noch hierbleiben würde?

Er ging mit dem Knaben zum Kleinen Teich hinunter. Vom Ufer konnte man die Pappelallee übersehen, die zur Ökonomie führte. Wenn die Stellmachers heute zur Kirche gehen, würde er Donja in ihrem Sonntagsstaat sehen.

»Sind schon alle weggegangen?« fragte er Lipusch.

»Ja, alle«, sagte der Knabe. »Alle zusammen.«

»Der Stellmacher auch?«

»Der Stellmacher, der geht alle heiligen Jahre einmal in die Kirche«, plapperte Lipusch, wie er oft die Erwachsenen reden hörte.

»Die alte Stellmacherin war aber auch nicht dabei?« sagte Alfred.

»Sie ist nach Nabojki zu ihren Verwandten.«

»Da wird auch die Tochter heute nicht in die Kirche gehen«, meinte Alfred.

»Das weiß ich nicht«, sagte Lipusch. »Aber sie hat schon ihr neues Kleid angezogen. Und geweint hat sie auch schon. Vielleicht wird sie noch gehen.«

»Woher weißt du, daß sie geweint hat?« fragte Alfred.

»Sie war bei uns. Sie zeigte meiner Mutter ihr neues Kleid, und –«

»Und warum hat sie geweint?«

»Weil sie ein neues Kleid hat.«

»Bist du dumm!« sagte Alfred. »Wenn sie ein neues Kleid hat, wird sie deswegen weinen?!«

»Sie hat ein neues Kleid und sie darf nicht in die Kirche. Darum hat sie geweint, weil sie ein neues Kleid hat. Ich bin nicht dumm. Die Mädchen, wenn sie ein neues Kleid haben –«

»Nein, du bist nicht dumm«, sagte Alfred und strich mit zarter Hand über das glänzende Stirnhaar des Knaben. Lipusch errötete und rückte auf dem Grase näher zu Alfred. Sie saßen am Ufer des Teiches, Hüfte an Hüfte. Das Wasser war still. Senkrecht spiegelten sich die alten Riesenbuchen im reglosen Wasser. Die Kühle roch nach Schlamm und altem Laub vom vergangenen Jahr.

»Junger Herr, ein Storch …«, flüsterte Lipusch und wies mit einem Fingerchen auf das Schilf am anderen Ufer, wo ein Storch auf seinen roten Stelzbeinen im Schilfgras watete, den roten Schnabel scharf zum Wasser gesenkt.

»Wieso gibt es noch Störche?« verwunderte sich Alfred.

»Die Störche sind schon weggeflogen. Nach Mizrajim. Dieser Storch ist von Jarema Rybaks Scheune, dort hat er sein Nest. Er war krank, und Jaremas Kinder haben ihn vor den Störchen gerettet.«

»Vor den Störchen gerettet?« fragte Alfred.

»Weil er krank am Flügel war, hätten ihn die Störche getötet. Die Störche, die machen Flugmanöver, ehe sie nach Mizrajim wegfliegen. Richtige Manöver. Wie die Soldaten! Von allen Dörfern kommen sie dahergeflogen und sie beraten sich auf der Wiese. Dann machen sie Flugproben. Wahrscheinlich wollen sie sehen, ob die Jungen alle gut fliegen gelernt haben –«

»Ist denn das ein junger Storch?« fragte Alfred.

»Nein. Jaremas Storch ist ein alter Storch, sogar ein sehr alter. Aber den Störchen ist es ganz gleich, ob jung, ob alt – wer nicht gut fliegen kann, der wird einfach umgebracht.«

»Wie machen das die Störche?« fragte Alfred. Er war froh, daß der Kleine zu erzählen hatte, da konnte er ungestört die Pappelallee im Auge behalten.

»Oh, das ist schrecklich schön! Die Störche machen es so: sie fliegen auf. Sie fliegen langsam. Sie fliegen im Kreis. Sie fliegen hoch, höher, immer höher. Dann kreisen sie hoch oben. Dann lassen sie sich schief in der Luft fallen. Und plötzlich, im Flug, fangen sie an, mit ihren Schnäbeln zu klappern! Und sie stürzen sich wie auf Befehl auf einen in ihrer Mitte. Und sie zerstoßen und zerreißen ihn mit ihren Schnäbeln in der Luft! Blutig, zerfetzt, stürzt er ab. Aber noch über den toten Storch fallen die Mörder mit ihren Schnäbeln her. Und sie hören nicht auf, bis sie den armen ganz zerstoßen und zerhackt haben, daß nur das Gefieder von ihm übrigbleibt –«

»Du erzählst das, als ob du so was schon einmal mit eigenen Augen gesehen hättest«, staunte Alfred.

»Hab' ich auch! Das hab' ich auch!« beteuerte Lipusch in Erregung, als hätte er das geschilderte Strafgericht eben erst beobachtet. »Vor zwei Jahren im Herbst hab' ich das gesehen. Und mein Bruder David war auch dabei. Und du kannst ihn fragen, junger Herr. Wenn du mir nicht glauben willst.«

»Ich glaub' dir schon.«

»Du sollst aber meinen Bruder fragen.«

Der Knabe rückte sachte von Alfred ab und beobachtete den zurückgebliebenen Storch im Schilf. Über dem Wasser war es still. So still, daß man das seidige Rascheln des Schilfs und das silberne Glucksen des Wassers hörte, wenn der große Vogel im Schilf sich regte und mit dem Schnabel ins Wasser stieß.

»Ist das wahr, daß der Storch ein verfluchter Vogel ist, junger Herr?«

»Wer hat dir das gesagt?«

»Niemand hat mir das gesagt. Aber im polnischen Lesebuch meines Bruders, da steht ein Gedicht. Ein schönes Gedicht. Und in diesem Gedicht ist es so – hörst du, junger Herr?«

»Ich höre, mein Lieber.«

»Also ein Bauer spricht mit einem Storch. Warum bist du so traurig, mein lieber Storch, und lässest deinen Schnabel hängen, fragt der Bauer den Storch. Mir fehlt mehr, als ich dir sagen kann, sagt der Storch. Was fehlt dir denn, fragt der Bauer. Mir fehlt, sagt der Storch, mir fehlt mein Heimatland. Als Gott die Vögel erschuf, erzählt der Storch, da hat er jedem Vogel ein Heimatland zugewiesen. Und alle waren zufrieden. Und sie dankten dem Herrn. Nur der Storch war mit seinem Heimatland nicht zufrieden. Da sprach der Herr im Zorn einen Fluch über den Storch aus. Und er wurde verdammt, kein Vaterland zu haben, sondern zwei Vaterländer. Und immer auf dem Wege zu sein zwischen dem einen und dem anderen Land. Und nie und nimmer zur Ruh' zu kommen, bis ihn der Tod vom Fluch erlöst. – Ist das wahr, junger Herr?«

»Ich glaube nicht«, sagte Alfred, der sich unterdessen von der Pappelallee weg dem Knaben zugewendet hatte. »Was glaubst du?«

»Sag du mir erst, warum du nicht glaubst, daß es wahr ist«, bat Lipusch.

»Der Storch ist nicht der einzige Vogel, der zwei Heimatländer hat«, sagte Alfred. »Alle Zugvögel haben zwei Heimatländer. Die Schwalbe, die Nachtigall, die Lerche. Allen diesen Vögeln hat Gott starke Flügel gegeben, damit sie das Land verlassen können, das im Wandel der Jahreszeiten kalt und grausam geworden ist. Was soll der Storch hier im Winter? Er würde hungern und erfrieren. Das kann der Schöpfer der Welt nicht wollen. Du siehst hier viele Vögel im Sommer, und nun sind die meisten weg, weit weg. Ist dir das nicht aufgefallen?«

»Das hab' ich rein vergessen, wie ich das Gedicht gelesen habe. Dabei kenne ich viele Zugvögel«, staunte Lipusch.

»Du hast aber doch nicht geglaubt, daß der Storch verflucht sei? Oder?«

»Ich hab's nicht ganz geglaubt.«

»Warum aber?«

»Weil … weil … Weißt du vielleicht, junger Herr, wie der Storch in der heiligen Sprache heißt?«

»N-nein«, sagte Alfred zögernd. Er dachte nach, er wußte es noch nicht.

»In der heiligen Sprache heißt der Storch Chassida. Weißt du, was das bedeutet?«

»Nein.«

»Du weißt aber doch schon, was das Wort Chassid bedeutet?«

»Ja, das weiß ich, vielleicht. Chassid heißt doch soviel wie ›der Fromme‹?«

»Ja, junger Herr! Und Chassida heißt ›die Fromme‹. So schön heißt der Storch in der heiligen Sprache! Und wenn der Storch in der heiligen Sprache ›die Fromme‹ heißt, kann er kein verdammter Vogel sein. Darum hab' ich es nicht geglaubt.«

»Na siehst du.«

»Warum aber schreiben die Gojim solche Gedichte?«

»Vielleicht hast du das Gedicht falsch verstanden«, sagte Alfred ohne Überzeugung. »Du bist ja noch ein Kleiner«, und er strich mit zärtlicher Hand über den ahornbraunen Glanz von Lipales gelocktem Schläfenhaar. Der Knabe rückte sofort näher und sie saßen wieder, Hüfte an Hüfte, eine Weile schweigend.

»Junger Herr, hast schon einmal einen Storch von der Nähe gesehen?«

»Noch näher als diesen hier?«

»Ganz nah. So nah wie man eine Taube sieht. Oder einen Hahn?«

»Nein, so nah hab' ich einen Storch noch nie gesehen.«

»Ich war gestern bei Jarema. Sie haben dem Storch die Flügel gestutzt. Jetzt kann er nicht davonfliegen. Ich hab' ihn von der Nähe gesehen. Weißt du, wie ein Storch von der Nähe aussieht? Wie mein alter Rebbe Motje Schije, der schon gestorben ist. Genauso sieht der Storch aus. Und er ist doch mit dem Rebbe gar nicht verwandt. Vielleicht wird mein neuer Rebbe auch so aussehen. Er heißt Reb Salmen. Er kommt morgen.«

Alfred streifte den Knaben mit einem nachdenklichen Seitenblick. Lipusch errötete und legte vertraulich eine sehr schmale und sehr verschmutzte kleine Hand auf Alfreds Oberschenkel. Sie schwiegen still und sahen das Wasser, das Schilf und den Storch.

2

Unterdessen war ein Paar durch die Pappelallee geschritten, ein ungleiches Paar in sonntäglich blank ausgeglänzten Stiefeln: Jankel und Donja. Der Alte hatte, weil das Mädchen gar so jämmerlich weinte, beim Stellmacher erreicht, daß die Tochter zur Kirche gehen durfte. Das Mittagessen hatte Donja schon früh zubereitet, und Frau Aptowitzer versprach, hin und wieder einen Blick auf den Küchenherd der Stellmachers zu tun. Da er nun seinen Sonntagsschmaus in guter Obhut wußte, hatte der Stellmacher gegen den Kirchgang seiner Tochter nichts einzuwenden. Er selber ging seit Monaten nicht in die Kirche. Er zürnte seiner Frau, die ihn zum Abschwören des Branntweins überredet hatte, und er vergalt es dem Popen, indem er seit dem Sonntag des Schwurs nicht mehr zum Gottesdienst erscheinen mochte.

Donja trug eine halblange orangenfarbene Jacke, mit roten Manschetten und vielen roten Knöpfchen verziert, einen weinroten bauschigen Rock und ein weinrot kariertes Brusttuch mit langen, seidigen Fransen. Ihre blauschwarzen Zöpfe hatte sie für den Kirchgang hart und sittsam um den Kopf geflochten. Es fehlte ihr bloß eine Schnur roter Korallen an ihrem zigeunerisch braunen Hals, um die schönen Töchter des reichen Bielak an diesem Sonntag auszustechen.

Zu ihrem Leidwesen besaß sie aber keine Korallenschnur. Doch hoffte sie im stillen, sehr bald einen herrlichen Korallenschmuck geschenkt zu bekommen. Sie wußte sogar schon, wer ihr dieses Geschenk machen sollte … Die steifen Schäfte ihrer Stiefel waren fast so blank zugeglänzt wie die Jankels, der übrigens in seinem Kittel, in seinem Spenzerchen und seinem vom Sabbat noch frischen Hemd so sonntäglich und würdig daherschritt, daß er mit Donja gleich zur Kirche hätte gehen dürfen. Er war aber auf dem Wege zu Welwel, mit dem er ohne Verzug, aber auch ohne Hast, in sonntäglicher Muße und mit einem Schuß Schadenfreude über Alfred sich zu unterreden gedachte. Donja begleitete ihren Wohltäter bis ins Haus. Sie wollte sich vor Pesje ihres neuen Sonntagsstaats berühmen. Vielleicht würde bei dieser Gelegenheit noch jemand von den Herrschaften ihre schöne neue Jacke bemerken.

Allein, dieser Jemand, der in ähnlichen Gedanken ein aussichtsreiches Plätzchen auf dem Gazon bezogen hatte, vermochte das Paar in der Pappelallee nicht zu sichten. Er sah auch nicht Jankel ins Haus, Donja in die Küche treten. So weit hatte ihn der Knabe Lipusch mit den Erzählungen vom Storch von seinem heimlichen Vorhaben abgebracht, daß er sodann noch Donjas – von Pesjes entzückten Ausrufen und Blicken begleiteten – triumphalen Auszug zur Kirche verabsäumte, obschon das schöne Mädchen dicht am Gazon vorbeiging und ihre orangefarbene Jacke wie eine Sonne den Park im Bogen umkreiste und hier und dort durch das grüne Gatter der Zweige mit einer blendenden Rundung der schönen Figur durchschimmerte.

»Erzähl mir eine Geschichte, junger Herr«, bat Lipusch, dem das Schweigen Qualen der Langeweile bereitete.

Seit Wochen schon fütterte ihn Alfred mit Märchen. Das Kind wird auf jüdisch-scholastische Art unterrichtet; es zeichnet Landkarten und spielt Schach; lauter abstraktes Zeug stopft es in sein zartes Gehirn. Es ist ein Jammer, wie dieses begabte Geschöpf verdorben wird. Mit Märchen stritt Alfred gegen die Scholastik des Cheders, der jüdischen Elementarschule, von der er in der ostjüdischen Belletristik so Arges gelesen hatte. Lauter verkümmerte, einseitig verkrüppelte Geister kamen aus diesen Schulen heraus. Nur die Verfasser jener Belletristik, Zöglinge des Cheders allesamt, hatten im Cheder nicht den geringsten Schaden genommen. Heroen an Seele und Geist, standen sie im Lichte der Weltliteratur da und grollten belletristisch dem Cheder, in dem das ganze jüdische Volk im Osten verdarb, ausgenommen die Belletristen. Alfred sah diesen seltsamen Widerspruch nicht, und so kämpfte er auf der Seite der Belletristik gegen die Dämonen des Cheders mit der goldenen Waffe der Märchen. Er erzählte dem Knaben alle Märchen, die er im Gedächtnis aufbewahrt hatte, aber bald war er mit dem Schatz seines Wissens am Ende angelangt, denn der Knabe konnte nicht genug davon haben. Alfred hatte sich seine ganze Jugendbibliothek nachschicken lassen, sofern sie noch von Frau

Fritzi nicht verschenkt worden war, und vor jedem Spaziergang mit Lipusch las er in den Märchensammlungen, um seinen Vorrat zu erstrecken. Hin und wieder aber traf es sich, daß Alfred unvorbereitet zu einem Spaziergang antreten mußte, und in solchen Fällen tat er das, was alle Lehrer tun, wenn sie einmal faul waren: er prüfte den Schüler.

»Heute wirst du mir was erzählen.«

Es zeigte sich nun gleich bei der ersten Prüfung, daß der abstrakte Knabe nicht bloß das von Alfred Erzählte – wenn auch in der Sprache noch mangelhaft – recht gut wiederzugeben verstand, sondern auch seinerseits mit slawischen Märchen, jüdischen Geschichten und kunterbunt aneinandergereihten Brocken alter Dorfgeschichten aufwartete, was wieder Alfred nicht wenig Vergnügen bereitete.

»Erzähl du was, Lipale«, forderte ihn Alfred auf.

»Jüdisches oder Gojisches?« fragte der Knabe nach der Regel eines längst eingespielten Spiels.

»Heute was Jüdisches«, schlug Alfred vor und streckte sich im Grase aus, den Kopf an einen Baumstamm stützend, um die Pappelallee im Auge zu behalten.

»Ich erzähle dir eine Geschichte von einem heiligen Zaddik, der so geheißen hat, wie du am Sabbat heißt, wenn man dich zur Tora aufruft, junger Herr.«

»Schön, erzähle.«

»Es war einmal ein großer Zaddik, Rabbi Sussja. Er pflegte zu wohnen in der großen Stadt Annopol. Man pflegte ihn auch zu nennen ›der Narr Gottes‹, den Rabbi Sussja, weil er das Joch der Schechina –«

»Der – was?« schrie Alfred und sprang auf. Das Kind weiß also auch schon! Man weiß auch schon bei Aptowitzer von der Göttin Scherina!

»Der Schechina«, wiederholte unschuldig der Knabe. »Schechina ist der heiligste Name. Die Schechina ist in Verbannung gegangen wegen der Sünden des Volkes. Und Rabbi Sussja hat in jungen Jahren das Joch der Schechina auf sich genommen. Das heißt, er ging in die Verbannung wie die heilige Schechina. Er ging von Dorf zu Dorf, von Stadt zu Stadt, von Land zu Land und tat viel Gutes. Wenn er wo einen Vogel in einem Käfig sah, öffnete er den Käfig und ließ den Vogel frei. Dafür pflegte man ihn oft zu prügeln, und so ist er ein großer Zaddik geworden. Und ist berühmt geworden in der ganzen

Welt. Als er aber alt war, pflegte er zu wohnen in der großen Stadt Annopol. Und darum heißt er auch Rabbi Sussja von Annopol.«

»Was hat aber die Schechina damit zu tun?« fragte Alfred, noch mißtrauisch, obgleich keine Arglist in der Stimme des Kindes war.

»Weil ja doch der Rabbi das Joch der Schechina auf sich genommen hat, verstehst du nicht, junger Herr?«

»Schon gut. Ich verstehe«, sagte Alfred und lagerte sich wieder im Grase hin. »Erzähl weiter.«

»Rabbi Sussja war schon ein sehr alter Mann, zart und schwach. Und er pflegte zu tragen einen alten, verschossenen Kaftan. Und er sah aus wie ein armer Mann! Jeden Morgen pflegte er vor dem Gebet ins Bad zu gehen und ein Tauchbad zu nehmen vor dem Gebet. Im Sommer und im Winter. Im Herbst und im Frühling.«

»Weiter!«

»Dann pflegte er zu beten, lange zu beten.«

»Wo? Im Tauchbad?«

»Nein, er pflegte nach Hause zu gehen und in seinem Zimmer –«

»Weiter!«

»Dann studierte er noch in der Gemara, und dann pflegte er hungrig zu werden –«

»Weiter!«

»Er wurde sehr hungrig und er wollte sein Frühstück haben. Zum Frühstück pflegte der Rabbi Sussja ein Gläschen Schnaps zu trinken und ein Stückchen Honigkuchen dazu zu essen. Denn Rabbi Sussja liebte Schnaps zu trinken, und besonders liebte er Honigkuchen zu essen. Wenn er abgebetet und ein Blatt Gemara zu Ende studiert hatte, pflegte er immer sehr hungrig zu sein und –«

»Das haben wir schon gehört. Er hat schon gefrühstückt.«

»Nein! Er hat noch nicht gefrühstückt.«

»Weiter!«

»Wenn der Rabbi Sussja schon sehr hungrig war und wenn er sein Frühstück haben wollte, pflegte er nicht so wie alle großen Zaddikim seinen Dienern zu befehlen: ›Hej, ihr Leute, tragt schnell das Frühstück auf!‹ O nein! Rabbi Sussja, wenn er schon gar so hungrig war, schloß er das Buch, küßte es und seufzte zu Gott: ›Schöpfer der Welt! Sussja ist hungrig und will essen. Laß ihm etwas zu essen geben.‹ Die Diener aber, die im Vorzimmer saßen und den Rabbi so seufzen hörten, öffneten die Tür und brachten das Frühstück.«

»Schnaps und Honigkuchen?«

»Ja, Schnaps und Honigkuchen.«

»Weiter!«

»Die Diener aber waren dumme Leute. Eines Tages verabredeten sie sich gegen den Rabbi und sie sagten: ›Was hat er da immer zu Gott zu seufzen? Wenn er zu Gott seufzt, soll ihm Gott Schnaps und Honigkuchen bringen.‹ Und so verabredeten sie sich, das Gebet des Zaddiks um Speise und Trank zu überhören. Und abzuwarten, bis er ihnen ruft: ›Hej, ihr Leute! Tragt das Frühstück auf!‹«

»Weiter!«

»Die große Stadt Annopol pflegte aber zu sein eine sehr schmutzige Stadt. Wenn es da einmal im Herbst zu regnen anfing, waren die Gassen ganz tief von Schmutz und Schlamm. Und man mußte Bretterstege über die Gassen legen. Sonst konnte man nicht über die Gassen gehen. So wie bei uns auf der Groblja, die zum Gazon führt. Im Herbst bleiben da sogar die Wagen stecken –«

»Weiter!«

»An jenem Tage, da sich die dummen Diener gegen Rabbi Sussja so schlimm verabredet hatten, war in der großen Stadt Annopol Wochenmarkt. Es war im Herbst und es hatte lange geregnet. Und es kam zum Wochenmarkt ein sehr grober Mann, ein Pferdehändler. Und dieser Mann begegnete dem Rabbi Sussja, wie er vor dem Morgengebet ins Bad ging. Auf so einem schmalen Brettersteg. Der grobe Mann kannte den großen Zaddik nicht. Und wie er diesem alten Juden in einem ärmlichen Kaftan auf dem schmalen Steg begegnete, machte er sich mit ihm einen groben Spaß. Und er stieß den heiligen Zaddik vom Fußsteg hinunter, so daß der Rabbi hinstürzte und seine Kleider im Schlamm beschmutzte. Der grobe Mann lachte noch dazu! Dann ging er in eine Schenke und trank Schnaps. Und er erzählte dem Schankwirt von dem schönen Spaß, den er sich mit einem alten Juden gemacht hatte. ›Wie hat denn der alte Jude ausgesehen?‹ fragte der Schankwirt. Und der grobe Mann sagte das Aussehen und die Kleidung des alten Juden, den er in den Schmutz der Straße gestoßen hatte. ›Gewalt geschrien!‹ schrie der Schankwirt. ›Was habt Ihr getan? Das war doch der große Zaddik Rabbi Sussja, der in der ganzen Welt berühmt ist!‹ Da erschrak der Fremde, obwohl er ein grober Mann war. Und er weinte bitterlich. Denn er fürchtete den Zorn des Zaddiks. Er wollte alles tun, um vom Rabbi Verzeihung zu erwirken. Und der

Schankwirt gab ihm einen Rat. Er sagte ihm: ›Es wird nicht schwer sein, beim Rabbi Sussja Verzeihung zu erwirken. Denn er ist ein sehr gütiger Mann. Wißt Ihr was? Nach dem Morgengebet pflegt der Rabbi ein Gläschen Schnaps zu trinken und ein Stückchen Honigkuchen zu essen. Ich rate Euch, kauft Schnaps und Honigkuchen und geht sofort hin. Und wartet, bis der Rabbi abgebetet und ein Blatt Gemara durchgenommen hat. Dann tragt es ihm ins Zimmer.‹ Der fremde Mann tat so. Er kaufte eine große Flasche guten Branntweins und so einen großen Honigkuchen. Und er kam zum Rabbi gerade im Moment, als der Rabbi zu Gott aufseufzte: ›Schöpfer der Welt! Sussja ist hungrig und will essen. Lasse ihm etwas zu essen geben.‹ Die Diener aber taten so, als hätten sie es nicht gehört. Der Rabbi seufzte nach einer Weile noch einmal: ›Schöpfer der Welt, Sussja ist hungrig und will essen. Lasse ihm etwas zu essen geben.‹ In diesem Augenblick ging die Tür auf! Und der fremde Mann trug Schnaps und Honigkuchen zu Rabbi Sussja in sein Zimmer! Darauf überreichte er dem Rabbi das Frühstück, warf sich dem Heiligen zu Füßen und bat ihn um Verzeihung. Der Rabbi kostete vom guten Schnaps, aß vom süßen Honigkuchen und verzieh dem groben Mann. Die Diener aber waren sehr erschrocken. Und sie wagten es nicht mehr, gegen den Rabbi sich zu verabreden. Die Verdienste des Rabbi Sussja mögen dir beistehen, junger Herr. Und mir beistehen. Und dem ganzen Volke Israel beistehen, Amen und Amen!«

Alfred zog den Knaben an sich und streichelte den Glanz des Haaransatzes der schmalen Kinderstirne, auf der von der Anstrengung des Denkens und vom Eifer des Erzählens bläulich zarte Äderchen herausgetreten waren. Du Lieber, du. Von dir lerne ich Schöneres als von allen alten Juden, dachte Alfred und schwieg still.

»Hat dir die Geschichte von Rabbi Sussja gefallen, junger Herr?«

»Ja, mein Kleiner. Sehr. Es ist eine schöne Geschichte.«

»Wie ich sie hörte, lag ich im Bett. Es war am Sabbatausgang. Wir hatten einen Gast, einen Armen, und er erzählte die Geschichte meinem Vater. Es war im Winter und sie tranken Tee. Und wie der Fremde sie zu Ende erzählte und Amen sagte, da mußte ich weinen. – Warum? Die Geschichte geht doch gut aus? Warum mußte ich weinen?«

»Vielleicht, weil die Geschichte so schön ist?«

»Wenn eine Geschichte schön ist, muß man weinen? Warum?«

»Weil alles Schöne auch traurig ist.«

»Zum Beispiel der Gazon hier, ist er schön?«

»Ja, der Gazon ist schön.«

»Der Gazon ist auch traurig. Das stimmt. Aber – zum Beispiel meine Mutter? Meine Mutter ist schön. Und sie ist nie traurig. Warum?«

»Ist deine Mutter nie traurig?«

»Nein, nie. Mein Vater ist immer traurig. Nur am Sabbat ist er nicht traurig. Aber meine Mutter ist nie traurig. Warum?«

»Ich weiß nicht, ich kenne deine Mutter nicht.«

»Du kennst meine Mutter nicht?! Da mußt du einmal zu uns kommen. Komm gleich jetzt!«

»Ich werde kommen. Zum Abschied werde ich auch zu euch kommen.«

»Du wirst wegfahren?«

»Ich muß. Mein Onkel will, daß ich nach Kozlowa fahre und dort eine Zeit bleibe.«

»Warum?«

»Ich soll beim Rabbi von Kozlowa lernen.«

»Aber warum in Kozlowa? Du kannst ja doch hier lernen.«

»Wo? Bei wem?«

»Bei unserem Lehrer. Wir bekommen ja einen neuen Lehrer.«

»Das ist ein Lehrer für kleine Jungen. Für mich will der Onkel einen anderen Lehrer.«

Alfred ließ sich wieder rücklings ins Gras fallen und warf sich herum wie ein Fisch auf dem Trockenen. Lipusch sah ihm eine Weile zu. Dann wandten sich seine Augen von Alfred ab, und hin und wieder tief seufzend beobachtete der Knabe den Storch, der mit roten Beinen und triefend glänzendem Schnabel im Schilf so grausam jagte und dennoch – und dennoch von der Nähe so aussah wie der Rebbe Motje Schije, der gestorben war.

Am Abend ging Alfred mit Jankel in den Kuhstall. Jankel hatte hier zwar nichts zu schaffen, der Kuhstall war die Domäne des Kassiers Aptowitzer, aber als Verwalter hatte Jankel überall die Oberaufsicht. Außerdem war Kassjka Kobylanska die erste Melkerin, und Jankel hörte die Lieder, die sie beim Melken sang, zu gerne. Alfred liebte den Dunst der Rinder, der gemischt war mit dem Duft des Grünfutters, dem Dampf frischer Molke, den scharfen Ausdünstungen der kleinen Kälbchen und der jungen kraftstrotzenden Melkerinnen, die an den schwellenden Zitzen der Milchkühe fingerten und melancholische Liebeslieder sangen. Die stets muntere Kobylanska, die Anführerin auch des Chores, hatte es bereits in der Gewohnheit, Alfred – sooft er den Kuhstall betrat – mit einem Lied zu apostrophieren. Wie ein Zigeunerprimas zuweilen sein Konzertstück unterbricht, um einen eben in das Lokal tretenden beliebten Lebemann vom Fleck weg mit seiner Lieblingspiece zu empfangen, so riß die alte Kassja ihre gedehnten Melodien sofort ab, wenn Alfred in den Kuhstall trat, um ihn mit einer Scherzstrophe in hüpfendem Rhythmus zu begrüßen.

> *Oj, panytschu,*
> *Ja was klytschu,*
> *Ja was potrebuju,*
> *Schtschob si mama*
> *Ne diznala:*
> *Ja was potsiluju.*

Das Liedchen erweckte eine Art schelmische Schämigkeit bei den jungen Melkerinnen und echte Verlegenheit bei Alfred. Doch als er erst die Melodie innehatte, eine Strophe auswendig wußte und den Text von Jankel übersetzt erhielt, hatte auch er an der scherzhaften Huldigung des Kuhstalls seinen Spaß. Die erste Strophe sang ungefähr: *Oj, junger Herr – Ich rufe Euch – Ich brauche Euch – Daß es bloß die Mutter nicht erfährt: – Ich werde Euch küssen.* Auch diesmal intonierte Kassja die volksliedhafte Kußbereitschaft, und weil Sonntag, weil ein schöner Herbsttag war und im Kuhstall angenehm kühl, improvisierte sie noch etliche Strophen dazu, in denen sie die jungen Melkerinnen mit Namen der Reihe nach in gereimte und auch ungereimte Paarung mit dem Namen Alfreds setzte.

Unter den Melkerinnen befand sich diesmal auch Donja. Sie molk nicht für den Gutshof. Sie hatte anstelle ihrer abwesenden Mutter die zwei Kühe des Stellmachers zu melken, und wenn sie auch Alfred und dem Gesang Kassjas zuliebe heute sehr gründlich molk, war sie doch als erste mit ihrer Arbeit fertig. Alfred entdeckte das schöne Mädchen im Dämmer des Stalles erst, als sie, einen Eimer frischer Molke in der einen, den Melkschemel in der anderen Hand, aus einem Seitengang des Stalles langsam hervortrat und über die knarrenden Bohlen des Mittelstegs zum Ausgang schritt. Sie mußte an Jankel vorbei, aber sie war noch lange nicht so nah, als Kassja in Ermangelung einer weiteren Hofmelkerin nunmehr die Stellmacherstochter in ihre Strophenreihe einbezog. Diese Strophe mußte besonders saftig geraten sei, denn das Gejohle und Gejauchze der futterstreuenden Hirten und das Gekicher der Mägde wollte schier kein Ende haben.

In einem weißen, ärmellosen Jäckchen schimmerte Donja im abendlichen Dämmer des langgestreckten Kuhstalls heran. Kichernd mit den Mägden, stellte sie den Melkschemel ab, kam zögernd näher und schritt zwischen Jankel und Alfred hindurch: schämig zwar noch von den Anspielungen des Liedchens, aber kecken Blickes, stolzen Ganges und mit dem schmerzlich-frechen Lächeln ihres zigeunerischen Mundes. In der Nähe leuchtete ihr Jäckchen weiß und mild wie der friedliche Molkenschaum in ihrem Milcheimer.

Alfred folgte ihr mit den Augen bis zum Ausgang, und sein Herz klopfte zum Takt ihrer Stiefelschritte auf den Bohlen. In Sekunden, die von den Schlägen seines Herzens ausgezählt waren, überlegte Alfred, wie er sich zu den Kälbchen hinschleichen sollte, die gleich bei der Ausgangstür in einem gesonderten Verschlag untergebracht waren – da konnte man unauffällig zur Tür hinaus und der reizenden Figur im weißen Jäckchen noch eine Weile nachblicken. Ebenso wenige Sekunden, die ihm aber eine sehr lange Zeit dünkten, brauchte er, um den Plan auszuführen. Dann war er draußen und sah den Pfad, der vom Stall zu dem breitsäßigen Gesindehaus hinanführte, abendlich dämmerig und – leer.

Wie konnte sie nur mit dem vollen Eimer so geschwind davonrennen, fragte sich Alfred enttäuscht. Da vernahm er hinter der Heufuhre, die rechts vorm Eingangstor stand, ein Knistern und Rascheln. Er bückte sich und sah unter der Fuhre hindurch zwei weibliche Stiefelchen. Sie war es! War sie allein? Wartete sie auf einen von den Stallburschen? Alfred ging vorsichtig um die Fuhre herum, da stand sie schimmernd in ihrem weißen Jäckchen. Als müßte sie seiner mit den Augen nicht gewahr werden, wenn sie ihn ja doch kommen hörte, stand sie gesenkten Kopfes da, das Kinn an die Brust gepreßt, die Schultern eingezogen – sie schämte sich. Sie schämt sich, dachte Alfred, schon so nah bei ihr, daß er die runden gelblichen Knöpfchen an ihrer weißen Jacke zählen konnte.

»Donja –«, sagte Alfred.

»Panytschu –«, sagte Donja.

»Donja –«, sagte er.

»Panytschu –«, sagte sie.

Oj, panytschu, Ja was klytschu! Oj, junger Herr! – sang Kassja bereits ihre achtzehnte Strophe, und sie hörten beide den Gesang der munteren Melkerin. – Donja erhob ihre Augen und sah Alfred mit einem greifenden Blick an. Ihre Augen schienen das Liedchen fortzusetzen: Mutter soll es nicht erfahren, sangen Donjas Augen, Mutter ist verreist. *Ich rufe dich, panytschu, ich brauche dich, ich werde dich küssen* ... Ihr schmerzlich-freches Lächeln forderte Alfred heraus, ihr zu tun, wie ihr das Liedchen ihm zu tun empfahl. Aber Alfred getraute sich nicht. Da setzte sie den Milcheimer ab und begann rasch und deutlich in einer Zeichensprache auf ihn einzureden. Da, der Milcheimer. Dort, ihr Haus, ihr Vater. Der Milcheimer, schnell nach Haus. Dann Wasserkrug, Wasser trinken. Wasser, dort im Waldbrunnen. Da, Pfad, dort Pfad zum Wald. Im Wald, der Brunnen, tief. Er, dorthin, zum Brunnen. Sie, Milcheimer, schnell nach Haus, dann –. Längst hatte Alfred begriffen. Er hob den Milcheimer, überreichte ihn ihr mit einem Zeichen des Einverständnisses und lief auf dem noch verräterisch hell zwischen den dunklen Büschen schimmernden Pfad zum Waldbrunnen. Den Brunnen kannte Alfred gut, von seinen Spaziergängen mit dem Knaben Lipusch, der in einem biblischen Verhältnis zu allen Brunnen stand. Diesen liebte das Kind besonders. Er war tief, die Steine der Ummauerung waren kühl, moosig grün, und in der Tiefe, auf dem Grunde, schliefen weiße Steine. Alfred umkreiste in schnellen Schritten das begraste Rund des Brunnens. Dann ließ er sich auf einem Stein der Einfassung nieder. Dann lief er wieder um den

Brunnen herum. Dann fiel ihm ein, daß er schier vor der Welt keinesfalls verborgen war, denn der Brunnen, obgleich von den im Walde ausbrechenden Quellen gespeist, lag noch am Rande des Waldes, frei auf dem Plane, bloß von kleinen Büschen umkränzt, doch sichtbar rundherum. Schnell lief er dicht an den Waldsaum heran und trat in den Schatten einer Buche.

Die Bäume waren still. Der Himmel war still. Nur unten im Gras sägten fleißige Grillen ihr metallenes Konzert. Die Schatten des Waldes warfen finstere Matten über die Wiesen, über die Äcker. Schwarze Pfeile zuckten in den Lichtrahmen der Stalltüren: nachtschwarze Fledermäuse, die nicht einmal das Licht der eben entzündeten Stallaternen scheuten, jagten türaus, türein. Wenn uns jemand hier ausspät – dachte Alfred mit Schrecken, als das weiße Jäckchen Donjas den Pfad herableuchtete, sehr schnell, eben noch oben fern und schon unten so nah. Soll man uns nur sehen. Soll man uns nur sehen. Wenn ich ohnehin bald weg soll, dürfen es meinetwegen alle wissen. Alle, alle, sogar der Onkel Welwel.

Obschon sie ihn gleich mit ihren Steppenaugen im Dunkel des Baumschattens entdeckte, tat sie so, als hätte sie am Brunnen nichts zu tun als eben Wasser zu schöpfen, einen frischen Trunk für ihren Vater, die brave Tochter. Alfred trat an den Brunnen und sah ihr zu. Sie hob die Stange aus dem Grase, henkelte ihren Krug in die Gabelung ein und ließ die Stange durch die hohlen Hände in die Tiefe gleiten. Ihre Köpfe neigten sich über den Brunnen, in dessen finsterer Tiefe ein Stern des Himmels schlief. Der Krug streifte die Spiegelung, der Stern schaukelte, tanzte und erlosch. Der Krug füllte sich gurgelnd, die Stange wuchs zum Himmel, der volle Krug schaukelte überm Brunnen und lockte sich tropfenweise Gesang aus der Tiefe. Donja henkelte den Krug ab. Jetzt erst sah sie Alfred an. Sie lächelte mit dem Munde und gab Alfred zu trinken. Er trank und blickte mit trinkenden Augen über den Krug. Auf ihrem Munde lag das Lächeln, mit dem sie ihn auf dem Haferfeld tränkte, wie eine zarte Erinnerung an die erste Begegnung. Er goß den Rest vom Krug ins Gras, langte nach der Stange, henkelte den Krug an, ließ die Stange durch die hohlen Hände gleiten, beugte sich vor, hörte den Krug gurgeln, ließ die Stange an seinen Händen wieder in die Höhe klettern: Wasser tropfte von der Stange, doch der Krug war im Brunnen ertrunken.

»Oh!« sagte er erschrocken und ließ die Stange fallen.

»Oh!« sagte sie erschrocken, hob die Stange auf und beugte sich, die Stange herablassend, über den Brunnen. Er war verzweifelt.

Ich, schnell, zu Pesje, Pesje gibt anderen Krug – bedeutete er ihr mit Worten und Zeichen. Sie griff mit der Hand nach ihm, um ihn zurückzuhalten. Aber er rannte bereits auf dem Pfade zur Brennerei. Er lief an der Brennerei und an der Schmiede vorbei, dann über die kleine Brücke zum Obstgarten hinein. Es schien ihm, als ob er sehr schnell laufe. Mit den Beinen hätte er es wohl vermocht, aber seine Augen, noch immer nicht an die Dobropoljer Abenddämmerung gewöhnt, versagten. Er mußte immer wieder innehalten. Er lief in den Schleiern der Dämmerung, die überm Gartenpfade lagen, mit schlafenden Beinen, wie man im Wasser läuft: ein Fuß zu schwer, der andere zu leicht. Keuchend und mit faseriger Stimme lallte er im Lichtrahmen der offenen Küchentür: »Pesje, liebste Pesje, schenken Sie mir einen Krug!«

»Was brauchst du einen Krug, weh ist mir?«

»Ich brauche einen Krug, einen Wasserkrug. So einen wie diesen da. Schnell, Pesje, schnell!«

»Nimm ihn nur, nimm ihn nur«, sagte Pesje. »Aber sag mir, Kind, wozu du ihn brauchst?«

»Ein Mädchen hat einen Krug verloren und weint. Einen Wasserkrug. So einen. Grad so einen. Guten Abend, Pesje –«, und er rannte mit dem Krug hinaus.

»Was für ein Mädchen, weh ist mir? Was für ein Krug, weh ist mir?« schrie Pesje, und sie lief ihm nach. Aber er war schon im Dunkel verschwunden. Es war bereits Nacht. Alfred beeilte sich so gut er konnte, aber diesmal war der Lauf des erfahrenen Stabhochspringers noch schwieriger. Wohl waren die ausgetretenen Pfade auch im Dunkel erkennbar, dennoch trat er hin und wieder ins Leere und mußte mitunter mit den Füßen festen Boden erst ertasten. Als er, erhitzt und atemlos, beim Waldbrunnen angekommen war, war da nur noch das metallene Konzert der Grillen. Sonst nichts. Alfred ging auf die Bäume zu und rief leise »Donja!«

Er berührte die Bäume. Er ging vorwärts, tastete nach den Stämmen und erwartete jeden Augenblick, Donjas Hand zu berühren. Aber vor ihm war nur die Finsternis und ein leises Rauschen des Waldes. Er kehrte zum Brunnen zurück, ließ sich auf einem Stein nieder, verschnaufte ein wenig und überlegte, was er nun mit Pesjes Krug anfangen sollte. Zu Donjas Krug in den Brunnen werfen und in den Kuhstall zu Jankel zurückgehen?

Aus den Fensterluken der Stallungen drang jetzt matter Lichtschein. Vor den offenen Stalltüren lagen lange Lichttafeln wie gelbliche Matten auf der Strohstreu. Hell leuchteten auch die Fenster des Gesindehauses. Die Fenster der Stellmacherwohnung waren von dieser Seite leider nicht zu sehen. Aber in der Wohnung des Tennenmeisters sah man durch die unverhängten Fenster die Familie bei Tische sitzen, und in einem der Fenster bei Aptowitzer tauchte hin und wieder das helle Köpfchen und halb das zarte Figürchen des kleinen Lipale im Nachthemd auf. Er wurde offenbar eben zu Bette gebracht, und er tanzte vor dem Schlafengehen noch ein wenig in den Polstern umher, daß die Bettfedern flogen. Wäre ich doch wie du – seufzte Alfred, dann säße ich nicht hier.

Plötzlich hörte er rasche Schritte nah auf dem Pfad zum Brunnen. Es waren leichte, weibliche Schritte, aber konnte es Donja sein? Ihr weißes Jäckchen würde noch die Finsternis der Nacht besiegen. Wie ein Hund streckte er den Kopf vor, um zu erkennen, was da schattenhaft herankam, da spürte er auf seiner Stirn eine zärtliche Berührung: es waren ihre Hände, es waren Donjas Hände, die in der weichen Finsternis der Nacht so zart geworden waren. Als er ihre harten Finger mit den Lippen streifte, entzog sie ihm aber die Hände, nahm ihm den Krug ab und kicherte leise. Dann saß sie nah bei ihm und sie plapperte und sie kicherte und sie erklärte und sie erzählte, wie sie doch ihren Krug gleich mit der Stange herausgefischt habe; es wäre doch nicht nötig gewesen, daß er zu Pesje laufe und einen Krug hole. Und was solle man nun mit Pesjes Krug? In der finsteren Nacht, die aber für Donja gar nicht so finster war, verstand Alfred trotz Wiederholungen, malenden Gesten und Zeichen kein Wort Ukrainisch. Da stand sie auf, nahm Alfred bei der Hand, und Kopf an Kopf neigten sich beide über den Brunnen. In der doppelten Finsternis der Nacht und des Brunnens hing in der Tiefe der einsame Stern. Donja streckte eine Hand aus und ließ den Krug in die Tiefe fallen. Klatschend fiel er auf das Spiegelauge des Brunnens, zerbrach den Stern und schwieg in dem Abgrund. Donja holte sich die Stange, ließ sie in den Brunnen gleiten, bohrte und stakte, tief mit den Armen im Brunnen hängend. Eine Weile wollte es ihr nicht gelingen, dann tauchte sie langsam und schattenhaft wieder über dem Brunnen auf, hantierte hörbar an der Stange, die bald darauf mit einem dumpfen Schall ins Gras fiel. Dann faßte sie Alfreds Hand und ließ ihn den tropfenden Krugbauch befühlen.

Er hatte sich indessen so weit an die Finsternis gewöhnt, daß er die Umrisse ihrer Gestalt und ihres Kopfes sehen konnte. Plötzlich stand sie in einem Lichtschein vor Alfred: als hätte ihn der Stellmacher ausgesandt, die Tochter auszuspähen, ging hinterm Dach des Gesindehauses der Mond auf. Ein Mond, feist und voll und gelb wie ein Kürbis. Donja sah Alfred mit einem mondmatten Lächeln an, wandte sich vom Brunnen ab und ging schnell auf die Bäume zu. Alfred folgte ihr. Als sie in das Dunkel der Baumschatten trat, blieb sie stehen und drehte sich nach ihm um. Als er zu ihr trat, nahm sie ihn bei der Hand und führte ihn noch tiefer in die Schatten der Baummassen hinein. Wo sie gingen, war kein Pfad, Unterholz knackte, Laub raschelte unter ihren tastenden Schritten. Durch die Gitter des Gezweigs folgte ihnen der Mond, und je höher sie stiegen, um so mehr Lichtflecken lagen auf Donjas halblanger Jacke. Als sie den Hang mühsam erstiegen hatten, konnten sie über den dunklen Wipfeln des Hangs hinweg dem Mond klar ins Gesicht sehen. Hand in Hand standen sie eine Weile still und sahen einander an. So nah hatte Alfred das Mädchen noch nicht gesehen, und sie erschien ihm im Lichte des Mondes noch höher und schlanker, obschon er ja längst wußte, daß sie fast so groß war wie er. Er brauchte nur den Kopf ein wenig vorzustrecken, um mit seinem Mund ihre Lippen zu berühren. Sie erwiderte die erste Zärtlichkeit mit dem Kuß einer Bäuerin: sie tupfte mit ihren Lippen wie ein junges Kälbchen, das noch nicht zu weiden versteht, mit seinem Schnäuzchen behutsam-plump ins Gras tupft. Sie ist jung und lebt mit der Jugend, hatte Jankel gesagt – es ist aber nicht wahr! Gesenkten Kopfes stand Donja nach dem ersten Kuß, rundete ihre Oberarme, wickelte sich in ihre Schultern ein und – sie schämte sich wieder. Er legte die Arme um ihre Schultern und sammelte mit der Umarmung die ganze Schämigkeit ein, die ihn rührte und entzückte, wiewohl er bereits ahnte, daß ihr Körper eine Art ländlich-sittliches Schämigkeitslied sang. Sie machte sich ganz steif, löste sich aus der Umarmung, nahm ihn bei der Hand und führte ihn weiter in den Wald hinein.

Sie gingen erst auf einem ausgetretenen Pfad. Es wurde auf einmal finster wie in einem Tunnel. Taufeuchte Blätter streiften ihre Gesichter. Dann gingen sie wieder auf weichem, nachgiebigem Grund und es war nicht mehr so finster. Sie mußten sich bücken, um durch das tief herabhängende Gezweig durchzukommen. Nadelzweige kratzten und stachen sie an Stirn, Wangen und Händen, und sie prickelten an den Armen durch die Kleider hindurch. Sie kamen zu einer kleinen Vertiefung, wo in einem tellerigen Rund kein Strauch wuchs, nur hohes, flaumzartes Schattengras und fächerartiger Farn. Hier war ein Halbkreis mondhell. Ein Teil der Vertiefung lag im Schatten. Donja schritt jetzt allein voraus, wählte einen weichen Platz im Grase aus und ließ sich auf dem Rand des Schattens nieder. Zu ihrer linken Seite spreitete sie ihren Glockenrock über dem Grase aus und lud Alfred ein, sich da zu setzen.

Sie saßen wie in einer Grotte unter bestirntem Himmel. In der Kühle hing Duft von Schattenpflanzen, Moos, welkem Laub und von Pilzen. Licht rieselte über dem Grase, die Bäume regten sich im Atem der Stille. Leise lispelten die Blätter mit dem Mond.

Die zwei Menschenkinder saßen still. Sie sahen sich an. Ihre mondbeleuchteten Gesichter sprachen miteinander in einer verzückten Sprache.

»Du bist mir lieb«, sagte sein Gesicht.

»Du bist mir wert«, sagte ihr Gesicht.

»Ich kann dich sehen«, sagte sein Gesicht.

»Ich kann dich sehen«, sagte ihr Gesicht.

»Ich sehe deine Augen nicht«, sagten seine Augen.

»Ich sehe deine Hände«, sagten ihre Augen.

»Ich sehe deine Haare«, sagten seine Hände.

»Ich fühle deine Hände«, sagte ihre Stirn.

»Deine Zöpfe sind schwere Seide«, sagten seine Hände.

»Deine Hände sind zarte Flügel«, sagten ihre Schultern.

»Dein Kinn hat ein kleines Grübchen«, sagten seine Lippen. »Da ist Platz für einen Kuß.«

»Das versteh' ich nicht«, tupften ihre Lippen kälbern an seine Stirn.

»Das Kinn ist winzig«, sagten seine Lippen. »Vom Grübchen bis zum Rand der Unterlippe – keine vier Küsse weit.«

»Man küßt nicht aufs Kinn«, schmollte ihr Mund. »Man küßt die Wangen.«

»Dein Mund hat die weiche Wölbung eines hervorbrechenden Quells«, sagte sein Mund. »Ich will den Quell austrinken. Austrinken – bis auf den Grund.«

»Wie ein Hund! Wie ein Hund!« schrie ihr Atem und schreckte.

»Das verstehst du, Süße, noch nicht«, sagten seine Hände ihren Wangen.

»Wangen streicheln, ja. Das ja. Aber nicht so schrecklich küssen«, sagten ihre Wangen.

»Jetzt setzen wir fort«, sagten seine Lippen. »Dieses Näschen … Vom Stups bis zur Stirne – sieben Küsse kurz.«

»Was ist das schon wieder?« wunderten sich finster ihre Augenbrauen »Schon wieder was Städtisches, Unbegreifliches. Wer küßt eine Nase?«

»Ich«, erwiderten ruhig seine Brauen. »Ich küsse das Näschen. Tour und retour. Die Nasenlöchlein sind reinlich wie Honigwaben.«

»Pfui!« fauchte das Näschen. »Das kitzelt.«

»Und die Stirn? Und die Stirn?« fragten seine Lippen. »Wie hoch wird die wohl sein? Keine sieben Küsse hoch. Keine sieben.«

»Das tut wohl«, sagte die Stirn und klärte sich rein.

»Dein Gesichtchen«, sagten seine Lippen, »dein Gesichtchen dürfen wir mit Küssen auch ausmessen. Wie denn sagen wir anders die Schönheit deines Gesichts?«

Seine Hand erfaßte ihre Hand, und sie zählte an den Fingern ihrer Hand die Kußzeilen, die die Schönheit ihres Gesichtchens skandierten. Auf einmal begriff das Mädchen den stummen Gesang seiner Lippen. Ihre Hände umfaßten seinen Kopf und drückten ihn an die Brust: »Och, ty!« flüsterte sie.

»Ach, du!« flüsterte er.

Er wußte nun das schönste Wort der Liebe: du, in ihrer Sprache.

»Ty«, sagte er.

»Du«, sagte sie.

»Donja«, sagte er.

»Fredziu«, sagte sie.

»Donja, Donja …«, sagte er, beglückt, daß sie ihn schon mit einem Namen nannte.

»Fredziu, Fredziu«, sagte sie, und nun hörte er, wie er ihr hieß.

Auf einmal war beiden in den Augen hell. Sie saßen nicht mehr am Rande des Schattens. Der Mond war höhergestiegen und, vom Schatten völlig entblößt, saßen sie in molkiger Helligkeit.

»Du bist ja nicht das weiße, ärmellose Jäckchen«, sagte sein Blick zu ihrer Jacke.

»Nein«, sagte ihre Jacke, »weiß bin ich nicht. Aber siehst du nicht, was für eine Jacke ich bin? Ich bin die schöne neue Jacke: ich bin der Sonntagsstaat.«

Donjas Hände streichelten über die Knöpfchen der Jacke, hinunter und hinauf. Was ihre Hände durften, wagten auch seine Hände, und – als hätte er Feuer an die Jacke gelegt, so sprang sie auf und hüllte sich in ihre Schämigkeit. Auch er war aufgesprungen und stand ratlos vor dem bekannten Spiel. Gesenkten Köpfchens stand sie eine Weile da und ihre Hände fingerten an den zwei schwarzen Zöpfen, die sie als Wehr über die Brust gekreuzt hielt. Du sehr Schönes, sehr Reizendes, sehr unverständlich bist du mir auch. Deine Lippen sind zwei Kälbchen, rührt man aber an deine Jacke, knistern Funken. Ohne aufzublicken, gesenkten Kopfes, nahm sie seine Hände. Ihre Finger, seine Finger, ihre Zöpfe waren ein Geflecht. Ohne ihn loszulassen, machte sie ein paar kleine Schritte rückwärts. Als sie wieder im Schatten waren, ging sie vor ihm nieder und zog ihn mit. Ihr Oberkörper lag in seiner rechten Armbeuge im Schatten, ihre gestiefelten Beine lagen im Lichte gradgestreckt wie zwei uniformierte Soldaten. Unter der aufgebauschten Weiblichkeit ihrer vielen Röcke und Unterröcke hat sie zwei schlanke Knabenbeine, staunte er und geriet über diese Entdeckung in unbändige Begeisterung. Sie aber wollte ihr Gesicht wieder mit Küssen ausgemessen fühlen, und sie bot es ihm und zählte nun ihrerseits die Kußzeilen, die ihr Gesicht kreuzten, an den Fingern seiner rechten Hand ab. Indes überlistete seine Linke ihre Schämigkeit und schwindelte sich allmählich in erregtem Taumeltanz an ihre Brust heran. Ihre freie Hand wehrte teils dieser Zärtlichkeit, teils half ihm die gleiche Hand beim Entknöpfen der Jacke. Unter der Jacke war nichts als das Hemd und darunter schon ihr Atem, das Pochen ihres Herzens, ihr Duft, ihr süßes Erbeben. Er kniete über ihr und beschattete mit seinem Schatten die im Schatten Liegende, die nun die große Huld weiblichen Gewährens wie ein zweiter Mond milde erleuchtete. Als Antwort auf ihre Gunst überkam ihn der männliche Mut des Schauens. Doch alles war ihm jetzt gestattet, nur nicht das Schauen. Das durfte er nicht. Sonst schlossen sich zur Strafe die Flügel ihrer Jacke. Aber erfühlen, ertasten, erspüren durfte er. Auf einem hellhäutigen Brüstchen findet man eine Kirsche. Auf einem dunkelhäutigen blüht eine Nelke. Mit den Lippen fand er: Donja hatte zwei Nelken. Und durch die Gnade des Eros, des großen Sinnen-täuschers, roch ihm nun der ganze Wald, bald die ganze Welt nach Nelken ...

4

Sie ruhten nebeneinander, Hand in Hand, Hüfte an Hüfte. Der Mond war jetzt über ihnen, ein Lichtdach ihrer Grotte. Mit halbgeschlos-senen Lidern genoß er der Tröstung des sanften Lichts. Sie fand noch einen Schattenfleck, ihr Gesicht zu bergen. Auf ihrem Munde schlief ein Tropfen Mondlicht wie der Stern im Brunnen. Matten Sinnes träumte er schon seinem Glücke nach. Er hörte das Gelispel der Bäume und ihren Atem. Er roch den Geruch der Gräser und den Duft ihrer Liebe. Er hörte den Schrei eines Nachtvogels und Donjas Seuf-zer. Er fühlte die Kühle der Nacht und die Wärme ihrer Hand. In seinem Munde war noch der Geschmack ihrer Liebe, aber in seinen Nerven erinnerte er auf einmal alle Schrecken ihrer Wehlust, ihren rückwärts sich bäumenden Körper, das Stöhnen und das Wimmern, das erbittliche Wehren, das flehende Gewähren. Und im törichten Wahn des jungen Mannes, der sich einbildet, Verführer und Eroberer zu sein, fühlte er sich schuldig. Durch den Spalt der halbgeschlos-senen Lider wagte er sie anzusehen. In beleuchteter Schönheit lag sie neben ihm. Aus dem Lichttropfen auf ihrem Munde ward ein Lichtkringel auf ihrem Gesicht. Und das Gesicht war pure Gunst, unbescholtenes Glück. Die Tränenperlen auf ihren Wimpern schim-merten nicht anders als die Tautropfen auf den Spitzen der Gräser. Der Alte hatte gesagt: sie ist jung und lebt mit der Jugend. Das ist aber nicht wahr. Der Alte weiß auch nicht alles.

5

Der Heimweg war ein Gang im Licht. Kurz, viel zu kurz war der Weg. Sie waren gar nicht so tief in den Wald eingedrungen wie es Alfred vorgekommen war. Auf einmal waren sie außerhalb der Schatten und Lichtflecken der Bäume und sie standen in ihrer Sprachlosigkeit einsam vor der mondhellen Welt. Sie nahmen Abschied, hielten sich dennoch an den Händen fest und blieben beisammen. Sie umkreisten das breite weiße Gebäude der Brennerei. An jeder lichten Ecke nahmen sie neuen Abschied, um den Taumelgang im Schatten der Mauern fortzusetzen. Nun sie einander Abschied zu sagen hatten, erlitten sie ihre Sprachlosigkeit wie einen körperlichen Schmerz. Weltvergessen besorgten sie gar nicht, wie leicht sie gesehen, ausgespäht und verraten werden konnten. Und obgleich die Nacht so viele Verstecke hätte, gingen sie in aller Helligkeit umher, als befürchteten sie bloß, aus dem Licht ihrer Liebesnacht zu fallen. Plötzlich standen sie vor der flachen, glattgeklopften Dreschtenne, über die der alte Nachtwächter Jarema mit seinen zwei Wachhunden wie ein Traum durch den Schlaf vor ihnen lautlos davonglitt. Die Hunde, zwei zottige Dämonen, von denen der eine, fuchsrote, auf den Namen Lapaj (»Fange«) hörte, der zweite, schwarze, auf den Namen Trymaj (»Halte«), schlugen kurz an, erkannten aber gleich sowohl die Stellmacherstochter als auch Alfred und kamen wedelnd und freudig kläffend heran.

»Ist meine Mutter schon heimgekommen«, sang Donjas Stimme, und Alfred erbebte fast vor dem Glück dieses Nachtliedes.

»Nein, Tochter«, sagte Jarema, ohne seinen Gang zu unterbrechen. »Die Meisterin ist noch nicht heimgekommen. Und der Meister auch nicht.«

»Christus!« rief Donja aus, »er ist in die Schenke gegangen! Er wird seinen Eid brechen!« Und sie ließ Alfred stehen und rannte schnell ins Dorf, in die Nacht hinaus. Der alte Jarema verschwand hinter einer Scheune, ohne sich auch nur einmal umgewandt zu haben. Er wollte nicht sehen, wer der Begleiter der Stellmacherstochter war. Er wußte es. Er hatte beide aus dem Walde kommen sehen. Er sah sie um die Brennerei umhertaumeln. Er sah sie vor der Schmiede. Er sah sie vor der Wagnerei. Er sah sie beide und er beschwichtigte seine Hunde. Er wollte nichts gesehen haben. In den vielen tausend Wächtersnächten seines Lebens hatte er genug gesehen, um zu wissen, daß es nicht gut sei, zuviel gesehen zu haben.

6

Alfred hatte das Gespräch zwischen Donja und dem Nachtwächter nicht verstanden, doch vermochte er zu erraten, daß es den Stellmacher betraf. Gerne wäre er Donja nachgeeilt, wenn er nur hätte vermuten können, wo sie hingelaufen war. Jetzt war er allein mit seiner Nacht. Sie war still und kühl und voller Sterne. Langsam schritt er auf dem Pfade, der von der Tenne zur Schmiede führte, die Hunde begleiteten ihn ein Stück, sie sprangen an seinen Hüften hoch, Lapaj links, Trymaj rechts, und erfüllten die Stille mit ihrem eifernden Gekeuch. Vor der Schmiede war ein Rasenplatz, da lagen verschiedene Geräte, alte schadhafte und neue, die einer Beschlagung harrten: Radnaben, Pflüge, Eggen, Wagenräder, ganze neue Karrengestelle. Alfred setzte sich auf den Holzblock, der den Pferden beim Beschlagen gleichsam als Hufschemel diente; hier konnte er die heimkehrende Donja schon von der Ferne hören.

Er horchte zum Dorf hinaus. Ein kurzer, abgerissener Gesang; ein fernes Hundegebell; der Ruf eines Nachtvogels; ein kurzes Aufrauschen des Waldes, als legte er sich im Schlafe auf die andere Seite. Die Nacht seufzte. Alle Geräusche des Dorfes kamen von der hellhörigen Luft überm Teich verstärkt und gesänftigt zugleich. Minutenlang war es so lautlos, daß man die Fische im Teich sich regen hörte, wenn sie kurz mit ihren Flossen über dem schlafenden Wasser aufplätscherten.

Das Pferdegetrappel kam aber nicht vom Dorf her und es kam immer näher. War es schon so spät, daß man die Pferde von der Nachtweide heimtrieb? Über dem sanften Hügel hinter den Scheunen sah man bereits die Umrisse der Pferde. Die buckligen Schatten hoben sich dunkel gegen den mondhellen Horizont ab wie eine Kamelkarawane. Die Herden waren noch weit, aber der Gesang der Hirten ging ihnen voraus. Wenn sie sangen, waren sie bereits auf dem Heimweg. Wie oft war Alfred vom Gesang der Pferdewärter erwacht.

Sie sangen anders als die Kuhhirten. Oder erschien ihm ihr Gesang viel schöner noch, weil er ihn mitten in der Nacht, in Schlaftrunkenheit genoß? Sie sangen auch andere Lieder. Es waren Lieder in stürmischem Tempo. Vielleicht waren es Reiterlieder? Ein Lied war darunter, das kam ihm herangerauscht wie im Traume … Dabei war es kein weiches Liedchen, gar nicht traumhaft, gar nicht zart. Es war stark und breit, ein Lied mit breiter Brust und starken Rippen – hej, hej!

Die Pferde waren noch fern, die Hüter noch fern, das Lied war noch fern – fern und verloren in der Nacht –, wieso rauschte dieses Lied schon so nah bei ihm, in ihm? Alfred erhob sich und ging dem Nachtlied entgegen. Ein, zwei Schritte machte er auf dem Rasenplatz vor der Schmiede. Plötzlich riß ein Schleier, ein Vorhang ging hoch, eine Tür sprang auf: er stand im Traumraum seiner Kindheit. Er sitzt auf seinem Schaukelpferd. Es ist ein Schimmel mit einem roten Sattel, auch rot gezügelt. Vor ihm, mit dem Gesicht so nah, daß er die Augen beinah einatmen kann, hockt ein großer Mann. Es ist nicht der Onkel Stefan. Wie könnte der Onkel ein Pferd so zum Schaukelgalopp bringen wie dieser Mann! Es ist ganz gewiß nicht der Onkel Stefan. Nie hat der Onkel Stefan so gesungen. Wie käme Onkel Stefan zu einem solchen Lied? Mit einer Hand läßt der große Mann das Pferd galoppieren, mit der anderen hält er das Kind im Sattelsitz fest, dazu singt er mit großer Stimme gewaltig ein Reiterlied. Die Melodie – ja, so war die Melodie! So wie dieser Nachtgesang der Pferdehüter!

Die Stille trug die Melodie, die als eine akustische Wolke alle Geräusche der Nacht zudeckte, immer näher heran. Die Worte des Gesanges waren noch nicht auszunehmen, dennoch wußte Alfred plötzlich auch die Worte. Er sah die Lippen des Mannes vor dem Schaukelpferd die Worte des Liedes formen, er sah den singenden Mund und die lachenden Augen des Mannes, und während die Lippen des Sohnes die vorgesungenen Worte des Liedes zur Melodie der Pferdehüter nachformten, traf ihn wie ein Blitz die Erkenntnis: der Mann vor dem Schaukelpferd war sein Vater! Wie oft hatte Frau Fritzi ihrem Sohne vorgehalten: Du warst fünf Jahre, als dein Vater Abschied nahm und in den Krieg ging, von dem er nicht mehr heimgekommen ist. Fünf Jahre! Es gibt Kinder, die noch viel frühere Erinnerungen an ihre Eltern haben, und du warst ein so gescheites, aufgewecktes Kind. Warum hast du gar keine Erinnerung an deinen

Vater? Doch die Klagen der liebenden Gattin vermochten den finsteren Schacht der frühen Kindheit des Sohnes nicht zu erleuchten. Nach Dobropolje mußte er kommen, um seinen Vater, vierzehn Jahre nach seinem Tode, leibhaftig zu sehen … Der rauhe Gesang der Pferdewärter hatte das Wunder bewirkt, das die Liebe der Gattin und der Mutter in Jahren nicht zu erzwingen vermochte.

Er hatte seiner Mutter noch nicht geschrieben. Nun drängte es ihn, ihr eilends mitzuteilen, wie ihm hier in einer nächtlichen Stunde das Licht der Erinnerung geleuchtet habe. Ohne dessen innezuwerden, daß er auf dem Heimgang noch Donja zu begegnen hoffte, nahm er den Weg durch die Pappelallee. Im Hause schliefen schon alle Frontfenster, nur in der Küche schimmerte noch spätes Nachtlicht. Pesje wartete auf ihn mit dem Essen. Das hatte er völlig vergessen, nun hungerte es ihn aber mächtig. Pesje hörte ihn kommen und trat ihm schattenhaft entgegen.

»Entschuldigen Sie, Pesje. Ich habe einen langen Spaziergang gemacht. Sie hätten nicht warten sollen. Es wird nicht mehr vorkommen. Ich –«, flüsterte er, auch sie beschwichtigend, »ich habe eine Überraschung für den Onkel.«

»Er ist längst zu Bett gegangen, schläft aber noch nicht, weh ist mir. Du mußt was essen.«

»Danke ja, Pesje. Ich habe großen Hunger. Aber decken Sie nicht für mich, ich geh' mit Ihnen in die Küche.«

»Komm«, flüsterte Pesje, sehr erfreut darüber, daß er bei ihr in der Küche essen wollte, »der Onkel war gar nicht beunruhigt. Soll er nur ein bißchen allein sein, meinte er. Unser Sussja hat über eine wichtige Frage nachzudenken.«

»Ja«, sagte Alfred zerstreut, »ich habe mich auch schon entschieden.«

Er folgte Pesje in die Küche. Sie deckte schnelle eine Ecke des Küchentisches, trug kalte Speisen auf, saß dann, verdorrt und gekrümmt, aber strahlend mit ihrem roten Haar unter der Hängelampe Alfred gegenüber, und ihre schwarzen Äuglein folgten, flink wie zwei kleine Mäuschen, jedem Bissen des Futternden und wärmten das kalte und schnelle Mahl mit stummen und doch so mütterlich beredten Segensblicken.

»Was haben Sie für herrliches Haar, Pesje!« sagte Alfred.

»Du machst dich auch schon über mich lustig«, sagte Pesje, und der Ton ihres Vorwurfs klang so zart wie das Zirpen einer Grille. »Meinetwegen über mich – wenn du dich nur lustig machst, soll's mir recht sein.«

»Aber Pesje! Wer wird sich über Sie lustig machen? Sie haben das schönste rote Haar, das ich je gesehen habe«, beteuerte Alfred mit Begeisterung.

»Ja, ja«, lachte Pesje. Ihr Lachen klang wie das Rascheln einer Heuschrecke im trockenen Heu. »Das schönste rote Haar, das ist so, wie wenn einer sagte: die schönste Scheußlichkeit –«

»Aber Pesje! Das war einmal. Wie die Leute noch so sehr dumm waren. Rotes Haar, doch – das ist jetzt die neueste Mode.«

»Schöne Mode, weh ist mir.«

»In Wien, in Paris, in der ganzen Welt lassen sich die eleganten Damen neuerdings ihr Haar rot färben.«

»Du meinst blond. Noch eine Salzgurke?«

»Danke nein. Rot, Pesje, rot.«

»Rotblond. Noch ein Stückchen vom Huhn?«

»Nein, Pesje. Rot. Feuerrot. Blutrot.«

»Pfui, wie scheußlich!« rief Pesje aus.

»Manche rotgefärbten Damen sehen gewiß nicht schön aus. Gefärbtes Haar ist überhaupt nicht schön. Aber solches Haar wie Ihres, Pesje, ist schön. Die schönste Haarfarbe, finde ich. Aber Ihr Haar, Pesje, ist auch abgesehen von der Farbe schön. Sie haben sehr schönes Haar.«

»Ist das wirklich wahr, daß die Damen ihr Haar rot färben?«

»Gewiß, Pesje.«

»Du machst dich nicht über mich lustig?«

»Aber Pesje!«

»Wenn es wirklich wahr ist, kannst du mir einen Gefallen tun –«

»Bitte, Pesje, sehr gern.«

»Erzähl das gelegentlich …«, begann sie zögernd, »dem alten Jankel«, fügte sie schnell hinzu.

»Ich werde es erzählen, Pesje.«

»Weißt du, wie er mich ruft?«

»Er macht seine Späßchen.«

»Die rote Bestie nennt er mich, weh ist mir.«

Alfred schlug vor Pesje die Augen nieder und überlegte, was er ihr Freundliches sagen könnte.

»Es hat übrigens schon einmal einer gesagt, daß mein Haar nicht häßlich sei.«

»Der alte Jankel?« meinte Alfred.

»Ah, dieser Satan?! Der würde mir grad so was sagen! Nein, es war wer anderer, Alfred. Es war dein Vater. Er war damals so alt wie du. Er sagte –«

»Was ist das für ein Krug, Pesje?! Das ist ja –«

»Es ist der Krug, den du mitgenommen hast«, sagte Pesje.

»Wie kommt er her? Wer hat ihn wieder hergebracht?!«

»Ich hab' ihn mir geholt, vom Waldbrunnen. Ich wußte ja, daß sie ihren Krug wieder herausgefischt –«

»Aber wer hat Ihnen gesagt?! Woher haben Sie gewußt?«

»Ich hab' dir nachgerufen, daß sie ihren Krug –«

»Aber ich hab' doch nicht gesagt, wer und wie und wo?!«

»Ich hab' so eine Ahnung gehabt«, meinte Pesje. »Ich wollte nicht, daß du selber wieder den Krug nach Hause schleppst.«

»Es war sehr lieb von Ihnen«, sagte Alfred nachdenklich und trocken. »Gute Nacht, Pesje.«

»Gute Nacht, mein Kind«, erwiderte Pesje und geleitete ihn seufzend zur Tür.

7

Sie weiß! Sie weiß es! Er fragte sich, wieviel sie weiß. Jankel hat recht. Alles weiß sie, diese rote – Pesje! Wenn sie dem Onkel was tratscht!? Das wird sie nicht. Das wird sie gewiß nicht. Man müßte sich mit Jankel beraten. Gleich morgen. Vielmehr heute. Es ist schon weit über Mitternacht. Leise ging er über die Auffahrt zur Dorfstraße. Noch war es unten Nacht, blaue kühle Nacht. Aber im Osten der Himmel wurde fahler, die Sterne waren klein und fern. Noch schliefen die Vögel, aber schon rüttelte ein Frühwind sachte an den Bäumen und weckte die Blätter zum morgendlichen Gelispel. Es waren die welken Blätter, die eilends sich regten, die todkranken, deren leichter Schlummer dem ersten Anhauch wich. Und so manches kranke Blatt erwachte nur, lispelte ein kleines Sterbenswort, dann fiel es leicht in den Tod und schwieg. Auf dem Kleinen Teich schaukelten schon viele tote Ahornblätter. Den Toten unkten die Unken: Tunkt, tunkt, Punkt.

Von der Groblja her näherte sich schwankend ein Menschenpaar. – Ein spätes Liebespaar? Ein Mann und ein Weib. Sie hielt ihn eng umschlungen. Die Stimme des Mannes schallte rauh in der Dämmerung. Immer näher. Alfred trat in den Schatten eines Strauches am Ufer des Kleinen Teiches. Wenn das Paar zum Hofgesinde gehörte, kam es hier vorbei. Sie hatten sich noch viel zu sagen, die zwei Schwankenden. Sehen konnte sie Alfred nur, wenn er sich hinter dem Strauch vorbeugte, aber er hörte an der Stimme des Mannes, daß er immer wieder stehenblieb und redete und schimpfte und gröhlte. Es war ein Betrunkener. Eine Frau stützte ihn. Sie führte ihn in der Richtung zur Pappelallee. Es war der Stellmacher. Es war Donja. Es war Donja und ihr Vater. Ohne zu überlegen, was er dort sollte, sprang Alfred rasch in den Schattenweg der Pappelallee, ging rasch in der Richtung zum Hof, dann kehrte er um und schritt, mit den Absätzen fest und laut aufschlagend, dem Paar entgegen. Als er sein Versteck aufgegeben hatte, wollte er vielleicht bloß in der Pappelallee Donja von der Nähe sehen, ohne von ihr gesehen zu werden. Nun gedachte er, ihr zu Hilfe zu sein, denn der Stellmacher schrie und gröhlte und war nicht vom Fleck zu bewegen. Angesichts Donjas aber erlahmte seine Hilfsbereitschaft, es erlahmten gar seine Beine, und er blieb drei Schritte vor ihr stehen, erwägend, ob es ihr nicht peinlich wäre, ihm so zu begegnen.

»Wer kommt da?!« schrie der Stellmacher zu seiner Tochter. »Wem winkst du da, du?!«

»Guten Morgen, Meister«, grüßte Alfred.

»Was Morgen! Abend ist! Abend, sag' ich dir! Wer mir abends guten Morgen sagt, dem hau ich in die Fresse, daß ihm –«

»Es ist der junge Herr«, sagte Donja, obschon sie nicht verstand, was ihr Vater auf deutsch schimpfte.

Der Stellmacher hob die Rechte an die entblößte Stirne – seinen Hut hielt Donja in der linken Hand – und salutierte militärisch.

»Zu Befehl«, lallte er. »Zu Befehl, Herr von Mohylewski. Ich habe eine Beschwerde. Ich werde mich beschweren. Man hat mich beleidigt.«

»Wer hat es gewagt?« fragte Alfred und nahm seinen linken Arm, rechts stützte ihn Donja.

»Gewagt? Jawohl, das ist es. Gewagt hat er's. Der Jud', der Schankwirt, der Grünfeld. Kennen Sie den Hundesohn?! Er hat es gewagt! Herausgeschmissen hat er mich, der Jud'!«

»Ich werde ihn bestrafen«, sagte Alfred, und mit Hilfe Donjas gelang es ihm, den Trunkenen in Bewegung zu setzen.

»Nix strafen. Sie haben hier nix zu strafen, Sie Zivilist! Grünfeld ist Feldwebel. Aber nur bei der Infanterie. Ich aber, ich bin Dragoner. Zugsführer bei den Schwarzen Dragonern! Wissen Sie, was das heißt? Sie Zivilist! K. u. K. Zugsführer beim Dragonerregiment Nr. 4, das ist mehr als ein Feldwebel bei den beschissenen Fünfundfünzigern! Nein Schwadronchef war Graf Kozibrodzki! Sie haben das Maul zu halten, verstanden?!«

»Jawohl«, sagte Alfred.

»Du willst einen Feldwebel strafen?! Du Rotzbub, du! Den Grünfeld will er strafen, du, ein ganz gewöhnlicher Zivilist! Einen Feldwebel, der mit drei Tapferkeitsmedaillen dekoriert ist! Sie haben hier nix zu strafen, Sie! – Wie heißt du?!«

»Alfred Mohylewski, zu Befehl, Herr Zugsführer.«

»Gedient?«

»Mein Vater war Oberleutnant bei den Landwehrulanen.«

»Im Sturm bei Satanow hat unsere eigene Artillerie aus den Ulanen Gulasch gemacht. Verstanden?«

»Jawohl, Herr Zugsführer!«

»Ein Landwehrmann ist kein Soldat, eine Ziege ist kein Rindvieh und Jankel ist kein Verwalter. Verstanden?«

»Jawohl.«

»Ich hab' einen Durst. Eine Hitze ist in mir. Ein Feuer! Komm zum Grünfeld! Bier muß ich haben! Elf Flaschen hab' ich getrunken und sechs Schnäpse dazu! Die haben geschaut, die Bauernlümmel, die dreckigen, die lausigen! Ich geb' meine Tochter keinem Bauernlümmel, verstanden?«

»Zu Befehl, Herr Zugsführer.«

»Meine Tochter ist ein hübsches Mädchen. Da schaust du, du Scheißkerl, was? Wenn du kein Scheißkerl wärest. Du bist aber ein Scheißkerl. Ein Zivilist. Ich geb' meine Tochter keinem Zivilisten. Sie ist ein braves Kind. Wie ihre Mutter. Soll sie nur schimpfen. Ich hab' keinen Eid gebrochen. Sechs Monate hab' ich keinen Tropfen getrunken. Der Pope ist auch nur ein Zivilist. Der hat hier nix zu strafen. Ich hab' meinen Eid nicht gebrochen. Sechs Monate. Ich hab' den Eid nur ein bißchen unterbrochen. Nur ein klein wenig unterbrochen. Einmal ist keinmal. Elf Flaschen Bier und ein Dutzend Schnäpse, was ist das schon für einen Schwarzen Dragoner? Zugsführer Nazarewicz, hat der Oberstleutnant Graf Kozibrodzki zu mir gesagt, Zugsführer Nazarewicz, hat er gesagt, Sie sind ein braver Dragoner, aber wenn Sie noch einmal eine Infanteriepatrouille mit ›Bajonett auf‹ aus dem Bordell zum Stationskommando abführen muß, sind Sie die längste Zeit Zugsführer gewesen. Man hat mich noch öfter zum Stationskommando gebracht. Aber degradiert hat man mich nicht! Siebeneinhalb Jahre hab' ich dem Kaiser gedient, drei Jahre im Frieden, viereinhalb Jahre im Krieg. Dreimal verwundet. Die große und kleine Silberne Tapferkeitsmedaille. Jetzt dien ich bei einem Juden. Aber degradiert ist der Zugsführer Nazarewicz nicht. Meine Frau will in Dobropolje wohnen. Soll sie nur. Ich werde kündigen. Man hat mich hier beleidigt. Ich kündige. Ich ziehe in ein Dorf, wo der Schankwirt kein Feldwebel ist, und trete ihm die Gedärme aus dem Leib. Ich kündige. Ich gehe nach Czartoryje.«

»Grünfeld wird sich bei Ihnen entschuldigen. Ich werde ihm sagen –«

»Du halt's Maul! Verstanden?! Verstanden?!«

»Jawohl.«

»Ein Feldwebel wird sich bei einem Zugsführer entschuldigen! Seit die Welt steht, hat sich noch kein Feldwebel bei einem Zugsführer entschuldigt.«

»Aber ein Infanteriefeldwebel –«

»Maul halten, Zivilbagage! Feldwebel ist Feldwebel und Zugsführer ist Zugsführer!«

Endlich waren sie vor dem Gesindehaus angekommen. Der Stellmacher wurde auf einmal kleinlaut. Der Nachtwächter Jarema begrüßte Alfred und nahm ihm eilends – unter Entschuldigungen und Verbeugungen, als wäre er für den Zustand des Stellmachers verantwortlich – die Mühe um den Trunkenen ab. Der Stellmacher legte seinen Kopf auf die Schulter des Nachtwächters und lallte weinerlich: »Laß mich, Vater, in der Wagnerei schlafen. Ich hab' meinen Eid gebrochen ... Elf Flaschen Bier und zwei Dutzend Schnäpse – mein Weib wird's nicht überleben. Führ mich, Vater, in die Wagnerei –«

»Ihre Frau ist noch nicht heimgekommen, Meister«, tröstete ihn der Nachtwächter.

»Donjka!« schrie der Stellmacher. Sein Gesicht leuchtete in verzückter Freude. »Donjka«, lallte er und fiel ihr um den Hals. »Wälz mich auf mein Lager! Ich hab' keinen Eid gebrochen!!! Alle Popen sollen mich im Arsch lecken –«

»Gute Nacht, Meister«, sagte Alfred zum Abschied, und jetzt erst getraute er sich, zu Donja die Augen zu erheben.

»Gute Nacht, Herr Oberleutnant! Gute Nacht, Vater Jarema! Gute Nacht der ganzen Welt!« gröhlte der Stellmacher. Hinter ihm, ihre Arme auf den Schultern des Vaters, blickte Donja schnell zurück. Auf ihrem Gesicht war ein verzücktes Lächeln, das zigeunerische Lächeln ihres Vaters. Ihre Augen waren klar, die Augen der Mutter.

Es war schon die Luft des Morgens, die Alfred nach Hause trug. Als er sich im Bette ausstreckte und das Gesicht vor der Helligkeit in den Polstern barg, hörte er als letzten Laut der Nacht einen frühen Sperling verkünden: Es ist Tag!

8

Ein Philosoph der Liebe wird die Gefühle Alfreds für Donja gewiß als eine sogenannte physische Liebe betrachten. Wie sollte anders die Liebe eines Jünglings zu einer fremden Wesenheit beschaffen sein, deren Sprache er nicht verstand? Der er nicht ein Wort der Zärtlichkeit sagen, von der er nicht ein Wort der Liebe empfangen konnte? Alfred selbst würde in der ersten Zeit über seine Liebe nicht anders als der Philosoph gedacht haben – wenn er sich überhaupt Gedanken darüber gemacht hätte. Das tat er seltsamerweise nicht, obwohl er mehr als einen Grund gehabt hätte, jeden Schritt, mit dem er tiefer in die neue Welt sich vortastete, vorsichtig zu ermessen. Gleichwohl tat er es nicht. Er tat es nicht, denn er war glücklich. Er war neunzehn Jahre alt. Er war glücklich.

Das Leben in Dobropolje war nun erst recht schön, und hier wollte er bleiben. Beileibe nicht wegen Donja. O nein! Schöne Mädchen gab es überall, wenn auch nicht gleich so sehr schöne wie Donja. Aber hier war er glücklich. Und auf einmal waren alle Schwierigkeiten Leichtigkeiten geworden. Über Nacht. Über eine Nacht? Er befand sich in einer Krise. Was für eine Krise? Wer redete da von Krisen? Warum Krise? Er war in das Haus seines Vaters heimgekehrt, und es war eine rechte Umkehr. Wer in sein Vaterhaus heimkehrt, kehrt zu seinem Volke heim. Wer zu seinem Volke heimkehrt, kehrt zu seinem Gott heim. Krise? Krisen erlebt, wer sich abkehrt. Krisen erlebt, wer seinen Glauben verloren hat. Es ist damit so wie mit der Liebe. Genauso. Wer seine Liebe verliert, tritt in eine Krise ein. Aber doch gewiß nicht derjenige, der seine Liebe findet. Nun ihm selbst alles so klargeworden, wird es ihm ein leichtes sein, auch dem Onkel Welwel alles klarzumachen. Der Onkel ist ein Mann, der mit sich reden läßt. Es wird mit Hilfe Jankels schon gelingen, ihm den Kozlower Plan auszureden.

Damit hatte es übrigens keine Eile. Der Onkel war nach ein paar Tagen wieder lieb und sanft wie immer, nur im Lehrplan hatte er eine Änderung vorgenommen. Er nahm mit dem Schüler jetzt das Gebetbuch durch, Seite um Seite, Wort um Wort, erst die Gebete der Werktage, dann die Gebete für den Sabbat. Dabei ergaben sich reichlich Gelegenheiten zu mündlicher Unterweisung in den Geboten und Verboten, im Brauch und Ritual. Der Eifer des Schülers hatte neuen Ansporn, und nach kurzer Zeit schien es ihm, als habe ihm der Onkel den Unfall mit der »Scherina« vergessen und vergeben.

Der frühe Herbst war milde. Donja und Alfred konnten sich noch einige Sonntage im Walde treffen. Als sie zum zweiten Mal von ihrem geheimen und vertrauten Plätzchen in der Waldlichtung heimgingen, gab Donja Alfred zu verstehen, daß eine Schnur Korallen – sie zeichnete und zählte mit dem Zeigefinger in der Luft genau sechs Runden und wiederholte die Zahlen mehrere Male – ihrem Hals wohl anstünden. Alfred war über diese naive Ermahnung zu schuldiger Ritterlichkeit so entzückt, daß er alle Vorsicht beiseite ließ und den alten Jankel um Rat anging, wo dieser Schmuck in Dobropolje zu beschaffen wäre. Jankel fragte nicht, für wen das Geschenk bestimmt war, und besorgte es im Lauf der Woche in Kozlowa.

»Wenn es für Pesje bestimmt ist«, sagte er bloß, indem er den Korallenschmuck um seine zwei Finger hängte, ehe er ihn Alfred aushändigte, »hätten es vier Runden auch getan. Das hagere Hälschen!«

»Es ist nicht für Pesje«, sagte Alfred.

»Wenn es nicht für Pesje ist, darf ich dir einen Rat geben?«

»Bitte.«

»Schenke ihr soviel du willst. Je mehr, je besser. Aber mach ihr keine Geschenke, die ihre Mutter bemerken muß. Am besten, du schenkst ihr Geld.«

»Geld?« schrie Alfred und senkte den Kopf, als wollte er den alten Jankel im Sturm überrennen.

»Sei so gut«, beschwichtigte Jankel. »Du bist hier nicht in Wien. Sie ist keine Wiener Dame. Und mich kannst du nicht zum Duell fordern.«

»Sie glauben, sie würde Geld von mir annehmen?«

»Für die Mädchen hier ist, ob arm, ob reich, geschenktes Geld ein Geschenk wie jedes andere. Um Geld kann sie sich etwas kaufen, was ihrer Mutter nicht so auffallen wird wie ein Schmuck.«

»Warum sprechen Sie immer von der Mutter? Sie hat ja auch einen Vater.«

»Väter merken nichts. Außerdem wird gerade dieser Vater sich eher freuen, wenn seine Tochter von dir ein Geschenk bekommt. Er gönnt sie den Bauernlackeln nicht, die er verachtet.«

Der alte Jankel wird wie immer recht haben, dachte Alfred, und die sachliche Auffassung Jankels war danach, das nächtliche Erlebnis mit Donja ein wenig zu entzaubern. Dennoch sollte es nie dazu kommen, daß Alfred ihr ein Geldgeschenk machte. Mochte Jankel wie immer recht haben – Donja war kein solches Mädchen wie alle Dorfmädchen hier. Wie aber war Donja? Als sie zum dritten Mal von ihrem vertrauten Plätzchen in der Lichtung des Waldes heimgingen – es war schon ein rechter Herbsttag, die Blätter starben in Massen, und der Waldbach war so dick mit farbenprächtigen Laubleichen bedeckt, daß er als eine märchenhafte riesige Raupe unheimlich auf dem Waldgrunde kroch – da blieb Donja eine Weile stehen, legte ihre linke Hand rasch auf seine Schulter, blickte ihn innig-nah an und sprach ihn fast in deutscher Sprache an: »Chär chaben Sester?«

Sie durfte die Frage unzählige Male wiederholen, ehe Alfred zugab, endlich verstanden zu haben, daß sie wissen wollte, ob er eine Schwester habe, so sehr entzückte es ihn, sie sprechen zu hören.

»Nein«, sagte er, »keine Schwester, keinen Bruder.«

Damit hatte ihre erste Berührung im Wort ein vorläufiges Ende. Der folgende Mittwoch war aber ein griechisch-katholischer Feiertag, und in den drei Tagen lernte Donja – bei ihrem Vater! – so viel Deutsch, daß sie dem ersten Gespräch die Wendung zu geben verstand, die ihr am Herzen lag: »Chär chaben Sester, Sester serr schenn –«, sagte sie, und diesmal ließ sie Alfred die Worte nicht erst wiederholen. Denn vom Umweg, den diese Liebeserklärung genommen hatte, wehte ihn die ganze Zartheit eines kindlichen Herzens an, die ihn überwältigte. Wenn du eine Schwester hättest, die Schwester wäre sehr schön. – Wie lieb und wie simpel. Wie ein Gedicht. So war also Donja, wenn sie sprach?

Sie war aber auch noch anders. Am Sonntag nach jenem Mittwoch trafen sie sich, weil es regnete und schon der Regen allein mit seinen Schleiern ihre Zusammenkunft verhüllte, auf der Terrasse des Gazons. Donja trug über ihrem Jäckchen eine wattierte lange Jacke und sah bezaubernd erwachsen und fraulich aus. Diesmal hatte sie nichts Neues mit Worten zu sagen. Aber in ihrem Jäckchen fand Alfred ein Zettelchen. Als das Papierchen aufknisterte, schraken Alfreds Hände zurück, weil er vermutete, es sei ein Liebesbrief, den ihr irgendein Bursch zugesteckt hätte. Erzählte nicht Jankel, wie sie Liebesbriefe schrieben, die jungen Leute im Dorf? Daß sogar die fromme Pesje sich dazu hergab, den Mädchen ihre Liebesbriefe zu schreiben? Da nahm Donja mit ihrer Linken seine beiden Hände, glättete sie erst flach über ihren Knien, dann legte sie das Zettelchen darauf, glättete es über seinen Händen, dann drückte sie mit ihren beiden seine Handflächen gegeneinander, dann errötete und verdunkelte sich vor Erröten ihr Gesicht und, gesenkten Kopfes, bedeutete sie ihm durch eine lange Arie ihrer Schämigkeit, es sei für ihn bestimmt, das Zettelchen. Alfred, von ihren Kenntnissen der deutschen Sprache verwöhnt, entfaltete das Zettelchen und versuchte, es zu lesen. Es war aber in ukrainischer Sprache abgefaßt, in kyrillischer Schrift, und er konnte es nicht lesen.

An diesem Sonntag war Jankel zu seinem Freund Krasnianjski nach Daczków gereist, und so hätte Alfred bis zum nächsten Vormittag auf die Übersetzung der gewiß wichtigen Botschaft Donjas warten müssen. Das ging über seine Kraft und er machte in seiner Ungeduld einen Fehler. Er ging mit dem Zettel in die Küche zu Pesje und bat um eine Übersetzung.

Pesje glättete das Papier über die Platte des großen Küchentisches zurecht, rückte die Petroleumlampe näher und – ihr Gesicht entflammte. Um sich Alfreds forschenden Blicken zu entziehen, beugte sie sich tiefer über das Geschriebene und las. Obschon sie weitsichtig war und die Buchstaben in solcher Nähe sich in einen Nebel auflösten, las sie – hüstelnd und schnaufend – auswendig den einen Satz, der sich ihr bereits, für immer unauslöschlich, eingeprägt hatte: »*W zymi ja schtsche krasywscha –*«

»Was heißt das?« fragte Alfred.

»Es ist in kyrillischer Schrift geschrieben«, sagte Pesje, »darum konntest du es nicht lesen.«

»Ja, ja. Aber was heißt das?«

»Es steht nur ein Satz da, vier Worte nur: *W zymi ja schtsche krasywscha ...*«

»Das hab' ich schon gehört. Aber was heißt das?«

»Das heißt –« Pesje hüstelte und zögerte, dann faßte sie sich und erklärte: »Sie will dir sagen –«

»Nicht was sie mir sagen will! Was sie sagt, will ich wissen, Pesje. Wörtlich!«

»Wörtlich ... also wörtlich heißt es: ›Im Winter bin ich noch schöner‹ ...«

»Im Winter bin ich noch schöner –«, wiederholte Alfred.

»*W zymi ja schtsche krasywscha*«, wiederholte Pesje.

»*W zymi ja schtsche krasywscha*«, wiederholte Alfred. Auf einmal konnte er einen ganzen Satz ukrainisch sprechen!

»Sie will dir sagen –«

»Steht denn noch was da?« fragte Alfred und nahm den Zettel schnell an sich.

»Kein Wort mehr. Nur –«

»Nur: *W zymi ja schtsche krasywscha?*«

»Ja. Verstehst du das?«

»Ich glaube, ja.«

»Ich glaube nicht.«

»Ich glaube doch.«

»Also warum sagt sie das?«

»Sie sagt es, weil – weil –« Alfred mußte sich über Pesje wundern. Was fällt ihr ein?

»Das ist so: alle Bauernmädchen sind im Winter dicker. Im Frühjahr und im Herbst, besonders aber im Sommer müssen sie schwer arbeiten, und da werden sie alle mager. Aber im Winter haben sie wenig zu tun, da sind sie dicker. Und bei den Bauern ist je dicker, je schöner. Das wollte sie dir sagen –«

»Die Süße!« schrie Alfred und stürzte mit dem Zettel davon.

Aber erst nach Jahren, als er ein reifer Mann geworden war, erinnerte er sich, daß er sich in Donja nicht auf den ersten Blick verliebt hatte, wie er lange Zeit glaubte. Nicht auf den zweiten Blick, als sie ihm aus ihrem Wasserkrug zu trinken gab und sich schämte. Nicht auf der Heimfahrt vom Haferfeld in der Britschka, da sie beide im Atmen sich vereinigten. Und nicht einmal in jener ersten Nacht im Walde, da auf Donjas Munde ein Tropfen Mondlicht schimmerte. Sondern erst in dem Augenblick, da er den ersten Satz in ihrer Sprache wußte, den Satz in vier Worten, die auf dem Zettelchen standen: »Im Winter bin ich noch schöner«. Denn die Liebe ist, wie alle großen Spiele des Lebens, auch ein Spiel mit Requisiten. Und wie oft hat ein Kleid, ein Schritt, ein Wort, ein Laut größere Wirkung gehabt als alles Gewähren, alle Gunst, alle Huld der Weiblichkeit.

9

Tags darauf – es regnete noch immer, es regnete in trüber, kalter Luft, die selbst den alten Jankel in die Wärme des Zimmers verbannte – machte sich Pesje auf den Weg. Die ganze dürftige Gestalt in einen aschgrauen Umhang gehüllt, ging sie schnell durch den Regen und klopfte, die Linke ans Herz pressend, mit zartem Knochenfinger an die Tür ihres Feindes. Es war erst acht Uhr am Morgen. Jankel war wohl zur ersten Pferdefütterung aufgestanden, er ruhte aber wieder in seinem Wohnraum auf einem mit Decken ausgelegten Gestell, einem Mittelding zwischen Pritsche und Diwan, und las in einem landwirtschaftlichen Kalender, den ihm sein Freund Krasnianjski gestern für den Winter geliehen hatte.

Er hörte wohl das Klopfen, nahm aber an, es wäre Panjko, der ihm die geputzten Stiefel brachte und auch ohne Aufforderung einzutreten befugt war, und so bemerkte er Pesje erst, als die dünn und grau wie ein abgeirrter Regenschauer lautlos durch einen Türspalt ins Zimmer rieselte. Um Gottes willen! – wollte Jankel gleich schreien, denn nur ein großes Unglück konnte Pesje zu einem solchen Schritt veranlassen. Aber das kleinste Restchen Selbstbeherrschung genügte, um auch im schlimmsten Falle der Versorgten Pesje mit überlegener Ironie zu begegnen, und so fragte er bloß: »Was – verschafft – mir – die – so – große – Ehre –, Fräulein Milgrom?« Aber seine Stimme quetschte die Worte jämmerlich auseinander.

»Jankel«, sagte Pesje, »Jankelunju –«

»Um Gottes willen!« rief Jankel aus, schon vor Pesje und sie an den Schultern fassend, »was ist geschehen?«

»Noch nichts, Jankel. Noch nichts. Aber es kann geschehen. Es kann ein Unglück geschehen, wenn wir es nicht verhindern.«

»Welwel?«

»Nein, das Kind.«

»Welches Kind?«

»Unser Kind.«

»Alfred?«

»Ja …«

»Was ist passiert?!«

»Das Kind hat sich verliebt, weh ist mir.«

Jankel ging zur Pritsche zurück, lehnte sich aber bloß ein wenig an, nahm seinen Kalender vor, dann sagte er, ohne sie anzusehen, zu Pesje: »Da bringen Sie mir aber nichts Neues, Fräulein Milgrom.«

»Sie wissen es? Und Sie tun nichts?«

»Was ist da zu tun, wertes Fräulein? Schauen Sie hinaus: seit drei Tagen regnet es, und ich habe auch dagegen nichts getan.«

»Jankelunju!« sagte Pesje weinerlich, »bei Jossele hat es auch so begonnen. Man muß was tun.«

»Kennen Sie das Mädchen?«

»Ja«, sagte Pesje.

»Sie haben spioniert, Fräulein Milgrom.«

»Nein, Jankel. Sie hat ihm geschrieben. Und er hat mir das Geschriebene zum Übersetzen gebracht.«

»So ein Esel!« meinte Jankel.

»Sie liebt ihn auch, weh ist mir.«

»Sie hat einen Korallenschmuck bekommen.«

»Nein, Jankel, sie liebt ihn.«

»Sie wird noch ein paar Geschenke bekommen, und im Winter wird sie den jungen Kyrylowicz heiraten.«

»Das habe ich auch gedacht. Aber sie ist nicht so ein Mädchen.«

»Alle Mädchen sind so.«

»Sie nicht, Jankelunju, glauben Sie mir.«

»Wie können Sie das wissen?«

»Ich weiß es, Jankel. Man muß was tun. Ich bin zu Ihnen gekommen und ich bitte Sie, mir zu helfen.«

»Warum wollen Sie sich da einmischen, Fräulein Milgrom? Er ist neunzehn Jahre, sie ist achtzehn, sollen die Kinder doch ihre Freude aneinander haben.«

»Sie haben sich schon drei- oder viermal getroffen. Noch ein paarmal, und das ganze Dorf spricht davon. Wenn, Gott behüte, Welwel davon erfährt!«

»Das muß man allerdings verhindern«, sagte Jankel, klappte den Kalender zu und erhob sich.

Ohne aufgefordert zu sein, nahm Pesje schnell auf einem Sessel Platz und sie schwieg still, während Jankel in Gedanken auf und ab im Zimmer ging.

»Was haben Sie sich ausgedacht, Pesje? Wenn Sie schon zu mir gekommen sind, haben Sie doch einen bestimmten Plan, wie ich Sie kenne?«

»Ja«, gab Pesje zu, »ich habe einen Plan.«

»Also. Wie wollen Sie verhindern, daß Welwel was davon erfährt? Bitte?«

»Ich habe hin und her gedacht. Tagelang, nächtelang hab' ich mir den Kopf zerbrochen. Aber ich fürchte, Sie werden mich für verrückt halten, Jankelunju –«

»Das macht nichts. Für verrückt halte ich Sie schon seit langer Zeit. Also was ist Ihr Plan?«

»Mein Plan ist«, sagte Pesje, und sie errötete und hüstelte, »mein Plan ist … ich nehme das Mädchen zu mir –«

»Wie?« fragte Jankel und vergaß, den Mund wieder zu schließen.

»Ich nehme das Mädchen einfach zu mir«, wiederholte Pesje.

»Einfach«, meinte Jankel und blickte lange auf die sitzende Pesje herab, als sähe er sie zum ersten Male.

»Ich hab' mir ja gedacht, daß Sie mich für verrückt halten werden«, seufzte Pesje.

»Im Gegenteil«, sagte Jankel. »Der Plan ist nicht schlecht. Aber was soll ich dabei?«

»Sie sollen mir helfen.«

»Ich soll vielleicht mit Welwel sprechen?«

»Was geht das Welwel an? Ich brauche ein Mädchen. Es ist jetzt mehr zu tun im Hause.«

»Als Stubenmädchen gibt sie der Vater nicht her«, sagte Jankel.

»Wer spricht von Stubenmädchen? Ich nehme sie zu mir als Stütze.«

»Das geht. Da wird der Vater nicht nein sagen. Aber die Mutter?«

»Mit der Mutter müssen Sie reden. Darum wollte ich Sie bitten, Jankelunju.«

»Was soll ich ihr sagen?«

»Das Mädchen wird bei mir kochen lernen. Und nähen. Ich werde Donja wie mein eigenes Kind im Hause halten. Ich hab' sie immer schon sehr liebgehabt.«

»Sie wird keine Schwierigkeiten machen. Sie wird ins Haus geflogen kommen wie die Biene zum Honigtopf.«

»Aber die Mutter?« warf Pesje schnell ein.

»Mit der Mutter will ich reden. Der Plan ist gut. Sie haben ein Köpfchen – ein Köpfchen haben Sie, Pesje! Wie ein Minister!«

Pesje erhob sich und ging langsam zur Tür. Die Hand auf der Klinke, machte sie eine halbe Wendung und sagte mir leiser Stimme: »Wenn Sie erlauben, werde ich in der Woche mit Malanka herkommen und das Zimmer da ein bißchen freundlicher machen. Sie hausen ja da wie in einer Kaserne.«

»Ist es vielleicht nicht sauber genug hier, Fräulein Milgrom?«

»Sauber ist hier alles, da ist nichts zu sagen. Aber es ist wie in einer Kaserne. Sauber und nichts weiter als sauber.«

»Mir genügt diese Sauberkeit vollkommen. Freundlich und schön bin ich selber. Oder nicht?«

»Doch, doch, weh ist mir«, sagte Pesje mit einer Miene: Honigkuchen in Essig.

»Ich danke Ihnen noch für Ihr Vertrauen.«

»Nichts zu danken«, sagte Pesje, »ich wußte ja, für das Kind werden Sie alles tun, sogar wenn *ich* Sie darum bitte.«

»Gewiß, gewiß. Aber wenn ich es schon tue, darf ich mir noch eine Frage erlauben?«

»Bitte.«

»Der Plan ist gut. Da ist nichts zu sagen. Aber daß Sie, eine fromme Jungfrau, ein solches Opfer bringen –«

»Was für ein Opfer? Wer bringt hier Opfer?«

»Sie sind zwar eine fromme Jungfrau, aber von Liebesgeschichten verstehen Sie ja was, Fräulein Milgrom.«

»Gewiß, davon verstehe ich was. Ist da was Schlechtes daran?«

»Das will ich nicht sagen. Aber, wenn das Mädchen eines Tages einen dicken Bauch bekommt? Was dann?«

»Waaas?!« kreischte Pesje. Sie machte zwei Schritte gegen Jankel. Ihr Umhang rutschte vom Kopf über die Schultern. Im Nu ward aus der aschgrauen Sorge eine flammendrote Furie.

»Entschuldigen Sie«, sagte Jankel. »Ich wollte Sie nicht beleidigen. Ich wollte nur verstehen, wie –«

Pesje raffte ihren Umhang zusammen und hüllte sich wieder bis über den Kopf ein. Eine Weile stand sie still, dann ging sie schlurfenden Schrittes zu ihrem Sessel und setzte sich nieder, eine alte Frau.

»Ich wollte Sie nicht kränken, Pesje«, sagte Jankel.

»Sie waren doch gestern bei Ihrem Freund Krasnianjski?«

»Ja.«

»Hat er noch seinen Jagdhund, von dem Sie immer Wunder erzählen?«

»Ja.«

»Wie heißt er nur, der Hund?«

»Chytry heißt er.«

»Sie erzählen doch immer von diesem Hund, wie scharf er bei der Jagd aufpasse?«

»Ja.«

»Daß er schon merke, ob Ihr Freund einen Fehlschuß oder einen Treffer mache, noch ehe das Gewehr abgefeuert ist?«

»Ja.«

»Wie, sagten Sie, heißt der Hund?« fragte Pesje und stand langsam auf.

»Chytry.«

»Ja, Chytry. Also. Ich nehme Donja zu mir ins Haus, um gut auf sie aufzupassen. Und Sie werden sehen, daß Ihr Wunderhund Chytry ein blinder Hund ist, verglichen mit mir. Verstehen Sie jetzt, Sie Lustgreis, Sie?!«

»Vollkommen, Fräulein Milgrom. Aber –«

Indessen hatte sich die Tür zum Spalt geöffnet und Pesje war hinausgeschlüpft. Jankel blieb noch eine Weile auf der Stelle, verblüfft und in Gedanken. Dann ging er zum Fenster und sah durch die verhauchten und verweinten Scheiben Pesje nach. In ihrem aschgrauen Umhang eine verschwimmende Erscheinung, rieselte sie mit dem Regen an der Brennerei und an der Schmiede vorbei und entschwand hinter einem Regenschauer im Obstgarten.

Zum Ende der Woche zog Donja in das alte Haus ein. Sie wohnte mit Pesje und schlief in Pesjes Schlafkammer. Pesje führte sie im Hause ein. Sie zeigte dem Mädchen alle Zimmer und wies ihr die nötige Arbeit. Nur zwei Räume zeigte sie ihr nicht: Alfreds und Großvaters Zimmer. Hier im Betraum, sagte sie Donja bloß, hier wohne die *Rejnigkajt*. So nannte Pesje, wie alle frommen Frauen aus dem Volke, die Tora. Das Zimmer Alfreds zeigte sie Donja auch nur von außen.

Alfred war über den Zuwachs im Hause sehr überrascht. Zwar merkte er Pesjes schlaue Taktik sehr bald, doch grollte er ihr deswegen nicht. Denn um diese Zeit schon setzte die Geschichte mit dem kleinen Lipusch an.

SECHSTES BUCH

SECHSTES BUCH

1

Im Gegensatz zu dem alten Rebbe Motje Schije, der gestorben war, hatte Lipales neuer Lehrer nicht die geringste Ähnlichkeit mit dem kranken Storch Jaremas. Es war ein Mann aus dem Städtchen Kozlowa, nicht jung, nicht alt, nicht zu sanft, nicht zu grob, nicht zu gelehrt, nicht zu unwissend, ein einfacher Lehrer für Dorfkinder im Alter von fünf bis vierzehn, ein geübter Einpauker, der mit großem Phlegma und ohne Zeichen der Ermattung in drei Schichten, von zwei Uhr nachmittags bis acht Uhr abends die Dorfschulpflichtigen im Fünfbuch und in den kleineren Propheten vortrefflich unterwies, die älteren Knaben aber, die nicht mehr zur Schule mußten, in einer Schicht am Vormittag auch in das Talmudstudium schlecht und recht einführte. Er hieß Salmen Schuldenfrei, erhielt aber in Dobropolje schon in der ersten Woche den Spitznamen Baleboste, das heißt etwa: die Hausfrau, weil er, ein starker Esser, sich sehr für die Küche seiner jeweiligen Kostgeberin interessierte und täglich die Speisenfolge für den nächsten Tag einläßlich besprach. Der Cheder für die Kleinen war in der Kanzlei der Ökonomie, der für die Halbwüchsigen im Hause des Pferdehändlers Schabse. Wenn Alfred bei Jankel zu Besuch war, konnte er die Stimmen der lernenden Kinder hören, denn die Kanzlei war von Jankels Wohnung nur durch einen schmalen Flur getrennt, und das Fenster des improvisierten Cheders ging, wie die Fenster von Jankels Wohnzimmer, auf den Rasenplatz vor der Ökonomie, der mit einem niedrigen Zaun aus Birkenknüppeln eingehegt, mit einem breitverzweigten Nußbaum in der Mitte, eine Art Vorgärtchen bildete.

Alfred gewöhnte sich mit der Zeit an die Spaziergänge mit dem kleinen Lipusch so, daß er – namentlich bei schlechter Witterung, wenn in der Landwirtschaft nichts Interessantes vorging und Jankel ihn freigab – die Nähe des Cheders suchte, um wenigstens Lipales Stimme zu hören, die wie am Sabbat beim Beten auch im Cheder beim Lernen hoch über allen anderen Stimmen sang. Auch Jankel hörte zuweilen den lernenden Kindern zu, die mit ihren frischen

Stimmen das Rauschen der Herbstregen übertönten und einen warmen Hauch in die noch nicht geheizten Räume zauberte. Besonders gern hörte Alfred in der Stunde der ersten Lernschicht zu, wenn die Kinder das erste der fünf Bücher Mosis lernten – im ersten Buch war er selber ja bereits ein Kenner. Und es entzückte ihn täglich das reine Feuer des kindlichen Lerneifers.

Die Kinder lernten bei Salmen das Fünfbuch ganz anders, als er es bei seinem Onkel lernte. Beim Onkel war es ein Lesen und Übersetzen, hier war es ein Singen und Sagen. Die sechs Kleinen sangen den hebräischen Text und die jiddische Übersetzung, die ihnen die phlegmatische Stimme Salmens Wort um Wort vorsang, einstimmig, und es war ein Zwitschern und Jubilieren der begabten und ein weinerlich schläfriges Lamentieren der weniger begabten Schüler, die einen Satz oft zehnmal unter Tränen der Bockigkeit wiederholen mußten. Beim Onkel war es eine Lektion, hier war es ein Konzert. Beim Onkel war es die Bibel. Hier waren es Märchen. Märchen für Kinder, uralte Märchen, die – weil sie in der Morgenstunde der Menschheit entstanden sind – dem Gemüt der Kinder so zusagen, wie ein großer Dichter es ausdrückte. Auch die Melodien des Cheders waren nicht die sakralen, die Awram Aptowitzer am Sabbat beim Lesen der Tora sang. Es war die simple kleine Musik der Kinderlieder, innig, monoton und auch einlullend – der alte Jankel schlief mitunter den reinen Schlummer der Kinder zu diesen Melodien des Cheders.

Alfred blieb wach. Wach hielt ihn namentlich ein gewisser Text, den die Kinder zwischen manchen Kapiteln und Sätzen auswendig herzusagen hatten, ein Verbindungstext, der eine ausschweifende Inhaltsangabe der vorangegangenen Kapitel mit Erläuterungen, Realien, Sagen und Legenden in einer mitunter köstlich bizarren Art mischte. Diese Verbindung – die ihm der Onkel wohl vorenthalten durfte, weil sie eben nur eine Gedächtniskrücke für kleine Kinder war – sagten die Schüler erst einzelweise her, um sie dann unisono zu singen, wenn sie jeder für sich auswendig wußte. Der erste war immer der kleine Lipusch.

Eines regnerischen Tages, es schüttete und rauschte draußen und im Zimmer auf der Pritsche schlief der alte Jankel, hörte Alfred den kleinen Lipusch eine besonders lange Verbindung vorexerzieren. Die Kinder lernten das 48. Kapitel des ersten Buches Mosis: *Aber es geschah nach diesen Begebenheiten, daß man Josef berichtete: Siehe, dein Vater ist krank. Da nahm er seine beiden Söhne mit sich, den Manasse und Efraim ...* sangen die Kinder alle zusammen, ermüdet schon und mit schläfrigen Stimmen. Dann weiter: *Und Jakob sprach zu Josef: Gott der Allmächtige erschien mir in Lus im Lande Kanaan* – bis zum siebenten Vers dieses Kapitels, der vom Tode Rachels erzählt. Vor Vers sieben aber schwiegen alle still, und die reine Amen-Stimme des kleinen Lipale erhob sich solo zu einem Verbindungsrezitativ, dessen Text, aus Hebräisch und Jiddisch gemischt, also lautete: *Wa'ani – Und ich, ich, der ich dich verpflichtete, mich von Mizrajim nach dem Lande Kanaan zu überführen, um mich dort in der Gruft auf dem Felde Machpela zu begraben – mit deiner Mutter Rachel habe ich nicht so getan. Wie denn? Als ich einst von Padan auszog nach dem Lande Kanaan, starb mir am Wege deine Mutter Rachel. Und ich? Ich habe mir nicht einmal die Mühe genommen, sie in die Stadt Ephrat zu bringen, obgleich diese Stadt sehr nahe am Wege war. Sondern ich begrub deine Mutter am Rande des Weges, der nach Ephrat führt. Nun vermute ich aber, daß du, mein Sohn Josef, mir deswegen böse bist, darum will ich dir sagen, daß alles auf den Rat des Allmächtigen so geschehen ist. Warum? Darum: wenn einstens, in späteren Zeiten, das jüdische Volk in die Verbannung gehen wird, wird es vorbeiziehen an Rachels Grab. Da wird über die Schmach, die ihren Kindern zugefügt wird, Mutter Rachel aus dem Grabe auferstehen und ein Wehklagen erheben, bis daß ihr der Allmächtige versprechen wird, daß ihre fünf Kinder erlöst werden.*

In klaren Stimmen sangen die fünf Kinder diese Verbindung zwischen Mosis Buch I Kapitel 48, wo der Erzvater vom Tode Rachels erzählt, und Mosis Buch I Kapitel 49, wo er seinen Sohn bittet, ihn in der Gruft auf dem Felde Machpela zu bestatten. Und wenn sie auch kaum begriffen, warum diese Verbindung es gar so eilig hatte, den Erzvater Jakob zu entlasten – die Erzmutter Rachel, die junge Schöne, die aus dem Grabe aufersteht und am Rande des Weges über die Schmach der Verbannung ihrer Kinder ein Wehklagen erhebt, ergriff die Kleinen sehr, und es klagten ihre Stimmen laut mit der klagenden Erzmutter, Stimmen von Kindern, die früh genug erleben mußten, was das heißt, das Wort: Verbannung.

Am Abend dieses Tages, bei Tische, sagte Alfred zu seinem Onkel Welwel: »Bist du noch dafür, daß ich nach Kozlowa zum Rabbi in die Schule gehe, Onkel?«

»Ich habe es gut gemeint. Es war Gott behüte nicht als Strafe gedacht«, sagte Welwel ausweichend.

»Als Strafe hab' ich deinen Wunsch nicht aufgefaßt. Aber heute sehe ich erst, daß ich doch nicht verstanden habe, warum du mich nach Kozlowa schicken wolltest.«

»Warum grad heute? Ist was geschehen?!«

»Nichts, was dich beunruhigen sollte, Onkel.«

»Aber warum grad heute?«

»Vielleicht nicht gerade heute. Vielleicht schon gestern oder vorgestern, ich weiß es nicht genau. Ein paar Nachmittage, weil es geregnet hat und in der Wirtschaft nichts Besonderes vorging, war ich bei Jankel. In seinem Zimmer kann man die Kinder hören, die in der Kanzlei mit der Baleboste lernen –«

»Mit wem?«

»Mit ihrem Rebbe Salmen, man nennt ihn die Hausfrau.«

»Die Hausfrau?« wunderte sich Welwel und lächelte.

»Ja, so nennt man ihn, weißt du es noch nicht?«

»Mir erzählt man solche Sachen nicht«, sagte Welwel.

»Er ist trotzdem ein braver Lehrer. Ich habe ein paarmal zugehört, wie er mit den Kindern das Fünfbuch lernt und –«

»Er ist ein besserer Lehrer als ich, das kann ich mir wohl denken.«

»Er hat bessere Schüler, Onkel.«

»Du mußt nicht denken, daß ich so empfindlich bin –«

»Aber Onkel, so ist das nicht gemeint.«

»Ich weiß, ich weiß. Ich will dir den Unterschied erklären.«

»Wenn du gestattest, Onkel, werde ich versuchen, den Unterschied zu erklären.«

»Bitte. Da bin ich aber sehr neugierig.«

»So wie wir das Fünfbuch lernen, ist es ein Studium. So wie die Kinder bei Salmen lernen, ist es – ist es –«

»Ja, was ist es?«

»Ist es eine Erziehung.«

»Ja, das ist es.«

»Eine Erziehung zur Jüdischkeit.«

»Es ist ein selbstverständliches, organisches Hineinwachsen ins Judentum.«

»Wie jede andere Erziehung auch, gewiß.«

»Ich verstehe jetzt, warum sogar der kleine Lipusch schon erschrecken konnte, als er von meiner ›Scherina‹ hörte. Er erschrak genauso wie du, obgleich er doch nicht sagen könnte, warum meine Vorstellung von der ›Scherina‹ so abwegig war.«

»Der Unterschied zwischen mir und Salmen ist aber auch noch ein anderer.«

»Ja, Onkel, der hauptsächlichste Unterschied ist einfach der: er unterweist kleine jüdische Kinder, und du, Onkel, plagst dich mit einem erwachsenen Analphabeten.«

»Das ist schon vorbei, Sussja. Du bist kein ganz Unwissender mehr. Du kannst schon die Gebetsriemen anlegen, du verstehst schon einigermaßen zu beten, du hast bald das zweite der Fünf Bücher ausgelernt. Mein Schreck über deine ›Scherina‹ war ein kleiner Schock. Nichts weiter. Der Schock ist längst vorüber.«

»Das freut mich, Onkel. Es freut mich deinetwegen sehr. Trotzdem würde ich dich jetzt bitten, mich doch nach Kozlowa zu schicken, wenn ich nicht einen guten Ersatz für Kozlowa gefunden hätte.«

»Du willst bei Salmen lernen?«

»Nein. Wir wollen weiter so lernen wie bisher. Am Vormittag. Aber an den Nachmittagen möchte ich ein, zwei Stunden in der Kanzlei sitzen und zuhören, wie Lipusch lernt.«

»Einverstanden! Sehr gut! Ich bin einverstanden. Aber was wird Jankel dazu sagen. Deine Nachmittage gehören doch der Landwirtschaft und dem Vergnügen, wie er sich selbst schmeichelt?«

»Solang es regnet, wird er nichts sagen. Da hört er selber gerne zu, wie die Kinder lernen, wenn er auch meistens dabei einschläft.«

»Es wird aber nicht immer regnen.«

»Hoffentlich nicht. Aber mit der Landwirtschaft geht es mir so, Onkel: solange man auf den Feldern gearbeitet hat, war es sehr schön und Jankel war mit mir zufrieden. Aber die Getreidemühlen und der Staub in den Speichern, die Pferdewartung, die Arbeit beim Düngen interessieren mich vorläufig nicht sehr. Ich muß auch nicht im Kuhstall täglich beim Melken sein und gleich alle Lieder der munteren Kassja lernen. Einige kenn' ich eh schon. Zum Beispiel:

Oj, panytschu,
Ja was klytschu,
Ja was potrebuju –«

Und Alfred sang dem Onkel das erste Lied vor, das er sich gemerkt hatte. Er markierte vorerst, leicht summend, den Einsatz, als er aber sah, wie entzückt der Onkel über dieses Kunststück war, sang er die erste Strophe ganz korrekt, sogar den Text, wenn auch noch sehr mangelhaft in der Aussprache.

»Wie dein Vater! Genau wie dein Vater! Er konnte alle Lieder der Melkerinnen. Und er hatte genau so eine Stimme wie du … Sing noch eine Strophe!«

Alfred sang noch eine Strophe und Welwel strahlte. Dann wurde er nachdenklich.

»Du sprichst das Ukrainisch gar nicht so schlecht aus. Lernst du?«

»Ich lerne ein wenig.«

»Von wem denn?«

»Von … Pesje. Ich lerne von Pesje«, sagte Alfred schnell, der tatsächlich an den Abenden, wenn der Onkel mit seinen agudistischen Zeitungen und Zeitschriften zu Bette ging, bei Pesje und noch einer jüngeren Lehrerin Unterricht in der ukrainischen Sprache nahm und beinahe sich verplappert hätte.

»Also abgemacht, Onkel?«

»Wenn Jankel es dir erlaubt, bin ich sehr glücklich darüber. Und wenn er es nicht erlaubt, geb' ich dir eine Stunde vormittags frei, da kannst du in dem anderen Cheder zuhören.«

»Das mag ich nicht. Ich will dort zuhören, wo der kleine Lipusch lernt.«

»Ein begabtes Kind, dieser Lipusch.«

»Das wäre noch das wenigste. Es gibt sogenannte begabte Judenkinder genug. Aber dieser Lipusch ist ein lieber Junge. Zuerst mochte ich ihn nicht. Ich dachte, noch so ein frühreifer Judenbengel. Aber er ist bezaubernd. Ich verstehe jetzt, warum unser Jankel in dieses Kind so vernarrt ist.«

»Nicht wahr? Hast du es schon bemerkt?«

»Und ob! Weißt du, wer den Kleinen am ersten Schultag zur Schule geführt hat? Jankel natürlich.«

»So, so … Dabei mußt du wissen, daß er, wie alle alten Junggesellen, Kinder nicht liebt. Ja, ja. Ein wohlgeratenes Kind ist keine
kleine Sache.«

»Heute hat Lipusch die Verbindung aufgesagt, die –«

»Was hat er aufgesagt?«

»Den Chiber. Salmen sagte mir, das bedeutet soviel wie ›Verbindung‹.«

»Chiber! Ach so, Chiber. Verbindung hat er gesagt? Gewiß, man
kann es so nennen.«

»Es war vor dem Vers, wo Jakob vom Tode Rachels erzählt. Der
Kleine erhob das Wehklagen der Mutter Rachel, und im Atem der
Kinderstimme verspürte man den tragischen Hauch der Geschichte.«

»Wie sagtest du? Im Atem einer Kinderstimme, sagtest du?«

»Ach, ich red' halt so daher.«

»Im Atem der Kinderstimme …«, wiederholte Welwel. »Ja, ja, der
Atem der lernenden Kinder … Es steht wo in unseren Büchern ein
Satz, der lautet so: *Die Welt beruht auf dem Atem der lernenden
Schulkinder.*«

»Wunderbar, Onkel. Ein wunderbarer Satz. So ein Satz könnte
auch wo in einem alten chinesischen Buche stehen.«

»Warum chinesisch? Es steht in einem jüdischen Buch. Ich werde
es dir gleich zeigen. Komm.«

Welwel zündete eine Kerze an, und sie gingen in Großvaters Zimmer. Sie schritten die Bücherreihen entlang. Beim zuckenden Schein
des schwachen Lichtes tastete Welwel die Rücken der Bände ab und
entnahm der Reihe einen in Sackleinen gebundenen Folianten.

»Der Spruch vom Atem der Schulkinder ist von keinem Chinesen.
Er ist, vermute ich, von Rabbi Chananja. Aber sicher weiß ich es
nicht. Mein Gedächtnis hat sehr nachgelassen. Jetzt hab' ich auch die
Brille vergessen. Wir nehmen das Buch mit, und morgen sage ich dir
genau, von wem der Satz ist.«

»Den Wortlaut weißt du aber sicher?«

»Gewiß. Der Wortlaut ist richtig.«

Vor der Tür blieb Welwel in Gedanken stehen, lenkte den Lichtschein von Alfreds Gesicht ab und sagte: »Es war gut, Sussja, daß wir
uns wieder einmal ein bißchen ausgesprochen haben. Ich hab' dir aber
noch etwas zu sagen.«

»Das sah ich schon kommen, Onkel.«

»Wieso? Seit wann denn?«

»Seit ein paar Tagen.«

»Stimmt. Aber, daß man mir das gleich ansehen kann –«

»Das macht nichts, Onkel.

»Ich hab' vor einer Woche einen Brief bekommen.«

»Von meiner Mutter?«

»Nein, von Dr. Frankl.«

»Von Onkel Stefan?«

»Ja. Er schreibt mir gut und lieb, ein edler Mann, dieser Ministerialrat. Und ein kluger Mann. Mit dir ist er allerdings nicht ganz zufrieden.

»Da steckt gewiß meine Mutter dahinter.«

»Wahrscheinlich. Sogar sicher. Aber diesmal hat sie recht. Warum schreibst du ihr nicht?«

»Ich hab' ja doch geschrieben.«

»Ja. Das letzte Mal vor sechs Wochen.«

»Weil ich mich über meine Mutter immer ärgern muß.«

»Was war denn schon wieder?«

»Ich hab' ihr einen langen Brief geschrieben. Ich erzählte ihr, wie mir hier in einer Nacht plötzlich eine deutliche Erinnerung an meinen Vater gekommen ist.«

»So? Hier?«

»Ja. Wie du weißt, hatte ich gar keine Erinnerung an meinen Vater. Nicht die geringste. Mutter quälte mich oft. Es gäbe Kinder, die sich bis ins dritte Lebensjahr zurück erinnern und so. Nun, es gibt Wunderkinder, aber ich bin keins gewesen. Ich betrog mich oft selber und bildete mir ein, mich zu erinnern. Aber meine Einbildungen hielten den nachsichtigsten Kontrollen nicht stand. Hier aber, in einer Nacht, sah ich plötzlich meinen Vater, leibhaftig, lebenhaft. Da war keine Täuschung dabei. Und ich schrieb das tags darauf gleich meiner Mutter.«

»Erzähle, Sussja! Wie kam das? Erzähle mir doch auch.«

Alfred erzählte nun auch Welwel, wie er in einer schlaflosen Nacht die Pferdehüter heimkommen hörte; wie den von der Nachtweide heimgetriebenen Pferden zum Getrappel der Hufe fernher ein Gesang vorausging, ein starkes Lied in stürmischem Tempo; und wie unter diesem stürmischen Gesang in der Nacht seiner Erinnerung plötzlich ein Schleier riß und ein Bild, ein deutliches, ein untrügliches Bild aus seiner Kindheit auftauchte. Er saß auf seinem gesattelten weißen Schaukelpferd, und vor ihm stand sein Vater, mit großer starker Stimme ein Lied singend, ein schönes Reiterlied, das Lied dieser heimkehrenden Pferdehüter eben – und Alfred sang es gleich für den Onkel:

Na kulbaku
Wypnjal sraku –

»Um Gottes willen!« rief Welwel, »hier darfst du solche Lieder nicht singen!« Und er riß die Tür auf und schob Alfred unsanft aus dem Betraum in den Flur, wobei die Kerze im Luftzug erlosch. Alfred glaubte, schon wieder eine Art Sakrileg begangen zu haben, und folgte nur zögernden Schrittes dem Onkel durch den dunklen Flur. Aber im Lampenschein des Eßzimmers sah er gleich, daß der Onkel zwar noch erregt, aber diesmal freudig erregt war.

»Solche Lieder hat dir dein Vater vorgesungen? Hast du gehört, Pesje?«

Pesje, die mit dem Abräumen des Eßtisches beschäftigt war und wohl Alfreds Produktion gehört hatte, kicherte nur und zog ihre Arbeit, mit der sie augenscheinlich längst fertig war, künstlich hinaus.

»Ist das so schlimm, das Lied?« wollte Alfred wissen.

»Es ist ein Soldatenlied. Ein Kosakenlied. Die Strophen sind nicht gerade die zarteste Poesie.«

»Kannst du sie übersetzen, Onkel? Ich kann zwei solche Strophen.«

»Vielleicht wird Pesje so freundlich sein«, sagte Welwel. »Ukrainisch lernst du ja bei ihr.«

Pesje machte, daß sie schnell mit ihrem hochbeladenen Tablett fortkam. Alfred beeilte sich, ihr die Türe zu öffnen. Weil sie sich aber zur Erheiterung Welwels gar so altjüngferlich zierte, sang er ihr, die Hand schon an der Türklinke, die erste Strophe vor:

Na kulbaku
Wypnjal sraku:
Buwaj myla zdorowa!
Hej, hej! Buwaj myla zdorowa!

Pesje drängte sich in den Spalt der Tür und kicherte. Es war ein Kichern ohne Laut und Klang, wie wenn welkes Laub auf welkes

Laub fällt, ein Hauch von einer kränklichen Heiterkeit, ein bißchen unheimlich anzuhören.

»Der – alte – Jankel – wird – es – dir – gern übersetzen«, lispelte sie und entschlüpfte.

Welwel lachte nicht mehr, aber auf seinem Gesicht lag der Schein eines glücklichen Augenblicks. Es war das erste Mal, daß er seines Bruders in Freuden gedachte. Alfred sah dies und machte sich im stillen Vorwürfe, daß er seinem Onkel nicht gleich nach jenem nächtlichen Erlebnis vom Gesang der Pferdehirten und von der seltsamen Wirkung dieses Nachtgesanges berichtet hatte.

»Deiner Mutter hast du das gleich mitgeteilt?«

»Ja. Ich wollte ihr eine Freude machen. Aber sie antwortete sehr kurz und so – weibisch, als wäre sie eifersüchtig und erbittert darüber, daß ich erst nach Dobropolje reisen mußte, um hier meinem Vater zu begegnen.«

»Aber eine Mutter ist eine Mutter. Man darf eine Mutter nicht kränken.«

»Dann schrieb sie noch, ich möchte schon endlich kommen, die Einschreibungen an der Technischen Hochschule hätten längst begonnen, ich würde sonst ein Semester verlieren. Als ob das so wichtig wäre!«

»Deine Mutter glaubt eben, daß es wichtig sei.«

»Wenn ich ein Semester verliere, werde ich eben ein halbes Jahr später ein Architekt ohne Beschäftigung sein. Ist das so wichtig?«

»Du mußt dich darüber mit deiner Mutter verständigen. Mir schreibt Dr. Frankl auch darüber. Er läßt durchblicken, daß er es für kein Malheur ansehen würde, wenn du ein, zwei Semester versäumtest –«

»Das freut mich aber sehr. Wenn Onkel Stefan der Meinung ist, werde ich meine Mutter schon überzeugen.«

»Du mußt ihr schreiben. Du mußt ihr oft schreiben. Sonst wird sie ängstlich und glaubt, wir entfremden dich ihr mit Absicht.«

»Ich werde morgen schreiben.«

»Schreib gleich heute. Nur nichts verschieben. Ich gehe jetzt zu Bett, und du schreibst deiner Mutter einen ruhigen und vernünftigen Brief. Gute Nacht, Sussja.«

»Du wolltest ja noch den Satz in dem Buche finden?«

»Das will ich jetzt tun. Morgen zeig' ich dir, wo er steht. Und morgen nachmittag kannst du auch schon zu den Kindern in den Cheder gehen. Ich werde mit Jankel die Sache ordnen.«

Zuversicht im Herzen, machte sich Welwel auf die Suche nach dem Satz von dem Atem der Schulkinder. Es war schon späte Nacht, als er ihn gefunden und mit einem Lesezeichen gesichert hatte, denn seine Gedanken irrten immer wieder ab: zu den Kindern im Cheder, zu dem Lehrer Salmen, den man die Baleboste nannte, namentlich aber zu dem Knaben Lipusch, dessen lernende Stimme jenen Spruch des großen Tannaiten zur rechten Zeit ins Leben gerufen hatte. Ein Glück, daß er, Welwel, in einer guten Stunde den braven Aptowitzer angestellt und der bösen Schnüffler nicht geachtet hatte, die den frommen Vater eines so wohlgeratenen Kindes in den Geruch eines Lasters bringen wollten.

2

Es verdroß zwar den alten Jankel, daß Alfred nun auch an den Nachmittagen der »Jüdischkeit frönen« sollte, doch gab er schließlich seinen Widerstand auf, als er sah, daß es eigentlich weniger die Jüdischkeit als der Knabe Lipusch war, der den Sieg davongetragen hatte. Alfred hielt sich nun an den Spätnachmittagen in der Kanzlei auf, in dem improvisierten Dorfcheder, der sich von den städtischen Judenschulen dieser Art etwa so unterschied wie Glück im Winkel von einem Massenquartier des Elends. Alfred, der nicht wußte und nicht wissen konnte, daß der von den aufgeklärten jüdischen Belletristen so viel geschmähte Cheder in hygienischer Hinsicht tatsächlich ein himmelschreiendes Übel darstellte, grollte nun erst recht diesen aufgeklärten Schwarzsehern, denen er aber insofern nicht ganz unrecht tat, als sie selbst einen sozialen Mißstand mit Lehrmethoden verwechselten und beides mit den gleichen Farben in falschen Perspektiven malten. Alfred gefiel die Lehrmethode Salmens der Hausfrau vortrefflich. In der Erkenntnis, daß ihm in diesem Dorfcheder die Gelegenheit geboten war, das Fünfbuch und die Propheten in der altbewährten Art zu lernen, wie die Kinder der Orthodoxen lernten, wie sein Onkel – wie sein Vater! –, der ehrwürdigen Überlieferung getreu, gelernt hatten, nutzte er diese Chance mit einem

Feuereifer, der ihm schon nach kurzer Zeit sogar einen Spitznamen eintrug. Sie nannten ihn »der Belfer«, das heißt soviel wie Behelfer, Hilfslehrer – ein abschätziger Titel für junge Leute, die in den Chedern der Städte die ganz kleinen Kinder mehr als Pfleger und Begleiter denn als Lehrer betreuen. So benannten Alfred die Juden von Dobropolje, nicht ohne Hinzutun des alten Jankel, der ihm auf diese Weise die Untreue vergalt. Die Bauern hatten ihm längst einen anderen Spitznamen gegeben, und zwar schon am ersten Tag auf dem Haferfeld. Sie nannten ihn Tsisarskyj, das heißt soviel wie »der Kaiserliche«, weil er in Wien zu Hause war, in der Stadt, die bei den Bauern von Dobropolje noch immer die Kaiserstadt war.

Alfred schien es, als lernte er bei seinem Onkel die Worte und die Zeilen der Jüdischkeit, im Cheder aber das was zwischen den Zeilen stand, was nicht lernbar, sondern nur erlebbar war. Er hatte viele Lehrer in der ersten Zeit in Dobropolje gefunden. Er lernte von Onkel Welwel, von Jankel, von Salmen an Wochentagen. Er lernte von Aptowitzer, von Mechzio, von dem kleinen Leviten am Sabbat und an den Feiertagen. Sein Meister aber sollte nicht Welwel Dobropoljer werden, nicht der alte Jankel, nicht Aptowitzer der Toraleser, nicht Mechzio, nicht Judko Segall und nicht einmal Salmen die Baleboste. Sein Meister wurde der kleine Lipusch. Der Kleine lebte noch das verzückte Leben seiner Kindheit. Seine Phantasie war frisch wie der Tau des Frühlings, und sein kleines Herz war stark im Glauben an Gott, der just hinter den Sternen wohnte, die über den Wipfeln des Dobropoljer Waldes leuchteten, denn er war ja der jüdische Gott und er hatte acht auf die Juden, damit ihnen nichts Arges geschähe in der Verbannung, in der sie nur provisorisch lebten. Wunderbar vermischte sich indessen die Landschaft dieses Provisoriums mit der Landschaft der Bibel. Die Strypa war der Jordan, Bethlehem lag wo hinter Nabojki. Der Weg, den Moses das Volk von Mizrajim nach dem Lande Kanaan führte, zweigte von dem Scheideweg bei Janówka ab. Das Schilfmeer, in dem der böse Pharao mit Mann und Maus versunken und ertrunken war, war es nicht wie der Große Teich? Und wenn der Messias kommen wird, wird der Prophet Elia, der Künder der Erlösung, aus dem Wald von Dobropolje herauskommen, als ein armer Jude verkleidet, mit einem Finkl auf dem Rücken, einen Hirtenstab in der Hand, langsam schreitend auf dem Pfade an dem Waldbrunnen vorbei. In den anderen Dörfern werden sie glauben, es wäre ein ganz gewöhnlicher armer Jude, aber hier wird Mechzio den Propheten Elia am Waldbrunnen erwarten. Denn Mechzio war einer von den sechsunddreißig Gerechten. Und so wird die Erlösung eigentlich in Dobropolje beginnen …«

Wenn es aber doch nicht völlig gewiß war, daß der Prophet Elia sehr bald auf dem Waldpfad erscheinen würde, hatte es sich indessen sehr glücklich gefügt, daß wenigstens der junge Herr aus Wien nach Dobropolje gekommen war, ein Studierter, der viele fremde Sprachen sprach, eine Menge schöner Märchen zu erzählen wußte; daß er sich eines armen Dorfjungen angenommen, ihm einen schönen Atlas, ein Lesebuch geschenkt hatte und nun ihm auch noch für den Schulgang ein Regenmäntelchen gekauft und obendrein versprochen hat, ihn einmal nach Wien mitzunehmen, wo das Riesenrad war und eine Schule für Schachmeister. Und nichts verlangte der junge Herr dafür, als daß man mit ihm spazierengehe und vor dem Herrn Oberverwalter nicht vom Riesenrad spreche.

Der Kleine konnte nicht wissen, daß er seinerseits für den jungen Herrn genau das war, was dieser für ihn: das Idealbild unerfüllbarer Wünsche, das Merkziel heimlichen Strebens. Josef, der Sohn Jakobs, der in Mizrajim ein Staatsmann, ein Weltmann war, auch er groß und satt geworden an einer fremden Kultur, wird, da er Benjamin wiedersah, seinen kleinen Bruder, ihn vielleicht mit einem solchen Enthusiasmus ins Herz geschlossen haben wie Alfred den kleinen Lipusch, obschon Josef noch einigermaßen triftige Gründe hatte, der großen fremden Kultur zu vertrauen, während Alfred vergleichsweise in einer Zeit lebte, die Josef nicht mehr kannte und demzufolge den Antisemitismus erfunden hatte. Der kleine Lipusch aber trug noch seine ganze Welt in sich. Er glaubte an den Messias und an die Wunder dieser Welt zugleich. Und wer hierin ein Dilemma sehen sollte, der möge in sich gehen: er wird da nichts vorfinden als einen Zivilisierten.

Obschon er ihm in Kozlowa ein Regenmäntelchen gekauft hatte, ein garantiert wasserdichtes mit einer Kapuze, bedauerte Alfred den Kleinen, wenn er ihn bei strömendem Herbstregen auf dem weiten Weg zur Schule wußte. Und wie wahre Liebe Wunder wirkt, wurde Alfred, ein geborener Langschläfer, zeitweise sogar ein Frühaufsteher. Und er ließ den Deresch vorspannen und fuhr seinen kleinen Freund mit der Britschka zur Schule. Der Deresch war großzügig genug, um sogar Alfred als Kutscher anzuerkennen. Und Welwel und Jankel drückten je ein Auge zu; aber nur bei sehr unfreundlicher Witterung.

»Sie verwöhnen meinen Sohn, junger Herr«, klagte oft Frau Aptowitzer, die zwar nicht so schön, aber tatsächlich immer so lustig war, wie Lipusch sie schilderte, eine noch junge, bäuerliche Frau, mit einem breiten Gesicht voller Sommersprossen, aber groß und schlank, schön von Wuchs und Gestalt. »Was soll werden, wenn Sie uns wieder verlassen?«

»Das wird nicht bald geschehen, Frau Aptowitzer«, versprach Alfred. »Und wenn es einmal geschehen muß, nehme ich Lipusch einfach mit mir mit.«

»Ja! Ich fahre einfach mit!« jubelte der Knabe, indes ihn seine Mutter in die Britschka hob, worauf der Deresch ungeduldig anzog, als wollte er sagen: täglich dasselbe Geschwätz, schon früh am Morgen müssen die schwatzen. – Unterwegs sammelte Alfred, was an Kindern die Britschka fassen konnte, auf, und so kutschierte er inmitten einer dichten Traube von Kindern durch das Alte Dorf.

»Ein Belfer, bei Gott, ein Belfer mit Sporen!« spottete Schabse der Pferdehändler. Er stand unter der Dachtraufe seines Stalles und wechselte von Zeit zu Zeit ein Wort mit seinem Nachbarn Kuba Zoryj, der seinen Kuhstall ausmistete.

»Die Läuse, die er von dem Schindersohn bekommt, kann er seinem Onkel zum Sabbat schenken«, meinte Schabse.

»Der alte Juda, der hätte seinen Söhnen gewiß nicht erlaubt, mit dem Schindersohn durch das ganze Dorf zu kutschieren.«

»Zwei Ohrfeigen und einen Tritt in den Hintern hätte der alte Juda diesem Belfer gegeben.«

»Ja, ja. Der alte Juda Mohylewski. Das war noch ein Gutsbesitzer, ein Mann vom alten Schlag. Einmal, es war so eine Woche vor Advent. Nein, es war eine Woche vor Jordan. Oder war es doch vor dem ersten Adventssonntag?« Und der alte Zoryj erzählte breit und umständlich eine Geschichte, mit der er noch lange nicht zu Rande gekommen war, als Alfred schon auf dem Heimweg mit dem Deresch wieder vorbeikutschierte.

Bei diesen Fahrten lernte Alfred das Alte Dorf und seine Einwohner kennen. Bald wußte er die Bauernhöfe mit Namen und Katasternummer auswendig. Er wußte, daß der erste Hof, der gleich bei der Groblja die Zeile der Gehöfte dem Gazon gegenüber eröffnete, dem würdigen Iwan Kobza gehörte, der einen großen Taubenschlag hatte. Lipusch wußte auch die Zahl der Taubenpaare. Dann kam der mit Birkenknüppeln schön eingezäunte Hof Kuba Zoryjs. Dann Schabses Ställe und das weißgetünchte Haus hinter einem Lattenzaun. Dann der Reihe nach: Onufryj Borodatyj, Ambrozy Dobrowolski, Bohdan Steciuk, Stepan Harmatij, Iwan Steciuk, Philip Philipowicz. Dann der Alfred wohlbekannte Kyrylowicz, dann der alteingesessene Pole, der reichste Hofbauer im Alten Dorf, Jan Bielak und sein Nachbar Bohdan Derenj. Anschließend stand das mit Schindeln gedeckte Gemeindehaus, das Amtsgebäude des Dorfes, in dem der Gemeindeschreiber wohnte, ein kränklicher, städtisch gekleideter Greis, den man nur selten sah. Das alles lag zur linken Seite in der Richtung zur Schule. Rechter Seite war noch immer der Gazon. Dazwischen, etwa vom Hof des reichen Bielak bis zum Gemeindehaus, war ein halbkreisförmiger großer freiliegender Platz, auf dem in der Mitte ein paar alte und verkümmernde Pappeln standen. Das war der Gazonplatz, wo die Bauern des Alten Dorfs sich sonntags zu versammeln pflegten, wenn es was so Allgemeines zu beraten gab, daß das Gemeindehaus die Versammlung nicht fassen konnte. Auch die Festlichkeiten des Dorfs fanden auf diesem Platze statt, der übrigens, wie Alfred von Jankel wußte, der Zankapfel zwischen dem Alten und dem Neuen Dorfe war, das keinen so schönen Versammlungsort besaß und den Anspruch auf den Platz immer wieder, freilich ohne Erfolg, anmeldete. Wo einerseits dieser Platz, andrerseits der Gazon zu Ende waren, gabelten zwei Gassen ab, die Lange und die Breite. Die Lange Gasse war tatsächlich lang und lief weithinaus bis zur Gemeindewiese, die Breite aber war nicht breit; sie führte zur griechisch-katholischen Kirche und lag auch auf dem Weg zur Schule. Den Brückenkopf zu diesen zwei Gassen bildete die Schenke jener Czarne Grünfeld, bei der Jossele seinen Knaster für den Obermelker einzukaufen pflegte, die aber längst gestorben war. Die Schenke hielt jetzt Czarnes Sohn Schmiel, eigentlich aber dessen Frau Channa. Denn Schmiel Grünfeld trieb mehr Kornhandel und mischte sich in das Schankgeschäft seiner Frau nur ein, wenn es galt, eine Sonntagsschlägerei zwischen betrunkenen Bauern zu schlichten, was ihm besser gelang als der Ortsgendarmerie, denn Schmiel Grünfeld hatte es im Krieg bis zum Feldwebel, gar zum dienstführenden, und zu mehreren Tapferkeitsmedaillen gebracht. Seine Autorität im Dorfe war eine unumstrittene. Ihr beugte sich, wie wir wissen, selbst Donjas Vater, obschon er ein Schwarzer Dragoner war. Schmiel hatte im Krieg nur eine Ohrmuschel verloren, und dieser Mangel war danach angetan, seine Autorität noch zu steigern. Die Verstümmelung gab Schmiel, der durchaus ein friedfertiger Mann war, ein verwegenes Aussehen.

Das alles erfuhr Alfred auf dem Weg zur Schule hauptsächlich durch Lipusch, denn es dauerte eine Zeit, bis er im Ukrainischen so weit war, das Geplapper der Bauernkinder zu verstehen. Er kannte bald alle Mitschüler und Mitschülerinnen Lipales. Er kannte den Schuldirektor Kaminjski, der nahezu ein moderner Pädagoge war: er prügelte die Kinder mit seinem Rohrstock nur über die Hintern, das Schlagen auf die Handteller oder gar über die Handrücken hielt er, wie er Alfred oft beteuerte, für eine überholte Barbarei. Er kannte den Hilfslehrer Dudka, der ein melancholischer Schwärmer und unglücklich verliebt war in die zweite Hilfslehrerin, in das Fräulein Tanja, eine junge und hübsche Popentochter, die zwar ihre Prüfung als Bürgerschullehrerin gemacht hatte, aber in dieses Dorf versetzt wurde, weil ihr Vater, der Pope Kostja Rakoczyj, in der ukrainischen nationalen Bewegung eine wichtige Persönlichkeit war. Das hörte Alfred von Jankel und er nahm es mit Interesse auf. Er begann mit dem Leben des Dorfes zu leben, nach jenem zwingenden Gesetz, welches bewirkt, daß ein Mensch, notgedrungen oder freiwillig in die Provinz oder aufs Land versetzt, im Lauf der Zeit so zu denken, so zu reden, so zu handeln beginnt, wie man in der neuen Umgebung denkt, redet und handelt: denn das kleinste Rinnsal des Lebens in der Provinz bewegt sich nach demselben Gesetz wie der sogenannte Strom des Lebens in der Metropole. Zu Beginn war Alfred wohl zumute, als spiele er, als habe er sich selbst eine Rolle zugeteilt. Aber nach einigen Wochen schon kam es ihm so vor, als stecke er erst seit seiner Ankunft in Dobropolje in der eigenen Haut und alles, was vorher gewesen, war ein Spiel. Gewiß, er täuschte sich, wenn er sich einbildete, das neue Leben sei die Folge seiner freien Entschließungen. Aber täuschte er sich anders als wir alle, die wir meinen, uns den Tag nach unserem freien Ermessen einzurichten, uns die Freunde nach unserem Geschmack zu wählen, den Gang unserer Gedanken, den Lauf unserer Gefühle, die Form unserer Gespräche, die Linie unserer Gebärden, den Schnitt unseres Kleides in selbstherrlicher Wahl frei zu bestimmen? Wir arrangieren uns alle. Wir richten uns ein. Allein, die Richtung bestimmt nicht einmal das eine Gesetz, nach dem wir angetreten sind; sie ist die Resultante vieler, unzähliger Gesetze, die so unergründlich sind, wie sie offen zutage liegen.

Eines regnerischen Tages, auf dem Wege zur Schule, der Deresch zog mit angespannten Flanken die Britschka die morastige Anschüttung der Groblja hinan, sagte der Knabe Lipusch: »Junger Herr, heute machst du vielleicht bei Schabse halt, und wir schauen nach, ob der arme Mechzio noch lebt.«

Alfred sah an der kleinen Person zu seiner Linken hinunter. Lipusch zeigte ein bleiches Gesichtchen in der triefenden Umrahmung der Kapuze, und seine Augen glänzten wie im Fieber.

»Was soll ihm denn geschehen sein, deinem Mechzio? Du närrisches Kind!«

»Weil gestern ein Mörder aus dem Kerker heimgekommen ist und —«

»Ein Mörder?«

»Ja. Ein großer Räuber! Er heißt Walko Gulowatyj, man nennt ihn Walko Wogier, das heißt Walko der Hengst, er ist zehn Jahre im Kriminal gesessen und —«

»Woher weißt du das?«

»Der Herr Domanski hat mit dem Herrn Oberverwalter gesprochen. Und ich hab's gehört. Und ich hab' mich die ganze Nacht so gefürchtet —«

»Du hast schlecht geschlafen?«

»Der Regen hat so geweint in der Nacht —«

»In dieser Nacht hat es doch gar nicht geregnet.«

»Nein, aber der Wind hat so geweint und der Mond schien, und ich hörte Schreie. Es war, wie wenn Mechzio gerufen hätte —«

»Warum gerade Mechzio? Warum soll dieser Walko gerade Mechzio was tun?«

»Weil der böse Schabse ihn gedungen hat —«

»Dummes Zeug!«

»Wenn ich's doch gehört habe! Niemand wollte ihn haben, kein Bauer und kein Jude, nicht im Neuen und nicht im Alten Dorf. Auch der Herr Domanski wollte ihn nicht aufnehmen. Nur Schabse, der hat ihn als Knecht gedungen.«

»Ach so!«

»Ja. Was denn hast du geglaubt, junger Herr?«

»Nichts. Ich hab' nichts geglaubt. Aber du siehst ja, Schabse hat ihn für den Stall aufgenommen. Wenn er ein Räuber wäre, würde er sich nicht als Knecht verdingen, und Schabse würde ihn nicht aufgenommen haben.«

»Der arme Mechzio muß aber mit ihm zusammen im Pferdestall schlafen.«

»Wenn schon. Da ist doch nichts dabei.«

»Wenn er ihm aber Gott behüte was tut in der Nacht –«

Lipusch senkte die Stimme und lispelte vor Aufregung, denn sie fuhren an Schabses Hof und Haus vorbei.»Schauen wir nach, junger Herr! Schauen wir nach, ob er Mechzio nichts getan –«

»Du siehst ja, wie alles ruhig ist, auf dem Hofe und im Hause. Kümmere dich lieber um die Schule. Mechzio und Schabse und Wajko –«

»Walko heißt er. Walko Wogier«, flüsterte Lipusch.

»– die gehen dich alle nichts an.«

Lipusch seufzte und schwieg, aber seine Augen brannten.

»Dieser Walko, der angeblich in einer Strafanstalt war, ist das wirklich ein Mörder?« erkundigte sich Alfred hernach im Pferdestall bei dem Ökonomen Domanski.

»Ein Mörder? Wer hat das gesagt?«

»Der Kleine war so aufgeregt.«

»Nein. Ein Mörder ist er nicht. Aber gesessen ist er. Zwei Jahre.«

»Was hat er angestellt?«

»Man nennt ihn Walko der Hengst«, sagte Domanski und lächelte. »Walko Wogier. Hengst heißt eigentlich Ogier, aber die Bauern hier sprechen ein verdorbenes Polnisch und sie sagen Wogier.«

»Aber er muß doch was angestellt haben, wenn er zwei Jahre abgesessen hat?«

»Er ist ein armer Hund. Taub wie eine Glocke ist er, ein Kretin. Aber groß ist er und stark, ein Riese. Das ganze Dorf hat vor ihm gezittert. Sie sagen im Dorf: Wenn Walko prügelt, hört er nicht auf, bis er Blut sieht, weil er so taub ist, daß er die Opfer seiner Wut nicht schreien hört.«

»Wen hat er so mißhandelt?«

»Soviel ich weiß, hat er noch keinem Menschen ein Haar gekrümmt. Aber die Bauern hassen ihn, weil sie sich vor ihm fürchten, und so haben sie ihn bei der Gendarmerie angezeigt.«

»Sie sagen aber doch selbst, daß er keinem was zuleide getan hat? Warum hat man ihm nicht geholfen?«

»Man nennt ihn aber nicht umsonst ›der Hengst‹ …«, sagte Domanski und lächelte rätselhaft.

»Was wollen Sie damit sagen? Mich nennen die Bauern Tsisarskyj und die Juden Belfer. Was liegt daran?«

»Ja, hier hat jeder seinen Spitznamen. Mich nennen sie ›der Herr Gemahl‹.«

»Sie sind ja aber auch verheiratet«, sagte Alfred.

»Es sind viele verheiratet und keiner heißt der Herr Gemahl. Nur ich«, klagte der schöne Ökonom, der ein Pantoffelheld war und sich dessen nicht mehr schämte. »Manchmal trifft so ein Spitzname ins Schwarze –«

»Sie wollen doch nicht sagen …?!?«

»Doch, doch. Man hat diesen Walko mehr als einmal in ganz eindeutigen Positionen bei Stuten getroffen.«

»Und angezeigt?«

»Ja. Es gab mehrere Zeugen, und er selbst hat vor Gericht alles zugegeben.«

»Armes Tier«, meinte Alfred. »Was soll jetzt aus ihm werden?«

»Der Pferdehändler hat ihn aufgenommen. Da wird er ja Stuten genug haben.«

»Das ist aber doch sehr anständig von dem Pferdehändler, nicht?«

»Diesem Schabse ist jeder recht, der für geringen Lohn arbeitet. Seinem Schwager Mechzio gibt er auch nur das Essen und spielt noch den Wohltäter, der seine arme Verwandtschaft füttert. Dabei kann dieser Mechzio arbeiten für drei.« –

Obgleich gegen Mittag der Regen aussetzte, ließ Alfred den Deresch vorspannen, und er holte Lipusch von der Schule ab.

»Dieser Walko ist kein Mörder«, sagte Alfred, als das letzte der mitgenommenen Kinder bei dem Gemeindehaus abgesprungen war.

»Er ist auch kein Räuber. Er ist ein armer Mensch, der noch niemand was zuleide getan hat.«

»Er ist aber doch gesessen! In dem großen Gefängnis in Lwów!«

»Er hat einen Fehler begangen. Aber ein Mörder ist er nicht.«

»Was hat er gemacht? Was hat er denn gemacht?«

»Er hat – er hat eine Kuh mißhandelt. Oder einen Stier. Wir werden jetzt bei Schabse haltmachen und Reb Salmen im großen

Cheder besuchen. Du wirst sehen, daß er Mechzio nichts getan hat, der arme Walko.«

»Ich fürcht' mich aber.«

»Du brauchst ja nicht mitzukommen. Ich geh' eben allein zu Reb Salmen.«

»Ich möchte ihn aber doch sehen, junger Herr.«

»Wen?«

»Den Walko. Er soll so groß und stark sein wie Simson.«

»Du fürchtest dich aber doch?«

»Wenn ich mit dir gehe, fürchte ich mich nicht.«

»Ich bin nicht so stark wie Simson.«

»Aber Mechzio und du und Reb Salmen und Schabse und ich – wir werden's ihm schon zeigen!«

Schabse war nicht zu Hause, und sie mußten nicht einmal einen Besuch im großen Cheder vortäuschen, denn auf dem Hofe trafen sie gleich beide: Mechzio und Walko, die zwei so verschiedenen Knechte des Pferdehändlers. Barfüßig, mit hoch über die Knie gewickelten Hosen, wateten sie in der Jauchegrube und, Mistgabeln in den Händen, schichteten sie den Dunghaufen, der nach den langen Regengüssen in Unordnung geraten war. Mechzio, dessen unbewegliche Ochsenaugen nicht zum Staunen taugten, verwunderte sich gar nicht über den ungewöhnlichen Besuch. Er begrüßte Alfred wie ein Bauer, den Kleinen wie einen Altersgenossen und wies mit einem Arm auf den Anbau hinterm Haus, wo der gedämpfte Singsang vom Cheder der großen Jungen herkam, in der Vermutung, daß der Besuch Reb Salmen galt.

»Wir wollen nur sehen, ob er dir nichts getan hat«, sagte Lipusch schnell, eine Zurechtweisung Alfreds befürchtend.

Mechzio tat einen Blick auf Walko, der seine Arbeit nicht unterbrochen hatte, dann winkte er den Besuchern und nahm seine Arbeit wieder auf.

Mit angespannter Aufmerksamkeit beobachtete Lipusch den Riesen Walko, die zarte Haut seines Näschens spannte sich über dem Knorpel, die Nasenflügel bebten, die kindliche Stirn verkrampfte sich in viele winzige Fältchen, die Pupillen wurden schmal, sie versteckten sich zwischen den halbgeschlossenen Lidern in Furcht vor dem, was sie sahen.

»Schau, wie gut sie zusammenarbeiten«, sagte Alfred, um den Knaben abzulenken.

»Mechzio kann das genauso gut wie – er«, triumphierte Lipusch.

Wie zwei durch einen Zauberspruch zur Fron gebannte Dämonen arbeitete das sonst so ungleiche Paar im gleichen Zug. Keiner gab dem anderen was vor. Mit ihren Gabeln stachen sie tief in den Dung und stemmten auf einmal schwere Schichten hoch. Man mußte staunen, daß die Mistgabeln in ihren Händen nicht zersplitterten.

Walko war seine zwei Kopf größer als Mechzio. Er war flach wie ein Brett, vielmehr wie zwei Bretter, breit in Brust und Schultern, mager, nicht einmal sehnig. Wenn sie einen Augenblick mit der Arbeit innehielten – man hatte den Eindruck, als sollte das Arbeitsgerät, nicht die Arbeiter Atem schöpfen –, hielt Walko den Kopf vorgestreckt, aber nicht wie ein Mensch, der angriffsbereit dasteht, sondern wie ein guter Gaul, der beim Anspannen dem Kopfgeschirr sich einfügt. Er hatte eine feingemeißelte glatte Stirn, eine kurze Adlernase, einen schmallippigen Mund, ein vorgelagertes massives Kinn. Die Augen waren ein schmaler, graublauer Spalt zwischen ungewöhnlich lang und dicht bewimperten Lidern. Wenn er aber die Lider öffnete, sah man an seinen Augen, daß er taub war. Die Augen waren wie mit einem graublauen Nebel überzogen, und sie mühten sich durch diesen Nebel, nicht in die Welt zu schauen, sondern zu horchen. In diesen Augen war blaue Nacht, Mondschein, Schlaf und Mord. Es waren die Augen eines Nachttieres, das den Tag nicht versteht, Augen eines Pumas. Er hatte reiches, hellblondes Kopfhaar und ein kleines, noch helleres Schnurrbärtchen, in dem schon einzelne silbergraue Fädchen durchschimmerten. Alfred, der diese grauen Haare vorerst nicht bemerkt hatte, hielt Walko für einen höchstens fünfundzwanzigjährigen jungen Mann, später hörte er von Jankel, daß dieser prächtige Unhold bereits an die Vierzig war.

»Siehst du, wie gut sie sich vertragen, der Mechzio und der Walko?« sagte Alfred auf dem Heimweg zu Lipusch.

»Ja«, sagte Lipusch und seufzte nach der Art der Kinder, sehr tief und sehr falsch.

3

Nachmittags aber, im Cheder, erzählte Salmen die Baleboste – der nach einem Turnus wochenweise bei den Eltern seiner Schüler in Kost und Logie war und diese Woche gerade bei dem Pferdehändler wohnte – von einem nächtlichen Kampf zwischen Mechzio und Walko, einem Ringkampf, der mit einem Sieg Mechzios endete.

»Ich war gerade zu Bett gegangen«, berichtete er dramatisch zum Staunen der Schüler, »da hörte ich plötzlich ein Schnaufen und ein Stöhnen. Ich dachte, es wären ein paar neue Pferde aus dem Stall ausgekommen. Ich sprang aus dem Bett und blickte zum Fenster hinaus. Da sah ich zwei Männer, nur mit Hose und Hemd bekleidet, miteinander rangeln –« Salmen sagte nicht ringen, sondern rangeln, ein Wort, das die Kinder von ihm in einem biblischen Zusammenhange gelernt hatten, anläßlich der Erzählung von Jakobs Traum und wie der Erzvater in der Nacht mit einem Engel Gottes gerangelt und als Sieger den Namen Isra-El – Der-mit-Gott-gerangelt – errungen hatte ... Alfred, der das Wort rangeln ganz woandersher kannte – er hatte es in Tirol, in Mayrhofen, von den Zillertaler Bauern gehört, die alljährlich bei einem Gartenfest um einen Preis »rangelten« –, Alfred war eigentümlich gerührt, diesem Wort nun bei den polnischen Juden in einem Cheder zu begegnen, und er lauschte der auch sonst nahezu biblisch genauen Erzählung Salmens mit einer Spannung, die nicht geringer war als die seines kleinen Freundes Lipusch, der zum Schluß jubelte und jauchzte, als hätte nicht Mechzio einen Walko, sondern Simson selber noch einmal mit den Philistern gerangelt und sie besiegt.

Indessen hatte Salmen die Baleboste das nächtliche Rangeln auf dem Gehöft Schabses stark ausgeschmückt und nicht wenig übertrieben. Von Rangeln konnte da in Wahrheit nicht die Rede sein. Sie hatten gar nicht miteinander gerungen, Mechzio und Walko. Es hatte sich zwischen ihnen in der Nacht folgendes begeben: Der Stall Schabses war, wie immer zur Herbstzeit, beinahe vollbesetzt mit Pferden und Stuten und Fohlen, die Schabse auf der billigen Weide des Sommers gut auffüttern ließ, um sie vor dem Einbruch des Winters mit Gewinn zu verhandeln. Walko der Hengst, der Zucht des

Kerkers entkommen, ging schon am ersten Tage mitten in dem warmen Leben des Pferdestalles wie ein Berauschter umher. Den ganzen Tag striegelte und bürstete und glättete er Schabses bunt-gemischte Herde, und wenn er auch den Tieren ohne Ansehen des Geschlechts seine Sorgfalt und Pflege der Reihe nach hatte ange-deihen lassen, so mußte Mechzio dennoch zu seiner großen Betrübnis gewahr werden, wie der unglückliche Mann, wahrscheinlich ohne Willen und Bewußtsein, immer wieder mit Bürsten und Lappen, aber auch mit heimlich ergatterten Leckerbissen, zu der jungen Fuchsstute zurückkehrte und nicht müde wurde, das schöne Geschöpf zu striegeln, zu putzen und zu füttern. Gegen Abend aber, nach der Pferde-tränke, als sie die Tiere wieder in den Stall getrieben hatten, stellte Walko die Reihe um und richtete es so ein, daß die Fuchsstute, deren Platz nahe dem Nachtlager Mechzios war, just in der Ecke zu stehen kam, wo Walko sein Lager aufgeschlagen hatte. Mechzio aber, der wie alle im Dorf wohl wußte, daß Walko Wogier seinem Spitznamen alle Ehre zu machen imstand sei, war keinem Menschen ein Richter. Ob Mechzio, wie der kleine Lipusch vermutete, einer von den sechs-unddreißig verborgenen Gerechten war – dieser scheinbar Einfältigen, die in niedriger Gestalt über die sündige Erde wandeln und durch deren Verdienst die Welt besteht –, das werden wir kaum je erfahren. Vielleicht war er bloß einer von den Bedrückten und Geschlagenen des Lebens wie Walko Wogier auch? Vielleicht hatte auch Mechzio, der gleich Walko Wogier sich nie der Gunst eines Weibes erfreuen durfte, die Verlockung des lebendigen Fleisches erfahren, die schon von einem Tier weiblichen Geschlechts ausgehen kann? Vielleicht sah er in dem beinah völlig zum Tier gesunkenen Walko keinen Ver-brecher, sondern einen schwachen Bruder in der Not? Vielleicht aber dachte sich Mechzio bloß, es läge an der Ordnung der Welt, daß einer beten sollte, während sein Bruder sündigte?

Wie immer es um Mechzio bestellt sein mochte, er fand beinahe einen Ausweg. Nach dem Abendbrot, das seine Schwester ihm und Walko in reichlichen Portionen zugeteilt hatte, blieb Mechzio noch in der Küche und spielte mit den Kindern seiner Schwester, die ihn, wie alle Kinder im Dorf, sehr gerne hatten. Als auch die Kinder und die Mutter zu Bett gegangen waren, setzte er sich nah dem schwachen Lämpchen zum Küchentisch, zog sein Gebetbuch aus der Schublade hervor und begann mit halblauter Stimme, indes seine Finger im Buch der Psalmen blätterten, zu sagen, zu brummen, zu singen. Er betete vorerst ein paar Kapitel, die er auswendig wußte. Mechzio konnte eine ganze Reihe von Psalmen auswendig. Er pflegte die Sabbatnachmittage Psalmen zu memorieren, um sich gleichsam mit geistigem Proviant für die Werktage zu versorgen, denn das Licht der Küche durfte er nicht benutzen, wenn sein Schwager zu Hause war. An diesem Abend aber, da er es für ratsam hielt, möglichst spät die Stunde des Schlafengehens zu verrücken, erschien ihm die Abwesenheit seines vom bösen Trieb des Geizes besessenen Schwagers wie eine glückliche Fügung. Nachdem er einige Kapitel mit der seinen schweren Lippen eigenen Langsamkeit abgebetet hatte, glättete er sich mit den Händen in dem kleinen Buche das Blatt zurecht, wo der Psalm stand, der für den kommenden Sabbat an der Reihe war, in planmäßiger Wiederauffrischung dem Schatz der bereits auswendig gelernten einverleibt zu werden. Es war aber jener Psalm, der das Lob Gottes aus dem Buche der Natur singt, ein Gesang, der in fünfunddreißig Strophen das Bild des ganzen Kosmos darstellt:

Lobe den Herrn, meine Seele! Herr, mein Gott, du bist sehr herrlich; du bist schön und prächtig geschmückt.

Licht ist dein Kleid, das du anhast; du breitest aus den Himmel wie einen Teppich;

Du wölbest es oben mit Wasser; du fährst auf den Wolken wie auf einem Wagen, und gehest auf den Fittichen des Windes;

Der du machest deine Engel zu Winden und deine Diener zu Feuerflammen;

Der du das Erdreich gründest auf seinen Boden, daß es bleibet immer und ewiglich.

Mit der Tiefe deckest du es wie mit einem Kleide, und Wasser stehen über den Bergen.

Aber von deinem Schelten fliehen sie, von deinem Donner fahren sie dahin.

Die Berge gehen hoch hervor, und die Breiten setzen sich herunter zum Ort, den du ihnen gegründet hast.

Du hast eine Grenze gesetzt, darüber kommen sie nicht, und müssen nicht wiederum das Erdreich bedecken.

Du lässest Brunnen quellen in den Gründen, daß die Wasser zwischen den Bergen hinfließen,

Daß alle Tiere auf dem Felde trinken, und das Wild seinen Durst lösche.

An denselben sitzen die Vögel des Himmels, und singen unter den Zweigen.

Du feuchtest die Berge von oben her; du machst das Land voll Früchte, die du schaffst;

Du lässest Gras wachsen für das Vieh und Saat zu Nutz den Menschen, daß du Brot aus der Erde bringest,

Und daß der Wein erfreue des Menschen Herz, und seine Gestalt schön werde vom Öl, und das Brot des Menschen Herz stärke,

Daß die Bäume des Herrn voll Saft stehen, die Zedern des Libanons, die er gepflanzt hat.

Daselbst nisten die Vögel, und die Reiher wohnen auf den Tannen.

Die hohen Berge sind der Gemsen Zuflucht und die Steinklüfte der Kaninchen.

Du machst den Mond, das Jahr danach zu teilen; die Sonne weiß ihren Niedergang.

Du machst Finsternis, daß es Nacht wird; da regen sich alle wilden Tiere;

Die jungen Löwen, die da brüllen nach dem Raube, und ihre Speise suchen von Gott.

Wenn aber die Sonne aufgeht, heben sie sich davon, und legen sich in ihre Löcher.

So gehet dann der Mensch aus an seine Arbeit und an sein Ackerwerk bis an den Abend.

Herr, wie sind deine Werke so groß und viel! Du hast sie alle weislich geordnet, und die Erde ist voll deiner Güter.

Das Meer, das so groß und weit ist, da wimmelt es ohne Zahl, beide, große und kleine Tiere.

Daselbst gehen die Schiffe; da sind Walfische, die du gemacht hast, daß die darinnen scherzen.

Es wartet alles auf dich, daß du ihnen Speise gebest zu seiner Zeit.

Wenn du ihnen gibst, so sammeln sie; wenn du deine Hand auftust, so werden sie mit Gut gesättigt.

Verbirgst du dein Angesicht, so erschrecken sie; du nimmst weg ihren Odem, so vergehen sie und werden wieder zu Staub.

Du lässest aus deinen Odem, so werden sie geschaffen, und verneuest die Gestalt der Erde.

Die Ehre des Herrn ist ewig; der Herr hat Wohlgefallen an seinen Werken.

Er schauet die Erde an, so bebt sie; er rühret die Berge an, so rauchen sie.

Ich will dem Herrn singen mein Leben lang, und meinen Gott loben, solange ich bin.

Meine Rede müsse ihm wohlgefallen. Ich freue mich des Herrn.

Der Sünder müsse ein Ende werden auf Erden, und die Gottlosen nicht mehr sein. Lobe den Herrn, meine Seele! Halleluja!

Mechzio dämpfte seine Stimme, um den Schlaf des Hauses und des Gehöftes nicht zu verscheuchen. Er las den Lobgesang vom ersten bis zum letzten Wort. Dann las er ihn wieder; dann sagte er ihn; dann brummte, dann sang er ihn mit geschlossenen Augen und tragender Stimme. Plötzlich erschrak er über den eigenen Laut, und er senkte seine Stimme und flüsterte die gelobte Gotteswelt in die schlafende Nacht hinein, als teile er ihr das Geheimnis mit, dessen Teil sie selbst war. Dann schloß er das Buch, drückte seine Lippen an die Buchdeckel, verwahrte es wieder in der Schublade, blies durch die Nasenlöcher einen Hauch in den Zylinder des Lämpchens, daß es erlosch, streckte seinen müden Rücken und ging, leise das Schlafgebet murmelnd, aus der finsteren Küche hinaus. Die Nacht war windig und wolkig, aber mondhell, denn die Wolkenfetzen jagten hoch und mit großer Geschwindigkeit über den Himmel und entblößten immer wieder ein Stück des vollrunden Lichtgesichts. Mechzio betete das Schlafgebet. *Der Herr lasse dir sein Antlitz leuchten und sei dir gnädig*, flüsterte er auf dem Wege zu seinem Schlafplatz. *Im Namen des Herrn, des Gottes Israel, mir zur Rechten Michael, mir zur Linken Gabriel, vor mir Uriel, hinter mir Rafael*, flüsterte er leise und sparte, gedehnte Seufzer und Brummer einschaltend, mit den Sprüchen, denn er liebte es, zu den Schlußworten *Und über meinem Haupte die Glorie des Herrn* sich auf dem Lager auszustrecken und den müden Kopf auf das Heupolster zu betten. – *Mir zur Rechten Michael, mir zur Linken Gabriel*, wiederholte er, schlafsüchtig schon, nicht klar mehr im Kopfe, öffnete die Stalltür und trat ein. Da folgte, ehe er die Tür hinter sich zumachte, sein schlaftrunkener Blick dem schmalen Spalt Mondschein, der durch die Tür in die Ecke Walkos und der Fuchs-stute fiel, und erschaudernd sah er – Sodom und Gomorrha! – – –

Wie von einem Schuß getroffen, stürzte er zur Tür hinaus und warf sie hinter sich zu. »Mit Abscheu sollst du es verabscheuen!« lispelte er mit verkrampften und bebenden Lippen und er spuckte aus. Drei-mal wiederholte er den Spruch, je dreimal spuckte er aus, wie es dem Frommen geboten ist, wenn seine Augen Heidnisches, Unreines, wenn sie ein Greuel gesehen haben. Dann ging er in die Scheune und richtete sich im Heu ein Lager zurecht. Hier war es rein und mond-hell. Aber es war kalt. Es fröstelte ihn. Er rieb sich mit geballten Fäusten den erstarrten Rücken, legte seinen Kittel ab, streckte sich im Heu aus und deckte sich mit dem Kittel zu. Die Augen schließend erinnerte er sich aber, daß er das Gebet vor dem Schlafengehen nicht zu Ende gesagt hatte. *Gelobt seist Du, Herr, unser Gott, König der Welt, der Du die Bande des Schlafes um meine Augen, Schlummer um meine Wimpern schlingst* – begann er wieder vom Anfang, doch blieb er nach dem ersten Satz stecken und wußte kein Wort mehr. Vom Gebet, das er seit seinem dritten Lebensjahr im Schlafe hersagen konnte, wußte er auf einmal kein Wort über den ersten Satz hinaus! Da stand er wieder auf, zog seinen Kittel an und ging zum Brunnen. Noch gut, daß er im Gebet steckenblieb! Er hatte es ja unterlassen, nach dem Anblick des Greuels die rituelle Waschung seiner Hände vorzunehmen! Er tat es nun am Brunnen und begann gleich auf der Stelle das Schlafgebet zu sagen. Aber auch diesmal kam er über den ersten Satz nicht hinaus.

Gott hat mir eine schwache Seele gegeben, dachte Mechzio. Vorher, da er die Greuel nur ahnte, vermochte er noch einen ganzen Psalm zu lesen, zu singen, zu sagen, zu lernen, zu beten. Nun er Sodom ins unreine Angesicht geblickt, ist das schwache Lämpchen seiner Seele erloschen. Ist er nicht selbst ein Sünder? Ist er nicht selbst ein Walko? Wie war es doch erst vor kurzem, vor ein paar Wochen, im Sommer? Da ging er, Mechzio, über die Gemeindewiese. Er hatte ein verlaufenes Füllen einzufangen. Es war Abend. Lange, kühle Schatten lagen auf den grünen Matten, die noch warm waren von der brütenden Sonne des heißen Tages und schon kühl vom ersten Tau des Abends. Er ging mitten durch die Kuhherde hindurch. Mit prallen Flanken, mit milchstrotzenden Zitzen standen die Kühe da, und ihre reinlich am Grase gescheuerten rosigen Mäuler fraßen an der Weide und ihre Zungen schleckten kühlenden Tau. Mitten in der Herde ein junger Stier übte sich im Bespringen der Kühe, und eine, eine junge Braune, der er offenbar zur rechten Zeit gekommen war, hielt still und, den Kopf zurückgewendet, blickte sie, eine Königin der Huld, mit mütterlicher Kuhfrömmigkeit auf den Halbwüchsigen, der ihr da hinten so wohltat ... Wie schön ist diese Kuh, war ihm, Mechzio, der frevelhafte Gedanke gekommen. Und schon spukte ihm der böse Trieb in den Augen, daß sie heidnisch und blödsichtig wurden und sahen: wie ist dieser halbwüchsige Stier doch beneidenswert! Tfu, tfu, tfu! Mit Abscheu sollst du es verabscheuen! Mit Haß sollst du es hassen! Denn unrein ist es! Tfu, tfu, tfu! Schwach, wie schwach war seine Seele ... Doch hat ihm der Schöpfer der Welt andererseits eine große Kraft des Körpers gegeben. Gewiß, er hat ihm in seiner großen Gnade auch den Körper mit einer kleinen Schwäche geschlagen, mit einem Grind. Mechzio verstand dieses Zeichen. Er trug das Mal auf seinem Kopfe mit Geduld, und er ließ es nicht heilen. Er ließ sich knechten, schinden und schmähen, und er verbarg die Kraft seiner Arme, vor der seine Schinder und Schmäher erzittern müßten, wenn er sie ihnen nicht mit List und Verstellung verborgen hielte. Wie aber, wenn die Stunde da wäre, diese Kraft zu nutzen? Reicht die Kraft seiner Seele nicht, so muß er die Kraft seines Leibes erproben. Vielleicht langte sie. Vielleicht bestünde sie selbst vor diesem Ungeheuer im Stall? Mechzio zog seinen Kittel aus. Er war löcherig, mit vielen Flecken und Fetzen geflickt, aber er hatte nur diesen einen Kittel, und so wollte er ihn schonen. Er krempelte seine Hemdsärmel über die Ellbogen und ging nun schnellen, lauten Schrittes zum Stall. Die Tür machte er sperrangelweit auf und – mit der ganzen Last eines wuchtigen Anlaufs warf er sich auf das Ungeheuer. Walko stieß einen Schrei aus, der aber gleich abriß, denn schon war es Mechzio gelungen, den Riesen zu beugen. Sie waren beide zu Boden gegangen, und Mechzio hielt nunmehr den Hockenden in der doppelten Umklammerung der Arme und der Knie. Blitzschnell flocht er mit einem Wechselgriff seine Arme unter Walkos Kniekehlen, beugte ihm den Oberkörper, daß er mit dem Kopf über den eigenen Knien zu liegen kam, stemmte ihn fest, ging keuchend mit dem zusammengeklappten Riesen hoch und trug ihn zur Tür hinaus über den mondbeleuchteten Hof. Er hätte es vielleicht noch zuwege gebracht, Walko in die Scheune zu schleppen, um ihn dort auf das Lager zu setzen, das er vorher für sich selbst zurechtgemacht hatte. Aber Mechzio hörte draußen das Fenster von Salmens Kammer aufgehen, und so ließ er den Überwältigten gleich auf der Stelle in der Streu vor dem Kuhstall nieder, zog sich schnell aus dem Lichte in den Pferdestall zurück, schloß hinter sich die Türe, versicherte sie mit allen Riegeln von innen und legte sich auf seinem Lager zur Ruh'.

So viel und nicht mehr war in der Nacht vorgefallen. Man sieht, von Ringen oder gar Rangeln kann nicht die Rede sein. Reb Salmen, der wohl gesehen oder gehört haben konnte, wie Mechzio keuchend den Riesen über den Hof schleppte, dichtete seinen Bericht mit der Ergiebigkeit eines zur Nacht ausgestandenen Schreckens zusammen.

Den Knaben Lipusch entzückte es aber, ein biblisches Poem von Mechzios nächtlichem Rangeln mit einem Riesen vom Stamme Enak zu hören. Und auch Alfred glaubte Reb Salmen aufs Wort. Nach dem Unterricht gingen sie beide Hand in Hand zum alten Jankel hinüber. Lipusch stellte sich vor den Alten hin, rezitierte das Poem Salmens, und die dichtende Kinderseele schmückte es schier zu einem Märchen aus. Der alte Jankel mochte erst dem Kinde zuliebe fünf gerade sein lassen. Als aber auch Alfred das Motiv aufnahm und Jankel erinnerte, wie er, Alfred, die große Kraft Mechzios gleich erkannt hatte, schüttelte Jankel über so eine Torheit den Kopf und meinte: »Geht mir mit dem Parach. Mit zwei Fingern seiner Linken kann dieser taube Walko einen Rangler knicken. Wie einen Floh. Parach bleibt Parach.«

Es sollte aber die Entscheidung zwischen Mechzio und Walko sehr bald fallen, und zwar in aller Öffentlichkeit, bei hellem Tage, anläßlich einer großen Festlichkeit, die Jankel und Alfred der Jugend von Dobropolje gaben.

4

In der zweiten Novemberwoche hörten die Regengüsse auf. Es kamen klare, warme Tag. Auf den Wiesen, hinter den Gehöften der Bauern, spreiteten die Frauen wieder ihre Leinwand zum Bleichen aus. Es waren geschenkte Sonnentage. Auf den Strohdächern sonnten die Kürbisse ihre gelben Bäuche. An den Balken der Dachtraufen hingen Kränze von goldenen Maiskolben, kupfernen Zwiebeln, silbernem Knoblauch – der herbstliche Schmuck der Bauernhütten.

Am Mittwoch reiste Welwel zu einer agudistischen Konferenz nach Lwów, er sollte über Sabbat und Sonntag ausbleiben, und der alte Jankel verhehlte seine Freude darüber nicht einmal vor Welwel.

»Du hast wohl was Besonderes vor?« meinte Welwel mißtrauisch. »Freu dich nicht zu früh.«

»Wenn unser Herr vor Montag zurückkommt, kann er von der Bahn zu Fuß gehen, Panjko.«

»Es wird schon nicht so schlimm sein«, sagte Panjko auf dem Kutschbock. Er war in Jankels Plan eingeweiht, denn er hatte einige Besorgungen in Kozlowa zu machen. »Der Herr kann kommen, wann er will, dafür ist er der Herr«, setzte er diplomatisch hinzu und knallte seine Peitsche über den beiden Braunen ab.

»Fahr gesund und komm gesund heim«, rief Pesje dem abfahrenden Welwel nach. »Ich bin ja auch noch da, weh ist mir«, setzte sie schnell hinzu, das aber schon mehr als Warnung für den daheimbleibenden vergnügten Jankel denn als Trost für den wie immer in Kummer scheidenden Welwel.

»Und was glauben Sie, was wir zwei jetzt machen, Fräulein Milgrom?« wandte sich Jankel, einen Arm um Alfreds Schultern, an Pesje, die ihrerseits mit Donja eine Front bildete.

»Sie, Herr Christjampoler, werden wahrscheinlich über Sabbat zu Ihrem Freund Krasnianjski fahren. Wenn Sie aber glauben, daß Sie Alfred mitschleppen, irren Sie sich. Wir lassen ihn nicht weg, nicht wahr, Donja?«

»Nein«, sagte Donja, »der junge Herr bleibt mit uns.«

»Und ich lasse sofort einen Viererzug vorspannen«, drohte Jankel und zwinkerte Alfred mit einem Auge zu. »Wir fahren auf Brautschau.«

»Auf Brautschau soll der junge Herr nur fahren«, sagte Donja.

»Einen Viererzug erlaubt der alte Herr gar nicht«, sagte Pesje, als ob der alte Juda Mohylewski als höchste Berufungsinstanz noch irgendwo leibhaftig im Hause wäre.

»Und doch fahren wir gleich mit einem Viererzug nach – Dobropolje«, sagte Jankel.

»Ja«, sagte Alfred, »wir fahren durchs Dorf und sehen uns alle schönen Mädchen genau an.«

»Und wenn wir was recht Hübsches gefunden haben, verkünden wir dem Alten Dorf, daß am Sonntag hier ein Fest stattfinden und eine Erntekönigin gewählt werden soll –«

»Sie wollen ein Fest machen, Jankelunju!!« rief Pesje aus. In einem Nu wurde aus einer Furie eine Gevatterin. »Das ist recht! Das ist recht so! Ich wollte schon längst sagen, daß Alfred ein Fest geben soll, weil –«

»Aber nur fürs Alte Dorf«, sagte Jankel und lauerte listig, wie Alfred diesen Vorschlag aufnehmen würde.

»Das wird Welwel nicht zulassen, weh ist mir«, sagte Pesje enttäuscht und auch schon verbittert.

»Darum hab' ich ja gewartet, bis er aus dem Haus ist. Wenn der Kater zum Jahrmarkt fährt, freuen sich die Mäuschen. Was meinst du, Alfred?«

»Ich meine –«, sagte Alfred mit großem Ernst, »ich meine – also, selbst wenn der Onkel dafür wäre, daß nur das Alte Dorf eingeladen werden soll – ich gebe kein solches Fest. Und ich will auch gar nicht dabeisein.«

»Schlau!« sagte Jankel. »Ich wollte nur sehen, ob du vor lauter Jüdischkeit nicht völlig den Verstand verloren hast.«

»Das hat mit Verstand nichts zu tun, Jankelunju. Und wenn Sie schon von Jüdischkeit sprechen, vor lauter Jüdischkeit gebe ich das Fest nur unter einer Bedingung –«, sagte Alfred.

»Du stellst Bedingungen?« wunderte sich Jankel.

»Daß es als ein Fest der Verbrüderung zwischen dem Alten und dem Neuen Dorf arrangiert wird.«

»Das heißt, es soll so heißen? Brüderfest?«

»Auf den Namen kommt es nicht so an wie auf die Sache.«

»An die Sache hab' ich wohl gedacht«, sagte Jankel, in Gedanken auf den Steinfliesen vorm Hause auf und ab und dann im Kreise um Alfred herumgehend. »Aber auch der Name ist gut. Sehr gut sogar. Also: du gibst ein Verbrüderungsfest.«

»Gern.«

»Das hätte man Welwel nicht zu verheimlichen gebraucht«, meinte Pesje. »Er hätte gern für ein solches Fest was gespendet.«

»Er hat schon gespendet. Zwei gute Färsen hat er gespendet. Er weiß es zwar noch nicht, aber die Färsen sind im Stalle und der Herr ist in Lwów. Und was spenden Sie, junger Herr?«

»Was noch weiter zu einem anständigen Fest gehört«, schlug Alfred vor.

»– übernehmen wir zwei zur Hälfte. Einverstanden?« setzte Jankel fort.

»Wenn es heißen soll, daß ich ein Fest gebe –«

»Du willst also für alles Weitere allein aufkommen?« fragte Jankel.

»Es soll ihn auch was kosten«, mischte sich Pesje ein. »Er hat mehr Geld als du, dieser alte Geizhals.«

»Und was spenden Sie, Fräulein Milgrom? Sie haben schließlich Ihre Lebtage auch keine Familie zu versorgen gehabt.«

»Ich spende die Süßigkeiten für die Mädchen«, sagte Pesje sehr schnell.

»Gut ist vom Schwein eine Borste«, quittierte Jankel diese Gabe, zog ein Notizbuch hervor und schrieb alles genau auf. »Und ich spendiere mich selbst als ersten Vortänzer«, sagte er, las die Liste laut vor und klappte das Notizbuch zu.

»Aber ist es wirklich nötig, daß Sie mit einem Viererzug fahren, Jankelunju?«

»Ach, du Krähe, du!« sagte Jankel verächtlich. »Wir fahren ja gar nicht. Wir gehen jetzt gleich beide zum Gemeindevorsteher und zum Gemeindeschreiber und melden das Fest an. Dann schicken wir zwei Reiter, einen ins Alte, einen ins Neue Dorf, und laden alle zum Verbrüderungsfest. Ist es dir recht so, du Krähe du?«

»Ach, Jankelunju! Wenn Sie nicht so ein Teufel wären, Sie könnten ein Engel sein. Wenn es aber regnet am Sonntag, weh ist mir?«

»Wenn es am Sonntag regnen sollte, was ich nicht glaube, so wird das Fest trotzdem stattfinden. Und zwar im Malzhaus in der Brennerei, weh ist mir. Kommen Sie, junger Herr.«

5

Sowohl der Gemeindevorsteher, der reiche Bielak, als auch der Schreiber, ein alter kranker Mann, waren von dem Verbrüderungsfest sehr eingenommen. Zwei Tage rauchten alle Schornsteine über den Gehöften von Dobropolje. Am Samstag, als das große Kochen und Backen nicht aufhören wollte, kam aus Nabojki die freiwillige Feuerwehr angerückt, und unter großem Gelächter wurde die Mannschaft gleich über Nacht und zum Fest behalten. Nach dem Feste stellte sich freilich heraus, daß die Naboijker Fresser sehr wohl wußten, warum es über den Dächern von Dobropolje so rauchte, und der Zorn der Dobropoljer überstieg sogar die Verachtung, die sie für die Nabojker seit jeher hatten.

Drei Tage zimmerte Donjas Vater mit seinen Gehilfen, zusammen mit dem Schmied und den Bautischlern vom Alten und Neuen Dorf, an den Tischen und Bänken um den Tanzboden herum. Den großen Rasenplatz vor der Schmiede richteten sie als Tanzboden her. Diese Vorbereitungen allein waren schon ein Akt der Verbrüderung. Es war wie bei einer elementaren Katastrophe, wo der Mensch sogar in seinem Nächsten nur noch den Menschen und den Bruder sieht. Jedermann wollte nach dem Maße seiner besonderen Eignung zum Gelingen der Festlichkeit beitragen. Der reiche Bielak spendete drei Gänse und zehn Laib Brot, Iwan Kobza eine Ente, Onuferko einen Hahn, Popko ein Huhn, Bjernatski zwanzig Eier; der junge Hrytsj Wolochatyj, der sonst den schluchzenden Gesang der Nachtigallen täuschend schön nachahmen konnte, übte Lerchentriller ein, Janek

Domaradzki, der auf den Händen zu gehen verstand, Wicek Chwostowski, der Kammspieler, Kuba Krynjski, der Ohrenwackler, Pietryk, der das Talent hatte, wann immer auf Verlangen eine beliebige Serie von Winden streichen zu lassen, Fedja Tschornyj, der in Reimen zu improvisieren verstand – alle übten sich in ihren Künsten. Jedes von den beiden Dörfern hoffte, das andere mit den Spenden sowohl wie mit den Künsten in den Schatten zu stellen. Sogar Schmiel Grünfeld, der phlegmatische Feldwebel, der sonst nur über Samstag und Sonntag im Dorfe zu sehen war, kam schon am Donnerstag heim und stellte eine starke Kompanie gedienter Soldaten zusammen, die mit Trommelwirbel und Trompetenstoß zum Fest aufmarschieren sollten, nicht so im zivilistischen Schafsgedränge. Die Musikanten vom Alten Dorf, die von ihren Kollegen vom Neuen Dorf nur mit Geringschätzung zu sprechen pflegten, sandten im Bewußtsein ihrer Überlegenheit Unterhändler ins Neue Dorf, um eine Vereinigung der Kräfte anzuregen, die tatsächlich zustande kam. Über Donnerstag und Freitag hielten sie dann auch gemeinsame Proben ab, aber am Samstag zerriß das nicht auszuschaltende Mißgetön auch die Harmonie der Herzen, und sie gingen noch einigermaßen in Frieden auseinander, nachdem sie ein Übereinkommen getroffen hatten, daß beide Kapellen abwechselnd zum Tanz aufspielen sollten.

Bei schönem warmem Wetter begann das Fest am Sonntag um ein Uhr mittags. Man mußte sich beeilen, denn die Tage waren schon recht kurz geworden. Die Frage, ob das Fest mit einem polnischen oder mit einem ukrainischen Nationaltanz beginnen sollte, wurde erst an Ort und Stelle auf dem Tanzboden durch das Los entschieden. Daß Donja, eine Ukrainerin, die Königin des Festes und als solche mit einem Kranz ausgezeichnet war, daran mochte niemand Ärgernis nehmen, nachdem Jankel in seiner alle Gäste willkommen heißenden Ansprache die Stellmacherstochter als das schönste Mädchen vom Gutshof und nicht als Ukrainerin zur Königin proklamierte. Ihm erwiderte mit einer würdigen und längeren Ansprache der Vorsteher der Gemeinde, der Großbauer Bielak, der auch sodann das Fest eröffnete.

Es begann mit dem polnischen Nationaltanz, mit dem auf der ganzen Welt Tanzfeste beginnen, einem feierlichen Spazierschritt im Rhythmus, einem sehr einfachen Tanz, der das Herz der Alten erfreut, ohne ihre Beine zu ermüden, die Jugend aber zuweilen langweilt. Das erste Paar machte Bielak mit Donja, das zweite Jankel mit der ältesten

Bielak-Tochter, das dritte Alfred mit dem sanften Fräulein Rakoczyw-na, der Klassenlehrerin des kleinen Lipusch, der seine Lehrerin viel schöner fand als Donja und im Laufe der Unterhaltung öfter von Alfred und Jankel erbat, man möchte doch Donja absetzen und das Fräulein zur Königin machen. Es stellten sich indessen so viele Paare zum Eröffnungstanz und die Reihe zog sich so in die Länge, daß Schmiel Grünfeld, der Feldwebel, eingreifen mußte, um mit gewaltiger Kommandostimme die Knäuel zu lösen, die Reihen zu straffen, in scharfen Winkelwürfen zu gliedern, in runden Schleifen zu binden. Nach dem ersten Tanz aber teilten sich die schier unübersehbaren Scharen der Gäste in zwei Teile: die Alten besetzten die Bänke vor den Eßtischen und begannen zu schmausen, die jungen Leute eröffneten den Wirbelsturm der Rundtänze.

Die Alten verbrüderten sich bei Speise und Trank. Sie brachen mit klobigen Fingern das Brot, sie wischten mit behaarten Handrücken den Bierschaum von den Schnurrbärten und saßen vorerst steif und wortkarg da. Je öfter aber die Gläser geleert und gewechselt wurden – den Ausschank der Getränke besorgte Schmiel Grünfeld mit Hilfe einer militärisch gebildeten Ordnungsmannschaft, und die Weiber, die von Pesje dirigiert die Speisen austeilten, waren bald ins Hintertreffen und in solche Verwirrung geraten, daß Pesje beschämt und kleinmütig mit ihrem ganzen Personal sich der phlegmatischen, aber nahezu Wunder der Ordnung wirkenden Befehlsgewalt Schmiels unterwarf –, je tiefer sie namentlich in die Schnapsgläser blickten, je leichter löste sich das Wort von ihren Lippen, je freundlicher wurde der Blick, je wärmer der Scherz, je gröber der Spaß, je offener das Slawenherz.

Während des Schmauses erfreuten sie sich aber auch geistiger Genüsse, die ihnen die Künstler in reichlicher Abwechslung boten. Es wechselten die Tische und die Spaßmacher, und so nahm die Reihe der Darbietungen kein Ende. Den größten Erfolg hatte unbestritten Fedja Tschornyj, der Dichter. Er gab da ein eigens für das Fest gedichtetes Poem zum besten, das schon als Begebenheit ein Griff ins warme Leben des Dorfes war. Zum Vorwurf nahm er ein zwar etwas zurückliegendes Ereignis, doch verstand er es in der Form so gut auszustatten und improvisatorisch zu würzen, daß die Zuhörer nicht müde wurden, es immer wieder zu hören. Nach einer Stunde etwa konnten die über den Durchschnitt Begabten unter den Zuhörern bereits den Refrain des Festpoems im Chor mitsprechen, bald darauf ward der Sprechchor zum Gesang, der Refrain zum Lied. Fedja Tschornyj erzählte, in Reimen, eine wahre Geschichte. Da reiste, vor einem Jahr bald, im Winter vor Weihnachten, der Ökonom Domanski mit seiner Gemahlin zur Bahnstation nach Daczków. Die Frau Gemahlin wollte mit der Eisenbahn nach Tarnopol zum Weihnachtsmarkt. Der Gemahl begleitete sie mit dem Schlitten, den er selbst kutschierte, zur Bahn. Das Ehepaar hatte sich wohl rechtzeitig auf den Weg gemacht, aber der Weg war stellenweise vom Schnee verweht, und die Pferde hatten mit einem starken Wind zu kämpfen. Wie sie nun schon über das Dorf Daczków hinaus und auf dem guten Wege waren, der zwischen Krasnianjskis Haferfeld – das hernach im Sommer das Entzücken Jankels – und dem Weißkleefeld – das Welwels Entzücken werden sollte – führte, erblickte der Gemahl ein kleines Rauchwölkchen: der Zug dampfte, wenn auch noch ein gutes Stück entfernt, der Station zu. Auf der Stelle geistesgegenwärtig, beschloß der Herr Gemahl, das Wettrennen mit dem Zug aufzunehmen. Er hatte zwei junge Pferde, schnell wie der Wind, ein Schlitten ist kein Wagen, und es war ein kleiner leichter herrschaftlicher Schlitten. Er gewann das Rennen. Allein, wie er die Gemahlin schnell aus dem Schlitten in den Zug heben wollte, war die Frau Ökonomka nicht da. Sie war in einer Kurve aus dem Schlitten in den Schnee abgerutscht, und der Ökonom, in seinen Pelz über die Ohren verpackt, überhörte die Schreie der Ökonomka im Windessausen der Fahrt.

Diese Geschichte war von A bis Z wahr, und Fedja Tschornyj hatte sie bloß in Reime gebracht. Was waren das aber kraft- und saftstrotzende Reime! Da konnte man nur sagen: Fedja Tschornyj hatte diesmal sich selbst übertroffen. Allein die zwei Schlußverse des Refrains – welch eine in Klang und Prall wohlgeratene Paarung!

> *Die schöne Ökonomka*
> *Hat nur so hinter sich gefurzelt,*
> *Wie sie mit dem Winde*
> *In den Schnee gepurzelt.*

Solche Verse schreien nach Musik, und so wurde auf der Stelle das Gedicht zum Lied, zum Volkslied. Der Meister zeigte sich aber nicht nur in den Reimen. Vom epischen Geiste getragen, jeglicher Psychologisierung abhold, verstand er es, den Charakter der handelnden Personen klar darzulegen. Was war der kutschierende Ökonom für ein gelungener Pantoffelheld! Was für eine keifende Megäre die von den Winterwinden geschlagene Ökonomka! Man hatte Grund, stolz auf Fedja Tschornyj zu sein, und man war es. Selbst die Ökonomka, eine sehr scharfe Dame, die als eine von Pesjes Assistentinnen am Fest teilnahm, beglückwünschte den ukrainischen Dichter, und sie kredenzte ihm persönlich einen Ehrentrunk. Sie war nicht wenig stolz, die Heldin eines so gelungenen Poems abzugeben, und sie war es, die ihren Gatten – der in der Dichtung ausschließlich mit seinem Spitznamen, »der Herr Gemahl«, besungen ward – veranlaßte, dem Meister ein kleines Geldgeschenk zu machen. Das ganze Volk – eigentlich zwei Völker, das Alte und das Neue Dorf – umjubelte den Dichter, der diesmal sogar über den unumstrittenen Liebling beider Dörfer, jenen Pietryk, den weit in der Umgebung berühmten Meisterfurzer, glatt zu triumphieren vermochte.

Die jungen Leute unterhielten sich mehr lyrisch. Sie tanzten, sie spielten, sie sangen. Obschon der Tanzboden groß war und im Wechsel der beiden Kapellen ununterbrochen getanzt werden konnte, war das Gedränge zu gewaltig, und es bildeten sich ausgesprengte Gruppen von Burschen und Mädchen, die – hitzigeren Blutes – schon sehr bald bei den Spielen des Eros angelangt waren, wenn auch vorläufig erst bei den Vorspielen. Sie scherzten. Auch das in einem vorgegebenen Stil, der Alfred an die zwischen Spiel und Erleiden gleitende Schämigkeit Donjas gemahnte. Doch war man nicht zimperlich. Mit einer Selbstverständlichkeit, die Alfred vorerst bestürzte, wurden da Brüste betastet, Hüften gezwickt, Hinterteile handgreiflich abgeschätzt, unter die Röcke gegriffen. Wohl kreischten die Mädchen und sie setzten sich mit Händen und Füßen zur Wehr. Aber auch das war augenscheinlich ein Spiel auf dem schmalen Steg zwischen Wehren und Gewähren.

Allein, die Königin des Tages war eifersüchtig, und sie band Alfred im Tanze fest. Es gab Tänzer und Tänzerinnen in Dobropolje! In dem geräuschvollen Tumult bildeten sich auf dem Tanzboden einzelne Inseln, wo – von Kennern und Zuschauern mit einer wogenden Mauer gesichert – die guten Tänzer und Tänzerinnen ihre Kunststücke zeigten. Es war ein Kampf und eine Verbrüderung in Nationaltänzen. Von ihrer unbestreitbar besseren Kapelle befeuert, obsiegten zeitweise die ausgewählten Tanzpaare vom Alten Dorf, und auf dem Höhepunkt des Festes – sogar die alten Leute waren auf die Bänke und Tische geklettert und sahen den Tänzern zu – produzierte ein Einzelpaar die ukrainische Kolomyjka, einen schönen Tanz, dem russischen Kasatschok verwandt, in atembeklemmendem Tempo zum Jubel und Preise der beiden nunmehr in wahrer Begeisterung verbrüderten Dörfer.

Hernach gaben die vom Alten Dorf den Tanzboden frei, und das Neue Dorf stellte seine auserwählten Paare zu ihrem schönen Tanz, den man nennt: der Abgeschlagene Mazur. Abgeschlagen, weil hier der Wechseltanz der Paare es den Tänzern erlaubt, sich gegenseitig, tanzend, die Tänzerinnen abzuschlagen. Der an und für sich dramatisch angelegte Tanz – bei dem es in höheren Gesellschaftskreisen auf Eleganz und Geschicklichkeit ankommt – wurde hier mit der den Polen eigenen Phantasie und kriegerischen Grazie nach Bauernart derb ausgeführt, und der Erfolg dieses Tanzes war nicht geringer und nicht minder einmütig als jener der vorangegangenen Kolomyjka. Er mußte sogar auf Verlangen wiederholt werden. Die Wiederholung nun sollte durch plötzliches Hinzutreten Walko Wogiers erst recht dramatisch werden.

Zur Wiederholung des Abgeschlagenen Mazurs stellten sich nicht bloß die ausgewählten Paare, die den spielerischen Charakter des Abschlagens noch einigermaßen zu wahren wußten, es mischten sich vielmehr Tanzlustige ein, darunter auch welche vom Alten Dorf, die sich in dem ihnen unbekannten Tanz gleich üben wollten, auch einige Betrunkene, und es wuchsen, der Natur und Sitte gemäß, die Tanzfiguren des Abschlagens in regelrechte Ringkämpfe aus. Die Tänzerinnen verhielten sich dabei wie die Hirschkühe vor den kämpfenden Hirschen: völlig teilnahmslos standen sie da und äugten, bis ein erhitzter Sieger sich vom Boden erhob und seine Arme um sie legte. Sei es nun, daß der besoffene Walko, sonst kein Tänzer, unter dem Einfluß der Getränke von der Lust des Rhythmus – den der Stocktaube nicht hören, nur sehen konnte – kosten wollte, sei es, daß er glauben mochte, es würden hier im Ernst Ringkämpfe ausgetragen: plötzlich stürmte er den Tanzboden und begann mit den Tänzern, deren er habhaft werden konnte, schnelle Wurf- und Schleuderspiele zu spielen. Die Tänzerinnen stoben mit Gekreisch auseinander. Im Nu war Walko Herr des entleerten Tanzbodens, auf dem nur noch ein paar von ihm durcheinandergeworfene Tänzer liegengeblieben waren. Triumphal blinzelte er mit seinen Puma-Augen in die Runde und lächelte blöde und eigentlich recht sanft. Auch die Musikanten hatten indessen ausgesetzt und die Stille wuchs. Da schrie irgendein Trunkener: »Gebt ihm eine Stute!«

»Eine Stute her!« schrie ein zweiter.

»Wir haben ja eine hier!«

»Ja, wir haben eine, die alte Kassja!«

»Ja, die Kassja!«

»Ja, ja die Kobylanska!«

»Kobyla heißt ja soviel wie Stute!«

»Gebt ihm die Kobyla!«

»Kassja! Zeig was du kannst!«

»Da, nimm sie, du Wogier!« schrie der Trunkene, der neben Kassja stand, und er stieß sie zum Tanzboden hinauf.

Die beherzte Kassja nahm den Spaß nicht übel, sie wollte zeigen, daß sie auch vor Walko keine Angst habe, und sie blieb zur Beschämung der Männer auf der Stelle, wo man sie hingedrängt hatte.

Walko, der wohl verstanden hatte, was gerufen wurde, lächelte dennoch die Frau an, streckte die Arme nach ihr aus und lallte: »Komm – du – komm – ich – mach' – dir – ein Kind – ein Kindchen –«

»Du!« sagte Kassja, und sie sprach deutlich und mimisch-plastisch, wie man zu einem Tauben spricht. »Wenn – ich – mein – Geschlecht«, sagte sie, hob den linken Stiefel und schlug mit der flachen Hand über den Stiefelabsatz, »hier – hier – im – Absatz – hätte –, dich – dich – ließe – ich – nicht – drüber.«

»Pack dich in Teufelsnamen!« schrie Jankel Kassja an und lief zu ihr hin, um sie vom Tanzboden wegzudrängen. Das Hinzutreten Jankels verwirrte Walko, der durch den Nebel der Trunkenheit und der Wut eine Respektsperson noch erkannt hatte. Er zauderte eine Weile. Auf einmal schien er aber innezuwerden, daß man ihn schon vorher durch die Zurufe verhöhnt und beleidigt habe.

»Wer – hat – Wogier – gesagt?« brüllte er, stürzte mit einem Satz zur Schmiede hin und bemächtigte sich einer von den langen Eisenstangen, aus denen man Hufeisen schmiedet. Wie Geflügel vor dem zustoßenden Habicht stürzte die Menge auseinander.

»Holen Sie Ihre Flinte, Herr Ökonom!« schrie man.

»Bringt Stricke her!« schrie Jankel.

»Dreschflegel heraus!«

»Heugabeln her!«

Auf einmal wurde es still. Vor dem mit der Eisenstange zum Schlagen ausholenden Ungeheuer stand Mechzio da.

»Pack dich! Du Parach!« schrie Jankel. »Er wird dich erschlagen!«

Allein, Mechzio hörte nicht darauf. Noch stand er nicht in der Reichweite der Stange, und er redete mit dem Munde und mit Gebärden dem Wüterich zu, die Stange wegzulegen. In der allgemeinen Beklemmung geschah vorderhand nichts. Walko, da er Mechzio erblickt hatte, stand auf der Stelle still. Mit beiden Armen hielt er die Stange über seinem Kopfe. Wie ein erfahrener Hirt, der auch mit wilden stößigen Stieren umzugehen versteht, versuchte Mechzio, seinen Arbeitskameraden zu besänftigen. Walko schien tatsächlich mit seinen Mondaugen Mechzios redenden Mund zu belauschen. Schon lächelte er matt und milde wie vorher auf dem Tanzboden. Plötzlich erhellte sich sein schönes Gesicht in grausamer Freude, er stieß einen Schritt vor und – noch ehe er mit der Stange zuschlagen konnte, mußte er sie fallen lassen. Mechzio hatte sich, anstatt vor der Stange auszureißen, dem Riesen an den Leib geworfen, ihm mit beiden Armen die Rippen eingeklammert, und als wären beide vom Gewicht der fallenden Eisenstange mitgenommen, gingen sie beide gleichzeitig zu Boden. Ein Schrei der Verwunderung ging durch die Menge. Burschen, Männer, aber auch beherzte Weiber drängten jetzt vor und umringten die Liegenden. Eine Weile wälzten sich die zwei am Boden weiter. Plötzlich aber standen sie wieder auf den Beinen und tasteten mit griffigen Händen einander ab, bis sie sich gegenseitig wieder mit den Armen umfaßten. Jetzt wiegten sie sich auf den Beinen schwer und klobig, und es sah aus, als tanzten sie beide ohne Musik einen eckigen, nur von tiefen Bässen musizierten Ländler. Auf einmal hob Walko seinen Gegner hoch, und schon glaubte man Mechzio mit gebrochenen Knochen zu Boden geschmettert. Er war aber wie eine Katze noch im letzten Moment auf die Füße gefallen. Dreimal versuchte Walko mit schneller Hebung Mechzio zu werfen. So leicht er ihn hob, so schwer stand er wieder auf den Beinen. Dem vierten Versuch aber kam Mechzio zuvor: er hob den Riesen und zwang ihn und warf ihn, selbst mitstürzend, nieder. Für einen Moment waren sie beide gleichzeitig mit ihren Oberkörpern frei, und schon sitzend, sahen sie sich an, verwundert und lächelnd – während ihre Flanken im Stoßatem flogen – wie zwei Schuljungen, die zum Spaß ringen. Beide hatten ihre Kopfbedeckung verloren. Mechzios Grind schillerte in allen Farben, frei den Blicken ausgesetzt. Mit einem Arm tastete er hinter sich, es war aber nicht seine Mütze, sondern Walkos mit einer schönen Pfauenfeder geschmückter Hut. Er hielt ihn Walko hin, der aber auch nur eine und zwar die rechte Hand frei hatte.

Plötzlich zerriß ein Schrei des Entsetzens die angespannte Stille. Walko hatte blitzschnell aus seinem Stiefelschaft ein Messer gezogen und holte zum Stoß aus gegen Mechzios Hals. Da traf ihn ein schneller Fausthieb Mechzios auf die Stirne, und der Riese legte sich rücklings hin wie ein Klotz. Als er wieder halb aufsaß, lächelte er matt und sanft und sah nach seinem Hut. Da strich ihm Mechzio das wirre Haar aus der Stirne, half ihm den Hut aufsetzen, und wie sie beide gleichzeitig hingesunken waren, gingen sie jetzt beide auf einmal hoch. Indessen hatte Alfred die Mütze Mechzios gefunden und hielt sie hin. Doch nahm sie der alte Jankel ihm aus der Hand und setzte sie behutsam und feierlich wie eine Krone auf Mechzios kranken Kopf. Mechzio lächelte geistesabwesend, blickte sich aber gleich nach Walko um. Dann nahm er ihn beim Arm und führte ihn aus dem Gedränge. Arm in Arm gingen sie durch staunende und raunende Spaliere, auch sie beide verbrüdert, heim.

Auf ein Zeichen Grünfelds setzte die Musik wieder ein, und wie von einem Damm befreit riß die frische Strömung der Lustbarkeit alle mit. Der Tanz wurde ein jauchzender Tumult, ein gewaltig rhythmisches Gestampfe und Gedröhne, alles besiegend, über alles triumphierend, und übermächtigte zeitweise gar die Freß- und Sauflust.

Es wurde Abend, und unter dem trüben Novemberhimmel, der das Dorf, den Gutshof und den Tanzboden einhüllte, verlor sich alles im dampfenden Nebel. Da zündeten sie ein Feuer an und tanzten im rötlichen Scheine und zuckenden Schatten weiter. Die Fiedeln zirpten, die Baßgeigen schnalzten, die Trommeln dröhnten, die Klarinetten dudelten, die Ziehharmonika orgelte im Volkston. Über dieser Musik der Instrumente lag ein dünner Ton, wie ein Preßton einer Oboe, ein hoher, anhaltender, andauernder Ton. Es war ein aus vielen Lauten zusammenklingender Ton. Es war der hohe Quietschton der wehrenden, gewährenden Bauernmädchen, kein reiner, aber ein liebreizender, panisch schöner Ton, als Fermate der Lust unendlich ausgezogen. Alfred hörte diesen Ton noch später mitten im Walde, wohin ihn die glückliche Königin des Festes im Dunkel entführte. An diesem Abend hatte Pesje, die Aufpasserin, dermaßen versagt, daß sie nicht einmal ihres Versagens innewurde.

SIEBENTES BUCH

SIEBENTES BUCH

1

Hoch steht in den Augen Gottes derjenige, welcher Frieden stiftet unter Menschen, zwischen Mann und Weib, zwischen Vätern und Kindern, zwischen Nachbar und Nachbar , am höchsten aber steht, wer Frieden stiftet zwischen Volk und Volk – zitierte Welwel Dobropoljer Worte aus dem Talmud, als ihm Alfred die Mitteilung machte, er sei mit Jankel eben zu einer Hochzeit geladen worden, zur ersten Legitimierung eines Liebesverhältnisses zwischen einem Mädchen aus dem Neuen und einem Burschen aus dem Alten Dorf. Das Paar hatte sich auf dem Verbrüderungsfest kennen und lieben gelernt. Das war Ende Januar.

Welwel zitierte den Satz ohne Feierlichkeit, mit einem Unterton der Trauer. Er glaubte nicht an eine nachhaltende Wirkung der Verbrüderung.

»Es ist ein gutes Zeichen«, meinte Jankel. »Ein Zeichen nur, nichts weiter. Aber, wenn sie schon anfangen, sich zu verschwägern, steht es gut.«

»Ja, ja«, meinte Welwel, »sie haben sich schon auch vor dem Verbrüderungsfest verschwägert.«

»Aber nur die Alteingesessenen untereinander, zwischen dem Alten und dem Neuen Dorf ist das der erste Fall«, sagte Jankel und gab durch eine Geste Welwel mimisch zu verstehen, daß man Alfred die Freude über die Einladung zur Hochzeit nicht verderbe sollte.

Auch Jankel machte sich keine übertriebenen Hoffnungen auf die Verbrüderung, namentlich nach den letzten politischen Nachrichten, die Welwel aus der Stadt zum Beginn des Jahres mitgebracht hatte: in der benachbarten Wojewodschaft gab die nationale Bewegung unter der ukrainischen Bauernschaft den Behörden viel zu schaffen, und wenn sie auch auf die Umgebung von Dobropolje noch nicht übergegriffen hatte, so bestand doch wenig Hoffnung, daß die Wühler und Hetzer, die es auf beiden Seiten gab, just diesen stillen Winkel ganz verschonen sollten. Denn die Politik wurde in den Städten gemacht, und den Stadtpolitikern lag sehr wenig an Verbrüderung. Das wußte Alfred freilich nicht, und Jankel sah keine Veranlassung, ihn über den alten Zwist im Grenzlande genau zu unterrichten.

Im Winter schien Dobropolje völlig außerhalb der Welt zu liegen, eine Welt für sich, klein, still, weiß, eingesunken in Schnee, eingeschüchtert von den weißen Stürmen, verloren unter einem kalten Himmel. In einem Halbpelz, in Röhrenstiefeln, eine Pelzmütze auf dem Kopfe, mit einem Schnurrbart, den Alfred auf Jankels Wunsch seit Monaten stehen ließ, sah er bereits so aus, als wäre er in Dobropolje aufgewachsen. Er sprach wie alle hier – Welwel ausgenommen – mit lauter Stimme und rauher Kehle, er interessierte sich für die Ställe, für die Arbeit in den Scheunen, namentlich für den nahezu lächerlich primitiven Fabriksbetrieb in der Brennerei, wo es immerzu aus Röhren dampfte, aus Ventilen zischte, in Kesseln gor, in Kühlern brodelte, und wo es nach heißen Kartoffeln roch, nach Kohle, nach Malz und Schnaps – wo es so wunderbar warm war, als sei die ganze Brennerei aus dem Dobropoljer Winter herausgefallen. Die Brennerei liebte auch Lipusch.

Im Winter lernte Alfred von Jankel, wie man junge Pferde an das Geschirr gewöhnt, aus wilden Fohlen brave Zugpferde macht. Er liebte es, die sichere, aber zarte Hand Jankels bei dieser Arbeit zu sehen: »Man muß sie erst wie zum Spiel überlisten. Wie die kleinen Kinder zum Lernen. Es sind ja auch Kinder. Am besten gewöhnt man sie vorerst an den Schlitten. Der Karren schreckt sie mit den rollenden Rädern, aber an den Schlitten gewöhnen sie sich bald.« Und sie sausten mit so einem Kindergespann über Stock und Stein – die allerdings tief unter Schnee lagen –, daß es den Kindern und den Lehrern den Atem und die Sicht der Augen verschlug.

Im Winter bedauerte er, daß in diese Zeit keiner von den hohen jüdischen Feiertagen fiel, die er im Spätsommer noch als Unwissender erlebt hatte. Wie sehnte er sich jetzt nach dem Erlebnis der mystischen Schauer, die von den Furchtbaren Tagen ausgingen. In den Winter fielen nur zwei Nationalfeiertage, heitere, von den Erwachsenen scheinbar nicht sehr ernst genommene, aber schöne Feste, in deren Gebräuche und Spiele er aber vom kleinen Lipusch aufs glücklichste eingeweiht wurde.

Im Winter lernte er das Fünfbuch mit den dazugehörigen Kommentaren zu Ende, und der Übergang zum Studium der Propheten wurde mit einem Sabbatessen gefeiert, zu dem nebst Aptowitzer, dem alten Brenner, dem kleinen Leviten und Schmiel Grünfeld alle Kinder des kleinen Cheders und – auf ausdrücklichen Wunsch Alfreds – auch Mechzio eingeladen war. Es gab da, wie der kleine Levite seinem Weib berichtete: Fisch, Fleisch, Gebratenes und sogar einen Wein vom Berge Karmel, allen jüdischen Kindern gesagt ...

Im Winter las er viel mit Lipusch, hebräische Kinderbücher meistens, er spielte mit ihm Schach und zuweilen gewann er sogar eine Partie, wenn der Kleine ihn gewinnen lassen wollte. Er lief auch Schlittschuh auf dem Kleinen Teich, niemals ohne Lipusch, und der Knabe bekam rote Backen davon und Appetit, und er wurde über Winter kräftiger und ein wenig ruhiger.

Im Winter lernte er vom Kutscher Panjko unter der fachkundigen Oberaufsicht Jankels und des Stellmachers, des Schwarzen Dragoners, reiten, und auf Wunsch Jankels übte er sich im Schießen aus der Flinte Domanskis, wobei der Hufschmied, der in einem k. u. k. Landwehrulanenregiment ein Scharfschütze gewesen war, als peinlich genauer Instruktor mitunter mit dem Stellmacher in Streit geriet, dessen Heftigkeit dem alten Zwist zwischen dem k. u. k. Heer und der k. u. k. Landwehr alle Ehre machte.

Im Winter ergriff Alfred oft auch die große Langeweile des Dorfs und sie fraß an seinen Eingeweiden wie ein bösartiger Traum. Infolge dieser Langeweile kam es mit Alfred so weit, daß er mit dem Stellmacher in der Schenke des Juden und Feldwebels Grünfeld sich betrank. Sie torkelten dann beide, Arm in Arm, die Groblja hinunter, und der Schwarze Dragoner hielt etwa folgende Ansprache an Alfred: »Die österreichisch-ungarische Monarchie war ein großartiges Reich, verstanden, Sie Zivilist?!«

»Jawohl, Herr Zugsführer!« lallte Alfred.

»In der österreichisch-ungarischen Monarchie gab es drei Länder, wo es sich gelohnt hat, hinzureisen: Böhmen, Ungarn und Galizien. Wiederholen, Zivilist!«

»Zu Befehl, Herr Zugsführer, Böhmen, Ungarn und Galizien.«

»Nach Böhmen lohnte es sich hinzureisen, um sich dort anzufressen –«

»Zu Befehl! Anzufressen. Jawohl. Anzufressen!«

»Nach Ungarn lohnte es sich hinzureisen, um sich dort anzusaufen –«

»Anzusaufen, Herr Zugsführer. Anzusaufen. Gehen wir nach Ungarn, wir zwei!«

»Maul halten, Zivilist! Nach Galizien aber lohnte es sich hinzufahren, um sich dort auszuscheißen!«

»Jawohl, Herr Zugsführer. Goldene Worte. Auszuscheißen. Meine Mutter ist ganz Ihrer Meinung, Herr Zugsführer. Und doch bleib' ich da, Herr Zugsführer!«

»Weil du ein Scheißkerl bist. Fresser gehören nach Böhmen, Säufer nach Ungarn, Scheißkerle nach Galizien. So hat es der Kaiser befohlen. In der Konstitution, verstanden? Österreich-Ungarn hat eine Konstitution gehabt. Das war kein Spaß, mein Lieber! Unser Herr Oberstleutnant, der Graf Kozibrodzki, hat einmal auf dem Exerzierplatz einen Dragoner gebissen. Und was hat man mit ihm gemacht? Einen Dreck hat man ihm gemacht. Weil wir eine Konstitution hatten. Der Dragoner war ein Bauernlackel und es war ihm eine Ehre, von einem Grafen gebissen zu werden! Sonst beißen ihn bestenfalls nur die Läuse!«

»Ein würdiges Paar«, sagte Schabse, der Pferdehändler, zu seinem Weibe, da er die beiden so gehen sah. Der aufsässigen Aufmerksamkeit des Pferdehändlers entging nichts, und obschon Alfred höchstens fünfmal im Lauf des Winters mit dem Stellmacher trinken ging – er tat es nur, wenn Welwel über Sonntag verreist war –, wußte Schabse von der Trunksucht des jungen Mohylewski Geschichten zu erzählen.

Im Winter verweilte Alfred täglich eine Stunde in der Werkstatt des Stellmachers. Er liebte es, ihm bei der Arbeit am Hobeltisch zuzusehen. Es roch wunderbar nach Holz in der Werkstatt, und wie der Hobel über ein Brett ging, war es, als schneide der Stellmacher weiße Bänder aus der duftenden Reinheit des Waldes. »Die Stellmacherei werden Sie nie erlernen, junger Herr«, sagte der Stellmacher. »Aber mit dem Drechseln könnten Sie es versuchen. Oder mit dem Lackieren.« Und Alfred lernte in der Werkstatt von Donjas Vater drechseln und lackieren. Donja besuchte oft ihren Vater, und es fügte sich meistens so, daß auch Alfred gerade zugegen war – die Werkstatt des Stellmachers war der einzige Ort, wo Alfred zuweilen mit Donja allein sein konnte, denn der Schnee des Winters hatte die Luft im Dorf zwar taub, stumm, taubstumm gemacht, aber alles, selbst der Wald von Dobropolje, lag in klarer Sicht.

Im Winter machten sie beide, der Stellmacher und Alfred, einen Plan, wie man das Gefälle des Großen Teichs zu einer Wasserleitung ausnützen könnte, und mit Hilfe des Schmieds, der auch ein Bastler war, machten sie alle Vorarbeiten, die zur Einrichtung eines Badezimmers im Hause Welwels nötig waren. Mit der Anlage der Wasserleitung sollte gleich im Frühjahr begonnen werden.

Im Winter starb der alte Gemeindeschreiber. Seinen Abgang hatte man kaum bemerkt, denn er war zeit seines Lebens ein guter Mann gewesen. Aber im Frühjahr tauchte in Dobropolje der neue Gemeindeschreiber auf, und da wurde oft im Dorfe des verstorbenen Gemeindeschreibers gedacht. Denn der neue war ein sehr lebhafter und geschäftiger Mann.

2

Der neue Schreiber war »ein Mensch mit Matura«. Vom ersten Tage an wurde er so zubenannt, und bis zum letzten Tag seiner verderblichen Amtstätigkeit nannte ihn so das ganze Dorf. Ob er tatsächlich ein Mensch mit Matura war, darf in Frage stehen, doch behauptete er, einer zu sein, und er legte Wert darauf, daß man diese seine Eigenschaft besonders respektiere.

»Ich, ein Mensch mit Matura, muß in diesem gottverlassenen Nest amtieren!«, das waren die ersten Worte, die er zu dem Gemeindevorsteher Bielak sagte.

»Ich, ein Mensch mit Matura, ich soll meine Karriere bei diesen lausigen Bauern abschließen? Sie als Jude verstehen wohl, was das heißt: ein Mensch mit Matura«, sagte er zu Schabse dem Pferdehändler, bei dem er vom ersten Tag an in Kost war. »Schon der Geruch einer Bauernspeise macht mir Übelkeiten.«

Er war ein Junggeselle, der neue Schreiber, er hieß Wincenty Lubasch, fünfundvierzig Jahre alt. Klein, mit einem dicklippigen kleinen Mund, unter der breitflügeligen Nase ein schmales blondes Bärtchen, über den vorspringenden Backenknochen mit kindlich rosiger Haut ein Paar wasserblauer Augen, die mit kaltem Blick wie ein hungriges Tier alles sichteten, hin und her wandernd, nichts aus dem Blickfeld lassend, lauernd. Er trug einen Anzug aus bräunlichem Gabardine, das Jäckchen eng und mit Halbgürtel im Rücken, gelbe

Schuhe unter zerfransten Hosenbeinen, einen steifen Hut von grau-gelber Schattierung und eine rote Krawatte zu einem verwaschenen grünen Hemd.

»Ich, ein Mensch mit Matura, kann euch nur einen Rat geben: Jagt sie mit Dreschflegeln aus dem Dorf hinaus! Ihr seid hier die ein-gesessenen Bauern, nicht die hergelaufenen Halunken da!« sagte er gelegentlich in der Schenke zu den Bauern des Alten Dorfs, den Ukrainern.

»Zeigt ihnen die Zähne! Ihr seid die Herren im Staat! Das sage ich euch. Ich, ein Mensch mit Matura!« sagte er ein anderes Mal, bei einer Versammlung der Bauern im Neuen Dorf, den Polen.

Er trug das Bändchen eines militärischen Ordens und erzählte viel von seinen Heldentaten in den Kämpfen zwischen den Polen und den Ukrainern um die Stadt Lwów im Jahre 1919. Er sprach ukrainisch wie ein geborener Ukrainer, jiddisch wie die jüdischen Marktweiber in Tarnopol, seine Muttersprache, die polnische, aber sprach er, daß es der Sau grauste. Er hatte sich in vielen Berufen betätigt, er war Turnlehrer in einer Mittelschule, Gesangslehrer in einem Mädchen-lyzeum, Empfangschef in einem Kurhotel, Schreiber bei einem Notar, Kanzleidirektor eines Bürgermeisteramts in einer mittleren Stadt, militärischer Instruktor einer Jugendvereinigung, Versicherungsagent, Reklamechef eines Konfektionshauses, Geheimagent bei der politi-schen Polizei gewesen. Zuletzt hatte er den Posten eines Kassiers in einer patriotischen Organisation verlassen, nachdem ein Abgang von mehreren hundert Złoty entdeckt worden war. Nur der militärische Orden hatte ihn diesmal – wie übrigens schon in einigen anderen Fällen – vor dem Gericht, vor dem Gefängnis gerettet.

Nach Dobropolje war er mehr in der Eigenschaft eines politischen Geheimagenten denn eines Gemeindeschreibers gekommen. Er hatte den Auftrag, genaue Untersuchungen darüber anzustellen und ausführlich zu berichten, woran es liegen mochte, daß die Bauern des Alten Dorfs, obschon in der Minderheit, noch immer nicht polnisch, während die Siedler des Neuen Dorfs, die neugeschaffene Majorität, die das Alte Dorf polonisieren sollte, bereits nach sechs Jahren sehr gut ukrainisch sprachen. Der neue Schreiber interessierte sich indessen bei weitem mehr für die Gebarung der Gemeindegelder, aber als Mensch mit Matura langweilte er sich im Dorfe entsetzlich, und so beschloß er, das öde Leben politisch gehörig aufzumischen, was ihm bald gelingen sollte. Schon nach kurzer Zeit lagen die zwei Teile des Dorfes wie zwei feindliche Festungen einander gegenüber. Vergessen war das Verbrüderungsfest, vergessen die drei gemischten Hochzeiten, zu denen Jankel und Alfred als Friedenstifter geladen worden waren.

Alfred merkte zunächst wenig von der Wühlerei des Schreibers. Die schönen Wochen des Vorfrühlings arbeitete er mit dem Stellmacher und dem Schmied an der Anlage der Wasserleitung, ein paar Wochen setzte er sogar mit dem Unterricht im Cheder und in Großvaters Zimmer aus. Der alte Jankel strahlte: eine Zeit war die Jüdischkeit aus dem Felde geschlagen. Indessen hätte Alfred wohl kaum etwas gegen die verderbliche Tätigkeit des Menschen mit Matura ausrichten können. Es war eine Wühlarbeit im wahrsten Sinne: man sah die Arbeit nicht, nur die Folgen wurden spürbar. Selbst die Vorsteher beider Dorfteile hätten nicht so bald zu sagen gewußt, woher der heiße Wind wehte, der ihre Bauern so scharf machte. Zugute kam der Wühlarbeit des Schreibers der Umstand, daß in den südöstlichen Teilen des Ländchens die ukrainische Bauernschaft offen rebellierte. Man hörte von Gewalttaten, Überfällen auf Postämter, Brandstiftungen und politischen Attentaten. Der Mensch mit Matura las in den Zeitungen. Er wußte aber noch mehr zu erzählen als die übelsten Volksblätter, und er schmückte die Gewalttaten, wenn er im Alten Dorf die Neuigkeiten ausstreute, zu Heldentaten aus, um sie hernach dem Neuen Dorf als abscheuliche Verbrechen und Warnungen vor dem bösen Feind namentlich der Jugend politisch vorzuexerzieren. Dabei unterstützte ihn der Pferdehändler Schabse, mit dem er in intimer Freundschaft lebte. Die zwei Angebernaturen hatten sich vom ersten Tag ihrer Bekanntschaft zusammengefunden, und der neue Schreiber beriet mit seinem Kostgeber alle seine Pläne. Es war auch vermutlich der Pferdehändler, der ihm die Stelle zeigte, wo der alte Jankel am empfindlichsten zu treffen war. Mit Jankel aber hatte der neue Gemeindeschreiber gleich zu Beginn seiner Dobropoljer Amtstätigkeit einen Zusammenstoß.

3

Schon beim ersten Besuch auf dem Gutshof hatte der Mensch mit Matura ein Anliegen an den Verwalter. Er hatte erst bei Welwel vorgefühlt, und Welwel, der mit ihm nicht fertig werden konnte, hatte den neuen Gemeindeschreiber mit seinem Anliegen an Jankel gewiesen. Es war aber ein seltsames Anliegen.

Der verstorbene Gemeindeschreiber hatte zwei Kühe im Stalle des Gutshofes stehen gehabt. Es war die eine Gefälligkeit, die man dem braven und nicht gerade wohlhabenden Manne erwies, der auch kein Bauer gewesen war und keinen eigenen Grund besessen hatte. Nach seinem Tode mußte die Witwe, eine alte Frau, mit ihrer gleichfalls verwitweten Tochter die Amtswohnung für den Nachfolger des Verstorbenen räumen; die Kühe blieben laut Anordnung Welwels weiter im Stall des Gutshofes und sollten es auch für den Fall bleiben, wenn es nötig sein sollte, auch die Kühe des neuen Schreibers einzustellen. Nun hatte der Mensch mit Matura zwar drei Hemden und zehn prächtige Krawatten, aber keine einzige Kuh. Dennoch machte er den Versuch, die Kühe, die er nicht hatte, mit Hilfe Jankels zu melken.

»Und wie ist es mit der Stall-Servitut?« erkundigte er sich.

»Stall-Servitut?« wunderte sich Jankel. »Was für eine Stall-Servitut?«

»Mein Amtsvorgänger hat, soviel ich weiß, zwei Kühe in Ihrem Stall stehen.«

»Ach so«, meinte Jankel. »Das darf Sie nicht beunruhigen. Wir werden für Ihre Kühe auch ein Plätzchen finden.«

»Ich habe aber keine Kühe.«

»Das ist sehr bedauerlich«, sagte Jankel, noch immer höflich. »Was nicht ist, kann noch werden. Ihr Vorgänger hatte, wenn ich mich erinnere, auch keine, wie er vor dreißig Jahren zu uns kam.«

»Aber die Servitut könnte mir doch vergütet werden.«

»Ich höre immer Servitut«, sagte Jankel, schon gereizt. »Von Servitut ist da gar keine Rede. Es ist eine Gefälligkeit, die wir Ihnen auch gern erweisen wollen, Herr – Herr –«

»Lubasch, Lubasch.«

»Herr Lubasch.«

»Ich besitze aber noch keine Kühe, Herr Verwalter. Leider. Und da hab' ich mir überlegt, daß wir es vielleicht so machen, daß die Witwe mit der Hälfte der Milch oder mit Geldeswert die Servitut, die ihr ja nicht mehr zukommt, bezahlt.«

»Wem?«

»Mir natürlich. Weil ja die Servitut –«

»Sie wollen also gewissermaßen die Kühe der armen Witwe melken, Herr Lubasch?«

»Wenn Sie sich so auszudrücken belieben, Herr Verwalter, sagen wir, gewissermaßen, ja. Weil doch die Servitut –«

»Hören Sie, Herr Lubasch«, sagte Jankel mit heiserer Stimme, seine Halsadern schwollen an, »hören Sie Herr Lubasch! Ich will es Ihnen noch zugute halten, daß Sie erst kurze Zeit hier sind. Sonst möchte ich einem Manne, der mir solche Geschäfte vorschlägt, die Türe weisen!«

»Sie scheinen zu übersehen, Herr Verwalter, daß es sich um eine Servitut –«

Nun riß Jankel vollends die Geduld: »Ich sage: Gefälligkeit, Sie sagen: Servitut, Servitut und immer wieder Servitut! Nehmen Sie also zur Kenntnis, daß ich eben beschlossen habe, die Gefälligkeit, die wir Ihrem Amtsvorgänger erwiesen haben, Ihnen auf keinen Fall zu erweisen.«

»Auch nicht, wenn ich mir eine Kuh oder zwei verschaffe?«

»Ich sagte: auf keinen Fall. Aus ist es mit der Servitut!«

»Eine Servitut ist klagbar, Herr Verwalter.«

»Das ist eine gute Idee. Verklagen Sie uns, Herr Lubasch. Guten Tag!«

Der Mensch mit Matura beklagte sich vorerst bei seinem Freunde Schabse.

»Da ist nichts weiter zu wollen«, sagte Schabse. »Sie waren sehr ungeschickt.«

»Wenn Sie zum Beispiel zwei Kühe für mich kaufen, wird er sie nicht einstellen?«

»Nein. Das wird er nicht tun.«

»Ich werde mit dem frechen Greis schon fertig werden.«

»Da wären Sie der erste. Hören Sie, vor zwanzig Jahren hat dieser Jankel Christjampoler zu mir gesagt: Solange ich hier Verwalter bin, kaufen wir kein Pferd mehr bei dir. Und in zwanzig Jahren hat der Gutshof von Dobropolje kein Pferd von mir gekauft.«

»Ich werde das ganze Dorf gegen ihn aufhetzen.«

»Das wird Ihnen kaum gelingen. Die Bauern verehren ihn und sie lieben ihn.«

»Kann man nicht etwas bei den Behörden, Sie verstehen –«

»Ich verstehe. Man kann nicht. Glauben Sie mir. Ich hab' da schon manches versucht. Er hat gute Beziehungen. Bessere als wir beide. Vertragen Sie sich mit ihm.«

»Hat er Familie?«

»Nein.«

»Aber wie ich zu ihm kam, saß er im Gärtchen und hatte einen Jungen auf seinen Knien?«

»Das ist Aptowitzers, des Kassiers, kleiner Sohn. An dem hängt er wie ein altes Fräulein an ihrem Papagei.«

»So, so«, sagte der Mensch mit Matura und beschloß, sich mit Jankel auf seine Art zu vertragen.

Er machte bei Aptowitzers einen Besuch und spielte gleich mit Lipusch eine Partie Schach. Er war ein guter Spieler und man lud ihn ein, öfter zu kommen. Bald war er Hausfreund bei Aptowitzers. Lipusch spielte gern mit ihm, obschon Jankel diesen Gast ungern auf dem Gutshof sah.

»Er spielt aber so gut, Großväterchen«, bat Lipusch.

»Hast du ihn schon einmal geschlagen?« fragte Jankel.

»Kein einziges Mal hab' ich gewonnen«, sagte Lipusch mit großer Begeisterung. Dem Kind zuliebe überwand sich Jankel und war freundlich mit dem neuen Gemeindeschreiber. Wenn das Wetter schlecht war, sah er sogar dem Spiel der so ungleichen Partner zu.

Eines Tages sagte Lipusch: »Gestern hab' ich schon eine Partie gewonnen, und gleich noch eine. Morgen spielen wir zwei Entscheidungspartien, ganz streng, jede berührte Figur muß ziehen. Wir spielen beim jungen Herrn. Kommst du auch, Großväterchen?«

Alfred war mit der Anlage der Wasserleitung fertig geworden. Er hatte indessen seinen kleinen Freund vernachlässigt und gab den Schachkämpfern eine Jause. Auch Jankel war eingeladen, Vater Aptowitzer und selbst Welwel sahen dem Entscheidungskampf der zwei Dobropoljer Schachmeister zu. Als nach einem Kampfe, der die Spieler wie die Zuschauer im gleichen Maße erregte, der kleine

Lipusch beide Partien gewonnen hatte, beglückwünschte der Mensch mit Matura in ritterlicher Art seinen kleinen Gegner und den Vater: »Das ist ein Köpfchen!« rief er aus und sah den Knaben mit verliebten Augen an. »Ein kleiner Trotzki!«

»Warum Trotzki?« fragte Alfred mißtrauisch. »Wieso Trotzki? Ist Trotzki ein Schachmeister?«

»Es ist mir nur so eingefallen«, meinte Herr Lubasch. »Mit einem solchen Köpfchen kann man alles werden. Wie Trotzki. Der war ein Schriftsteller, ein Politiker. Aber wie es darauf ankam, eine Armee aus dem Boden zu stampfen, schuf er aus dem Nichts eine Armee. Und als Generalissimus schlug er, ein Literat, einen General nach dem anderen. Man kann sagen, er war der einzige siegreiche General des Weltkrieges, dieser Trotzki. Mit einem solchen Köpfchen wie diesem«, wiederholte er und strich dem kleinen Lipusch übers Haar, »kann man eben alles. Ja, ja. Ein kleiner Trotzki!«

»Wir werden uns damit begnügen, wenn er ein kleiner Dr. Lasker im Schachspiel werden sollte. Für Generale haben wir keine Verwendung«, sagte Alfred, als er sah, daß der Gemeindeschreiber es gut mit Lipusch meinte, was auch tatsächlich der Fall sein mochte. Denn Herr Lubasch vergaß vorerst selber, daß er den Knaben zu einem kleinen Trotzki ernannt hatte. Es schien ihm, als habe er Jankel mit dem Unterricht, den er Lipusch erteilt hatte, für sich gewonnen, und er nahm sich vor, gelegentlich seine »Servitut« wieder zur Sprache zu bringen.

4

Nach dem Pessachfest – auf den drei größten Äckern wurden Kartoffeln gesetzt, die Felder strotzten im saftigen Grün der Wintersaaten, Pesje bestellte ihren Gemüsegarten, alles Wachstum trieb groß und in den Nächten übten schon die Nachtigallen ihre schluchzenden Gesänge –, nach dem Pessachfest fuhren Jankel und Alfred auf dem Heimweg von dem Kartoffelacker, der im vergangenen Sommer Alfreds und Donjas Haferfeld gewesen war, an der Schule vorbei und hielten an, um den kleinen Lipusch mit nach Hause zu nehmen. Es war kurz nach zwölf Uhr und das liebe Stimmenwirrsal der ihren Klassen entströmenden Knaben und Mädchen verwandelte den Schulkorridor in ein Vogelhaus. Die Kinder schienen alle erregt zu sein, ihre Gesichter waren erhitzt und die Mädchen beschwatzten mit schnellen Lippen und ernsten Augen, als wären sie bereits ausgewachsene Tratschbasen, irgendein Schulereignis.

Nach kurzer Zeit zerstreuten sich die schwatzenden Kinderscharen in alle Richtungen. Das leere und stille Schulhaus mit der offenen Tür und dem langen Schlund des Korridors machte nun einen dummen Eindruck wie eine umgestürzte Flasche, der ein gutes Getränk bis auf den letzten Tropfen entronnen war.

»Mir scheint gar, unser Musterknabe muß heute nachsitzen«, sagte Alfred. Jankel wartete ruhig eine Weile ab. Als aber auch der Deresch das linke Ohr spitzte, zum Schulhaus äugte und mit einem Vorderhuf ein scharrendes Zeichen seines Erstaunens gab, stieg Jankel aus und trat mit besorgter Miene in das Schulhaus ein. Kaum aber war er im Korridor verschwunden, als vom Seitenanbau des Schulhauses das junge und hübsche Fräulein Rakoczywna mit Lipusch erschien. Beide hatten erhitzte Gesichter, die Wangen der Lehrerin flammten beinah so rot wie die rosaroten Blüten im kleinen Blumentopf, den sie in ihrer linken Hand hielt.

»Der Herr Verwalter sucht dich schon im Klassenzimmer«, rief Alfred Lipusch entgegen, und während Lipusch hineinlief, um Jankel zu suchen, stieg Alfred aus, um das hübsche Fräulein Tanja zu begrüßen.

»Geben Sie, Herr Mohylewski, bitte, dies hier der Frau Aptowitzer«, sagte die Lehrerin. »Und sagen Sie ihr bitte ... Sagen Sie ihr ...«

»Was darf ich ausrichten, Fräulein Tanja?« fragte Alfred und tat, als sähe er nicht, daß das Mädchen Tränen schluckte.

»Sagen Sie der Mutter, daß ... Nichts! Sagen Sie nichts. Ich werde sie selbst besuchen«, sagte die Lehrerin leise und lief, da sie Jankel mit Lipusch kommen hörte, eilends davon.

»Was war denn heute?« fragte Alfred auf dem Heimweg.

»Der Herr Schulinspektor war bei uns. Und das Fräulein hat geweint.«

»Und du? Hast du auch geweint?«

»Aber nicht in der Klasse. Das Fräulein hat auch nicht in der Klasse geweint.«

»Wo denn?«

»Auf ihrem Zimmer. Das Fräulein hat mich mitgenommen. Es ist so schön bei ihr im Zimmer. Sie hat ein Grammophon.«

»Darum hast du geweint? Weil das Fräulein ein Grammophon hat?«

»Ich hab' geweint, weil das Fräulein geweint hat.«

»Und warum hat das Fräulein geweint?«

»Das weiß ich nicht.«

»War der Herr Inspektor auch in deiner Klasse?«

»Eine Stunde. Der Herr Inspektor und der Herr Lubasch.«

»Was hat der da zu suchen?« fragte Alfred, und er wandte sich mit dieser Frage mehr an Jankel als an Lipusch.

»Der mischt sich überall ein. Sonst begleitet den Inspektor, wenn er einmal im Jahr kommt, der Gemeindevorsteher. Aber dieser Herr Habenichts muß sich ja immer vordrängen.«

»Das Fräulein schickt deiner Mutter Blumen«, sagte Alfred.

»Weil – weil – wahrscheinlich weil –«

»Weil du mit ihr geweint hast«, sagte Alfred.

»Ich bin nicht so dumm, junger Herr«, sagte Lipusch.

»Wenn du nichts erzählen kannst«, sagte Alfred.

»Weil ich es gewußt habe. Kein Kind in der Klasse hat es gewußt, nur ich hab' es gewußt.«

»Was?«

»Daß ein M ein M ist, ein L ein L und ein G ein G.«

»Großes Kunststück!« lachte Jankel. »Es ist bald Ende des Schuljahrs.«

»Und doch hat es niemand gewußt wie ich, und darum hat das Fräulein geweint.«

Mehr war aus Lipusch nicht herauszubekommen. Es hatte sich aber an diesem Vormittag folgendes abgespielt. Um neun Uhr kam der Inspektor von Nabojki her, wo er gleichfalls die Schule visitiert hatte, mit einem Stadtfiaker vor dem Gemeindehaus angefahren. Der Vorsteher Bielak war auf dem Felde, Herr Lubasch unterließ es, ihn zu verständigen, und übernahm selbst die Begleitung des Inspektors. Auf dem Wege ließ sich der Schulmann vom Gemeindeschreiber über die Ortsverhältnisse informieren, und er war angenehm berührt, einen offenen Kopf in einem so entlegenen Dorfe anzutreffen. Herr Lubasch sprach auch vom Schulwesen des Landes, als hätte er sein Leben lang sich nur mit pädagogischen Fragen beschäftigt.

»Unser Lehrkörper«, sagte er schließlich, »läßt nichts zu wünschen übrig. Nur in einem Punkte würde ein Personalwechsel nichts schaden. Darf ich einen Vorschlag machen, Herr Inspektor?«

»Bitte, nur offen mit der Meinung heraus.«

»Da ist eine junge Lehrerin, hübsch, intelligent –«

»Das Fräulein Tatjana Rakoczywna.«

»Sehr richtig, das Fräulein Rakoczywna, eine Ukrainerin.«

»Sie hat die Bürgerschulprüfung gemacht.«

»Ein begabtes Fräulein, gewiß. Aber, eine Ukrainerin eben.«

»Darum eben in ein Dorf versetzt.«

»Ja. Gewiß. Ob sie aber gerade in diesem Dorf am Platze ist, Herr Inspektor? Wissen Sie, wer ihr Vater ist?«

»Der berühmte Kostja Rakoczyj, ich weiß.«

»Der sattsam bekannte Pope.«

»Haben Sie ihn schon einmal reden gehört? Was für ein Redner!«

»Ein glänzender Demagoge. Die Tochter wird die Gesinnung ihres Vaters teilen.«

»Es liegt keine Beschwerde gegen das Fräulein vor. Sie interessiert sich nicht für Politik.«

»Das nicht. Das könnte ich nicht behaupten. Dennoch wäre sie in einem kleineren, noch weiter von der Stadt entfernten Dorf besser am Platz. Hier ist ein heißer Boden.«

Der Mensch mit Matura hatte im Grunde nichts an dem jungen Mädchen auszusetzen. Aber er wußte, daß der Lehrer Dudka die hübsche Ukrainerin, wenn auch ohne Erfolg, liebte. Nur diesem Lehrer Dudka zuleide regte er eine Versetzung der hübschen Popentochter an.

Die Prüfung begann mit der ersten Klasse, und Herr Lubasch bat um die Vergünstigung, ausnahmsweise dabei zu assistieren. Er stellte sich erst bescheiden in eine Ecke des Schulzimmers und hörte zu. Als aber der Inspektor nach einer Prüfung im Lesen und Rechnen das Podium verließ und von Bank zu Bank die Bücher, die Schreibhefte, aber auch die Hände und Ohren der Kinder auf Reinlichkeit untersuchte, folgte ihm der Gemeindeschreiber als Assistent. Und mit den Luchsaugen und der Kaltblütigkeit eines Zollkontrolleurs untersuchte er die Hefte, die Bücher, die Kleider der ersten Klasse, als säßen hier nicht kleine Bauernkinder im Alter von sechs bis sieben Jahren, sondern eine Bande von gefährlichen Schmugglern. Er fand Kleckse in den Heften, Risse in den Kleidern, er griff nach einem Buch und schon hatte er die Stelle, wo ein paar Seiten fehlten, er fand allerlei Unrat in den Bänken der Knaben und Läuse in den harten Rattenschwanz-Zöpfen der Mädchen. Schließlich griff er noch im Vorbeigehen nach dem Schulsack eines pausbäckigen kräftigen Bauernjungen namens Hawrylo Popko und förderte drei spitze Kieselsteine zutage, Wurfgeschosse für den Kampf gegen die zweite Klasse.

Das hübsche Fräulein Tanja war neben der Klassentafel zur schmerzlichen Bildsäule erstarrt. Der Kinder bemächtigte sich ein solcher Schrecken, daß die zwei kleinen Mädchen, in deren Zöpfchen die hohe Schulkommission ein paar Läuse entdeckt hatte, sich nicht einmal zu weinen getrauten. Sie hatten wohl, da sie der Schreiber an den Zöpfen mit je zwei angeekelten Fingern aus ihren Bänken in die Klassenmitte hinausführte, zu einem Geheul angesetzt, aber angesichts der erstarrten Klassenlehrerin erstarb auch ihr Jammer. Der Inspektor aber sagte nichts. Er begann bloß wieder die Klasse zu prüfen, als hätte sie sich im Lesen nicht schon vor ihm bewährt: »Aptowitzer Lipa –«, zitierte er aus dem Schülerverzeichnis den ersten Prüfling zur Tafel, allein, auf eine leise Einflüsterung des Schreibers schickte er den Knaben zurück in seine Bank und begann vom Ende des Katalogs: »Zlocha Nikifor!«

Während der kleinste Knirps der Klasse in den ihm viel zu großen Schaftstiefeln seines älteren Bruders zur Tafel schlurfte, malte der Inspektor mit Kreide drei kalligraphische Wunder an die Tafel: ein M und ein L und ein G mit den herrlichsten Haar- und Schattenstrichen.

»Zlocha Nikifor, was ist das für ein Buchstabe?« fragte der Inspektor mit gütiger Stimme.

»Ein … Em«, sagte der Kleine und schluckte.

»Und das?«

»Ein El«, sagte der Kleine, schon etwas sicherer.

»Und das?«

»Ein Ge«, sagte der Kleine siegreich.

Jetzt malte der Inspektor ein Wort an die Tafel: Mutter unter den Buchstaben M.

»Lies das Wort«, bat er sehr sanft.

»Mutter …«, las der Knabe.

»Wie lautet also dieser Buchstabe?«

»Em«, sagte der Knabe.

Einen sanften Vorwurf in den Augen, sah der Inspektor die Lehrerin an und zitierte den nächsten Schüler: »Zawyrucha Piotr!«

Der Mensch mit Matura saß jetzt hinterm Katheder, als wäre er der Inspektor des Inspektors.

»Wie lautet dieser Buchstabe?« fragte der Inspektor.

»El«, sagte der Schüler.

Der Inspektor schrieb unter diesen Buchstaben das Wort Lampe.

»Lies das.«

»Lampe.«

»Wie lautet also der Buchstabe?«

»El«, sagte der Schüler.

Wieder sah der Inspektor mit sanftem Klageblick die Lehrerin an.

»Tomaszewska Karolina!«

Während das Mädchen heraustrippelte, malte der Inspektor das Wort: Garten unter den Buchstaben G.

»Wie lautet dieser Buchstabe, Karolina?«

»Ge«, las das Mädchen.

»Hier das Wort darunter?«

»Garten«, las Karolina mutig und vernehmlich.

»Wie lautet also der Buchstabe?«

»Ge«, zwitscherte die Kleine.

Wieder folgte ein sanfter Klageblick auf die Lehrerin, der Blick war aber diesmal ein sehr langer und gedehnter, denn der Inspektor reinigte jetzt seine Finger mit dem Taschentuch vom Staub der Kreide.

Wie Rekruten beim Appell vor dem inspizierenden General merkten bald die Kinder, daß nicht eigentlich sie, sondern die Lehrerin geprüft wurde. Der Schreck der Klasse wich allmählich, die Spannung aber wuchs.

»Tatartzuk Jan«, zitierte der Inspektor, griff nach dem Lineal und begann wieder mit dem Buchstaben M. Die Prüfung zeitigte dasselbe Ergebnis. Dennoch wurde sie von Namen zu Namen fortgesetzt, und sie artete zum sichtbaren Entzücken des Menschen mit Matura in eine unverständliche Qual aus; unverständlich vor allem für die Kinder.

»Mazurowna Stanislawa!«

Das war ein putziges Mädchen mit blitzblauen Augen, lieblich selbst einer Prüfungskommission.

»Wie lautet der Buchstabe?«

»Em.«

»Lies das Wort darunter, Stasja.«

»Mutter.«

»Wie lautet also der Buchstabe?«

»Em.«

»Wenn er Em lautet«, sagte jetzt der Inspektor väterlich, »so müß-
test du ja lesen: Emutter, nicht wahr, Stasja?«

»Ja«, sagte Stasja.

»Wie lautet also der Buchstabe?«

»Em«, sagte Stasja, wie sie es gelernt hatte.

»Und das Wort da?«

»Emutter«, las Stasja.

In diesem Augenblick ging dem kleinen Lipusch ein Licht auf.
Auch er hatte gelernt, daß ein M ein Em sei, ein L ein El und ein G
ein Ge. Auch ihm war es längst klargeworden, daß der Inspektor die
Lehrerin prüfte, nicht die Schüler. Er war, als erster aufgerufen, wohl
erschrocken. Aber die große Not begann für ihn erst, als er das Fräulein bleich und vor dem Inspektor zittern sah, als er seine geliebte
Lehrerin in solch einer Bedrängnis sah. Und der Anblick des schaden-
frohen Herrn Lubasch machte ihm übel, daß er an einem Brechreiz
würgte. Er strengte sein flinkes Gehirn an, um schnell dahinter-
zukommen, was der Herr Inspektor für eine Antwort haben wollte.
Aber sein Herz war stärker als sein Gehirn. In seinem Herzen flammte
das reine Feuer der Knabenliebe, und in diesem Feuer gedieh der alte
Trieb des schon männlichen Herzens, der Drang zum Beistand, der
Trieb zur Verteidigung. Es ist dies auch ein uralter Drang des Judentums, ohne den kein Wort der Propheten, kein Buchstabe der Satzung,
kein Ton unserer Gebete, kein Laut unserer Klagen zu verstehen ist,
nicht der Kult der Armut, nicht der Glaube an Gott, nicht die Hoffnung auf den großen Sanften, der die Erlösung aller Kreatur bringen
wird: nicht die messianische Hoffnung der Welt zu deuten wäre. Noch
in den Niederungen der Verbannung glimmt ein Feuerfunke dieses
erzjüdischen Triebs, der es zum Beispiel auch erklärlich macht,
warum es überall in der Welt so viele bedeutende jüdische Rechts-
anwälte und Ärzte, aber noch selten einen bedeutenden jüdischen
Staatsanwalt und kaum je einen Henker gegeben hat. Ein kleines
Fünkchen dieses alten Feuers verirrte sich in ein podolisches Dorf,
entzündete das Herz eines Knaben und erleuchtete seine Gedanken.

Nun er zu wissen glaubte, was der Herr Inspektor fragte, duldete es ihn nicht in seiner Bank. Aufzuzeigen getraute er sich nicht, da ihn ja doch der Herr Inspektor aufgerufen und zurückgewiesen hatte, so versuchte er den Herrn Lubasch durch Zeichen und Gebärden heimlich zu verständigen. Aber der Mensch mit Matura tat, als sähe er die Zeichen nicht, schließlich winkte er mit drohender Miene ab. Flatternden Herzens wartete nun der Knabe ab, bis er an die Reihe kam. Es dauerte eine Ewigkeit. Nach der kleinen Stasja Mazur gab es noch zweiundzwanzig Schüler und Schülerinnen bis zum A: zwei M, zwei L, vier K, zwei J, ein H, zwei G, zwei F, ein D, zwei C und vier B! Und bald mußte es zwölf läuten! Da wird der Herr Inspektor Schluß machen und die richtige Antwort nicht bekommen haben! Jetzt erst kam der Kowalewski dran und nach ihm würde Kobza folgen, Lipales Nachbar. Das ist ein gescheiter Junge, ihm könnte er das Geheimnis verraten. Doch der Herr Lubasch gab acht, und jetzt drohte er schon mit dem Finger!

Zum Glück überhörte der Herr Inspektor das Glockenzeichen und setzte die Prüfung fort. Er ließ sich Zeit und er verweilte sogar immer länger bei jedem aufgerufenen Namen. Dem Inspektor lag daran, dem gefinkelten Gemeindeschreiber zu zeigen, daß man nicht nach Läusen und Steinen zu suchen brauchte, wenn man eine kleine Lehrerin treffen wollte. Als hänge das ganze Schulwesen des Landes an dieser Frage, blieb er unerschütterlich bei seinen drei an die Tafel gemalten Buchstaben und Wörtern. Je näher er dem Anfang des verkehrt begonnenen Klassenkatalogs war, desto genießerischer kostete er seine pädagogische Schlauheit aus, und seine Zwischenfragen und Scherzchen wurden so deutlich, daß es längst keines Lipales bedurft haben würde, um ihm die richtige Antwort zu erteilen, wären die Kinder nicht durch das Hinzutreten des Gemeindeschreibers so erschreckt worden.

Als der Inspektor endlich den letzten, sonst ersten Namen: Aptowitzer Lipa zum zweiten Mal aufrief, stürzte Lipusch mit solcher Hast zur Tafel hinaus, daß er stolperte und beinahe zu Fall gekommen wäre.

»Du bist der Aptowitzer Lipa?« fragte der Inspektor sanft.

»Jawohl, Herr, jawohl, Herr«, keuchte Lipusch.

»Beruhige dich, mein Sohn. Nur ohne Hast.«

»Jawohl, Herr Inspektor.«

»Du kannst so gut Schach spielen, höre ich?« fragte der Inspektor mit einem Blick auf den Gemeindeschreiber. »Von wem hast du das gelernt?«

»Von meinem Vater«, sagte Lipusch, noch immer fliegenden Atems. »Von meinem Vater. Dann vom Herrn Gutsbesitzer. Dann vom Herrn Gemeindeschreiber.«

»Willst du mit mir eine Partie Schach spielen?«

»Mit Vergnügen, Herr«, sagte Lipusch. Die Lehrerin vergaß ihre Nöte und lächelte. Mit ihr lächelten jetzt die Gesichter aller Kinder mit.

»Wirst du mich auch schlagen?«

»Erst wird der Herr –«

»Der Herr Inspektor«, verbesserte ihn jetzt die Lehrerin.

»Erst wird der Herr Inspektor mich schlagen. Dann werde ich den Herrn Inspektor schlagen.«

»Wie kannst du das so sicher wissen?«

»Wissen kann ich es nicht sicher.«

»Warum glaubst du es aber?«

»Weil es bis jetzt immer so war.«

»Hast du vielleicht den Herrn Gemeindesekretär auch schon geschlagen?«

»Zuerst hat der Herr Gemeindesekretär immer mich geschlagen. Dann – jetzt gewinnt der Herr Gemeindesekretär selten.«

»Nie«, sagte Herr Lubasch. »Nie mehr.«

»Nun, jetzt wollen wir aber sehen, ob du auch so gut lesen kannst. Was ist das?«

»Ein Buchstabe.«

»Und wie heißt der Buchstabe?«

»Dieser Buchstabe heißt Em. Aber lauten tut er wie Mh.«

»Und was ist das da?«

»Ein Ge. Aber lauten tut es wie Gh.«

»Und das da?«

»Ein El. Aber lauten tut es wie Lh.«

»Von wem weißt du das? Von deinem Vater?«

»Nein, Herr.«

»Vom Herrn Gutsbesitzer?«

»Nein, Herr.«

»Vom Herrn Gemeindesekretär vielleicht?«

»Nein, Herr.«

»Von wem dann?«

»Von dem Fräulein Lehrerin«, sagte Lipusch.

Der Inspektor sah die Lehrerin an. Die Lehrerin senkte ihre Augen und schwieg. Der Inspektor seufzte und sah den Gemeindeschreiber an. Herr Lubasch lächelte und meinte: »Ich hab's ja gesagt: ein kleiner Trotzki.«

»Du weißt es also von dem Fräulein Lehrerin?«

»Jawohl, Herr.«

»Wann hat das Fräulein Lehrerin dir das gesagt?«

»Zum Beginn der Schule. Wie wir angefangen haben.«

»Warum wissen es die anderen Kinder nicht?«

»Sie haben es vergessen. Ich habe es auch vergessen. Erst heute hab' ich mich wieder erinnert.«

»So, so«, machte der Inspektor und legte seine beringte Hand auf Lipales Köpfchen. »So, so. Das hast du dir so ausgedacht in deinem Köpfchen«, sagte er. »In deinem feinen jüdischen Keppele«, wiederholte er und strich mit der beringten Hand über Lipales Haar, daß dem Kind die Tränen ausbrachen.

»Nein, Herr«, beteuerte Lipusch, und er glaubte es jetzt wie das Amen im Gebet: »Das Fräulein Lehrerin hat uns das so gesagt.«

Der Inspektor sah wieder die Lehrerin an, die aber diesmal ihre Augen nicht niederschlug.

»Sie sind die Tochter des Popen Kostja Rakoczyj, Fräulein, wenn ich mich recht erinnere?«

»Ich bin seine Tochter, Herr Inspektor«, sagte die Lehrerin, und jetzt war der Herr Inspektor an der Reihe, seine Augen zu senken. Mit einem Seufzer verließ er das Klassenzimmer, geleitet vom Tumult der von ihren Sitzen aufspringenden Kinder, vom elegant tänzelnden Herrn Lubasch und von der nun in Zorn und Trotz offen blickenden Tochter des berühmten Kostja Rakoczyj. Hernach nahm die Lehrerin Lipusch bei der Hand, führte ihn mit sich in ihre Wohnung, und sie kochte über dem Spiritusflämmchen schnell einen Kakao. Da sie dabei weinen mußte, weinte Lipusch ein bißchen mit.

Alfred, mit der Anlage der Wasserleitung beschäftigt, hatte bei dem schönen Frühlingswetter schon lange Zeit nicht mehr Lipusch zur Schule begleitet und demzufolge auch die Mutter Aptowitzer nicht gesehen. Nun nahm er den Blumentopf der Lehrerin zum Anlaß und machte bei Aptowitzers einen Besuch. Als er in die Wohnküche trat, fiel es ihm auf, wie Frau Aptowitzer sich eilends in den Türrahmen stellte, der zum Zimmer führte und in sichtlicher Verlegenheit sogleich die Türe zumachte. Unwillkürlich hatte Alfred einen Blick durch den Spalt der sich schließenden Tür getan und ein seltsames Bild kurz erhascht: Awram Aptowitzer, auf dem Sofa halb liegend, mit feuerrotem Gesicht, Grimassen schneidend, stieren Blicks. Dieses beunruhigende Bild verflüchtigte sich aber zunächst, verdrängt durch eine überraschende Veränderung, die Alfred an der Mutter seines kleinen Freundes bemerkte. Frau Aptowitzer, die ihm, nachdem sie die Türe zugeklinkt hatte, wie immer freundlich und heiteren Gesichtes entgegenkam, war gesegneten Leibes. In der aus Rührung, Zärtlichkeit und Furcht gemischten Befangenheit unreifer Männer vor hochschwangeren Frauen entledigte sich Alfred seines Auftrags und ging. Der kleine Lipusch begleitete ihn, zappelig und scheu wie bei der ersten Begegnung mit Alfred vor bald einem Jahr auf dem Haferfeld, da das Kind die Abneigung des gleich vom Fleck weg bewunderten und geliebten jungen Herrn verspürte.

»Was hast du?« fragte Alfred.

Lipusch klammerte sich mit beiden Händen an Alfreds Arm: »Sag's niemandem, junger Herr! Sag's niemandem!«

»Was denn?«

»Sag's nicht dem Herrn Gutsbesitzer!«

»Ich weiß gar nicht, was du redest.«

»Wenn du es dem Herrn Gutsbesitzer sagst, kündigt er meinem Vater und wir haben wieder kein Brot.«

»Red keine Dummheiten, du! Mein Onkel wird sich nur freuen, wenn ich ihm erzähle, daß du ein Brüderchen bekommen sollst oder ein Schwesterchen.«

Lipusch stutzte, blickte lange, forschend zu Alfred hinauf, dann zog er mit einer schnellen Bewegung Alfreds Hand an seine Lippen und rannte zurück ins Haus.

»Mutter! Er hat nichts gesehen!«

Frau Aptowitzer saß in der Küche vor dem Herde, ihre dickäderigen Hände ruhten auf dem hohen Leib. »Ich hab' dir doch gesagt, daß er nichts gesehen hat.«

»Und wenn er auch gesehen hätte, so hätte er doch keinem Menschen was gesagt, nicht wahr?«

»Gewiß nicht, mein Kind.«

»Ich hab' ihn gebeten, er soll nichts sagen.«

»Er wird nichts sagen.«

»Er hat nichts gesehen. Nicht wahr, Mutter?«

»Nein. Er hat nichts gesehen.«

»Noch ein Gläschen Rum!« lallte der Kassier vom Sofa her. Noch einen Schluck, Ruchele, mein Weib! Nur noch ein Tröpfchen, Ruchele …«

»Gib ihm noch ein Gläschen«, trat Lipusch für den Vater ein.

»Drei Monate hat es jetzt gedauert. Einmal, im Winter, war der junge Herr auch betrunken. Wenn ich einmal groß bin, werde ich auch Rum trinken.«

Frau Aptowitzer erhob sich, ging an den verschlossenen Wandschrank, machte ihn auf, entkorkte eine Flasche und schenkte noch ein Gläschen Rum ein.

Am Nachmittag stattete der Herr Lubasch dem Gutshof einen Besuch ab. Er besuchte erst den Schmied, der es auch verstand, Rasiermesser fein abzuziehen, den Stellmacher, der für Herrn Lubasch was zu drechseln hatte, dann Frau Aptowitzer, der er von Libusj erzählte, wie der kleine Trotzki über den grausamen Inspektor obsiegte. Dann packte er den Schulbericht vor Jankel aus und nahm diesmal den großen Tag des kleinen Schachmeisters zum Anlaß, die Sache der Servitut endlich ins reine zu bringen.

»Es sieht aus, als ob ich bald eine Kuh mein eigen nennen könnte«, sagte Herr Lubasch.

»Das freut mich«, sagte Jankel.

»Aber es wird noch eine Zeit dauern.«

»Das ist bedauerlich«, sagte Jankel.

»Bis dahin könnten wir ein kleines Arrangement treffen.«

»Wer: wir?« fragte Jankel.

»Die Gutsverwaltung und das Gemeindesekretariat.«

»Die Gutsverwaltung bin ich und –«

»– das Gemeindesekretariat bin ich«, scherzte Herr Lubasch.

»– und ich habe nichts zu arrangieren.«

»Wenn mir die Gutsverwaltung zum Beispiel ein Quantum Milch täglich überließe –«

»Schön. Wir, die Gutsverwaltung, geben Ihnen einen Liter Milch täglich. Damit die Seele eine Ruh' hat.«

»Einen Liter Milch? Sie belieben zu scherzen, Herr Verwalter.«

»Ich dachte, für einen Junggesellen ohne einen Haushalt müßte ein Liter Milch genügen. Sie sind doch keine Amme, Herr Sekretär.«

»Sie glauben doch nicht, daß ich die Milch trinken will, Herr Verwalter«, sagte Herr Lubasch mit Ekel.

»Wozu denn sonst brauchen Sie Milch?« fragte Jankel, und sein Bart fing schon an, sichtbar zu zittern.

»Ich habe mir ausgerechnet: wenn die Gutsverwaltung täglich fünf oder sechs, sagen wir sechs Liter Milch in einem separaten Kännchen mit dem Milchwagen auf meine Rechnung in die Stadt schickt, so ergibt das im Jahr ein ganz hübsches Sümmchen.«

»Haben Sie sich ausgerechnet?!« rief Jankel freudig aus.

»Ja. Ein ganz nettes Sümmchen. Für dieses Sümmchen könnte ich mir – fast schon eine Kuh kaufen.«

»Aber nur fast, leider. Wo nehmen wir nun den Rest her?«

»Für die Differenz zwischen dem Sümmchen und dem Preis der zweiten Kuh –«

»Wieso der zweiten?«

»Die eine werde ich ja bald mein eigen nennen, wie gesagt. Das ist ein anderes Arrangement.«

»Sehr schön«, sagte Jankel.

»Für die Differenz zwischen dem Sümmchen und dem Preis der zweiten Kuh müßte eben die Witwe aufkommen.«

»Welche Witwe?«

»Die Witwe meines seligen Vorgängers, die ja gewissermaßen zu Unrecht im Genuß der Servitut verblieben ist.«

Schon bei den Worten »zweite Kuh« war Jankel im Begriffe, vom Sitz aufzuspringen. Aber die Erwähnung der Witwe, die ihrerseits auch eine Kleinigkeit für die zweite Kuh des Herrn Lubasch beizusteuern hatte, bedrückte ihn dermaßen, daß er ratlos und auch sprachlos sitzen blieb. Die Ratlosigkeit Jankels verstand der Mensch mit Matura auf seine Art und er kalkulierte sie gleich ein: »Mit der Witwe werde ich leicht fertig werden.«

»Nicht so leicht wie ich mit Ihnen«, sagte Jankel. Er erhob sich und machte dem Herrn Lubasch ein freundliches, aber deutliches Abschiedskompliment. Der Mensch mit Matura, in derlei Situationen offenbar erfahren, meinte nur in klagendem Ton: »Aber wie ich Ihrem Liebling Unterricht im Schach gab, war ich Ihnen ein angenehmer Gast.«

»Unterricht ist Unterricht«, sagte Jankel und zog sein Geldsäckchen hervor. »Wie hoch schätzen Sie diesen Unterricht ein?«

»Mit hundert!« sagte Herr Lubasch sehr schnell.

»Mit zwanzig!« sagte Jankel ebenso schnell, kramte umständlich und recht langsam nach Bauernart in dem Säckchen, zog einen zerknitterten Schein hervor und hielt ihn dem Gemeindeschreiber hin. Herr Lubasch nahm den Schein, faltete ihn schön zusammen und steckte ihn ein.

»Über die Servitut reden wir noch, Herr Verwalter«, meinte er sehr freundlich und ging.

5

Pfingsten war nicht mehr weit, da erhielten Welwel und Alfred gleichzeitig je eine Eilpost aus Wien. Dr. Frankl ersuchte Alfred, zum Geburtstag seiner Mutter für eine Zeit nach Wien zu kommen. Frau Fritzi erwarte um Pfingsten herum auch den Besuch ihrer Mutter, schrieb Dr. Frankl an Welwel, es wäre der Mutter Wunsch, ihren Sohn mit der Großmutter zu versöhnen. Die Alte habe ihren Enkel immerhin formell noch nicht enterbt. Auch wäre es an der Zeit, gründlich zu überlegen, wie es Alfred mit seinem Studium halten wolle. Obgleich ein hoffentlich bald von seiner Verantwortung entlasteter Vormund, dürfe er doch mit seiner Meinung nicht zurückhalten, daß ein verbummelter Student allenfalls eine schiefe Figur mache; man könnte ja doch leicht einen Modus finden, der eine Fortsetzung des Studiums und einen Aufenthalt auf dem Lande möglich machen sollte. Rechne man die verschiedenen Hochschulferien eines Jahres zusammen, so ergäbe sich eine durchaus beträchtliche freie Zeit für Dobropolje.

»Was hältst du davon?« fragte Welwel vorerst den alten Jankel.

»Du bist ja, scheint es mir, für den Vorschlag schon eingenommen«, sagte Jankel.

»Offen gestanden, Jankel, ich schätze verbummelte Studenten auch nicht besonders.«

»Bist du deiner Sache schon so sicher?«

»Was heißt das?«

»Das heißt: ich glaube, daß er uns nicht im Stich lassen wird. Mir genügt das.«

»Mir auch«, sagte Welwel.

»Du bist also dafür, daß er sein Studium fortsetzt?«

»Offen gesagt, ja.«

»Warum das?«

»Weil ich zwar, wie du, sicher weiß, daß er Dobropolje nicht im Stich lassen wird, aber doch nicht mit Gewißheit sagen könnte, daß Dobropolje ihn nicht im Stich lassen wird!«

»Du siehst schon seit Jahren so schwarz, Welwel.«

»Ich sehe jetzt nicht mehr so schwarz, wie du glaubst. Aber wenn ich einen Sohn hätte, würde ich darauf bestehen, daß er neben der Landwirtschaft noch einen Beruf erlernt.«

»Du würdest also deinen Sohn studieren lassen?«

»Ich würde ihn keinesfalls daran hindern.«

»Das ist aber eine Überraschung, Welwel!«

»Ja, lieber Jankel. Das ist eine Überraschung.«

»Es hat also noch einer in diesem Jahr was gelernt?«

»Gewiß, gewiß. Vor allem habe ich gelernt, daß es einen ziemlichen Unterschied macht, ob man sich denkt, wie es wäre, wenn man einen Sohn hätte, oder ob man eines Tages wirklich einen hat – obendrein einen erwachsenen Sohn«, sagte Welwel.

»Du bist also deiner Sache soweit sicher?«

»Du sagst immer: deiner Sache, deiner Sache – war es nicht auch seine Sache?«

»Wenn ich sage: deiner Sache, so meine ich das Judentum –«

»Wenn du das Judentum meinst, so kann ich nur sagen, bis jetzt ging es über Erwarten gut. Mit Gottes Zulassung wird es weiter gut gehen. Man muß Gott vertrauen. Ich habe mich nie vermessen, die Vorsehung beim Zipfelchen zu erwischen.«

»Wenn es so ist, bin ich beruhigt. Ich hab' schon Angst gehabt, du könntest dir nach Art der Klerikalen einbilden, die Vorsehung bereits beim Zipfelchen erwischt zu haben.«

»Vielleicht bin ich kein Klerikaler«, sagte Welwel friedfertig.

»Das wollen wir offenlassen. Zwei Entschuldigungen an einem Tag, das wäre zuviel für mich. Hast du mit Alfred schon gesprochen?«

»Nein, ich will mit Sussja gleich sprechen. Er hat auch einen Brief bekommen.«

»Was machst du aber, wenn er nicht will?«

»Du hältst das für möglich?«

»Ich halte es für möglich, daß er nicht gern abreisen will. Jetzt vor der Ernte.«

»Du glaubst, die Ernte interessiert ihn so?«

»Ja, bei weitem mehr als das Judentum«, sagte Jankel.

Schon bei der Tür, besann er sich aber und warf im Abgehen über die Schulter noch ein Wort hinzu: »Momentan.«

Lächelnd folgte ihm Welwel, begleitete ihn bis zur Pappelallee, kehrte aber gleich zurück ins Haus und klopfte bei Alfred an. Es war ein schulfreier Tag, und der kleine Lipusch war bei Alfred.

»Du wolltest ja zu Jarema, um den Storch zu sehen«, sagte Alfred. »Geh erst allein hin. Ich hole dich später dort ab und dann gehen wir spazieren.«

Der Knabe schlüpfte zur Tür hinaus, Welwel und Alfred tauschten vorerst ihre Briefe aus, dann kam es – leichter als Welwel vermutet hatte – zu einem Einverständnis.

»Es steht ungefähr das gleiche in beiden Briefen«, sagte Alfred. »Ich werde wohl zum Geburtstag meiner Mutter nach Wien fahren müssen.«

»Ja«, sagte Welwel. »Der Herr Ministerialrat wünscht aber, wenn ich recht verstanden habe, daß du schon Pfingsten in Wien bist.«

»Das wird kaum möglich sein, Onkel. Ich habe hier noch was unternommen und möchte es zu Ende führen.«

»Darf man wissen, was?«

»Ich habe mit den jungen Leuten vom Alten und vom Neuen Dorf wegen der Groblja verhandelt. Ich glaube, es wird möglich sein, sie endlich zu dieser Arbeit, die im Interesse beider Teile und auch im Interesse des Gutshofs liegt, zusammenzubringen.«

»Wenn du dich bloß nicht täuschst, mein Lieber. Vor zwei Jahren hatten wir uns geeinigt. Ich stelle den Schotter bei und beide Dörfer zu gleichen Teilen die Arbeit. Es ist aber nichts draus geworden. Den Schotter habe ich angeschafft, die Steinhaufen versinken aber langsam im Morast, soweit sie nicht von den Schuljungen in den Teich befördert werden.«

»Ich hab' schon je zehn Burschen von beiden Parteien auf die Beine gebracht, die bereit sind, die Arbeit am Montag zu beginnen. Am Sonntag soll eine Versammlung auf der Groblja stattfinden, wir wollen sehen, was dabei herauskommt.«

»Eine Schlägerei wird dabei herauskommen«, sagte Welwel. »Was hast du ihnen versprochen?«

»Wenn die Arbeit vor Beginn der Kornernte fertig wird, soll das Erntefest nach der Kornernte wieder als Verbrüderungsfest stattfinden wie im Herbst. Was hältst du davon, Onkel?«

»Das ist ein guter Einfall«, sagte Welwel. »Du willst also die Kornernte hier abwarten? Wann hat deine Mutter Geburtstag?«

»Am dreißigsten Juli. Jankel glaubt bestimmt, mit der Kornernte schon am zwanzigsten fertig zu sein.«

»Das wird schon stimmen. Du fährst also auf keinen Fall zu Pfingsten?«

»Nein, Onkel. Das ist doch nicht unbedingt nötig. Ich möchte noch bei der Kornernte dabeisein.«

»Das mußt du aber gleich nach Wien schreiben, deiner Mutter sowohl als auch dem lieben Doktor Frankl. Ein sehr kluger Mann ist er, dein Vormund. Und ein lieber Mensch. Hast du den Brief genau gelesen?«

»Ja. Er wünscht, daß ich mein Studium wieder aufnehme. Was hältst du davon?«

»Ich bin auch dafür. Das überrascht dich?«

»Ja, Onkel.«

»Ich möchte nicht, daß du durch mein Verschulden gewissermaßen ein verbummelter Student wirst.«

»Wieso denn verbummelt? Bummle ich denn hier?«

»Das nicht. Aber ich habe, offen gesagt, nicht das Vertrauen, daß unsere Wirtschaft hier auf die Dauer eine ausreichende Beschäftigung für dich sein kann.«

»Du hast kein Vertrauen zu meinen landwirtschaftlichen Fähigkeiten?«

»Ich habe kein Vertrauen zu der Lage der Juden hier. Wir haben gerade mit Jankel darüber gesprochen. Jankel ist ein alter Mann und er glaubt an die Sicherheit und Stabilität dieser Welt. Ich will ihn nicht beunruhigen. Ich will auch dir nicht mehr Sorgen machen als nötig sind. Ich habe in diesem Jahr Jankels Wirtschaft sorgfältig geprüft. Es ist alles in bester Ordnung. Wir brauchen nicht viel und kommen noch durch. Aber es kann, oder sagen wir, es könnte anders werden. Darum bin ich sehr froh, daß dein Vormund wünscht, du solltest weiter dein Fach lernen.«

»Wenn du einen Sohn hättest, Onkel – ich meine, wenn du einen eigenen Sohn hättest –«

»Laß mich deinen Satz zu Ende sprechen: Wenn ich einen eigenen Sohn hätte, würde ich genauso mit ihm reden. Nur mit dem Unterschied, daß mir vielleicht vor meiner Verantwortung weniger bange wäre.«

»Das ist lieb von dir, Onkel. Es bleibt also dabei, daß ich ein Studium aufnehme. Nur offen möchte es ich lassen, ob ich das begonnene Studium wieder aufnehme.«

»Was heißt das?«

»Das heißt, daß ich vielleicht das Fach wechseln werde.«

»Warum?«

»Weil ich vielleicht lieber Landwirtschaft studieren möchte.«

»Das kannst du machen, wie du willst. Nur eines: das Studium zu Ende bringen und einen gelernten Beruf haben.«

»Ich will darüber noch mit meinem Vormund sprechen.«

»Aber, um Himmels willen, ja nicht mit Jankel. Kein Wort darüber.«

»Warum?«

»Weil Jankel studierte Agronomen nicht leiden kann!«

»Das ist doch aber Unsinn.«

»Gewiß. Aber er würde keine Nacht mehr ruhig schlafen und mir ewig in den Ohren liegen, daß du das Gut zugrunde wirtschaften würdest. Man muß ihm seine Schrullen lassen.«

»Ich werde mich hüten, unseren Jankel herauszufordern«, sagte Alfred, und beide lachten.

»Noch etwas, mein Lieber. Du hast auf dem Kongreß in Wien gesehen: es waren lauter orthodoxe Juden, aber es waren nicht nur Kaftanjuden dabei. Es waren auch Westjuden darunter, die sich dem Leben des Westens durchaus angepaßt haben und dennoch –«

»Ich weiß schon, daß du nicht erwartest, mich eines Tages in einem Kaftan hier umhergehen zu sehen.«

»Du wirst alle Ferien hier verbringen, nicht wahr?«

»Selbstverständlich! Und wir werden weiterlernen, wir zwei –«

»Und auch ihr zwei, du und der kleine Lipusch und –«

»Jetzt muß ich aber zu ihm, Onkel. Entschuldige mich. Er wartet bei Jarema.«

»Dort hat er ja den Storch.«

»Ja, den Storch liebt er mehr als irgendwen«, meinte Alfred, schon im Flur.

»Versprich dir übrigens nicht zuviel von der Verbrüderung. Die politischen Verhältnisse sind zur Zeit nicht danach. Die Politik wird in den Städten gemacht.«

»Wir werden ja sehen. Am Sonntag ist Versammlung auf der Groblja. Vielleicht gelingt es.«

Auf den Stufen der Auffahrt vorm Haus saß der kleine Lipusch und wartete auf Alfred.

»Was? Du bist noch hier!« schrie ihm Alfred zu.

»Ja«, sagte der Kleine. »Ich habe hier auf dich gewartet, junger Herr.«

»Ich hab' dir aber doch gesagt, du sollst mich bei Jarema erwarten.«

»Ich trau' mich nicht allein.«

»Du traust dich nicht allein zu Jarema? Tausendmal warst du dort, und auf einmal traust du dich nicht?«

»Ich trau' mich nicht allein durch das Neue Dorf.«

»Das ist aber ganz was Neues!«

»Seit einigen Wochen schon trau' ich mich nicht ins Neue Dorf.«

»Warum denn? Wer tut dir was?«

»Sie werfen mit Steinen nach mir und schreien: Trotzki! Kleiner Trotzki! Brandstifter! Trotzki!«

»Die Lausbuben!«

»Nicht die Buben, auch die Großen.«

»Die Großen?«

»Ja. – Seit einigen Wochen schon. Früher haben sie immer ihre Späße gemacht. Da kommt der kleine Doktor, haben sie gesagt, schnell ein Messer her, wir wollen ihm die Eiercchen ausschneiden. Das haben sie aber nur zum Spaß gesagt. Und oft schenkten sie mir sogar was, einen Apfel oder eine Birne oder eine Sonnenblume. Jetzt schreien sie: Trotzki! und werfen Steine. Wer war dieser Trotzki? Ein Brandstifter?«

»Nein. Kein Brandstifter.«

»Aber sie schreien doch: Kleiner Trotzki, Brandstifter! Er wird uns noch einmal einen roten Hahn aufs Dach setzen.«

»Brandstifter?«

»Ja.«

»Hast du das dem Herrn Verwalter gesagt?«

»Ich hab' mich nicht getraut.«

»Nicht getraut! Nicht getraut! Du traust dich, scheint es, überhaupt nichts mehr.«

Der Knabe schluckte und schwieg.

»Wenn wir jetzt zum Mittagessen zu Hause sein sollen, können wir nicht mehr zum Storch. Zum Bach dauert's eine Stunde, eine Stunde zurück, da wird's schon zwölf Uhr sein. Wohin willst du also lieber? Zum Waldbach oder zum Storch?«

»Erst zum Storch, dann –«

»Das schaffen wir nicht mehr. Wir gehen in den Wald. Wenn du dich nicht allein getraust«, sagte Alfred ärgerlich, und sie gingen in der Richtung zum Wald.

»Hier habe ich eine Narbe«, sagte der Kleine und zeigte Alfred ein nicht sehr sauberes Händchen mit einem blauen Fleck.

»Das ist keine Narbe, das ist ein blauer Fleck.«

»Das habe ich von einem Steinwurf«, sagte Lipusch in der Hoffnung, mit seiner Wunde Alfred noch für den Umweg zum Storch zu bestechen, ehe sie in den Wald traten. Aber Alfred verstand das Manöver nicht. Er war ärgerlich. Er ärgerte sich über Lubasch, der gewiß nicht unschuldig daran war, wenn man Lipusch einen kleinen Trotzki schimpfte. Da aber Lubasch – mit dem Alfred noch ein Wort darüber reden wollte – nicht zugegen war, ließ er seinen Ärger an dem unschuldigen Opfer für den Menschen mit Matura aus. So kam es, daß Alfred sich der letzten Bitte seines so sehr geliebten kleinen Freundes versagte.

6

Den Ausflug in den Wald machte Alfred mit dem Knaben am Donnerstag der vierten Juniwoche. Freitag und Samstag hatte er mit Besprechungen wegen der Schotterung der Groblja zu tun, und er fand keine Zeit für Lipusch. Am Sonntag vormittag verreiste Frau Aptowitzer für ein paar Wochen nach Kozlowa, wo sie bei Verwandten die Tage vor der Niederkunft und das Wochenbett verbrachte.

Der kleine Lipusch weinte zwar ein wenig, als der Wagen mit den beiden Eisenschimmeln vorfuhr, um Frau Aptowitzer nach Kozlowa zu bringen, er tröstete sich aber schnell, als man ihm sagte, daß er mit seinem Vater, seinem Bruder und Jankel für die Zeit der Abwesenheit der Mutter von Pesje verköstigt werden sollte. Mit Alfred, dem Herrn Gutsbesitzer und Jankel täglich zusammen bei Tische zu sitzen – welche Ehre stand ihm da bevor! Er ließ noch – als die zwei ausgeruhten Eisenschimmel in gestrecktem Trab die Mutter entführt hatten – ein paar stille Tränen, gleichsam formell, über seine schmalen Wangen rinnen, dann lief er zu Alfred, um ihm mit Jubel mitzuteilen, daß er schon heute mittag bei Pesje zu Tische geladen sei und – ob man es nicht so einrichten könnte, daß er seinen Sitz neben Alfred habe. Dies war abgemacht. Es sollte aber nicht mehr dazu kommen.

Frau Aptowitzer, eine vortreffliche Hausfrau, hatte vor ihrer Abreise wohl für alle Bedürfnisse ihres Hauses vorgesorgt, aber eines hatte sie vergessen: daß ihr sonst stiller, gelehrter Gatte alle paar Monate einen Liter Rum brauchte. Ein Trinker – wie Schabse gern auszustreuen bemüht war – war Awram Aptowitzer zwar nicht, doch war er das, was man einen Quartalssäufer nennt. In den letzten Jahren hatte es Frau Aptowitzer verstanden, die Fristen zwischen den Rum-Quartalen immer länger zu erstrecken. Aber sie nahm das geheime Laster ihres Mannes durchaus nicht tragisch, obgleich er seinen letzten Posten infolge dieses Lasters verloren und die Familie Aptowitzer tatsächlich mehr als ein Jahr kein Brot hatte, wie man Lipusch einmal ausschwatzen hörte. Möglich, daß Frau Aptowitzer, die das Getränk von Fall zu Fall heimlich in Kozlowa zu besorgen pflegte, diesmal mit einer längeren Frist, möglich auch, daß sie bloß mit der Angst ihres Gatten vor Rumbestellungen in der Dorfschenke rechnete. Leider hatte sich die gute Frau diesmal verrechnet. Denn kaum hatte sich der Staub hinterm Gefährt auf dem Feldweg zwischen Dobropolje und Poljanka gelegt, als Awram Aptowitzer seinen jüngeren Sohn mit einer Flasche zu Schmiel Grünfeld um einen halben Liter Rum schickte. Das war schon das Ergebnis des Kompromisses, das Awram Aptowitzer mit seiner großen Angst vor Einkäufen im Ort geschlossen hatte. Ein halber Liter, was ist das schon?

»Sag, daß ich Bauchweh habe und zum Tee ein wenig Rum brauche«, sagte der Vater zu Lipusch, »und wickle die Flasche in diese Serviette da ein.«

Lipusch tat, wie ihm befohlen war, und machte sich auf den Weg. Zu Schmiel Grünfeld getraute er sich, allein zu gehen. Der Weg führte, wie wir wissen, über die Groblja ins Alte Dorf, und im Alten Dorf warf man keine Steine nach Lipusch und man schrie ihm nicht »Kleiner Trotzki!« nach.

Allein, Frau Grünfeld hatte keinen Rum vorrätig: »Der Rum ist mir ausgegangen. Nicht einen Tropfen hab' ich mehr«, sagte sie. Da sie aber großes Mitleid mit Vater Aptowitzer hatte, der an den hohen Feiertagen so schön vorzubeten verstand und nun an Bauchweh litt, fügte sie hinzu: »Aber Kirsch wäre da. Kirsch ist gegen Bauchweh sogar noch besser. Kirsch ist rot, stark und süß und schmeckt gut zum Tee.«

Lipusch schwankte. »Kirsch ist aber kein Rum«, sagte er.

»Mein Kirsch ist noch besser als Rum«, sagte Frau Grünfeld.

»Mein Vater trinkt aber immer Rum, wenn er Bauchweh hat«, sagte Lipusch.

»Weißt du was?« sagte Frau Grünfeld. »Da hast du eine Kostprobe vom Kirsch. Geh heim, dein Vater soll kosten, und wenn ihm der Kirsch zusagt, kommst du wieder.«

Lipusch ließ sich die Kostprobe einschenken und eilte nach Hause. Awram Aptowitzer kostete vom süßlichen Kirsch, machte ein saures Gesicht und meinte: »Süß. Das reinste Zuckerwasser«, und er spuckte es aus. Aber es fiel ihm ein, daß man starken Branntwein zusetzen konnte und er sagte: »Bring schon dieses Zuckerwasser. Bring einen Liter.«

Lipusch ging also noch einmal zu Frau Grünfeld. Diesmal fiel es ihm schon auf, daß viele Bauern auf dem Platz vor dem Gazon sich versammelt hatten. Es waren aber die vom Alten Dorf, und er hatte keine Angst. Frau Grünfeld war froh, Reb Awramzio mit ihrem Kirsch doch dienen zu können. Sie schenkte einen guten Liter ein, Lipusch tat die Serviette wieder um die Flasche und machte sich auf den Heimweg. Unterwegs verspürte er ein Gelüsten, vom Getränk ein bißchen zu kosten, das so süß war wie Zuckerwasser. Aber es standen sehr viele Bauern auf dem Platz und es kamen noch immer welche, von allen Gassen her strömten sie in Gruppen zum Versammlungsplatz. Wenn er auch vor diesen Menschen keine Angst hatte, mit einer Flasche Alkohol, und wäre es auch nur Kirsch, muß man sich vor Bauern in acht nehmen, das weiß hierzulande jedes Judenkind. Wie er aber am großen Eingangstor zum Gazon vorbeiging, fiel ihm ein, daß es im Park tausend Verstecke gäbe, wo er, von keinem Lebewesen ausgespäht, von der Flasche nippen konnte. Ohne viel zu überlegen, trat er in den Park ein, suchte sich in einem dichten Gebüsch hinter den verfallenen Stallungen ein schönes Versteck aus, entwickelte die Flasche, entkorkte sie und nippte vom Getränk. Es war ein wenig klebrig, aber süß. So süß, daß er ein kleines Schlückchen wagte. Woran erinnerte ihn dieses süße Getränk?

Noch ein Schlückchen, und es erinnerte ihn an den süßen Met, den man zum Fest der Torafreude trank. An diesem Festtag tranken alle Juden, denn es ist ein Gebot Gottes, am Freudentag der heiligen Tora heiter, ja betrunken zu sein. Selbst der Herr Gutsbesitzer, der immer nachdenkliche und traurige Reb Welwel Dobropoljer, war am Abend der Torafreude angeheitert, wenn er vom Met einen Becher und noch einen und noch einen getrunken hatte. Lipusch tat noch ein kleines Schlückchen, und das war kein Kirsch mehr. Es war Met! Süßer Met vom Fest der Torafreude. Noch ein Schlückchen, und alle Lichte dieses Festes fingen an zu brennen, zu leuchten, zu glänzen. Es war Umgang mit der Tora. Alle heiligen Torarollen hatte man aus dem Schrein gehoben! Auch die ganz alte Tora, die mit einer silbernen Krone geschmückt war, mit silbernen Glöckchen an der Krone. Großvaters Zimmer war ein Jubel, ein Glanz! Erst gingen die Erwachsenen mit den Torarollen um den Lesetisch herum. Siebenmal. Noch sind die Kleinen nicht aufgerufen worden. Aber sie werden alle drankommen. An diesem Abend ist jeder Junge, der seine Hände um den heiligen Leib der Tora legen kann und so tun, als trage er das Heiligtum, ein Bräutigam der Tora! Auch Lipusch ist heute ein Bräutigam der Tora! Noch ist er nicht aufgerufen, aber er nimmt am Umgang der Erwachsenen teil. Er trägt einen Wimpel in den Händen. Die Wimpelstange hat einen Apfel als Kopfschmuck, und im Apfel steckt eine brennende Kerze. Die Kinder haben alle solche Wimpel mit Äpfeln und Kerzen. Die Äpfel duften, die Kerzen knistern und sie glänzen. Wie sie glänzen! Jetzt wird sein Bruder Dawidl aufgerufen. Er ist ja schon ein Bar-mizwa. Aber wie ungeschickt ist doch Dawidl! Lipusch muß lachen. Er muß über seinen Bruder Dawidl lachen. Weil er so ängstlich ist mit der Tora. Eine Tora ist doch gar nicht so schwer. Ach du, Dawidl du! Lipusch hätte Lust, ihm den komischen Spitznamen zuzurufen, den er ihm gegeben hat, wie er, Lipusch, noch klein war. Da hatte er zwei Worte aus dem Sabbatabendgebet gehört, die ihm so lustig vorkamen, weil er noch nicht wußte, was sie bedeuteten. Aber sie klangen so lustig, die zwei Worte: *Scho-so-jich lim'-schi-so!* Oh, Lipusch weiß, daß die zwei Worte nichts Lustiges bedeuten ... Es sind Worte des Gebets. Aber damals wußte er das nicht. Vier Jahre war er erst und selbst der Vater lachte so, wie der kleine dem größeren Bruder zurief: Ach du *Schosojich lim'schiso!* Wie er aber anfing, in den Cheder zu gehen, durfte Lipusch seinen Dawidl nicht mehr so schimpfen. Du bist schon ein Chederjunge, sagte der Vater, da darfst du das nicht mehr sagen. Jetzt weiß Lipusch sehr wohl, wie ernst diese scheinbar lustigen Worte sind: *Die dich geplündert haben, werden selbst zur Beute*, das heißen diese lustig klingenden Worte. Lipusch setzt den Spruch fort und singt: *Und entfernt werden deine Verderber, wieder freut sich deiner dein Gott, wie der Bräutigam seiner Braut sich freut.* Heute aber ist auch der kleine Lipusch ein Bräutigam. Ein Bräutigam der Tora. Alle sind lustig. Und sie tanzen. Und sie freuen sich mit der Tora. Lipusch will sehen, ob die Erwachsenen wirklich so lustig sind. »Ach du *Schosojich lim'schiso!*« ruft er seinem Bruder zu. »Warum hast du solche Angst gehabt, die Tora zu tragen? Wenn ich so groß bin wie du, tanze ich mit der Tora so leicht und schön wie Mechzio!« Alle lachen jetzt. So viele Stimmen, so viel Gelächter! *Schosojich lim'schiso!* rufen sie und sie lachen, lachen, lachen ...

Lipusch sitzt längst nicht mehr in seinem schattengrünen Versteck auf dem Gazon. Er ist bereits auf dem Heimweg. Die Hecke des Gazons entlang hüpft er in der Richtung zur Groblja. Die große Flasche trägt er mit beiden Armen fest an Brust und Bauch gedrückt – er glaubt ja, er trüge die Tora! Die Bauern auf dem Versammlungsplatz sehen aber die Flasche nicht, denn Lipusch hat es trotz seines Rausches nicht unterlassen, sie in die geblümte Serviette einzuwickeln. Die Bauern vom Alten Dorf sehen das Kind wohl, sie schenken ihm aber keine Beachtung. Sie haben Wichtigeres zu tun, die vom Alten Dorf. Vor einer Viertelstunde hatten sie erfahren, daß die vom Neuen Dorf die heutige Versammlung auf der Groblja dazu mißbrauchen wollten, den großen Platz vor dem Gazon mit Gewalt zu

besetzen. Der Mensch mit Matura hatte dieses falsche Gerücht ausgestreut. Und die Saat ging schnell auf.

... Gleich nach seinem Bruder Dawidl kommt Lipusch als ein
Bräutigam der Tora dran. »Der Bräutigam Arie Lejb Lipa, Sohn des
Abraham, wird geehrt mit der Ehre der Tora!« ruft ihn Reb Welwel
Dobropoljer persönlich zum Umgang mit der Tora auf. O wie lieb ist
heute Reb Welwel mit Lipusch! Keinem Jungen, auch Dawidl nicht,
der ja schon ein Bar-mizwa ist, hat man die alte Tora anvertraut. Nur
Lipusch hat die große Ehre, die alte kostbare Tora mit der silbernen
Krone und den silbernen Glöckchen im Umgang zu tragen! Der liebe
Reb Welwel hat Vertrauen zu Lipusch! Er folgt nicht ängstlich hinter
ihm und hilft ihm nicht, die Tora zu tragen. Was braucht Lipusch
Hilfe? Die Tora ist leicht! Pures Licht ist die Tora! Kann denn Licht
beschwerlich sein?

Wisser der Gedanken, Hosianna! singt Lipusch den Gesang des
Umgangs. Sieh, junger Herr, ich trage die Tora!

Helfer der Schwachen, Hosianna! Der junge Herr ist lieb. Er hat
Lipusch ein Regenmäntelchen aus Kozlowa mitgebracht. Und viele
Bücher. Er wird Lipusch nach Wien mitnehmen und ihn zu den
Schachmeistern führen, der junge Herr. Ist er eigentlich schon mit der
Ehre der Tora geehrt worden, der junge Herr?

Stützer der Fallenden, Hosianna!

Ach, ist das eine Freude! Alles jubelt! Alles singt! Deng! klingt ein
Glöckchen von der Krone der alten Tora.

Es war aber schon der erste Stein, der die Flasche traf. Lipusch
hatte die Serviette verloren, und er ging nun mit der nackten Flasche
die Groblja hinunter. Er war schon, immer nah der Hecke des Gazon
hüpfend, ungefähr auf der Linie des Gehöftes vom Taubenzüchter
Iwan Kobza angekommen. Hier waren schon die vom Neuen Dorf
versammelt. Sie standen aber auf der anderen Seite der Groblja, dort,
wo die Schotterhaufen waren, über die ja beraten werden sollte.

Deng! schlug der zweite Treffer in die Flasche, gleichzeitig traf ein
Stein die Hand.

Der Schmerz schreckte Lipusch aus der Verzückung auf. An den
kleinen Hüten mit den Pfauenfedern erkannte er auf den ersten Blick
die vom Neuen Dorf, und das Blut gefror ihm in den Adern.

»Kleiner Trotzki!« hörte er nun und
»Brandstifter!« und

»Jüdchen!«

Lipusch begann zu laufen.

»Er hat Branntwein!«

»Kleiner Trotzki!«

»Einen ganzen Liter!«

Es waren die Halbwüchsigen, die so schrien und mit Steinen warfen. Die Erwachsenen achteten auch hier nicht des Kindes. Auch sie waren durch falsche Gerüchte aufgehetzt worden, und ihre Vorhut war schon tatsächlich nahe daran, gegen den Platz vorzustoßen. Der Mensch mit Matura hatte hier noch gründlicher vorgearbeitet als im Alten Dorf.

»Nehmt ihm die Flasche weg!«

»Die Juden haben Geld!«

»Rum hat er!«

»Die Juden saufen Rum!«

»Wein saufen sie, die Räudigen!«

»Es ist kein Wein!!« schrie Lipusch und blieb stehen. Er war ungefähr in der Mitte der Groblja.

»Zeig her, du Judenbengel!«

»Her mit dem Rum!«

»Es ist kein Rum!« schrie er und lief einem Halbwüchsigen, der ihn abfangen wollte, davon.

»Es ist kein Wein!« schrie er im Laufen. »Es ist Petroleum!«

»Brandstifter!«

»Er hat Petroleum!«

»Trotzki!«

»Er wollte Brand legen!«

Lipusch wußte nun, daß er um sein Leben lief. Und er schrie in seiner Herzensnot um Hilfe.

»Was tut ihr, Christenmenschen?!« warnte ein alter Bauer. »Das Kind blutet ja schon!«

»Er ist ein Brandstifter«, schrien sie, und: »Ein Trotzki!« und: »Er hat Petroleum!« und: »Man hat ihn erwischt!« und: »Er wollte Bielaks Scheune anstecken!« und: »Er hat Petroleum in der Flasche!« und: »Schlagt ihn tot!«

»Er hat Schwefelhölzchen in der Tasche!«

Ein Hagel von Steinwürfen versperrte dem Kind den Weg. Sie hätten ihn leicht fangen können, aber keiner dachte daran. Was die oben mit Steinen noch halb im Scherz begonnen hatten, setzten sie unten, schon nahe dem Kleinen Teich, mit Steinwürfen als ein Volksurteil über einen Brandstifter fort.

Wund an den Beinen, an den Armen, erspähte der Knabe mit dem Instinkt der gehetzten Kreatur eine Zuflucht: den Abzugsgraben zwischen dem Gazon und dem Kleinen Teich. Mit der letzten Kraft seiner Beine lief er hin. Da traf ihn, schon am Rand des Grabens, ein schwerer Wurf am Kopfe und streckte ihn zu Boden. Mit blutender Schläfe den weichen Staub der Groblja berührend, glaubte Lipusch, es nässe der Inhalt der zerbrochenen Flasche den Staub. Er stieß einen langen Schrei aus. Dann verstummte er. Dann schrie er noch einmal. Es war, als probiere er bloß, ob er noch schreien konnte.

7

Den ersten Schrei des Kindes hörte Panjko auf dem Gazon. Und wie er dort mit der Sense ein Rasenbeet mähte, so lief er mit der Sense in den Händen schnell zur Groblja. Der zweite Schrei erreichte ihn im Lauf, und er tauchte aus dem wilden Randgebüsch des Parks schon nah der Stelle, wo Lipale im Staub lag. Er warf nun erst seine Sense, sprang selbst hurtig zur Groblja hinab, beugte sich über Lipale und hob ihn aus dem Staub in seinen Armen hoch.

»Judenknecht!« begrüßten ihn die auf der Groblja, er achtete ihrer aber nicht. Das Kind blutete stark nur aus der Nase, hatte Risse und Flecke in der Haut am Hals und am Gesicht, war aber – so erschien es Panjko – nicht schwer verletzt worden. Die Wunde am Kopfe sah er nicht, und die kleinen Blutperlen, die aus dem schimmernden Haaransatz über die Stirne schwach sickerten, wischte sich Lipale selbst mit dem Rücken einer blutverschmierten Hand. Benommen wie der Kleine war, fühlte er die Tropfen an seiner Stirn wie Schweißperlen. Als er kurz seine Augen öffnete, muß er Panjko wohl erkannt haben, denn er schlang seine Arme matt um Panjkos Hals und hauchte heiß und naß an seinem Ohr: »Lauf – schnell – lauf –«

Hätte Panjko so getan, er hätte vielleicht das Leben des Kindes und sich selber noch zu retten vermocht. Aber Panjko wußte offenbar nicht, was der Mensch mit Matura in so kurzer Zeit im Dorf angerichtet hatte, und er versuchte nicht einmal, mit dem verwundeten Kind davonzulaufen. Als er das Blut des Knaben an seinem eigenen Ohr verspürte, wandte er sich gegen die auf der Groblja und schrie im Zorn: »Was habt ihr getan, ihr Christenmenschen?!«

»Judenknecht!« brüllten sie gegen ihn los. »Jüdischer Stiefelputzer! Judenknecht! Judenknecht!«

Schon traf auch Panjko ein Stein an seiner Hand und ein Stein am Kinn und noch ein Stein an Lipales Knie. Es regnete Steine um ihn herum. Und er wunderte sich darüber, daß so wenige ihn trafen.

Indem kam ein Trupp junger Christenmenschen in ihren Sonntagskleidern und eisenbeschlagenen Stiefeln wie ein Trupp Pferde dahergerannt. Sie hatten Pfauenfedern an ihren Hüten, und Lipale sah an den Pfauenfedern, daß sie vom Neuen Dorf kamen. Einer von diesen Christenmenschen hatte indessen die staubige Flasche Kirsch, die Lipale aus den Händen gefallen war, aufgefunden, ein anderer nahm Panjkos Sense an sich. In einem Nu hatten sie Panjko in geschlossenem Ring umstellt. Jetzt werden sie keine Steine mehr werfen, dachte Panjko, und es wurde ihm gleich leicht ums Herz.

»Seht nur, Christenmenschen, was die getan haben«, klagte er, und er hielt ihnen das blutende Kind vor.

Der baumlange Bauer mit der Flasche entkorkte sie und roch kurz an der Öffnung.

»Petroleum ist das nicht, Bruder«, sagte er, und seine Backenknochen erglänzten in der Sonne.

»Laß mich riechen«, sagte sein Bruder, der Panjkos Sense hielt.

Der Baumlange wischte sich mit einem Handrücken seinen Schnurrbart zurecht, setzte die Flasche an den Mund und begann zu trinken. Lipale sah das und nun wurde auch ihm leichter ums Herz. Jetzt wissen sie, daß ich kein Brandstifter bin. Es ist Kirschgeist. Es ist kein Petroleum. Alle sehen, wie er trinkt. Kann man Petroleum trinken? Der Rausch des Knaben war längst verflogen. Sein Kopf blutete, aber im Kopfe war jetzt alles klar. Er sah den Adamsapfel in der Gurgel des trinkenden Bauern steigen und fallen, auf und ab. Wie der Kolben in der Dreschmaschine, dachte Lipusch. Er wird die ganze Flasche aussaufen. Aber alle sehen es. Und Panjko wird Vater schon sagen, wer seinen Kirsch ausgetrunken hat. Channa Grünfeld wird noch mehr Kirsch haben. Für deinen Vater wird sich immer was Gutes finden, hatte Channa gesagt.

Der Baumlange hatte wohl den ganzen Inhalt der Flasche in seine Gurgel gegossen, aber sein Bruder erspähte den Moment, da der Trinker nachließ, entriß ihm die Flasche und gab dem blöde Glotzenden die Sense zu halten. Nun trank der zweite von der Flasche und er machte schnell, denn er befürchtete, der Bruder würde sie ihm wieder entreißen. Als er endlich die Flasche bis auf den letzten Tropfen geleert hatte, faßte er die Flasche mit seiner rechten Hand am Hals und holte mit langem Arm weit aus. Sie wird bis zum Kleinen Teich fliegen, dachte Lipusch, und klatsch ins Wasser plumpsen. In der Neugier des Knaben streckte er seinen Kopf vor, um den weiten Flug der Flasche und namentlich das Aufklatschen auf dem Wasser auch gut zu sehen. Und schon traf ihn die Flasche mit Feuer und Flammen an seiner linken Schläfe, und alle Welten der Finsternis krachten über Lipuschs Köpfchen zusammen.

»Jesu Blut und Wunden!« schrie eine Bäuerin auf der Groblja. »Das sind die Mokrzycki-Brüder, die Mörder!«

Sie sah die Sense hoch in der Sonne aufblitzen. Aber die näher zu Panjko standen, sahen bereits die Schneide am Nacken Lipales, dessen zertrümmerte Stirn an der Brust Panjkos niederhing. Wie die Schneide einer Sense im Mähen innehält, wenn sie im Grase auf eine härtere Strauchwurzel auftrifft, so stand sie einen Augenblick in den Knorpeln des kindlichen Nackens still. Und wie ein erfahrener Mäher seine Sense mit einem kurzen Nachdruck – es ist dies halb ein Riß, halb ein Hieb – durch die Härte der Wurzel zu ziehen weiß, so tat jetzt der ältere Mokrzycki, es war der baumlange Christenmensch, an dem süßen Stengelhals des kleinen Lipusch …

In seinem blutüberströmten Sonntagshemd beugte sich Panjko nieder, um die kleine Leiche niederzubetten. Da traf ihn ein Schlag hinterm Ohr und er fühlte, es war die Ferse seiner Sense. Die verdammte Sense, dachte er, indes er in die Knie sank und die Leiche in den Staub fallen ließ. Hätte ich die Sense nicht mitgebracht, dachte er noch, als ihn ein zweiter Schlag auf den Kopf traf. Jetzt ging er auch auf seine Ellbogen nieder und er hockte dermaßen als eine schützende Brücke über Lipusch. Die Sense, die verdammte Sense, dachte er, ehe er für die Dauer von ein paar Herzschlägen das Bewußtsein verlor.

Indessen hatte der von Kirsch und Blut volltrunkene Bauer die Sense fallen lassen und nach einem wilden Schrei, der wie der Ruf eines großen Raubvogels anzuhören war, begann er zu tanzen.

Panjko öffnete wieder die Augen. Er war noch immer auf allen vieren am Boden und – zwei Schritt vor seinen Augen lag die Sense; seine Sense. Barmherzige Mutter, betete Panjko, wenn ich mir die Sense nur langen könnte. Er tappte behutsam mit seiner rechten Hand, verlegte das Gewicht seines Körpers nach links und streckte sich seitwärts weg, um dem Kind nicht weh zu tun. Denn in diesem Augenblick wußte er nicht, daß Lipusch schon tot war. (Er hatte später noch viel darüber zu staunen). Hernach erhob er sich langsam mit seinem Oberkörper und warf sich mit seiner Brust auf den Handgriff der Sense. Er verstand nicht, warum man ihn daran nicht hinderte, denn am Boden unten konnte er nicht sehen, daß der Tänzer oben alle Aufmerksamkeit auf sich lenkte. In stiller Schlauheit lag Panjko auf seiner Sense, bis er sich wieder voll bei seinen Kräften fühlte. Dann erfaßte er mit der linken Faust die Sense an der Ferse und schon stand er auf seinen Füßen, die Sense in beiden Händen.

»Mörder! Polnischer! Du!« brüllte er, holte breit aus und strich mit der Sense dem Tänzer übers Gesicht. Eine heiße Welle stieß an sein Herz, als am feuerroten Gesicht des Mörders eine purpurne Spalte aufklaffte und in der Spalte weiße Backenzähne aufschimmerten, daß es aussah, als hätte dem Säufer ein zweiter Mund an der Backe sich geöffnet, eh' sie das Blut übergoß.

»Trink dein eigenes Blut, polnischer Hund, du!« schrie Panjko wieder und schwang die Sense. Der zweite Hieb traf den Baumlangen nur noch an den Händen, die er schützend vors Gesicht warf. Ein ganzes Rudel stürzte gegen Panjko vor, der mit der Sense, in der Runde kreisend, sich deckte und gegen die Hecke des Gazon retirierte. »Ihr wollt Christenmenschen heißen?« wiederholte er immerzu. Und seine Sense kreiste und blitzte. Sie zerriß Sonntagsgewänder, Westen, Ärmel, Hosenbeine, aber auch Pfauenfedern, Ohrenlappen und Nasen, wie er traf. Er vermochte sich eine längere Zeit zu halten, denn er kämpfte nicht mehr allein. Das sah er. Weil er vom Alten Dorf war und Mokrzycki vom Neuen, hatten sich die Christenmenschen bald in römisch-katholische und griechisch-katholische, in Polen und in Ukrainer gespalten, und es dauerte, bis jene Panjko greifen und werfen konnten. Dann schlugen und traten sie mit den Stiefelabsätzen so lange auf ihn nieder, bis sie ihn leblos liegengeblieben glaubten.

In der Volkswut hatten indessen alle das tote Kind vergessen. Und im Hin und Her der wilden Schlägerei waren viele Sonntagsstiefel über Lipales geschundene Leiche gestolpert. Nur an der dunklen Feuchtigkeit im tiefen Staub der Groblja konnte man noch sehen, wo das Kind lag.

»Sie haben das Täubchen zertreten«, sagte unten auf der Groblja die alte Bäuerin, die vorher die Mokrzycki-Brüder erkannt hatte.

»Sie haben eine Taube zertreten!« sagten sie in der Mitte der Groblja.

»Sie plündern Kobzas Taubenschlag!« sagten sie oben auf der Groblja.

»Sie zertreten Kobzas junge Täubchen!« sagten sie auf dem Gazonplatz.

So verlautete es bald im ganzen Alten Dorf, und damit begann erst die nationale Schlägerei. Der falsche Alarm vom Überfall auf Kobzas Taubenschlag ging von Mund zu Mund, von Gehöft zu Gehöft. Die noch nicht auf dem Gazonplatz waren, eilten jetzt hin, und sie trugen Dreschflegel, Mistgabeln, Schaufeln, Heugabeln zur Verteidigung des Gazonplatzes heran. Im Neuen Dorf hieß es, man habe die auf der Groblja friedlich Versammelten in eine Falle gelockt, und man bewaffnete sich auch hier mit denselben Geräten zur Verteidigung der in Bedrängnis geratenen Brüder. Die Schlägerei artete bald in eine regelrechte Schlacht zwischen den zwei Dörfern aus. Sie dauerte stundenlang, bis es endlich den drei in Dobropolje stationierten Gendarmen – unterstützt vom erfahrenen Schmiel Grünfeld sowie von Walko und Mechzio, die erst am späten Abend von der Pferdeweide heimgekehrt waren – durch ein paar in die Luft gefeuerte Salven gelang, die Parteien voneinander zu trennen und vom Gazonplatz zu vertreiben. Es gab viele Verletzte, einen Schwerverletzten: Panjko, und einen Toten: den kleinen Lipusch.

8

Man begrub Lipusch auf dem Friedhof in Rembowlja am Mittwoch
vormittag, denn die Mordkommission gab die Leiche erst am Dienstag nachmittag frei.

Mechzio hatte den Sarg gezimmert, er hatte das Totenkleid genäht,
er hatte die Totenwache gehalten. Dienstag abend fuhren drei Wagen
von Dobropolje ab. Voran ging ein Leiterwagen. Hier saßen Alfred
und Mechzio, der den kleinen Sarg auf den Knien hielt, als wollte er
die zerschundene Leiche vor dem Rütteln und Schütteln des Wagens
behüten. Es folgte die gelbe Kalesche mit Awram Aptowitzer, Dawidl
und Welwel. Im dritten Wagen saßen: Jankel, Pesje und die Lehrerin
Rakoczywna. Sie fuhren durch die Sommernacht. Über ihnen leuchteten die Sterne, aber sie sahen die Sterne nicht. Auf den Feldern
zirpten die Grillen, aber sie hörten die Grillen nicht. In den Sümpfen
quakten die Frösche, aber sie hörten es nicht. In ihren Herzen war der
Tod und sie schwiegen. Sie fuhren die ganze Nacht. Sie fuhren langsam durch die Felder und schnell durch die Dörfer. Am Morgen
waren sie in Rembowlja.

In dem Städtchen wußten die Juden bereits, was in Dobropolje
geschehen war, und es war alles zur Bestattung vorbereitet worden.
Eile tat not. Denn nach altem Brauch sind die Toten möglichst bald zu
begraben. Aufgerührt war das ganze Städtchen. Es galt nämlich der
tote Dorfjunge als einer, der zur Heiligung des Namens gemordet
wurde, und die ganze Gemeinde gab ihm das Ehrengeleit. Wie die
Schwalben vor dem Sturm von Ecke zu Ecke nah der Erde flattern, so
tummelten sich hier schwarze Kaftangestalten von Gasse zu Gasse,
von Haus zu Haus. Ein großer Zaddik wurde begraben, und der
Zaddik war ein Kind gewesen!

Die Fleischhauer warfen ihre blutigen Schürzen ab und zogen ihre
Kaftane an. Die Marktweiber schlossen ihre Buden und kamen in
Umhängetüchern herangerannt. Die in den Bethäusern waren, unter-
brachen ihre Gebete und liefen zum Marktplatz. In den Küchen
löschten die Frauen ihre Herdfeuer aus, die Handwerker warfen ihre
Geräte hin, die Cheder gaben ihre Schüler frei. Es kamen die Reichen
und die Armen, die Frommen und die Aufgeklärten, die Gesunden

und die Kranken. Es kam die heilige Bruderschaft mit Bahre und schwarzem Sargtuch. Es kamen die Klageweiber und sie erhoben gleich ihr schauerliches Geheule. Es kamen die Leichenwäscherinnen und erhoben ihren Anspruch auf die Leiche, die nach dem Brauch noch gewaschen werden sollte. Mechzio aber gab, obwohl ihn selbst Welwel ermahnte, den Sarg nicht her. Er wartete, bis der Raw und der Dajan von Rembowlja mit ihrem Gefolge angekommen waren, dann ging er hin, flüsterte kurz mit dem alten Raw, der gleich entschied, daß keine Waschung mehr vorzunehmen sei, und der Leichenzug setzte sich in Bewegung.

Voran ging Mechzio. Er trug den Sarg auf vorgestreckten Armen. Von der heiligen Bruderschaft hatte er nur das schwarze Tuch genommen und um die schmale kleine Holzkiste geschlagen. Die Leichenträger folgten mit der leeren Bahre. Sie staunten über diesen jungen Dorfjuden, der sich des Sargs bemächtigt hatte. Sie waren dessen sicher, daß er auf dem weiten Weg zum Friedhof ermatten würde. Sie wagten es aber nicht, Einspruch zu erheben, wenn ja doch selbst der ehrwürdige Raw von Rembowlja dem sonderbaren Dorfmann sich zu fügen schien. Der Leichenzug bewegte sich schnell durch das Städtchen, und er wuchs von Gäßchen zu Gäßchen. Dann ging es langsam den langgestreckten Hügelweg zum Städtchen hinaus, dann einen gewundenen Gehweg zum Friedhof hinan.

Mechzio erlahmte nicht. Er trug den Sarg auf vorgestreckten Armen so leicht wie eine kleine Schachtel. Auf seinem Gesicht leuchtete ein Feuer, als trüge er die Tora zum Tanz am Tage der Torafreude. Die Judenkinder liefen immer wieder dem Zug voraus, dann standen sie mit offenen Mündchen still und bestaunten den Leichenträger von Dobropolje. Auch unter den Erwachsenen fanden sich welche, die bei einer Wegkrümmung in der Geraden schnell vorauseilten, um dann am Rande stehenzubleiben und Mechzio mit dem Sarg vorbeischreiten zu sehen. Alle wollten sie sehen, ob es denn auch wahr sei, was die Kinder mit Schrecken flüsterten: daß der fremde Leichenträger freudig verzückten Angesichts den Sarg trug, als trüge er auf seinen Armen einen Erstgeborenen zum freudigen Fest der Beschneidung.

Es ging aber von Mechzio ein solcher Bann aus, daß selbst die Klageweiber von Beruf – die sonst mit den großen Formeln ihrer uralten Klagen wie mit scharfen Messern in den Wunden der Trauernden wühlen und jedes Begräbnis in einem solchen Kleinstädtchen zur unsäglichen Marter machen – diesmal stillschweigend einer Leiche folgten, die zu beweinen kein noch so jämmerlicher Klagelaut Jammer genug hätte.

Der Bann des Schweigens wich erst, als an der frisch ausgeschaufelten Erde des kleinen Grabes der kleine Sarg vom alten Raw eingesegnet wurde. Und als hierauf ein bartloser junger Vorsänger, begleitet von zwei zarten Sängerknaben – die gleichsam mit Lipales reiner Stimme an seinem Sarg sangen – das »El mole rachmim« intonierte, jene fanatisch aufflackernde Melodie des Schluchzens, die Alfred vom Kongreß her schon kannte, wo sie gleichfalls Tote segnete, die zur Heiligung des Namens gemordet worden waren – da hielt auch Alfred nicht mehr stand. Er schluchzte mit den Schluchzenden. Er klagte mit den Klagenden. Er jammerte mit den Jammernden. Er sah nichts mehr und hörte nichts mehr. Er sah nicht, wie der kleine Sarg ins Grab hinabgelassen wurde. Er hörte nicht, wie die Erde auf die Bretter des Sarges rieselte und trommelte. Er sah das Grab nicht, er sah nicht und er hörte nicht, wie erst Awram Aptowitzer, dann Dawidl an Lipuschs Grab das Totengebet sprachen. Er hörte nicht das schauerlich aufgerissene Geheule der Klageweiber, in dessen Klageformeln zur schweren Erschütterung namentlich Jankels auch die von der »zertretenen Taube« nicht fehlte. Er hörte erst die Stille, als sie plötzlich eintrat. Da stand Mechzio vor ihm. Seine schwere Hand lag auf Alfreds Schulter und man hörte Mechzio laut in die Stille sagen: »Komm, Sussja … Wir werden Lipale nimmer sehen. An dem Ort, wo er seinen Sitz hat, da ist ein Licht, das zu sehen keinem von uns bestimmt ist. Gelobt sei der wahre Richter.«

Von Mechzio geführt, ging Alfred durch die Menge, die jetzt wieder schwieg, als hätten ihr Mechzios Worte die Stimmen genommen. Auf dem baumlosen Platz vor dem Tore des Friedhofs drängten sich die Bettler, die Krüppel, die Klageweiber des Städtchens um den alten Raw und um Welwel, der mit zitternden Händen Almosen verteilte. Wie sie näher dem drängenden, schreienden, kreischenden Bettelvolk kamen, humpelte ein altes Weib, die an zwei Stöcken ging, Mechzio entgegen, und vor ihm niederfallend schrie sie: »Segne mich! Segne mich, junger Rabbi!«

Mechzio erbleichte und streckte beide Arme abwehrend vor. Da er gleichzeitig, Hilfe von ihm erbittend, mit den Augen den alten Raw suchte und an dessen Blicken hängenblieb, vergaß er, die Arme gleich zurückzuziehen, und es sah aus, als segnete er das kranke Bettelweib. Nun drängten sich alle zu Mechzio und sie streckten ihre Hände aus und sie schrien: »Segne uns, junger Zaddik! Segne uns alle, junger Rabbi!«

Die Krüppel, die Bettler, die Klageweiber gaben ihren tumultuösen Kampf um die Armengroschen auf, die Welwel verteilte, und sie stießen in lärmendem Gedränge zu Mechzio, als erwarteten sie, anstatt der Nickel- und Silbergroschen Gold aus seiner Hand zu empfangen.

Mechzio stand eine Weile zitternd da, und seine unbeweglichen Ochsenaugen staunten vom Raw zu Welwel, von Welwel zum Raw. Dann bückte er sich, nahm die Schöße seines Kittels in die Hände und lief durch die scheu ausweichende Menge zum Tor hinaus. Er lief den gewundenen Gehweg, dann den Fahrweg auf dem Hügel hinunter, ein paar Gäßchen bis zum Marktplatz hindurch, über den Marktplatz an den drei rastenden Dobropoljer Wagen vorbei und zum Städtchen hinaus. Er lief noch ein Stück auf der Straße und blieb erst bei der Wegscheide stehen. Er sah: da war der Weg nach Dobropolje; ein zweiter Weg ging zur Kreisstadt; ein dritter Weg führte den Fluß entlang weit in das Land hinaus. Ohne sich länger zu besinnen, wählte Mechzio den dritten Weg. Er ging in Gedanken und blickte auf den Fluß. Er ging jetzt langsamen und bedächtigen Schrittes wie ein Wanderer, der gesonnen ist, ein gutes Stück über die Erde zu schreiten.

9

Auf dem Rückweg vom Friedhof zur Stadt sagte Welwel zu Jankel: »Laß Sussja in deinem Wagen mit der Lehrerin und Mechzio heimfahren. Ich hab' was mit Doktor Rosenmann zu besprechen, und du könntest derweilen dich wegen eines Grabsteins für das Kind umsehen. Der arme Vater ist nicht in der Verfassung, daran zu denken.«

»Ja, ja«, sagte Jankel, dem es zu seinem eigenen Erstaunen eine Erleichterung verschaffte, innezuwerden, daß in dieser Welt noch etwas für Lipusch getan werden konnte und daß Welwel ihn des Vorzugs würdigte, es zu tun. »Wenn man es mir erlaubt, Welwel«, fügte er mit schwacher Stimme hinzu, »ich möchte die Kosten auslegen.«

»Sprich darüber mit dem Raw von Rembowlja. Es steht mir nicht zu, das zu entscheiden«, sagte Welwel. »Und frag den Raw, ob es nicht angemessen wäre, genauso einen Stein zu setzen wie für Rabbi Abba.«

»Gut, Welwel«, sagte Jankel.

Nachdem er mit Alfred und dem Kutscher wegen der Heimreise sich besprochen hatte, ging der alte Mann eilends zum Raw, und er trug noch auf seinem Gesicht die andächtige Verwunderung darüber, daß dem Kind ein solcher Stein gesetzt werden sollte wie einem großen Zaddik. Er vergaß deswegen aber, Alfred auch Mechzio als Mitreisenden zu empfehlen, und so fügte es sich, daß Alfred mit Tatjana Rakozywna zu zweit in Jankels Wagen heimreiste und das Ausbleiben Mechzios erst spät am Abend in Dobropolje bemerkt wurde.

Welwel glaubte, es würde Alfred leichterfallen, mit der Lehrerin zu reisen als mit den anderen Trauernden. So sehr auch sie an dem Kinde hing, das Entsetzliche schien sie nicht so gebrochen zu haben wie den alten Jankel oder Alfred oder Pesje, von Vater und Sohn Aptowitzer zu schweigen. Und auf Mechzio konnte man sich in jeder Lage verlassen – das hatten ja alle in diesen schrecklichen Tagen gesehen. Wie seltsam, daß die Weiber auf dem Friedhof Mechzio für einen Zaddik hielten, dachte Welwel, schon auf dem Wege zu seinem Rechtsanwalt, mit dem er wegen des bevorstehenden Mordprozesses sprechen wollte. Welwel machte sich bereits auch Sorgen wegen dieses Prozesses, und zu seiner Bestürzung schien Dr. Rosenmann diese Befürchtung zu teilen. Sie werden gewiß versuchen, national-politisches Kapital daraus zu schlagen, meinte der, und Welwel verließ seinen altbewährten Rechtsbeistand noch tiefer gebeugt als er zu ihm gegangen war.

Während der Stunden und Stunden langen Fahrt sprachen sie nicht viel, die Lehrerin und Alfred. Sie erwiesen einander die kleinen Aufmerksamkeiten, wie es zwei nebeneinander in einem Wagen sitzende junge Leute unter allen Umständen tun. Sie taten es, zumal in der ersten Reisestunde, mit einer eilfertigen Zuvorkommenheit, wie sie zwei gute Bekannte nach einer stattgehabten Meinungsverschiedenheit bereithatten, um kleine Verstimmungen zu heilen.

Der Wortwechsel – oder sagen wir wieder: die Verstimmung, kam gleich zum Beginn der Reise. Als sie zum Städtchen hinausfuhren und das Gleis der Eisenbahn kreuzten, sah Alfred die Station Rembowlja. Es war ein einstöckiges Gebäude mit Rotziegeln, mit einem Blumengarten an einer Seite und einem breiten Vorplatz in der Front. Das ist die Station, fiel es Alfred ein, wo mein Vater an jenem frostigen Dezembertag des Jahres … mit einem Violoncello angekommen war, um nach der Irrfahrt im Schneesturm in der Nacht Zuflucht bei Rabbi Abba zu suchen. In weiteren Gedanken, die sich an die Erinnerung der Geschehnisse jener Nacht banden, blickte er versonnen zur Station hin und – vielleicht gar ohne ihn zu bemerken – einem in der Ferne dahinrollenden Eisenbahnzug nach. Die Lehrerin, die unterdessen nicht die Station, sondern ihren Reisegefährten im Auge behielt und seinen schmerzlich versonnenen Gesichtsausdruck anders zu deuten sich getraute, sagte: »Jetzt werden Sie wohl – desertieren?«

Alfred sah die Lehrerin verständnislos an. Er wiederholte langsam, Wort um Wort, die Frage, und er verstand sie erst, als er aus dem trotzigen Blick des Mädchens den Sinn ihrer Frage erriet.

»Warum glauben Sie das, Fräulein Rakoczywna?« fragte er sie.

»Weil Sie dem abfahrenden Zug so sehnsuchtsvoll nachblickten«, sagte die Lehrerin.

»Sehnsuchtsvoll? Nachgeblickt?« wunderte sich Alfred.

»Ja«, sagte sie. »Es erschien so.«

»Aber warum sagten Sie: desertieren? Ich bin doch kein Soldat.«

»Wir alle, wir sind Soldaten«, sagte die Lehrerin, und ihr hübsches Gesicht wurde noch einen Schatten trotziger.

»Wir?« wiederholte Alfred. »Wer ist das?«

»Alle, die einem unterdrückten Volk zugehören. Wir alle, wir sind Soldaten. Sie auch. Daß Sie ein Gutsbesitzer sind, das macht keinen Unterschied.«

»Ich bin so Gutsbesitzer, wie Sie – ein Erzbischof sind, Tanja«, sagte Alfred.

»Um so besser«, sagte sie schnell. »Oder um so schlimmer, das kann ich nicht sagen. Aber eins weiß ich, man hat nicht das Recht, sich auszunehmen und sich zu drücken. Sogar im eigenen persönlichen Interesse ist es nicht erlaubt, sich auszunehmen.«

Alfred schwieg und machte sich Gedanken über die Entschiedenheit, auch über die Gewichtigkeit dieser Äußerungen eines jungen Mädchens.

»Mein Vater sagt immer: ein Rad, das von seiner Achse fällt, wird nicht lange rollen.«

»Das ist gut«, sagte Alfred. »Sehr gut ist das.« Er hatte im Laufe des Jahres in Dobropolje öfter die Gelegenheit gehabt zu beobachten, wie ein Rad von einem fahrenden Wagen sich plötzlich ablöste, eine Weile allein weiterrollte, schwankte, kippte und tot liegenblieb. »Ihr Vater muß ein sehr kluger Mann sein, Tanja.«

»Mein Vater ist Priester geworden, um seinem Volk nahezubleiben, um es nicht belügen und verführen zu lassen. Sie sollten meinen Vater kennenlernen, Herr Mohylewski.«

»Sehr gern, Tanja. Aber wo?«

»Sie fahren doch hin und wieder nach Tarnopol. Besuchen Sie ihn. Mein Vater ist ein sehr beschäftigter Mann, aber für Sie wird er immer Zeit finden«, sagte sie.

»Warum gerade für mich?« fragte er.

»Schon Ihre ukrainische Aussprache wird meinen Vater sehr interessieren«, sagte sie.

Nach langem Schweigen kam Alfred auf die heftige Frage der Lehrerin zurück und er sagte: »Wenn Sie vor einer Woche darauf zu sprechen gekommen wären, Fräulein Rakoczywna, so hätte ich Ihnen auch bereits versichern können, daß ich kein Rad bin, das eine Neigung zum Abfallen hat. Jetzt …« – er hielt inne, nicht etwa, um ein Wort zu suchen, er hielt ruhig und lange inne, bis er gewiß war, daß ihm seine Stimme über den finsteren Abgrund des letzten Sonntags folgen würde – »… nach dem letzten Sonntag ist es nicht mehr am Platz, darüber noch Worte zu verlieren.«

Hernach saßen sie eine sehr lange Zeit still nebeneinander. Der Tag war heiß, und über den Feldern war Ruhe. Die Sonne brannte die letzten grünen Äderchen aus den Roggen- und Weizenhalmen, die im gelblich schimmernden Gewoge ihrer trächtigen Ähren in sanfter Ergebenheit den Schneidemessern entgegenreiften, indes in den zahlreichen Dörfern überall die Sensen und Sicheln an den surrenden Drehscheiben der Schleifer knirschten und unter klopfenden, glättenden Schleifsteinen erklangen.

»Das ist Kobylanka«, sagte die Lehrerin, als sie das erste Dorf erreichten, obschon das auf den Namenszeichen am Straßenrand in zwei Sprachen zu lesen war. Sie wußte die Zahl der Einwohner, den Namen des Gutsbesitzers, des Pfarrers und des Schuldirektors. Alfred dachte an Panjko, der ihn unterwegs immer so zu belehren pflegte wie die Lehrerin, an den armen Panjko, der nun zwischen Tod und Leben schwebte. Die Lehrerin spannte ihren Sonnenschirm auf und saß im hellblauen Schattenkreis, bis sie am Kirchhof vorbei aus dem Dorf hinausgefahren waren. Als sie den Schirm wieder zumachte, fragte Alfred die Lehrerin: »Wie kommt es, daß man Ihnen erlaubt hat, nach Rembowlja mitzureisen?«

»Heute ist ein römisch-katholischer Feiertag, und morgen beginnen die Ernteferien. Ich hatte vier Tage Urlaub, um meine Familie zu besuchen, da hab' ich gar nicht gefragt. Ich bin ja die Klassenlehrerin. Wenn das Begräbnis in Dobropolje hätte stattfinden können, wäre die ganze Klasse, vielleicht gar die ganze Schule ausgerückt.«

»Das glauben Sie?«

»Aber ja!« behauptete die Lehrerin. »Alle Menschen sind Gottes Kinder, und als Kinder des einen Gottes sind sie Brüder, alle. Kennen Sie das nicht?«

»Freilich, freilich«, sagte Alfred. »Wenn das in Europa schon wahr wäre, wäre alles daneben eine Lüge. Aber überall –«

»– überall, wo die Glocken so laut tönen, ist es eine Lüge«, setzte die Lehrerin schnell fort. Mit erhobenem Finger gebot sie sich selbst Stille: sie horchte und sie machte mit ihrem Finger auch Alfred gegen das schon ferne Dorf zurückhorchen, wo eben ein Glockengeläute vom Winde herangetragen kam, daß die Töne ineinander- und über-einanderfluteten und mit den Ähren auf dem Felde in gleich unbere-chenbarem Rhythmus wogten.

Eine dunkle Wolke, die schon eine Zeit der Sonne nachgezogen war, aber nicht die Kraft hatte, ihrer vollmächtigen Glut nahe zu rücken, hatte sich indessen mit anderem, kleinerem Gewölk am Himmel zusammengetan, und es gelang nunmehr dem Ungetüm, mit einer finsteren Tatze Ihrer sommerlichen Majestät vor das Licht-gesicht zu fahren. Ein Schatten fiel auf die Felder. Es erhob sich ein Wind, und wie er in Telegraphendrähte mit tausend musikalischen Fingern schlug, hörte Alfred plötzlich in dem Geheul den ganzen schauerlichen Jammer der Klageweiber auf dem Friedhof von Rembowlja. Sein Gesicht, das zu sonngebrannt war, um zu erbleichen, verfärbte sich gelblich. Er lehnte sich in den Sitz zurück und schloß die Augen. Als er die Hand der Lehrerin auf seiner Hand fühlte, öff-nete er für einen Blick die Augen. Sie sahen einander kurz an, und ohne ein Wort zu wechseln, wußten beide, was jeder für sich in dem Geheul des Windes gehört hatte. Sie schwiegen still. Sie fuhren lange in der Kühle des Schattens. Sie hörten den Wind, und ihre Hände blieben beisammen.

Die Lehrerin und Alfred waren längst Freunde geworden. Sooft er Lipusch von der Schule abholte, sah Alfred die Lehrerin, und sie sprachen dies und jenes, aber niemals Politik. Die Lehrerin mochte Alfred sehr, namentlich seit er ukrainisch zu sprechen begann. War es ein Zufall, daß der junge Mann aus der Fremde nach knapp einem Jahr leidlich ukrainisch sprach? Warum hatte er nicht erst die andere, die Sprache des Neuen Dorfs gelernt? Tatjana Rakoczywna konnte nicht wissen, daß Alfred eine Lehrerin hatte, die Donja hieß. Hätte sie es gewußt, sie würde erst recht nicht zugeben, daß dies ein Zufall war. Ein so scharfes Nationalgefühl wie das der Popentochter – weil es eben irrationalen Ursprungs ist – wird immer geneigt sein, sich rationell zu behaupten. Warum hat der junge Mohylewski, kaum in Dobropolje angekommen, hier just Donja entdeckt? So würde die Lehrerin fragen. Warum nicht eine von den Töchtern Bielaks, die auch sehr hübsch waren? War es ein Zufall, daß die Brüder Mokrzycki vom Neuen Dorf waren? War es ein Zufall, daß Panjko vom Alten Dorf war? Seit Tagen und Nächten gingen ihr diese Fragen nicht aus dem Sinn und machten ihren Kopf recht müde.

Als Alfred nach langem Schweigen die Augen wieder öffnete, sah er, daß die Lehrerin eingeschlafen war. Aber auch im Schlaf behielt ihr Gesicht den ihm eigentümlichen Ausdruck von Trotz. Ihre Hand ruhte noch auf Alfreds Hand. Die Lehrerin hatte unterm weißen Staubmantel ein schwarzes Kostüm an, eine dunkelblaue Bluse, einen dunkelblauen Hut, eine städtisch moderne Erscheinung, mit langen Beinen in schwarzseidenen Strümpfen und schmalen Füßen in schwarzen Halbschuhen. Sie war von schlanker Gestalt, aber um die Taille herum von enormer Üppigkeit, die sie sonst in reichlich weiten Blusen und unter gestrickten Schals zu verbergen suchte, die aber nun, an dem in zurückgelehnter Haltung entschlafenen Mädchen hilflos preisgegeben, in rührender Erscheinung hervortrat. Du solltest einen von den jungen ukrainischen Popen, die halb wie Mönche, halb wie Kosaken aussehen, möglichst bald heiraten, recht viele kleine Kosaken-Popen leicht gebären und – kein Soldat mehr sein. Trotziges, du. Er hob seine Hand mit der auf ihr ruhenden Hand der Lehrerin behutsam auf und trug sie zu der anderen Hand, die im Schoß des Mädchens schlief. Er breitete die leichte Decke über ihren Knien aus, denn die Straße zog sich jetzt durch einen Wald, der die Reisenden schweigend in schattengrüner Kühle empfing und so erfrischte, daß die schwitzigen Pferde wollüstig zu schnauben begannen, als wären sie überraschenderweise in kühlendes Wasser hineingelenkt worden.

10

Als sie aus dem Walde hinausfuhren, war die Sonne wieder da. Sie hatte das Gewölk hinweggebrannt und ging nun in klarer Bahn zur Neige. Der Wind war milde geworden und wehte den Pferden und den Menschen schon abendlich kühl um die Ohren und im Haar. Das nächste Dorf hieß Nastasów. Sie erreichten es aber erst nach Sonnenuntergang, obwohl sie es längst gesichtet hatten, denn die Luft war sehr klar und sie täuschte die Entfernung als Nähe vor. Das Dorf war offenbar ein gemischtes wie Dobropolje: man sah polnische Bauern in weißen Sonntagshemden müßig auf den Höfen und ukrainische in Werktagskleidern vom Felde heimkommen. Der Kutscher sagte: »Wir müssen hier rasten, die Pferde füttern und tränken, junger Herr.«

»Hat es der Verwalter so angeordnet?« fragte Alfred. Eine schmerzliche Ungeduld trieb ihn nach Dobropolje. Er wußte, was geschehen war und vermochte keinen Augenblick davon abzukommen. Er sprach mit der Lehrerin, und er wußte es. Er sah die Felder, und er wußte es. Er sah die Dörfer, und er wußte es. Kaum war die Lehrerin eingeschlafen, war er völlig in Dobropolje und fand dort überall, wo ihm eine Stelle besonders vertraut war, überall fand er Lipusch. Überall war in Dobropolje sein liebes Leben. Der Tod war in Rembowlja zurückgeblieben.

»Man muß die Pferde rasten lassen«, sagte die Lehrerin mit ausgeschlafener, wacher Stimme. »Es ist ungefähr die Hälfte des Wegs.«

»Gut«, sagte Alfred zum Kutscher. »Aber halte an einer Stelle, wo wir unbelästigt im Wagen bleiben können.«

Die Pferde, als hätten sie das Gespräch verstanden, trabten ungeduldig einem Platz im Dorfe zu, wo ein paar Bäume wuchsen, wo ein Brunnen war und ein kleiner Wassertrog, eigens für durstige Pferde angebracht, die hier zu Gaste waren.

Während die entspannten Pferde gierig über dem Wasser schnauften, das der Kutscher aus dem Brunnen in den Trog pumpte und darauf achtete, daß die erhitzten Tiere nicht zu gierig und nur wenig vor dem Füttern tranken, stieg die Lehrerin aus dem Wagen und ging zur Schenke hinüber, die einsam auf dem Platz stand. Sie kam bald wieder und brachte Butterbrote, harte Wurst, Käse und Semmeln in einem Körbchen zum Wagen. Ihr folgte ein Mädchen mit Bierflaschen und Gläsern. Die Lehrerin nahm ihren Platz im Wagen wieder ein und, ohne ihn zu fragen, reichte sie Alfred vom Brot, von der Wurst und vom Käse zu. Er nahm, was sie ihm gab, und wurde bald gewahr, daß er wie die Lehrerin mit heißem Hunger aß. Auf dem Friedhof haben sie immer wieder ausgerufen: Mildtätigkeit rettet vor dem Tod, erinnerte sich Alfred. Das mag ein Trost für die Seele sein. Der Körper weiß, daß für ihn kein Verlaß darauf ist. Ihn hungert es in der Nähe des Todes besonders. Darum haben alle Menschen so großen Appetit nach einem Begräbnis.

»Laß dir auch was zum Essen und zum Trinken geben«, sagte Alfred zum Kutscher, der den Pferden den Hafersack an die Wagendeichsel band und dabei der Gier der Pferde sich kaum erwehren konnte. Der Kutscher holte sich Wurst, Bier und eine Zeile Semmeln, setzte sich am Rand des Brunnens nieder, und bloßköpfig aß er von der Wurst und vom Schwarzbrot, das er als Wegzehrung mitführte, die weißen Semmeln aber verwahrte er sorgfältig in einem Tüchlein als Geschenk für seine Kinder.

Es war unterdessen dunkel geworden, in den Häusern und in den Hütten blinkte das matte Licht der Petroleumlampen in den Fenstern, und man sah jetzt an den langen Lichterreihen erst recht, daß es ein großes Dorf war.

»Ist dieses Dorf größer als Dobropolje?« fragte Alfred.

»Viel größer«, sagte die Lehrerin. »Ich kenne es gut. Die Familie meines Vaters stammt aus diesem Dorf.«

»Haben Sie noch Verwandte hier?« fragte Alfred.

»Nein. Mein Großvater, er war der erste Pope in unserer Familie, hatte hier noch einen Hof geerbt. Als Kinder waren wir in den Ferien oft hier zu Besuch. Aber mein Onkel hat den Hof verkauft.«

»Ihr Onkel ist auch ein Priester?«

»Mein Onkel war Rechtsanwalt. Er ist im Jahre 1919 im Krieg gefallen.«

»1919?« wunderte sich Alfred. »Der Krieg war im Herbst 1918 zu Ende –«

»Nicht hier. Da war zum Schluß noch ein Krieg zwischen Ukrainern und Polen. Die Schlacht um die Stadt Lwów hat sich bis zum Frühjahr 1919 hingezogen. In dieser Schlacht ist mein Onkel gefallen.«

Sie schwiegen eine Weile. Dann sagte sie: »Mein Onkel hatte einen Jugendfreund, der von diesem Dorf stammt. Er ist Arzt geworden und er lebt in Wien. Er heißt Margulies. Kennen Sie ihn vielleicht? Man sagt, daß er ein bekannter Arzt ist.«

»Doktor Moses Margulies heißt er?«

»Ja«, sagte die Lehrerin. »Das ist er. Sie kennen ihn?«

»Nicht persönlich«, sagte Alfred.

»Persönlich kenne ich ihn auch nicht. Ich kenne ihn von einem Bild. Von einem Gruppenbild. Da ist mein Onkel drauf und die ganze Klasse. Bei uns lassen sich die Gymnasiasten und ihre Lehrer vor dem Abitur alle zusammen photographieren.«

»Bei uns auch. Auf der ganzen Welt, glaub' ich, lassen sich Abiturienten zusammen photographieren, ehe sie, wie man so sagt, ins Leben hinausgehen.«

»Auf dem Bild sind achtunddreißig Schüler und sieben Lehrer, alle mit Namen unter ihrem Brustbild. Das Bild hängt seit vielen Jahren bei uns im Kinderzimmer. Wie wir klein waren, haben meine Schwestern und ich alle Namen gewußt und der Reihe nach auswendig aufsagen können. Es war ein Spiel. So kenne ich Doktor Margulies auswendig, ohne ihn je gesehen zu haben. Ist er wirklich gut bekannt in Wien?«

»Ja«, sagte Alfred. »Das kann man sagen: gut bekannt.«

»Ist er ein Spezialist? Was ist sein Spezialfach?« wollte Tanja wissen.

»Er ist – ja man kann sagen, er ist ein Spezialist«, sagte Alfred. »Er hat ein Spezialfach, das er sich selbst erfunden hat. Es besteht darin, daß er seinen Patienten keine Rechnung schickt und mitunter ihnen auch das Geld für die Medizin auslegt. ›Der Patient weiß immer selber am besten, was ihm fehlt‹, pflegt Doktor Margulies zu sagen, ›meistens fehlt es ihm an Geld‹.«

»Schade«, meinte die Lehrerin, »wie sehr schade, daß er in Wien geblieben ist. Solche Ärzte könnten wir hier gut brauchen.«

353

»Solche Ärzte kann man überall gut brauchen«, sagte Alfred.

»Von den achtunddreißig jungen Leuten auf dem Bild sind viele im Krieg zugrunde gegangen, und ein großer Teil von denen, die in Wien studiert haben, ist auch nicht mehr heimgekommen. Nicht wenige unter ihnen stammen aus diesen Dörfern und Städtchen hier, aus Złotniki, aus Strusów, aus Burkanów. Es ist schön zu denken, daß sie sich in der großen Welt durchgesetzt haben. Und traurig zu denken, daß sie hier fehlen. Aber recht hatten sie, in Wien zu bleiben. Was soll ein Doktor Margulies hier? In Wien gibt es wenigstens keine Brüder Mokrzycki.«

»Das ist nicht so sicher, Tanja«, sagte Alfred.

»Meinen Sie wirklich?« fragte Tanja fast erschrocken. »In Wien?!«

»Ich möchte keine Walzerträume stören, Tanja«, sagte Alfred. »Also lassen wir Wien. Aber auch diese Stadt liegt in einem Land, wo es Dörfer gibt. Sie heißen: Mistelbach, Siebenbrunn, Zell, Hippach, Großreifling. Dort gibt es auch Mokrzyckis. Sie heißen: Huber, Kircher, Weinheber – was ist ein Name?«

»Katholische Bauern, mit einem Wort«, warf Tanja schnell ein.

»Das hätte ich mir denken können. Mein Vater hat recht. Mein Vater hat recht. Wenn dieses unser Land einmal wieder mit der großen Ukraine vereint sein wird, sagt er, muß man unsere Bauern auch wieder zum orthodoxen Glauben zurückführen und –«

»Sagen Sie, Tanja«, unterbrach sie Alfred. »Sind Ihre Schwestern alle so wie Sie?«

»Wie?«

»So wie Sie sich selbst genannt haben: Soldaten?«

»Nein. Nicht alle. Nur zwei waren es. Jetzt sind es drei mit mir. Ich habe mich zum Kummer meines Vaters früher nie für Politik interessiert. Ich bin erst in diesem Jahr in Dobropolje so geworden.«

»Das ist ein Erfolg des Herrn Lubasch«, sagte Alfred.

»Nicht nur des Herrn Lubasch. Der Herr Kanonikus Rogalski tut auch was dazu. Und gründlicher als Lubasch. Die patriotische Arbeit dieses Seelsorgers ist bei weitem gefährlicher als die durchsichtigen Wühlereien von einem Dutzend solcher Gemeindesekretäre. Wissen Sie übrigens, wer sein Gespann beigestellt hat, um den verwundeten Mörder ja schnell zum Arzt nach Kozlowa zu schaffen? Der alte Mokrzycki sagte: Wenn mein Sohn ein Mörder ist, soll er krepieren.

Ich hab' keine Pferde für Mörder. Aber der Herr Kanonikus hat welche.«

»Wenn er auch ein Mörder ist, er war verletzt, Tanja«, sagte Alfred. »Und ein Priester hat zu helfen, ohne erst nach Schuld oder Unschuld zu fragen.«

»Es handelt sich nicht darum, Herr Mohylewski. Dem Kerl hat man die Backe in Kozlowa zusammengenäht und er ist verschwunden. Sie werden sehen, man wird ihn nicht finden. Die Pferde des Herrn Kanonikus haben den Mörder wo hingeschafft, wo keine Polizei ihn suchen wird. Sie werden sehen.«

11

Indessen hatte der Kutscher die Pferde noch einmal getränkt und gleich vor den Wagen gespannt. Sie fuhren zwischen den zwei Lichtreihen der Bauernhöfe eine lange Gasse zum Dorf hinaus, und Tanja schwieg still, als wäre dieses Gespräch eben für das Dorf Nastasów bestimmt gewesen, wo ihre Familie herstammte. Die Pferde gingen Schritt im Dorf, denn der Weg war hier holperig, kaum aus dem Dorf und wieder im freien Feld, fielen sie in scharfen Trab. Die Nacht war wolkig, finster und warm. Es fiel kein Tropfen Tau bis um Mitternacht herum, da sie Dobropolje schon ganz nahe waren. Das Dorf schlief eine stille Nacht wie die anderen friedlichen Dörfer zwischen Nastasów und Dobropolje. Nur in der Schule war hier noch Licht in einem Fenster.

»Mein Kollege Dudka studiert so spät in die Nacht hinein«, sagte Tanja. »Er will die Bürgerschulprüfung machen, um aus diesen Dorfschulen in eine Stadt hinauszukommen. Ein guter Mann, dieser Lehrer Dudka.«

»Sehen Sie«, sagte Alfred, »es gibt auch auf der anderen Seite gute Menschen.«

»Gott sei Dank«, sagte Tanja, schon im Aussteigen. »Sonst wäre es ja nicht zum Aushalten hier.«

»Auf Wiedersehen, Tanja«, sagte Alfred.

»Auf Wiedersehen, Alfred«, sagte Tanja.

Sie hatte unterwegs, zwischen Nastasów und Dobropolje, eine lange Zeit überlegt, wie sie zum Abschied Alfred ein Wort des Trostes sagen sollte. Sie hatte sich ein paar Sätze zurechtgemacht, die sie etwa in der Zeit vom Beginn der Gemeindewiese bis zum Schultor anbringen wollte. Sie erzählten vom ersten Schuljahr der Lehrerin. Da war sie in einer Stadtschule angestellt, in der Perl-Schule in Tarnopol. Das war eine Volksschule für unbemittelte jüdische Kinder, gegründet von einem Mann namens Joseph Perl in der Mitte des vorigen Jahrhunderts. In dieser Schule – so wollte sie Alfred erzählen – hatte sie jüdische Kinder unterrichtet, fünfzig in einer Klasse. Nun, Lipusch war gewiß ein ungewöhnliches Kind, wollte Tanja sagen. Selbst in der Perl-Schule wäre er als ein besonderes Geschöpf aufgefallen. Sie wollte keinen Trost sagen. O nein! Einen Lipusch wird es nicht bald noch einmal geben. Und doch, Alfred würde staunen, an wie viele Kinder aus der Perl-Schule Lipusch die Lehrerin erinnerte, namentlich zum Beginn des Schuljahres, da sie Lipusch noch nicht richtig verstand. Das ungefähr wollte Tanja sagen. Aber wie sie das Licht im Fenster des Lehrers Dudka erblickte, kam sie auf andere Gedanken. Es war ihr auch recht so. Wozu Trost sagen? Wenn es ja doch keinen gibt. Sind Trostworte in so schrecklichem Falle nicht eine Gemütsroheit? fragte sich Tanja, schon im finsteren Korridor, wo der Lehrer Dudka mit einem Licht ihr entgegenkam.

Das zweite Licht, das noch in der Finsternis des Dorfs blinkte, war das arme Krankenlicht in dem Gesindehaus, wo Panjko wohnte. »Man hat ihn also nicht nach Kozlowa weggebracht«, sagte der Kutscher. »Vielleicht kann man das Bein noch retten.«

»Wenn das Fieber nachgelassen hat, kann man hoffen«, sagte Alfred. »Es ist wohl zu spät, um nachzufragen.«

»Ich mach' einen Sprung hinunter und schau' zum Fenster hinein«, sagte der Kutscher und hielt vor dem Gesindehaus. Alfred erhob sich vom Sitz und nahm die Zügel. Der Kutscher sprang vom Wagen ab, ging leise zum Haus, beugte sich zum Fenster hinab und blickte und horchte eine Weile zum Krankenzimmer hinein.

»Die Mutter schläft auf der Ofenbank«, meldete er dann Alfred und stieg wieder auf den Bock. »Panjko liegt ruhig im Bett, das eingeschiente Bein in einer Schlinge, die überm Bett von der Decke herunterhängt. Er ist ein sehr starker Mann –«

»Ist er?« fragte Alfred.

»Ja, junger Herr. Er ist unter uns am Hof der stärkste Mann. Sie werden sehen, er wird das Bein nicht hergeben. Und wenn er wieder gesund wird, dann werden die Brüder Mokrzycki was erleben.«

In Schmiel Grünfelds Schenke war kein Licht. Auf dem Gazonplatz standen zwei Männer, man sah ihre Zigaretten glimmen und hörte sie ruhig miteinander reden.

»Das sind die Gendarmen«, sagte der Kutscher. »Sie bewachen noch das Gemeindehaus.«

Auf dem Gazon jubilierten verspätete Nachtigallen. Auf der Groblja war es still; stiller als es selbst im freien Felde gewesen war. Denn der tiefe Staub der Groblja nahm noch den Pferdehufen und den rollenden Rädern jeden Laut ab. Alfred schloß die Augen vor dieser Stille, und plötzlich hörte er ein Geschrei – das Geschrei der Volkswut vom Sonntag. Daran erkannte er, wie zerrüttet seine Nerven waren. Als er die Augen öffnete, sah er das Licht in Pesjes Küche.

»Du brauchst nicht vorzufahren«, sagte Alfred zum Kutscher. »Halte vor der Allee. Ich möchte meine Beine ein bißchen strecken.«

»Ich bitte um Entschuldigung, junger Herr«, sagte der Kutscher. »Aber der Herr Verwalter hat ausdrücklich angeordnet, ich soll Sie vor die Tür des Hauses bringen.«

»Warum?« wollte Alfred wissen.

»Das weiß ich nicht. Aber wenn der Herr Verwalter was anordnet, so hat es immer einen Sinn, und man muß –«

»Gewiß, gewiß«, sagte Alfred, »man muß dem Herrn Verwalter gehorchen.«

»Freilich«, sagte der Kutscher sehr erfreut. »Man muß ihm gehorchen. So ein Mann ist er, der Alte.«

Das war einmal, dachte Alfred, denn er erinnerte sich jetzt, wie verstört und gebrochen der alte Jankel auf dem Friedhof in Rembowlja war. In der Kehre konnte Alfred den Lichtrahmen der offenen Tür in Pesjes Küche sehen, und in den Lichtrahmen trat jetzt Donja, die das Gepolter der Pferdehufe auf den Steinfliesen der Auffahrt gehört hatte.

12

Alfred wartete, bis der Wagen in der Pappelallee verschwunden war, und er ging nicht sogleich ins Haus. Er setzte sich auf der Bank in Pesjes Blumengarten nieder. Er hörte die Stille des Dorfes wie am ersten Abend seiner Ankunft in Dobropolje. Es war nicht dieselbe Stille. Es war nicht die atmende Stille des Lebens. Es war die verworfene Stille des Todes. Auf der Groblja, im Garten, überm Kleinen und überm Großen Teich – überall war diese Todesstille. Denn überall war Lipusch nicht da. Erschlagen war Lipusch. Erschlagen das Licht seiner Stimme. Erschlagen das Licht seiner Augen. Erschlagen der Glanz seines Haares. Erschlagen alle Märchen. Erschlagen alle Gebete. Erschlagen alle Psalmen. Erschlagen alle Wunder. Erschlagen die Welt. Denn die Welt besteht nicht für sich allein. Sie besteht im Namen der Wesen. Erschlagen das süße Wesen Lipales. Erschlagen alle Fragen. Erschlagen alle Antworten. Eine Flasche fiel auf eine Stirn, und zermalmt ist eine Welt. Seit du begraben liegst, ist auch die Stille tot. Was ist Jaremas alter Storch, wenn du ihn nicht mehr siehst? Was ist Großvaters Zimmer, wenn du nie mehr Amen sagen wirst? Erschlagen. Erschlagen. Erschlagen. – – –

13

Alfred wollte eine Weile allein sein, ehe er in das Haus trat, wo Donja war. Noch nie waren sie allein miteinander gewesen in dem Haus. Er wollte nur eine Weile allein sein. Aber wie er sich auf der Bank niederließ, warf sich die Verzweiflung über ihn, und sie schüttelte ihn wie ein eisiger Wind einen schwachen Strauch. Erschlagen die Stille; erschlagen das Haus; erschlagen die Zeit. Er saß auf der Bank in Pesjes Blumengarten. Neben ihm saß der Tod. Vor ihm war der Tod. In ihm raste die Verzweiflung, und sie erschlug ihm auch die Zeit.

Donja wartete auf ihn. Sie wartete in dem Lichtrahmen der offenen Küchentür. Dann ging sie in das Wohnzimmer und machte Licht. Dann ging sie in Alfreds Zimmer und machte auch da Licht. Dann wartete sie wieder eine lange Zeit in der Küche, wo sie im Herd das

Feuer und auf dem Herd die Töpfe mit Wasser heiß und zum Kochen bereithielt für Pesje. Von der Küche konnte sie Alfred auf der Bank nicht sehen, und sie ging in Welwels Zimmer, wo noch kein Licht war, und blickte zum Fenster hinaus. Sie sah Alfred tief gebeugt, das Gesicht in den Händen, die Hände über den Knien. Sie wartete auch hier eine lange Zeit. Dann ging sie durch den Flur zum Blumengarten hinaus und ließ sich wortlos auf der Bank nieder. Sie saß zunächst so fern von ihm wie die Länge der Bank es erlaubte. Sie wartete, bis er, ohne an seiner Haltung viel zu ändern, einen Arm nach ihr ausstreckte und ihre Hand nahm. Da sagte sie leise, als befürchtete sie, das Haus könnte es hören: »Jetzt wirst du wegfahren, Fredziu?«

»Wegfahren? Wohin?« sagte er, wie aus einem tiefen Schlaf erwacht.

»Wegfahren«, sagte sie. »Nach Wien.«

»Warum glauben die Weiber alle, daß ich jetzt wegfahren sollte«, sagte er, als spräche er eine Verwunderung aus für sich, nicht für Donja.

»Welche Weiber?« fragte sie.

»Du, die Lehrerin −«

»Du hast die Lehrerin gesehen?« fragte sie.

»Sie war ja mit uns in Rembowlja«, sagte er.

»Sie war in Rembowlja, die Lehrerin?« fragte sie.

»Sie ist mit uns mitgereist. Weißt du nicht?« sagte er.

»Nein«, sagte sie. »Hier hab' ich die Lehrerin in keinem Wagen gesehen.«

»Der Herr Verwalter hat sie abgeholt«, sagte Alfred.

»Ich wollte auch mitfahren«, sagte Donja. »Aber wer hätte das Haus gehütet?«

»Der Nachtwächter«, sagte Alfred.

»Bei Nacht der Nachtwächter«, sagte sie. »Aber bei Tag?«

»Bei Tag«, sagte Alfred, »ist ja Malanka im Haus.«

»Malanka!« sagte Donja. »Malanka kann ein Haus hüten, in dem es ein Zimmer gibt wie Großvaters Zimmer, und die alte Tora mit einer silbernen Krone?«

»Du hast die Tora gehütet, Donja?« fragte Alfred, und er hob seinen Kopf hoch und versuchte durch den Dämmer der Nacht in Donjas Gesicht zu blicken.

»Du hast die Tora gehütet?« wiederholte er.

»Freilich ich«, sagte Donja. »Wer denn sonst? Malanka?«

Alfred drückte ihre Hand fester, und als hätte sie nur darauf gewartet, setzte sie sich nun ganz nah zu ihm. Sie tat dies aber nicht wie ein Erwachsener, der aufsteht und seinen Sitz wechselt. Sie rückte einfach auf ihrem Gesäß näher heran wie – Lipusch es zu tun liebte, wenn er schnell zu Alfred rückte, um Hüfte an Hüfte mit ihm zu sitzen und Jaremas Storch im Kleinen Teich zu beobachten.

»Kleine Torahüterin«, sagte Alfred und hob ihre Hand an sein Gesicht.

»Im Dorf sagen sie, daß die alte Tora eine goldene Krone habe mit vielen roten Steinen drauf. Jeder von diesen Steinen, so sagen sie, ist mehr wert als der ganze Gutsbesitz von Dobropolje mit allen Bauernhöfen dazu.«

»Du hast das geglaubt?« fragte Alfred.

»Mein Vater sagte mir immer: Das haben die Bauern in ihrer Habgier sich ausgedacht, weil sie Diebe und Räuber sind. Aber wie ich noch ein kleines Mädchen war, hab' ich das meinem Vater nicht geglaubt, weil er ja immer auf die Bauern schimpft, du weißt es. Ich glaubte lieber an den Schatz in Großvaters Zimmer. Weil es schön war, an eine goldene Krone zu denken, die mit so vielen kostbaren Edelsteinen geschmückt war. Aber wie Pesje mir die alte Tora gezeigt hat, war ich doch nicht enttäuscht, daß die Krone aus Silber und nur mit Silberglöckchen geschmückt war –«

»Pesje hat dir die alte Tora gezeigt?« fragte Alfred.

»Ja«, sagte Donja, »Pesje läßt mich nicht allein in Großvaters Zimmer aufräumen. Am Anfang hat sie mir alles im Hause gezeigt und erklärt, nur den Schrein hat sie nicht geöffnet. Aber vor ein paar Wochen hat sie es doch getan und mir alles gezeigt und erklärt.«

Pesje macht alles gründlich, dachte Alfred, sagte aber nichts.

»Warum vor ein paar Wochen? Hast du sie darum gebeten?«

»Das kann ich dir nicht sagen, Fredziu«, sagte Donja.

»Das ist ein Geheimnis?« fragte er.

»Ja«, sagte sie sehr ernst. »Das ist ein Geheimnis zwischen mir und Pesje. Warum ist sie nicht mit dir gekommen?«

»Der Herr Verwalter hat das so angeordnet«, sagte Alfred.

»Ich muß jetzt in die Küche. Sie werden bald kommen«, sagte Donja. Sie stand schnell auf, behielt aber Alfreds Hand in ihren Händen.

»Sie werden nicht so bald kommen«, sagte Alfred. »Mein Onkel hatte noch zu tun, als ich abreiste.«

»Du bist ja schon zwei Stunden hier, Fredziu –«

»Zwei Stunden?! Das ist nicht möglich, Donja«, sagte Alfred.

»Doch, Fredziu. Zwei Stunden. Ich habe immer wieder auf die Uhr geschaut. Es war kurz nach zwölf, wie du angekommen bist, und jetzt wird es schon zwei Uhr sein. Komm, es ist kühl hier. Und feucht. Der Tau fällt. Es ist ja schon bald Morgen.«

Alfred erhob sich und folgte Donja, die voranging. Und zum ersten Mal in diesem seinem ersten Jahr in Dobropolje trat er in das Haus, als wäre er hier nicht zu Gast bei seinem Onkel. Er trat ein, als wäre es sein eigenes Haus. Er selber aber wurde dessen kaum inne. Er hatte noch immer darüber zu staunen, daß er so lange auf der Bank geblieben war. Ihm erschien die Zeit kurz. Kurz und schrecklich. Schrecklich kurz.

»Warum bist du so lange im Garten geblieben?« wollte Donja wissen. Sie standen im Wohnzimmer. Der Tisch war gedeckt. Alles war genauso, als hätte es Pesje selbst gerichtet. Pesje macht alles gründlich, dachte Alfred. Pesje führt Donja auch in Großvaters Zimmer ein. Warum tut sie das?

»Du hast über die Lehrerin nachgedacht?« fragte Donja.

»Über die Lehrerin?« wiederholte Alfred.

»Ja. Weil auch sie gefragt hat, ob du jetzt wegfahren wirst.«

»Nein«, sagte Alfred. »Ich habe nicht über die Lehrerin nachgedacht. Ich glaube nicht.«

»Sag's mir, Fredziu«, bat sie und sie strich ihm mit einer zarten Hand das Haar aus der Stirne. Donjas Hand ist nicht mehr so hart von der harten Arbeit wie vor einem Jahr. Auch dahinter steckt Pesje.

»Sag's mir schnell, Fredziu«, drängte sie. Sie hob einen Finger hoch und horchte zum offenen Fenster hinaus. Sie hörte gedämpftes Getrappel von Pferdehufen. Auch Alfred horchte hin, er hörte aber nichts.

»Sie kommen. Sag schnell.«

»Ich habe mich an meinen ersten Abend hier in Pesjes Blumengarten erinnert. Da war so eine schöne Stille in der Nacht, wie ich sie im Leben nicht gehört habe. Der Himmel war rein und voller Sterne. Nie hab' ich so viele Sterne an einem Himmel gesehen. An jenem Abend dachte ich: hier ist ein anderer Himmel. Tage und Tage ging mir dieser Gedanke nicht aus dem Kopf. Dann hab' ich mich an die Stille gewöhnt, ich hörte sie nicht mehr und ich vergaß auch den ersten Eindruck. Heute hab' ich mich erinnert und –« Alfred hörte jetzt auch die Pferde und den Wagen kommen, und er schwieg still.

»Und – und –«, drängte ihn Donja.

»– heute hörte ich die Stille wieder. Aber es war eine ganz andere Stille. Sterne waren heute keine am Himmel. Heute dachte ich: hier ist eine andere Hölle –«

»Eine andere Hölle …«, wiederholte Donja mit bebenden Lippen wie ein Kind, das dem Weinen schon nah ist. »Hier ist eine andere Hölle …«

Die Hufeisen der Braunen schlugen auf die Steinfliesen der Auffahrt wie ein Donner in die Nacht ein. Donja ging schnell aus dem Wohnzimmer. Alfred konnte hören, wie Pesje als erste aus dem Wagen stieg und mit schnellen schlurfenden Schritten zur Küche eilte. Sie fand Donja vor dem Herd stehen und in Tränen. Pesje wunderte sich nicht darüber. Sie fragte nichts. Sie hätte mit Donja weinen mögen. Aber sie hatte keine Tränen mehr. Sie zog ein Taschentuch hervor und trocknete wortlos Donjas tränenüberströmtes Gesicht.

»Der junge Herr«, schluchzte Donja, »der junge Herr hat gesagt, hier ist eine andere Hölle –«

»Die Hölle ist nicht von Gott, mein Kind«, sagte Pesje. »Es heißt: *Am Anfang erschuf Gott den Himmel und die Erde* – von der Hölle ist da nichts gesagt. Die Hölle ist nicht von Gott.«

Wie ein Kind, das eine schnelle Tröstung sucht und findet, hörte Donja auf einmal zu weinen auf. Schon beim Herd und bei ihren Kochtöpfen, wiederholte Pesje für sich selbst: »Die Hölle ist von den Menschen, weh ist mir.«

Ihre auch sonst dünne Stimme war hauchschwach, als wäre die letzte Kraft von Pesjes Stimme in Rembowlja mit Lipale begraben worden.

Anhang

Glossar hebräischer und jiddischer Ausdrücke der Trilogie

Die für dieses Glossar verwendete Literatur findet sich unter den Angaben im Literatur-Nachweis des Bandes: Soma Morgenstern, *In einer anderen Zeit. Jugendjahre in Ostgalizien* (Lüneburg 1995, S. 417 f.). Auf eine Kennzeichnung des halbvokalischen ›e‹ gemäß der hebräischen Schreibung der erläuterten Ausdrücke wird verzichtet. Wo sich in der Transliteration der Ausdrücke eine Konsonanten-Verdopplung eingebürgert hat, wird sie beibehalten.

Achtzehngebet hebr. *Schemone essre [berachot]*, ›achtzehn [Gebet-sätze]‹, in den werktäglichen Gottesdiensten der jüdischen Gemeinde das Hauptgebet, aus ursprünglich achtzehn, heute neunzehn Bitten und Segenssprüchen bestehend; an Sabbaten und Festtagen ersetzt durch eine verkürzte Form, das Siebengebet.

Ahroniden dem Priester-Kodex zufolge die Nachkommen des ersten Hohepriesters Ahron und daher allein zur Ausübung des legitimen Opferkultes, also zum Priesteramt berechtigt. Das hebr. Wort *kohen* (›Priester‹) ist zugleich ein jü-discher Familienname (auch in den Formen Cohen, Kohn, Cohn, Kahane, Katz u. a.), der priesterliche Abstammung anzeigt. Solche Abkömmlinge haben im Gottesdienst bestimmte Ehrenrechte; so muß zur Toravorlesung in der Synagoge als erster, wenn möglich, ein *Kohen* gerufen werden, und er vollzieht auch den Priestersegen.

Almemor vom arabischen *Alminbar* (Moscheekanzel), hebr. auch *Bima*; in den Synagogen ein umgrenzter und archi-tektonisch betonter Platz mit dem Tisch für die Tora-vorlesung; in aschkenasischen Synagogen in der Raum-mitte.

ba'al bechi ›Meister des Weinens‹ (Typus eines Kantors).

bar-mizwa ›Sohn des Gebotes‹; feierliche Einführung des jüdischen Knaben, nach Vollendung seines dreizehnten Lebens-jahres, in die religiösen Rechte und Pflichten des er-wachsenen Gemeindemitglieds, für deren Ausübung er die Verantwortung übernimmt. Am Tag der Bar-mizwa wird er in der Synagoge erstmals zum Vorlesen aus der Tora aufgerufen und hält einen kurzen religiösen Vortrag.

bereschit ›Im Anfang‹, das erste Wort des ersten der fünf Bücher Mose und daher auch der Name dieses Buches, beginnend mit dem hebräischen Buchstaben *bet*.

chanukka	›Tempelweihe‹, achttägiges Dankfest im Gedenken an die Wiedereinweihung des von den Griechen entweihten Tempels in Jerusalem durch die Makkabäer (164 v. d. Z.).
Chassidismus	abgeleitet von hebr. *chassidim* (›Fromme‹); eine insbesondere von der lurianischen Kabbala geprägte mystisch-religiöse Bewegung im osteuropäischen Judentum, als deren Begründer Rabbi Israel ben Elieser (1699-1760) gilt, Baal-Schem-Tow (›Meister des guten Namens‹) oder auch akronymisch Bescht genannt. Im Unterschied zum deutschen Chassidismus des Mittelalters wie auch zur kabbalistischen Tradition wurde der osteuropäische Chassidismus eine Volksbewegung. Aus einer alles umspannenden mystischen Ergriffenheit und Gottesfreudigkeit und der damit verbundenen tiefreligiösen Intention (*Kawwana*) heraus führten die Chassidim ihr gesamtes Leben als einen freudigen Gottesdienst, um durch die Befreiung der gefallenen göttlichen »Funken«, die in allen, selbst den niedrigsten Dingen wohnen, an der Erlösung der Schechina (s. d.) aus ihrer Verbannung zu wirken. Zu diesem »Dienst« (*Awoda*) gehören die Weihung der alltäglichen Dinge und eine spezifische Demut ebenso wie ein neues Naturempfinden, Gesang, religiöser Tanz und ekstatische Erfahrungen. Auch in der hohen Verehrung ihres Zaddiks (s. d.), an dessen ›Hof‹ nicht wenige Chassidim mindestens einmal im Jahr reisten, um in allen sie bedrängenden Fragen seinen Rat zu hören, drückt sich ihre tiefe mystische Sehnsucht aus. Besonders scharf wurden die Chassidim vom Rabbinismus im 18. Jh. bekämpft; etwas später fanden sie auch in der Haskala, der jüdischen Aufklärung, einen entschiedenen Gegner.
cheder	›Zimmer‹; die traditionelle jüdische Elementarschule mit Hebräisch- und Bibelunterricht, auch erster Unterweisung im Talmud, von den Jungen zwischen dem 4. Lebensjahr und Bar-mizwa besucht; meist das private Unternehmen des jeweiligen *Melamed* (Lehrer) in dessen Wohnzimmer.
dajan	›Richter‹, Bezeichnung des Rabbinatsassessors.
dajtsch	›Deutscher‹, ›deutsch‹; auch verächtliche Bezeichnung für jemanden, der sich wie ein Deutscher kleidet, d. h. für einen westeuropäisch Assimilierten.
Fest der Torafreude	hebr. *Simchat tora* (›Torafreude‹), Fest der Freude über den Empfang der Tora, die kollektive Entsprechung zur Bar-mizwa-Feier der religiösen Volljährigkeit eines einzelnen; an diesem Tag vollendet sich der Zyklus der

	jährlichen Toralesungen und beginnt von neuem; Abschluß des Laubhüttenfestes.
Fünfbuch	die fünf Bücher Mose, die Tora.
Furchtbare Tage	hebr. *Jamim nora'im*, die zehn Tage von Rosch Haschana bis Jom Kippur, auch ›Tage des Gerichts‹ genannt.
gabbe, gabbaj	bei den Chassidim der Gehilfe eines Wunderrabbis.
Gan Eden	der Garten Eden.
Gebetsmantel	jidd. *tales*; bei den Morgengebeten sowie allen feierlichen Zeremonien von den verheirateten Männern getragen.
Gebetsriemen	jidd. *tefillen*; Gebetsriemen und Kästchen mit vier Pentateuch-Zitaten auf Pergamentstreifen, bei den Morgengebeten an Stirn und linkem Arm getragen, zum Zeichen, daß der Betende dem Schöpfer mit Kopf und Herz ergeben ist.
gemara	siehe *talmud*
gilgul	hebr., ›Seelenkreislauf‹, Seelenwanderung; die in der frühen Kabbala und dann besonders von Isaak Luria ausgeführte Lehre vom gemeinsamen Ursprung aller menschlichen Seelen in der seelischen Einheit des Urmenschen *Adam kadmon*, deren Funken die Einzelseelen bilden. Die durch den Sündenfall Adams ausgelöste Verwirrung führte zur Kette der Seelenwanderungen, die zugleich Läuterung bedeuten und in verschiedenen Formen stattfinden können. Diese Lehre wurde im Chassidismus zum allgemeinen Glauben.
goj (pl. *gojim*)	›Volk‹; allgemein Ausdruck für den Nichtjuden, auch für den Ungebildeten oder Ignoranten.
haftara	hebr., ›Abschluß‹, bezeichnet den Prophetenabschnitt, mit dem die Toravorlesung in der Synagoge beendet wird. Zur Haftara wird der *Maftir* (›Beschließer‹) gerufen, eine Ehre, die oft vornehmen Gästen erwiesen wird.
Haman	siehe *purim*
Jiddisch	Muttersprache der osteuropäischen Juden und ihre Umgangssprache (im Unterschied zur Kultussprache Hebräisch); geschrieben wird sie in hebräischer Schrift. Hervorgegangen aus dem mittelalterlichen Deutsch und in den osteuropäischen Zufluchtsländern der aschkenasischen Juden zur eigenständigen Sprache entwickelt, hat sie neben zahlreichen hebräischen auch slawische Worte aufgenommen und im 19. und 20. Jh. eine reiche Literatur hervorgebracht.
jom kippur	*jom hakippurim*, ›Tag der Sühnungen‹, Versöhnungstag am 10. Tischri (September/Oktober), der höchste jüdische

Feiertag, beschließt die mit Rosch Haschana beginnenden zehn Tage der Buße; ein Tag des Fastens und Betens um Vergebung der Sünden gegen Gott und die Menschen.

kabbala hebr., ›Überlieferung‹, ›das Empfangene‹; bezeichnet seit dem 12. Jh. die jüdische esoterisch-mystische Lehre. Aus alten Überlieferungen hervorgegangen, entfaltete sie sich, aus gnostischen Quellen schöpfend, buchstaben- und zahlenmystische Deutungsweisen einbeziehend, in Berührung mit mittelalterlicher Philosophie zum theologischen System. Ihr Hauptwerk ist das Buch *Sohar* (›Glanz‹). Die ursprüngliche Geheimlehre war vom 16. bis 18. Jh. die herrschende mystische Theologie des Judentums und trug, namentlich in ihrer lurianischen Spätform, wesentlich zum theoretischen Fundament des Chassidismus bei.

kaddisch hebr., ›Heiliger‹; ein altes Gebet, das u. a. die Lobpreisung Gottes enthält. Es ist sowohl Bestandteil der Liturgie als auch Trauergebet. Als Trauergebet wird es traditionell von den Söhnen für das Seelenheil ihrer verstorbenen Eltern gesprochen, und zwar nach der Bestattung eines Toten, dann während des Trauerjahres täglich dreimal und schließlich jeweils zur Jahrzeit (s. d.). Das Wort ›Kaddisch‹ bezeichnet auch denjenigen, der das Trauergebet spricht.

kascha poln. *kasza,* jidd. *kasche* , Buchweizengrütze, Graupen.

Klaus von lat. *clusa,* ›abgeschlossener Raum‹; ein kleineres Lehrhaus (*Bet hamidrasch*), oft zugleich als Synagoge dienend; die Chassidim nannten ihre Synagogen meist Klaus, da ihnen gewöhnlich ein Bet hamidrasch angeschlossen war.

kohen hebr., ›Priester‹, siehe *Ahroniden*

lamedwownik von hebr. *lamed-waw,* ›sechsunddreißig‹, mit slawischer Endung: einer der 36 Gerechten (Zaddikim), die nach altem, schon im Talmud erscheinendem Glauben in jeder Generation meist unerkannt in Gestalt schlichter Menschen aus dem Volke leben, um derentwillen die Welt trotz ihrer Sündhaftigkeit nicht untergeht.

Laubhüttenfest hebr. *Sukkot* (›Hütten‹), das achttägige Laubhüttenfest, beginnend am 15. Tischri (September/Oktober), war ursprünglich ein reines Erntedankfest und verband sich später mit der Erinnerung an die Wüstenwanderung nach dem Auszug aus Ägypten. Das Fest, das bis heute in Hütten gefeiert wird, hat einen Höhepunkt am siebten

Tag, dem *Hoschana rabba*, und seinen Abschluß an *Simchat tora* (s. Fest der Torafreude).

Leviten die Angehörigen des Stammes Levi, die der Tora zufolge als einzige berechtigt sind, den Priestern bei den Kulthandlungen zu dienen. Die durch Familientradition vom Stamme Levi sich Herleitenden haben bis heute bestimmte Ehrenrechte im Gottesdienst. So muß zur Toravorlesung als zweiter, wenn möglich, einer von ihnen gerufen werden. (Siehe auch *Ahroniden*)

maftir siehe *haftara*

maggid hebr., ›Erzähler‹, ›Verkünder‹; der Ausdruck bezeichnet unter anderem den gelehrten Prediger, der in einfacher, auch dem Volk verständlicher Weise über moralisch-religiöse Themen sprach. Einige der chassidischen Zaddikim, die auch als Maggidim wirkten, werden oft noch heute allein mit diesem Titel und ihrem Wirkungsort genannt, so etwa der Maggid von Złoczów (Rabbi Jechiel Michal).

megilla hebr., ›Rolle‹, ursprünglich allgemeine Bezeichnung für die Schriftrolle von Pergament, dann für das Buch Ester, das allerdings keine Doppelrolle ist und nicht auf einen Holzstab gewickelt ist.

melamed siehe *cheder*

Metatron als der mächtigste Engel ist Metatron der Vertraute seines Herrn (*sar hapanim*, »Fürst der Anwesenheit«) und wird mit dem »Fürsten des Angesichts«, dem Erzengel Michael identifiziert, auch mit dem in ein himmlisches Wesen verwandelten Henoch. Er tritt manchmal als höchstes göttliches Mittlerwesen sowie als »Schreiber« der Verdienste und Sünden der Menschen auf. In der Kabbala erscheint Metatron gelegentlich als Inspirator höherer Wahrheit, im Sohar als Urbild des Menschen.

mincha hebr., ›Speiseopfer‹; das zweite der drei täglichen Gebete, ursprünglich aus dem Mincha-Opfer hervorgegangen. Sein Hauptstück ist die *Schemone essre* (siehe *Achtzehngebet*).

minjan hebr., ›Zahl‹; die zur Abhaltung eines öffentlichen Gottesdienstes vorgeschriebene Zahl von zehn männlichen, mindestens dreizehnjährigen Personen.

Mizrajim hebr., Ägypten.

mohel hebr., ›Beschneider‹, nimmt die rituelle Beschneidung (*Berit mila*) des acht Tage alten Knaben vor, die mit der Namensgebung verbunden ist. Ein jüdisches Grundgebot.

mussaf	hebr., ›Zusatz‹; Gebetfolge, die an Sabbaten und Feiertagen dem allgemeinen Morgengebet angefügt wird, hervorgegangen aus der für diese Tage ursprünglich vorgeschriebenen Darbringung eines zusätzlichen Opfers.
Neujahrsfest	*Rosch haschana* (›Haupt des Jahres‹), das zweitägige Neujahrsfest am 1. und 2. Tischri (September/Oktober), der Gerichtstag Gottes, Beginn der Furchtbaren Tage, der zehn Tage der Buße, die mit Jom Kippur enden.
Padan	Mesopotamien
parach	wohl eine umgangssprachliche Vermischung des hebräischen Verbs *paroach* (hier: ›ausbrechen eines Geschwürs‹) mit dem jiddischen Wort *parch* (ein mit Grind, Favus behafteter Mensch; im übertragenen Sinne: ein gemeiner, niedriger Mensch). Davon polnisch *parch*: Grind; *parszywy* (veraltet *parchaty*) sowie ukrainisch *parchatyj*: grindig, ein Grindiger. Das polnische *parch* dient auch als abfälliger Ausdruck für einen Juden.
peje, pl. *pejes*	jidd. (hebr. *peja*), ›Ecke‹; die Schläfenlocken orthodoxer Juden, die nicht abgeschnitten werden dürfen.
pessach	›Vorüberschreiten‹, ›Verschonung‹; achttägiges Fest zu Frühlingsbeginn im Zeichen der Erinnerung an den Auszug aus Ägypten, so genannt, weil bei der Tötung der ägyptischen Erstgeborenen der Engel an den Häusern der Israeliten vorüberging.
purim	der fröhlichste aller jüdischen Feiertage, eine Art Karneval mit Maskeraden und Umzügen, Geschenken und Gebäck (Hamantaschen) am 14. Adar (Februar/März), im Gedenken des Sieges über den Judenfeind Haman im persischen Exil, wie er im Buch Ester geschildert ist, das an diesem Tag gelesen wird und ein traditionelles Thema der Purimspiele ist.
Rabbi	jidd. *rebbe*: ›mein Herr‹, ›mein Meister‹ (abgeleitet von der semitischen Wurzel *raba*, ›groß sein‹); Ehrentitel des jüdischen Schriftgelehrten und des religiösen Führers der chassidischen Gemeinde; kleine Jungen nannten oft auch ihren Melamed (den Lehrer der Elementarschule) Rebbe.
raw	›Herr‹, ›Meister‹, Titel für den religiösen Lehrer und Richter der Gemeinde, den Rabbiner.
reb	›Herr‹; mit *Reb* und Vornamen wurde unter osteuropäischen Juden jeder erwachsene Mann angeredet, etwa: »Reb Welwel«.
rebbe	siehe *Rabbi*

Sabbat	hebr. *schabbat*, jidd. *schabbes*, ›Ruhe‹; der hoch geheiligte siebte Tag der Woche, durch strenge Vorschriften von aller Arbeit befreit; beginnt am Freitag mit Sonnenuntergang und endet bei Sonnenuntergang des folgenden Tages; die mystisch-kabbalistische Tradition empfängt zu diesem Fest der »heiligen Hochzeit«, einem Bild der Erlösung, die Schechina (s. d.) als »Prinzessin Sabbat« oder »Königin Sabbat«.
Schaufäden	siehe *zizes*
schechina	›Einwohnung‹; die in der Welt anwesende Glorie Gottes, nach mystisch-kabbalistischer Lehre Emanation des weiblichen Elements Gottes, welches, getrennt von der Ureinheit mit seinem männlichen Element, im Exil lebt wie die Gemeinde Israel; die Überwindung ihres Exils, im Bild der mystischen Hochzeit gefaßt, fällt zusammen mit der messianischen Erlösung der Welt.
Scheidungssegen	*Hawdole* (›Scheidung‹), ein Segensspruch über einen Becher Wein am Ende des Sabbats und der anderen Feiertage, der den Unterschied zwischen Werktag und Feiertag hervorhebt.
schmad	Abfall vom jüdischen Glauben, Taufe eines Juden; der abtrünnige, getaufte Jude heißt jidd. *meschumed.*
schochet	Schächter, welcher die Schlachtung (*schechita*) und Untersuchung (*bedika*) der nach den jüdischen Speisegesetzen eßbaren Tiere rituell vollzieht, wie es die Überlieferung vorschreibt.
scholem alejchem	hebr. *schalom alechem* (›Friede sei mit Euch!‹), Begrüßungsformel.
schul	Synagoge; auch die der Synagoge meist angegliederte Studierstube.
Sieben Tage	jidd.: *schiwe sizn*, ›Sieben (Tage) sitzen‹; die sieben Trauertage nach dem Tod eines Naheverwandten, die von den Angehörigen auf dem Boden oder auf einem niedrigen Schemel und ohne Schuhe sitzend verbracht werden.
talmud	›Studium‹, ›Belehrung‹, ›Lehre‹; wichtigstes Sammelwerk der mündlichen Lehre, bestehend aus einem Hauptteil, der *Mischna* (›Wiederholung‹), einer mündlich überlieferten religionsgesetzlichen Sammlung der Rabbinen (um 220 abgeschlossen), und einem später entstandenen, die Mischna kommentierenden und diskutierenden Lehrteil, der sogenannten *Gemara* (›Vollendung‹). Zwei Fassungen der Gemara sind überliefert: die des palästinischen

Talmuds (wohl um 400 abgeschlossen) und die des weit umfangreicheren babylonischen Talmuds (im 6.-7. Jh. abgeschlossen).

Tannaiten von aramäisch *tanna*, ›der Lehrende‹; Bezeichnung der etwa 270 Gesetzeslehrer, deren Lehren in Mischna (s. *talmud*) oder Barajta angeführt sind. Die Tannaitenperiode umfaßt das 1. und 2. Jahrhundert und endet um 220.

teschuwa hebr., ›Umkehr‹ der Seele zu Gott, ›Buße‹; die innere Entscheidung, begangene Sünde zu tilgen und so sittliche Erneuerung zu gewinnen. Auf Selbsterkenntnis, Reue und Sündenbekenntnis beruht die Teschuwa. Um sie aber zu vollenden, muß der inneren Entscheidung die Sühnung (*kappara*) durch Taten folgen.

tora ›Gesetz‹, ›Lehre‹, ›Weisung‹ Gottes, niedergelegt im Pentateuch, den fünf Büchern Mose, im weiteren Sinne die ganze Bibel; zu dieser »schriftlichen Tora« tritt die »mündliche Tora«, die gesamte autoritative Überlieferung, hinzu, die der Bibel ihre geschichtlich-praktische Bedeutung zu sichern sucht. Beim Synagogengottesdienst wird aus dem Pentateuch das Jahr hindurch wöchentlich ein Abschnitt von einer handgeschriebenen Pergamentrolle gelesen.

zaddik ›Gerechter‹; der fromme Mann, wie er etwa im Buch der Sprüche erscheint; Bezeichnung insbesondere für den wundertätigen Rebbe der osteuropäischen Chassidim, die in ihm nicht allein den vorbildlichen Menschen, sondern den Mittler zwischen Gott und Welt sahen. Die Verehrung der Zaddikim steigerte sich im späteren Chassidismus zum Zaddikkult, der nicht frei von Aberglauben war und, Hand in Hand mit dem Prinzip der leiblichen Abfolge, die Gründung machtvoller Dynastien nach Art fürstlicher Hofstaaten begünstigte.

zizes jidd. (hebr. *zizit*), ›Quasten‹ an den vier Ecken des Gebetsmantels, auch des kleineren, unter der Oberkleidung getragenen *Arba kanfot*. Der Anblick der Zizes soll den Träger an die religiösen Gebote erinnern, und daher heißen sie auch Schaufäden. Im Morgengebet werden sie beim Lesen des Wortes *zizit* als Ausdruck der Liebe zu Gott an Augen und Mund gedrückt.

Editorische Anmerkungen

Der zweite Roman von Soma Morgensterns Trilogie *Funken im Abgrund* wird hier zum ersten Mal in der Originalsprache veröffentlicht. Textgrundlage des vorliegenden Bandes der Soma Morgenstern-Edition ist das Typoskript *Idyll im Exil* (T IIa), welches sich im amerikanischen Privatnachlaß des Autors befindet. T IIa umfaßt 419 einseitig beschriebene Blätter, die durchlaufend maschinenschriftlich paginiert sind, allerdings nicht ohne Fehler und Korrekturen. Das Typoskript ist undatiert. Es trägt auf der ersten Seite den handschriftlichen Vermerk »corrected copy« und weist durchgehend zumeist kleinere handschriftliche Korrekturen auf. In Zweifelsfällen wurde die amerikanische Ausgabe (D II) zu Rate gezogen: *In My Father's Pastures*. Translated from the German manuscript by Ludwig Lewisohn, Philadelphia: The Jewish Publication Society of America, 5707/1947, 369 Seiten.

Die Titelfindung war beim zweiten Roman etwas verwickelt. Zur Zeit der ersten Entwürfe sollte er »Die Judenschule« oder »In der Judenschule« heißen, wie einige frühe Manuskriptfragmente im Nachlaß belegen. Zur Zeit des Pariser Exils lautete der Titel dann »Im Haus der Väter«, wie zwei Fassungen des Romans aus den Jahren 1938 und 1939 zeigen. Erst während der Vorbereitung der amerikanischen Ausgabe, im Sommer 1946, fand Morgenstern schließlich den ironischen Titel »Idyll im Exil«. Das zu T IIa gehörige Titelblatt zeigt, neben einigen handschriftlich notierten Korrekturhinweisen, den folgenden maschinenschriftlichen Text: »Soma Morgenstern / Idyll im Exil. / 2. Roman der Reihe.«, außerdem aber zwei von fremder Hand hinzugesetzte Alternativen: »In den grünen Wiesen der Väter oder Europäische Idylle oder« – hier folgt der maschinenschriftliche Titel, von gleicher Hand durch ein eingefügtes ›e‹ verändert: »Idylle im Exil«. Diese Notiz zeugt von den noch zu einem Zeitpunkt angestellten Überlegungen, als der endgültige Titel bereits gefunden war. Morgensterns amerikanischer Verleger fand ihn treffend, aber nicht verständlich genug, und man einigte sich am Ende auf einen Kompromiß. An seiner deutschsprachigen Titelidee *Idyll im Exil* hat Morgenstern jedoch festgehalten, wie seine Korrespondenz mit Benno Reifenberg aus den sechziger Jahren bezeugt.

Über die Werkgeschichte informiert eingehender das Nachwort des Herausgebers im dritten Band der Trilogie.

Für die vorliegende Ausgabe wurden die Lektüre störende Eigenheiten des Typoskripts in Orthographie und Interpunktion behutsam modernisiert. Die Schreibung der persönlichen und geographischen Eigennamen sowie der fremdsprachigen Ausdrücke und Zitate wurde überprüft und vereinheitlicht. Die polnischen Namen von Romanfiguren sind im allgemeinen in der Schreibung der Typoskripte wiedergegeben, also polnisch; der polnische Buchstabe ›ń‹ wurde von Morgenstern durch ›nj‹ ersetzt. Auch Morgensterns Transliteration der ukrainischen Namen Kyrylowicz, Nazarewicz, Philipowicz und Rakoczyj mittels des polnischen ›cz‹ (an Stelle des im Deutschen näherliegenden ›tsch‹) wird beibehalten, desgleichen das von ihm statt ›F‹ gesetzte ›Ph‹ in den Namen Philip und Philipowicz. Etwas anders verhält es sich mit den geographischen Eigennamen. Kaum ein im Roman erscheinender geographischer Name nämlich ist – wie der des zentralen Schauplatzes, des Dorfes Dobropolje – erfunden. In nahezu allen Fällen steht hinter einem im Roman genannten ostgalizischen Ortsnamen ein identifizierbarer historischer Name. Sofern ihn der Autor im Lautstand unverändert in den Roman übernommen hat, wird er in der vorliegenden Ausgabe in seiner historischen Schreibung wiedergegeben. Hat der Autor dagegen einen Ortsnamen verändert, so wird, falls nicht ein Irrtum vorliegt, selbstverständlich die abgewandelte Namensform beibehalten, lediglich gegebenenfalls ein ›o‹ in ›ó‹ (polnisches ›u‹) geändert.

Schreibfehler wurden in der Regel stillschweigend getilgt. Der Zustand des Typoskripttextes jedoch machte an nicht wenigen Stellen, an denen die Lektüre durch sprachliche Unstimmigkeiten beeinträchtigt schien, weitergehende Korrekturen oder Konjekturen erforderlich. Jede solche Veränderung wurde auf ein notwendiges Minimum beschränkt. Diese Eingriffe werden hier im einzelnen dokumentiert:

Seite 12 – Korr.: Britschka *(statt T IIa:* Bitka*): die polnische ›bryczka‹ ist ein einspänniger offener Reisewagen, zweirädrig und zumeist gefedert. Morgenstern verwendet in der Trilogie – wie später auch in seinen Jugenderinnerungen – durchgehend das Wort ›Bitka‹, wohl eine Reminiszenz an die russische Bezeichnung ›kibitka‹ für einen größeren Wirtschaftswagen, welcher nicht Morgensterns Beschreibung entspricht.*

Seite 14 – Korr.: Dein Onkel ist nämlich *(statt T IIa:* Sein Onkel ist nämlich*). D II, S. 6:* Your uncle

Seite 16 – Korr.: daß er es bedauerte *(statt T IIa:* daß er es bedauere*)*

Seite 20 – Korr.: das enorme Hinterteil *(statt T IIa:* der enorme Hinterteil*)*

Seite 24 – Korr.: Schnitter gleich Schnitter, Morgen gleich Morgen *(statt T IIa:* Schnitter gleicht Schnitter, Morgen gleicht Morgen*)*

Seite 24 – man schreitet den Rain der Breite nach ab*: Konj.:* nach

Seite 31 – Korr.: fragt Welwel sich selbst *(statt T IIa:* fragte Welwel sich selbst*)*

Seite 32 – Korr.: Gewiß hat Alfred *(statt T IIa:* Gewiß hatte Alfred*)*

Seite 32 – Korr.: Er muß es zu seiner *(statt T IIa:* Er mußte es zu seiner*)*

Seite 32 – Korr.: tut Welwel diese törichte *(statt T IIa:* tat Welwel diese törichte*)*

Seite 32 – Korr.: an das nicht gedacht hat *(statt T IIa:* an das nicht gedacht hatte*)*

Seite 36 – die erste Aufgabe ihres mit Arbeit*: Konj.:* Aufgabe *(statt T IIa:* die ersten ihres mit Arbeit*). D II, S. 28:* Pessa had completed the first task of her brimming working day.

Seite 36 – sie schreibt die Zahl der Kannen auf*: Konj.:* auf

Seite 36 – *Korr.:* rein und koscher *(statt T IIa:* rein-koscher*). D II, S. 29:* clean and kosher

Seite 40 – Mordche*: in T IIa wechselt die Schreibung des Namens zwischen Mordche und Modche (der Vorname kommt von Mordechaj)*

Seite 45 – für voll genommen werden*: Konj.:* für

Seite 48 – *Korr.:* die der andren gliche *(statt T IIa:* die der andren gleiche*)*

Seite 56 – *Korr.:* mit eingezogenem Körperchen *(statt T IIa:* mit eingewickeltem Körperchen*)*

Seite 61 – *Korr.:* nicht den ganzen Tag *(statt T IIa:* den ganzen Tag nicht*)*

Seite 68 – *Korr.:* fragt Welwel mit einer *(statt T IIa:* fragte Welwel mit einer*)*

Seite 77 – forderte er ihn mit ausdrucksvollem Mienenspiel auf*: Konj.:* auf

Seite 82 – *Korr.:* kann ein gewisser Hochmut mit Demut *(statt T IIa:* kann gewisse Hochmut und Demut*). D II, S. 75:* In that courage a certain arrogance can dwell side by side with true humility.

Seite 87 – *Korr.:* das Hinterteil *(statt T IIa:* den Hinterteil*)*

Seite 94 – *Korr.:* wie geweihte *(statt T IIa:* wie eingeweihte*)*

Seite 94 – *Korr.:* angemalten Stadtweiber *(statt T IIa:* ausgemalten Stadtweiber*)*

Seite 96 – *Korr.:* zu einer Überfahrt *(statt T IIa:* zu einer Überfuhr*)*

Seite 97 – Lipusch*: ukrainische Koseform des jüdischen Vornamens Lipa; Morgenstern verwendet die im Deutschen ungewöhnliche Umschrift Lipusj.*

Seite 98 – *Korr.:* Alfred grüßen sollte *(statt T IIa:* Alfred grüßen soll*)*

Seite 125 – *Korr.:* die er sich zuerst *(statt T IIa:* die er sich vorerst*)*

Seite 125 – *Korr.:* an die Stelle des bunten *(statt T IIa:* anstelle des bunten*)*

Seite 126 – *Korr.:* gemauerte Ostwand *(statt T IIa:* eingemauerte Ostwand*)*

Seite 127 – *Korr.:* an die eine Schmalseite *(statt T IIa:* an der einen Schmalseite*)*

Seite 129 – *Korr.:* dieses erhebende Gefühl *(statt T IIa:* dieses erhebliche Gefühl*)*

Seite 129 – *Korr.:* im Hause bleiben dürfe *(statt T IIa:* im Hause bleiben darf*)*

Seite 129 – in der glühenden Küche für den Sabbat*: Konj.:* für

Seite 134 – *Korr.:* Cedrowicz, *nach poln. cedr, Zeder (statt T IIa:* Zedrowicz*)*

Seite 154 – *Korr.:* sollte er das würdigen? *(statt T IIa:* soll er das würdigen?*)*

Seite 156 – *Korr.:* als verscheuche er *(statt T IIa:* als scheuche er*)*

Seite 158 – *Korr.:* er schäme sich *(statt T IIa:* er schämte sich*)*

Seite 160 – laßt uns nun mit dem Gebet*: Konj.:* uns

Seite 160 – *Korr.:* flüsterte Jankel an Alfreds Ohr *(statt T IIa:* flüsterte Alfred an Jankels Ohr*)*

Seite 161 – Dawidl*: eigentlich* Dowidl *oder* Duwidl*, jiddische Diminutiv-Form des Namens* David

Seite 175 – Jossef*: in den Typoskripten des zweiten und dritten Romans unterscheidet Morgenstern zwischen weltlicher und liturgischer Namensform; in entsprechenden Passagen steht der Name* Josef *daher in der genauen Transliteration seiner hebräischen Schreibung (nämlich mit stimmlosem ›s‹, dem Buchstaben samech):* Jossef *(in den Typoskripten:* Josseph*). Ebenso hat im Roman auch der Name* Juda *seine liturgische Form:* Jehuda.

Seite 183 – *Korr.:* traf es ihn, als hätten *(statt T IIa:* traf es ihn, als haben*)*

Seite 183 – *Korr.:* an der Oberfläche *(statt T IIa:* in der Oberfläche*)*

Seite 187 – Hrytsjko *(Umschrift des alten ukrainischen Vornamens, statt T IIa:* Hrytzjko*), Diminutiv von* Hrytsj

Seite 189 – *Korr.:* einem mystischen Treppenaufgang *(statt T IIa:* einem mystischen Treppengeländer*). D II, S. 186:* a mystic stairway

Seite 189 – *Korr.:* geschah ihm dies *(statt T IIa:* geschah dies ihm*)*

Seite 197 – *Korr.:* Brudersohn hat sich *(statt T IIa:* Brudersohn hatte sich*)*

Seite 202 – *Korr.:* kann die Wintersteins nicht leiden *(nach D II, S. 200; statt T IIa:* kann die Winterstein nicht leiden*)*

Seite 204 – *Korr.:* sagte der Zaddik *(nach D II, S. 202, statt T IIa:* sagt der Zaddik*)*

Seite 204 – Groblja*: Damm oder Wehr; Morgensterns Schreibung des polnischen Wortes ›grobla‹ entspricht wahrscheinlich der weicheren ostpolnischen Aussprache; das ukrainische Wort lautet ›hreblja‹*

Seite 211 – *Korr.:* Wie schön mußte Donja *(statt T IIa:* Wie schön muß Donja*)*

Seite 212 – *Korr.:* würde er abreisen *(statt T IIa:* wird er abreisen*)*

Seite 212 – *Korr.:* in die schwere, verantwortungsvolle, aber ehrenhafte *(statt T IIa:* in der schweren, verantwortungsvollen, aber ehrenhaften*)*

Seite 213 – *Korr.:* würde er Donja *(statt T IIa:* wird er Donja*)*

Seite 216 – und er strich*: Konj.:* er

Seite 216 – Motje Schije*: in T IIa wechselt die Schreibung der Namen zwischen* Schije *und* Chije*,* Motje *und* Modche *(der Vorname kommt von* Mordechaj*)*

Seite 219 – *Korr.:* wenn sie einmal faul *(statt T IIa:* wenn einmal sie faul*)*

Seite 220 – *Korr.:* besonders liebte er *(statt T IIa:* besonders sehr liebte er*)*

Seite 221 – *Korr.:* wie er diesem alten Juden *(nach D II, S. 220, statt T IIa:* wie er einem alten Juden*)*

Seite 221 – *Korr.:* alten Juden gemacht hatte *(statt T IIa:* alten Juden gemacht hat*)*

Seite 221 – sagte das Aussehen und die Kleidung*: das Wort* sagte *wurde in T IIa vom Autor handschriftlich für das gestrichene* beschrieb *eingesetzt*

Seite 221 – Korr.: gestoßen hatte *(statt T IIa:* gestoßen hat*)*

Seite 224 – Korr.: zwar nichts zu schaffen *(statt T IIa:* zwar nichts anzuschaffen*)*

Seite 226 – Korr.: Schultern eingezogen *(statt T IIa:* Schultern eingewickelt*)*

Seite 226 – Korr.: Sie schämt sich *(statt T IIa:* sie tut sich schämen*)*

Seite 231 – Korr.: tupften ihre Lippen *(statt T IIa:* tüpften ihre Lippen*)*

Seite 232 – Korr.: hervorbrechenden Quells *(statt T IIa:* vorbrechenden Quells*)*

Seite 236 – Korr.: als legte er sich *(statt T IIa:* als lege er sich*)*

Seite 241 – Korr.: was er dort sollte *(statt T IIa:* was er dort soll*)*

Seite 246 – Korr.: als wollte er den alten *(statt T IIa:* als wolle er den alten*)*

Seite 247 – Korr.: Liebesbriefe schrieben *(statt T IIa:* Liebesbriefe schreiben*)*

Seite 247 – Korr.: Schämigkeit, es sei *(statt T IIa:* Schämigkeit an, es sei*)*

Seite 254 – Korr.: Rejnigkajt *(statt T IIa:* Reinigkeit*); das jiddische Wort, etwa mit ›Reinheit‹ zu übersetzen, bedeutet in diesem Zusammenhang den Inbegriff des Reinen und Heiligen*

Seite 258 – Korr.: so zusagen *(statt T IIa:* so zusagten*)*

Seite 259 – Korr.: Wa'ani *(statt T IIa:* Weani), hebr., »Und ich«; 1 Mose 48, 7: »wa'ani be'wo'i mipadan ...« (»und ich, bei meiner Ankunft aus Mesopotamien ...«)*

Seite 262 – Korr.: Zuerst mochte ich *(statt T IIa:* Vorerst mochte ich*)*

Seite 270 – erste Hof, der gleich: Konj.: der

Seite 271 – Korr.: mit Schindeln gedeckte *(statt T IIa:* mit Schindeln bedeckte*)*

Seite 282 – Korr.: nicht zu verscheuchen *(statt T IIa:* nicht zu scheuchen*)*

Seite 284 – sollst du es hassen: Konj.: es

Seite 284 – Korr.: verborgen hielte *(statt T IIa:* verborgen hielt*)*

Seite 284 – Korr.: Wie aber, wenn *(statt T IIa:* Wie aber? Wenn*)*

Seite 286 – Korr.: Sonnentage *(statt T IIa:* Sonntage*)*

Seite 286 – Korr.: was wir zwei jetzt *(statt T IIa:* das wir zwei jetzt*)*

Seite 287 – Korr.: selbst wenn der Onkel *(statt T IIa:* wenn selbst der Onkel);* D II, S. 291: even if Uncle himself*

Seite 289 – Hrytsj (Umschrift des ukrainischen Vornamens, statt T IIa: Hrytzj*)*

Seite 301 – Korr.: auf dem Verbrüderungsfest *(statt T IIa:* auf dem Bruderfest);* D II, S. 305: feast of fraternization*

Seite 302 – Korr.: stehen ließ *(statt T IIa:* anstehen ließ*)*

Seite 302 – Korr.: daß in diese Zeit *(statt T IIa:* daß in dieser Zeit*)*

Seite 304 – da er die beiden so gehen sah: Konj.: beiden

Seite 305 – Lubasch: diese Schreibung des polnischen Namens ersetzt in der vorliegenden Ausgabe die in der Endfassung von Morgenstern verwendete, im

Deutschen ungewöhnliche Transliteration Lubasj. *Die polnische Schreibung würde lauten: Lubaś. – Eine vor langem erschienene, vom Verlag bearbeitete Ausgabe des dritten Romans (Der verlorene Sohn, Köln/Berlin 1963) verzichtet auf eine lautliche Wiedergabe des Namens ganz und schreibt: Lubas.*

Seite 312 – Korr.: in alle Richtungen *(statt T IIa:* in allen Richtungen*)*

Seite 312 – Korr.: Fräulein Rakoczywna *(statt T IIa:* Fräulein Rakoczy*)*

Seite 331 – In T IIa schließt der erste Absatz von Kap. 6 mit dem Satz: Und als die Mutter Anfang August mit dem Wickelkind heimkam, lag ihr kleiner Sohn Lipale, die geliebte Krone ihres Lebens, auf dem Friedhofe in Rembowlja begraben... *– In der amerikanischen Ausgabe (D II, S. 336) fehlt der Satz. Diese Streichung, offenkundig aus dramaturgischen Erwägungen gemacht, wurde für die vorliegende Ausgabe übernommen.*

Seite 333 – Korr.: alle Lichte dieses Festes *(statt T IIa:* alle Lichter dieses Festes*)*

Seite 334 – Korr.: Schosojich lim'schiso *(statt T IIa:* Limschisso Schissoich; D II, S. 339:* Limshiso Shosoyich*), hebr., nach Jeremia 30, 16: »W'haju schosajich lim'schisa« (Morgenstern schreibt die aschkenasische Form), in der Luther-Übersetzung: »Und die dich beraubet haben, sollen beraubt werden«.*

Seite 339 – Korr.: der Bruder würde sie *(statt T IIa:* der Bruder wird sie*)*

Seite 346 – Korr.: das hatten ja alle *(statt T IIa:* das haben ja alle*)*

Seite 348 – Korr.: verführen zu lassen *(statt T IIa:* verfahren zu lassen*)*

Seite 350 – Korr.: Warum hatte er nicht *(statt T IIa:* Warum hat er nicht*)*

Seite 354 – Korr.: aus Złotniki, aus Strusów, aus Burkanów *(statt T IIa:* aus Ztotnik, aus Strusno, aus Burkanow*)*

Seite 359 – Korr.: den Dämmer der Nacht *(statt T IIa:* das Dämmer der Nacht*)*

Danksagung

Verlag und Herausgeber danken Prof. Dan Michael Morgenstern, USA, für die großzügige Übertragung der Publikationsrechte an den Werken Soma Morgensterns und für freundschaftliche Hilfe und Rat bei der Hebung und Erschließung des literarischen Nachlasses seines Vaters.

Die Herstellung der Bände der Romantrilogie wurde vom Land Niedersachsen gefördert, wofür Verlag und Herausgeber danken.

Für freundliche Publikationserlaubnis danken Verlag und Herausgeber Frau Gladys N. Krenek, Palm Springs, und Herrn Dr. Jan G. Reifenberg, Brüssel.

Der Dank des Herausgebers geht für freundliche Auskünfte und Überlassung von Materialien ferner an:
Deutsche Schillergesellschaft/Deutsches Literaturarchiv, Marbach a. N.
Prof. Dr. Bernhard Zeller, Kuratorium Hermann Hesse Stiftung, Marbach a. N.
Die Deutsche Bibliothek/Deutsches Exilarchiv 1933-1945, Frankfurt a. M.
Dr. Rätus Luck, Schweizerische Landesbibliothek, Bern

Für abermalige tatkräftige Unterstützung dankt der Herausgeber Ernst Wittmann, Dr. Gesine Palmer und Claus-Michael Palmer, Berlin, die ihn in judaistischen Fragen beraten haben, sowie Krzysztof Pyrka, Lüneburg, der in Fragen der polnischen Sprache, und Wasili Kijowski, Hamburg, der in Fragen der ukrainischen Sprache hilfreich war.

A*t*V

Band 1455

Soma Morgenstern
Alban Berg und seine Idole
Erinnerungen und Briefe

Herausgegeben und mit einem Nachwort von
Ingolf Schulte

411 Seiten
ISBN 3-7466-1455-4

In einer Wiener Straßenbahn begegneten sie sich zum erstenmal: der berühmte Komponist Alban Berg und der »gemäßigte Bohemien« Soma Morgenstern. Über ein Jahrzehnt, bis zu Bergs tragischem Tod 1935, verband beide eine intensive, hingebungsvolle Freundschaft. Morgensterns Memoiren zeichnen das Bild des Freundes, eines ungewöhnlichen, noblen Menschen, umrahmt von einem Panorama zeitgenössischer Persönlichkeiten, zu dem neben Bergs »Hausgöttern« – Peter Altenberg, Gustav Mahler, Arnold Schönberg, Adolf Loos, Karl Kraus – viele andere Größen des kulturellen Wiens jener Jahre gehören wie Adorno, Werfel, Musil. Morgensterns scharfe Beobachtungsgabe, sein pointiertes Urteil über Freund und Feind, sein geschliffener Witz und seine Schlagfertigkeit – Eigenschaften, die Berg in den Debatten so liebte – brillieren auch in diesen Erinnerungen: ein facettenreiches Lebens- und Zeitbild zugleich.

Soma Morgenstern
Werke in Einzelbänden

herausgegeben von Ingolf Schulte

Die Edition hat den Charakter einer zuverlässigen Leseausgabe. Die Texte werden vom Herausgeber sorgfältig kommentiert und jeder Band mit einem ausführlichen Nachwort versehen. Die Bände erscheinen in blauem Leinen mit Schutzumschlag.

zu Klampen Verlag
Postfach 1963 · D-21309 Lüneburg · E-mail: zu-klampen-verlag@t-online.de